Alexey Pehov
Wind

PIPER

Zu diesem Buch

Sturmböen fegen durch das Land Hara und kündigen an: Nach 500 Jahren des brüchigen Friedens zieht neuer Krieg herauf. Schon jetzt rüsten die Adepten der dunklen Magie zum Schlag gegen das Imperium. Ihr Ziel ist es, sich jedes magischen Funkens, den es im Land noch gibt, zu bemächtigen und damit die lichte Magie endgültig zu bezwingen. All jene Menschen, die einen solchen Funken in sich tragen, geraten in Gefahr – so auch Lahen, eine junge Frau, die sich mit ihrem Mann, dem Bogenschützen Ness, als Meuchelmörder verdingt. Doch hinter den beiden sind nicht nur die dunklen Adepten her: Weil sie vor sieben Jahren eine Magierin des Lichts umgebracht haben, ist ein Kopfgeld auf Lahen und Ness ausgesetzt. Und bis heute wissen sie nicht, wer ihr Auftraggeber von einst war. Es beginnt ein Wettlauf um ihr Leben – und der Kampf um die Magie in ihrer Welt.

Alexey Pehov, geboren 1978 in Moskau, studierte Medizin. Seine wahre Leidenschaft gilt jedoch dem Schreiben von Fantasy- und Science-Fiction-Romanen. Pehov ist neben Sergej Lukianenko der erfolgreichste phantastische Schriftsteller Russlands. »Die Chroniken von Siala« wurden zu millionenfach verkauften, mit mehreren Preisen ausgezeichneten Bestsellern. Jetzt erscheint »Wind«, der erste Band seiner neuen Serie »Die Chroniken von Hara«, erstmals im Taschenbuch. Gemeinsam mit seiner Ehefrau, die ebenfalls Schriftstellerin ist, lebt Pehov in Moskau.

Weiteres zum Autor unter:
www.alexeypehov.com

Alexey Pehov

WIND

Die Chroniken von Hara 1

Aus dem Russischen
von Christiane Pöhlmann

Piper München Zürich

Von Alexey Pehov liegen bei Piper vor:
Schattenwanderer. Die Chroniken von Siala 1
Schattenstürmer. Die Chroniken von Siala 2
Schattentänzer. Die Chroniken von Siala 3
Schatten. Die kompletten Siala-Chroniken
Wind. Die Chroniken von Hara 1
Blitz. Die Chroniken von Hara 2
Donner. Die Chroniken von Hara 3
Sturm. Die Chroniken von Hara 4

MIX
Papier aus verantwortungsvollen Quellen
FSC
www.fsc.org
FSC® C014496

Ungekürzte Taschenbuchausgabe
Juni 2014

Titel der russischen Originalausgabe:
»Iskateli vetra«, AL'FA-KNIGA, Moskau 2005

Umschlaggestaltung: Guter Punkt, München/www.guter-punkt.de
Umschlagabbildung: Toma Feizo Gas/vulcandesignforge.com
Karte: Erhard Ringer
Satz: Tobias Wantzen, Bremen
Papier: Pamo Super von Arctic Paper Mochenwangen GmbH, Deutschland
Druckerei: GGP Media GmbH, Pößneck
Printed in Germany ISBN 978-3-492-26983-4

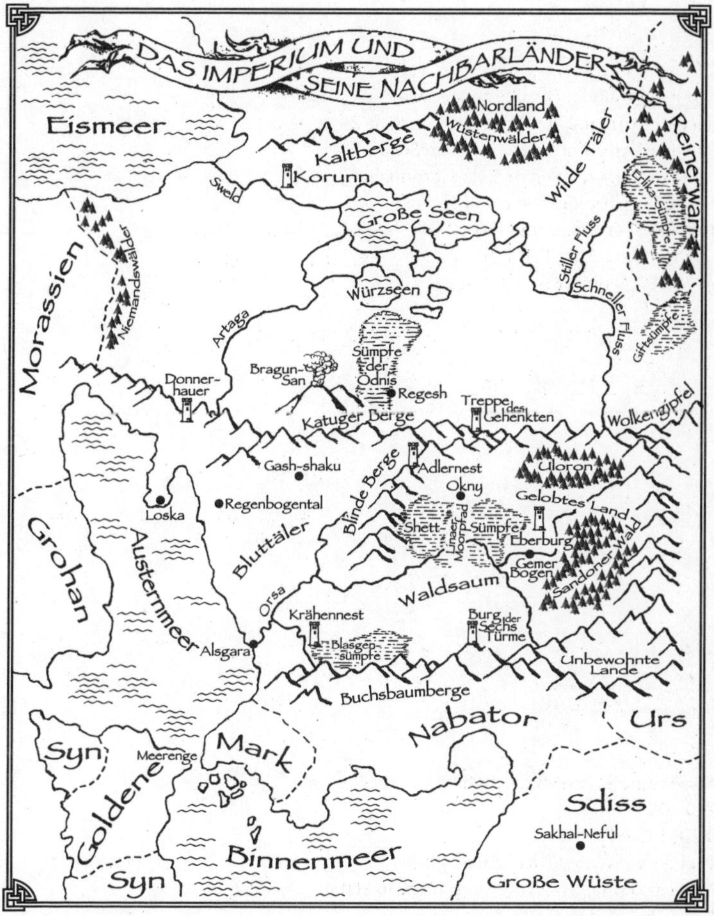
DAS IMPERIUM UND SEINE NACHBARLÄNDER
Eismeer
Kaltberge
Nordland
Wüstenwälder
Wilde Täler
Reinerwar
Korunn
Sweld
Große Seen
Erlika-Sümpfe
Morassien
Niemandswälder
Stiller Fluss
Schneller Fluss
Würzseen
Artaga
Giftsümpfe
Sümpfe der Odnis
Bragun-San
Regesh
Donnerhauer
Treppe des Gehenkten
Wolkengipfel
Katuger Berge
Uloron
Adlernest
Gash-shaku
Blinde Berge
Okny
Gelobtes Land
Loska
Regenbogental
Shett-Sümpfe
Linaer Moorpfad
Eberburg
Grohan
Austernmeer
Bluttäler
Gemer Bogen
Sandoner Wald
Waldsaum
Orsa
Krähennest
Burg der Sechs Türme
Alsgara
Blasgen-sümpfe
Unbewohnte Lande
Buchsbaumberge
Nabator
Urs
Syn
Meerenge
Mark
Goldene
Sdiss
Sakhal-Neful
Binnenmeer
Syn
Große Wüste

Wer Wind sät,
wird Sturm ernten.

Prolog

Luk hatte eine Stinklaune: Diese Nacht hatte er unvermutet Wache schieben müssen. Jetzt war er hundemüde, zitterte in der morgendlichen Kälte, stampfte mit den Füßen auf und zog die Jackenärmel über die klammen Finger. Morgen – genauer gesagt heute – würde der Geburtstag des Imperators gefeiert. Bei ihnen in der Burg dürfte das Spektakel wahrscheinlich schon in aller Frühe losgehen – wenn er noch immer seinen Dienst versah!

»Da platzt doch die Kröte!«, brummte er und zog die Nase hoch.

Hier gab es weit und breit keine Feinde. Trotzdem bestand ihr Hauptmann auf Wachtposten! Unsinn! Warum befahl er dann nicht einfach, das Tor zu schließen? Aber nein, das stand seit ein paar Jahren ja sogar nachts sperrangelweit offen. Allerdings hatte es dennoch nie auch nur eine Ratte gewagt, durch den vierzig Yard hohen Eingang zu huschen!

Verflucht seien sie alle, der kreuzdämliche Hauptmann, der Sergeant und das Schicksal!

Verdrossen stiefelte Luk auf dem Wehrgang zwischen dem Eisturm und dem Feuerturm entlang. Ab und an nickte er seinen Gefährten unten im Hof zu, die dem heißen Shaf zusprachen, diesem mit Kräutern gewürzten Hopfentrank. Die ihrerseits konnten es sich natürlich nicht verkneifen, ihn auch noch aufzuziehen. Deshalb ging Luk rasch weiter, bevor einer von ihnen womöglich noch darauf kam, ihn an seine Spielschulden zu erinnern.

Die Burg der Sechs Türme war die größte Festung, die es in

Hara gab, geschaffen vom Skulptor selbst. Wer den einzigen Pass über die Westflanke der Buchsbaumberge nahm, musste durch sie hindurch. In ihrer tausendjährigen Geschichte war sie oft angegriffen, aber nie genommen worden. Selbst die Armee Nabators hatte sich an den grauen Mauern die Zähne ausgebissen. Denn um diese Festung zu stürmen, bedurfte es einer Waffe, die härter war als Stahl. Und einer unglaublichen Verwegenheit.

O nein, solange die Burg existierte, brauchte niemand um den weichen Bauch des Imperiums zu fürchten.

Gerade traten aus dem Regenturm zwei Frauen auf den Wehrgang hinaus, eine Schreitende und eine Glimmende. Da die beiden Magierinnen eifrig über etwas sprachen, wandte sich Luk von ihnen ab, um sie nicht zu stören. Er trat an eine Schießscharte heran und ließ den Blick durch die Gegend schweifen.

Er stammte aus einem kleinen Dorf in der Steppe, und selbst heute, sechs Jahre nachdem er die ersten schneebedeckten Gipfel gesehen hatte, konnte er die Schönheit der Berge nicht genug bestaunen.

Einst waren zahllose Karawanen durch die Burg und über den Pass gezogen, um aus fernen Landen Waffen, Seide, Teppiche, Gewürze, Pferde und hunderterlei andere Waren nach Süden zu bringen. Doch diese goldenen Zeiten gehörten der Vergangenheit an. Heute lag die Straße verödet da. Nur die Hirten der Umgegend sowie Kundschafter, die trotz allem von ihren Kommandanten ausgeschickt wurden, trauten sich noch, über die alte Straße in die unwirtlichen Berge vorzudringen.

Allerdings mussten die jede Disziplin vergessen haben: Bereits die zweite Einheit war wie vom Erdboden verschluckt. Mittlerweile tobte der Kommandant und herrschte die Hauptleute an, die ihrerseits die Standpauken an die Sergeanten und einfachen Soldaten weitergaben.

Luk wiederum war ganz froh, dass die rothaarigen Nordländer, darunter auch Ga-nor, nach wie vor durch die Gegend streiften, denn er schuldete dem Kundschafter noch Geld – das er nicht besaß. Neulich hatte er beim Würfelspiel sogar fast seinen ganzen Monatssold verloren! Nur ein lausiger Sol, eine dieser winzigen Silbermünzen, fristete noch sein Dasein in seinem Lederbeutel. Mit dem würde sich Ga-nor aber nie zufriedengeben. Doch begleichen musste er, Luk, seine Schuld, denn mit den Nordländern war nicht zu spaßen. Dafür saß denen allen die Faust zu locker.

Luk schob den Kopf durch die Schießscharte und spuckte aus. In der Hoffnung, der Speichel möge jemanden treffen, verfolgte er den Flug. Es trieb sich jedoch leider gerade niemand da unten herum. Zum zigsten Mal in dieser frühen Morgenstunde stieß er sein »Da platzt doch die Kröte!« aus, ehe er sich wieder daranmachte, die Gegend auszuspähen.

Nicht weit von der Burg entfernt lag eine kleine Stadt. Die niedrigen Häuser waren aus runden Steinen und Lehm errichtet, der von den Ufern des nahen Bergflusses stammte. Dort wohnten die Familien von Hirten, Fellhändlern und Silbersuchern. Angst, unmittelbar an der Grenze zu leben, zeigten diese Menschen keine. Warum auch? Die Festungsmauern waren uneinnehmbar, die Soldaten tüchtig. Die Bergstämme wagten sich nicht mehr hierher, dazu hatten sie in der Vergangenheit zu oft Prügel bezogen. Dazu hatten sie ihre Lektion zu gründlich gelernt: Jetzt würden sie eher einen Tunnel durch die Berge nagen, als noch einmal versuchen, die mächtigen Mauern der Burg einzureißen.

Obwohl der Sommer bereits nahte, roch die Luft immer noch ein wenig nach Frost. Die Sonnenstrahlen tauchten die nebelumwölkten, schneebedeckten Gipfel in rosafarbenes Licht. Unaufhaltsam kroch die Sonne hinter dem Kamm im Osten hervor. Schließlich funkelte der Schnee auf den Bergspitzen so grell, dass Luk die Augen zusammenkneifen und abermals seine Kröte zitieren musste.

Als er die Augen wieder öffnete, sah er, dass auf der leeren morgendlichen Straße zwei ausgemergelte Maultiere dahertrotteten, die einen alten Wagen zogen. Aus dieser Höhe war das Fuhrwerk nicht größer als ein Handteller, aber Luk war für seine Luchsaugen bekannt und konnte ausgezeichnet erkennen, dass auf dem Kutschbock eine Frau saß.

Sie trug zerlumpte Kleidung und sah wie die reinste Vogelscheuche aus. Ungläubig verzog Luk das Gesicht. Wollte sie etwa nach Tannenfurt? Dann lagen noch fünfzehn League vor ihr. Aber wenn sie Fell zum Markt brachte, der zu Ehren des Geburtstags vom Imperator abgehalten wurde, hätte sie schon vor sechs Stunden aufbrechen müssen. Jetzt träfe sie, selbst wenn sie die Tiere noch so antrieb, erst ein, wenn der Markt bereits geschlossen würde.

Überhaupt war das ein seltsames Vehikel. Obwohl er fast alle aus Tannenfurt kannte, hatte er es noch nie gesehen. Und auch dieses Weibsbild nicht. Bestimmt eine Bettlerin.

Damit blieben nur zwei Möglichkeiten. Entweder die Frau war in der Stadt eingetroffen, als er keine Schicht gehabt hatte. Oder sie kam über den Pass – und damit aus Nabator.

Der seltsame Karren hatte sich dem Tor bis auf zweihundert Yard genähert, als Luk einem Gefährten, der sich gerade mit zwei anderen Soldaten unterhielt, zurief: »He, Rek!«

»Was is'?«, antwortete dieser mürrisch.

»Sieh mal da!«

Rek brummte etwas, drehte sich aber doch in die Richtung, in die Luk wies. »Und?«, fragte er schließlich.

»Kennst du die Vettel?«

»Nein.«

»Eben! Ob die aus Nabator ist?«

Kaum fiel dieser Name, da streckten die drei Soldaten auch schon den Kopf zu den Schießscharten heraus.

»Du solltest dem Hauptmann Meldung machen«, brachte Rek hervor.

»Mach das doch selbst«, knurrte Luk, um dann hinzuzufügen: »Die Männer unten sollen mal nachsehen, was es mit der auf sich hat!«

Daraufhin legte Rek die Hände trichterförmig an den Mund und brüllte den Soldaten im äußeren Festungshof etwas mit donnernder Stimme zu. In diesem Augenblick tauchte auch der Hauptmann auf, mit zwanzig Soldaten im Schlepptau, die ebenfalls das Pech hatten, am Feiertag Dienst schieben zu müssen.

Inzwischen verließen bereits zwei Soldaten die Festung und hielten langsam auf den Wagen zu. Ein weiteres Dutzend, überwiegend Neugierige, versammelte sich am Tor. Die Frau zog die Zügel an und antwortete auf eine Frage der Soldaten. Luk hätte viel dafür gegeben zu hören, was sie sagte. Stattdessen sah er nur, wie acht Männer aus dem Wagen sprangen. Sechs von ihnen trugen Rüstung und waren schwer bewaffnet. Beim Anblick der anderen beiden gefror ihm das Blut in den Adern. Weiße Umhänge!

Nekromanten aus Sdiss!

Luk setzte zu einem Warnruf an, um die Aufmerksamkeit der Schreitenden auf sich zu lenken, doch in seiner Angst versagte ihm die Stimme. Mit weit aufgerissenen Augen beobachtete er, wie die Männer in den Farben des Königreichs Nabator die benommenen Soldaten mordeten und zur Festung stürmten.

Dort entbrannte ein Kampf.

Etwas grollte, heulte und zischte. Danach zeugten vom Hauptmann und seinen Leuten nur noch blutige Fetzen, die über den gesamten äußeren Festungshof verteilt waren. Und die ganze Zeit über leuchtete der Stock eines der Sdisser Zauberer mit einem grauen Licht.

Dann donnerte es abermals, obendrein viel lauter als gerade eben – und von einem der beiden Nekromanten sowie dem Nabatorer an seiner Seite blieb nicht das Geringste übrig: Die Schreitende hatte ihre Gabe angerufen, unterstützt von der Glimmenden an ihrer Seite, die beide Hände fest auf den Rücken ihrer Herrin presste.

»Das Tor! Da platzt doch die Kröte!«, brüllte Luk. »Schließt das Tor!«

Unterdessen preschten von der Stadt her Hunderte von Gestalten heran. Und zwar nicht nur Reiter aus Nabator, sondern auch magere, skelettgleiche schwarze Geschöpfe.

Untote!

Die jedoch keinen Schritt hinter den Pferden zurückblieben.

Rek hatte endlich das große Horn erreicht, holte tief Luft und blies hinein. Ein dumpfes Heulen hallte über die Türme und schlug Alarm. Von allen Seiten liefen Soldaten herbei. Die meisten konnten sich jedoch keinen Reim auf den Befehl machen und trugen nicht einmal Waffen.

Nun setzten sich auch die beiden Flügel des Tors in Bewegung, um sich langsam zu schließen.

Viel zu langsam.

Die fünf Nabatorer hielten sich mithilfe des verbliebenen Zauberers bis zum Eintreffen der Hauptstreitmacht. Selbst als erst das eine, dann das zweite Fallgitter am Tor krachend heruntergelassen wurde, hatte das bloß zur Folge, dass kurz darauf der Warnschrei durch den Hof hallte, der Nekromant verbrenne die Gitter.

Unternimm etwas, Schreitende!, flehte Luk inständig. Sonst ist das unser aller Ende.

Als würde Luks inneres Gebet erhört, flackerte über den beiden Frauen nun die Luft auf, verdichtete sich und formte sich zu einer gigantischen Eislanze, die sogleich auf den Sdisser zuschoss.

Gleichzeitig aber riss die Vogelscheuche auf dem Kutschbock einen Arm hoch.

Ein ohrenbetäubender Donner folgte.

Für den Bruchteil einer Sekunde meinte Luk, er sei gestorben und fände sich unter der Trommel Ugs, des Gottes aus dem Norden, wieder. Doch als er den dichten Staubvorhang um sich gewahrte, begriff er, dass er nur zu Boden geschleudert worden war.

Benommen schüttelte er den Kopf und richtete sich auf alle viere auf. In seinen Ohren rauschte es, über sein Gesicht lief Blut. Er spuckte den Sand aus, der ihm in den Mund geraten war, und hustete keuchend, ehe er sich mit Mühe erhob und zu der Stelle hastete, an der bis eben die Schreitende gestanden hatte.

Aus den Festungsmauern waren einige der gewaltigen Steinquader, die der Skulptor für ihren Bau verwendet hatte, herausgerissen und Hunderte von Yards weit auseinandergesprengt worden. Einer der Blöcke war auf die Kaserne der zweiten Kompanie niedergegangen und hatte sie in eine Ruine verwandelt.

Ein anderer hatte die Fassade des Regenturms eingerissen, ein dritter auf der Straße fünf Nabatorer zusammen mit ihren Pferden und drei Untote unter sich begraben.

Trotz des verheerenden Schadens, den die Magie dieser Fremden auf dem Kutschbock angerichtet hatte, lebte die Schreitende noch. Luk überwand seine Scheu vor allen Adeptinnen der Gabe und stürzte auf die Frau zu. Er erschauderte. Solche Wunden hatte er während all seiner Dienstjahre nicht gesehen. Er versuchte, nur auf das Gesicht zu blicken, das unversehrt geblieben war. Die Schreitende zählte keine neunzehn Jahre und hatte himmelblaue Augen.

Sie lächelte ihn an und sagte mit sehr leiser, aber erstaunlich klarer Stimme: »Überbringe meinen Schwestern, dass die Verdammte Scharlach zurückgekehrt ist.«

»Seid Ihr sicher, Herrin?«, hauchte Luk, dem die Furcht schier die Luft zum Atmen nahm.

Doch die Schreitende antwortete nicht mehr. Ihr brachen die Augen, und Luk hätte am liebsten losgeweint.

Nach wie vor gingen magische Schläge auf die Burg nieder. Schließlich war eine Bresche geschlagen. Die Reiter und Untoten stürmten den inneren Festungshof.

Das Gemetzel begann. Und während der ganzen Zeit leuchtete der Stock des Sdissers in grauem Licht.

Die Verdammte Scharlach jedoch beobachtete mit gelangweilter Miene vom Kutschbock aus, wie sich das endlose blauschwarze Band der Nabatorer in die gefallene Burg schlängelte.

Kapitel I

Der Tag war heiß, und die Kühe, die gemütlich wiederkäuten, hatten sich vor der mittäglichen Glut im Schatten der Weiden in Sicherheit gebracht. Ein einjähriges Kalb stand, von Bremsen gepeinigt, bauchtief im Fluss und stapfte immer mal wieder weiter ins Wasser hinein, um ganz unterzutauchen und sich von den lästigen Insekten zu befreien. Seine gescheckte Mutter versuchte, durch wiederholtes Muhen ihr Söhnchen zurück an Land zu treiben. Das Junge war jedoch zu sehr mit dem Kampf gegen die Bremsen beschäftigt, als dass er auf die beständigen Rufe geachtet hätte.

Pork stieß einen schweren Seufzer aus und legte die selbstgeschnitzte Flöte beiseite. Wie sollte er bei diesem Gemuhe ein ordentliches Lied zustande bringen? Warum gab diese blöde Kuh nicht endlich Ruhe? Ob er das Kalb aus dem Fluss jagen sollte? Aber wozu? Es würde ja doch gleich wieder hineintapsen.

Die Stunden zogen sich endlos dahin. Den Milchkrug hatte Pork bereits halb geleert, das Brot jedoch noch nicht angerührt. Er hatte keinen Hunger. Und auch keine Lust, auf die Kühe aufzupassen – während alle anderen Kinder aus dem Dorf Forellen angelten und Ritter spielten! Aber die wollten ihn, den Dorftrottel, der schon so viel älter war als sie, sowieso nie dabeihaben. Pork hegte deswegen einen unglaublichen Groll auf sie, vor allem da er nicht einmal verstand, warum sie ständig über ihn lachten und ihm einen Vogel zeigten.

Gerade als er sich noch ein, zwei Stündchen im Schatten der Sträucher aufs Ohr hauen wollte, bemerkte er in der Ferne vier

Reiter auf der Straße. Ohne Eile überquerten sie die solide, von den Bauern geschaffene Holzbrücke und hielten auf den Kahlen Stein zu. Diese Steine standen an allen Wegkreuzungen und sollten das Böse von den Häusern fernhalten. Die vier Männer schlugen die Abzweigung zum Dorf ein.

Pork stülpte die Unterlippe vor, worauf prompt Speichel auf seinen Hemdsärmel tropfte, und beobachtete die Reiter.

Nach Hundsgras, dem Dorf im Waldsaum vor den Buchsbaumbergen, verirrte sich nur selten jemand.

Wie die Steuereintreiber des Statthalters sahen diese Reiter nicht aus, denn sie trugen nur grobe, lederne Jacken und einfache Leinenhemden, nicht die wunderschöne rot-weiße Uniform, die Pork nur zu gern selbst angezogen hätte.

»Und einen Herold mit Trompete haben sie auch nicht dabei«, murmelte er. »Echt wahr, die Soldaten des Statthalters gefallen mir viel besser. Aber wenigstens haben sie Schwerter. Die sind scharf, das seh ich. Viel schärfer als Vaters Messer, mit dem er Pork bis aufs Blut ritzt. Das tut weh! Einer hat sogar eine richtige Armbrust, keine zum Spielen. Wenn du mit der schießt, gibt's ein Loch. Wenn Pork eine Armbrust hätte, würden ihn die anderen Kinder nie wieder auslachen. Gnuth hat einen Bogen, und über den lacht niemand. Echt wahr. Und die Mädchen lieben ihn. Jawoll. Die Pferde dieser Onkels sind auch gut, viel besser als die bei uns im Dorf. Wenn die dich damit überrennen, bleibt nichts von dir übrig. Weil das echte Ritterpferde sind. Wenn Pork das Dorf verlässt, wird er auch Ritter. Und rettet Mädchen. Trotzdem sind diese Onkels keine Ritter. Die haben nämlich keine bunten Wappen, Federbüsche und Rüstungen! Das sind höchstens falsche Ritter. Oder vielleicht Räuber. Aber eigentlich sehen sie nicht so aus. Sogar ein Kind weiß doch, dass Räuber nie auf offener Straße reiten. Sonst hängen die Soldaten des Statthalters sie gleich an der nächsten Espe auf. Außerdem haben Räuber keine Ritterpferde. Die sind nur böse, feige, dreckig und haben rostige Messer quer im Mund. Aber die Onkels kommen ohne Messer. Und klauen könnten sie bei uns auch gar nichts. Höchstens ein paar Steckrüben von der alten Rosa.«

Pork malte sich aus, wie eine Bande von ungewaschenen, bärtigen Männern mit einer Machete zwischen den Zähnen über den Zaun der gemeinen Rosa kletterte, sich nach allen Seiten ängstlich umsah und dann die Steckrüben ausbuddelte. Dabei stand Rosa die ganze Zeit auf der Vortreppe, fuchtelte wild mit ihrem Krückstock und ließ die schlimmsten Flüche auf die Halunken hageln. Vielleicht würde die alte Schachtel sogar den Stock nach ihnen schmeißen. Genau das hatte sie nämlich getan, als Pork einmal ihren Zaun eingerissen hatte. Eine schöne Beule hatte das gegeben. Sein Vater war damals der Ansicht gewesen, jetzt würde Pork bestimmt schlauer werden. Aber da hatte er sich zu früh gefreut. Die Kinder lachten immer noch über ihn, nannten ihn Trottel und wollten nicht mit ihm spielen.

Als einer der Reiter den Hirten bemerkte, machte er seine Gefährten auf ihn aufmerksam. Daraufhin ritten alle vier von der Straße hinunter und kamen quer übers Feld auf Pork zu.

Der wäre in seiner Angst am liebsten Hals über Kopf davongestürzt, hätte das nicht bedeutet, die Kühe unbeaufsichtigt zu lassen. Die würden dann bestimmt alle weglaufen – und er könnte sie wieder einfangen! Falls die Scheckige auch noch in die Felsspalte lief, würde er sie selbst mit dem lautesten Gebrüll nicht wieder hervorlocken. Dann würde ihn sein Vater entsetzlich verbläuen, mit Nesseln oder mit der Gerte, und er könnte sich eine ganze Woche lang nicht auf seine vier Buchstaben setzen. Abgesehen davon war es bis zum Wald noch ein ordentliches Stück, da würden ihn die Reiter mit Sicherheit einholen – und vermutlich verprügeln. Damit galt es, zwischen einer klaren und einer vagen Gefahr zu wählen, und Pork entschied sich zu bleiben.

Als ihn die Reiter erreichten, zogen sie die Zügel an.

»Bist du aus dem Dorf, Meister?«, fragte der Älteste von ihnen, ein hagerer, hochgewachsener Mann mit scharfkantigem Gesicht und tiefliegenden, klugen Augen. Er sah Pork freundlich an. Und ein wenig spöttisch.

Nie zuvor war Pork von jemandem *Meister* genannt worden. Die Anrede gefiel ihm. »Ja«, sagte er.

»Aus Hundsgras?«

»Ja.«

»Ist es noch weit bis dahin?«

»Nö. Nicht sehr, Onkel. Gleich hinter dem Hügel da.«

»Na endlich! Hätten wir ihn also doch gefunden«, bemerkte ein pockennarbiger Mann. »Ein guter Unterschlupf, oder, Knuth?«

»Überrascht dich das etwa, Bamuth?«, fragte dieser zurück. Er war es, der Pork Meister genannt hatte. »Schließlich hat Moltz nichts anderes behauptet.«

Der dritte Reiter, der Jüngste von allen, brummte nur zustimmend. Pork fand ihn auf Anhieb unsympathisch, mürrisch und böse. So einer prügelt ohne jeden Grund los. Und lacht dich aus.

»Gibt es dort eine Schenke?«

»In dem Nest?!«, polterte der Mürrische. »Bis zu den Bergen sind es keine zehn League mehr, was erwartest du da für Schenken?!«

»Wir haben aber eine Schenke«, mischte sich Pork ein. »Gleich an der Straße, die durchs Dorf führt. Es ist das große Haus mit dem roten Schornstein. Da gibt's leckeren Kuchen. Und Shaf. Den hat mein Vater mich mal kosten lassen. Was wollt ihr eigentlich hier bei uns? Und sind das richtige Schwerter? Darf ich mal eins haben? Eure Pferde sind Rudesser, oder? Die Ritter haben genau die gleichen. Das weiß ich, weil ich später auch Ritter werde. Schnelle Tiere, oder? Ihr seid aber keine Ritter?«

»Halt, halt, nicht alles auf einmal, Meister!«, erwiderte Knuth. »Erst hätte ich mal ein paar Fragen. Sind das deine Kühe?«

»Nö, ich pass bloß auf sie auf.«

»Gefällt dir das?«

Daraufhin blickte der Hirte Knuth nur schmollend an.

Machte der sich also auch über ihn lustig. Dabei hatte er ihn doch *Meister* genannt. Da hatte Pork angenommen, sie seien Freunde.

Knuth lachte auf, während die drei anderen steinerne Mienen wahrten.

»Wie viele Höfe gibt es in dem Dorf?«

»Viele.« Pork streckte die Finger beider Hände hoch. »Sechs Mal so viele.«

»Bist ein kluger Junge«, lobte ihn Knuth. »Dass du sogar zählen kannst.«

»Kann ich nicht. Das hat mir mein Vater gesagt.«

»Und jetzt verrat mir mal, Meister, ob bei euch im Dorf Fremde leben.«

»Meinst du die Männer des Statthalters?«

»Kommen die denn hierher?«

»Sie waren da, Anfang Frühling. Schöne Männer. Wichtige. Mit Pferden. Jetzt rechnen wir aber erst wieder Ende Herbst mit ihnen. Sonst leben hier nur unsere Leute. Und manchmal noch die Holzfäller.«

»Die Holzfäller?«, hakte Bamuth nach.

»Klar«, sagte Pork, der es sehr genoss, sich so ernsthaft mit den Männern zu unterhalten. »Die fällen Bäume, und dann bringen sie das Holz über den Fluss nach Alsgara. Aus unserem Holz kann man nämlich die besten Schiffe machen. Die gehen nicht unter. Jawoll!«

»Und wo leben die Holzfäller?«

»In Erdhütten, hinter dem Erdbeerbach. Aber nur jetzt. Die sind böse, die Holzfäller. Einmal haben sie mich sogar verprügelt und mein neues Hemd zerrissen. Danach hat mich mein Papa noch verbläut wegen dem Hemd. Jawoll. Im Herbst gehen die Holzfäller dann wieder weg. Die wollen nicht bei uns überwintern. Wenn die Straßen erst mal voller Schnee sind, sitzt man hier nämlich bis zum Anfang des Sommers fest.«

»Ich habe ja gesagt, das ist das reinste Sumpfland«, bemerkte der Mürrische.

»Nö, stimmt nicht. Wir haben auch Berge. Und die Burg der Sechs Türme ist auch nicht weit, aber da bin ich noch nie gewesen. Und bis zum Sumpf muss man erst mal ein paar Tage durch den Wald. Aber wenn du das machst, gehst du unter!«

»Ich glaube nicht, dass unser Freund unter die Holzfäller gegangen ist«, bemerkte der vierte Mann, der bisher geschwiegen hatte und irgendwie an einen Iltis erinnerte.

»Seh ich auch so. Sag mal, Meister, kennst du alle Leute im Dorf?«

Misstrauisch runzelte Pork die Stirn. Was waren das bloß für merkwürdige Männer? Da erzählte er ihnen von den bösen Holzfällern, und die kamen wieder aufs Dorf zu sprechen. Und nach den Soldaten des Statthalters hatten sie auch gefragt.

»Weißt du, wir suchen einen Freund. Er ist so alt wie er«, sagte Knuth und zeigte auf Bamuth. »Und hat blonde Haare und graue Augen. Er lacht fast nie und ist der beste Bogenschütze, den es gibt. Kennst du den?«

»Der beste Bogenschütze ist Gnuth, aber der hat schwarze Haare. Außerdem fehlt ihm ein Auge.«

»Unser Freund hat auch eine Frau, die ist groß und sehr schön. Sie hat langes blondes Haar und blaue Augen. Na? Gibt es hier im Dorf so ein Paar?«

»Vielleicht«, druckste Pork. »Ich kann mir nicht alles merken, schließlich muss ich auf die Kühe aufpassen, sonst schimpft mein Vater.«

»Ob das hier deinem Gedächtnis auf die Sprünge hilft?« Knuth schnippte Pork eine Münze zu.

Der fing sie auf – und begaffte sie mit offenem Mund. Dieser dumme Onkel hatte ihm einen ganzen Sol gegeben! Jetzt konnte er sich Süßigkeiten kaufen und sie heimlich ganz allein aufessen. Das hatten die anderen davon, dass sie ihn immer Trottel nannten! Pork biss auf die Münze und steckte sie schnell in seinen Rucksack, damit die Männer sie ihm nicht wieder wegnahmen.

»So wie du sie beschrieben hast, sind das Pars und seine Frau Ann.«

Die Männer wechselten beredte Blicke.

»Und wo finden wir die?«

»Das ist ganz leicht. Das Haus liegt am Dorfrand, gleich bei der Schmiede. Ihr erkennt es sofort, denn das Tor hat sehr schöne Pferde mit Flügeln. So ein Tor hätte ich auch gern.«

»Wohnen sie schon lange bei euch?«

»Weiß nicht.« Pork runzelte die Stirn. »Aber eine ganze Weile schon.«

»Mach's gut, Meister«, sagte Knuth.

Die Unbekannten wendeten die Pferde. Als sie wieder auf der Straße waren, erreichte sie Porks Schrei. »He, Onkels! Aber Pars kann nicht mit dem Bogen schießen! Er ist Zimmermann!«

»Was musstest du dich unbedingt mit diesem Trottel einlassen, Knuth?«, fragte der Mann, den Pork bei sich den Mürrischen genannt hatte. »Wir hätten im Dorf doch jeden anderen fragen können.«

»Willst du dich hier als Lehrer aufspielen? Jeder andere ist ja gerade kein Trottel, den du für einen Sol kaufst. Du kennst diese Dörfler nicht. Wenn denen unsere Visagen nicht gefallen, holst du nichts aus ihnen raus.«

»In dem Fall könnten wir sie ja ein wenig mit dem Messer kitzeln.«

»Nur wärst dann der Trottel du, Shen«, erwiderte Knuth grinsend. »Wie stellst du dir das vor? Wir vier gegen so und so viele Dörfler? Das hier ist nicht Alsgara mit seinen bangigen Männern. Die Leute stürmen nicht gleich Hals über Kopf davon, wenn du dein Messerchen zückst. Die machen nicht viel Federlesens mit dir. Das sind Wilde. Von denen steht jeder mit Beilen und Stöcken für sich selbst ein.«

»Dann hätten wir eben allen Häusern einen Besuch abgestattet! Irgendwo hätten wir euren guten alten Freund schon gefunden!«

»Bei dir klingt alles immer so verflucht einfach. Sechzig Höfe! Was glaubst du, wie viel Zeit uns das gekostet hätte!«

»Ein Stündchen, vielleicht zwei.«

»Eben! Was, wenn sich in der Zeit eine gute Seele findet, die ihn warnt? Und er beschließt, sich nicht mit uns zu unterhalten. Was dann? Wie willst du das Moltz erklären?«

Dieses Argument nahm Shen den Wind aus den Segeln. Verdrossen presste er die Lippen aufeinander, sagte aber keinen Ton mehr.

Unterdessen hatten die Reiter den Hügel erklommen, von dem aus sie Hundsgras vor sich sahen. Das Dorf erstreckte sich zu beiden Seiten eines kleineren Flusses. Allerdings hatte ihnen der Trottel Unsinn erzählt, es gab weit mehr als sechzig Höfe. Rechts der Straße lag ein Friedhof, dahinter ein abgeholztes Stück Land. Auf der anderen Uferseite zogen sich Felder dahin, bis sie auf die finster dräuende Mauer des Waldes stießen. Wälder, kleine Hügel und unzählige Schluchten nahmen das Dorf förmlich in die Zange.

Von Alsgara bis hierher war es für Knuth und seine Männer ein langer Weg gewesen. Die letzten Tage mussten sie unter freiem Himmel schlafen, da sie im Umkreis von einer League nicht eine Schenke gefunden hatten. Von einem anständigen Essen, Wein oder Weibern ganz zu schweigen. Stattdessen durften sie die Bekanntschaft von Mücken und Fliegen machen. Stattdessen folgte ihnen ein sonderbares Heulen. Immerhin war ihnen kein Waldgeist oder einer dieser kleinen Dämonen, ein Gow, begegnet. Wilde Tiere waren ihnen allerdings nicht erspart geblieben. Erst vorgestern hatte sie ein stattlicher Bär angegriffen. Bamuth hatte sofort nach seiner Armbrust gegriffen, das Tier aber verfehlt. Daraufhin hatten sie das braune Monstrum mit Feuer verjagt. Und sie konnten von Glück sagen, dass niemand von ihnen zu Schaden gekommen war.

»Dieser … äh, Einfaltspinsel hat uns leider verschwiegen, auf welcher Seite des Flusses unser Zimmermann lebt«, brachte der pockennarbige Bamuth nun heraus.

»Wir finden ihn schon«, erwiderte Knuth und trieb sein Pferd an. »Der entkommt uns nicht mehr.«

Sie ritten am Friedhof entlang, der nicht einmal eine Einfriedung besaß, kamen an einem Brunnen vorbei, an dem zwei Frauen darüber stritten, welche von beiden als Erste Wasser schöpfen dürfe, und gelangten schließlich in den westlichen Teil des Dorfes.

Zwar richteten sich allenthalben neugierige Blicke auf sie, denn hier tauchten nur selten Fremde und schon gar keine Reiter auf, doch niemand sprach sie an.

Die Schenke fanden sie mühelos. Das Haus war in der Tat auffällig und groß und hatte einen roten Schornstein und ein bemaltes Tor. Der Wirt hätte sich beim Anblick der Fremden beinahe am Shaf verschluckt. Er stierte sie mit derart weit aufgerissenen Augen an, dass Knuth schon befürchtete, er werde gleich einem Schlag erliegen.

Natürlich waren noch Zimmer frei.

»Wir haben nur selten Gäste«, murmelte der Wirt, während er mit einer geschickten Geste den goldenen Soren in Sicherheit brachte, den Knuth ihm zugesteckt hatte. »Also immer rein. Wenn sich mal jemand in unsere Gegend verirrt, will er meist nach Tannenfurt. Wir sind hier fernab von allem. Wollt Ihr etwas essen? Wir machen was zurecht, eh Ihr Euch's verseht.«

»Wie kannst du dich hier halten? Wenn's nur wenig Gäste gibt.«

»Wegen der Holzfäller. Und weil die Leute aus dem Dorf herkommen, um Shaf und Wein zu trinken. Allerdings erst abends. Also, werte Herren, Ihr könnt Euch nach Belieben ausbreiten, alle Zimmer sind frei. Meloth sei gepriesen, dass er Euch an meinen bescheidenen Herd geführt hat!«

»Gibt es im Dorf einen Schmied?«, fragte Knuth beiläufig. »Mein Pferd lahmt.«

»Aber sicher, den alten Morgan. Da müsst Ihr immer die Straße rauf, dann nach rechts, über den großen Platz und weiter bis zum Ende des Dorfs. Er lebt unmittelbar am Waldrand, Ihr könnt sein Haus nicht verfehlen.«

Shen und Bamuth verständigten sich mit einem Blick und saßen wieder auf. Knuth und der iltisgesichtige Mann folgten ihrem Beispiel.

»Bereite unsere Zimmer und etwas zu essen vor«, verlangte Knuth. »Wir sind bald zurück.«

Der Wirt versicherte ihnen, sie würden alles zu ihrer vollsten Zufriedenheit vorfinden, und eilte davon, um sich an die Arbeit zu machen. Nicht eine Sekunde dachte er darüber nach, warum alle vier zum Schmied ritten, wenn doch nur das Pferd des einen lahmte.

»Der Trottel hat gesagt, es ist gleich neben dem Schmied.«

»Falls er nicht gelogen hat«, sagte Shen.

Knuth schnaubte bloß. Natürlich hoffte Shen darauf, dass der Blödmann sie angelogen hatte. Dann hätte er endlich einen handfesten Beweis für seine, Knuths, Fehlbarkeit.

Er grübelte noch immer darüber nach, warum Moltz ihr eingeschworenes Terzett um einen vierten Mann erweitert hatte. Shen war viel zu jung, um besonnen zu handeln. Nie vergegenwärtigte er sich vorab die Folgen seines Tuns. Was von ausgesprochener Dummheit zeugte. Falls er sich das nicht abgewöhnte, würde er seinen Kopf nicht mehr lange auf dem Hals tragen.

»Wenn er gelogen hat, mache ich kehrt und ertränke ihn im Fluss«, antwortete Knuth gelassen. »Aber warum sollte er?«

Während sie langsam die Straße hinunterritten, spähten sie aufmerksam nach links und rechts. Einmal sprang ein dreckiger, räudiger Köter mit keifendem Gebell über einen Zaun, traute sich dann aber nicht an die Pferde heran. Deshalb schickte er den Reitern nur so lange sein Gekläff hinterher, bis sie aus seinem Blickfeld verschwunden waren.

»Da wären wir ja.« Knuth deutete mit einem Nicken auf ein Tor. »Da sind die Pferde.«

In der Tat zeigte das hölzerne Tor die Form von schlankbeinigen Pferden mit Schwanenflügeln. Sie hatten das Haus, das sie suchten, gefunden. Es war groß und hell und bestand aus Kiefernbalken.

»Siehst du, Shen«, bemerkte Knuth, »manchmal lohnt es sich, den Menschen zu trauen. Auch den Trotteln.«

Shen verzog die Lippen zu einem Grinsen.

»Bamuth, du bleibst hier und passt auf die Pferde auf«, befahl Knuth.

»Und wenn … er uns angreift?«

»Was hast du bloß für eine schlechte Meinung von unserem guten alten Freund.«

»Die Menschen ändern sich im Laufe der Jahre. He! Finger weg von der Armbrust!«

Die letzten Worte galten Shen, der nach seiner Waffe griff, die am Sattel hing.

»Weshalb das?«, fragte er zurück.

»Tu, was er dir sagt«, befahl Knuth. »Wir wollen nur mit ihm reden. In aller Ruhe. Dieses kleine Spielzeug da könnte alles verderben.«

»Aber was … wenn er nicht ruhig und friedlich reden will?!«

»Zerbrich du dir darüber nicht den Kopf«, mischte sich der iltisgesichtige Mann ein. »Denk lieber dran, den Mund zu halten!«

Der Iltisgesichtige, der auf den Namen Gnuzz hörte, war von Anfang an nicht gut auf Shen zu sprechen gewesen. Wahrscheinlich würden die beiden früher oder später aneinandergeraten – und danach bliebe einer von ihnen für immer am Boden liegen. Und nach Knuths Ansicht dürfte das nicht Gnuzz sein. Jahrelange Erfahrung, gepaart mit Grausamkeit und List, machten ihn geradezu unschlagbar. Moltz allein wusste, wie viele Seelen aufs Konto dieses Mörders gingen.

»Haltet jetzt beide die Schnauze!«, brüllte Knuth, als er sah, dass Shen die Armbrust nach wie vor umfasst hielt und Gnuzz nach dem Messer griff. »Beharken könnt ihr euch, wenn wir wieder in Alsgara sind. Sofern ihr das dann noch wollt. Jetzt haben wir einen Auftrag zu erledigen. Da können wir getrost auf jede Messerstecherei verzichten. Sollte einer von euch beiden trotzdem Streit anfangen, fliegt er schneller aus der Gilde, als Moltz seinen Namen aussprechen kann. Habe ich mich klar genug ausgedrückt, ihr Hohlköpfe?«

»Alles klar, Chef.« Gnuzz nahm die Hand vom Messer. »Tut mir leid, ich hab die Beherrschung verloren.«

»Kommt nicht wieder vor«, sagte auch Shen und reichte Bamuth die Armbrust.

»Dann wollen wir uns jetzt um das kümmern, weshalb wir hierhergekommen sind. Ich werde sprechen. Ihr verhaltet euch ruhig. Das gilt vor allem für dich, Shen.«

»Ich hab's ja verstanden! Behandle mich also nicht wie einen Rotzlöffel!«

»Es ist eine Sache, einen Kohl mit einem Messer zu zerhacken, aber eine ganz andere, mit dem Gärtner zu reden.«

Nach diesen Worten öffnete Knuth das Tor und betrat den Hof – um sofort denjenigen zu erblicken, den sie suchten.

Der Mann hackte mit nacktem Oberkörper Holz. Shen hatte von den anderen dreien bereits etwas über ihn gehört, ihn sich jedoch völlig anders vorgestellt: gesund, stark, mit gewaltigen Pranken und riesigen Fäusten. Aber der Mann vor ihnen, der in Alsgara unter dem Namen *der Graue* bekannt war, entsprach in keiner Weise dieser Vorstellung. Das war kein Kraftbolzen, kein massiver Gigant, der einem fünfjährigen Stier mit einer einzigen Bewegung das Genick brach. Von ihm ging keine Bedrohung aus. Vor sich sah Shen einen sehnigen, schlanken Mann ohne ein Gramm Fett, aber auch ohne Muskelpakete.

Diesen Typus kannte er. Denen merkte man ihre Kraft nicht an. Obendrein hielten sie so viel aus wie hundert dieser elenden Sumpfbewohner von Blasgen zusammen. Jedenfalls sauste die schwere Axt des Mannes durch die Luft, als wäre sie eine Feder.

Gerade unterbrach er seine Arbeit und richtete den Blick auf die Besucher. Er verengte die grauen Augen zu Schlitzen und packte die Axt mit einer lässigen Bewegung fester. Das entging den dreien nicht. Shen verlangsamte den Schritt, Gnuzz sah sich rasch nach allen Seiten um. Nur Knuth blieb ruhig. Er lächelte, sein wachsamer Blick verriet jedoch, dass auch er gespannt wie eine Armbrust war. Fünf Yard vor dem Mann blieb Moltz' Abgesandter stehen. »Sei gegrüßt, Grauer.«

Der schwieg sich erst hartnäckig aus, bevor er erwiderte: »Sei gegrüßt, Knuth.«

»Wie geht's dir?«

»Nicht schlecht«, antwortete der Graue grinsend. »Bis eben jedenfalls.«

»Du hast dir ein hübsches Plätzchen ausgesucht«, überging Knuth die spöttische Bemerkung. »Abgeschieden, mitten im Wald, in der Nähe ein Fluss und ohne das Gewusel der Stadt. Und ein hübsches Häuschen hast du auch.«

»Kann nicht klagen«, sagte der Graue. »Was willst du?«

»Jemand hat mich zu dir gesandt. Können wir irgendwo in Ruhe reden?«

»Ich würde sagen, das tun wir schon.«

»Willst du uns nicht reinbitten?«

»Ich hab nicht aufgeräumt.«

»Sechs Jahre sind vergangen, und du hast dich kein bisschen verändert«, bemerkte Knuth grinsend. »Für Gäste hast du also immer noch nichts übrig.«

»Es sind sieben Jahre, um genau zu sein. Guten Tag, Gnuzz.«

»Guten Tag, Ness. Ich hätte nicht geglaubt, dich je wiederzusehen. Du bist geschickt abgetaucht.«

»Nicht geschickt genug, sonst hättet ihr mich nämlich nicht gefunden«, sagte Ness. »Bamuth wartet am Tor, nehm ich an.«

»Du kennst ihn doch. Er macht nicht gern Besuche. Ich soll dich von Moltz grüßen.«

»Ach ja, der gute alte Moltz«, presste Ness heraus. »Dem entkommt so schnell niemand.«

Als Ness das zerhackte Holz umrundete und vortrat, wich Gnuzz prompt genauso viele Schritte zurück. Im Unterschied zu Shen zog es der iltisgesichtige Mörder vor, zwischen sich und dem Grauen Abstand zu wahren. Daraufhin lächelte Ness zum ersten Mal während ihres Gesprächs und rammte die Axt in den Holzblock. Er fuhr sich mit der Hand durch das strohblonde Haar.

Von allen fiel nun die Anspannung ein wenig ab.

In diesem Augenblick erschien eine hochgewachsene Frau auf der Vortreppe. Die hellen, fast weißen Haare waren zu einem festen Zopf zusammengebunden. Sie trug einen langen schwarzen Rock und ein Leinenhemd. Sobald sie die drei Besucher sah, funkelte in ihren blauen Augen Zorn auf, während sich die feinen Lippen zu einem schmalen Strich zusammenpressten. Ein Schatten huschte über ihr Gesicht. Unwillkürlich griff Knuth nach dem Lederbeutel an seinem Gürtel. Der enthielt einen Talisman, den ein Priester Meloths geweiht hatte. Knuth wusste zwar, dass dieses Amulett gegen die Frau nichts würde ausrichten können, doch der Aberglaube erwies sich als stärker. »Guten Tag, Lahen«, sagte er.

Die überhörte seinen Gruß und sah ausschließlich ihren Mann an. Der versank für den Bruchteil einer Sekunde förmlich in ihren Augen. Das Ganze wirkte, als verständigten sie sich in Gedanken miteinander. Dann wandte sich Lahen ab und ging ins Haus. Bevor sie die Tür hinter sich schloss, warf sie den ungebetenen Gästen einen letzten warnenden Blick zu.

Kaum dass sie verschwunden war, atmete Gnuzz erleichtert durch, nachdem er in Anwesenheit der Frau die ganze Zeit über die Luft angehalten hatte.

»Habt ihr früher nicht bloß zu dritt gearbeitet?«, wollte Ness von Knuth wissen.

»Stimmt«, antwortete dieser und setzte eine gallige Miene auf, um sein Glück darüber, einen vierten Mann aufgedrückt bekommen zu haben, zum Ausdruck zu bringen.

»Weshalb seid ihr gekommen?«, fragte Ness, während er sich ein Hemd überstreifte.

»Moltz entbietet dir einen Gruß.«

»Ich kaufe dir nie im Leben ab, dass er dich auf diese lange Reise geschickt hat, nur um mir einen Gruß zukommen zu lassen.«

»Stimmt, nicht nur deswegen«, bestätigte Knuth. »Wir sollen dir noch ausrichten, dass auf deinen Kopf fünftausend Soren ausgesetzt sind. Und genauso viel auf Lahens.«

»Du willst mir meinen Tag doch nicht mit der Mitteilung vergällen, Moltz bräuchte Geld?«

»Nein. Er will dich warnen. Aus alter Freundschaft.«

»Wie gütig von ihm. Wie hat er mich gefunden?«

»Woher soll ich das wissen? Irgendein Vogel wird es ihm gezwitschert haben. Er hat mir den Dorfnamen genannt, und ich bin los. Das Kopfgeld wurde vor zwei Wochen ausgesetzt. Da kam das Gerücht auf, du seist noch am Leben. Offenbar gab es solide Beweise dafür, sonst hätte man dich nicht zur Jagd ausgeschrieben. Und du musst zugeben, dass sich für dieses Sümmchen bestimmt jemand findet, der dich erledigt.«

»Oh, gewiss.« Dann wandte er sich an Gnuzz. »Nimm die Hand vom Messer.«

»Tut mir leid, eine alte Angewohnheit«, entschuldigte sich dieser sofort und zog sich zum Zeichen seiner Friedfertigkeit sogar ein Stück in Richtung Tor zurück.

»Bei so viel Geld hat sich die Sache schnell rumgesprochen. Euer Leben ist in Gefahr.«

»Was lässt mir mein alter Freund Moltz sonst noch ausrichten?«

»Nichts weiter. Übrigens hat Yokh Dreifinger das Kopfgeld ausgesetzt.«

In den grauen Augen loderte eine Flamme auf – nur um sofort wieder zu erlöschen. »Dann vielen Dank für die Warnung. Übermittel auch Moltz meine Dankbarkeit.«

»Er hat eigentlich damit gerechnet, dass du das persönlich erledigst.«

»Meine Sehnsucht nach Alsgara hält sich in Grenzen.«

»Aber hier ist es jetzt zu gefährlich. Jede Ratte kennt euch. Und wieder abtauchen ... Pass auf, wir bleiben noch fünf, sechs Tage in der Schenke. Wenn du es dir überlegst, lass es uns wissen.«

»Soll das heißen, ich kriege eine Ehreneskorte?«

»Etwas in der Art. Mach's gut.«

Ohne ein weiteres Wort zu sagen, wandte sich Knuth zum Tor um. Als Letzter verließ Gnuzz den Hof. Im Rückwärtsgang, wie es seine Art war.

Kapitel 2

Ich geleitete sie nicht zum Tor, das wäre nun doch zu viel der Ehre gewesen, sondern blieb auf der Vortreppe stehen und beobachtete, wie Gnuzz das Tor hinter sich schloss. Dieser widerliche kleine Iltis! In den guten alten Zeiten waren wir in Alsgara einmal aneinandergeraten. Damals hatte Gnuzz den Kürzeren gezogen. Das bedeutete aber noch lange nicht, dass er mein Recht anerkannte, die besten Aufträge an Land zu ziehen. Im Gegenteil. Er hatte lediglich fürs Erste Ruhe gegeben. Deshalb sollte ich selbst nach all den Jahren noch mit jeder Gemeinheit von seiner Seite rechnen – und ihm niemals den Rücken zukehren.

Nie im Leben hätte ich erwartet, meinen geschätzten alten Kollegen in diesem Nest wiederzubegegnen. Sollen die Verdammten sie doch holen! Wie hatten die uns bloß aufgespürt?! Fünf Jahre waren wir von Ort zu Ort gezogen – und alles umsonst!

Wir hatten uns nirgendwo lange aufgehalten, hatten mit niemandem Freundschaft geschlossen, ja, uns nicht mal Bekannte zugelegt. Mucksmäuschenstill hatten wir uns verhalten. Obwohl uns alle für tot hielten, waren Lahen und ich immer davon ausgegangen, dass man uns insgeheim weitersuchte. Vor allem in den ersten beiden Jahren.

Allen Razzien, die die Wachtposten, die Soldaten der verschiedenen Statthalter und die Leute der Schreitenden durchführten, waren wir glücklich entronnen. Zweimal hätten sie uns allerdings beinah erwischt. Selbst als sich die Wogen geglättet hatten, blieben wir vorsichtig. So vergingen weitere drei Jahre. Danach waren wir uns einigermaßen sicher, dass man uns vergessen hatte, und zogen an den äußersten Rand des Imperiums. Nach Süden. In das Land der Blasgensümpfe. In die Wälder.

In diesem Dorf hier hatten wir zwei ruhige und glückliche Jahre verbracht. Gut, wir beide gewannen dem Leben in tiefster Provinz nicht allzu viel ab, doch es galt, auf Zeit zu spielen und abzuwarten, bis wir eines Tages ein Schiff nehmen konnten. Das uns weit, weit fort von hier bringen würde.

Und ausgerechnet jetzt, da diese Möglichkeit in Greifweite rückte, holte uns aus heiterem Himmel die Vergangenheit ein, der wir so lange und so erfolgreich entkommen waren. Es wollte mir einfach nicht in den Kopf, wie sie uns nach all den Haken, die wir geschlagen hatten, finden konnten.

Das war einfach absurd!

Da hatten wir die Spione der Schreitenden abgehängt, scheiterten aber am alten Moltz! Wie? Verflucht noch eins, wie hatte er uns aufgespürt?!

Die Tür ging auf, und Lahen trat neben mich. Eine Weile schwiegen wir und lauschten darauf, wie Knuths Männer auf die Pferde stiegen und davonritten.

»Woran denkst du?«, fragte ich meine Frau.

»Dass auch wir unserer Vergangenheit nicht entkommen. Ich würde sagen, uns bleibt eine Woche, mehr nicht. Danach wird es brenzlig.«

»Schade, dass wir alles aufgeben müssen. Das Haus hat mir immer gefallen.«

So komisch das klingt, aber es tat mir wirklich leid. Selbst wenn ich die ganze Zeit davon geträumt hatte, dieses Nest zu verlassen. Aber immerhin hatte ich dieses Haus mit meinen eigenen Händen erbaut.

»In den letzten beiden Jahren hast du dich zu einem regelrechten Stubenhocker gemausert, mein Liebster«, sagte Lahen grinsend. »Das war früher auch anders.«

»Da warst du auch anders«, entgegnete ich und setzte ebenfalls ein Grinsen auf. »Aber wie es aussieht, ist es nun an der Zeit, etwas mehr Aushäusigkeit an den Tag zu legen.«

»Moltz könnte lügen. Er will Dreifinger schon seit Langem in die Glücklichen Gärten schicken. Da kommen wir ihm gerade recht. Denn wir müssen den Auftraggeber ausschalten, das weiß Moltz ganz genau. Ja, er hofft sogar darauf. Warum sonst hätte Knuth darauf hingewiesen, Moltz erwarte, dass wir uns persönlich bedanken.«

»Du hast recht, wir müssen Yokh aus dem Weg räumen. Aber was, wenn wir damit erst recht die Aufmerksamkeit unserer Verfolger auf uns lenken? Dann ist es ein für alle Mal vorbei mit dem ruhigen Leben.«

Lahen bettete den Kopf auf meine Schulter. Ich brauchte meinem Augenstern nicht zu sagen, wer uns verfolgte. Seit sieben Jahren schon. Seit jenem Tag, als …

… als es schon den zweiten Tag schneite. Vom tiefen grauen Himmel fielen große weiße Flocken. Sie legten sich aufs Pflaster, auf die Plätze, die Bäume, die Wachtürme, die Marktstände, die roten Ziegeldächer, die Tempel des Meloth und die Mützen der Menschen. Das Grüne Alsgara, wie die Hauptstadt der Südprovinz des Imperiums genannt wurde, hatte sich in ein Weißes Alsgara verwandelt.

Die Kinder freuten sich natürlich unsagbar über den Schnee, alle anderen wurmte er bloß. Obwohl der Frühling schon vor der Tür stand, gab es noch so viel Schnee wie beim Feiertag der Monde in der Wintermitte.

Verfluchtes Wetter! Ich rieb meine behandschuhten Hände gegeneinander. Meine Finger wurden langsam taub. Auf dem Dachboden, wo ich mir jetzt schon seit drei Stunden die Zeit um die Ohren schlug, herrschte eisige Kälte. Was nicht weiter erstaunlich war: Das Fenster fehlte, und frostiger Wind wehte herein. Zu allem Überfluss war es hier drinnen auch noch dunkel! Das spärliche Licht, das von der abendlichen Straße einfiel, änderte daran wenig. Eine Kerze wollte ich aber lieber nicht anzünden, selbst wenn die Gefahr, dass jemand das Licht bemerkte, gering war.

Diese Saukälte! Ich rieb die Hände noch kräftiger gegeneinander, bis das Leben in meine Fingerspitzen zurückkehrte. Dabei konnte ich noch von Glück sagen, dass dies kein strenger Winter war. In dem Fall wäre ich nämlich längst erfroren.

Vorsichtig spähte ich hinaus. Und fluchte noch einmal. In einer halben Stunde würde es stockfinster sein. Nach wie vor war unser Ziel nicht aufgetaucht. Dabei hatten wir schon vor einer Stunde mit ihm gerechnet. Zweimal hatte die Glocke am Torturm in der Hohen Stadt, dem ältesten Teil Alsgaras, bereits geschlagen. Neun Uhr! Verflucht noch eins, wo blieb die Frau nur?! Ich ertappte mich, wie ich immer nervöser wurde.

Kein Wunder. Das Sümmchen, das Lahen und ich erhalten hatten, konnte sich sehen lassen: fünfzehntausend Soren in Gold! Noch nie war für einen Kopf so viel Geld gezahlt worden. Nicht mal für den des Statthalters. Deshalb war der Auftrag auch unseren Abgang wert.

Denn wenn wir heute Abend unsere Arbeit erledigt hatten, würden wir für immer verschwinden. Da wir das Geld jedoch im Voraus bekommen hatten, zerbrach ich mir selbst darüber nicht den Kopf.

Als ich Lahen von dem Unbekannten und seinem Angebot erzählt hatte, kam kein Widerwort von ihr, dazu kannte sie mich zu gut. Sie wusste genau, dass ich den Köder bereits geschluckt hatte. So hörte sie mir schweigend zu, stand irgendwann auf und ging aus dem Zimmer, wobei sie die Tür sehr leise hinter sich schloss. Eine Stunde später kehrte sie zurück. Keine Ahnung, wo sie gewesen war. Ihre geröteten Augen verrieten mir, dass sie geweint hatte. Darauf sprach ich sie aber nicht an. Sie mochte es nicht, wenn jemand ihre Schwäche mitbekam.

Lahen setzte sich an den Tisch, nahm meine Hand und nickte. Mein Augenstern ließ mich nicht im Stich. Wir würden den Auftrag übernehmen. Ohne ihre Hilfe wäre ich bei dieser Sache nämlich aufgeschmissen – und dem Tod geweiht.

Vom Dachboden aus konnte ich bloß einen kurzen Teil der Straße unmittelbar vorm Fenster einsehen. Das bedeutete, ich würde schießen müssen, obwohl ich das Ziel kaum ausmachte.

Jeder, der nur etwas vom Bogenschießen versteht, würde behaupten, wir hätten mit diesem Dachboden eine kreuzdämliche Wahl getroffen. Was genau der Grund ist, warum ich mich für ihn entschieden habe. Wenn es nach dem Schuss drunter und drüber ging, würden die Soldaten ihre Aufmerksamkeit auf den Glockenturm und das gegenüberliegende Haus eines reichen Würdenträgers dieser Stadt richten. Beide waren hervorragend für einen Hinterhalt geeignet. Allerdings brachten sie den Nachteil mit sich, dass der einzige Weg hinaus schnurstracks zum Friedhof führte. Für diese Route aber – und da ließ ich ganz entschieden nicht mit mir reden – war ich noch zu jung.

»Ness?«

Weil Lahen mehr als eine Stunde geschwiegen hatte, fuhr ich zunächst zusammen, als ihre Stimme in meinem Kopf erklang.

»Ja«, antwortete ich ihr in Gedanken.

»Das Ziel ist immer noch nicht in Sicht. Wenn es in den nächsten fünfzehn Minuten nicht auftaucht, müssen wir abziehen.«

»Einverstanden.«

Verärgert knirschte ich mit den Zähnen. Sie hatte ja recht. Im Dunkeln war die Gefahr danebenzuschießen zu groß. Und einen Treffer brauchte ich. Gleich mit dem ersten Schuss.

Plötzlich rieselte mir ein warmer Strahl über den Rücken. Sofort entspannte ich meine verkrampften Muskeln und atmete dankbar durch. Selbst vom anderen Ende der Straße aus wusste Lahen genau, wann ich Hilfe benötigte.

Die sie mir gewähren konnte, weil sie über die Gabe verfügte, auch wenn sie weder eine Glimmende noch eine Schreitende war. Sie konnte mit jedem Menschen in Gedanken Verbindung aufnehmen und besaß noch viele andere Talente, von denen außer mir allerdings niemand etwas Genaueres wusste.

Wie sie ihren Funken ohne Hilfe einer Schreitenden hatte entzünden können, war mir ein Rätsel. Dennoch fragte ich sie niemals nach ihrer Vergangenheit, und sie fing auch von sich aus nie ein entsprechendes Gespräch an. Meiner Ansicht nach dürfte sie jedoch ziemlich düster gewesen sein, ihre Vergangenheit, ein weiterer Grund, sie nicht damit zu quälen. Abgesehen davon scherte es mich einen feuchten Kehricht, was sie früher getan hatte. Ich nahm die Tatsache, dass Lahen über die Gabe verfügte, einfach hin – und Schluss. Ich liebte sie und vertraute ihr. Wir waren nicht nur Freunde und Kollegen, sondern auch ein Paar. Letzteres wusste niemand außer Moltz. Aber der stellte keine unbequemen Fragen und mischte sich nicht in anderer Leute Angelegenheiten ein.

»Da! Ich sehe sie! Halte dich bereit!«

Ohne jede Hast zog ich die wollenen Handschuhe aus, steckte sie hinter den Gürtel und streifte mir die Schießhandschuhe über. Danach hob ich den Bogen auf, der ein Zuggewicht von sage und schreibe einhundertachtzig Pfund hatte. Ich stemmte die untere Schulter der Waffe auf den Boden, presste mich auf die obere und spannte mit aller Kraft die Sehne. Über eine Woche lang hatte ich dieses Monstrum eingeschossen und wusste daher, dass ein Pfeil mühelos ein zweihundert Yard entferntes Eichenbrett durchbohrte. Zu bedauerlich, dass ich ihn hier zurücklassen musste. Aber die Freude, mich nach dem Mord mit diesem Ding auf der Straße blicken zu lassen, würde ich niemandem machen …

»Ich bin bereit.«

»Sie kommen raschen Schrittes die Straße hinunter. In einer Minute haben sie dich erreicht.«

»Gut.«

»Warte auf mein Signal!«

Erst nachdem ich genickt hatte, fiel mir ein, dass Lahen mich ja nicht sehen konnte.

»Es sind sechs Personen bei ihr. Zwei Glimmende und vier Gardisten des Statthalters, zwei davon mit Armbrüsten.«

»Mir bereiten eher die Glimmenden Sorge.«

Erneut wogte eine warme Welle über mich hinweg. *»Zerbrich dir über die nicht den Kopf. Die übernehme ich.«*

Ich schnaubte. Lahen blieb der schwierigste Teil unseres Unternehmens vorbehalten, nämlich diese beiden Hexen auszuschalten, um anschließend den Schutzschild, den sie über unserm Ziel gewirkt hatten, wegzuziehen. Nicht für lange. Nur für drei, vielleicht vier Sekunden. Das reichte für den Schuss.

Mit einem Mal gerieten die Schneeflocken in Aufruhr: Der Wind hatte gedreht. Schlecht.

»Der Wind hat sich gedreht«, teilte Lahen mir ebenfalls mit. *»Er kommt jetzt aus Nordwest. In Böen. Vier Finger nach oben.«*

Vier Finger. Das war noch schlechter als befürchtet. Das rückte das Zielen fast in die Nähe eines Glücksspiels. Offenbar war es an der Zeit, Meloth anzuflehen, er möge dafür sorgen, dass der Wind keine weiteren Überraschungen bereithielt. Immerhin erwies sich das Gewicht des Pfeils einmal mehr als Vorteil.

»Gut. Danke.«

»Noch zwanzig Sekunden. Sie sind gerade am Schatzamt.«

Ich achtete auf einen gleichmäßigen Atem. Ein, aus. Das war ein ganz gewöhnlicher Schuss. Mehr nicht. Solange ich denken kann, schieße ich mit Pfeil und Bogen. Hinter mir liegt der Krieg im Sandoner Wald. Der ist eine Herausforderung gewesen. Aber das hier? Hier stürmt niemand mit einem Schwert auf dich zu. Du musst bloß anlegen, zielen und das tun, wofür du bezahlt wurdest.

Ich hob den Pfeil mit der weißen Spitze aus einem mir unbekannten Material vom Boden auf und überprüfte noch einmal die Befiederung. War sie noch intakt?

Den Pfeil hatte mir ein Mann des Auftraggebers überbracht, zusammen mit dem Geld. Als Lahen diese Waffe erblickt hatte, hatte sie sich kategorisch geweigert, sie auch nur anzufassen. Ihre Erklärung erschöpfte sich darin, dass ein solcher Pfeil dazu gemacht sei, in einem Menschen die Grundlage seiner Gabe zu töten, seinen Funken zu löschen und die Seele selbst zu vernichten. Danach stand auch ich diesem Utensil skeptisch gegenüber. Der Auftrag verlangte jedoch glasklar, der Schuss habe mit diesem Pfeil zu erfolgen. So fand ich mich wohl oder übel damit ab.

»Wir treffen uns im Hafenviertel, an der verabredeten Stelle. Wenn ich in einer Stunde nicht da bin, geh ohne mich.«

»Du weißt genau, dass ich das nicht tue.«

Wir hatten vereinbart, die Stadt nicht auf dem Weg zu verlassen, den der Auftraggeber für uns vorgesehen hatte. Schließlich sollte er (oder sie) am Ende doch nicht der Versuchung erliegen, sich seines Werkzeugs zu entledigen. Deshalb hatte Lahen einen eigenen Plan ausgearbeitet. Niemand außer mir und ihr ahnte, wohin wir uns nach dieser Aufgabe begeben wollten. Für alle würden der Graue und Lahen wie vom Erdboden verschluckt sein. Tot.

Ich legte den Pfeil an die Sehne und hielt den Blick unverwandt auf die verschneite Straße gerichtet. Das schummrige Licht raubte mir die Nerven. Warum konnten diese Mistkerle von Lampenanzündern nicht einmal pünktlich sein?!

»Immer noch Nordwest. Ein halber Finger. Aber in einer Minute dreht der Wind erneut nach Nord.«

»Verstanden.«

»Viel Glück! Da sind sie!«

Auch ich sah sie jetzt. Die kleine Gruppe lief rasch in Richtung Kreuzplatz. Vorneweg zwei Gardisten, dann eine Frau, dahinter zwei weitere, zum Abschluss die beiden anderen Soldaten.

Plötzlich schimmerte der Rand der Pfeilspitze violett auf, und im ersten Moment hätte ich das Ding beinahe zur Seite geschleudert.

»Lahen! Der Pfeil leuchtet!«

»Keine Sorge! Er tastet bloß den Funken des Ziels ab! Hundertundfünf Yard!«

Ich soll mir also keine Sorgen machen? Was, wenn einer aus der Gruppe den Kopf hebt und in meine Richtung schaut? Dann heißt es: ade Auftrag.

»Ist es die erste Frau?«

»Fünfundneunzig Yard. Nein. Die zweite links.«

»Sicher?«

»Ja, glaub mir. Es ist die mit dem Zobel. Neunzig Yard. Warte auf mein Kommando!«

Ich behielt die zierliche Frau im Pelzmantel fest im Auge. Obwohl die Gruppe jetzt unmittelbar an mir vorbeilief, schoss ich nicht.

»Fünfundneunzig Yard ... hundert ... hundertfünf ...«

Die Gruppe entfernte sich weiter und weiter. Noch zwanzig Sekunden, und das Nachbarhaus nähme mir die Sicht.

»*Wind aus Nord. Vier Finger nach oben. Dir kommt ein Wagen entgegen. In acht Sekunden schiebt er sich vors Ziel. Warte noch. Hundertzehn.*«

Ich sah nur auf den Rücken, der sich immer weiter entfernte. Da kam auch schon der Wagen – der im Nu wieder verschwunden war.

»*Hundertfünfzehn. Los!*«

Nach der Woche mit den Schießübungen handelte ich, ohne nachzudenken: den Bogen angelegt, die Sehne zurückgezogen und geschossen.

Zing!

Kaum hatte ich den Schuss abgegeben, sprang ich vom Fenster weg und huschte zur Wand. Trotzdem bemerkte ich noch den violetten Schweif, den der Pfeil nach sich zog, während er auf sein Ziel zuhielt.

Lahen blieb derweil ebenfalls nicht untätig. Ich spürte zwar nichts, wusste aber, dass sie den Schutzschild der arglosen Glimmenden entfernt hatte.

Plopp!

Für den Bruchteil einer Sekunde loderte ein violettes Licht in der Straße auf. Der Pfeil hatte sein Ziel getroffen.

Die Glimmenden legten die Hände nun natürlich auch nicht in den Schoß, sondern schlugen blindlings auf alle Gebäude in der Nähe ein. Lahen würde mir jetzt nichts mitteilen, da sie befürchtete, die Zauberinnen könnten das Gespräch mit anhören. So hoffte ich inständig, mein Augenstern möge bereits in sicherer Entfernung weilen.

Rasch legte ich den Bogen ab, zog im Gehen die Schießhandschuhe aus und verließ den Dachboden über eine wackelige Leiter. Im ersten Stock des Hauses öffnete ich die Tür, trat in das gemietete Zimmer ein und streifte mir das Hemd eines Bäckergesellen über, das auf einem frisch gebackenen Brot auf mich wartete. Zu guter Letzt bestäubte ich Kleidung und Hände mit Mehl.

Ich biss vom Brot ab und öffnete kauend das Fenster, das zum Hinterhof führte. Mit einem Sprung landete ich auf einer Scheune, mit einem zweiten in einer hohen Schneewehe. Sofort schnellte ich hoch und sah mich um.

Niemand. Ich rannte zu dem niedrigen Zaun, setzte mühelos über ihn und gelangte über mehrere Hinterhöfe in eine enge Gasse, um dann geradezu gemächlich von dannen zu schlendern. Aus der Ferne drangen immer noch Schreie zu mir heran, wenn auch leise.

Von hier aus war nur der Glockenturm zu sehen. Genauer gesagt, das, was von ihm übrig geblieben war. In ihrem Furor hatten die Glimmenden die Obergeschosse aller umliegenden Häuser mit ihrer Magie angegriffen, da sie in einem davon den Mörder vermuteten.

Ihr Pech. Und mein Glück. Bis sie endlich an einem weniger offensichtlichen Ort suchten, würden Lahen und ich über alle Berge sein. Vielleicht stießen sie ja auch schon bald auf unsere völlig verkohlten Leichen, die in dem Schuppen von Yola und Khtatakh lagen. Im Übrigen hoffte ich sehr, unsere Freunde würden uns verzeihen, dass wir den Schuppen angezündet hatten.

Schnellen Schrittes eilte ich davon …

»Ich packe«, verkündete Lahen.

Mit einer Kopfbewegung verscheuchte ich die Erinnerungen. Sieben Jahre waren vergangen, doch mir schien, ich hätte diesen Auftrag erst gestern ausgeführt.

»Ja, du hast recht«, erwiderte ich. »Morgen Abend sollten wir das Dorf verlassen. Was ist mit dem Geld? Ich kann es nicht holen.«

»Das übernehme ich. Aber erst morgen.«

»Allein? Meinst du, du schaffst das?«

Dass Lahen ohne mich in den Wald gehen wollte, schmeckte mir nicht. Aber nur sie konnte das Geld jetzt holen. Damit musste ich mich abfinden.

»Ohne Probleme. Sollen wir Knuth Bescheid sagen?«

Möglicherweise zählte Knuth ja tatsächlich nicht zu den

ausgemachten Schuften dieser Welt – aber auf allzu herzliche Bande sollten wir doch besser verzichten. »Nein.«

»Und wenn er Wind von der Sache bekommt und dann der Ansicht ist, er müsse uns begleiten?«

»Ebendeshalb sollte er besser nichts davon erfahren«, sagte ich, nachdem ich im Kopf alle Möglichkeiten durchgespielt hatte.

Lahen grinste nur verschlagen und ging ins Haus.

Kapitel 3

Ga-nor beugte sich zu Da-tur vor und flüsterte kaum hörbar: »Das gefällt mir nicht.«

Dieser erwiderte nichts. An seiner Stelle erhob die sonst so schweigsame Ta-ana das Wort: »Seit wir diese vier da unten beobachten, hat sich nicht einer von denen gerührt. Die schlafen mir zu fest!«

Die schmächtige Frau aus dem Norden hatte recht: Die Bergbewohner schliefen erstaunlich fest.

Alle drei Kundschafter gehörten dem Klan der Irbiskinder an, einem der drei Klane aus dem nördlichen Teil des Imperiums.

Jetzt hielten sie sich auf einem flachen Felsvorsprung verborgen. Nicht weit unter ihnen brannte ein kleines Feuer, an dem, in zerrissene Decken gehüllt, ihre Feinde lagen. Normalerweise stellten die argwöhnischen Bergbewohner immer Wachen ab – nur heute nicht. Ebendas missfiel Ga-nor. Sicher, vielleicht hatte er diese Posten einfach übersehen. Aber Da-tur würde sich eher die Hand abhacken als glauben, dass sein Bruder etwas übersehen hatte. Dazu war er ein zu guter Fährtenleser.

Die Ungewissheit setzte ihnen allen zu. Ein weiteres Mal schoss Da-tur der Gedanke durch den Kopf, ihre Einheit sei verflucht. Auch wenn das anfangs niemand hatte ahnen können.

Immerhin war ihre Gruppe erprobt. Durch den Dienst in der Burg der Sechs Türme kannten sie alle Schluchten und Pfade in den Buchsbaumbergen wie ihre Westentasche. Im ganzen Imperium würde man keine besseren Späher finden als sie. Und kein Feind konnte sich unbemerkt über die Pässe schleichen, wenn dort Irbiskinder auf der Lauer lagen. Als die Gruppe ausgerückt war, hatte alles ruhig ausgesehen. Bis sie schließlich das Tal hinter der großen Bergkette erreicht hatten – wo es von Soldaten aus Nabator wimmelte. Unter ihnen hatte Ta-ana zu allem Unglück auch noch einen Sdisser Nekromanten in seinem weißen Umhang entdeckt. Sofort zogen sich die Späher zurück, um dem Festungskommandanten Meldung zu machen.

Auf dem Rückweg fiel sie dann in einer düsteren Schlucht ein Berggow an. Gewiss, sie hätten einen weiten Bogen um die Talenge schlagen sollen, doch sie wollten eine Abkürzung nehmen, Zeit sparen – und waren dem Dämon, der gerade aus seinem Sommerschlaf erwachte, direkt in die Arme gelaufen. Nur sie drei hatten überlebt, Da-tur, Ga-nor und Ta-ana. Sieben Irbiskinder dagegen waren für immer in der engen Schlucht geblieben …

Noch einmal stemmte sich der hochgewachsene, braungebrannte Ga-nor mit dem roten Schnauzbart auf die Ellbogen hoch und spähte nach unten. Er zog die buschigen Augenbrauen zusammen. Wieso stellten die keine Wachen ab?

Und wieso rührten die sich nicht? Es war auch nichts zu hören, bis auf das ferne, gleichmäßige Heulen des Bergflusses. Eigentlich könnte er also durchaus beruhigt durchatmen. Wenn das hier ein Hinterhalt war, dann ein erstaunlich geschickter – und damit völlig undenkbar für die aufbrausenden Bergstämme. Die blieben einfach nicht derart lange reglos liegen. Es sei denn, sie waren tot.

»Beim Fell des Eisdämons, die sind tot!«, stieß Da-tur aus, als habe er Ga-nors Gedanken gelesen.

»Verlassen wir diesen Ort«, flüsterte Ta-ana zu ihrer eigenen Überraschung. Sie fürchtete die Toten nicht, aber all das dünkte sie nicht geheuer. »Besser, wir stören ihre Seelen nicht.«

»Der Tag bricht noch lange nicht an«, sagte Ga-nor. »Da legen wir noch ein ordentliches Stück zurück.«

Da-tur stand leise auf, lief etwa zehn Yard über den Felssims, um sich so weit wie möglich vom Feuer zu entfernen, und sprang hinunter.

Genau in diesem Augenblick leuchtete am Westhang des doppelköpfigen Berges ein grünes Glühwürmchen auf – das sich rasch in eine Feuerkugel verwandelte, die zum Himmel aufstieg, kurz am höchsten Punkt verharrte und dann auf die Leichen der Bergbewohner zustürzte. Kaum schlug die Kugel auf, platzte sie und verspritzte nach allen Seiten eine smaragdgrüne Flamme.

»Der Nekromant aus Sdiss!«

War es also doch ein Hinterhalt gewesen! Vermutlich hatte der Sdisser, den Ta-ana bei den Soldaten aus Nabator gesehen hatte, die Fremden ebenfalls bemerkt und entschieden, sie aufzuhalten, damit sie die Burg der Sechs Türme nicht alarmierten.

»Weg hier! Rasch!« Da-tur hoffte inständig, die Falle sei noch nicht zugeschnappt und sie würden den starken Klauen des Nekromanten noch einmal entwischen.

»Komm wieder rauf!«, rief Ta-ana vom Felsvorsprung aus.

Da-tur drehte sich zurück – und rettete sich mit einem Sprung auf den Sims: Die Toten vom Lagerfeuer hatten sich erhoben. Und stellten sich als außerordentlich flink heraus. Die Kundschafter schafften es kaum, sich gebührend auf die Begegnung mit ihnen vorzubereiten.

Zwei stürzten sich auf Da-tur, einer auf Ga-nor, der vierte auf Ta-ana. Sie jagte der Ausgeburt der Magie einen Pfeil ins Gesicht, was der Kreatur jedoch keineswegs ihre Schnelligkeit nahm.

Die vom Mondlicht beleuchteten Fratzen mit den gebleckten Zähnen und den in einem grünen Feuer lodernden Augen hätten jeden das Fürchten gelehrt. Da-tur durchbohrte einem von ihnen die Brust, auch das ohne die geringste Wirkung. Ga-nor, der seinen Angreifer bereits ausgeschaltet hatte, übernahm nun einen von Da-turs Gegnern.

»Du musst den Kopf abhauen!«, schrie er, während er dem anderen Untoten das Bein abhackte.

Daraufhin holte Da-tur aus, hieb seinem Gegenüber den halben Schädel ab und eilte Ta-ana zu Hilfe. Dann war alles im Nu vorbei.

Die beiden Männer atmeten schwer. Ta-ana hockte am Boden und riss mit zitternden Händen die Pfeile aus der Leiche, die sich jetzt endgültig nicht mehr regte. Da-tur zog sie mit einer entschlossenen Bewegung hoch. »Vergiss die Pfeile! Wir müssen so schnell wie möglich aus dieser Schlucht raus!«

So rasch sie konnten, folgten sie dem Bach. Die Schlucht wurde immer enger, bald schluckten die Felsen den Himmel fast ganz. Wolken schoben sich vor den Mond, ihnen blieb nur das Sternenlicht. In der Dunkelheit war lediglich das schwere Keuchen der drei Späher, das Rauschen des Baches und das zunehmende Tosen eines Flusses zu hören. Nach einer Ewigkeit befahl Da-tur endlich, Rast einzulegen. Sofort streckte sich Ga-nor auf der Erde aus und presste das Ohr an den Boden.

»Nichts«, verkündete er, als er wieder aufstand. »Aber wir sitzen in der Falle!«

Niemand widersprach. Man müsste ein Mungo sein, um diese lotrechten Felsen zu erklimmen. Ihre Feinde bräuchten bloß auf beiden Seiten Posten aufgestellt zu haben, und die drei säßen fest.

»Wir müssen zum Fluss!«, sagte Ta-ana. »Über das Wasser schaffen wir es.«

»Dann los«, befahl Da-tur.

Es kostete sie große Mühe, aus dem Fluss mit seiner starken Strömung herauszuwaten. Tief in der Nacht brachten es nur Selbstmörder oder Irbiskinder fertig, ein Bad in dem kalten, reißenden Wasser zu nehmen, wobei sich Erstere das Genick brachen, Letztere überlebten. Nachdem die drei Kundschafter mehr als eine halbe Stunde geschwommen waren, dürften sie die Gefahr allerdings auch weit hinter sich gelassen haben.

Am Ufer rangen alle drei nach Atem. Ta-ana wrang sich sofort die Haare aus und legte eine neue Sehne in den Bogen aus Eibenholz ein. Anschließend entnahm sie einem Lederfutteral die Pfeile, die in ölgetränktes Papier eingeschlagen waren. Ohne Pfeil und Bogen, das wussten alle, wären sie hier und jetzt dem Tod geweiht.

Ga-nor hatte Wasser geschluckt und musste erst einmal husten.

Der Wind vertrieb die Wolken, sodass der Mond wieder am Himmel zu sehen war. In seinem Licht machten die Irbiskinder die fahlen, majestätischen Ruinen Gerkas aus, der Berghauptstadt einer ehemaligen Imperialprovinz. Die Menschen hatten sie verlassen, als der Krieg der Nekromanten ausgebrochen war. Seitdem waren mehr als fünfhundert Jahre ins Land gezogen, doch nach Gerka, in die Stadt der Tausend Säulen, war das Leben nie zurückgekehrt. Die Jahrhunderte hatten die einstige Perle des Hochgebirges in ein totes Königreich verwandelt – das nur noch einen Gast kannte: den kalten Wind. Allabendlich kam er von den schneebedeckten Gipfeln herab, um in den verlassenen Gemäuern wehmütig zu heulen. Das hatte Gerka einen zweiten Beinamen eingetragen: Stadt der Geister. Sämtliche Bergstämme schlugen einen weiten Bogen um sie und errichteten ihr Nachtlager erst, wenn zwischen ihnen und den weißen Mauern ein Abstand von mindestens einer League lag.

Die Irbiskinder indes durften sich keinen Aberglauben leisten. Mieden sie Gerka, müssten sie einen Weg in Kauf nehmen, der fünf Mal so lang war. Wagten sie sich jedoch in die Stadt der Geister, erreichten sie an ihrem südlichen Rand einen Pfad, der zum Pass führte. Und von dort aus wäre es bis zur Burg der Sechs Türme nur noch ein Katzensprung.

So durchschritten sie den hohen Torbogen des einstigen Haupttors und gelangten auf eine breite Straße. Wo auch immer sie hinblickten, allenthalben ragten zerstörte Häuser und Marmorsäulen auf, die bis in den Himmel zu reichen schienen. Das Mondlicht tanzte auf ihnen, hauchte dem Gestein Leben ein, ließ es blendend schön anmuten, ganz wie in jenen Jahren, als an diesem Ort noch das Leben brodelte. Die leeren Straßen schimmerten silbrig-blau, die alten Gebäude warfen ihre Schatten, und ein mit bloßem Auge kaum wahrnehmbarer bläulicher Nebel zog auf.

Gerka betrachtete die Eindringlinge teilnahmslos aus den dunklen Löchern der Häuser. Besucher scherten sie nicht. Sie sang einzig mit dem Wind, diesem treuen Freund, ihr Lied. Die Menschen jedoch hatten sie verlassen und verraten. Die Stadt beabsichtigte nicht, diesen Verrat zu rächen, begehrte aber, in Ruhe gelassen zu werden. Deshalb erlaubte sie den drei Kundschaftern aus dem fernen Norden, durch ihre Straßen zu ziehen, und fügte ihnen keinen Schaden zu.

Genauso wie sie demjenigen Einlass gewährte, der diesen dreien folgte.

Der Pfad verlief eine Schlucht entlang. Linker Hand ragte ein Basaltfelsen auf, rechts klaffte der Abgrund. Seit über einer Stunde eilten die Irbiskinder nun schon bergauf. Mittlerweile lag das Tal mit der Stadt der Tausend Säulen tief unter ihnen. Ständig spähte Da-tur zu den blasser werdenden Sternen hinauf. Bald würde es tagen. Dann sollten sie den Pass erreicht, besser noch, ihn bereits überquert haben.

Hier oben ging ein scharfer eisiger Wind, der Pfad versank mehr und mehr unter Schnee. Noch einmal sammelten sie alle Kräfte, denn bis zum Pass war es nun nicht mehr weit. Ga-nor blieb ein ums andere Mal stehen, um zurückzublicken. Noch immer wollte er nicht glauben, dass es ihnen geglückt war, den Nekromanten zu täuschen.

Da tauchte unversehens vor ihnen ein Mann auf dem Pfad auf. Gegen den frühmorgendlichen Himmel hob sich die große, hohe, massive und breitschultrige Silhouette ab. Er musste über den Pass gekommen sein. Jetzt hielt er gemächlich, fast als gehe er spazieren, auf sie zu.

Ta-ana trat vor und legte einen Pfeil ein. »Da sollen mich doch die Schneegowen holen!« Sie kaute nervös auf den rissigen Lippen. »Wer ist das?

»Ich weiß auch nicht«, presste Da-tur heraus. »Aber im Zweifelsfall ist es ein Diener dieses Nekromanten. Schieß ihm ins Bein!«

Ein raubtierhaftes Grinsen legte sich auf Ta-anas Gesicht: Diese Beute war ihr sicher.

»Nein!«, schrie da Ga-nor, denn mit seinem sicheren Blick hatte er bemerkt, dass den Körper des Mannes ein Schuppenpanzer bedeckte. »Das ist ein Fisch!«

Doch da hatte Ta-ana ihren Pfeil schon seinem Ziel entgegengeschickt. Als er den Mann traf, donnerte es derart, dass alle vorübergehend ertaubten: Der Fremde platzte wie eine reife Frucht.

Heiße, stinkende Luft fegte Ga-nor in den Abgrund. Ta-ana erging es nicht viel besser. Sobald der Mann explodierte, verspritzte er in alle Richtungen messerscharfe Metallschuppen. Ein gutes Dutzend von ihnen zerheckselte die Irbistochter, die auf der Stelle tot war.

Da-tur hingegen rettete, dass er dicht an der Felswand stand. Doch selbst dort hätte ihn eine der Schuppen beinahe am Kopf getroffen, während eine andere eine tiefe Schnittwunde an seinem Unterarm hinterließ. Ein Geruch nach verbranntem Fleisch und Haar und nach noch etwas anderem hing in der Luft. Es war ein widerlicher, merkwürdiger Gestank.

Auf schwankenden Beinen schleppte er sich zu Ta-ana und fiel vor ihr auf die Knie. Sein Blick trübte sich, Blut troff ihm über die Hand, in seinem Kopf dröhnte es. Um ihn herum lagen die Überreste desjenigen, der ihnen den Tod gebracht hatte.

Irgendwann besann er sich, riss sich das Klanstuch vom Hals und verband damit die Wunde am Arm. Dann rammte er das Schwert in die Erde, um sich, auf dieses gestützt, hochzustemmen – und sich Auge in Auge mit drei Untoten wiederzufinden.

Mit drei ausgemergelten Geschöpfen mit überlangen Armen und Beinen, spindeldürren Hälsen und funkelnden Schädeln. Glänzende, ebenholzfarbene Haut umspannte die spitzen Knochen. Über der klaffenden Nasenhöhle loderten grün die Augen. Rüstung trugen sie nicht, hielten aber in jeder Hand ein Schwert. Die Diener des Nekromanten waren gekommen, sich ihre Beute zu holen.

Brüllend riss Da-tur die Klinge aus dem Boden. Er würde sein Leben so teuer als möglich verkaufen. Schmal wie der Pfad war, konnten die Feinde ihn nur nacheinander angreifen – was ihm die Gelegenheit bot, wenn schon nicht zu überleben, so doch wenigstens länger durchzuhalten.

Den ersten Gegner erledigte Da-tur rasch, obwohl dieser die Klingen meisterhaft zu führen wusste. Der Nordländer passte jedoch einen günstigen Augenblick ab, ihn in den Abgrund zu stürzen. Danach stürmte er, wild mit dem Schwert fuchtelnd, vorwärts und zwang die beiden anderen zurückzuweichen.

Von unten stieg eine weitere grüne Kugel auf und zerplatzte in seinem Rücken. Der Nekromant musste also im Tal lauern, am Ausgang von Gerka. Immerhin würde er damit einige Zeit brauchen, um zu ihm, dem Irbissohn, hinaufzukraxeln. Er wäre dann entweder schon tot – oder siegreich aus diesem Kampf hervorgegangen.

Nun griff ihn der nächste Untote an, indem er seine beiden Klingen wie eine Schere einsetzte und auf seinen Hals losging. Da-tur duckte sich jedoch darunter weg und durchbohrte das elende Geschöpf. Anschließend zog er ihm die Klinge aus dem Leib und wollte …

… doch da verschluckte er sich an seinem eigenen Blut und fiel zu Boden. Er versuchte aufzustehen, was aber misslang, da seine Beine ihm nicht mehr gehorchten. Über ihm stand Ta-ana. Mit grün lodernden Augen.

Als Ga-nor durch die Explosion in den Abgrund geschleudert worden war, hatte ihm das letzten Endes das Leben gerettet, denn auf diese Weise entkam er dem Schicksal, von Stahlschuppen gespickt zu werden.

Und der Sturz ging nicht sehr tief. Das vereitelte ein Baum, dessen Äste seinen Körper auffingen. Dabei brachen sie zwar, retteten dem Irbissohn aber dennoch das Leben, denn zwei Yard darunter fand sich ein schmaler Felssims, auf dem Ga-nor glücklich landete. Ohne den Baum hätte er sich bei dem Sturz das Genick gebrochen, so verlor er lediglich das Bewusstsein.

Mit einem leisen Stöhnen kam er wieder zu sich, schlug die Augen auf und versuchte, sich zu erinnern, wo er war. Die Sonne stand mittlerweile im Zenit, die Begegnung mit dem Fisch schien eine Ewigkeit her. Die Erinnerung an dieses Untier veranlasste ihn, Arme und Beine zu bewegen, um festzustellen, ob sie unverletzt waren. Wie es aussah, ja.

Er dankte Ug von ganzem Herzen, ihm das Leben gerettet zu

haben. Ohne diesen Vorsprung, den Wind und Regen in den Felsen geschlagen hatten, wäre er in die Tiefe gestürzt, um weit unten, in der Stadt der Tausend Säulen, zu landen, die von hier oben nur wenig größer als sein Handteller schien.

Kaum sah sich Ga-nor jedoch um, sank seine Laune entschieden. Sicher, es gab zahlreiche Spalten im Fels – doch sie alle waren viel zu eng, als dass seine Finger in ihnen Halt fänden. Etwas weiter oben wuchs aus dem Gestein der Baum, der ihn gerettet hatte. Mithilfe seines Gürtels könnte er sich vielleicht zu ihm hinaufhangeln, nur dürften die Wurzeln sein Gewicht kaum tragen. Und selbst wenn: wie dann weiter? Auch von dort aus würde er es nicht bis zum Pfad hoch schaffen …

Nein, von diesem Vorsprung käme er nicht weg. Nach oben könnte er nicht springen, nach unten schon, falls er die Absicht hegte, seinem Leben ein Ende zu setzen. Der Tod würde ihn allerdings auch auf diesem Sims heimsuchen, einzig in Begleitung des Bergwindes, des Himmels und des Hungers.

Über das Schicksal seiner Gefährten dachte er lieber nicht nach. Ta-ana hatte näher als er und Da-tur an dem Fisch gestanden, sie dürfte also nicht überlebt haben. Da-tur könnte es überstanden haben, dürfte ihn, Ga-nor, aber für tot halten und sich folglich schon auf dem Weg zur Burg der Sechs Türme befinden.

Wenn er beim Sturz doch bloß sein Schwert nicht verloren hätte! Nun besaß er nur noch den Dolch. Hätte er jedoch über zwei Klingen verfügt, hätte der Nordländer kurzerhand die Felswand erklommen. Dergleichen war ihm bereits früher mehr als einmal gelungen, ja, bei einer Wette hatte er es sogar geschafft, die lotrechte Mauer am Regenturm zu meistern. Aber mit nur einem Dolch … Eher würden ihm da Flügel wachsen.

Wieder und wieder lief Ga-nor von einem Ende des Vorsprungs zum anderen, fluchte und flehte, fand aber keinen Weg aus dieser Falle.

Als nur noch eine Stunde bis zum Sonnenuntergang blieb, setzte er sich verzagt hin, lehnte sich gegen die Felswand zurück, klaubte ein paar kleinere Steine auf und warf sie in die Tiefe. Wie viele Tage ihm Ug wohl noch zumaß? Einige gewiss. Und so würde er, ehe er irgendwann verhungerte, noch entsetzliche Qualen auszustehen haben. Wie verlockend!

Erneut fluchte er. Lauthals. Doch wie nicht anders zu erwarten, antwortete ihm niemand. Dann aber … Dann aber rieselten ihm Staub und kleine Steine auf den Kopf und in den Kragen. Er sprang auf und spähte mit zusammengekniffenen Augen nach oben. Nach einer Weile rieselten erneut kleine Steine herab. Alles sprach dafür, dass dort jemand entlanglief. In seiner Lage war dem Irbissohn völlig einerlei, wer es war, ob Freund oder Feind. Vierzig Jahre ist nicht das Alter, um wie ein Schneehörnchen im Fangeisen zu verrecken. Da starb er schon lieber durch die Waffe eines Feindes und trat unverzüglich vor Ug.

»He!«, rief er aus voller Kehle. »He! Ich bin hier! Hier unten!«

Zunächst geschah gar nichts. Dann schob sich jedoch ein Kopf über den Felsrand und beäugte ihn. Ga-nor wollte schon abermals rufen – als er den Mann erkannte. Der Schrei blieb ihm in der Kehle stecken. Es gab keinen Zweifel. Weder Schmutz noch Blut konnten ihn täuschen. Der kräftige Kiefer, das struppige rote Haar und die Narbe auf der Stirn – das war Da-tur. Allerdings mit gebleckter Oberlippe und grün lodernden Augen …

Die Kreatur, die früher sein Bruder gewesen war, stierte ihn unverwandt an. Ohne den Untoten aus den Augen zu lassen, langte Ga-nor nach seinem Dolch. Das kam einem Signal gleich. Die durch die Magie des Sdisser Nekromanten wiedererweckte Leiche stürzte sich in die Tiefe und fiel, ganz wie eine Spinne, mit gespreizten Armen und Beinen auf die Stelle, an der Ga-nor bis eben gestanden hatte.

Das Geräusch des Körpers, der auf den Stein aufschlug, ließ selbst den Irbissohn, der an Tod und Blut gewöhnt war, schaudern. Er meinte, bis in die Goldene Mark hinein müsste zu hören sein, wie die Knochen splitterten. Doch trotz der gebrochenen Rippen, die durch Fleisch und Kleidung hervorstachen, und trotz der zerschmetterten Arme sowie des verdrehten rechten Beins versuchte der Untote aufzustehen.

Ga-nor zögerte keine Sekunde. Er hob seinen Dolch, packte den blutigen roten Haarschopf und zog den Kopf zurück, um diese Kreatur mit einer einzigen Bewegung zu enthaupten. Die Klinge ratschte mit einem widerwärtigen Geräusch über die Halswirbel. Aber immerhin erlosch das grüne Licht in den Augen Da-turs.

Schwer atmend nahm Ga-nor dem zweifach getöteten Mann den breiten Dolch ab, ehe er die Leiche in den Abgrund trat. Nie im Leben würde er das Risiko eingehen, dieses Etwas in seiner Nähe zu lassen. Mitleid empfand er dabei keins. Da-tur war längst tot, seine Seele wandelte bereits in den Hallen Ugs. Das, was er eben in die Tiefe gestoßen hatte, war nur eine Hülle – über die ein Sdisser Nekromant gebot.

Die Sonne versank mittlerweile bereits hinter den Bergen. Lange Schatten legten sich über das Tal. In aller Eile machte sich Ga-nor an den Aufstieg.

Was noch einfacher ging als angenommen. Er ertastete die Felsspalten, rammte eine Klinge hinein, hielt sich mit einer Hand daran fest, versenkte die zweite Klinge in einer Spalte etwas weiter oben und hielt sich dann an dieser fest. Höhenangst kannte der Irbissohn nicht, und langsam, aber sicher näherte er sich dem rettenden Rand. Als ihn keine zwei Yard mehr von diesem trennten, hielt er inne und gönnte sich eine kurze Verschnaufpause. Der obere Abschnitt des Felsens verlangte ihm doch etwas mehr ab. Hier gab es weniger Ritzen, außerdem hatte der Wind aufgefrischt und drohte, Ga-nor in den Abgrund zu fegen.

Als er den Rand schließlich erreichte, war die Nacht vollends hereingebrochen. Angesichts von Da-turs Schicksal schob er zunächst nur vorsichtig den Kopf über den Rand der Schlucht. Sobald sich seine Augen an die Schwärze gewöhnt hatten, spähte er die Umgebung sorgsam aus. Nichts. Erleichtert atmete er durch, stemmte sich über den Rand und sprang auf die Beine, mit einem Dolch in jeder Hand.

Es blieb jedoch alles einsam und still. Den Körper Ta-anas entdeckte er nicht. Sofort bemächtigte sich seiner neue Unruhe. Aufmerksam lugte er wieder ins Dunkel, bereit, sein Leben zu verteidigen. Doch niemand griff ihn an. Was auch immer der Bogenschützin widerfahren sein mochte, sie war nicht mehr hier.

Auf dem Pfad entdeckte Ga-nor immerhin noch das Schwert Da-turs. Er nahm es auf und lief schnellen Schrittes zum Pass, wobei er sich aber dennoch häufig umsah. Nach wie vor hegte der Irbissohn die Hoffnung, die Burg zu erreichen und den Kommandanten zu warnen. Vielleicht war es ja trotz allem noch nicht zu spät.

Vor dem Krieg der Nekromanten hatte das Imperium bis nach Nabator gereicht, also nicht schon an den Buchsbaumbergen geendet. Das ganze Gebiet, das heute als Grenzland bezeichnet wurde, gehörte einst zum Imperium. In den Tälern lagen damals Städte und Dörfer, der Handel blühte. Doch dann tauchten die Verdammten auf, und dieser Teil des Landes verödete völlig. Bald ging ihm ein düsterer Ruf voraus. Nur die Bergstämme nahmen das Leben in diesen kalten, unwirtlichen Tälern noch auf sich.

Die Menschen waren fortgegangen, die Städte jedoch hatten dem Untergang getrotzt. Verlassen fristeten sie nun ihr Dasein. Das galt für Gerka ebenso wie für die acht Zitadellen, die noch der Skulptor erschaffen hatte. Einzig die neunte Zitadelle, Warnfeste genannt, nutzte die Armee des Imperiums bis auf den heutigen Tag. Die alten Bücher wussten zu berichten, dass der Skulptor diese Zitadellen zur gleichen Zeit geschaffen hatte wie die legendäre Burg der Sechs Türme. Damit prägten diese über sechzig Yard aufragenden Bauten aus schwarzem Stein diesen Landstrich nun schon seit mehr als tausend Jahren.

Kaum einer würde jedoch auf den ersten Blick vermuten, dass die Warnfeste bereits zahllose Kriege überstanden hatte. Wie am ersten Tag sah sie noch aus, wirkte zart und wunderschön, als wäre der Skulptor kein Mensch, sondern ein Ye-arre gewesen, einer jener Himmelssöhne, die für ihre unübertroffenen Handwerkserzeugnisse berühmt waren. Verschiedentlich wurde gar behauptet, der sagenumwobene Meister habe die architektonischen Wunder aus der Bergluft selbst geschaffen. Indem er sie in Stein verwandelt habe.

Ferner hieß es, vor dem Krieg der Nekromanten hätten sich

die Soldaten in der Warnfeste mühelos und ohne Boten mit ihren Gefährten in den anderen acht Zitadellen verständigen können. Vielleicht stimmte das ja sogar, auch wenn es heute wie ein Märchen anmutete. Es gab auch Gerüchte, tief in diesen Zitadellen vermauert schlummerten Wegblüten. Mithilfe dieser Portale hatten sich die Soldaten im Nu von jeder beliebigen Feste aus in eine andere bringen können, sofern dort Not am Mann war. Doch auch diese Geschichten gehörten längst ins Reich der Legenden, da die Schreitenden die Wegblüten heute nicht mehr einzusetzen vermochten.

Ga-nor erreichte die Warnfeste gegen Mittag. Schon aus der Ferne bemerkte er, dass Aasgeier über ihr kreisten. Der Irbissohn blieb stehen und kniff die Augen zusammen. Eine solche Ansammlung dieser Vögel verhieß nichts Gutes.

Was er dann vorfand, bestätigte seine schlimmsten Befürchtungen. Vor der Feste war ein Galgen errichtet worden, an dem drei Tote baumelten, die Uniformen der Soldaten des Imperiums trugen. Weitere Leichen lagen vor der Mauer, nicht einmal eines Begräbnisses für würdig befunden. Obwohl sich die Aasgeier bereits ausgiebig am frischen Fleisch gelabt hatten, spann sich gerade unter ekelhaftem Geschrei eine Balgerei um ein besonders verlockendes Stück an.

Die Feste hatten neue Herren bezogen.

Nabatorer.

Ga-nor duckte sich hinter einen Stein und behielt die Feinde im Auge. Das, was dort geschehen war, wollte ihm einfach nicht in den Kopf. Wie konnte eine Einheit des Feindes ungehindert über den Pass kommen und die Garnison niedermetzeln? Gut, Letzteres sollte ihn nicht allzu sehr verwundern. Früher hatten hier zweihundert ausgewählte Soldaten ihren Dienst versehen, heute taten das nur noch zwei Dutzend. Und selbst die nicht immer.

Die langen Jahre des Friedens hatten alle in Sicherheit gewiegt. Einer trügerischen, wie sich nun zeigte.

Die Wachtposten waren überrumpelt worden, ohne dass sie hätten Alarm schlagen können. Wie auch – wenn zwanzig

Mann knapp hundert hervorragend ausgebildeten, schwarzhaarigen Kriegern gegenüberstanden?

Inzwischen gebärdeten sich die Nabatorer bereits wie die Herren des Hauses und hatten sich im Turm eingerichtet. Mit einem Angriff seitens der Burg der Sechs Türme rechneten sie augenscheinlich nicht. Was hieß das nun schon wieder?!

Sobald Ga-nor jedoch auf der südlichen Straße Reiter ausmachte, ließ er alle Mutmaßungen fahren. Da rückten über fünfhundert Soldaten an! Ihnen folgte eine Einheit Pikeniere und Armbrustschützen. Eine ganze Armee zog da auf! Hoffte der König von Nabator etwa allen Ernstes, die Burg zu nehmen?!

Im Laufe des Tages trafen immer mehr Soldaten ein, aber auch sechs Sdisser Nekromanten, zwei Dutzend Fische und etwa achthundert Untote. Zweihundert mit riesigen Bögen bewaffnete Kreaturen, in denen er Ascheseelen erkannte, flogen dicht über dem Erdboden dahin. Der ewige Feind des Imperiums, das Königreich Nabator, musste ein Bündnis mit Sdiss geschlossen und enorme Kräfte ausgehoben haben.

Ga-nor fragte sich verzweifelt, was er tun sollte. Hierzubleiben wäre dumm, denn früher oder später würde er entdeckt werden. Sich in die Berge zu schlagen und abzuwarten, bis alles vorüber war, kam für einen Krieger aus dem Irbisklan nicht infrage. Sollte er trotz allem zur Burg zurückkehren? Das wäre angesichts der Überzahl der Gegner die törichtste aller Verhaltensweisen.

Unschlüssig harrte er aus.

Gegen Abend bedeckte es sich und frischte auf. Schwere, bleigraue Wolken warfen einen nahezu undurchdringlichen Vorhang über die gesamte Umgegend. Schließlich setzte ein Platzregen ein, der die Soldaten in die Feste trieb. Die Aasgeier erhoben sich mühevoll in die Luft. Hundert Untote marschierten, immer wieder im Schlamm stecken bleibend, unter dem Trommelschlag der Sergeanten und der Aufsicht von fünf Sdissern Nekromanten in die Zitadelle. Danach war die Straße leer.

Ga-nor spielte bereits mit dem Gedanken, sich im Schutze des Unwetters wenigstens zur nächsten Stadt durchzuschlagen, um zu sehen, was dort im Schwange war, und dann zu entscheiden, wie weiter.

In diesem Augenblick verließen jedoch zwei Gestalten die Feste. In Umhänge gehüllt und mit geschulterten Spaten kamen sie in Ga-nors Richtung gestiefelt. Dieser setzte alles daran, keine Aufmerksamkeit auf sich zu lenken – was allerdings kaum besonderen Geschicks bedurfte: Wenn du bis zu den Ohren im Schlamm liegst, gleitet jeder Blick über dich hinweg.

Etwa zehn Schritt vor dem Irbissohn fingen die beiden Männer an, eine Grube auszuheben.

»Dieser verfluchte Sergeant! Der sitzt mit seinem Arsch ja schön im Trockenen!«

»Stimmt, mit uns kann er's machen«, brummte auch der zweite Mann. »Am liebsten würde ich ihm den Hals umdrehen!«

»Der Schweinekerl überlebt uns am Ende doch alle!«, knurrte der erste. »Echt! Als ob ich Soldat geworden bin, um bei diesem Sauregen ein Grab auszuheben!«

Wütend rammte er den Spaten in den Boden, kam fluchend zu der Stelle, an der sich Ga-nor versteckt hielt, und löste die Bänder seiner Hose. Kaum begriff der Irbissohn, dass er gleich nicht nur dem Regen, sondern einem noch weit unangenehmeren Strahl ausgesetzt sein würde, richtete er sich zu voller Größe auf.

Der Nabatorer musste ihn für einen Dämon halten, der sich aus der Erde erhoben hatte. In seiner Furcht pisste er los, obwohl er die Hose noch nicht vollends geöffnet hatte. Ga-nor erledigte ihn kurzerhand mit dem Schwert, sprang über den in den Schlamm fallenden Körper und stürzte sich auf den zweiten Mann.

Nach einem raschen Blick Richtung Feste packte er die erste Leiche bei den Beinen und zog sie hinter ein paar Felsbrocken. Anschließend versteckte er den zweiten Toten. Jetzt zählte jede Minute. Mit Sicherheit würde bald jemand in den Regen herauskommen, um nachzusehen, wie die Arbeit der beiden Totengräber voranschritt. Und da sollte er, Ga-nor, möglichst weit weg sein.

Den zweiten Nabatorer hatte er wohlweislich mit einem

Schlag des Schwertgriffs gegen die Schläfe getötet, denn es wäre unklug gewesen, die Kleidung über und über mit Blut zu besudeln. Ga-nor zog sich schnell um und verbarg das Gesicht unter der Kapuze des Umhangs. Den Kilt und das Klanstuch rollte er zusammen und steckte es sich unter die Kleidung.

An der Warnfeste gab es einen Unterstand für rund vier Dutzend Pferde. Drei waren gesattelt, und eines von ihnen führte Ga-nor nun am Zügel auf die Straße.

Das hässliche Wetter hatte die Nabatorer Patrouillen vertrieben, sodass niemand den einsamen Reiter aufhielt. Binnen einer Stunde erreichte Ga-nor die Stadt in der Nähe der Burg der Sechs Türme und stieß einen erstaunten Aufschrei aus. Er hatte erwartet, auf niedergebrannte Häuser und eine feindliche Armee zu treffen. Doch die Stadt war völlig unversehrt, als ob in der Nähe nicht Tausende von Menschen und Nichtmenschen ihr Unwesen trieben.

Der Fährtenleser zügelte das Pferd. Die Armee des Feindes musste doch irgendwo stecken! Schließlich konnte sie sich nicht in Luft aufgelöst haben – es sei denn, die Schreitenden hätten dafür gesorgt.

Langsam ritt er die Straße hinunter, als drei Reiter um die Ecke bogen und auf ihn zuhielten. Er gab sich gelassen. Als die Männer an ihm vorüberzogen, ließen sie den Blick nur flüchtig über seinen Umhang mit dem Wappen einer Nabatorer Einheit gleiten.

Glück gehabt.

Die Burg schälte sich unvermittelt aus dem Regenvorhang heraus. Vier der Sechs Türme waren zerstört, das Tor stand sperrangelweit offen. Bis zuletzt hatte sich Ga-nor gegen den Gedanken gesträubt, die Festung könnte gefallen sein. Aber nun … Wen traf die Schuld an diesem Debakel?! Wer war verantwortlich dafür, dass der Feind ins Imperium eingefallen war?!

»He, du!«, rief da jemand.

Er zügelte das Pferd und drehte sich um. Auf der Straße standen zwei Hellebardiere.

»Kommst du aus der Warnfeste?«

Ga-nor nickte.

»Mit einer Meldung für den Hauptmann?«

Es folgte ein weiteres Nicken.

»Sonderlich gesprächig bist du ja nicht«, brummte einer der beiden Nabatorer Soldaten.

»Ich möchte dich mal erleben, wenn du eine Stunde durch diesen Regen geprescht bist.«

Ga-nor gab sich alle Mühe, das R nicht zu rollen, denn das hätte ihn als Mann aus dem Norden verraten.

»Schon gut. Nur durch mit dir!«

Er dankte Ug, dass die beiden Posten ihn nicht genauer in Augenschein genommen hatten. Wie hätte er denen die roten Haare erklären sollen – da doch in Nabator alle dunkelhäutig und schwarzhaarig waren?!

Eigentlich hätte er kehrtmachen sollen, solange es diese Möglichkeit noch gab. In den Bergen würde er schon ein Versteck finden. Oder er schlüge sich nach Westen durch. Früher oder später würde er zur Goldenen Mark gelangen, von dort aus könnte er übers Meer ins Imperium zurückkehren. Wenn nur das Tor nicht so gelockt hätte. Fünf Minuten – und er wäre zu Hause.

Für Ga-nor gab es kein Halten mehr.

Als die Posten sich ihm entgegenstellten, schrie er etwas Unverständliches, trieb dem Pferd die Hacken in die Flanken und stürmte, ohne sich um die Rufe der Männer zu scheren, in den inneren Festungshof. Er überrannte einen Tölpel, der sich nicht rechtzeitig in Deckung gebracht hatte, metzelte einen Hellebardier, der wie aus dem Nichts aufgetaucht war, mit dem Schwert nieder und jagte durch das Statthaltertor auf der gegenüberliegenden Seite – um sich auf dem Boden des Imperiums wiederzufinden.

Hinter ihm ertönten die Hörner.

Kapitel 4

Wizz. Wizz. Wizz.

Der Schleifstein glitt fast wie von selbst über die Schneide des Dolchs. Knuth brachte Gnuzz' täglichem Ritual wenig Verständnis entgegen. Seiner Ansicht nach vergeudete der iltisgesichtige Mörder damit nur Kraft und Zeit. »Hängt dir das nicht schon zum Hals raus?«

»Glaubst du etwa, das Messer sei scharf?«

»Also wirklich!«, entgegnete Knuth. »Seit wir aus Alsgara aufgebrochen sind, bearbeitest du das Ding jeden Tag. Mittlerweile geht es durch jeden Stein wie durch Butter!«

»Und? Wäre das etwa verkehrt?«, hielt Gnuzz dagegen. »Außerdem übertreibst du maßlos. Nicht mal für 'ne ordentliche Rasur taugt es. Pass auf, ich zeig's dir!« Er fuhr Knuth mit dem Dolch quer über eine Haarsträhne. »Oh«, brummte er, als er ein zolllanges Stück seines Haars in der Hand hielt. »Anscheinend ist es doch schon recht scharf.«

In diesem Augenblick betrat Shen das Haus. Als Gnuzz ihn sah, brummte er etwas Unverständliches und fing mit einem grimmigen Blick auf Moltz' milchgesichtigen Protegé erneut an, seine Klinge zu schleifen. Knuth verhehlte seinen Ärger nicht, als das widerwärtige *Wizz* abermals durch den Raum pfiff. »Wo hast du Bamuth gelassen?«, wandte er sich an Shen.

»Er behält unseren Freund im Auge, solange Gnuzz mit diesem Unsinn beschäftigt ist.«

»Warum hast du dich ihm nicht angeschlossen?«, blaffte Gnuzz. »Hast du solche Sehnsucht nach uns gehabt?«

Bei diesen Worten kniff Knuth die Augen zusammen. Diese zwei gaben einfach keinen Frieden. Er setzte ja alles daran, sie auseinanderzuhalten, aber er konnte doch wohl schlecht den einen an diesem, den anderen an jenem Ende des Dorfes unterbringen! Vielen Dank auch, Moltz! Du hast uns allen wirklich eine große Freude bereitet.

»Jetzt reicht's«, schrie er. »Ich habe es schon gestern gesagt: Wenn ihr euch ans Leder wollt, dann erst, nachdem wir unseren Auftrag erledigt haben.«

»So wie ich die Sache sehe, haben wir das bereits gestern getan«, murrte Gnuzz, der Shen fest im Auge behielt.

»Ob wir ihn erfüllt haben oder nicht, entscheide immer noch ich. Und jetzt setz deinen Hintern in Bewegung, Gnuzz, geh zu Bamuth und sag ihm, wir lösen ihn gleich ab. Und du, Shen, setz dich hin und iss was.«

»Ihr habt von Anfang an was gegen mich gehabt«, bemerkte Shen, während er sich setzte und Gnuzz das Haus verließ. »Warum eigentlich?«

Knuth wartete darauf, dass ihm der Wirt seinen Shaf brachte, und nahm einen Schluck. »Ich will ganz offen sein, mein Junge«, antwortete er dann. »Wir sind ein eingespieltes Trio, da störst du nur. Du bist sozusagen das fünfte Rad am Wagen. Ich weiß nicht, aus welcher Laune heraus Moltz dich zu uns gesteckt hat. Und, was noch schlimmer ist, ich habe keine Ahnung, wer du eigentlich bist. Worauf wir bei dir rechnen können. Was wir von dir erwarten dürfen.«

»Dann prüfe mich.«

»Als ob ich sonst nichts zu tun hätte. Nein, solange du dich nicht bei unserem Auftrag bewährt hast, werden wir, ich, Gnuzz und sogar der gutmütige Bamuth, dich für eine Belastung halten.«

Shen verzog das Gesicht, lachte dann aber los. »Bitte! Im Übrigen könnte ich getrost auf eure Gesellschaft verzichten. An der Peripherie des Imperiums festzusitzen, den Mücken als Festmahl zu dienen und mit mürrischen alten Hohlköpfen zu verkehren ist alles andere als ein Vergnügen!«

Knuth überhörte die *Hohlköpfe.* »Was bist du nur für ein gelehrter Kopf, Shen«, sagte er stattdessen. »Peripherie! Also wirklich, du kennst Wörter!«

Augenblicklich begriff Shen, dass er sich verplappert hatte. Er schnaubte jedoch bloß und machte sich über sein Essen her. Knuth beobachtete ihn amüsiert. Das war nicht der erste Versprecher des Jungen. Schon früher waren ihm Wörter herausgerutscht, die sich bei einem Vertreter der städtischen Verbrecherwelt befremdlich ausnahmen. Shen schauspielerte nicht schlecht, es fehlte ihm jedoch an Erfahrung. Blieb die Frage, warum Moltz ihnen diesen Burschen mit auf die Reise gegeben hatte.

»Und wenn ich dir einen Rat geben darf: Leg dich nicht mit Gnuzz an. Sei etwas höflicher zu ihm. Da brauchst du jetzt gar nicht so mürrisch aus der Wäsche zu gucken! Du bist noch zu jung, um es mit ihm aufzunehmen. Wenn Gnuzz will, erledigt er dich noch vor dem Frühstück. Also lass ihn zufrieden!«

»Vergiss doch diesen Iltis!«, entgegnete Shen, während er die Wurst zerschnitt. »Sag mir lieber, wie lange wir hier noch rumsitzen wollen.«

»Wir sind doch erst gestern angekommen. Hast du da etwa schon Heimweh?«

»Stell dir vor, ja! Also, wann?«

»Die Zeit arbeitet gegen unseren Freund. Er ist jedoch kein Dummkopf und wird verstehen, dass, wenn wir ihn gefunden haben, das auch jeder andere schafft. Morgen, vielleicht übermorgen wird er mit Lahen fliehen.«

»Und dann?«

»Wie gesagt, der Graue ist ein schlauer Bursche. Er weiß genau, dass es für ihn nicht leicht wird, irgendwo unterzutauchen. Wenn auf deinen Kopf ein solches Sümmchen ausgesetzt ist, jagt man dich noch bis ins Reich der Tiefe hinein. Er kann die Nachricht von seinem Tod verbreiten lassen und sich abermals in ein abgelegenes Kaff verdrücken. Oder er kann in die Blasgensümpfe gehen, ins Nest eines Ye-arre, ja, selbst in die Wälder der Hochwohlgeborenen, dieser verdammten Elfen. Aber früher oder später findet ihn jemand. Zehntausend Soren sind einfach zu verlockend. Daher hat er nur eine Wahl: Wenn er wieder in Ruhe leben will, muss er dem Auftraggeber das Licht ausblasen.«

»Du gehst also davon aus, dass Yokh dem Tode geweiht ist?«

»Sagen wir es mal so: Ich gehe davon aus, dass seine Aussichten, die Geburtstagsfeierlichkeiten des Imperators im nächsten Jahr zu erleben, ausgesprochen gering sind.«

»Wie bedauerlich, denn angeblich zahlt er für alle Feiertage in Alsgara. Die Stadt würde mit seinem Tod einiges verlieren.«

»Das gilt auch für den Statthalter. Den schmiert Yokh nämlich auch. Allerdings habe ich auch noch nie einen Hintern gesehen, der so leicht auf drei Stühlen zugleich sitzen kann wie der des Statthalters. Der dient dem Imperator ebenso wie den Schreitenden und verliert dennoch nicht eine Sekunde seine eigenen Belange aus den Augen. Manchmal frage ich mich, ob mich das Amt des Statthalters nicht auch reizen könnte.«

»Stimmt, das ist ein einträglicher Posten, bei dem du dir die Hände nicht schmutzig machst. Du musst lediglich Erlasse schreiben, hin und wieder Rede und Antwort stehen und den Botschaftern aus Nabator und der Goldenen Mark um den Bart gehen. Und bei alldem verdienst du dir ein goldenes Näschen.«

»Du sagst es«, brummte Knuth. »Übrigens habe ich vor unserem Auftrag noch nie von dir gehört. Bist du schon lange in der Gilde?«

»Wer sagt, dass ich in der Gilde bin?«, fragte Shen lächelnd zurück.

Knuth kniff die Augen zusammen. »Da Moltz wollte, dass du uns begleitest, hab ich …«

»Aber er wird doch wohl nicht behauptet haben, dass ich eurer Gilde angehöre?«

Das hatte er in der Tat nicht. Er hatte Knuth lediglich angewiesen, den jungen Mann mitzunehmen und keine Frage zu stellen.

»Ich war ihm einen Gefallen schuldig«, erklärte Shen. »Da hat er mich gebeten, ein wenig mit euch durch die Gegend zu ziehen.«

»Aha.«

Was für eine verwirrende Geschichte. Als ob Moltz ihnen ohne triftigen Grund einen völlig fremden Mann mitgeben würde, damit dieser mit ihnen *durch die Gegend zog.* Man konnte Knuth ja viel erzählen – aber das nun doch nicht. Das musste selbst diesem Milchbart Shen klar sein.

»Ich weiß nicht, ob wir das den anderen gegenüber erwähnen sollten«, sagte dieser nun.

»Besser nicht. Sie haben sowieso schon was gegen dich. Du bist uns also keine Hilfe?«

»Wenn du gehofft hast, ich würde mit einem Galgenstrick oder mit Wurfsternen durchs Dorf rennen, dann muss ich dich enttäuschen. Aber wozu solltest du meine Hilfe auch brauchen? Es sei denn … Hast du es vielleicht auf das Kopfgeld für den Grauen und seine Freundin abgesehen?«

»Nein. Moltz will das nicht.«

»Was geht das Moltz an? Mit zehntausend Soren kannst du auf die Gilde pfeifen. Damit lässt sich ein neues Leben anfangen! Und du willst mir ja wohl nicht weismachen, du hättest nicht mit diesem Gedanken gespielt?«

Obwohl Knuth kein Wort erwiderte, verriet die Art, wie die Knöchel an seinen Händen hervortraten, Shen, dass er den Nagel auf den Kopf getroffen hatte.

»Mit welchem Gedanken ich spiele, tut nichts zur Sache«, sagte Knuth nach einer Weile. »Was zählt, ist einzig und allein mein Verhalten. Und da kannst du dir sicher sein: Ich werde mich mit dem Grauen und Lahen nicht anlegen, solange Moltz mir nicht den Befehl dazu erteilt.«

»Sind sie so gefährlich?«

»Auch, aber das ist nicht der einzige Grund. Nein, es ist so, dass ich einen Auftrag immer ehrlich ausführe. Egal, um welche Summen es geht. Aber das kannst du nicht verstehen.«

Shen zuckte bloß die Achseln und brachte damit zum Ausdruck, dass er bei zehntausend Soren ganz bestimmt keine Prinzipien mehr kennen würde.

»Und was den Grauen angeht …«, fuhr Knuth fort. »Du kennst seine Geschichte?«

»Nein.«

»Er ist vor zehn Jahren aus dem Osten nach Alsgara gekommen. Ich glaube, er hat im Sandoner Wald mit Jagd auf die Hochwohlgeborenen gemacht, jedenfalls steht er mit dem Bogen auf Du und Du. Aber nicht nur mit ihm. Bei uns ist er sehr schnell aufgestiegen, und schon bald hat er die schwierigsten und einträglichsten Aufträge an Land gezogen. Einigen aus der Gilde – und zwar nicht den schlechtesten Leuten in unserem Metier – hat das nicht gefallen. Die fand man dann eines schönen Tages in einer Jauchegrube. Tot. Gnuzz gehörte übrigens auch zu den Unzufriedenen, hat sich aber gerade noch rechtzeitig eines Besseren besonnen. Das heißt zwar nicht, dass die beiden mittlerweile dicke Freunde sind, aber … Jedenfalls hat er sich seitdem nicht mehr mit Ness angelegt. Außerdem hat Moltz persönlich den Jungen unter seine Fittiche genommen. Ich habe einmal mit dem Grauen zusammengearbeitet, von daher weiß ich, dass er sich seinen Namen nicht umsonst gemacht hat. Er ist der beste Bogenschütze, den ich kenne.«

»Warum hat er sich bei seinem Erfolg dann in dieses Loch abgesetzt?«

»Das weiß niemand. Oder höchstens Moltz. Ich kann darüber nur mutmaßen.«

»Und was mutmaßt du?«

Knuth sah Shen forschend an. Machte der sich über ihn lustig? Offenbar nicht.

»Lass uns jetzt zu Bamuth gehen«, bemerkte Knuth und erhob sich.

»Du willst mir also nicht sagen, was du mutmaßt?«

»Warum interessiert dich das?«

»Weil ich mir gern darüber im Klaren wäre, mit wem ich es zu tun habe. Moltz hat sich über diesen Punkt nämlich ausgeschwiegen.«

»Mhm.« Knuth sah sein Gegenüber noch einmal eindringlich an. »Bis Yokh einen Preis auf den Kopf des Grauen ausgesetzt hat, habe ich tatsächlich geglaubt, er und Lahen seien tot. Vor sieben Jahren wurden in einem Schuppen zwei verkohlte Leichen gefunden. Alle – also auch ich – haben angenommen, Ness sei am Ende doch ein paar allzu hitzigen Burschen in die Arme gelaufen. Aber jetzt ... Allmählich dämmert mir, dass er das alles von langer Hand vorbereitet hat. Denn zu der Zeit, als unser Freund angeblich gestorben ist, hat es einen Mord gegeben, der gewaltiges Aufsehen erregt hat. Das Opfer wurde von einem Pfeil getroffen. Es war ein meisterlicher Schuss. Einer, wie er besser nicht möglich ist. Der Schütze lauerte an einem Ort, von dem aus man nur trifft, wenn Meloth selbst deine Hand führt. Und mir fällt nur ein Schütze ein, der dazu imstande wäre: Ness.«

»Du glaubst also, der Graue hat das Ziel umgebracht, alle an der Nase herumgeführt, sich seine Freundin geschnappt und das Weite gesucht?«

»Richtig. Übrigens hat er immer mit Lahen zusammengearbeitet.«

»Sag mal, täusche ich mich, oder fürchtet ihr sie weitaus mehr als diesen Wunderschützen?«

Unwillkürlich verzog Knuth das Gesicht. Gnuzz hatte doch recht. Dieser Shen raubte einem mitunter wirklich den letzten Funken Verstand.

»Sie verschmurgelt dir das Hirn, bevor du überhaupt das Schwert blankgezogen hast.«

»Das schaffen alle Frauen«, erwiderte Shen lachend.

»Ich meine es ernst. Sie ist die Einzige in unserem Metier, die über die Gabe verfügt. Alle glauben, das bedeute lediglich, Lahen könne reden, ohne den Mund aufzumachen. Aber als ich das eine Mal mit dem Grauen zusammengearbeitet habe, durfte ich miterleben, wie sie einem Kerl den Kopf in die Luft gejagt hat.«

»Was soll das heißen?«, fragte Shen. »Ist sie eine Schreitende?«

»Nein.«

»Eine Glimmende?«

»Ich weiß es nicht. Und auch sonst weiß es niemand. Sie verfügt über die Gabe – und Schluss. Was spielt es da für eine Rolle, wer oder was sie ist? Aber genug geplaudert, wir werden erwartet.«

Sie verließen die Schenke und schlugen den Weg zu Ness' Haus ein. Shen schwieg nachdenklich, und Knuth bedauerte bereits, so offenherzig gewesen zu sein.

»Wer war das Ziel?«, fragte Shen nach einer Weile.

Knuth sah ihn verständnislos an.

»Wen hat Ness ausgeschaltet, dass er danach Hals über Kopf fliehen musste?«

»Eine Schreitende«, antwortete Knuth und ging weiter, ohne sich auch nur um Shen zu kümmern, dem vor Verblüffung der Unterkiefer herunterklappte.

Pork stapfte durch den Wald und nagte genüsslich an einem Honigküchlein. Seine Hosentaschen waren prallvoll mit Süßigkeiten. Die hatte er von dem Geld gekauft, das ihm dieser gute Onkel geschenkt hatte. Der, der auf einem Ritterpferd saß, aber selbst kein Ritter war. Trotzdem war er gut. Genau wie das Pferd. Und das Schwert. Außerdem war er ein Freund von Pork. Jawoll. Ein richtig dicker Freund. Für diesen Onkel würde Pork alles machen. Dem würde er sogar ein Küchlein abgeben. Ein halbes jedenfalls. Oder – nein! Ein ganzes! Auch wenn die Kinder im Dorf immer sagen, er sei gierig und dumm! Das war gelogen! Erstunken und erlogen! Damit machten sie sich nur über ihn lustig! Deshalb würde er ihnen auch nie etwas von seinen Naschereien abgeben! Niemals! Warum auch? Die würden ihn ja doch bloß wieder mit Dreck beschmeißen. Dann wäre sein Hemd schmutzig. Und Ritter würden sie auch nicht mit ihm spielen. Aber wenn Pork erst mal von zu Hause weglief und ein echter Ritter wurde, dann würde er es allen zeigen. Die würden noch platzen vor Neid.

Er steuerte auf seine Lieblingswiese neben dem wilden Bach zu, auf der er in aller Ruhe seine Süßigkeiten verschmausen konnte, ohne Angst haben zu müssen, dass ihn jemand entdeckte. Dann nämlich würden sich alle um ihn herum aufbauen und anfangen zu jammern: Pork, gib uns was ab! Mach schon, Pork, wenigstens ein kleines Stückchen! Du bist doch so ein lieber Junge!

Pah! Darauf konnten die lange warten!

Pork trat verärgert nach einem Pilz in seiner Nähe, sodass dessen Hut in die Luft flog, gegen den Baumstamm prallte und in unzählige Stücke zerfiel.

»Jawoll!«, stieß er begeistert aus.

Wie großartig diese Pilze doch durch die Luft sausten und zerschellten! Viel besser als die Steckrüben der alten Rosa. Pork hielt im Gras nach weiteren der auffälligen roten Hüte Ausschau, fand aber keine.

Enttäuscht schnaubte er, trat auf die Lichtung – und wich sofort zurück. In den Schutz der Bäume.

Verdrossen stülpte er die Lippe vor. Wie gemein! Sein Lieblingsplatz war besetzt! Neben der alten Eiche stand Ann, die Frau des Zimmermanns. Was hatte die hier verloren? Oh, der würde er schon klarmachen, dass das seine Wiese war! Dass sie verschwinden sollte! Aber erst, nachdem er noch ein Küchlein gegessen hatte.

Während er am Gebäck nagte, kam ihm allerdings ein viel besserer Gedanke: Was, wenn Ann aufhörte, diesen blöden Baum anzugaffen und im Fluss badete? Schließlich war es ganz schön heiß. Wenn er dann ganz ruhig hier sitzen bliebe, könnte er sie nackt sehen, jawoll. Pork hatte schon mal nackte Mädchen angeguckt, die in der Nacht der Sonnenwende am Schwarzen Strudel badeten. Damals hatten ihn die Burschen aus dem Dorf allerdings in den Büschen entdeckt und so verbläut, dass sie ihm beinahe alle Knochen gebrochen hätten.

Doch plötzlich hätte sich Pork fast verschluckt: Der Baumstamm zerbarst, als wären hundert böse Holzfäller auf ihn losgegangen. Porks Augen klebten förmlich an diesem Baum, weshalb er auch nicht gleich bemerkte, dass von der gegenüberliegenden Seite der Lichtung bewaffnete Männer aus dem Wald anrückten …

Der alte Morgan begrüßte mich freundlich, bat mich in sein Haus und setzte sich an den Tisch. Da ich den Schmied nicht beleidigen wollte, sprachen wir eine Weile übers Wetter, die nächste Ernte und die Nachbarn. Schließlich brachte ich aber doch die Sache zur Sprache, die mich hergeführt hatte. »Ich schulde dir noch was für die Werkzeuge«, fing ich an und legte sechs Sol auf den Tisch.

»Das hat doch keine Eile«, murmelte Morgan.

»Etwas Geld im Haus schadet nie«, widersprach ich. »Außerdem habe ich gehört, dass du für deinen Sohn Brautwerber ausgeschickt hast. Da zählt also jeder Kupferling.«

»Stimmt schon.« Morgan strahlte. »Aber warum begleichst du deine Schulden? Du willst uns doch wohl nicht verlassen?«

»Ich muss. Die Geschäfte rufen.«

»In dem Fall kann ich nur gratulieren«, sagte Morgan. »Legt ja niemand gern die Hände in den Schoß. Wann kommst du wieder?«

»Deshalb wollte ich dich sprechen«, antwortete ich grinsend. »Wir kommen nicht zurück. Aber ich will das Haus nicht verkaufen. Außerdem fehlt mir dazu die Zeit. Ich habe gehört, dein Renh hat keinen Herd, an den er seine Frau bringen kann. Du hast den Bau seines Hauses erst vor einem Monat angefangen, das dauert also noch eine Weile. Nimm solange einfach meins. Sollen sie bei uns wohnen. Von mir aus für immer, wenn nicht, dann nur so lange, bis sie ein eigenes Dach über dem Kopf haben.«

Dieser großzügige Vorschlag überrumpelte den armen Kerl völlig. Hüstelnd lehnte er sich auf dem Stuhl zurück und zog nachdenklich die Brauen zusammen. »Das kommt überraschend, Meloth sei mein Zeuge. Aber du warst ja schon immer ein komischer Bursche, Pars. Den eigenen Haushalt einfach so wegzuschenken.«

»Ich bin nicht komisch, ich bin bloß großzügig.« Obwohl ich mich sehr anstrengte, brachte ich nur ein schiefes Lächeln zustande. »Und wenn ich mein Hab und Gut schon hergeben muss, dann in gute Hände. Was ist, nimmst du's oder nicht?«

»Natürlich nehm ich es. Ich wäre ein Dummkopf, täte ich es nicht. Nur ist es mir peinlich, dir gar nichts dafür zu geben. Da fangen die Leute an zu reden …«

»Lass sie reden.«

»Pass auf, ich gebe dir wenigstens etwas, das bringt mich schon nicht an den Bettelstab.«

Doch ehe ich darauf antworten konnte, erklang in meinem Kopf ein verzweifelter Aufschrei: *»Hilf mir!«* Das Bild, das mir Lahen übermittelte, zeigte die Lichtung, auf der wir das Geld versteckt hatten, das uns für den Mord an der Schreitenden bezahlt worden war. Ohne mich von Morgan zu verabschieden, stürzte ich aus dem Haus und eilte Lahen zu Hilfe. Während ich rannte, versuchte ich in einem fort, sie zu rufen. Vergeblich. So etwas war noch nie geschehen. Angesichts der jüngsten Ereignisse rechnete ich natürlich mit dem Schlimmsten. Ich verfluchte mich bereits zum fünften Mal dafür, dass ich ihr erlaubt hatte, diese Sache ohne mich zu erledigen.

Ich trug nur ein Wurfbeil bei mir, ein vortreffliches Gerät für die Arbeit im Wald oder bei der Jagd, ja, selbst ein Mord ließ sich damit bewerkstelligen – aber einem gut bewaffneten Gegner stand ich damit gleichsam mit bloßen Händen gegenüber.

Ich setzte über die Weidenbüsche, die die Lichtung säumten, und erfasste das Geschehen mit einem Blick. Keine zwanzig Schritt vor mir steckte eine kurze Lanze im Boden. Daneben lag der tote Körper eines Mannes. Eine weitere Leiche fand sich dicht am Waldrand. Am anderen Ende der Lichtung lag Lahen.

Drei Männer drückten sich um sie herum. Grölend rissen sie ihre Witze, der Tod ihrer beiden Gefährten scherte sie einen Dreck. Einer von ihnen ließ gerade die Hosen runter.

Das Wurfbeil flirrte durch die Luft – und bohrte sich dem verhinderten Schänder mit einem widerwärtigen Geräusch in den Nacken. Er fuchtelte mit den Armen und ging blutüberströmt zu Boden. Sofort stürzte ich auf die beiden anderen zu.

Der eine legte die Armbrust an, der andere griff nach dem Schwert. Mich beeindruckten sie damit nicht. Ich bleckte lediglich die Zähne und lief noch schneller. Als der Dreckskerl den Abzug betätigte, hechtete ich zur Seite, sodass der Armbrustbolzen an mir vorbeipfiff, ohne mich zu verletzen. Sobald meine Hände den Boden berührten, rollte ich über den Kopf ab, sprang neben der Lanze wieder auf die Beine, zog sie heraus und schleuderte sie gegen den Schwertträger. Sie bohrte sich ihm in den Bauch, drückte ihn nach hinten und nagelte ihn an einem Baum fest. Der gedungene Mörder heulte vor Schmerz und umklammerte den blutigen Holzschaft mit beiden Händen.

Der verbliebene Mann legte fieberhaft einen neuen Bolzen, den er sich bis dahin zwischen die Zähne geklemmt hatte, in die Armbrust ein. Bevor er jedoch so weit war, hatte ich ihn erreicht. Daraufhin verfiel er auf die Idee, mir die Armbrust einfach über den Schädel zu ziehen. Ich ließ mich jedoch auf beide Knie fallen, wich damit dem Schlag aus und rammte dem Kerl die geballte Faust unters Knie. Er schrie, verlor das Gleichgewicht und taumelte zu Boden.

Unverzüglich rollte ich zur Seite – und damit zu der Leiche, in deren Genick mein Wurfbeil steckte. Kaum hatte ich die Waffe herausgezogen, stürzte ich mich erneut auf meinen Gegner, der sich gerade erhob. Mit aller Kraft trat ich ihm vor die Nase. Die brach sofort. Danach spaltete ich ihm mit zwei rasch hintereinander ausgeführten Schlägen den Schädel. Inzwischen hörte auch der Widerling, den ich mit der Lanze aufgespießt hatte, auf, sich zu krümmen und hauchte seine Seele aus.

Der Spuk war vorüber.

Ich eilte zu Lahen. Erleichtert stellte ich fest, dass sie noch lebte und lediglich das Bewusstsein verloren hatte. An der linken Schläfe prangte eine gewaltige Beule, ihre Haut war zerkratzt, Blut rann ihr über die Wange.

Plötzlich pfiff hinter mir ein Armbrustbolzen durch die Luft, und jemand schrie auf. Gleich darauf kroch Bamuth mit seiner Armbrust aus einem Gebüsch hervor. Hinter ihm tauchten Knuth und jener mürrische Milchbart auf, der sich mir nicht vorgestellt hatte.

»Die haben euch schnell gefunden«, sagte Knuth. »Lass dir das eine Lehre sein.«

Bei aller Fürsorge, die er mir gegenüber an den Tag legte, ließ er mein Wurfbeil doch keine Sekunde aus den Augen. Auch ich behielt meine alten Kollegen fest im Blick und schielte nur kurz zu dem Mann hinüber, den Bamuth erledigt hatte. Er hatte die ganze Zeit über in einem Versteck gelauert. Als ich mich um Lahen gekümmert hatte, glaubte der Bursche, sein Glück machen und das Kopfgeld mit leichter Hand einstreichen zu können. Tja, zu früh gefreut …

»Wenn wir nicht in der Nähe gewesen wären, dann …«

»… dann wäre ich mit dem auch noch fertiggeworden.«

Unterdessen lud Bamuth seine Armbrust nach und legte sie sich in die Armbeuge. Mir gefiel nicht, wie er mich ansah. Auch er erweckte den Anschein, als wolle er sich schnelles Geld verdienen, wie er da mit einem Blick auf Knuth Zustimmung heischte. Dieser schüttelte jedoch kaum merklich den Kopf. Bamuth zuckte bloß lächelnd die Schultern und schob die Armbrust auf den Rücken, um anschließend in aller Gemütsruhe die Taschen der Toten zu durchstöbern.

Daraufhin legte sich die allgemeine Anspannung etwas, auch wenn nach wie vor alle darauf achteten, abrupte Bewegungen zu vermeiden. Ich blieb zwischen Lahen und den Männern von Moltz stehen, da ich von ihren friedlichen Absichten keineswegs überzeugt war.

»Was ist mit ihr?«, wollte Knuth wissen.

Statt zu antworten, setzte ich bloß eine verächtliche Miene auf. Klar, wär schon gut für sie, wenn Lahen …

»Wenn wir wollten, wärst du längst tot.«

Ich verzog herablassend die Lippen und schwieg beharrlich weiter.

»Lahen braucht Hilfe«, ließ Knuth nicht locker.

»Wie habt ihr uns gefunden?«

»Wir sind dir gefolgt.«

»Genauer gesagt: hinterhergerannt«, stellte der Milchbart klar. Er untersuchte aufmerksam die Leiche, die ich mit einer Lanze an den Baum gespickt hatte. »Dem hast du's gegeben.«

»Wollt ihr euch jetzt vielleicht als Leibwächter verdingen?«, fragte ich und steckte nun doch das Beil hinter den Gürtel. »Ist das nicht ein zu einschneidender Berufswechsel?«

»Aber allem Anschein nach haben wir uns gerade rechtzeitig zu diesem Wechsel entschieden«, meinte Knuth, während er eine der Leichen mit der Stiefelspitze trat. »Diese Visagen kenne ich nicht. Keine einzige. Die haben bestimmt eine lange Reise hinter sich. Also, was ist jetzt mit Lahen?«

»Sie lebt.«

»Darf ich mal nach ihr sehen?«, fragte der Milchbart da und traf sofort auf meinen bohrenden Blick. »Sie braucht dringend Hilfe.«

»Die ich ihr geben kann«, fuhr ich ihn an.

Von diesen Herren würde ich keinen an Lahen heranlassen.

»Ich bin Medikus.«

»Seit wann beschäftigt die Gilde Medikusse?«

»Ich gehöre der Gilde nicht an. Knuth kann das bestätigen.«

Knuth zögerte kurz, nickte dann aber. Log er?

»Was faselt Shen da?«, mischte sich nun Bamuth ein.

»Was ist bloß mit diesen Toten?«, überging Knuth Bamuths Frage.

»Die Gesichter der beiden sind völlig verkohlt«, antwortete Bamuth. »Mir war nicht klar, dass Lahen zu dergleichen imstande ist. Ihre eigenen Mütter würden die zwei jetzt nicht wiedererkennen. Aber Shen? Ist der … wirklich ein Pillendreher? Beim nächsten Auftrag gibt uns Moltz dann wohl noch eine komplette Apotheke mit.« Bamuth brach in schallendes Gelächter aus, in das jedoch niemand einstimmte.

»Kann ich sie mir nun mal ansehen?«, fragte Shen noch einmal.

»Einverstanden.« Widerwillig trat ich zur Seite. »Aber merk dir eins, sobald du auch nur …«

»Spar dir deine Drohungen!«, verlangte er mit vor Wut funkelnden Augen.

Ich baute mich so auf, dass ich sowohl den Herrn Medikus als auch Bamuth im Blick behielt.

Mit einem Mal klangen aufgeregte Schreie aus dem Wald herüber. Kurz darauf tauchte Gnuzz auf. Ich hatte mich schon gefragt, wo die kleine Ratte steckte. Er zog den brüllenden Pork am

Kragen hinter sich her, der sich nach Kräften dagegen sträubte. Was hatte der nun schon wieder hier verloren?!

Neben dem abgebrochenen Mörder wirkte der Trottel geradezu wie ein Riese, doch das brachte Gnuzz mitnichten aus der Fassung.

»Seht mal, wen wir hier haben!«

»Wo hast du den denn aufgelesen?«

»In den Büschen, wo sonst. Der hat alles beobachtet. Vielleicht gehört er ja auch zu den Kerlen. Da stehen nämlich sieben Pferde. Was ist, soll ich ihn kaltmachen?«

Kaum hörte Pork diese Frage, heulte er auf. Jammernd und flehend rutschte er auf Knien zu Knuth. Aus all dem Gewinsel schälten sich nur die Worte heraus: »Ich hab nichts Böses getan, ich wollte bloß die nackte Tante sehen, und dann kamen die bösen Onkels. Wenn ihr mir nichts tut, gebe ich euch auch meine ganzen Küchlein!«

»Jetzt beruhig dich mal, Meister, niemand will dir was. Und deine Küchlein kannst du auch behalten.«

Da stöhnte jedoch Lahen auf, und sofort vergaß ich den Trottel und stürzte zu ihr, dabei Shen lauthals anbrüllend. Der trat sofort zur Seite.

Mein Augenstern sah mich fragend an.

»Keine Sorge, sie sind alle tot«, teilte ich ihr in Gedanken mit.

»Was machen die anderen hier?«

»Die sind mir gefolgt. Als ich zu dir gerannt bin, habe ich nicht darauf geachtet, ob ich jemanden im Schlepptau habe.«

»Ich bin zu schwach, da kann ich mich nur um einen von ihnen kümmern.«

In ihren blauen Augen braute sich ein magischer Sturm zusammen. *»Halt!«*, konnte ich sie gerade noch von einem übereilten Schritt abhalten. *»Ich glaube, wir können das auf friedlichem Wege regeln.«* Dann fragte ich laut: »Wie fühlst du dich?«

»Mir platzt gleich der Kopf.« Vorsichtig betastete sie die Beule an ihrer Schläfe und verzog das Gesicht.

»Kannst du gehen?«

»Das braucht sie nicht«, mischte sich Knuth ein. »Gnuzz holt grade die Pferde, dann bringen wir euch nach Haus. Im Übrigen habe ich mich noch weiter mit dem Trottel unterhalten. Er versichert, da seien noch mehr Männer gewesen. Er kann zwar nicht zählen, aber immerhin standen da sieben Pferde. Und dann behauptet er noch, zu ihnen habe auch ein Mann gehört, der Flügel wie ein Vogel hatte.«

»Das stimmt, da war ein Ye-arre dabei!«, bestätigte Lahen und stand mit meiner Hilfe auf. »Ich hatte nicht damit gerechnet, hier einer solchen Kreatur zu begegnen. Er ist von hinten an mich herangeflogen. Ich kann von Glück sagen, dass er mich nicht getötet hat.«

»Wo der jetzt wohl steckt?« Shen ließ seinen Blick über die Bäume in der Nähe schweifen.

Bamuth legte sofort wieder die Armbrust an.

»Spart euch das, der hat längst das Weite gesucht. He, Meister, hör auf zu heulen und lauf zu deinen Kühen!«, rief Knuth nun Pork zu.

Das ließ sich dieser nicht zwei Mal sagen. Er sprang auf, vergaß sogar seine Küchlein, die überall verstreut im Gras lagen, und rannte zum Wald – wahrscheinlich, um im ganzen Dorf herumzuerzählen, was auf der Lichtung vorgefallen war.

»Oho! Was haben wir denn hier?« Shen zog einen Beutel aus dem geborstenen Baumstamm. »Ganz schön schwer, das Säckelchen.«

Wortlos streckte ich die Hand nach dem Fund aus. Diese Unverfrorenheit überraschte Shen zwar, und er wollte sich schon weigern, doch als er meine finstere Miene sah, reichte er mir, ohne zu murren, den Beutel.

»Gehört der euch?«, fragte Knuth.

»Ja.«

Weitere Fragen blieben mir zum Glück erspart.

Kapitel 5

Rek war in Frieden gestorben. Luk hatte es gar nicht mitgekriegt, weil er in einen unruhigen Schlaf gefallen war, und als er wieder aufwachte, weilte sein Freund schon in den Glücklichen Gärten. War ihnen beiden anfangs das Glück also hold gewesen, sodass sie das Wunder vollbracht hatten, aus der Burg der Sechs Türme zu fliehen, hatte es den einen von ihnen am Ende doch im Stich gelassen. Nach der Flucht hatte Luk seinen Gefährten, der viel Blut verloren hatte, huckepack getragen und sich mit ihm in den Wald geschlagen. Später, bereits allein, war er dann im Vorgebirge auf eine verlassene Silbermine gestoßen, wie es sie in dieser Gegend zuhauf gab. Sämtliches Silber für die Sol des Imperiums stammte einst aus diesen Minen, doch inzwischen waren sie längst ausgebeutet. Im Grunde hätte er also kein besseres Versteck finden können, denn die Nabatorer Soldaten würden wohl kaum auf die Idee kommen, in den vor über achtzig Jahren aufgegebenen Stollen nach Feinden zu suchen.

Jetzt sollte er sich allerdings wieder hinauswagen. Er nahm sein Beil an sich, schnappte sich die Laterne, zündete sie aber nicht an, sondern tastete sich so lange vor, bis ihn die niedrige Decke zwang weiterzukriechen. Erst da beschloss Luk, etwas von dem wenigen verbliebenen Öl zu vergeuden. Doch selbst mit dem fahlen Licht hatte er nur eine Sicht von anderthalb Yard. Über den feuchten Boden kriechend, verwünschte er seine Vorsicht. Warum hatte er sich bloß so tief in den Stollen zurückgezogen? Warum war er nicht in der Nähe des Eingangs geblieben? Hier hätte ihn doch sowieso niemand gesucht! Sobald er wieder aufrecht weiterlaufen konnte, atmete er erleichtert durch. Als er kurz darauf einen sanften Luftzug im Gesicht spürte, wusste er, dass er den Ausgang fast erreicht hatte. An der nächsten Gabelung brauchte er bloß noch über einen Haufen behauenen Gesteins zu kriechen – und schon machte er in der Ferne Tageslicht aus.

Erneut beschlichen ihn Zweifel: Sollte er den Stollen wirklich wieder verlassen? Er löschte die Laterne und ging langsam weiter, wobei er immer wieder stehen blieb und lauschte. Mit einem Mal meinte Luk Schritte zu hören – und hätte sich vor Angst beinah in die Hosen gepinkelt. Bei genauerem Hinhören vernahm er jedoch nur das Geräusch seines eigenen Atems, mehr nicht.

Als ihn nur noch zwanzig Yard vom Ausgang trennten, drang Luk ein leises Rauschen ans Ohr. Verängstigt hielt er abermals inne, ehe er begriff, dass es nur Regen war. Erleichtert lächelte er und hängte die Laterne an den Bügel, von dem er sie abgenommen hatte, als er in die Tiefe hinabgestiegen war.

Es regnete überraschend heftig. Ein Spinnennetz aus Grautönen spannte sich über die abendlich schummrige Welt. In der Luft hing ein strenger Geruch nach feuchter Erde und Blättern, zu dem sich ein übler Gestank gesellte. Etwa zehn Yard vom Ausgang entfernt stand, mit dem Rücken zu Luk, ein hagerer, in Lumpen gekleideter Mann. Den Regen, der durch die Kleidung und das spärliche Haar bis auf die Haut drang, schien er gar nicht wahrzunehmen.

Mit angehaltenem Atem beobachtete ihn Luk. Der Unbekannte verhielt sich ruhig und trug keine Waffe. Eine Gefahr stellte der bestimmt nicht dar. Obwohl: Hatte diese Verdammte nicht zunächst auch wie ein friedliches Lämmchen gewirkt? In Erinnerung an Scharlach packte Luk das Beil fester. Meloth allein wusste, was dieser Kerl im Schilde führte.

»Da platzt doch die Kröte!«, knurrte Luk leise und spuckte aus. »Was steht der hier in der Gegend rum? Kann der diesen wunderbaren Regen nicht woanders genießen?«

Allmählich geriet er in Wut. Sowohl auf den Unbekannten als auch auf sich selbst. Da hatte ihm die eigene Vorsicht – die er gut und gern auch als Feigheit bezeichnen konnte – einen schönen Streich gespielt. Immerhin verfügte er über ein Beil und war mindestens doppelt so kräftig wie dieser Kerl, der sich in den letzten drei Minuten nicht vom Fleck gerührt hatte. Luk spuckte noch einmal aus, dann wagte er es: Er trat in den Regen hinaus, atmete tief durch und brüllte: »He, du!«

Der Mann drehte sich um – worauf Luk sofort einen trockenen Mund bekam. Vor sich sah er ein bleiches, fast schon bläuliches Gesicht, dem die Nase fehlte. An den schwarzen Lippen klebte eingetrocknetes Blut. Und die Augen loderten in einem smaragdgrünen Licht …

Nachdem er wie wild davongeprescht war, zog Ga-nor schließlich die Zügel an und sprang aus dem Sattel. Früher oder später würde das Pferd schlappmachen. Deshalb sollte er runter von der Straße, denn aus der Burg der Sechs Türme würde man ihm mit Sicherheit Verfolger hinterherschicken. Und da gab er sich keinen falschen Hoffnungen hin: Wenn er allein mehreren Nabatorern gegenüberstand, würde es keine Gnade für ihn geben. Am besten versteckte er sich also im Vorgebirge. In den Wäldern. Und wenn sich wieder alles beruhigt hatte, würde er sich nach Norden durchschlagen, zu seinen Leuten.

Das Pferd wartete friedlich im Regen ab, was der Mensch wohl beabsichtigte. Was nun kam, tat dem Irbissohn leid, aber es musste sein. Er zog den Dolch und bohrte ihn dem Tier in die Kruppe. Mit einem schmerzerfüllten Wiehern stürmte es davon. Ga-nor sah ihm noch nach, ehe er mühsam den regenfeuchten Fels eines kleinen Berges hinaufkraxelte. Auf der Spitze wuchs ein kleiner Tannenwald, ein hervorragendes Plätzchen, um sich zu verstecken. Also dann: Vorwärts!

Als er die Bäume endlich erreichte, rang er im Schutze der pikenden Zweige nach Atem. Die Straße lag weit unter ihm, doch trotz des Regens und der heraufziehenden Dämmerung hatte er eine gute Sicht auf sie. Wie ein schmales Band schlängelte sie sich in der Nähe eines tosenden Flusses, der im Regen ganz braun wirkte, durch die flachen Berge.

Es waren keine fünf Minuten vergangen, als seine Verfolger aus der Festung herausstürmten. Zwei Dutzend entschlossener Nabatorer trieben ihre Pferde an und jagten unter ihm entlang, ohne auch nur in seine Richtung zu blicken. Ga-nor hoffte inständig, die Kerle würden das Pferd nicht allzu schnell entdecken. Und wenn sie es dann doch fanden, vermuten, er habe sich von da an zu Fuß durchgeschlagen.

Der Irbissohn blieb noch ein paar Minuten am Rand des Abhangs auf der Lauer, dann kroch er zurück. Er stand auf und betrachtete aufmerksam die Stelle, an der er gelegen hatte. Der dicke Teppich aus feuchten Tannennadeln zeigte verräterische Einbuchtungen, aber daran konnte er nichts ändern, denn wie sehr er sich auch anstrengen mochte, am Ende würden ein paar Spuren zurückbleiben.

Er zog sich die Kapuze des Umhangs über den Kopf und marschierte schnellen Schrittes, vom Wald abgeschirmt, den Hang entlang. Noch wollte er sich nicht tiefer in die Berge begeben, käme er in ihnen doch deutlich langsamer voran. Schon bald ging das Vorgebirge erst in flachere Hügel, schließlich in eine Ebene über. Westlich davon lagen die Grenzgarnisonen – die hoffentlich noch nicht vom Feind überrannt worden waren. Mühelos würde die Südarmee, durch Untätigkeit verfettet, einem Ansturm der Nabatorer jedenfalls nicht trotzen.

Es dunkelte rasch. Der Regen ließ nicht eine Sekunde nach. Er rauschte in den Ästen der Bäume und riss mit dicken Tropfen die Erde auf. Ga-nor kam es vor, als führe der Wald ein trautes Gespräch mit dem Himmel. Plötzlich drang jedoch ein Schrei an sein geschultes Ohr.

»Na, komm schon, du Schweinekerl!«, brüllte da jemand. »Worauf wartest du noch?« Die Antwort erfolgte in Form von Gekrächze und Gekeuche. Ga-nor zog das Schwert blank und stapfte entschlossen weiter. Er musste wissen, was da los war. Außerdem brauchte offenbar jemand Hilfe – und dieser Jemand konnte durchaus ein Freund sein.

Er näherte sich den Kampfgeräuschen immer weiter. Mittlerweile blieb die Stimme stumm, dafür klang das Röcheln blutrünstiger. Der Irbissohn bog einen Tannenzweig zur Seite, der ihm die Sicht nahm. Nun lag eine steinerne Wand mit einem quadratischen Eingang zu einer der alten Minen vor ihm. Etwas weiter hinten stand ein baufälliger Schuppen, auf dessen Dach bereits Bäume wuchsen. Den Weg, über den früher das Silbererz abtransportiert wurde, hatten Tannen erobert, sodass nur eine kleine Lichtung unmittelbar vorm Stolleneingang selbst frei geblieben war. Überall türmte sich Gestein, das man aus den Tiefen der Erde zutage gefördert hatte, lagen verrostete Eisenbügel, umgekippte Waggons sowie durchgefaulte Balken aus der Befestigung der Stollen. Inmitten dieser Relikte tobte der Kampf.

Den Mann erkannte Ga-nor sofort, trotz des schmutzbedeckten Gesichts, das darauf hindeutete, dass er eine ganze Weile in der Mine verbracht hatte: Luk aus der Burg der Sechs Türme, Liebhaber des Würfelspiels, der ihm noch Geld schuldete.

Er stand vor der Tür des Schuppens und erwehrte sich mit dem Beil der Untoten, die aus diesem herausdrängten. Eine der zum Leben erweckten Leichen hatte bereits ihr Fett weg und lag mit zerschmettertem Schädel am Eingang zum Stollen, weitere gierten jedoch nach dem Fleisch des Soldaten. Immerhin hatte Luk einen guten Standort gewählt, außerdem behinderten sich die Untoten gegenseitig. Gerade hackte er einem von ihnen einen Arm ab und stieß ihn mit einem Tritt in den Bauch von sich. Trotzdem würde er sich nicht mehr lange halten können, denn seine Kräfte verließen ihn bereits.

Ga-nor sprang zwischen den Bäumen hervor und eilte ihm zu Hilfe.

Luk bereute aus tiefstem Herzen, aus dem Stollen herausgetreten zu sein. Bei der Kreatur, die er zunächst für einen echten Menschen gehalten hatte, handelte es sich in Wahrheit um eine wiederbelebte Leiche. Mit einem solchen Wesen war er noch nie aneinandergeraten. Sicher, auch er kannte allerlei Märchen, aber gesehen hatte er ein solches Geschöpf nie zuvor. Schließlich war das Imperium nicht Sdiss, wo sich die Nekromanten ungehindert mit ihrer Schwarzmagie beschäftigten und über die Toten geboten.

Die ganze Begegnung wirkte so unreal, dass Luk seinen Augen nicht traute. Aber das musste er. Und zwar schnellstens.

Das Geschöpf warf sich ohne jede Vorwarnung auf ihn. So verängstigt Luk auch sein mochte, er galt nicht ohne Grund als guter Soldat und tötete – sozusagen – den Untoten gleich mit dem ersten Schlag, indem er ihm den Schädel spaltete. Doch noch ehe Luk nach Herzenslust fluchen konnte, stürzte sich bereits das nächste Viech auf ihn.

Das Wesen hatte bis dahin überm Eingang zum Stollen gelauert. Meloth allein wusste, was es dort verloren hatte. Und beinah hätte diese lebende Leiche Luk auch mit einem hinterhältigen Sprung erwischt. Ihn rettete nur, dass er den ersten niedergestreckten Untoten näher in Augenschein nehmen wollte und deshalb vortrat. Doch schon stürmte aus dem Dunkel des Schachts ein weiteres dieser Biester heraus. Seine Schritte hatte Luk gehört, als er aus seinem Versteck gekommen war. Er dankte dem Schicksal, dass er mit diesem Monster nicht im Dunkel der Mine aufeinandergetroffen war, denn in dem Fall hätte er nicht zu sagen gewusst, wie die Sache ausging.

Kaum hatte Luk den Angriff dieser beiden erfolgreich abgewehrt, zeigten sich im Schuppen abermals zwei ungebetene Gäste. Ihm blieb nichts anderes übrig, als blitzschnell zur Tür zu rennen. Dann konnte er sich die Schweinekerle wenigstens einzeln vornehmen. Noch vermochte er sich dieser Kreaturen zu erwehren, doch mit jeder Sekunde kostete ihn das mehr Kraft. Seine Hände schienen bleiern – während die erstaunlich flinken Untoten nicht die geringste Ermüdungserscheinung zeigten.

Er hörte nur noch ihr Röcheln und das Klappern ihrer Zähne, sah nur noch ihre lodernden grünen Augen und ihre weiße Haut mit dem angetrockneten Blut.

Mit einem verzweifelten Aufschrei hackte er einem der Untoten den Arm vom Körper ab, trat ihn in den Bauch und hieb dem zweiten die Hand ab.

»Hau ihnen den Kopf weg!«, erklang es da hinter ihm. »Ziel auf ihre Köpfe!«

Sofort richteten die zwei Untoten ihre Aufmerksamkeit auf den Neuankömmling. Luk dagegen nahm nur aus den Augenwinkeln heraus wahr, dass es ein Mensch war, der den Umhang der Nabatorer Reiterei trug. Mit dem würde er sich später auseinandersetzen, einstweilen konnte ihm der Unbekannte gestohlen bleiben.

Denn schon tauchte ein weiterer Untoter aus dem Dunkel des Schuppens auf. Luk stürzte sich auf ihn und wollte ihm eins über die Rübe ziehen, verfehlte sein Ziel jedoch und ging zu Boden, wobei er den Untoten immerhin am Schlüsselbein und Brustkorb traf. Sofort holte er erneut aus und spaltete seinem Angreifer den Schädel. Dieser barst mit einem ekelhaften Geräusch, und nun zuckte die kraft der Magie wiederbelebte Leiche zusammen und erschlaffte endgültig.

»Da platzt doch die Kröte!«, brüllte Luk und spuckte triumphierend aus. »Bist du jetzt endlich tot?!«

Erst in diesem Moment fiel ihm der Mann ein. Der erledigte gerade die anderen Untoten und wischte die Klinge ab.

Luk hatte sich nicht getäuscht. Der Kerl kam in der Tat aus Nabator. Sein Gesicht konnte er jedoch nicht erkennen, da die Kapuze es verbarg. Als er an Luk herantrat, schwang dieser drohend das Beil.

»Sag mal, hat dir der Kampf das letzte bisschen Verstand geraubt?«, fragte der Unbekannte.

»Hör mal«, schnaufte Luk, der während des Kampfes völlig außer Atem geraten war. »Ich bin dir dankbar für deine Hilfe, aber jetzt trennen sich unsere Wege wieder. Du gehst dahin, ich dorthin, und dann vergessen wir diese Begegnung.«

Daraufhin schob der Mann die Kapuze nach hinten.

Luk klappte der Unterkiefer herunter. Dieses Gesicht kannte er. Dieses markante, scharfkantige Gesicht mit Adlernase, rotem Schnauzer und Haupthaar von derselben Farbe, das zu einem kurzen dicken Zopf zusammengebunden war. Ga-nor, der Irbissohn, der mit der Einheit Da-turs in die Berge gezogen war. Ebender Nordländer, dem Luk noch Geld vom Würfelspiel schuldete.

»Da platzt doch …«, murmelte Luk.

»Glaubst du etwa, ich sei aus dem Jenseits zurückgekommen, um meine Schulden bei dir einzutreiben?«, fragte Ga-nor mit einem müden Grinsen.

»In dem Fall wärst du noch mieser als diese Kreaturen. Die waren zwar untot, wollten aber wenigstens kein Geld von mir.«

»Stimmt. Dafür hätten sie allerdings liebend gern dein Herz verschmaust.«

Diese Aussicht ließ Luk noch im Nachhinein erschaudern. »Was hat dich hierher verschlagen?«, fragte er.

Statt zu antworten, drehte Ga-nor jedoch den Kopf in die Richtung, aus der er gekommen war, und lauschte angespannt in den pladdernden Regen hinein. Luk tat es ihm nach, im Unterschied zu Ga-nor hörte er jedoch kein verdächtiges Geräusch und stellte daher die nächste Frage: »Was ist?«

»Pst!«

In der Dämmerung wirkte sein Gesicht noch schärfer, und unter den Augen lagen dunkle Ringe, sodass er tatsächlich an einen Toten erinnerte. Luk durchlief ein Frösteln. Es verging eine Minute, die nächste brach an. Der Regen nahm immer mehr zu, so unmöglich das auch schien.

»Da platzt doch die Kröte, sagst du mir jetzt, was Sache ist?!«, knurrte Luk.

»Gehen wir.«

»Was?!«

»Lass uns von dieser Mine weggehen, und zwar schnell.«

»Aber …«

»Ich lasse mich hier auf keine langen Gespräche mit dir ein«, fuhr ihn der Irbissohn wütend an. »Entweder du kommst mit mir mit, oder du nimmst schon bald die nächsten Gäste in Empfang.«

Luk brauchte nur eine Sekunde, um zu begreifen, was er sich unter diesen Gästen vorzustellen hatte. Grünäugige Kreaturen …

»Ich komme mit«, versicherte er rasch und sah sich verängstigt nach allen Seiten um, ob nicht bereits die nächsten ausgemergelten dunklen Silhouetten aus dem dichten Tannenwald auftauchten.

»Komm! Wir müssen sie abhängen. Pass auf, wo du hintrittst. Und bleib nicht zurück.«

Luk nickte krampfhaft und sah sich ein letztes Mal um, ehe er Ga-nor nacheilte.

Obwohl das Holz feucht war, gelang es ihnen ohne Mühe, ein Feuer zu entfachen. Die Flammen knisterten und sprühten Funken, dichter Rauch zog durch ein Loch im Dach ab. Wie gut das tat! Luk zitterte vor Kälte am ganzen Leib, da war ihm die Möglichkeit, sich zu wärmen und seine Kleidung zu trocknen, mehr als willkommen.

Die halbe Nacht waren sie durch den dunklen Wald gelaufen. Einen Fels hinunter, den nächsten wieder hinauf, über einen Kamm und wieder runter. Anschließend waren sie noch eine Ewigkeit einem eiskalten Bach stromaufwärts gefolgt. Dreimal war Luk auf den glitschigen Steinen ausgerutscht und im Wasser gelandet, dreimal hatten ihn die kräftigen Hände des Nordländers am Kragen gepackt und wieder aufs Trockene gezogen.

Der Irbissohn übertraf in seiner Unerbittlichkeit sogar noch den toten Hauptmann aus dem Eisturm. Der hatte seine Untergebenen wenigstens nie ein solches Hindernisrennen veranstalten lassen. Luk war müde, seine Füße schmerzten entsetzlich, er bekam kaum noch Luft, das Beil wog schwerer und schwerer, er wollte sich nur noch lang hinschmeißen und wünschte alle in den Arsch der nächsten Kröte. Oder in den von diesem Gott Ga-nors. Am Ende trieb ihn die Angst jedoch immer wieder an und ließ ihn dem Kundschafter unverdrossen folgen.

Der sprach kaum ein Wort, änderte ständig die Richtung, trabte durch Schluchten und sprang über Bäche, schlug seine Haken durch den Wald und blieb ein ums andere Mal stehen, um zu lauschen und zu schnuppern. Irgendwann glaubte Luk, sie bewegten sich im Kreis. Doch als ihm bereits einerlei war, ob die Untoten ihn fraßen oder nicht, hatten sie ihr Ziel erreicht.

In einem Waldstück aus uralten Platanen stand inmitten hoher Brombeersträucher eine Hütte von Jägern. Sie war alt und mit Moos sowie Schillerporling bewachsen, das Dach teilweise eingestürzt. Die Fensterscheiben fehlten, die Tür flößte nur wenig Vertrauen ein. Im Innern roch es nach verfaultem Holz, Feuchtigkeit und dem Kot wilder Tiere. Der Boden knarzte fürchterlich, in dem kleinen Ofen fand sich ein Mäusenest. Offenbar hatte diese Hütte schon seit sehr langer Zeit niemand mehr aufgesucht.

Luk wusste nicht, ob Ga-nor den Unterschlupf von früher kannte oder ihn bloß zufällig entdeckt hatte. Entgegen seiner sonstigen Gewohnheiten fragte er ihn aber nicht danach, weil er meinte, es sei wesentlich besser, hier zu übernachten als draußen im Regen.

Der Fährtenleser hatte schweigend aus dem feuchten Holz, das in einer Ecke lag, das Feuer entfacht. Danach hatte er die Augen geschlossen, jetzt schien er eingeschlafen zu sein. Irgendwann stand Luk leise auf und versuchte, die Tür zu verschließen.

Da es keinen Riegel gab, bediente er sich eines großen Holzklotzes. Sonderlich beruhigen tat ihn diese Konstruktion allerdings nicht. Die faulen Bretter der Tür würden keine zwei kräftigen Schläge überstehen, das wusste er. Aber zumindest kriegte er nun vorab mit, wenn sie jemand beehren wollte, und nicht erst dann, wenn die Gäste bereits in der Hütte standen und sich über sie hermachten.

Blieben die fehlenden Fenster. Luk untersuchte sie rasch. Sie waren klein. Er selbst würde nicht durch sie hindurchpassen – aber jemand, der schmaler war, schon. Er fand jedoch weder anständige Bretter noch Nägel oder einen Hammer. Also musste er darauf hoffen, dass alle Feinde groß und dick waren.

»Was ist in der Festung geschehen?«

»Da platzt doch die Kröte!«, fuhr ihn Luk an, den die überraschend erklingende Stimme fast zu Tode erschreckt hätte. »Du bringst mich noch in die Glücklichen Gärten!«

»Irgendwann treten wir alle vor Ug.«

»Aber erst mal habe ich noch vor, eine Weile zu leben«, knurrte Luk, der gerade nachsah, ob seine Kleidung schon trocken war, und sich dann ans Fenster setzte. »Hast du was zu essen? Ich habe seit geschlagenen vierundzwanzig Stunden nichts mehr zwischen die Zähne gekriegt.«

Ga-nor kramte in einem Sack, den er der Satteltasche des Nabatorer Pferdes entnommen hatte, und förderte Zucker, eine Zwiebel, etwas Käse und einen Viertellaib trockenen Roggenbrots zutage. Luks Magen knurrte.

»Ich hoffe, du bist imstande, zu essen und gleichzeitig zu berichten«, bemerkte Ga-nor, während er die Zwiebel mit seinem Dolch zerteilte.

Luk nickte, machte sich übers Essen her und fing an zu erzählen. Der Irbissohn hörte aufmerksam zu. Die Lage war weit schlimmer, als er befürchtet hatte. Nie im Leben hätte er mit den Verdammten gerechnet! Und Scharlach ... seit seiner Kindheit jagte ihm allein der Name dieser Verdammten Angst und Schrecken ein. Obendrein dürfte Scharlach nicht als Einzige ihre Finger im Spiel haben. Wie viele Verdammte waren es doch gleich? Sechs oder acht? Falls Luk die Wahrheit sagte – und weshalb sollte er lügen? –, standen ihnen weit üblere Schwierigkeiten ins Haus als ein paar Nekromanten.

Nabator wollte sich den südlichen Teil des Imperiums schon seit Langem einverleiben – und hier bot sich die heißersehnte Möglichkeit.

»Aber irgendjemand muss doch überlebt haben!«

»Vielleicht«, antwortete Luk. Doch selbst ein Blinder sah, dass er nicht daran glaubte. »Rek und ich konnten gerade noch fliehen, weil wir vom Wehrgang aus zur Südtreppe gelaufen sind. Von da aus ist es nur ein Katzensprung bis zum fünften Tor. Aber ich glaube nicht, dass es sonst jemand geschafft hat. Die Nabatorer sind zu Hunderten angestürmt. Dann noch die Untoten ...«

»Und die Schreitende ist mit Sicherheit tot?«

»Ja«, sagte Luk. »Die Verdammte hat derart auf die Mauer eingedroschen, dass ...«

Er ließ den Satz unvollendet. Ein bedrückendes Schweigen lastete auf den beiden Männern. Sie starrten ins Feuer und hingen ihren Gedanken nach.

Luk fand, er hatte unverschämtes Glück gehabt. Ga-nor war ein erstklassiger Fährtenleser und kein schlechter Kämpfer. Mit ihm waren die Aussichten, dieses Schlamassel zu überleben, weitaus größer als ohne ihn. Außerdem: Wenn ihm der Nordländer nicht zu Hilfe gekommen wäre, wäre er, Luk, inzwischen bereits ein toter Mann.

»Was machen wir jetzt?«, wollte er von Ga-nor wissen.

»Das Beste wäre wohl, wir schlagen uns zu meinen Leuten durch«, antwortete dieser. »Nach Tannenfurt zu gehen hat keinen Sinn, denn die Stadt ist längst genommen. Wenn du mich fragst, rückt Nabator jetzt gegen Okny und Gash-shaku vor. Damit wäre Alsgara von seinem Hinterland abgeschnitten. Gleichzeitig gibt es dem Feind die Möglichkeit, im Imperium selbst zum Schlag auszuholen.«

»Ich muss aber nach Alsgara«, erklärte Luk. »Die Schreitende hat mich gebeten, ihre Schwestern vom Auftauchen der Verdammten Scharlach in Kenntnis zu setzen.«

»Als ob das nicht eh schon alle wüssten.«

»Was, wenn nicht?«

»Dann werden sie es in Kürze erfahren. Jedenfalls eher, als du in der Alsgara eintriffst.«

»Ich habe es aber versprochen.«

Erstaunt starrte Ga-nor auf die stur zusammengepressten Lippen Luks. Wenn er eins nicht erwartet hätte, dann, dass dieser Hallodri sein Wort hielte.

»Wenn du nicht mit nach Alsgara kommst, gehe ich eben allein.«

»Hier gibt es nichts als Wald. Später triffst du auf die Blasgensümpfe. Das schaffst du nicht.«

»Wenn ich mich immer westlich halte, komme ich bis nach Hundsgras. Von da führt eine Straße nach Alsgara.«

»Glaubst du etwa allen Ernstes, die hätten die Nabatorer nicht längst abgeriegelt?!«, schnaubte Ga-nor.

»Ich muss es wagen. Was ist, begleitest du mich?«

»Lass uns das morgen entscheiden. Jetzt sollten wir erst mal schlafen. Ich bin sehr müde.«

»Dann halte ich Wache«, erklärte Luk mit neuem Mut. Der Nordländer hatte seinen Vorschlag nicht schlankweg abgelehnt, sondern versprochen, sich die Sache durch den Kopf gehen zu lassen. Kein schlechter Anfang. Denn hätte er sich kategorisch geweigert, würde er, Luk, ihn nicht überzeugen. Eher brachte man ja noch einen Ye-arre dazu, Seide zum Spottpreis zu verkaufen, als dieses hartschädlige Volk, seine Meinung zu ändern.

Luk schnappte sich sein Beil, setzte sich neben die Tür und legte die Waffe griffbereit neben sich.

»Weck mich gegen Morgen, dann löse ich dich ab«, sagte der Fährtenleser noch, ehe er sich mit dem Rücken gegen die Wand lehnte und die Augen schloss.

»Mhm. Ga-nor?«

»Ja?«

»Woher kamen diese Untoten? Bleiben die nicht eigentlich immer in der Nähe des Nekromanten, der sie zum Leben erweckt hat?«

»Normalerweise schon. Aber manchmal laufen sie ihm weg.«

»Wie das?«

»Auf ihren Füßen.«

»Aber jetzt tauchen doch keine neuen mehr auf, oder?«

»Wüsste nicht, dass sie inzwischen Spuren lesen können«, antwortete Ga-nor mit einem Gähnen. »Dafür sind sie zu dämlich. Also mach dir keine Sorgen. Weck mich, wenn was ist!«

Luk nickte, aber das sah Ga-nor schon nicht mehr: Er war bereits eingeschlafen.

Seufzend schielte Luk auf die Tür. Auch er gähnte herzhaft. Während er in den Regen hineinlauschte, der aufs Dach pladderte, starrte er ins niederbrennende Feuer …

Als Ga-nor erwachte, hörte er ein friedliches Schnarchen. Er fluchte. Selbstverständlich war Luk eingeschlafen – ohne ihn zu wecken. Das hätte sie das Leben kosten können. Aber sie hatten noch einmal Glück gehabt. Niemand hatte versucht, sie in ihrem Unterschlupf zu beehren, was bedeutete, dass sie diese Kreaturen endgültig abgehängt hatten.

Wenigstens etwas.

So wie ihn die Sonne blendete, musste sich das Wetter gebessert haben. Außerdem dürfte es bereits später Morgen sein. Wie lange er geschlafen hatte! Aber war das verwunderlich, nach alldem, was sie in den letzten Tagen durchgestanden hatten?! Insofern sollte er Luk vielleicht sogar dankbar sein, dass er ihn nicht geweckt hatte. Auf diese Weise konnte er sich endlich einmal ausschlafen.

Das gestrige Gespräch fiel ihm wieder ein. So unrecht hatte Luk nicht. Was sollten die Nabatorer in einem Kaff wie Hundsgras verloren haben? Abgesehen davon riss er, Ga-nor, sich keineswegs darum, mit leerem Magen durch den Wald zu ziehen. Noch dazu ohne Armbrust, mit der er gegebenenfalls auf Jagd gehen konnte. Nein, besser, sie besorgten sich im Dorf Proviant, dann wären sie zumindest eine Sorge los.

Voller Wohlbehagen genoss er das warme Licht.

Mit einem Mal jedoch schob sich für den Bruchteil einer Sekunde ein Schatten vor die Sonne. Im Nu schlug die Stimmung des Nordländers um. Angespannt spähte er nach draußen.

Durch das Fenster, das sich gegenüber der Stelle befand, an der er saß, ließen sich die Gipfel von drei Platanen und ein Ausschnitt des strahlend blauen Himmels erkennen: Damit stammte der Schatten also nicht von einer Wolke.

Unverwandt hielt er den Blick aufs Fenster gerichtet und sog vorsichtig die Luft ein. Der Geruch war so zart, dass ihn selbst die empfindliche Nase Ga-nors kaum wahrnahm. Aber sobald er ihn erschnupperte … Verfluchter Mist! Ug sollte ihn holen, wenn er sich täuschte!

Die Luft roch nach Mandeln.

Einen solchen Geruch verströmte nur ein Wesen. Und das stand nicht auf Seite des Imperiums. Ohne diesen flüchtigen Schatten hätte Ga-nor die Gefahr nie auch nur erahnt, denn das schlaue Geschöpf hielt sich im Windschatten, ja, selbst der Wald verriet es nicht, denn die Vögel tschilpten munter wie zuvor, von der Anwesenheit dieser Kreatur in keiner Weise beunruhigt.

Was jetzt? Lauerte dieses Untier darauf, dass sie die Hütte verließen? Wie lange würde es sich in dem Fall noch gedulden?

Ga-nor schielte zu Luk hinüber. Der schlief süß und selig mit offenem Mund gegenüber vom zweiten Fenster – während sein Skalp bereits als Trophäe gehandelt wurde.

Ug steh mir bei!, flehte er innerlich. Nimmt das denn nie ein Ende?!

Er versuchte jede überflüssige Bewegung zu vermeiden, als er nach dem Brot tastete, das vom gestrigen Abend übrig geblieben war, brach ein kleines Stück ab, knetete es zu einer Kugel und warf es Luk an die Stirn. Der schlug sofort die Augen auf.

Noch ehe er Ga-nor fragen konnte, was geschehen sei, legte der Irbissohn den Finger vor die Lippen, um ihm zu bedeuten, kein Wort von sich zu geben. Und – Ug sei gepriesen! – Luk verstand ihn. Daraufhin versuchte ihm Ga-nor mit Gesten zu erklären, dass Gefahr im Verzug sei. Auch das gelang. Nun folgte der schwierigste Teil: Sie mussten sich unbemerkt von ihren Plätzen wegbewegen, vorzugsweise rasch und gemeinsam, denn Ga-nor vermochte nicht zu sagen, welches der beiden Fenster ihr Feind im Auge behielt.

Zu dumm, dass Luk die komplizierte Zeichensprache der Klane nicht beherrschte. Immerhin war er aber mit den gängigen Armeezeichen vertraut, sodass sich Ga-nor ihm einigermaßen verständlich machen konnte.

»Auf drei!«, flüsterte der Fährtenleser tonlos. »Eins! Zwei! Drei!«

Kaum rührte sich Ga-nor, da pfiff auch schon etwas durch die Luft. Irgendwo schlug dieses Etwas mit dumpfem Ton ein. Der Irbissohn rollte nach dem Sprung ab und fand sich unmittelbar unter dem Fenster wieder. Sofort sah er sich nach allen Seiten um.

Luk lebte noch. Er presste sich gegen die Tür, sein volles, gutmütiges Gesicht hatte jedoch die Farbe von Sauermilch angenommen. In der Wand, gegen die er sich bis eben noch gelehnt hatte, steckte ein anderthalb Yard langer Pfeil. Ein dicker. Mit violett-roter Befiederung.

»Verflucht!«, stieß Ga-nor aus.

»Wer war das?!«, fragte der zu Tode erschrockene Luk, der sich lebhaft ausmalte, wie er mit diesem Monsterpfeil an die Wand gespickt wurde.

»Komm von der Tür weg! Rasch!«

Wenn man Luk eines nicht nachsagen konnte, dann, dass er begriffsstutzig war. Ohne auch nur eine einzige Frage zu stellen, leistete er dem Befehl Ga-nors Folge. Mit dem Beil in der Hand rollte er zur Seite und kroch auf dem Bauch zu einer Stelle zwischen Wand und Ofen, wo er in Sicherheit war.

Schon durchbohrte der nächste Pfeil die morschen Bretter der Tür und ragte zwei Handbreit aus diesen heraus. Hätte sich Luk nicht von der Stelle gerührt, wäre dies sein Ende gewesen.

»Luk? Alles in Ordnung?«

»Glaub schon.« Er betastete sich mit zitternden Fingern. »Wer ist das?«

»Eine Ascheseele.«

»Eine echte?«

Diese Frage hätte er sich sparen können, das wusste er selbst, denn der Beschuss erinnerte nun wahrlich nicht an jene Märchen, die besoffene Alte erzählten.

»Wo kommt die her?«

»Frag mich was Leichteres«, knurrte Ga-nor. In der Tat, was hatte diese Kreatur im Wald verloren. »Rühr dich auf alle Fälle nicht vom Fleck!«

»Mhm.«

Die beiden machten sich nichts vor: Sie saßen in der Falle. Die Ascheseele behielt die Hütte im Auge. Sobald sie ihre Nase zur Tür herausstreckten, würden sie mit Pfeilen gespickt werden.

Ga-nor hatte sich zwar mit seinem Sprung fürs Erste gerettet, das könnte sich jedoch schnell ändern, wenn dieses Mistvieh den Standort wechselte. Ohne den Kopf zu heben und dicht an die Wand gepresst, kroch er über den Boden in eine Ecke, in der ihn kein Pfeil mehr erreichen würde.

Als er sich wieder aufsetzte und Luks besorgten Blick auffing, grinste er bloß schief.

»Wann hat sie das Warten wohl satt?«, wollte Luk wissen, wobei Ga-nor beruhigt bemerkte, dass in der Stimme des anderen keine Panik mitschwang und er die Waffe fest gepackt hielt.

Alle Achtung.

»Das hängt davon ab, wie lange sie schon hier ist und worauf sie hofft.«

»Auf unsere Skalps. Keine Ahnung, wie es dir geht, aber ich würde mich ungern von meinem Haupthaar trennen.«

»Kein Wunder, so wenig wie du davon noch hast.«

»Mal ernsthaft«, erwiderte Luk ruhig. »Was machen wir jetzt?«

»Erst mal in Ruhe über alles nachdenken.«

Wie sollten sie ohne Armbrust eine Ascheseele töten? Sie bräuchten bloß die Hütte zu verlassen, und dieses Monster würde sie abschießen wie zwei Rebhühner. Tür und Fenster schieden also aus, denn beides käme einem Selbstmord gleich. Und auch das Dach mussten sie vergessen.

Ascheseelen waren vorzügliche Bogenschützen. Gut, die Menschen oder die Nirithen aus Bragun-San mochten die legendären Schützen in puncto Zielgenauigkeit mitunter in den Schatten stellen – niemals aber, wenn es um die Schlagkraft ging. Die Pfeile der Ascheseelen bohrten sich mit genauso großer Wucht durch sämtliche Rüstungen, die die Schmiede dieser Welt geschaffen hatten, wie die Geschosse aus Streitarmbrüsten.

Bereits vor dem Krieg der Nekromanten hatten es die Truppen des Imperiums oft genug mit Ascheseelen zu tun bekommen. Und mehr als einmal waren aus diesen Begegnungen nicht die Menschen als Sieger hervorgegangen, weshalb sich im Imperium auch heute noch alle an die schrecklichen Bogenschützen erinnerten, auch wenn diese sich schon lange nicht mehr in ihm gezeigt hatten. Sollte jedoch auch nur ein Körnchen Wahrheit in den Schauergeschichten, die man über sie erzählte, stecken, stünde Luk und Ga-nor eine harte Auseinandersetzung bevor.

»Kann dieses Viech reinkommen?«

»Ich weiß es nicht«, antwortete Ga-nor. »Aber warum sollte es – es sei denn, das Biest ist ein ausgemachter Dummkopf. Achte aufs Dach! Wenn er uns durch das Loch beschießt, sind wir erledigt.«

»Da platzt doch die Kröte, achte von mir aus selbst drauf!« Luk packte mit entschlossener Miene sein Beil. »Ich habe jedenfalls nicht die Absicht, für dieses Aas die Zielscheibe abzugeben.«

Bevor der Irbissohn auch nur fragen konnte, was Luk zu tun beabsichtigte, fing dieser an, auf den Boden einzuhacken. Das Beil schoss auf und nieder und spaltete mühelos die alten Dielen. Schon nach wenigen Minuten klaffte ein Loch im Boden, durch das sie durchpassten.

Während der Arbeit schnaufte Luk und geriet in Schweiß, doch sein gutmütiges Gesicht strahlte vor Glück. »Mein Vater war auch Jäger«, erklärte er. »Unter solchen Hütten liegt immer eine Grube. Die ist ein oder zwei Yard tief. Im Winter bewahren die Leute dort Nahrungsvorräte auf. Der eigentliche Einstieg befindet sich unterm Fenster, bis dahin schaffen wir es nicht, aber durch dieses Loch …«

»Und dann?«, wollte Ga-nor zweifelnd wissen. »Sollen wir jetzt etwa in dieser Grube hocken?«

»Nicht wir, sondern du.« Kaum sah Luk, wie sich die roten Brauen Ga-nors wütend zusammenzogen, fügte er rasch hinzu: »Ich erledige dieses Monster nicht, du aber schon.«

»Wie komme ich denn bitte schön aus der Grube raus? Indem ich einen Gang nage?«

»Das ist nicht nötig. Die Hütte steht auf Pfählen, musst du wissen. Zwischen denen sind Bretter angenagelt, aber die sind alle morsch. Es kostet also nicht viel Kraft, sie durchzuhacken.«

»Und während ich mich da unten abplage, machst du es dir hier oben gemütlich?«

»Hör zu, ich will mich wirklich nicht drücken, aber wie soll ich mich an diese Kreatur heranpirschen? Die würde mich doch aus einer League Entfernung hören!«

Daraufhin ließ sich Ga-nor den Plan ernsthaft durch den Kopf gehen. Immerhin bot sich hier ein Ausweg. Die Sache war zwar riskant, aber ihnen blieb nur die Wahl, es zu wagen oder Hungers zu sterben. Möglicherweise würde die Ascheseele ja auch Verstärkung erhalten. Zum Beispiel von den Untoten. Und dann wären sie mit Sicherheit verloren. Abgesehen davon hatte Luk recht: Er stellte bei diesem Unternehmen keine Hilfe dar. Er stapfte durch den Wald wie ein wilder Eber, sodass ihn selbst ein Tauber hören musste. Er, Ga-nor, verließ sich also wirklich besser auf sich selbst. »Gut, versuchen wir's.«

Er kroch an der Wand entlang zum Fenster und von dort aus zum Ofen. Nun galt es, den Abschnitt zu überwinden, bei dem er unter Beschuss geraten konnte. Da Luk ahnte, was Ga-nor vorhatte, rückte er etwas zur Seite. Der Irbissohn setzte zum Sprung an – und entkam auch diesmal nur um Haaresbreite dem Pfeil.

»Dieses sture Miststück«, zischte Ga-nor.

»Hauptsache, er hat nicht getroffen!«

Sofort ließ sich Ga-nor ins Loch hinab. Die Grube war etwa halbmannshoch, sodass sein Oberkörper noch herausragte. »Warte hier! Wenn was ist, schreie ich.«

»Kann ich sonst noch was tun?«

»Bete für mich«, erwiderte Ga-nor und tauchte vollends ab.

In der Grube herrschte Dämmerlicht, und es stank gewaltig nach Schimmel, Feuchtigkeit und Erde. Nachdem sich Ga-nor kurz orientiert hatte, entschied er sich für die Wand, die der Tür gegenüberlag. Die dürfte die Ascheseele kaum im Auge behalten, schließlich nahm sie ja an, der einzige Weg hinaus führe durch die Tür oder die Fenster.

Da es beim besten Willen nicht möglich war, gebückt zu laufen, musste er auf allen vieren kriechen. Zum Glück brauchte er aber nur ein kurzes Stück zu überwinden, bis er die Wand erreichte. Sobald sich der Irbissohn dort gegen eines der Bretter stemmte, tat sich ein Spalt auf.

Ga-nor lauschte aufmerksam, vernahm jedoch kein verdächtiges Geräusch. Die Vögel zwitscherten, die Insekten surrten, der Wind spielte in den Wipfeln der hochgewachsenen Platanen. Der Fährtenleser presste sich gegen die Wand und spähte durch den Spalt hinaus. Dummerweise beeinträchtigten die Sicht Brombeersträucher, die förmlich unter der Last der dunkel-violetten Früchte zusammenbrachen. So konnte er nur hoffen, dass ihr Feind tatsächlich immer noch auf der anderen Seite lauerte.

Er zog den Dolch heraus, setzte die Klinge als Hebel ein und brach sich auf diese Weise den Weg frei. Dabei legte er größte Vorsicht an den Tag, damit – da sei Ug vor! – das Holz nicht barst. Und er schaffte es, nicht ein Geräusch war zu hören. Die Bretter gaben willig nach, und nach wenigen Minuten geduldiger Arbeit kroch der Irbissohn unter der Hütte hervor.

Wie eine Natter robbte er bäuchlings zu den Brombeersträuchern. Ohne auf ihre Dornen zu achten, brachte er auch dieses Hindernis hinter sich und kroch schließlich über Moos zur nächsten Platane. Die Strecke von lächerlichen zehn Yard kostete ihn geschlagene fünfzehn Minuten, aber dafür übertraf er in der Kunst, mit dem Wald zu verschmelzen, sogar noch die Hochwohlgeborenen: Nicht ein einziger Ast brach, nicht einmal der kümmerlichste Strauch erzitterte, ja, selbst die Vögel schreckte er nicht auf.

Nachdem er eine Vertiefung zwischen den gewaltigen Baumwurzeln erreicht hatte, atmete er erleichtert durch. Damit lag der schwierigste Teil hinter ihm. Von nun an dürfte es einfacher werden. Immerhin wusste er einen Vorteil auf seiner Seite: Der Feind hatte nicht die geringste Ahnung, dass jemand aus der Hütte entkommen war. Das musste er nutzen.

Nach der Kriecherei durch die Brombeersträucher bedeckten zwar blutige Kratzer seinen Körper und das Gesicht. Doch um die würde er sich später kümmern. Zum Glück war eine Ascheseele ja kein Untoter. Sie besaß kein so feines Näschen – und Blut witterte sie schon gar nicht.

Geduckt eilte er von Baum zu Baum und sah sich erst um, als er achthundert Yard tief in den Wald eingedrungen war.

Wenn Luk nicht gewesen wäre, hätte er selbst jetzt nicht innegehalten, sondern wäre weitergerannt, bis ihm die Kräfte versagten. Seine Spuren hätte er so verwischt, dass nicht einmal die Verdammten ihn fänden. Aber er musste zurück. Ug würde ihn hart bestrafen, wenn er den Gefährten im Stich ließe. Und die Aussicht, nach dem Tod durch die eisigen Untiefen des Vergessens zu streifen, schreckte ihn mehr als der Gedanke, einer Ascheseele gegenüberzutreten.

Deshalb rannte er nicht weiter nach Norden, sondern schlug einen Haken nach Osten und legte weitere vierhundert Yard zurück. Von außen mochte es aussehen, als hetze er ohne jeden Sinn und Verstand durch den Wald – doch auf diese Weise könnte er dem Feind am Ende in den Rücken fallen. Nach über einer Stunde näherte er sich seinem Gegner, der auf der Vorderseite der Hütte lauerte, wieder.

Die verschlossene Tür mit dem Pfeil darin und das Fenster sah er bereits – nur die Ascheseele nicht.

Ob das Biest den Standort gewechselt hatte?

Mist. Wie sollte er es in all den Bäumen und Sträuchern rund um die Hütte nur finden? Den ersten Pfeil hatte die Ascheseele von der Stelle abgeschossen, an der Ga-nor gerade lag, den zweiten dreißig Schritt davon entfernt. Von dem Schützen fehlte jedoch jede Spur.

»Wo steckst du, du Dreckskerl?«, flüsterte Ga-nor tonlos.

Obwohl alles dafür sprach, dass sich die Ascheseele aus dem Staub gemacht hatte, zog Ga-nor diesen Gedanken nicht ernsthaft in Erwägung. Das verbot allein die Vorsicht. Deshalb musste er warten, wie lange auch immer.

Irgendwann lenkte ein Buntspecht Ga-nors Aufmerksamkeit auf sich. Kaum dass sich der Vogel am Stamm der Nachbarplatane niedergelassen hatte, flatterte er wieder auf, als sei er erschrocken. Der Irbissohn ließ den Blick aufmerksam über die Sträucher, die in der Nähe des Baums wuchsen, wandern. Das hatte er zwar schon zuvor getan, dabei aber keinen Hinweis auf irgendeine Gefahr entdeckt und folglich nach anderen Verstecken Ausschau gehalten.

Auch jetzt wollte ihm nichts Verdächtiges auffallen. Diese

Sträucher unterschied nichts von den anderen. Was also hatte den Vogel erschreckt?

Weitere Minuten verstrichen in peinigender Warterei. Ga-nor behielt die Sträucher nun fest im Blick. Dann drehte der Wind – und Mandelgeruch stieg ihm in die Nase.

Der Irbissohn hätte beinahe einen Fluch ausgestoßen. Da steckte diese Kreatur nur zwanzig Schritt von ihm entfernt – und trotzdem hätte er ihn ohne diesen Vogel nie im Leben bemerkt. Ug sei gepriesen, dass es noch die Nase gab, wenn schon die Augen versagten.

Er kroch schräg nach hinten zurück. Als der Abstand auf zehn Schritt geschmolzen war, sah er die Ascheseele. Diese Wesen hatten den Kopf, den Oberkörper und die Arme von Menschen, anstelle von Beinen jedoch einen kurzen schuppigen Schlangenschwanz. Wozu der gut sein sollte, wusste niemand, denn diese Kreaturen flogen dank Magie frei wie ein Vogel durch die Luft. Wenn auch nicht sehr hoch, Gerüchten zufolge nur etwa mannshoch über dem Boden.

Der Schädel des Geschöpfes wirkte reichlich unförmig, die Stirn viel zu schwer, das Gesicht eingedrückt, mit scharf hervortretenden Wangenknochen. In den schütteren Haaren steckte die rot-violette Feder eines unbekannten Vogels. Die gelbe, verrunzelte Haut und der schmale Unterkiefer ließen an einen Greis denken. Dort, wo Nase und Ohren hätten sitzen sollen, klafften schwarze Löcher. Lange, magere Arme gereichten einem Skelett zur Ehre. Doch obwohl sie trügerisch schwach anmuteten, verbogen sie mühelos ein Hufeisen. An dem trockenen, knochigen Körper hing eine schmutzige, grau-grüne Tunika. Den Köcher mit den Pfeilen trug er auf dem Rücken, drei weitere Pfeile steckten im Boden. Der Bogen in den Händen der Ascheseele flößte Ga-nor gewaltigen Respekt ein: Mit so einem Ding tötete man nicht Menschen, sondern Schneetrolle.

Glücklicherweise galt die ungeteilte Aufmerksamkeit dieser Kreatur der Hütte. Nicht ein Mal blickte sie zur Seite. Weshalb sie auch nicht ahnte, dass sich ein Mensch in ihrer Nähe versteckt hielt. Ga-nor zog das Schwert blank, machte einen Schritt auf den Feind zu, verharrte, um dann den nächsten Schritt zu tun – und erneut stehen zu bleiben. In diesem Augenblick erinnerte er wie nie zuvor an einen riesigen roten Irbis. An eine Raubkatze, die sich an ihre arglose Beute schleicht.

Mit einem Mal rührte sich die Ascheseele – und Ga-nor stürmte auf den Gegner los. Sobald die Kreatur ihn hörte, heulte sie auf, fuhr herum und schoss. Das Biest erwies sich als weitaus flinker, als Ga-nor angenommen hatte.

Er schaffte es nur in letzter Sekunde, zur Seite zu springen. Der Pfeil pfiff mit einem ekelhaften Zischen knapp an seinem Ohr vorbei. Daraufhin stürmte der Irbissohn unter lautem Gebrüll auf die Kreatur zu, um auf ihr Gesicht einzuhacken. Die Klinge schlitzte die Haut und das Fleisch auf, drang durch Knochen und Hirn und zerschmetterte dem Biest am Ende den Schädel. Das Geschöpf stieg ein letztes Mal gut zwei Yard in die Luft auf und krachte dann, die Sträucher unter sich begrabend, zu Boden. Doch selbst damit gab sich Ga-nor noch nicht zufrieden. Er setzte der bereits toten Ascheseele noch mit drei weiteren, kraftvollen Schlägen zu. Nichts anderes hatte sie seiner Ansicht nach verdient.

Erst danach eilte er zur Hütte und trommelte an die Tür. »Luk! Komm raus!«

Etwas polterte, dann trat Luk mit besorgtem Blick aus der Hütte. »Da platzt doch die Kröte! Ich hab schon gedacht, diese …«

»*Diese* habe ich erledigt.«

»Du bist voller Blut.«

»Das habe ich den Brombeersträuchern zu verdanken.«

»War dieses Aas allein?«

»Ja. Und jetzt lass uns von hier verschwinden!«

»Ich will mir das Vieh erst mal ansehen.«

»Wozu?«

»Ich habe noch nie eine leibhaftige Ascheseele gesehen.«

»Die ist aber nicht mehr in einem Stück.«

»Mir doch egal.«

Daraufhin deutete Ga-nor in die Richtung, in der die Leiche lag, betrat die Hütte und stopfte schnell seine Sachen in den

Beutel. Als er fertig war, ging er zu Luk, der die Ascheseele umrundete, und musterte das tote Wesen ebenfalls, fand den Anblick jedoch eher unspektakulär.

»Dieses Miststück hat einige von unseren Männern auf dem Gewissen«, sagte Luk und wies auf die drei Skalps, die vom Köcher herabhingen.

»Wofür es ja nun seine gerechte Strafe erhalten hat«, erwiderte Ga-nor.

Luk zog der Ascheseele die zerknickte rot-violette Feder aus den Haaren, an der wie durch ein Wunder kein Blut haftete. »Die nehm ich mit. Zur Erinnerung. Kennst du eigentlich die Legende, wie die Ascheseelen in diese Welt kamen?«

»Nein.« Ga-nor versuchte gerade den Bogen zu spannen, doch das hätte er sich sparen können, denn dafür bedurfte es eines echten Kraftbolzens. Bedauernd warf er den Bogen, den er bereits als Trophäe betrachtet hatte, zu Boden.

»In längst vergangenen Zeiten glich das Volk der Ascheseelen dem der Ye-arre. Damals lebten sie gemeinsam im Süden, hinter der Großen Wüste. Die Ye-arre sind erst später in den Norden gezogen. Jedenfalls behauptet ihre Legende, also die der Ye-arre, dass der Stamm der Ascheseelen früher noch anders hieß. Irgendwann hätten sie jedoch ein Gebot ihres Gottes verletzt. Der habe sie daraufhin bestraft, indem er ihnen die Flügel genommen, sie des Himmels verwiesen und ihre Seelen verbrannt habe. Nach dem Tod haben diese Kreaturen heute nichts mehr zu erwarten, denn für sie besteht nicht die geringste Aussicht, in die Glücklichen Gärten einzugehen. Oder auch ins Reich der Tiefe. Sie fallen bloß Leere und Vergessenheit anheim.«

»Sie können aber auch ohne Flügel ganz gut fliegen«, bemerkte Ga-nor. »Und jetzt, du Plaudertasche, pack deine Sachen, wir müssen von hier verschwinden.«

»Und wohin gehen wir?«

»Erst mal nach Hundsgras, genau wie du es vorgeschlagen hast. Dort sehen wir dann weiter.«

Luk erwiderte kein Wort, strich über die Feder und steckte sie sich in die Innentasche seiner Jacke.

Kapitel 6

Die Nabatorer erreichten das Dorf am frühen Morgen.

Zunächst erschienen auf der Straße, die zur Burg der Sechs Türme führte, Reiter. Sechzig Menschen preschten heran und belegten die Schenke mit Beschlag, die sich im Nu in eine Art Hauptquartier verwandelte. Die vier Gäste wurden kurzerhand davongejagt. Im Übrigen hielten die es für geraten, keinen Widerstand zu leisten. Der Wirt, vor Angst kreidebleich, stopfte die Goldmünzen in seine Taschen und versicherte stotternd, wie glücklich er sich schätze, die teuren Gäste willkommen zu heißen. Die überzähligen Soldaten quartierten sich in den Nachbarhäusern ein. Die Dorfbewohner selbst begegneten den Eindringlingen recht freundlich, schließlich mordeten, raubten und vergewaltigten diese nicht. Offenbar beabsichtigten sie, eine Weile zu bleiben – und da wäre es höchst unklug zu stehlen, was ihnen ohnehin bereitwillig überlassen wurde.

Gegen Mittag tauchte dann eine Einheit Fußsoldaten auf. Achtzig Mann, vielleicht auch hundert, so genau zählten die Dorfbewohner sie nicht. Diese Männer verhielten sich ebenfalls tadellos, leisteten den Befehlen des Hauptmanns der Reiterei Folge und verteilten sich auf die Höfe. Die Hälfte der Soldaten machte sich, mit Beilen bewaffnet, umgehend daran, Bäume zu fällen, denn der Hauptmann wollte entlang der Straße Kasernen errichten lassen.

Als ihnen Holzfäller zur Hilfe abgestellt werden sollten, gaben diese sich stolz und dumm, weigerten sich, für Fremde zu arbeiten, und ließen stattdessen die Beile sprechen. Prompt ordnete der Hauptmann an, die drei Anstifter des Aufstands aufzuhängen und zwei weitere zur Abschreckung im Fluss zu ertränken. Diese Maßnahmen brachten die anderen tatsächlich zur Besinnung, danach gab es keine Schwierigkeiten mehr: Anstandslos beschafften die Holzfäller nun Material für die künftige Festung. Pferde zogen die Karren mit den Stämmen zum Kahlen Stein, wo der Kommandeur der Nabatorer ein Fort aufzubauen gedachte, um die Straße zur Burg der Sechs Türme zu sichern.

Irgendwann fand einer der Soldaten eine Flasche selbstgebrannten Schnapses, welche die Dorfbewohner versteckt hatten. Nachdem er sich betrunken hatte, wollte er der Frau des Dachdeckers an die Wäsche. Selbstverständlich kam es daraufhin zu einer Schlägerei zwischen den beiden Männern. Schließlich zückte der Nabatorer das Schwert, der Bauer die Heugabel. Kurze Zeit später entwaffnete eine herbeieilende Patrouille die Streithähne. Der Hauptmann fällte ein strenges Urteil: Beide wurden gehängt. Der Soldat, weil er den Befehl nicht ausgeführt hatte, der Bauer, weil er es gewagt hatte, die Hand gegen einen Nabatorer zu erheben.

Zur Urteilsvollstreckung wurde fast das gesamte Dorf zusammengetrieben. Die Männer ballten mit finsteren Mienen die Fäuste, ließen sich aber nicht zu unüberlegten Handlungen hinreißen. Etliche Frauen weinten, da sie fürchteten, dass die Nabatorer schon bald Rache am ganzen Dorf nähmen. Diese Ängste erwiesen sich jedoch als unbegründet. Kein Nabatorer verging sich an ihnen. Der Hauptmann verlas am Galgen ein Schreiben des Nabatorer Königs an sein Volk, in dem es hieß, die Dörfer und Städte, die von den ruhmreichen Armeen aus Nabator und Sdiss eingenommen würden, stünden fortan und für alle Zeiten unter dem Schutz Seiner Majestät. Wer auch immer in die Armee einträte und Seiner Majestät den Treueeid leistete, könne in Frieden leben und arbeiten und bräuchte die nächsten zehn Jahre keine Steuern zu entrichten. Weiter hieß es, auf Widerstand gegen die ruhmreiche Armee des Nabatorer Königs, Unterstützung der feindlichen Truppen des Imperiums oder andere Verbrechen gegen die Krone stünde der Tod.

Im Anschluss daran wurde das Urteil vollstreckt. Mehr Tote gab es in diesem Dorf nicht zu beklagen.

»Das schaffst du nie. Zumindest heute nicht«, behauptete Lahen im Brustton der Überzeugung. »Überall wimmelt es von Soldaten. Und am Dorfrand sind Posten aufgestellt.«

Sie war gerade nach Hause gekommen. Während ich ihr aufmerksam zuhörte, setzte ich eine Pfeilspitze auf einen schmalen Holzschaft. Weitere Rohlinge lagen auf dem Tisch, zusammen mit acht bereits fertigen Pfeilen, dem Bogen und der Sehne. Diesmal musste ich mich mit einem kleineren Kompositbogen begnügen. In geschickten Händen stellte er allerdings eine ebenso gute Waffe dar wie sein älterer Bruder, den ich für meinen letzten Auftrag benutzt hatte. Und ohne falsche Bescheidenheit durfte ich von mir behaupten, dass ich meine Hände für äußerst geschickt hielt.

»Trotzdem wagen wir es heute Nacht.«

»Das ist blanker Wahnsinn. Die ersten Tage werden sie noch Augen und Ohren offen halten. Wenn sie aber erst mal merken, dass die Bauern nicht stiften gehen, lässt ihre Aufmerksamkeit bestimmt nach. Warten wir also noch etwas ab.«

»Das können wir uns nicht leisten. Gestern hast du nur durch ein Wunder überlebt.«

»Da hab ich nicht aufgepasst. Aber das kommt nicht wieder vor.« Verärgert warf sie den Zopf über die Schulter. »Bereiten dir die neuen Gäste Sorgen?«

»Schon«, räumte ich widerwillig ein. »Noch mehr Kummer macht mir allerdings, was dieser entzückende Hauptmann gesagt hat. Nabator und Sdiss haben ein Bündnis geschlossen. Damit dürfte klar sein, wie sie die Burg der Sechs Türme nehmen konnten, oder?«

»Mehr als das«, antwortete sie. »Da haben Nekromanten mitgemischt. Und hinter denen stehen seit fünfhundert Jahren die Verdammten.«

»Und die dürften ihre eigenen Interessen haben, was unser Imperium betrifft.«

»Sicher. Schließlich war das Imperium einmal ihre Heimat. Vielleicht wollten sie ihm also einen Besuch abstatten.«

»Ironie war noch nie deine Stärke«, sagte ich, während ich den Pfeil seinen bereits fertigen Brüdern zugesellte und mir die nächste Spitze aussuchte. »Glaub mir, wir sind hier nicht mehr sicher.«

»Du übertreibst. Warum sollten sich die Verdammten für dieses Provinznest interessieren?«

»Noch vor einer Woche hätte niemand auch nur im Traum daran gedacht, dass sie überhaupt einen Fuß ins Imperium setzen. Ich habe keine Ahnung, was die Verdammten hier wollen. Aber für uns wird der Boden jetzt zu heiß. Wir dürfen unseren Plan nicht aufgeben und müssen nach Alsgara. Um unsere Rechnung mit Yokh zu begleichen.«

»Jetzt? Wo ein Krieg heraufzieht?«

»Kein Gijan lässt sich Geld durch die Finger gehen.« Das wusste Lahen genauso gut wie ich, schließlich kannte sie die Mörder der Gilde genau. »Deshalb wird man uns nicht eher in Frieden lassen, als bis der Auftraggeber beseitigt ist.«

»Du bist stur wie eine Herde stumpfsinniger Esel«, hielt sie dennoch dagegen. »Das schaffen wir niemals.«

»Worauf hoffst du eigentlich, Lahen? Auf die Güte Meloths?«, fragte ich. »Hast du noch nicht begriffen, dass sich Schwierigkeiten meistens nicht im Voraus anmelden?«

Auch wenn sie mich daraufhin am liebsten angebrüllt hätte, riss sie sich zusammen. Unsere gemeinsamen Jahre hatten sie gelehrt, dass ich mich sonst erst echt stur stellen und alles so machen würde, wie ich es für richtig hielt. »Lass uns heute Abend weitersehen, mein Liebster«, sagte sie deshalb nur.

»Einverstanden«, brummte ich. »Allerdings glaube ich nicht, dass ich es mir bis dahin anders überlegt habe. Wir haben Glück, dass wir am Dorfrand wohnen, sonst hätten sie uns längst diesen Abschaum einquartiert.«

Dass die Burg der Sechs Türme gefallen und unsere Feinde im Imperium einmarschiert waren, hatte ich übrigens recht gelassen zur Kenntnis genommen. Sicher, anfangs wollte ich es nicht glauben – aber dann hatte ich die Nabatorer mit eigenen Augen gesehen. Sie mussten es also über die Buchsbaumberge geschafft haben, was wiederum hieß, dass sie irgendwie durch die Burg gekommen waren – und die Garnison dürfte ihnen kaum aus purer Herzensgüte die Tore geöffnet haben.

Im Grunde war mir jedoch völlig einerlei, wer im Land das Sagen hatte, ob nun der Imperator oder die Verdammten. Für mich lief das aufs Selbe hinaus, jedenfalls so lange, wie sie mich und meinen Augenstern in Ruhe ließen. Alles andere sollten die unter sich ausmachen. Ich wäre bestimmt nicht so töricht, mir für die ehrgeizigen Pläne der einen oder anderen Seite die Nase blutig schlagen zu lassen. Solche Helden nutzten niemandem etwas, es sei denn vielleicht jenen Märchenerzählern, die aus dem unbedachten Verhalten eines Toten eine zuckersüße Legende schmiedeten.

»Übrigens, wenn man vom Abschaum spricht ...«, bemerkte Lahen mit einem Blick zum Fenster hinaus.

Die vier Männer von Moltz kamen aufs Haus zugestapft.

Lahen verengte die Augen zu gefährlichen Schlitzen. »Werfen wir sie gleich wieder raus?«

»Nein«, antwortete ich. »Hören wir erst mal, was sie zu uns geführt hat.«

Bamuth und Gnuzz bauten sich am Tor auf, während Knuth und Shen weiter zur Vortreppe stiefelten. Wir gingen ihnen entgegen.

Als Knuth uns erblickte, fragte er sofort: »Wie geht es dir, Lahen?«

»Seit wann bist du so um deine Mitmenschen besorgt?«

»Seit Moltz mich gebeten hat, euch unversehrt nach Alsgara zu bringen. Eure Gesundheit sichert also meinen Lebensunterhalt.«

»Eine ehrliche Antwort«, entgegnete sie. »Hätte ich dir gar nicht zugetraut.«

»Wir müssen mit euch reden«, wechselte Knuth das Thema. »Die Nabatorer haben die Schenke mit Beschlag belegt, und zwar mindestens für immer und ewig. Folglich haben sie uns aufgefordert, uns zu trollen, solange wir noch beide Beine haben.«

»Diese Güte überrascht mich. Wir anstelle der Nabatorer hätten mit Sicherheit jeden Feind aufgeknüpft. Vor allem wenn er so verschlagen aussieht wie ihr.«

»Meloth war uns eben gnädig. Allerdings haben wir es auch nicht darauf ankommen lassen und sind sofort verschwunden. Ihr Hauptmann ist nämlich trotz seiner Jugend schon ein ausgemachter Schweinekerl.«

»Diese Bastarde haben uns sogar die Pferde abgenommen!«, knurrte Bamuth.

»Und was wollt ihr jetzt von uns?«, fragte ich und fing an, mit meinem Wurfbeil herumzuspielen. »Wir werden euch eure Pferde nicht zurückholen.«

»Können wir fürs Erste bei euch bleiben?«

Lahen und ich sahen uns an.

»Ich traue ihnen nicht.«

»Ich auch nicht, Ness. Aber sie könnten uns nützlich sein, wenn wir von hier verschwinden.«

»Ohne sie wäre das aber wesentlich einfacher. Dann bräuchten wir nämlich keine Augen im Hinterkopf.«

»Nein, andersrum: Mit ihnen kommen wir leichter aus dem Dorf raus. Danach finden wir schon einen Weg, sie wieder loszuwerden.«

Lahen war nun mal eine praktisch denkende Frau.

»Das könnte aber eine endgültige Trennung werden. Oder wir finden uns von vornherein damit ab, sie am Hals zu haben. Bist du sicher, dass du mit denen fertigwerden würdest, mein Augenstern?«

»Ja.«

»Gut, dann machen wir es, wie du gesagt hast. Aber erst versuchen wir, ohne sie von hier wegzukommen.« Dann richtete ich meinen Blick wieder auf die ungebetenen Gäste. »Ihr habt keine Waffen dabei.«

»Die mussten wir abgeben. Bamuth hat sogar Prügel bezogen, weil er seine Armbrust an ihnen vorbeischmuggeln wollte.«

»Gut. Ihr könnt bei uns bleiben. Eine Hälfte des Hauses steht zu eurer freien Verfügung. Ich hoffe, ihr macht uns keine Schwierigkeiten.«

In die letzten Worte legte ich einen bedrohlichen Unterton.

»Bestimmt nicht«, versicherte Knuth. »Willst du noch lange hierbleiben?«

»Darüber denke ich gerade nach.«

»Dann beziehe auch folgende kleine Episode in deine Überlegung mit ein: Heute hat eine Nabatorer Patrouille zwei Reiter kontrolliert, die aus Richtung Alsgara kamen und ins Dorf wollten. Wie ich gehört habe, hat dieses Pärchen verzweifelten Widerstand geleistet, sodass den armen Nabatorern gar nichts anderes übrig blieb, als sie zu erschießen. Vorher haben die beiden Fremden aber noch vier Soldaten kaltgemacht. Die verstanden ihr Handwerk also.«

»Willst du damit andeuten, die hätten es eigentlich auf uns abgesehen gehabt?«

»In der letzten Zeit scheint Hundsgras das Gesindel nur so anzuziehen. Wir sollten also besser alle von hier verschwinden. Selbst den Nabatorern schlüpft früher oder später mal jemand durchs Netz. Oder sie halten ihn für einen Dorfbewohner.«

»Gut, wir werden auch darüber nachdenken.«

»Tut das. Wir bleiben jedenfalls nur noch zwei Tage hier, dann brechen wir nach Alsgara auf.«

»Was wird dann aus eurem Lebensunterhalt?«, fragte Lahen spöttisch. »Den wollt ihr doch nicht allen Ernstes hier zurücklassen?«

»Niemand von uns rümpft die Nase über ein paar Soren, aber uns allen ist unser Leben lieb. Außerdem vergeht mir mit den Nabatorern vor der Tür der Appetit. Sollten auch noch unsere Truppen anrücken, bricht hier ein Gemetzel los. Und dann kommt niemand mehr mit heiler Haut aus diesem Kaff raus.«

»Warten wir's ab«, antwortete Lahen. »Mit dem Essen dauert es im Übrigen noch eine Weile. Aber wenn ihr schon mal da seid, könnt ihr euch nützlich machen und das Wasserfass an der Scheune nachfüllen.«

»Hab ich etwa angeheuert, Hausarbeiten zu verrichten?«, empörte sich Gnuzz.

»Betrachte es als Mietzins. Und wo wir gerade dabei sind: Gib mir dein Messer!«

»Welches Messer?«, fragte er zurück.

»Mir machst du nicht weis, dass die Nabatorer es dir abgenommen haben«, sagte Lahen grinsend. »Außerdem gelten in diesem Haus meine Regeln. Und die lauten: Kein Messer im Ärmel.«

Daraufhin wollte Gnuzz zwar einen Streit anfangen, doch Knuth brummte nur etwas, worauf der Iltis ihm einen unzufriedenen Blick zuwarf, dem unausgesprochenen Befehl jedoch Folge leistete. Er zog seine geliebte Waffe unter der Jacke hervor und warf sie mir vor die Füße.

»Du bekommst es wieder, wenn du abziehst«, sagte ich, als ich das Messer aufhob. »Und vergiss das Wasser nicht! Wer arbeitet, kriegt auch was zu essen.«

Im Unterschied zu allen anderen hielt Pork das Auftauchen der Nabatorer für ein erstklassiges und fürchterlich spannendes Spektakel. Bisher hatte der Dorftrottel noch nie derart viele bewaffnete Männer auf einem Haufen gesehen.

Und die Hälfte von ihnen, das mussten doch einfach Ritter sein. Jawoll. Gehenkte hatte er früher übrigens auch noch nie gesehen. Und der Anblick hatte sich nun wirklich gelohnt. Zuck – und schon fingen die Männer komisch an zu zappeln und zu röcheln! Außerdem fielen ihnen die Zungen aus dem Mund und verfärbten sich blau. Genau wie Brombeeren. Pork liebte Brombeeren. Die waren süß. Nur die Dornen waren blöd. Die taten weh. Er sollte Meloth bitten, alle Dornen von den Sträuchern zu verdammen, damit man die leckeren Beeren nach Herzenslust naschen konnte.

Was aber noch viel erstaunlicher war: Diese Gehenkten, genauer ein Soldat, hatte sich in die Hosen gepisst, als er schon tot war. Bestimmt weil er Angst hatte, zu Meloth in die Glücklichen Gärten zu gehen. So ein Dummkopf. Jawoll.

Der Dachdecker tat ihm natürlich leid, der hatte ihm, Pork, nie was getan. Obwohl: nein, genau das hatte er verdient. Einmal hatte Pork ihn nämlich gebeten, ihm Geld für ein Schwert zu leihen, damit er Mädchen beschützen kann. Da hatte ihn der Kerl einfach weggejagt. Also sollte er jetzt ruhig am Galgen baumeln und die Krähen füttern. Und sich darüber den Kopf zerbrechen, wofür er diese Strafe verdient hatte.

Nein, die Leute im Dorf sollten sich wirklich schämen, wenn sie behaupteten, die Nabatorer seien gemein. Das waren sie überhaupt nicht. Den bösen Holzfällern hatten sie sogar in null Komma nichts gezeigt, wer hier der Herr im Hause war. Und kaum hatten die Soldaten sie verbläut, krochen sie ganz kleinlaut durch die Gegend. Wahrscheinlich weil keiner von denen gehenkt werden wollte. Wo dir dann die Zunge herausbaumelt und blau wird. Oder im Fluss ertränkt werden. Und all das hieß ja wohl, dass die Nabatorer gut waren. Vor allem ihr Hauptmann. Der war sogar noch klug. Und immer geradeheraus, genau wie er, Pork, selbst auch. Jawoll. Ihm hatte er erzählt, dass die Holzfäller sein Hemd zerrissen hatten. Und da hatte der Hauptmann gleich begriffen, wie böse die waren, und versprochen, er werde sie bestrafen. Später. Irgendwann. Darauf freute Pork sich jetzt schon: zu sehen, welche Strafe sie bekommen. Das war viel aufregender als Kühe hüten.

Wer also behauptete, die Nabatorer seien böse, war blöd. Deshalb würde Pork auch zu seinem Freund, dem Hauptmann, gehen und ihm ganz offen sagen, wie sehr ihm die Soldaten gefielen.

Dabei hatte er anfangs gar nicht darauf zu hoffen gewagt, dass die Nabatorer seine Freunde werden. Sie sahen nämlich alle fürchterlich böse aus. Und hatten ihn weggejagt, als er ihnen von Rittern erzählte. Aber dann hatten sie doch verstanden, wie klug er ist, und seitdem unterhielten sie sich gern mit ihm. Und immer lachten sie, freuten sich, ihn zu sehen, und erkundigten sich, wann Pork endlich zum Ritter werden würde. Sie hatten ihm sogar versprochen, ihm ein riesiges echtes Schwert zu schenken und ihm beizubringen, wie man damit umgeht.

Bis dahin sollte er mit einem Stock üben. Daraufhin hatte er einen kleinen Baum ausgegraben und sich vorgestellt, der sei ein Schwert, und war losgezogen, den Steckrüben der alten Rosa den Kopf abzuschlagen. Die hatte vielleicht gezetert! Viel hätte nicht gefehlt, und sie wäre wieder mit dem Krückstock auf ihn losgegangen. Als Pork dann gesagt hatte, der Hauptmann Nay selbst habe ihm das erlaubt, hatte sie ihn einen dummen Tölpel geschimpft. Pork hatte aber nicht begriffen, wen genau die alte Schachtel damit meinte. Deshalb würde er sich heute Abend bei Herrn Nay über die widerwärtige Alte beschweren. Sollte der das rauskriegen – und sie dann zusammen mit den Holzfällern aufhängen. Damit denen nicht langweilig wurde. Und Pork würde zugucken und aus voller Kehle lachen.

Mit einem Mal fiel ihm jedoch ein, dass es gar nicht mehr so einfach war, die Holzfäller zu hängen – denn er hatte ja selbst gesehen, wie aus denen Kleinholz gemacht worden war. Vorgestern war das gewesen. Pork hatte wie immer auf die verfluchten Kühe aufgepasst, an seiner gewohnten Stelle, in der Nähe vom Kahlen Stein. Eigentlich hatten die Kühe auf sich selbst aufgepasst, während er beobachtet hatte, wie die Kasernen entstanden. Die Männer bauten eine richtige Festung. Die Hälfte des Palisadenzauns fehlte zwar noch, aber dafür gab es schon einen Wachturm, und auf dem saß ein richtiger Bogenschütze und behielt die Straße im Auge! Der konnte jeden erschießen. Und würde treffen. Die sind mutig, diese Bogenschützen. Und zielsicher. Fast wie Gnuth aus dem Dorf. Nur besaßen die Nabatorer zwei Augen.

Und dann waren plötzlich Soldaten des Imperiums über die Straße geprescht! Vierzig Mann. Alle mit Pferden. Die schrien, fuchtelten wild mit ihren Waffen und machten jeden nieder, der sich ihnen in den Weg stellte. Pork wurde ganz mulmig, denn die Soldaten schlugen die Holzfäller genauso nieder wie die Nabatorer, ohne danach zu fragen, wer von denen gut und wer schlecht war. Dabei hätten sie doch nur die Holzfäller umzubringen brauchen. Denn mit den Nabatorern konnte man gut Freund sein. Die konnte man abends treffen, um über Waffen und Mädchen zu reden und in der Schenke Shaf zu trinken. Der schmeckte gut! Die Nabatorer luden Pork jeden Tag ein und lachten, wenn ihn seine Beine nicht mehr trugen. Aber das nahm er ihnen nicht übel, bestimmt nicht. Er wusste doch genau, dass sie ihm nichts Böses wollten. Außerdem würden sie ihm bald ein Schwert schenken. Mit denen durfte er sich also nicht streiten.

Die bösen Soldaten aus dem Imperium kamen am Ende aber doch nicht mit dem Leben davon. Hauptmann Nay war nämlich mit seinen Soldaten angeritten gekommen. Und jeden Soldaten begleitete noch ein Bogenschütze. Die waren blitzschnell von den Pferden gesprungen und hatten losgeschossen! Und der auf dem Wachturm hatte auch geholfen. Wie die alle Soldaten aus dem Imperium mit Pfeilen spickten! Und wie viele sie töteten! Und die Nabatorer Reiter erledigten den Rest. Richtig so! Genau das hatten sie verdient. Aber die Leute aus dem Dorf hielten die Soldaten aus dem Imperium immer noch für ihre Freunde! Wie dumm waren die eigentlich?

Anschließend hatten die Nabatorer die Toten untersucht. Sie nahmen ihre Pferde an sich, die Waffen, das Geld und die herrlichen Stiefel. Viele schöne Sachen. Die hätte er, Pork, auch gern gehabt. Nur ließ ihn niemand zu den Leichen. Alles bekamen die anderen.

Das brachte Pork auf den Gedanken an die anderen Toten. Die im Wald, auf der Lichtung. Die, die der schreckliche Zimmermann getötet hatte. Auch die mussten Geld und schöne und nützliche Dinge haben. Die könnte er sich holen und gegen Süßigkeiten eintauschen. Jawoll. Dieser Pars … Immer sah er so nett aus – und dann hatte er die fremden Onkels genauso schnell getötet wie die Nabatorer die Soldaten aus dem Imperium. Nur gut, dass Pork niemandem von alldem erzählt hatte. Sonst hätten die alle Toten ausgeplündert, und er wäre wieder leer ausgegangen. Wie raffiniert er doch war!

Und jetzt würde er den Besitz dieser Toten an sich bringen. Deshalb vertraute er die Kühe der Obhut Meloths an (zu dem er vorher ein inständiges Gebet geschickt hatte) und stiefelte in den Wald. Es war ein langer Weg, das ganze Dorf musste er dafür durchqueren. Dabei könnte er seinem Vater unter die Augen kommen! Und dann würde es etwas setzen. Aber er hatte Glück: Niemand hielt ihn auf.

Im Wald beschlichen Pork Zweifel.

Was, wenn schon jemand die Toten entdeckt und ausgeraubt hatte? Dann war er umsonst hergekommen. Dann ade Honigküchlein. Oder was, wenn die Toten verschwunden waren?

Je näher er der Lichtung kam, desto mulmiger wurde ihm. All die Geschichten fielen ihm ein, die der Sohn des Müllers im letzten Sommer erzählt hatte. Von Toten, die wieder zum Leben erwachten, nachts aus ihren Gräbern krochen und alle auffraßen, die sich in ihre Nähe wagten. Und wer dann floh, den jagten sie erst, bevor sie ihn auffraßen. Bei einer besonders schauerlichen Geschichte hatte sich jemand an Pork herangeschlichen, ihn bei den Schultern gepackt und laut gebellt. Da hatte er, Pork, sich vor Angst in die Hose gemacht und eine Woche lang gestottert. Danach hatten alle über ihn gelacht und ihn Stinkrübe genannt.

Doch sobald Pork nun ein strenger Verwesungsgeruch in die Nase stieg, wusste er, dass die Toten noch da waren. Tiere und Krähen hatten die Leichen bereits ordentlich abgenagt. Allerdings stand auf der Lichtung auch ein Fremder, der die Toten eingehend betrachtete. Der Gestank und die unzähligen Fliegen machten ihm offenbar nichts aus.

Vor Enttäuschung hätte Pork beinahe losgeheult! Er kam zu spät! Dieser Kerl würde alles an sich raffen! Das Geld und die Sachen! Sein Traum von Reichtum und Honigküchlein platzte wie eine Seifenblase!

Der Mann hatte Pork den Rücken zugekehrt. Er war hochgewachsen und breitschultrig. In den Händen hielt er einen schwarzen Stab mit einem merkwürdigen Knauf am Ende, aber Pork kam einfach nicht dahinter, was an dem Ding nicht stimmte. Außerdem trug der Mann einen langen weißen Umhang mit Kapuze, der von einem breiten schwarzen Gürtel gehalten wurde, an dem ein schreckliches Krummschwert hing.

Mit dem würde er sich nicht anlegen. Der würde ihm am Ende den Kopf abhauen, wenn Pork ihn bat, die Beute zu teilen.

Enttäuscht wimmerte Pork los und verteilte mit den Fäusten die Tränen über die schmutzigen Wangen.

Wie sich zeigte, besaß der Fremde ein vorzügliches Gehör. Sofort unterbrach er die Begutachtung der Toten, drehte sich um und spähte in die Sträucher, in denen der Hirte kauerte. Das Gesicht seines Rivalen konnte er, Pork, unter der Kapuze nicht erkennen. Da war nur ein schwarzes Loch. Das ihn aber mit einem Blick zu durchbohren schien. Der jagte ihm eine solche Angst ein, dass er sich auf den Boden presste, den Atem anhielt und hoffte, der Unbekannte möge ihn übersehen.

Der dachte jedoch gar nicht daran. Unverwandt blickte er in seine Richtung. Porks Herz war kurz davor, ihm vor Angst aus der Brust zu hüpfen. Er bedauerte bereits, überhaupt hergekommen zu sein. Wäre er doch bloß bei den Kühen geblieben. Hätte er doch auf all die Schätze gepfiffen! Das Einzige, was er jetzt noch wollte, war, dass der grausame Mann verschwand.

Als Pork langsam zurückging, setzte ihm der Fremde nach. Jetzt erkannte Pork auch, dass der Knauf des Stockes aus einem großen schwarzen Stein geschnitzt war und die Form eines Schädels hatte. Von Panik überwältigt, blieb Pork stehen.

»Komm raus!«, sagte der Mann, während er sich vor den Sträuchern aufbaute. »Du hast nichts von mir zu befürchten.«

Pork wagte es nicht, diesen Befehl zu missachten. Vor Angst schlotternd vermied er es, seinem Gegenüber in die Augen zu sehen, und trat auf die Lichtung hinaus. Nachdem der Mann ihn gemustert hatte, schob er die Kapuze vom Kopf.

Jetzt sah er schon gar nicht mehr so böse und bedrohlich aus. Er war etwas älter als Pork, braungebrannt, schwarzhaarig, mit hohen Wangenknochen, feinen Gesichtszügen, schönen braunen Augen und einem akkurat gestutzten Bart.

Er betrachtete den Trottel neugierig, aber nicht feindselig. »Bist du aus dem Dorf?«

Pork nickte eifrig, damit der andere gleich begriff, wie verständig er war.

»Weißt du, was hier vorgefallen ist?«

Ein weiteres Nicken folgte. Besser, er verzichtete auf jede Lüge.

»Wer hat sie umgebracht?«

»Pars, der Zimmermann.«

»Die beiden hier auch?« Der Mann wies auf die zwei Leichen vor ihm.

Der Hirte runzelte die Stirn und versuchte, sich zu erinnern. Dann schüttelte er den Kopf. »Nein, die waren schon tot, als Pars gekommen ist, um seiner Frau zu helfen.«

»Seiner Frau? Hat sie den Männern die Köpfe verbrannt?«

»Ich weiß nicht«, antwortete Pork.

»Erstaunlich«, murmelte der Unbekannte und fuhr nachdenklich mit den Fingern über den Stock. »Weißt du, wo die Frau wohnt?«

»Ja. Hier im Dorf. Ganz in der Nähe.«

»Bringst du mich zu ihrem Haus?«

Pork nickte und stieß einen verblüfften Ausruf aus: Er meinte, der Schädel am Stock lächle ihm zu.

An jenem Tag, als die vier Männer von Moltz in unser Haus einzogen, gelang es uns dann doch nicht, Hundsgras zu verlassen. Wie freundlich sich die Nabatorer auch geben mochten, sämtliche Wege, die aus dem Dorf führten, hatten sie sicher abgeriegelt. Bis zum Wald schafften Lahen und ich es, aber danach wäre unsere Flucht beinah in einem Fiasko geendet. Zwei Späher plus etliche Patrouillen plus die Posten auf den Wachtürmen und die von Lagerfeuern beleuchteten Felder … Uns blieb nichts anderes übrig, als unverrichteter Dinge wieder abzuziehen. Im Hof stießen wir auf Knuth. Der wunderte sich keineswegs, als wir bewaffnet und in wetterfester Kleidung zurückkehrten, sondern stieß lediglich ein vielsagendes Schnauben aus, kaute an einer Steckrübe und ging wortlos, aber leise vor sich hin pfeifend in die Hälfte des Hauses, die wir unseren werten Gästen zugewiesen hatten.

Die nächsten Tage stiefelte ich mit einer wahren Leichenbittermiene durch die Gegend. Und nur Lahen, die seit Langem an solche Anfälle schlechter Laune gewöhnt war, konnte mich beruhigen. Jeder, der mir sonst in die Quere kam, lief Gefahr, dass ich mich wie ein Wolf auf ihn stürzte. Das Nichtstun brachte mich schlicht und ergreifend um den Verstand. Außerdem witterte ich förmlich, wie sich die Schwierigkeiten über uns zusammenbrauten, weshalb ich mich wie ein Tier fühlte, das in der Falle saß.

Knuth mied uns. Die anderen verhielten sich ebenfalls mucksmäuschenstill. Selbst Shen und Gnuzz, die sich am ersten Abend ständig beharkt hatten, schlossen eine Art Waffenstillstand, der darin bestand, die Anwesenheit des anderen einfach nicht zur Kenntnis zu nehmen. Unsere Gäste bekamen uns zwei Mal pro Tag zu Gesicht, beim Mittagessen und beim Abendbrot. Gnuzz hatte es sich obendrein zur Angewohnheit werden lassen, das Fass an der Scheune mit Wasser aus dem Brunnen zu füllen – wogegen niemand etwas einzuwenden hatte.

Eine Woche nach dem Auftauchen der Nabatorer bat mich Knuth um ein Gespräch. »Wir verlassen das Dorf in ein paar Tagen.«

Ich zog da gerade in einer Stinklaune mit meinem Löffel Bahnen durch die Suppe. »Braucht ihr so lange, um alles vorzubereiten?«

»Ja. Wir müssen die Patrouillen und den Wechsel der Wachtposten auskundschaften.«

»Das kann ich dir auch gleich sagen.«

»Was hält euch dann noch hier?«

»Der Wunsch, ein langes und zufriedenes Leben zu genießen.«

»Verstehe«, presste Knuth heraus und versank in Gedanken. Nach einer halben Ewigkeit fragte er mich, den Blick aus irgendeinem Grund auf Gnuzz gerichtet: »Stehen die Aussichten so schlecht?«

»Kann man sagen«, brummte ich. »Unbemerkt werdet ihr nicht von hier verschwinden, das garantiere ich dir. Es jedoch lauthals und im Kampf zu versuchen scheint mir nicht sonderlich klug. Zumindest jetzt nicht.«

»Willst du behaupten, wir würden es nicht bis zum Wald schaffen?«, fragte Shen verwundert.

»Und weiter? Es gibt nur eine Straße nach Alsgara. Der Wald zieht sich eine League hin, dann kommen die Blasgensümpfe. Durch die kommt ihr nie durch. Der einzige Weg, den ihr nehmen könnt, ist und bleibt die Straße. Und die wird beobachtet.«

»Trotzdem wagen wir es. Noch länger hierzubleiben wäre gefährlich.«

»Die Entscheidung liegt bei euch«, antwortete ich.

»Du hast doch nicht etwa Angst?«, fragte Shen höhnisch. Knuth fauchte ihn warnend an, was den Herrn Medikus jedoch nicht mal zu einem Wimpernzucken veranlasste.

Entgegen der Erwartung aller Anwesenden ging ich ihm nicht an die Kehle. »Lass dir eins gesagt sein, du Milchbart«, bemerkte ich bloß gelangweilt. »An dem Tag, an dem ich auf einen so billigen Trick reinfalle, darfst du zehn Soren von mir verlangen. Falls du nicht etwa Angst davor hast.«

Gnuzz wieherte vor Begeisterung, dass ich seinen Widersacher derart abgekanzelt hatte. Bevor Shen allerdings seinerseits zu einer Gemeinheit ansetzen konnte, verlangte Bamuth, der am Fenster saß und aus einem Holzstück eine Art Mensch schnitzte: »Ruhe! Wir kriegen Besuch.«

Als Lahen sah, wer da durch unseren Hof kam, wurde sie weißer als der Umhang, den unser Gast trug, und stieß einen üblen Fluch aus.

»Niemand rührt sich von der Stelle!«, sagte ich und nahm das kleine Beil vom Tisch. »Verhaltet euch ruhig!«

»Er ist doch allein«, bemerkte Gnuzz erstaunt.

»Gnuzz, halt den Mund! Ich habe nicht die Absicht, deine Gedärme von meiner Decke abzukratzen. Für den bist du mir verantwortlich, Knuth! Und für den Rotzlöffel auch.«

Shen nahm mir den Rotzlöffel nicht übel, offenbar hatte er die Bemerkung nicht mal gehört – er war inzwischen nämlich genauso bleich wie mein Augenstern. Gnuzz zeigte Einsicht und fragte nur noch mit kläglicher Stimme: »Kann mir vielleicht mal jemand erklären, was das für ein Aas ist?!«

»Halt einfach den Mund, ja?« Selbst der unerschütterliche Bamuth zeigte jetzt Anzeichen von Nervosität. »Wir können auch in den anderen Teil des Hauses gehen.«

»Das nützt jetzt auch nichts mehr«, sagte Knuth. »Der Mistkerl wittert uns. Verflucht noch eins, wir sitzen in der Scheiße! Was um alles will *der* hier?!«

»Das werden wir gleich erfahren.« Lahen schob sich eine Strähne aus der Stirn und erhob sich, um dem Nekromanten entgegenzugehen.

Die beiden maßen sich mit Blicken. Eine Sekunde lang. Wobei Lahen hoffte, einigermaßen verängstigt zu erscheinen.

Obwohl der Nekromant noch jung war, höchstens fünfundzwanzig Jahre zählte, wies ihn sein Stab bereits als Meister des Vierten Kreises aus. Die Hälfte auf dem Weg zur Spitze, den Achten Kreis, hatte er also schon geschafft. Für dieses Alter keine schlechte Leistung.

»Der Junge ist ohne Frage talentiert«, teilte mir Lahen in Gedanken mit. Sie tat gut daran, sich erschrocken zu geben. Jetzt kam es nur noch darauf an, nicht zu übertreiben. *»Und vermutlich auch schlau. Der könnte uns etliche Schwierigkeiten bereiten. Warum musste der ausgerechnet jetzt auftauchen? Ob er ein Funkensucher ist? Der meine Gabe gewittert hat?«*

Sie hielt den Kopf gesenkt, damit der Nekromant ihren Augen nichts Verräterisches entnehmen konnte. »Was führt den guten Herrn zu uns?«, fragte sie. »Möchte er eine Holzarbeit in Auftrag geben? Seid versichert, guter Herr, es wird alles genau nach Euren Wünschen erledigt. Fragt, wen Ihr wollt, alle werden Euch versichern, dass hier der beste Zimmermann im ganzen Dorf wohnt. Auf dem Markt in Tannenfurt letztes Jahr hat er …«

»Schweig«, unterbrach sie der Mann mit leiser Stimme. Er ließ den Blick über den Hof wandern. »Ich habe gehört, hier leben Ann und Pars, der Zimmermann.«

»Das stimmt, guter Herr«, antwortete Lahen, wobei sie innerlich sämtliche Schwatzschnäbel verfluchte und wünschte, dass sie sich an den eigenen Gedärmen aufhängten. »Die leben hier.«

»Dann möchte ich sie sehen. Sofort.«

»Ich bin Ann. Und mein Mann ist im Haus.«

Die entschlossenen braunen Augen hefteten sich erneut auf ihr Gesicht, die buschigen schwarzen Brauen krochen erstaunt die Stirn rauf. »Entweder hat man mich angeschwindelt«, sagte er schließlich, »oder du bist schlauer, als du aussiehst.«

Lahen gab sich alle Mühe, ein einfältiges Gesicht zu wahren, mied es aber, den Sdisser anzusehen, da sie fürchtete, ihre Augen könnten sie am Ende doch verraten.

»Bring mich ins Haus!«, verlangte der Mann in scharfem Ton.

»Nur herein, guter Herr«, sagte sie. »Nehmt Platz und langt tüchtig zu!«

Der Nekromant trat ein, sah uns fünf Männer am Tisch und schnaubte. »Du hast viele Kerle.«

»Ich bin ihr Mann«, sagte ich und stand auf. »Das sind Verwandte von uns. Sie sind nur zu Besuch.«

»Besuch ist eine feine Sache.« Der Sdisser rückte das Krummschwert, das an seiner Seite hing, zurecht und setzte sich an den Tisch. »Was stehst du da rum, Zimmermann? Du weißt, wer ich bin?«

»Ja«, antwortete ich und setzte mich wieder.

»Und deine … Verwandten?« Das letzte Wort sprach er höchst amüsiert aus.

»Auch.«

»Sehr schön. Dann werdet ihr ja wohl auf alle Dummheiten verzichten und mir die Mühe ersparen, euer Haus zu zertrümmern. Frau, hast du mir nicht etwas zu essen versprochen? Der Weg hat mich hungrig gemacht.«

Kurz darauf stand ein Teller mit kräftiger Hühnersuppe vor ihm, dazu ein Kanten Roggenbrot, Butter, eine Zwiebel, ein Schälchen mit saurer Sahne und ein Becher mit kaltem Minz-Shaf.

Der Nekromant schien uns zu vergessen und machte sich mit großem Appetit über das Essen her. Keiner sagte ein Wort. Bamuth schnitzte weiter an seinem komischen Männchen, fast so, als wäre nichts geschehen. Die Schweißperlen auf der Stirn verrieten ihn jedoch. Außerdem zitterten seine Hände beim Schnitzen leicht, und einige Späne waren dicker als beabsichtigt. Shen und Gnuzz saßen am Ofen. Der Milchbart versuchte, mit gelangweiltem Gesichtsausdruck durch die Decke hindurch in den Himmel zu blicken, der Iltis hatte jetzt auch endlich begriffen, wer uns da beehrte, faltete die Hände und murmelte entweder ein Gebet gegen Schwarzmagie oder einen Fluch vor sich hin.

Ich kaute auf meinem Brot herum. Lahen und ich hatten uns mit einem Blick verständigt, und sie hatte mir mit einem Zeichen Schweigen geboten, da sie nicht wusste, ob der Nekromant unser Gespräch in Gedanken belauschen konnte. Die Probe aufs Exempel wollte sie aber lieber nicht machen.

»Das war gut«, lobte der ungebetene Gast die Suppe, als er den leeren Teller von sich schob. »Setz dich!«

Nach kurzem Zögern trat sie an den Tisch und setzte sich neben mich, dem Nekromanten gegenüber.

»Ich habe gehört, dass im Wald jemand ermordet wurde. Wisst ihr etwas darüber?«

»Nein, guter Herr.«

Der Nekromant lächelte und nickte. Mir war nicht klar, ob er ihr glaubte oder nicht.

»Es waren ziemlich merkwürdige Todesfälle«, fuhr er fort, ohne sich an jemand Bestimmtes zu wenden. »Da gab es nämlich zwei Leichen, bei denen könnte man denken, die Unglücksraben hätten ihre Köpfe in einen Schmiedeofen gesteckt. Aber davon habt ihr, wie ich annehme, auch nichts gehört?«

»Wir gehen nur selten in den Wald. Meloth war so gnädig, uns den Anblick der Toten zu ersparen«, antwortete ich. »Und im Dorf erzählt man auch nichts davon.«

»Ich habe dir nicht das Wort erteilt!« Die braunen Augen funkelten unheilverheißend. »Was ist, Ann? Weißt du etwas über diese unglücklichen Männer?«

»Nein, guter Mann.«

»Lüg mich nicht an«, warnte er sie in sanftem Ton.

»Das ist die Wahrheit.«

Pork fiel mir ein, der uns beobachtet hatte. Dieser verfluchte Bengel! Wir hätten die Plaudertasche doch im Fluss ertränken sollen!

»Sieh mich an.« Die Stimme des Nekromanten behielt ihre falsche Sanftheit bei. »Sieh mir in die Augen.«

Unter Aufbietung all ihrer Willenskraft kam Lahen der Bitte nach. Der Nekromant musterte sie lange. Unerträglich lange. Innerlich bereitete ich mich darauf vor, dem Kerl den Tisch vor die Fresse zu knallen, falls er uns dumm kam.

Doch da brach der Sdisser plötzlich in schallendes Gelächter aus. »Du hast Talent, Mädchen.« Diese Anrede klang aus dem Mund eines Mannes, der weit jünger war als mein Augenstern, fast komisch. Lahen brachte es fertig, die giftige Antwort, die ihr auf der Zunge lag, in letzter Sekunde herunterzuschlucken. »Du kannst wirklich gut lügen. Oder solltest du tatsächlich die Wahrheit sagen?«

»Warum sollte ich lügen? Außerdem würde ich es nie wagen, Euch zu täuschen.«

»Das wäre in der Tat sehr … unüberlegt. Eine Lüge hilft nie weiter, das solltest du doch wissen. Andererseits … was könnte eine gute Hausfrau wie du auch schon im Wald treiben, wo sie auf eine Lichtung voller Leichen stoßen kann?«

Der Nekromant machte sich über Lahen lustig. Er wusste genau, dass sie im Wald gewesen war. Ob er die Überreste der Magie gespürt hatte?

Trotzdem hielt er an seinem Spiel fest.

Knuth setzte sich ganz beiläufig so hin, dass er dem Nekromanten bequem in den Rücken fallen konnte. Das entging mir nicht. Daraufhin legte ich meine Hände locker auf die Knie – um gegebenenfalls das Wurfbeil zu ziehen.

»Und woher kommen die Herren Verwandten?«

»Aus Alsgara«, antwortete Shen leise.

Der Nekromant setzte ein derart strahlendes Lächeln auf, als habe er gerade erfahren, dass unser Medikus und er Landsleute seien.

»Die Stadt soll ja wunderschön sein. Meine Brüder und ich

wollen ihr schon seit Langem einen Besuch abstatten. Angeblich verfügen ja viele Menschen aus Alsgara über die Gabe. Du gehörst nicht zufällig auch zu ihnen, Ann?«

»Nein, guter Herr. Ich stamme nicht aus Alsgara.«

»Wie schade«, bemerkte er. »Wie eine Schreitende siehst du allerdings auch nicht aus. Bist du eine Glimmende? Aber ich spüre deine Wärme nicht. Wer also bist du? Eine Autodidaktin? Falls ja – wie konnten eure Funkensucher eine solche Kraft übersehen?«

»Ich habe keine Ahnung, wovon Ihr sprecht, guter Herr.«

»Vielleicht stimmt das sogar«, räumte er ein. »Vielleicht weißt du es aber auch sehr gut. Leider ist es mir nicht gegeben, das herauszufinden. Deshalb werden wir unser Gespräch ein andermal fortsetzen. In Anwesenheit einer … weiteren Person. Mit der ich mich unverzüglich in Verbindung setzen werde. Und lass dir eins gesagt sein: Du darfst es dir als Ehre anrechnen, dass sich eine derart bedeutende Persönlichkeit mit dir befassen wird.«

Er stand auf und ging zur Tür, drehte sich dort aber noch einmal um. »Ich komme zurück und werde weitere Fragen haben. Und ich empfehle euch dringend, Antworten bereitzuhalten, die mich zufriedenstellen. Es würde mich ungemein betrüben, müsste ich einem aus diesem Familienkreis, der mir so ans Herz gewachsen ist, etwas zuleide tun. Bald wird jene Person eintreffen, von der ich gesprochen habe. Damit es euch unterdessen nicht einfällt zu fliehen, lasse ich eine zuverlässige Wache für euch zurück. Auf ein baldiges Wiedersehen, Ann.«

Ruhigen Schrittes schlenderte der Nekromant zum Tor, das er fest hinter sich schloss. Sofort kam Leben in die fünf Untoten, die auf ihn gewartet hatten.

»Bewacht das Haus«, befahl er ihnen. »Behaltet diese Leute im Auge! Keiner von ihnen darf uns entwischen. Wenn sie es versuchen, treibt sie ins Haus zurück. Reißt sie mir aber nicht in Stücke! Und von der Frau lasst überhaupt die Finger. Die brauche ich unversehrt.«

Lahen hatte sich als kluge und keineswegs schüchterne Frau gegeben, und so etwas gefiel allen Sdissern. Natürlich hatte sie gelogen, was den Wald anging, obendrein hatte ihr wummerndes Herz sie verraten. Was jedoch ihre Gabe betraf … Wir konnten von Glück sagen, dass der Nekromant die Kraft meines Augensterns nicht erspürte, solange sie ihre Gabe nicht anrief.

Sicher, er hätte auch allein mit dieser Sache fertigwerden können. Indem er zu banaler Folter gegriffen hätte. Nur bestand da die Gefahr, zu weit zu gehen. Und wenn Lahen starb, würde ihre Gabe mit ihr sterben – wofür ihm die Nekromanten des Höchsten, also des Achten Kreises, kaum Lob zollen würden. Deshalb musste er *diese Person* zurate ziehen, sosehr es ihm auch widerstrebte. Aber seine Vorschriften ließen es in dieser Frage nicht an Deutlichkeit missen: Sobald er auf Menschen traf, bei denen der Verdacht bestand, sie trügen den Funken in sich, hatte er unverzüglich Meldung zu machen.

Mit dem Knauf seines Stabs zog der Sdisser im Sand eine Wellenlinie, die in ein Dreieck mündete. Anschließend sprach er die kurze Formel der Anrufung. Prompt formte sich aus Schattenfetzen der Bote, der ergrimmt fauchte, seinen Auftrag entgegennahm und verschwand: Er wusste, wen er suchen musste und was er auszurichten hatte.

Uns blieb nichts anderes übrig, als zu warten.

Kapitel 7

Ga-nor entpuppte sich als guter Lehrer. In den letzten Tagen hatte Luk mehr über den Wald erfahren als in seinem ganzen bisherigen Leben. Sobald sich eine passende Gelegenheit bot, unterwies ihn der Irbissohn in der Kunst des Spurenlesens. Und obwohl sich Luk das neue Wissen nur zögerlich aneignete, ließen sich die Erfolge nicht von der Hand weisen. Er bahnte sich seinen Weg nicht länger durch trockene Büsche, trampelte nicht mehr über feuchten Boden, gab sich alle Mühe, sich am Rand des Pfads zu halten, damit die über dem Weg gespannten Spinnennetze nicht zerstört würden, und versuchte, in die Fußspuren Ga-nors zu treten. Er schnaufte auch nicht mehr ganz so laut, sprach mit gedämpfter Stimme, lauschte auf den Wald und sah sich immer wieder nach allen Seiten um. Vor allem jedoch lief er Ga-nor nicht mehr vor die Füße.

Nun musste der Irbissohn seinen Gefährten weit weniger im Auge behalten als anfangs, außerdem legten sie pro Tag eine ungleich größere Strecke zurück.

Nach der Begegnung mit der Ascheseele verfolgte sie zum Glück niemand mehr. Doch selbst wenn sie die Feinde endgültig abgehängt zu haben schienen, blieb Ga-nor wachsam und eilte vorwärts, als jagten alle sechs Verdammten hinter ihnen her.

Zunächst schlugen sie sich durchs waldbestandene Vorgebirge, das recht bald in Hügelland überging. Nach drei weiteren Tagen lag eine waldige Ebene mit zahlreichen Seen, kleinen Flüssen, Bächen und Schluchten vor ihnen. Undurchdringliche

Sträucher, Tannenwälder und düstere Platanen kennzeichneten die Strecke.

Sie mieden alle Wege. Zunächst, als die Gegend noch uneben war, bewegten sie sich parallel zur Straße, später weit links davon. Luk hatte inzwischen jede Orientierung verloren. Wie konnte Ga-nor überhaupt wissen, wohin er ging? Wenn er sich nach der Sonne richten wollte, gelang ihm das nie. Schon bald beschlichen Luk Zweifel, ob all diese Haken und Spiralen, die sie jeden Tag durch den Wald zogen, sie tatsächlich nach Hundsgras brächten. Doch als er Ga-nor gegenüber seine Bedenken anmeldete, erntete er nur ein vielsagendes Schnauben: Der Irbissohn hatte nicht die Absicht, sich in Erklärungen zu ergehen.

Luk seufzte schwer. Nach dem schier endlosen, kräftezehrenden Tagesmarsch glaubte er einfach nicht mehr daran, dass sie jemals an ihr Ziel gelangen würden. Ein Dorf war schließlich keine Stadt, das konnten sie zwischen all den Buchen, Kiefern und Eichen jederzeit übersehen. Sollten sie sich obendrein im Wald verlaufen, könnten sie bis an ihr Lebensende einsam zwischen diesen verfluchten Bäumen herumirren. Da war ja der Sandoner Wald noch besser, denn in dem würden sich wenigstens noch die Hochwohlgeborenen über eine Begegnung mit den Fremden freuen.

Daraufhin beging Luk abermals die Dummheit, Ga-nor zu fragen, in welche Richtung sie sich eigentlich bewegten.

»Nach Osten«, knurrte er.

»Wirklich?«

»Ja.«

»Da platzt doch die Kröte! Hundsgras liegt im Westen!«

»Trotzdem laufen wir nach Osten«, antwortete Ga-nor, während er stehen blieb, in die Hocke ging und aufmerksam den Boden betastete.

»Aber wieso?!«

»Keine Sorge, ich weiß, was ich tue. Wir sind an eine Stelle gekommen, die nicht ganz sauber war, um die habe ich vorsichtshalber einen Haken geschlagen.«

»Was war denn da?«, maulte Luk. »Mir ist nichts aufgefallen.«

»Da war ein Nest von Gowen. Hast du das nicht gerochen?«

»Äh … doch, schon. Es hat irgendwie merkwürdig gemüffelt. Aber ich habe gedacht, da würde ein komisches Gras wachsen.«

»Gras! Manchmal frage ich mich wirklich, was aus dir würde, wenn du ohne mich unterwegs wärest! Gras! So stinkt ein Walddämon zurzeit der Mauser. Wenn die dich erwischen, dann gute Nacht. Da nehm ich doch lieber einen Tag mehr in Kauf …«

»Wenn da Gowen gelauert haben, sieht die Sache natürlich anders aus«, erwiderte Luk. »Aber wann sind wir endlich da? Diese Lauferei hängt mir zum Hals raus. Diese ewigen Tannen! Ich will wieder unter Menschen! Einen Shaf trinken! Wenn ich weiter hier rumlatschen muss, verrecke ich noch.«

»Einen Shaf will er trinken!«, spie Ga-nor aus. »Deinen Shaf, mein Freund, den trinken jetzt die Nabatorer!«

»Träumen wird man ja wohl noch dürfen.«

»Trink eben einen Schluck Wasser aus dem Bach! Und halt den Mund!« Ga-nor hörte auf, den Boden zu betasten.

»Das ist alles, was du sagen kannst: Halt den Mund! Sei leise! Schrei nicht so!«

»Schrei nicht so!«

»Wer sollte uns denn hier hören?!«

»Will das einfach nicht in deinen Schädel?!« Der Irbissohn ging weiter. »Der Wald liebt die Stille. Deine Schreie sind hier noch in einer League Entfernung zu hören. Flüstere, ich bin schließlich nicht taub.«

Luk schnaufte beleidigt, fuhr jedoch mit gesenkter Stimme fort: »Du hast mir aber immer noch nicht gesagt, wann wir dieses verfluchte Dorf endlich erreichen.«

»Bald.«

»Woher weißt du das?«

»Siehst du die Spuren im Boden?«

»Nein.«

»Es sind alte Abdrücke, etwa zwölf bis fünfzehn Tage alt, würde ich sagen, denn sie sind bereits eingetrocknet. Und die Erde klebt auch nicht mehr an den Fingern.«

»Ja und?«

»Hier ist jemand aus dem Dorf auf die Jagd gegangen. Im Übrigen würde ich dir nicht empfehlen, geradeaus weiterzugehen. Es sei denn, du willst in einer Wolfsgrube landen.«

»Und wo soll die schon wieder sein?« Luk blieb wie angewurzelt stehen.

»Fünf Schritt vor dir.«

»Da platzt doch die Kröte! Wo?!«

Die Erde wirkte völlig unberührt. Sollte es dort tatsächlich eine Falle geben, dann war sie ausgezeichnet getarnt.

»Sperr doch wenigstens einmal deine Augen auf«, fuhr ihn der Irbissohn an. »Und bleib hinter mir! Tritt genau in meine Fußstapfen!«

Er verließ den Pfad und umrundete die gefährliche Stelle.

»Warum hat jemand ausgerechnet hier eine Falle angelegt?«

»Woher soll ich das wissen? Vielleicht ist die auch für einen Gow gedacht. Und damit du es weißt: In vier Stunden haben wir es geschafft.«

»Na endlich!«

»Hoffen wir also, dass in Hundsgras alles ruhig ist. Wenn nicht, gehen wir noch weiter. Bis nach Alsgara. Dann stoßen wir allerdings auf keine Dörfer mehr, sondern haben nichts als Wälder und die Blasgensümpfe vor uns. Die kosten uns mindestens zwei Wochen.«

Mit einem lauten Stöhnen brachte Luk das Ausmaß seiner Verzweiflung und Unzufriedenheit angesichts dieser Eröffnung zum Ausdruck.

Am späten Nachmittag, als die Schatten schon länger wurden, gelangten sie an einen Fluss.

Ga-nor setzte sich hin und lockerte die Schnüre seiner Stiefel, Luk zog sie ganz aus. Er lief über die von der Sonne gewärmten Steine und schnurrte dabei wie eine Katze, die sich an einer Leckerei labt, um schließlich durch das kalte Wasser zu waten.

»Du erkältest dich«, warnte ihn der Irbissohn.

»Ich bin abgehärtet«, widersprach Luk und nieste gleich darauf kräftig.

Ga-nor, der auf einem Grashalm kaute, grinste nur. »Jetzt sind wir wirklich fast da, nur noch ein kleines Stück stromaufwärts. Siehst du den helleren Wald da hinter der Flussbiegung? Er ist nicht sehr groß, und dahinter liegt gleich das Dorf.«

»Bist du schon mal hier gewesen?«

»Nein.«

»Woher weißt du das dann?«

Ga-nor zuckte bloß die Achseln.

»Gut, ich vertraue dir. Denn wenn man euch Nordländern eins nicht absprechen kann, dann ist es eure feine Witterung. Wurde aber auch höchste Zeit!« Er kam aus dem Wasser und griff nach seinen Schuhen. »Ich hätte nie gedacht, dass mir der Wald mal so zum Hals raushängt.«

»Freu dich nicht zu früh! Wir wissen noch nicht, was uns in Hundsgras erwartet.«

»Was sollten die Nabatorer hier verloren haben?! Die werden sich Okny und Gash-shaku vornehmen! Sonst müssten sie bei einem Angriff auf Alsgara damit rechnen, über die Treppe des Gehenkten von hinten angegriffen zu werden. Und das Risiko gehen sie bestimmt nicht ein. Glaub mir, die werden erst den Pass verrammeln und den Weg nach Norden dicht machen, ehe sie die Grüne Stadt einnehmen. Jedenfalls würde ich an ihrer Stelle genau so vorgehen.«

»Bist ein echter Stratege. Aber die Nabatorer wollen das ganze Land. Gut, vielleicht haben sie das Dorf verschont, denn das nützt ihnen wirklich nicht viel. Vielleicht aber auch nicht. Ich würde mich da auf keine Wette einlassen. Aber in einer Stunde wissen wir mehr.«

»Ich dagegen würde schon wetten.« Luk grinste. »Pass auf, ich setze einen Soren gegen den, den ich dir noch schulde, dass wir keinen einzigen Nabatorer antreffen.«

»Hoffst du etwa, auf diese Weise deine Schulden zu begleichen?«

»Ganz genau.«

»Abgemacht. Wenn es so ist, wie du sagst, werde ich mit dem größten Vergnügen vergessen, dass du mir noch Geld schuldest.«

Luk lachte zufrieden, überzeugt, den Sieg bereits in der Tasche zu haben.

Als sie wieder aufbrachen, beherrschte ein Gedanke Luks ganzes Sinnen und Trachten: die Schenke. Die Männer von der dritten Kompanie hatten erzählt, sie hätten in einer Schenke in Hundsgras Quartier genommen, als sie mit ihrem Hauptmann nach Alsgara unterwegs waren. Also durfte er, Luk, mit Fug und Recht auf heißen und kräftigen Shaf, warmes Wasser und ein anständiges Bett hoffen. Dafür hatte er, sicher im Stiefel verstaut, sogar noch einen Soren. Den würde er für sie beide opfern. Ob Ga-nor wohl auch etwas Geld besaß?

Bisher hatte sich Luk über diese Frage noch keine Gedanken gemacht. Wie auch, bei all den Schwierigkeiten, die sie hatten meistern müssen? Er warf einen raschen Blick auf den Irbissohn, der vor ihm herlief. Wahrscheinlich besaß er kein Geld. Kein Kundschafter nahm welches mit, wenn er in die Berge ausrückte, schließlich gab es da nichts zu kaufen. Nein, Ga-nors Geld war mit Sicherheit in der Burg der Sechs Türme geblieben – und jetzt in den Taschen der Nabatorer gelandet!

»Trödel nicht so, Luk«, befahl Ga-nor, ohne sich umzudrehen.

»Da platzt doch die Kröte, ich lauf mir schon die Füße wund!«, murrte dieser. »Noch dazu mit diesem Beil! Wie schnell du wohl vorwärtskämst, wenn du das schleppen müsstest!«

Der Fährtenleser erwiderte kein Wort, sondern ging abermals in die Hocke, um den Boden zu untersuchen. Luk, inzwischen an diese Vorsichtsmaßnahmen gewöhnt, wartete geduldig.

Wie ungerecht die Bewohner aus dem Imperium, vor allem aus den mittleren und südlichen Provinzen, sich doch gegenüber den Nordländern verhalten, dachte er. Für die meisten sind die Irbiskinder nichts als Wilde. Dumme, hitzige und grobe Menschen, die Fell und Leder tragen, in Kilts einherstolzieren und ständig mit ihren Schwertern rasseln. Deshalb glauben viele, die Nordländer taugten zu nichts anderem, als für den Ruhm des

Imperiums zu sterben. Sie halten sie für grausame Untiere, die rohes Fleisch essen. Für rothaarige Berserker, die sich das Gesicht mit roter Farbe beschmieren und den Rücken mit merkwürdigen Tätowierungen verunstalten. Und obendrein diesen seltsamen Kriegergott Ug verehren, bei dem erst noch zu klären ist, ob er nicht einen Feind des grundgütigen Meloth darstellte.

Weitere dumme Gerüchte behaupteten sogar, die Klane verspeisten die schwächsten Kinder, die Männer nähmen sich die eigene Enkelin zur Frau und alle badeten in geschmolzenem Schnee, der reich mit dem heißen Blut der Feinde getränkt war.

Manches davon hatte Luk früher selbst geglaubt, Dummheiten wie das Bad im Schnee hatte er aber schon immer für absurd gehalten. Doch auch er hatte der allgemeinen Überzeugung angehangen, die Nordländer seien grob, ungehobelt und unerträglich dumm. Daran hatte sich auch nichts geändert, als er in der Burg der Sechs Türme die ersten Irbiskinder kennengelernt hatte. Im Gegenteil, kurze Wortwechsel bekräftigten nur seine Überzeugung, an den zahllosen Gerüchten müsse etwas dran sein, denn oft genug schrien diese Rotschöpfe ihn an, und mehr als einmal wäre es beinahe zu einer Prügelei gekommen. Deshalb mied Luk sie, was ihm letzten Endes keine große Mühe abverlangte: Die Soldaten versahen ihren Dienst auf den Wehrgängen und am Tor, die Nordländer kundschafteten die Umgegend aus.

Nein, erst die gemeinsame Flucht mit Ga-nor hatte ihn nun dazu gebracht, seine Sicht zu überdenken, konnte er den Irbissohn doch beim besten Willen nicht als Wilden abtun. Der Fährtenleser war keineswegs dumm, grob oder hitzig, sondern erfahren, klug, umsichtig und gelassen, wusste Gefahren gut einzuschätzen und ließ sich nie zu unüberlegtem Tun hinreißen.

»Hier gibt es jede Menge Spuren. Sogar von Pferden«, erklärte Ga-nor mit zusammengekniffenen Augen. Dann trat er überraschend vom Pfad hinunter und sog die Luft ein. »Riechst du das auch?«

Ein Gow?, schoss es Luk durch den Kopf. Eine Ascheseele?

Ein Toter? Nach dem Überfall auf die Burg der Sechs Türme rechnete er nun stets mit dem Schlimmsten.

»Nein«, antwortete er. »Was ist denn?«

»Halt dein Beil bereit und gib mir Rückendeckung! Folge mir, aber sieh dich gut um! Wenn du was entdeckst, sag es mir! Leise!«

Sie schlugen sich in das dichte Unterholz rechter Hand vom Fluss. Die dichten Sträucher nahmen ihnen zwar die Sicht auf das Gewässer, aber Luk hörte sein Rauschen. Nach einer Weile schnupperte Ga-nor erneut.

»Was ist?«, wollte Luk wissen und gab sich jede Mühe, nicht allzu geräuschvoll zu atmen. »Welches Monster wartet diesmal auf uns?«

»Das werden wir bald wissen. Und glotz mich nicht so an, ich bin schließlich kein Weibsbild! Hab ich dir nicht gesagt, du sollst die Umgebung im Auge behalten? Hohes Gras ist genauso gefährlich wie der Wald. In dem kann sich eine ganze Armee verstecken.«

Luk stieß einen erschreckten Ausruf aus und packte das Beil mit schweißfeuchten Händen fester. Mit einem Mal kam ihm dieser Ort gar nicht mehr harmlos vor.

Entgegen seinen Befürchtungen sprang jedoch nichts und niemand sie an. Ungehindert gelangten sie zu einer Lichtung. Und erst hier witterte Luk das, was die feine Nase Ga-nors schon längst aufgeschnappt hatte: den Geruch verwesender Leichen.

Die Toten stanken fürchterlich. Selbst wenn Pork auf die Idee gekommen wäre, sich ein ganzes Jahr lang nicht zu waschen (was sein Vater selbstverständlich niemals zuließe), würde er nicht derart ekelhaft miefen. Der Dorftrottel nahm nun schon den dritten Anlauf, die Leichen zu fleddern. Ihm war speiübel, in seinem Kopf drehte sich alles, sein Magen rebellierte. Bei den ersten beiden Versuchen hatte er sich stets übergeben, das letzte Mal sogar aufs Hemd.

Das brachte ihm einen Haufen Arbeit ein, denn er musste das Hemd waschen. Würde er sich in dem verdreckten Ding zu Hause blicken lassen, bezöge er derart Prügel, dass er einen Monat lang nicht auf seinen vier Buchstaben sitzen könnte. Daran würde seinen Vater auch die Tatsache nicht hindern, dass er, Pork, sowohl mit den Nabatorern wie auch mit dem Onkel Nekromant gut Freund war. Der Nekromant hatte ihm diese Toten sogar geschenkt! Und alles, was er bei den Leichen fand, gehörte ihm. Kein Nabatorer Soldat würde es ihm wegnehmen. Und wenn doch, dann würde er, Pork, zum Nekromanten gehen, und der würde den gemeinen Kerl in vergammeltes Fleisch verwandeln. Dann würden alle wissen, was mit dem geschieht, der Pork ärgert! Jawoll! Er, Pork, hatte jetzt nämlich Freunde, da sollten sich die anderen lieber in Acht nehmen.

Tausende von Fliegen schwirrten über den Leichen und surrten ekelhaft. Immer wieder flog ihm eine in den Mund. Der Trottel spuckte ständig aus und fuchtelte mit der Hand, aber das half wenig. Dazu schwitzte er bei dieser Hitze viel zu stark, und der Schweiß sowie das bekotzte Hemd zogen die Biester unwiderstehlich an.

Mittlerweile war Pork bereits stolzer Besitzer von zwei Paar gewaltig stinkenden Stiefeln, wobei das eine ihm vorzüglich passte und damit sofort einen würdigeren Besitzer fand. Auch eine goldene Kette, drei Beutel mit etlichen kleinen Münzen, ein Messer mit einem schönen Griff aus Hirschhorn, ein sehr scharfes Schwert und vieles, vieles mehr nannte er inzwischen sein Eigen. Binnen einer Stunde war er, Pork, zu einem reichen Mann geworden.

Damit trennte ihn nur noch ein Fingerbreit von seinem Traum: Erst würde er sich Unmengen von Süßigkeiten kaufen und dann Ritter werden. Die würden ihn jetzt ganz bestimmt mit Kusshand nehmen. Und wenn nicht, würde er eben Zauberer werden. Die trugen neben dem weißen Umhang und dem Stab schließlich auch ein Krummschwert. Außerdem hatten vor dem Nekromanten alle noch viel mehr Angst als vor den Rittern. Warum sonst sprachen denn die Leute im Dorf von Porks bestem Freund stets im Flüsterton? Und nur bei Tageslicht. Selbst der Hauptmann Nay, der kühnste Nabatorer im ganzen Dorf, gab sich gegenüber dem Zauberer immer sehr höflich und stritt nie mit ihm.

Nur auf den Zimmermann Pars war Pork etwas neidisch. Ob der ein noch besserer Freund von dem Nekromanten war als er selber? Immerhin hatte der Zauberer ihn zu Hause besucht und dann fünf Untote dort zurückgelassen. Magere Gestalten, fast wie Gerippe, und mit Schwertern. Denen fehlte die Nase, und die Augen waren grün-gelb, genau wie beim Kater der alten Rosa, diesem fetten Tier. Als Pork im letzten Monat endlich die Frage klären wollte, ob das Viech überhaupt schwimmen konnte, hatte sich der Liebling der alten Schachtel so verzweifelt gewehrt und ihm beide Arme zerkratzt, dass er ihn nicht bis zum Fluss hatte tragen können. Dafür hatte er ihn genau in einer Pfütze abgesetzt.

Und diese Untoten waren noch viel schlimmere Schreckensgestalten. Als Pork sie gesehen hatte, wäre er vor Angst fast gestorben. Sie standen da, ohne sich zu rühren. Nur ihre Augen funkelten in alle Richtungen. Und sie ließen niemanden in Pars' Haus. Zu dem wollte aber sowieso niemand. Die Leute hatten Angst, auch nur die Straße langzugehen …

Mist! Warum gab diese blöde Leiche den Stiefel nicht her?! Pork verpasste dem Toten einen wütenden Tritt, der die Fliegen aufschreckte. Keuchend zerrte er weiter an dem Schuh – aber nichts. Dabei waren das gute Stiefel, bisher die besten von allen. Aus Leder und mit golddurchwirkten Schnüren. Wenn er die trüge, würden ihm sämtliche Mädchen nachlaufen. Dann bräuchte er sie nicht mal selbst zu erobern. Wenn die ihm bloß passten! Dass sie stanken, war halb so wild. Da gab's Schlimmeres, jawoll. Im Schweinestall stank's schließlich auch. Deshalb wischte er ihn ja jede Woche. Und die Stiefel würde er auch schrubben. Und polieren. Dann würde er losziehen und die Mädchen betören.

Jetzt sollte er aber vielleicht erst mal zur Herde zurück, auch wenn hier noch ein Haufen Beute auf ihn wartete. Aber was, wenn die Scheckige wieder verschwunden war? Diese Stiefel durfte er jedoch nicht zurücklassen. Die würde sonst noch jemand stehlen. Und er könnte von Glück sagen, wenn der nur die Stiefel mitnahm, bei der ganzen Beute. Andererseits konnte er nicht alles auf einmal wegschaffen. Womit denn? Und tragen konnte er nicht alles, dazu waren die Sachen zu schwer. Also musste er seine Trophäen verstecken. Entweder in dem gespaltenen Baumstamm, denn da guckte mit Sicherheit niemand rein. Oder in den Büschen. Wenn er nur endlich diesen Stiefel vom Fuß abbekäme …

Noch einmal zog Pork mit aller Kraft daran. Da bewegten sich plötzlich die Sträucher am Rand der Lichtung, und vor ihm standen zwei Männer. Der erste war hochgewachsen, rothaarig und alt. Er trug ein Schwert und einen ulkigen Rock. Der zweite war etwas pummelig, hatte Bartstoppeln im Gesicht und hielt ein riesiges Beil in der Hand.

»Ein Holzfäller«, murmelte Pork völlig verängstigt.

Warum mussten diese Onkels gerade jetzt auftauchen? Wo sein ganzer Reichtum auf einem Haufen lag. Und wegen dem waren sie ja wohl gekommen!

»Das ist alles meins!«, jaulte der Hirte – bis er die unabänderliche Tatsache anerkannte, dass er bei diesen beiden das Nachsehen hätte, und mit wütenden und ängstlichen Schreien in die entgegengesetzte Seite der Lichtung davonstürzte.

»Da platscht doch die Kröte!«, stieß Luk hinter der Hand vor, die er sich vor die Nase hielt. »Wer war dasch denn?«

Die Leichen stanken so, dass er fürchtete, das Bewusstsein zu verlieren.

»Offenbar kein wiederbelebter Toter«, antwortete Ga-nor. »Denn die rennen nicht vor dir weg, sondern auf dich zu.«

»Dasch weisch allein Meloth! Wie der auschgeschehen hat …«

»Der hat die Leichen geplündert. Schade, dass er abgehauen ist.«

»Wiescho?«

»Weil wir ihn sonst hätten ausfragen können. Und weil er womöglich gleich wieder anrückt, allerdings mit Verstärkung. Also verdrücken wir uns besser!«

Der Vorschlag fand Luks uneingeschränkte Billigung. Konnte es denn etwas Schöneres geben, als diese ekelhafte Lichtung zu verlassen, auf der – Meloth sei gepriesen! – tote Tote lagen?

Ga-nor rannte fast. Luk schnaufte zwar, blieb aber nicht zurück. Nach zehn Minuten machte der Irbissohn endlich halt, tauchte in die Sträucher ein und verschwand sofort. Luk stapfte ruhelos auf der Stelle herum.

»Soll ich eigentlich ewig auf dich warten?« Über einem Strauch tauchte die unzufriedene Miene des Fährtenlesers auf.

»Woher sollte ich denn wissen, dass ich dir folgen soll?«, rechtfertigte sich Luk, als er zu Ga-nor in das Versteck kroch.

»Sieh mal da!«

»Was?«

Der Irbissohn zog einen Zweig zur Seite. »Da drüben.«

Vor ihnen lag ein kleines Feld, dahinter erstreckte sich zu beiden Ufern des Flusses das Dorf. Luk entzückte dieser Anblick dermaßen, dass er den Wachturm, auf dem die aus dieser Entfernung kaum zu erkennende Figur eines Bogenschützen stand, zunächst gar nicht bemerkte. Und auch die drei Soldaten, die vor den Häusern Patrouille liefen, übersah er in seiner Freude.

»Damit schuldest du mir zwei Soren.«

Prompt zitierte Luk ein weiteres Mal seine vielgeliebte Kröte. Dabei ging es ihm nicht ums Geld, das konnte seinetwegen ruhig im Reich der Tiefe verschwinden! Nein, die Nabatorer vermiesten ihm die Laune. Die Aussicht, sich durch die Wälder und Sümpfe bis nach Alsgara durchzuschlagen …

»Da sterbe ich lieber auf der Stelle«, stöhnte er.

»Das hat noch Zeit. Lass uns erst mal abwarten.«

»Ich denke nicht, dass wir das aussitzen können.«

»Ich habe dich nicht darum gebeten, etwas zu durchdenken. Ich habe dich lediglich gebeten zu warten. Weggehen können wir nicht, dazu ist es noch zu früh. Wir bleiben bis zur Nacht hier und sehen dann weiter.«

»Es wird uns nicht gelingen, unbemerkt ins Dorf zu kommen.«

»Quatsch!«, sagte Ga-nor barsch. »Sehen die Posten etwa so

aus, als ob sie mit irgendeiner Gefahr rechnen?! Noch dazu von dieser Seite. Selbst ein Schneetroll könnte in dieses Dorf reinspazieren, wenn er nur wollte, von einem Menschen ganz zu schweigen. Oh! Wen haben wir denn da?«

Vom Dorf aus kam ein Dutzend Reiter übers Feld heran. Auf einem Pferd saßen gleich zwei Männer. Der erste war ein Nabatorer Soldat, der zweite, mit dem hellen Hemd, offenbar jener Junge, der vor ihnen weggerannt war. Am Waldrand zügelten die Soldaten ihre Pferde, saßen ab, ließen einen Mann zur Bewachung bei den Tieren zurück und verschwanden hinter den Bäumen.

»Und du meinst, die entdecken uns nicht?« Luk tastete im Gras nach dem Beil und zog es näher an sich.

»Keine Sorge! Diese Dummköpfe finden nicht mal ein Mammut, das am helllichten Tag in einem Käfig sitzt. Außerdem suchen sie an den völlig falschen Stellen. Sie werden ein bisschen über die Lichtung stapfen, aber ganz bestimmt nicht weit in den Wald vordringen. Danach ziehen sie beruhigt wieder ab.«

»Und wenn nicht?«

»Sieh dir doch nur mal ihren Gang an! Das sind Reiter. Die können nur reiten und aus vollem Hals brüllen. Dafür verirren sie sich noch im Gemüsegarten ihrer Großmutter. Willst du vielleicht noch mal mit mir wetten?«

»Für heute reicht's mir. Und die können ganz bestimmt keine Spuren lesen?«

Mit einer verächtlichen Grimasse gab Ga-nor zu verstehen, dass er einen derart dummen Gedanken selbst von Luk nie im Leben erwartet hätte.

»Aber was, wenn unter denen ein echter Sturkopf ist? Dann liegen wir hier rum und sehen nichts. Und die greifen uns in aller Ruhe von hinten an!«

Diese Befürchtung ließ sich Ga-nor immerhin durch den Kopf gehen. »Gut«, seufzte er schließlich. »Um des lieben Friedens willen pirsche ich mich an sie heran und beobachte sie. Du bist wirklich eine Plage: Du bringst die Menschen dazu, an ihren eigenen Kräften zu zweifeln.«

»Ich bin schon als kleines Kind vorsichtig gewesen«, verteidigte sich Luk.

»Bleib hier liegen. Und bei Ug – komm ja nicht raus, bevor ich nicht wieder da bin.«

Daraufhin verschwand Ga-nor im hohen Gras. Luk, der vor Sorge schwitzte, richtete sich aufs Warten ein. Nach zwanzig Minuten kam der Irbissohn zurück, allerdings aus einer ganz anderen Richtung, als Luk vermutet hatte.

»Und?«

»Ich hab's dir doch gleich gesagt: Die taugen bloß zum Reiten, nicht aber zum Spurenlesen. Natürlich haben sie rein gar nichts entdeckt. Jetzt gerben sie dem Jungen das Leder, weil der sie ohne jeden Grund aufgescheucht hat.«

Noch im selben Augenblick tauchten die Nabatorer wieder aus dem Wald auf, schwangen sich auf ihre Pferde und zogen gemütlich ab.

»Ug sei gepriesen, dass wir es nicht mit Kundschaftern zu tun gekriegt haben. Die hätten unter jedem Grashalm nachgeschaut, bevor sie abgezogen wären. Aber die hier … Was für Tölpel!«

Im Dorf war alles ruhig und still. Die Reiter verschwanden hinter den Häusern, der Bogenschütze schmorte auf dem Wachturm, die Patrouillen liefen träge den Dorfrand ab. Ga-nor spähte die Gegend noch drei weitere Male aus.

»Du meinst also wirklich, wir können es wagen, bei Einbruch der Dunkelheit unser Versteck zu verlassen?«

»Ich kann es wagen. Du wartest hier auf mich.«

Ein vernünftiger Vorschlag. Bei dieser Unternehmung würde Luk ihm mehr schaden als nutzen, denn es war schwierig, sich genauso lautlos wie der Nordländer zu bewegen. Noch dazu, ohne eine Spur zu hinterlassen.

»Bring mir was zum Essen mit. In meinem Magen wächst schon ein Spinnennetz.«

»Du hast doch erst heute früh was gegessen!«

»Etwas Brot und Käse – das nennst du Essen? Ich bin ein kräftiger Mann, kein Klappergestell und …«

»Du isst gern.«

»Stimmt«, erwiderte Luk. »Bis zur Nacht halte ich noch durch. Aber wenn ich morgen früh nichts zwischen die Kiefer kriege, krepiere ich.«

»Und wo soll ich deiner Meinung nach was zu futtern hernehmen? Ich kann ja wohl schlecht in die nächste Schenke spazieren und was kaufen! Oder die Nabatorer um Essen bitten.«

»Das sollst du ja auch gar nicht! Was bist du überhaupt so mürrisch? Ich meinte nur, falls du die Möglichkeit hast, etwas Essbares aufzutreiben, würdest du einen glücklichen Mann aus mir machen. Dann würde ich deine Familie bis ans Ende der Zeiten in meine Gebete einschließen.«

»Ich habe keine Familie.«

»Oh«, brachte Luk verlegen heraus, um gleich darauf hinzuzufügen: »Dann werde ich für dich bitten, vor allem weil ich ...«

»Halt den Mund, du Schwatzschnabel«, verlangte Ga-nor in ruhigem Ton. »Sonst verzähl ich mich noch.«

»Was zählst du denn?«

»Die Nabatorer. Ich will wissen, wie viele Soldaten es sind.«

»Drei auf dem Wachturm. Einer hält die ganze Zeit Ausschau, die beiden anderen sitzen am Boden, wenn ich mich nicht irre. Ich könnte mir vorstellen, sie würfeln. Kein übler Trick. Wenn jemand sie angreift, glaubt er bis zur letzten Sekunde, er bekommt es bloß mit einem Gegner zu tun. Die Ablösung erfolgt alle zwei Stunden. Dann gibt es noch vier Patrouillen, jede mit drei Mann. Zwischen der ersten und der zweiten und der dritten und der vierten liegen jeweils zehn Minuten, zwischen der zweiten und der dritten zwanzig. Sie sehen sich nur selten um. Die dritte Patrouille hat sich einmal eine halbe Stunde verspätet. Keine Ahnung, warum. Bisher hat es bei den Patrouillen noch keine Ablösung gegeben. Und dann wären da noch die Wachtposten, die Hundsgras umrunden. Zu ihrer Zahl kann ich nichts sagen, aber ich glaube, es sind nicht sehr viele.«

Ga-nor sah ihn erstaunt an. Wenn er von seinem Gefährten eines nicht erwartet hätte, dann eine derart scharfe Beobachtungsgabe.

»Was glotzt du so?«, blaffte Luk ihn an. »Sind mir vielleicht Hörner gewachsen?«

»Woher weißt du das alles?«

»Wofür hältst du mich eigentlich? Für einen ausgemachten Schwachkopf? Der nur würfeln kann! Ich schiebe schließlich lange genug meinen Dienst in der Burg. Wenn du am Tor stehst, musst du alle Leute aus der Umgebung kennen und wissen, wer Waren liefert oder zu wem jemand reitet. Schmuggler wittere ich schon von Weitem. Aber ihr Kundschafter behandelt uns ja immer wie den letzten Dreck. Dabei ...«

»Ihr habt das Tor offen gelassen«, unterbrach ihn Ga-nor unbarmherzig.

Luk lag schon eine ebenso gehässige Bemerkung auf der Zunge, doch im letzten Augenblick schluckte er sie hinunter, um bis zum Abend kein Wort mehr von sich zu geben.

Die Nacht war warm und klar. Der Mond stand zwar noch nicht am Himmel, doch Abertausende von Sternen spendeten ausreichend Licht. Luk kauerte im Versteck, den Blicken der Nabatorer entzogen.

Ga-nor war vor über einer Stunde aufgebrochen. Allmählich wurde Luk unruhig. Schweiß tränkte den Rücken seines Hemdes, sein Bauch schmerzte. Inzwischen hatte er bereits alle Erklärungen für das lange Ausbleiben des Irbissohns im Kopf durchgespielt. Nach der übelsten von ihnen war der Fährtenleser längst tot. In dem Fall sollte er, Luk, sich schnellstens verdrücken. Wenn sich die Nabatorer daranmachten, ihn nach allen Regeln der Kunst zu suchen, womöglich sogar Hunde oder noch perfidere Wesen auf ihn ansetzten, dann würden sie ihn am Ende auch finden.

Die Angst schnürte ihm die Kehle ab, sodass er kaum noch atmen konnte. Am liebsten wäre er Hals über Kopf davongestürzt. Deshalb schloss er die Augen und zählte langsam bis zehn.

Er durfte nicht an Flucht denken. Durfte sich nicht dem Kleinmut überlassen. Bei allem, was Ga-nor für ihn getan hatte, verbot es sich von selbst, ihn im Stich zu lassen.

Abermals spähte er zu dem schlafenden Dorf hinüber. Da rührte sich nichts. Nirgendwo brannte noch Licht. Wie überall auf dem Lande gingen die Menschen früh zu Bett, um bei Tagesanbruch wieder auf den Beinen zu sein. Schließlich war Sommer. Da wartete die Arbeit. Und wie hatte sein Großvater immer gesagt? »Wer im Sommer nicht aufsteht, wenn es tagt, den im Winter abends der Hunger plagt.«

Der laute Schrei eines Nachtvogels ließ ihn zusammenfahren und vertrieb all seine Erinnerungen. Wie Luk den Wald doch hasste! Er verstand ihn nicht, und er fürchtete ihn. Dieses ewige Rauschen in den Baumwipfeln. Diese Schreie, die dem Schluchzen eines Kindes zum Verwechseln ähnlich waren. Die Bäume, die oft genug die Konturen schrecklicher Monster zeigten. Die funkelnden Äuglein kleiner Tiere zwischen den Eichenwurzeln. Die hinterhältigen Schatten. Sollte ihn das Schicksal je vor die Wahl stellen, eine Nacht im Wald oder auf dem Friedhof zu verbringen, hätte er nicht auf Anhieb zu sagen vermocht, wofür er sich entschiede. Nachdem er jedoch kurz über die Frage nachgegrübelt hatte, war er sich sicher: auf dem Friedhof. Da wüsste er wenigstens, was ihn erwartete.

Luk machte die Figur erst aus, als sie auf sechs Yard an ihn herangekommen war. Er griff nach seinem Beil, stemmte sich auf ein Knie hoch und schwor sich, sein Leben so teuer wie möglich zu verkaufen.

»Ganz ruhig!«

»Da platzt doch die Kröte! Du lebst noch!«

»Folge mir. Aber leise«, flüsterte Ga-nor. Über seiner Schulter hing ein Sack. »Ich habe einen Ort gefunden, an dem wir erst einmal bleiben können.«

Bis zu diesem Ort war es ein gutes Stück. Ga-nor führte ihn aus dem Wald heraus und dicht an die Häuser des Dorfes heran.

»Willst du etwa behaupten, hier sei es sicherer als in den Sträuchern?«, fragte Luk.

»Nicht hier, aber da drüben, in der Mühle.«

»Die macht aber nicht den Eindruck, als werde sie nicht mehr benutzt.«

»Habe ich das behauptet?«

Gerade als Luk einwenden wollte, es sei viel zu gefährlich, zu dem Bau am Fluss hinunterzugehen, schlich Ga-nor weiter.

»Schließen die ihre Türen denn nie ab?«, fragte Luk, sobald er die Mühle erreichte.

»Wer sollte denn was klauen? Hier kennt jeder jeden. Und die Nabatorer? Die brauchen schließlich auch Brot. Los, rein mit dir!«

Ga-nor schloss die Tür hinter ihnen fest zu, zündete eine auf dem Boden stehende Öllampe an und schirmte sie sofort mit einer Metallblende ab, damit eine Patrouille, sollte sie zufällig vorbeikommen, das Licht nicht bemerkte.

»Hast du die Mühle schon inspiziert?«, fragte Luk, da ihm nicht entging, wie mühelos sich Ga-nor zurechtfand.

»Ja. Geh die Treppe rauf.«

Die Wendeltreppe führte um riesige Zahnräder und Mühlsteine herum in den ersten Stock, den weitere Getriebe einnahmen. Außerdem roch es hier angenehm nach Getreide und Mehl.

Der Irbissohn packte eine Stehleiter, die an der Wand lehnte, und versicherte sich, dass sie nicht morsch war. »Rauf mit dir!«

In der Decke gab es eine Luke, durch die man auf den Dachboden gelangte.

»Die finden uns doch sofort«, sagte Luk.

»Nein, glaub mir, hier ist es viel sicherer als im Wald. Selbst in Ugs Ausschnitt wären wir nicht geschützter. Außerdem haben wir den größten Teil des Dorfs gut im Auge. Also, rauf mit dir!«

Obwohl Luk immer noch seine Zweifel hegte, stieg er die Leiter hinauf, öffnete die schwere Luke, kletterte auf den Dachboden und nahm Ga-nor das Beil ab, das dieser ihm hinhielt.

Es roch nach Staub, Gerümpel und Vogelkot.

»Was, wenn der Müller morgen merkt, dass eine Lampe fehlt?«

»Wird er schon nicht«, erwiderte Ga-nor.

Er klappte die Leiter wieder zusammen und stellte sie gegen die Wand, sprang hoch, klammerte sich am Rand der Luke fest und zog sich auf den Dachboden hinauf.

Als er die Luke schloss, stieg eine Staubwolke auf.

»Lass uns was auf die Klappe packen. Sicherheitshalber. Los, hilf mir mal!«

In einer Ecke lagen wie auf jedem dörflichen Dachboden verrostete Hacken, Heugabeln und zerbrochene Sensen. Es fand sich aber auch ein kleiner geborstener Mühlstein, der vielleicht dreihundert Pfund wog. Offenbar glaubte der Müller, das Ding ließe sich doch noch für irgendwas gebrauchen.

Zu zweit schleppten sie ihn auf die Luke.

»So, nun können wir ruhig schlafen«, sagte Ga-nor und wischte sich die Hände ab. »Mach's dir gemütlich.«

Erst jetzt sah sich Luk gründlich auf dem Dachboden um. Der Boden und die schrägen Wände bestanden aus unbehauenen Brettern. An denen konnten sie sich jederzeit einen Splitter einfangen. In den Ecken hingen alte, mehlbestäubte Spinnennetze. Im gegenüberliegenden Teil gab es ein quadratisches Fenster. Es hatte weder einen Rahmen noch eine Scheibe, sondern war lediglich ein Loch in der Wand. Im Winter dürfte hier oben alles voller Schnee sein.

Luk trat vors Fenster und hockte sich hin, um nach draußen zu blicken. Da unten lag der Fluss, davor das Dorf. Von einem Wachturm aus hätte er keine schlechtere Sicht gehabt.

»Man muss schon blind sein, um uns bei Tage hier oben nicht zu finden.«

»Klar, wenn du deinen nackten Hintern zum Fenster raushängst, dann sieht dich jeder schon aus einer League Entfernung. Komm vom Fenster weg, du Narr!«

»Was willst du von deiner Stelle aus denn sehen?«

»Alles, was ich sehen muss. Hier, fang auf!«

Ga-nor warf seinem Gefährten den Sack zu. In ihm fanden sich eine gebratene Hammelkeule, fünf Zwiebeln, die schon austrieben, ebenso viele Äpfel, eine kleine Honigwabe und eine Steckrübe.

»Ah!«, rief Luk begeistert, während sein Magen in Erwartung des Essens freundlich knurrte. »Welch gutem Menschen verdanken wir das?«

»Keinem. Ich habe mich in einer Vorratskammer und einem Gemüsegarten bedient. Brot konnte ich leider nicht auftreiben.«

»Du hast die Sachen also geklaut«, sagte Luk und zerteilte mit dem Dolch das Fleisch. »Gut gemacht. Es wäre viel zu gefährlich gewesen, das alles zu kaufen. Womöglich hätten die Nabatorer dann Wind davon bekommen. Die althergebrachte Weise ist da schon sicherer: Nimm, was du siehst, und frag nicht lang.«

»Etwas mehr Respekt, wenn ich bitten darf«, konterte Ga-nor. »Ich hätte meine Seele beinah Ug überantwortet. Ich wäre nämlich fast über ein paar Späher gestolpert. Die hatten sich verdammt gut getarnt. Aber glaub mir, sie waren nicht weniger erstaunt als ich.«

»Und was ist aus ihnen geworden?«

»Nun … ich bin ganz schön in Schweiß geraten, als ich ihre Leichen zum Fluss geschleift und alle Spuren verwischt habe. Morgen früh fällt ihr Verschwinden mit Sicherheit auf, dann wird hier ordentlich was losbrechen. Die Nabatorer werden den Wald durchkämmen. Diesmal aber richtig.«

»Dann nehmen sie sich auch das Dorf vor.«

»Kaum, denn sie haben sich ohnehin in fast jedem Haus einquartiert, was sollen sie also groß in den eigenen vier Wänden suchen? Abgesehen davon bauen sie am Ostrand des Dorfs Kasernen, unmittelbar an der Straße. Etwas weiter hinten entsteht eine Art Fort oder Festung. Selbst nachts arbeiten sie daran weiter. Glaub mir, die verschanzen sich. Und während unsere Leute Löcher in die Luft starren, bereiten die alles für ein großes Blutbad vor.«

Während Ga-nor weiterberichtete, aß Luk und sank allmählich in den Schlaf.

Als der erste Hund im Dorf wie panisch anschlug, schlummerte Luk noch süß und selig. Kurz darauf stimmte ein zweiter in sein Gekläff ein. Dann ein dritter, schließlich immer mehr und mehr.

Luk fuhr hoch. Eine Gänsehaut rieselte über seinen Rücken. »Was haben die denn?«

»Keine Ahnung«, murmelte Ga-nor, ohne die Augen zu öffnen. »Schlaf einfach weiter.«

»Die bellen aber irgendwie komisch. Spitz mal deine Ohren!«

Das jaulende Gekläff der Hunde wogte bis zum Firmament hinauf, wurde zurückgeworfen und lief durchs Flussbecken, um die nächtliche Stille zu verjagen. Die Erde selbst schien zu stöhnen und unter dem Gebell zu erzittern. Am liebsten hätte sich Luk die Ohren zugehalten. Nur um *das* nicht zu hören.

»Unsere Alten sagen, wenn ein Hund bellt, leidet er«, bemerkte Ga-nor nach einer Weile. »Aber wenn zwei bellen, naht ein Unglück.«

»Was willst du damit andeuten?«

»Nichts weiter als das, was ich gesagt habe.« Der Irbissohn drehte sich auf die andere Seite. »Schlaf noch ein bisschen. Es tagt bald.«

Und dann beruhigten sich die Hunde wie auf Befehl wieder.

Ga-nor schlief längst tief und fest, als Luk sich immer noch von einer Seite auf die andere wälzte. Das Gejaule der Hunde klang ihm nach wie vor in den Ohren.

Kapitel 8

Die Flügelope reckte ihre große, feuchte Nase bald in die eine, bald in die andere Richtung und merkte auf. Die Düfte des frühen Morgens, des frischen Grases und der blühenden Erdbeeren durchzog noch ein weiterer, ein feiner, kaum wahrnehmbarer Geruch. Ein lang ersehnter, ein betörender Geruch. Doch der Wind drohte, ihn davonzutragen. Wenn die Flügelope nicht gleich losstürzte, war die Spur erkaltet.

Das Tier spannte seine Flügel und jagte der Beute nach. Erwacht aus einem fünfjährigen Schlaf, wollte es endlich fressen. Während die Flügelope über den Wald dahinschoss, sammelte sie in ihrem Maul Gift. Obwohl sie an einem großen, sumpfigen See einen jungen Hirsch aufschreckte, ließ sie nicht von der Verfolgung ihrer ursprünglichen Beute ab, denn das Geschöpf, an dem sie sich heute satt essen wollte, reizte sie weit mehr.

Erst nach acht League kam ihr Ziel in Sicht. Der schwere, berauschend süße Geruch von frischem Fleisch kündete von ihm, ehe die Flügelope auch nur die acht kleinen Punkte ausmachte, die sich hintereinander über einen Waldpfad bewegten.

Auf sechs Vierbeinern, angsterfüllten Pferden, saßen sechs Zweibeiner: zarte und süße Menschen. Die zwei anderen Punkte verströmten einen unangenehmen Geruch. Dergleichen hatte sie noch nie gerochen. An jedem anderen Tag hätte die Flügelope ihre Beute erst eine Weile beobachtet, ehe sie angriff. Aber heute gewann der Hunger die Oberhand über jede Vorsicht. Außerdem: Welche Gefahr sollte ihr von denen da unten schon drohen?

Sie war derart damit beschäftigt, sich ihr Opfer herauszupicken, dass sie das Dorf hinter dem Wald nicht auf Anhieb bemerkte. Selbst die Flügel zitterten ihr vor Vorfreude. So viel Fleisch! Sie hatte nicht einmal geahnt, dass es in dieser Gegend so viel leckeres Essen gab. Nur gut, dass sie das alte Nest verlassen und hierhergekommen war. Sicher, der Flug hatte sie die letzten Kräfte gekostet, sodass sie eines langen Schlafs bedurft hatte. Aber dafür würde sie sich nun gehörig den Bauch vollschlagen. Erst die Reiter, dann die zarten Menschenkinder aus dem Dorf am Flussufer.

Das Tier wählte sein Opfer. Den ersten Reiter würde es sich schnappen, bevor die anderen überhaupt begriffen, was geschah. Mit dem Gift würde die Flügelope das Pferd töten. Und mit etwas Glück erwischte sie dabei vielleicht sogar noch ein zweites Reittier.

Die Flügelope legte die Flügel an und schoss wie ein Stein zu Boden. Die schwarzen Punkte gewannen rasch an Größe. Mit einem Mal pfiff etwas an ihr vorbei, doch darauf achtete sie nicht weiter. Der zweite Schuss war besser gezielt. Ein schwerer Pfeil traf sie in die Brust. Sie wirbelte herum.

Aufschreiend breitete sie die Flügel aus, drosselte die Fallgeschwindigkeit, brachte die Pfoten mit den grauenvollen Krallen vor sich und wollte nur eins: den schändlichen Feind zerreißen. Doch da fanden bereits vier weitere Pfeile ihr Ziel. Der Schmerz raubte ihr schier den Verstand, sodass sie blindlings Gift um sich spuckte. Sie konnte sich kaum noch in der Luft halten. Mit letzter Kraft änderte sie die Richtung des Fluges. Jetzt hatte sie nur noch einen Wunsch: so schnell wie möglich und so weit wie möglich von diesem Ort zu verschwinden. Da ereilte sie über den Wipfeln der Tannen der nächste Pfeil, diesmal ins Auge. Das Tier schlug auf einen Baum auf, brach sich beide Flügel, fiel zu Boden und krümmte sich in Todesschmerzen.

Die Verdammte Thia zog mit gelangweilter Miene die Zügel an. Während des überraschenden Angriffs hatte sie nicht einmal mit der Wimper gezuckt. Von ihren fünf Gefährten ließ sich das nicht behaupten. Diese Idioten in der Rüstung der Nabatorer Königsgarde hatten sich vor Angst sogar in die Hosen gepisst, kaum dass sie sich etwas Gefährlicherem als einem Schwert oder einer Lanze gegenübersahen. Wer beschützte hier eigentlich wen? Talki – oder die Verdammte Lepra, wie das Volk sie nannte – musste sich einen schlechten Scherz erlaubt haben, als sie ihr zu dieser Garde geraten hatte. Selbst die Shej-sa'nen erwiesen sich da ja als nützlicher.

»Das lohnt nicht, Sha-kho«, sagte sie leise. »Verschwende an dieses Aas keinen Pfeil. Der verreckt auch so.«

Der ältere der Shej-sa'nen mit den sechs rot-violetten Federn in den Haaren steckte den gezackten Pfeil in den Köcher zurück.

»Wie Ihr wünscht, Herrin.« Die leise Stimme glich einem Rascheln von Blättern. »Die Flügelope ist über uns gekreist. Mein Bruder und ich mussten sie töten, als sie sich auf unsere Gruppe stürzen wollte.«

»Und ihr habt gut daran getan. Ich bin zufrieden mit euch.«

Das Lob ließ die beiden Shej-sa'ne anderthalb Yard über die Erde aufsteigen.

»Herrin«, wandte sich der graue, schnauzbärtige Veteran namens Gray an Thia, »dieses Monster ist noch gefährlich. Ich würde empfehlen ...«

»Habe ich dich um deinen Rat gefragt?«, fuhr sie ihn an.

Der Mann biss sich auf die Zunge. Seine Untergebenen gaben vor, nichts gehört zu haben. Nach all den Geschichten, die die kampfgestählten Krieger über den schwierigen Charakter dieser Frau gehört hatten, begegneten sie ihr stets voller Furcht.

Auf den ersten Blick schien Thia nicht älter als neunzehn Jahre zu sein. Sie war von mittlerer Größe, schlank und geschmeidig. Und hatte ein hübsches Gesicht. Die mandelförmigen braunen Augen, die ideal geschnittene Nase und die vollen Lippen ließen an uraltes Blut denken, die schwarzen, zu zwei schweren Zöpfen geflochtenen Haare und die golden schimmernde Haut verrieten ihr südländisches Erbe mütterlicherseits.

Sie trug einen langen, während der Reise eingestaubten geschlitzten Rock, spitze Wildlederstiefel, ein weißes Männerhemd sowie eine Damenjacke von einer warmen Farbe, die ihren Hautton aufnahm.

Ihr Schmuck bestand lediglich in einer Kette aus kleinen braunen Muscheln. Waffen führte sie keine mit sich. Nichts an dieser Frau wirkte gefährlich. Aber die fünf Nabatorer und die beiden Shej-sa'nen, im Imperium Ascheseelen genannt, gehorchten ihr aufs Wort.

Inzwischen krächzte die Flügelope nicht mehr, hörte auch auf, mit den Kiefern zu mahlen oder gelben, schaumigen Speichel auszuspucken, und starb.

»Untersucht eure Kleidung«, verlangte die Frau. »Wenn dort oder an den Rüstungen Spucke zu finden ist, werft die Sachen fort. Sha-kho, folge mir.«

Der wortkarge Shej-sa'n begleitete sie zu der Leiche. Die Flügelope reizte die Neugier aller. Diese Wesen lebten weit im Osten, in den unzugänglichen Wolkengipfeln. In den Landen des Imperiums, vor allem aber in Nabator und Sdiss waren sie nur seltene Gäste. Umso erstaunlicher war diese Begegnung.

Thia achtete sorgsam darauf, nicht in Gift zu treten, als sie den Körper umrundete. Für die Zähne dieses Untiers würde Talki vermutlich ihre Seele verkaufen. Bei dem Gedanken lächelte Thia verschlagen. Nicht einen Finger würde sie krumm machen, um dem Maul des Monsters diesen wertvollen Schatz zu entreißen. Sie, Thia, konnte darauf verzichten. Und für Talki würde sie sich gewiss nicht bücken. Wenn die alte Vettel die Zähne wollte, sollte sie doch selbst herkommen und die Leiche fortschaffen.

Seit ein paar Tagen war Thia noch unleidlicher als sonst. Aus gutem Grund. Als der Bote zu ihr gekommen war, befand sie sich viele Leagues von diesem Ort entfernt auf dem Weg zu Ley. Noch dazu in Begleitung von Rowan. Ley steckte mit der Nabatorer Armee im Linaer Moorpfad fest und brauchte dringend Hilfe. Der Bote hatte all ihre Pläne zunichtegemacht und sie zur sofortigen Umkehr gezwungen. Tag und Nacht war sie wie irrsinnig geritten, hatte ständig die Pferde gewechselt und das schlechte Essen ebenso erduldet wie die Dummheit ihrer Begleiter. Wer würde da noch ein sonniges Gemüt erwarten?

Als sie die Burg der Sechs Türme erreichte, durchstöberte Mithipha dort immer noch die Bibliothek der Schreitenden. Die einfältige Gans hatte es sich in den Kopf gesetzt, das Geheimnis der Wegblüten aufzudecken. Sicher, es war verführerisch, sich im Nu im Raum versetzen zu können. Stünde ihnen eine solche Möglichkeit zur Verfügung, wären etliche ihrer Probleme auf einen Schlag gelöst. Nur würde Mithipha nie im Leben auf einen Hinweis stoßen. Sie war viel zu dämlich, als dass sie den Schlüssel zu diesem Werk des Skulptors finden würde. Oder auch nur hinter jenen Zauber käme, mit dem die elende Soritha, die Mutter der Schreitenden während des Dunklen Aufstands, die Wegblüten belegt – und damit gleichsam vernichtet – hatte. Ghinorha, ja, die hätte es geschafft, doch ihre Knochen ruhten schon seit Langem in den Erlika-Sümpfen. Mithipha hingegen konnte noch so lange in den alten Papieren wühlen, sie würde nichts entdecken. Thia hasste sie aus tiefstem Herzen. Wie sie, offen gesagt, auch keinen der anderen fünf Verdammten sonderlich mochte. Sie vertraute ihnen nicht. In seltenen Fällen hörte sie zwar auf Talkis Rat, aber selbst das stets mit Vorbehalt. Denn auch über die Heilerin machte sie, Thia, sich keine Illusionen: Bei erstbester Gelegenheit würde die alte Vettel sie verraten und verkaufen.

Einen Vorteil hatte das Erscheinen des Boten allerdings gehabt: Jetzt stand sie nicht mehr unter der Beobachtung Rowans. Sollte sich der Nekromant obendrein nicht geirrt, sondern tatsächlich einen freien Träger entdeckt haben, dann könnte sie diesen Funken unter ihre Kontrolle bringen und damit die eigene Kraft mehren. Und nichts wünschte sie sich sehnlicher als das. Wie leid sie es war, ewig die zweite Geige zu spielen.

Als Thia zu ihrem Pferd zurückkehrte und aufsaß, waren ihre Begleiter klug genug, sich in Schweigen zu hüllen.

Die kleine Gruppe setzte sich wieder in Bewegung.

Nun behielten die Leibwächter den Himmel unablässig im Auge. Thia dachte gar nicht daran, ihnen mitzuteilen, dass sich frühestens in hundert Jahren wieder eine Flügelope in dieser Gegend zeigen würde, ja, sie verschwendete nicht einen Gedanken an ihre Eskorte. Alles, was sie wollte, war, die staubige, nach Schweiß riechende Kleidung loszuwerden, sich in einen Zuber heißen, mit Kräutern angereicherten Wassers auszustrecken und dort bis ans Ende der Zeiten liegen zu bleiben. Auch gegen eine hübsche Dienerin hätte sie nichts einzuwenden gehabt, damit die ihr den Rücken wusch.

Irgendwann ließen sie den Wald hinter sich. Die Straße führte an Weidensträuchern vorbei, den Hügel hinab zu einer Brücke, bis sie sich vor einem Kahlen Stein gabelte. Ein Abzweig kletterte einen flacheren Hügel hinauf, der andere bog scharf nach Westen ab, um sich durch ein Tal zu ziehen und wieder im Wald zu verschwinden. Er war es, der nach Alsgara führte. Unweit der Straße waren Arbeiten im Gange. Ein Turm sowie die Westmauer einer Festung standen bereits, außerdem große Baracken und zwei Wachtürme. Auch am Hügel wurde gebaut. Dort entstanden Kasernen und eine Befestigung zu beiden Seiten der Straße. Auf der Spitze des Hügels ragte ein weiterer Wachturm auf.

Schon kamen ihnen fünf Nabatorer mit Schwertern und leichten Bögen entgegengeritten.

»Was verschlägt Euch in dieses Nest?«, wollte einer der Reiter von Gray wissen – die im Grunde nur Augen für Sha-kho und seinen Bruder hatten, denn Ascheseelen bekam man schließlich nicht alle Tage zu Gesicht.

»Wer hat hier den Befehl?«, fragte Gray zurück.

»Hauptmann Nay.«

»Führ mich zu ihm«, sagte Thia lächelnd.

Der erstaunte Soldat schielte zu Gray hinüber, der jedoch keinen Einspruch erhob. Daraufhin verkniff sich der Nabatorer jede Frage, wieso hier irgendeine Frau das Kommando hatte. »Ja, Herrin.«

Die heiße Sonne ließ Thia vor Wohlbehagen schnurren und hob ihre Stimmung. Endlich neigte sich der lange Ritt seinem Ende zu. Selbst wenn sie sich vorerst mit einem Nest wie Hundsgras begnügen musste. Blieb nur zu hoffen, dass sich in diesem Kaff ein Zuber mit heißem Wasser auftreiben ließ.

Vorm Dorfeingang begrüßte sie ein solider Galgen. Zwei behauene Stämme mit einem Querstück und fünf stinkenden Leichen. Thia runzelte die Stirn. Was war das für eine barbarische Angewohnheit? Gut, sollte man Aufständige bestrafen. Aber was hinderte die Nabatorer daran, die Toten zu begraben? Ehe sie anfingen zu stinken. Ein solches Vorgehen kannte sie nur von Rowan – der sich gerade deswegen ihre Verachtung zugezogen hatte. Dieser Grabwurm nützte ihrer gemeinsamen Sache zwar ungemein, litt jedoch von früher Jugend an unter übermäßiger Grausamkeit: Wo er auftrat, gab es Tote. Er folterte Menschen mit und ohne Grund und schmückte sein Zelt gern mit einem Ring aus Lanzen, auf deren Spitzen die Köpfe seiner Opfer gepflanzt waren. Wochenlang inhalierte er den Verwesungsgeruch. Allein dafür hasste Thia ihn. Wie konnte ein Monster wie Rowan nur von der gleichen Mutter zur Welt gebracht worden sein wie Rethar?

»Schafft die Toten weg«, befahl sie leise. »Auf der Stelle.«

»Aber wir dürfen nicht von Eurer Seite weichen, Herrin«, widersprach Gray.

»Mir droht schon keine Gefahr. Im Übrigen …« Sie dachte kurz nach, ehe sie ihre Entscheidung traf. »Im Übrigen … kannst du bei mir bleiben.«

Der Nabatorer, der vor ihnen ritt und das Gespräch mit angehört hatte, wäre beinahe aus dem Sattel gefallen. Sollte das ein Scherz sein? Oder mussten sich die Krieger der Schwarzen Garde Seiner Majestät tatsächlich aufgrund der Laune irgendeines Weibsbildes als Totengräber verdingen?

Als sie vor der Schenke hielten, sprang Thia behände aus dem Sattel und reckte sich. Falls es Mithipha doch gelänge, die Wegblüten wiederzubeleben, wäre ich die Erste, die ihr dafür Dank abstatten würde!, dachte sie. Wie viel einfacher wäre es doch, sich mit diesen Portalen fortzubewegen statt auf Pferden.

Nach der langen Zeit im Sattel fühlte sie sich alt. Jetzt konnte sie nur noch eins retten: heißes Wasser.

Bei Meloth, dafür würde sie im Augenblick sogar einen Mord begehen!

Sie warf Gray die Zügel zu und betrat die Schenke. Der Raum war hell, schlicht und sauber. Außerdem roch er angenehm. Thias Laune hob sich abermals: Die Aussichten, ein Bett ohne Wanzen zu erhalten, standen gar nicht so übel.

Neben bauchigen Weinfässern saß ein großer und hochgewachsener Bursche aus dem Dorf auf dem Boden. Seinem Gesicht nach zu urteilen, ein Trottel. Bei Thias Anblick vergaß er prompt seinen Shaf. Der Unterkiefer klappte ihm herunter, als habe er nie zuvor eine Frau aus Fleisch und Blut gesehen. Ohne auf den verzückten Blick dieses tumben Jungen zu achten, trat Thia an einen Tisch heran, an dem fünf Offiziere saßen, wobei sie dem Schankwirt zuwarf: »Ein Zimmer. Das beste. Und einen Zuber mit heißem Wasser.«

»Es gibt keine freien Zimmer mehr.«

»Meine Herren!«, wandte sich Thia nun an die Offiziere. »Wer bitte ist Hauptmann Nay?«

»Ich weiß nicht, weshalb du mich suchst, aber ich stehe zu deiner vollen Verfügung, meine Hübsche«, sagte ein junger Mann mit schwarzem Schnauz und bezauberndem Lächeln. »Und meine Freunde würden dich wahrscheinlich auch gern kennenlernen und dir einen Platz in ihrem Zuber anbieten.«

Einer der Männer lachte lauthals, ein anderer stieß einen kecken Pfiff aus.

»Wo hast du dich nur die ganze Zeit über versteckt?«, säuselte ein gedrungener Mann mit beginnender Glatze, dessen Ärmelstreifen ihn als Kommandeur der Bogenschützen auswiesen.

»Die ist nicht von hier!«, kanzelte ihn der vierte Mann ab und nahm einen Schluck von seinem Shaf. »Oder willst du etwa behaupten, die sieht wie eins der Dorfweiber aus?«

»Auch wieder wahr«, antwortete der Glatzkopf. »Nay, lass mich als Erster mit der schönen Unbekannten Bekanntschaft schließen.«

»Gern. Ich hoffe, du hast nichts dagegen, meine Hübsche, dass ich mich erst nachher mit dir unterhalte.«

Der Kommandeur der Bogenschützen stand auf und umfasste Thias Taille. »Gehen wir.«

Amüsiert zog sie eine Augenbraue hoch und zischte lächelnd: »Nimm deine Finger da weg.«

»Oho!«, frohlockte Nay. »Ein Mädel mit Schneid.«

»Gefällt mir nur umso besser.« Die Hand auf der Taille drückte kräftiger zu. »Huren mit Schneid sind eine Seltenheit.«

Der Kerl konnte von Glück sagen, dass er es mit Thia, nicht mit Alenari zu tun hatte, denn die hätte ihn für eine derart zügellose Bemerkung auf der Stelle umgebracht. Mithipha hätte ihm prompt die Hand abgehackt, Talki sich freundlich mit ihm unterhalten – und danach irgendeine perfide Gemeinheit ausgeheckt. Allerdings wäre der Mann der alten Vettel wohl kaum an die Wäsche gegangen. Thia dagegen fand ihn derart amüsant, dass sie sogar von einer Bestrafung absah. Dieses Vergnügen überließ sie Gray, der gerade eintrat.

Er erfasste die Lage mit einem Blick. Seine Faust in dem eisenbeschlagenen Handschuh landete im Gesicht des Offiziers und schleuderte diesen rücklings auf den Boden. Die anderen Nabatorer schrien empört auf, sprangen von ihren Stühlen hoch, griffen nach ihren Waffen – und betrachteten erst dann den Neuankömmling genauer. Beklemmende Stille breitete sich aus. Selbst der Kommandeur der Bogenschützen fluchte nicht länger.

»Vielen Dank, Gray«, sagte Thia. Sie streckte ihm die Hand hin, worauf ihr Gray sofort ein Papier reichte. Thia war sich durchaus nicht zu fein, von Dokumenten dieser Art Gebrauch zu machen. Mitunter erwiesen sich ein paar Wappen und Unterschriften der richtigen Leute ja als weitaus wirkungsvoller als jede Magie. Sie reichte das Papier an Nay weiter.

Stirnrunzelnd entrollte dieser das Schreiben. Während er las, wich alle Farbe aus seinem Gesicht. Als er die Redegabe zurückgewonnen hatte, versicherte er, den Blick beschämt zu Boden gesenkt: »Verzeiht dieses Missverständnis, Herrin. Wir alle entschuldigen uns für unser ungebührliches Auftreten Euch gegenüber und sind bereit, jede Strafe zu akzeptieren.«

»Immerhin seht ihr euer Fehlverhalten ein.« Sie kräuselte die aparte kleine Nase. »Das ehrt euch. Damit bleibt nur noch eine Kleinigkeit zu klären: Macht das nie wieder. Und besorgt mir ein Zimmer sowie einen Zuber mit heißem Wasser. Hauptmann Gray und seine Männer dürften im Übrigen auch nichts gegen ein gutes Essen einzuwenden haben.«

»Ja, Herrin. Ich würde mich glücklich schätzen, Euch mein Zimmer abzutreten. Gestattet mir, Euch dorthin zu begleiten.«

»Gern«, willigte sie ein.

»Wirt! Einen Zuber mit heißem Wasser! Und zwar sofort!«, befahl Nay und bedeutete Thia dann mit einer Geste, ihm zu folgen, als er auf die breite Eichentreppe zueilte, die in den ersten Stock hinaufführte.

»Wo ist der Nekromant?«, fragte Thia, als Nay ihr die Tür aufhielt.

»Irgendwo im Dorf. Oder in der Festung.«

»Ich will ihn sehen. Unverzüglich.«

»Ich werde mich persönlich darum kümmern, Herrin.«

»Sobald du ihn gefunden hast, schick ihn zu mir.«

Daraufhin betrat sie das Zimmer, warf die Jacke auf den Stuhl und reckte sich noch einmal.

Wie Luk vermutet hatte, tauchte in der Frühe der Müller mit seinen Söhnen auf. Die Arbeit in der Mühle begann. Die Mühlsteine rumorten, die Männer trugen Säcke mit Getreide herein und solche mit Mehl hinaus. Zunächst beunruhigte ihr Tun Luk, doch nach einer Weile musste er zugeben, dass sich von den Müllersleuten keiner um den Dachboden kümmerte. Daraufhin fand er sogar noch ein Stündchen Schlaf. Während des Frühstücks berichtete Ga-nor, dass von den Männern, die er ermordet und in den Fluss geworfen hatte, nach wie vor jede Spur fehle, weshalb die Nabatorer gerade die umliegenden Häuser und das angrenzende Waldstück durchkämmten.

»Aber hier sind wir aus der Schusslinie. Oho! Da kommt neuer Besuch.«

Luk wischte sich die Brotkrümel von den Händen und spähte

durchs Fenster, wobei er sich alle Mühe gab, den Kopf nicht hinauszustrecken.

Vom Hügel her kamen Reiter die Straße hinunter. Ein paar Soldaten und eine Frau, der zwei Wesen folgten, in denen Luk mühelos Ascheseelen erkannte.

»Da platzt doch die Kröte! Lass uns bloß abhauen!«

»Nun mal ganz sachte«, schnauzte ihn der Irbissohn an. »Wenn wir unser Versteck jetzt verlassen, schießen die uns glatt ab wie Rebhühner.«

»Und was glaubst du, bitte schön, was die mit uns machen, wenn sie uns hier oben finden?!«

»Was hätten die hier auf dem Dachboden verloren? Also setz dich hin. Und zappel nicht so rum!«

»Oh!«, bemerkte Luk da. »Aber sieh doch mal da drüben! Jetzt stecken wir wirklich in der Scheiße, Kumpel. Diesem Dreckskerl entkommen wir bestimmt nicht.«

Weit, weit hinten auf dem Feld, fast schon am Waldrand, stand an der Stelle, an der Ga-nor auf die Nabatorer Kundschafter gestoßen war, ein einzelner Mann in weißem Umhang.

Obwohl der Sdisser diesen Ort nun schon zum dritten Mal überprüfte, entdeckte er keinen Hinweis auf eine Schlägerei oder einen Mord. Die drei Dummköpfe schienen wie vom Erdboden verschluckt. Gut, das Gras war ein wenig eingedrückt, aber so was blieb nicht aus, wenn sich drei kräftige Männer ein paar Stunden nicht vom Fleck rührten.

Ehrlich gesagt, konnten ihm die verschwundenen Kundschafter gestohlen bleiben. Doch der Müßiggang stimmte ihn verdrießlich, und hier bot sich wenigstens eine gewisse Abwechslung. Deshalb gönnte er sich den Spaß und suchte nach Spuren.

Als die Ablösung die Späher heute früh nicht am gewohnten Platz vorgefunden hatte, war Hauptmann Nay sofort unterrichtet worden. Dieser hatte fünfzig Mann ausgeschickt, die die Männer suchen sollten. Bisher blieben die drei jedoch wie vom Erdboden verschluckt. Das warf die Frage auf, wohin sie gegangen sein konnten. Ringsum gab es nichts als undurchdringlichen Wald. Und zur Straße hatten sie sich auch nicht begeben, das stand fest, denn dann wären sie den Wachen aufgefallen.

Andererseits deutete nichts auf einen Mord hin. Im Umkreis von zwanzig Yard fand sich keine einzige Spur. Aber irgendetwas müsste doch einen Kampf bezeugen. Niedergetretenes Gras oder Blut. Und nicht zuletzt: die Leichen. So konnte man ja fast glauben, jemand sei vom Himmel herabgestürzt, habe die drei beim Kragen gepackt und weggeschleppt. Aber solchen Geschichten saß er nicht auf! In dieser Gegend gab es nicht ein Wesen, das zu dergleichen imstande wäre. Nach einer halben Stunde war er also genauso schlau wie zuvor. Natürlich hätte er Magie einsetzen können, um festzustellen, ob irgendwo das Echo einer Seele widerhallte, das stets nach dem Tod eines Menschen zu vernehmen war. Dieser Zauber hätte ihn jedoch so viel Kraft gekostet, dass … Nein, das waren diese verschwundenen Hammel einfach nicht wert! Und so verließ er, immer noch nach einer schlüssigen Erklärung für dieses merkwürdige Verschwinden suchend, mit zusammengekniffenen Lippen und auf den Stock gestützt das Feld.

Auf halbem Weg kam ihm in vollem Galopp ein Reiter entgegen. Der Sdisser kniff die Augen zusammen und erkannte Hauptmann Nay.

»Endlich! Ich habe Euch schon überall gesucht!«, rief der Nabatorer und zog die Zügel an.

»Womit kann ich Euch an diesem wunderschönen Tag denn dienen?«

»Euch erwartet … die Herrin.«

»Schon?« Er wusste sofort, von wem die Rede war. Gepriesen seien alle dunklen Götter, sein Bote hatte ihn nicht enttäuscht. Damit hatte das zehrende Warten ein Ende. Welche der Gebieterinnen wohl seinem Ruf gefolgt war? Doch wie auch immer die Antwort auf diese Frage lauten mochte – nun würde er Gewissheit erhalten, ob Ann über die Gabe verfügte oder nicht. »Ist sie schon lange da?«

»Seit einer halben Stunde etwa. Sie hat mein Zimmer übernommen und lässt Euch ausrichten, Ihr sollt gleich zu ihr kommen.«

»Gebt mir das Pferd.«

»Gern.«

Der Nekromant schwang sich flugs in den Sattel.

»Und? Bist du jetzt beruhigt? Er zieht ab«, sagte Ga-nor, als der Nekromant hinter den Häusern verschwunden war. »Aber du musst ja immer erst mal Panik verbreiten.«

»Da platzt doch die Kröte! Schwing keine Reden! Du hast genauso gebibbert wie ich!«

Ga-nor griente in seinen Schnauz.

»Ich wüsste zu gern, wohin der Sdisser so eilig verschwunden ist«, murmelte Luk.

»Auf alle Fälle jagt er nicht deiner Seele nach.«

»Wer weiß? Langsam frage ich mich, ob wir uns nicht doch besser durch den Wald nach Alsgara geschlagen hätten, wie du es vorgeschlagen hast. Dieses Hundsgras kann von mir aus bei der nächsten verfaulten Kröte landen! Nicht nur, dass wir die Nabatorer auf dem Hals haben, nein, da muss auch noch ein Nekromant auftauchen! Das gefällt mir nicht. Die Hunde haben nicht umsonst so gebellt. Das gibt noch ein Unglück, das sage ich dir.«

Obwohl Ga-nor keinen Ton erwiderte, verrieten seine Augen, dass auch er Luks Ängste teilte.

Nervös nestelte der Nekromant vor der Tür an seinem Umhang, damit dieser gleichmäßig fiel. Dann rückte er den Gürtel mit dem Krummschwert zurecht. Wer vor eine der Gebieterinnen trat, hatte tadellos auszusehen. Schließlich hob er die Hand, um anzuklopfen, doch da erklang von drinnen eine Stimme: »Komm herein, Auserwählter. Was wartest du vor der Tür?«

In ihrem Ton schwang Spott mit. Der Nekromant öffnete mit ehrfurchtsvoll gesenktem Blick die Tür, trat ein und ließ sich auf ein Knie nieder, die linke Hand um den Stab gelegt, die rechte aufs Herz gepresst, ganz wie es die traditionelle Verbeugung des Auserwählten vor einer Gebieterin vorschrieb.

»Verzichten wir auf die Formalitäten. Schließ lieber die Tür, es wird kalt.«

Erst jetzt löste er den Blick vom Boden – nur um ihn sofort wieder auf seine Stiefelspitzen zu richten.

Thia stieß ein freches Lachen aus. »Ich habe darum gebeten, die Formalitäten zu vergessen. Also sieh mich ruhig an, ich erlaube es dir.«

Sie saß in einem bronzenen Zuber, mit dem Rücken zu ihm. Das Haar wand sich in zwei dunklen Zöpfen um ihren Kopf, von brillantenen Nadeln gehalten. Aus dem Schaum ragten lediglich die schmalen Schultern und der aparte Hals heraus.

Obwohl der Nekromant das Gesicht nicht sah, wusste er, wen er vor sich hatte: die Herrin Thia. Auch Flamme des Sonnenuntergangs genannt.

Diejenige, die im ganzen Imperium nur unter dem Namen Typhus bekannt war.

»Sprich.«

»Ich bin einer Frau begegnet, die möglicherweise über die Gabe verfügt.«

»*Möglicherweise?* Dieses Wort mag ich gar nicht. Und ich will nicht hoffen, einzig wegen eines *möglicherweise* diese beschwerliche Reise auf mich genommen zu haben«, stellte sie mit kalter Stimme klar. »Fahr fort!«

»Bei meinem Eintreffen hier im Dorf habe ich ein Echo wahrgenommen, das von der Anwendung der Gabe herrührte.«

»Das klingt schon besser. Und du warst dir deiner Sache sicher?«

»Um vollends sicherzugehen, habe ich alles überprüft, bevor ich den Boten ausgeschickt habe. Es ist keine Schreitende. Vielleicht handelt es sich um eine Autodidaktin, aber das vermag ich nicht mit Bestimmtheit zu sagen. Entweder täusche ich mich also – oder sie ist sehr gefährlich.«

»Oder wir haben es mit einem echten Juwel zu tun. Ist sie noch im Dorf?«

»Ja. Ich lasse sie bewachen.«

»Warum hast du sie dann nicht gleich mitgebracht? Also, hol sie! Wir wollen uns deinen Fund einmal etwas genauer ansehen.«

»Sie wird in einer halben Stunde bei Euch sein.«

Mit einer Geste bedeutete die Verdammte Typhus dem Nekromanten zu gehen. Dann schloss sie die Augen und streckte sich genüsslich in dem schaumgekrönten Wasser aus.

Kapitel 9

»Irgendein Dreckschwein hat heute Nacht die Lampe aus dem Hof geklaut«, brummte Bamuth, der erneut an einem Holzmännchen schnitzte. »Außerdem … haben die Hunde gegen Morgen wie verrückt gebellt.«

»Die werden noch ganz anders brüllen, wenn der Nekromant zurückkommt, das versichere ich dir«, antwortete Shen, der mit vor der Brust verschränkten Armen auf der Holzbank lag, den Kopf auf die eingerollte Jacke gebettet, die Augen geschlossen. »Und wir auch.«

»Der hat sich doch schon seit einer Woche nicht mehr blicken lassen. Ich sag dir, der hat uns glatt vergessen.«

»Stell dich nicht dümmer, als du bist«, blaffte Knuth ihn an. »Wenn der uns wirklich vergessen hätte, dann wären auch diese Nasenlosen, die er am Tor zu unserer Bewachung abgestellt hat, längst verschwunden. Nein, der Nekromant will Lahen! Und er wird nicht lockerlassen.«

»Das heißt, er ist nur hinter ihr her. In dem Fall hätten wir nichts von ihm zu befürchten.«

»Du Idiot«, murmelte Knuth.

»Wieso das?«, fragte Bamuth gelassen.

»Weil du bei einem Nekromanten immer mit dem Schlimmsten rechnen musst. Deshalb. Der schnappt sich Lahen – und uns gleich mit, damit wir ihr Gesellschaft leisten.«

»Warum hab ich den Grauen nicht bloß schon im Wald umgelegt? Eine derart günstige Gelegenheit bietet sich nie wieder! Dann wären wir inzwischen alle längst wieder in Alsgara.«

Auf Gnuzz' Gesicht spiegelte sich Zustimmung wider. Auch er bedauerte, die Chance, ein hübsches Sümmchen zu verdienen, nicht genutzt zu haben.

»In dem Fall würde Moltz dir höchstpersönlich den Hals umdrehen.«

»Komm mir nicht immer mit Moltz! Wir sind schließlich keine kleinen Kinder mehr, dass wir nichts allein entscheiden können!« Doch nach diesen Worten ließ nicht einmal Gnuzz' Miene Einverständnis erkennen. Prompt wechselte Bamuth daraufhin das Thema: »Soweit ich es sehe, kommen wir an diesen Untoten nicht vorbei, oder? Nicht mal mithilfe von dem Grauen oder Lahen.«

»Hast du das nach einer Woche also auch schon begriffen, ja? Danach habe ich Ness gleich nach dem Besuch von diesem Nekromanten gefragt. Natürlich kannst du auch die Untoten aus dem Weg räumen. Nur erfährt der Nekromant dann auf der Stelle davon.«

Darauf wusste Bamuth nichts zu erwidern. Shen schlummerte nun ein, Knuth und Gnuzz würfelten. Erst als die Zeit fürs Mittagessen heranrückte, begaben sich alle in die andere Hälfte des Hauses.

Dort erblickten sie auf dem Tisch nicht nur das übliche Essen, sondern auch allerlei Ausrüstung und Waffen.

»Wie ist das zu verstehen?«, fragte Shen.

»Wir gehen«, antwortete Ness.

»Jetzt?!«, platzte es aus Knuth heraus.

»Ja.«

»Habt ihr völlig den Verstand verloren?«

»Niemand verlangt von euch, uns zu begleiten«, erwiderte Lahen kalt, während sie weiterpackte. »Bleibt hier, solange ihr wollt. Das Haus steht zu eurer vollen Verfügung.«

»Könntet ihr uns vielleicht erklären, worum es geht«, verlangte Knuth. »Du warst es doch, Ness, der uns alle zur Vorsicht gemahnt hat. Und jetzt willst du am helllichten Tage aufbrechen! Glaubst du wirklich, diese Untoten und der Nekromant werden euch so ohne Weiteres gehen lassen?!«

»Ich weiß nur eins«, erwiderte Ness, während er einen Köcher mit Pfeilen unterm Tisch hervorholte. »Wenn wir jetzt nicht verschwinden, kommen wir hier nie mehr raus. Und glaub mir, der Nekromant und seine Monster sind nur der Anfang.«

»Und was ist mit uns?«

»Keine Ahnung.«

»Entzückend!«, schnaubte Shen.

»Woher der Sinneswandel?«, bohrte Knuth weiter.

»Lahen spürt etwas.«

Knuth kratzte sich den Hinterkopf. Das war eine Eröffnung, die er ernst nehmen sollte. Lahen würde nicht ohne guten Grund auf einem unverzüglichen Aufbruch bestehen, das sollte also auch ihm zu denken geben. »Wir begleiten euch.«

»Hast du jetzt auch den Verstand verloren?! Nur weil sie etwas *gespürt* hat, sollen wir unseren Arsch riskieren?« Bamuth sah Knuth fassungslos an. »Also … ohne mich.«

»So was Dämliches wie du ist mir wirklich noch nie begegnet«, spie Gnuzz aus. »Wenn sie sagt, sie spürt etwas, ist an der Sache was dran. Und vergiss nicht, wie diese Köter in der Nacht geheult haben! Knuth, ich komme mit.«

»Shen?«

Der streckte sich und zuckte die Achseln. »Ich werde mich euch wohl anschließen«, sagte er nach einer Weile.

»Zu spät!«, stöhnte Lahen, die kreidebleich geworden war.

Der Nekromant betrat ihren Hof.

Wie?! Wie konnten wir nur so dumm sein?! Als ob ich nicht schon damals, als dieser Sdisser das erste Mal bei uns aufgetaucht war, gewusst hätte, dass wir sofort fliehen mussten. Doch Vorsicht, vor allem aber Dummheit hatten mich zögern lassen. Nur: Worauf hatte ich eigentlich gehofft?! Für diese geballte Dämlichkeit bekamen wir jetzt die Rechnung präsentiert.

Denn nun saßen wir wirklich fest.

»Keine Panik!« Meine Stimme klang selbst mir fremd. »Die Sachen vom Tisch! Rasch!«

Meine werten ehemaligen Kollegen waren nicht zum ersten

Mal in der Bredouille. Deshalb gehorchten sie mir – Meloth sei gepriesen! – aufs Wort, stellten keine Fragen und versteckten unsere Ausrüstung. Gründlich.

»Ins andere Zimmer mit dir, Lahen.«

»Der kriegt mich nicht so schnell.«

»Dafür werde ich schon sorgen.«

Ich warf Gnuzz sein Messer zu, der es sogleich in den Stiefelschaft steckte.

Ein kurzer Blick auf die anderen bewies mir, dass sie sich geschickt im Zimmer verteilt hatten. Echte Gijane eben. Gnuzz saß an der Tür, Knuth neben dem Ofen, Shen fand sich in Reichweite der Ofengabel, Bamuth stand am Fenster.

Der Sdisser trat ins Haus ein. Seine Visage hatte mir schon bei unserer ersten Begegnung missfallen, aber diesmal hätte ich ihm am liebsten meine Faust hineingerammt. »Wo ist sie?«

Der Nekromant würdigte Knuth und seine Männer keines Blickes. Ein Fehler. Niemand sollte Gnuzz den Rücken zukehren. Ich selbst würde dergleichen nie wagen – jedenfalls so lange nicht, wie ich noch keine Augen im Nacken hatte.

»Wer denn?«, stellte ich mich dumm.

»Deine Frau. Ich würde ihr nicht empfehlen, sich zu verstecken.«

»Was wollt Ihr von ihr, mein Herr? Wir haben nichts Verbotenes getan!«

»Du brauchst keine Angst zu haben, Zimmermann. Es will bloß jemand mit ihr reden.«

»Und wenn sie das nicht will?«, knurrte ich.

»Du möchtest doch wohl nicht, dass ich Kleinholz aus deinem Haus mache?«

Er vertraute blind auf seine Kräfte und hielt uns für ungefährlich. Aber wer Magie beherrscht, stellt Menschen ja oft genug auf eine Ebene mit Tieren. Ein großer Fehler, wenn man mich fragt. Denn diese Leute vergaßen, dass Tiere manchmal gefährlicher sind als Menschen. Vor allem Ratten. Sie beißen zu, wenn du am wenigsten damit rechnest. Aus dem Hinterhalt. Ganz wie der gute alte Gnuzz zum Beispiel.

Der zögerte auch jetzt nicht, sondern ging auf ein kaum merkliches Zeichen von Knuth hin zum Angriff über. Und bei allen Vorbehalten gegen ihn – in diesem Augenblick hätte ich ihn küssen können. Mochte er auch ein Schwein sein, in seinem Metier reichte ihm niemand so schnell das Wasser.

Zu meiner Schande entging mir sogar, wie das Messer den Weg vom Stiefelschaft in seine Hand fand. Schon in der nächsten Sekunde klaffte im Hals des Nekromanten eine Wunde, die von Ohr zu Ohr reichte. Schwer verletzt brach er zusammen.

So viel also zu seiner Magie!

Ganz kurz waren wir alle wie gelähmt, dann brach ein gewaltiges Chaos los. Ich schleuderte das Beil einem Untoten in die Visage, der gerade in der Türfüllung erschien. Obwohl ich traf, überlebte der Kerl.

Knuth, der sich die schwere Eichenbank geschnappt hatte, zog sie dem verletzten Dreckskerl mit aller Kraft über den Schädel, sodass er wieder aus dem Haus flog. Noch ehe uns die vier anderen Untoten in die Zange nehmen konnten, schmiss er die Tür zu.

Seit dem Angriff auf den Nekromanten waren nicht mehr als fünf Sekunden verstrichen.

»Lahen!«, schrie ich.

Mein Augenstern stand sofort neben mir, reichte mir Pfeil und Bogen und eilte Gnuzz zu Hilfe. Der saß rittlings auf dem Bauch des Sdissers und trieb ihm das Messer in den Körper. Der weiße Seidenumhang färbte sich rot. Auf Gnuzz' Gesicht und Arme spritzte Blut, was er jedoch in Kauf nahm – solange dem Mann nur keine Möglichkeit blieb, einen Zauber zu wirken.

Nun hob Lahen den Stab auf, den der Sdisser hatte fallen lassen, bohrte das spitze Ende in den Leib des Nekromanten und stieß ihn durch ihn hindurch. Der Kerl krümmte sich noch einmal und starb. Endlich.

»Knuth!« Gnuzz hatte der Leiche kurzerhand das Krummschwert abgenommen und warf es nun Knuth zu, damit dieser unseren Feinden etwas Wirkungsvolleres als eine Holzbank entgegensetzen konnte.

»Bamuth!«, rief ich. »Unterm Bett liegen eine Armbrust und Bolzen.«

Sofort stürzte er davon.

Einer der Untoten wollte sich unbedingt durchs Fenster zu uns zwängen – doch Shen nahm ihn mit der Ofengabel gebührend in Empfang. Er stieß sie ihm in die Fratze, wäre dabei aber fast vom Schwert des Untoten erwischt worden. Deshalb sprang er zurück und stach dem Eindringling die Ofengabel in den Bauch. Wieder einer weniger. Nun kam die Reihe an mich. Der erste Pfeil bohrte sich dem hartnäckigsten dieser Biester in den dünnen Hals, der zweite traf seinen Spießgesellen im Gesicht. Auch die waren wir los.

Inzwischen kehrte Bamuth mit freudestrahlendem Gesicht zurück: Ihm stand wieder eine Armbrust zur Verfügung. Er handhabte diese Waffe nicht schlecht, sodass ich hoffe, wir beide würden hervorragende Arbeit leisten. Wenn uns jetzt bloß nicht die Pfeile und Bolzen ausgingen! Ich hatte fünfzehn gewöhnliche sowie fünf mit besonders schmaler Spitze. Nicht viel, aber das ließ sich jetzt nicht ändern, alle anderen Vorräte lagerten in der Scheune.

»Diesem Zauberer haben wir es gezeigt!« Gnuzz' Gesicht war über und über vom Blut des Nekromanten bedeckt. »Der ist jetzt toter als tot.«

»Da irrst du dich.« Lahen drehte sich ihm zu, und Gnuzz wich verängstigt zurück. Mit gutem Grund. In ihren Augen loderte ein blaues Licht. Sie hatte ihren Funken angerufen. »Jemand versucht gerade, den Kerl wiederzubeleben.«

»Wer?«, hauchte Shen.

»Eine Person, die ich fürchte. Sichert die Tür, ich brauche Zeit.« Sie packte den Stab des Sdissers mit beiden Händen. Daraufhin zerlief die Spitze irgendwie, veränderte ihre Form, wurde kleiner, und der Schädel wechselte das Geschlecht von männlich zu weiblich – und riss das Maul auf.

Thia spürte sofort, dass in der Nähe jemand gestorben war, maß dem aber keine Bedeutung bei. Bauern machten seit Anbeginn der Zeiten schließlich nichts anderes, als wie die Fliegen abzukratzen. Verhungerten, erlagen einer Krankheit oder dem Suff. Kein Wunder, bei dem Leben, das sie führten. Irgendwann gewann ihre Neugier aber doch die Oberhand. Nur war es da fast zu spät.

Der silbrige, wie eine Saite zitternde Seelenfaden des Nekromanten war kurz davor, ins Reich der Tiefe zu sinken.

Entschlossen langte die Verdammte Typhus nach ihm, damit er nicht endgültig aus dieser Welt schwand. Im letzten Moment bekam sie ihn zu fassen. Nun musste sie den Faden in den Körper zurückstopfen und behelfsmäßig an der toten Hülle befestigen, denn noch brauchte sie den Nekromanten.

Thia wirkte einen komplizierten Zauber, der es ihr erlaubte, die Hände vom Faden zu nehmen, ohne fürchten zu müssen, die Seele entgleite ihr während der heiklen Prozedur wieder.

Kurz vor Vollendung ihres Werks schlug ihr jedoch jemand gleichsam auf die Finger. Der Angriff erfolgte so überraschend und war derart schmerzhaft, dass Thia für den Bruchteil einer Sekunde die Kontrolle über den eigenen Zauber verlor. Ihre Hand erschlaffte, und die Seele des Auserwählten, die sie mit solcher Mühe eingefangen hatte, rann ihr wie Wasser zwischen den Fingern davon.

Vor Wut und Enttäuschung aufschreiend, sprang sie aus dem Zuber.

»Das wäre geschafft!«, seufzte Lahen und geriet ins Schwanken.

Noch ehe sie fallen konnte, packte ich sie bei den Armen.

»Der wäre beinah auferstanden!«, krächzte Bamuth mit heiserer Stimme. »Obwohl Gnuzz ihm schon die Kehle aufgeschlitzt hatte!«

»Ja, wir haben's gesehen«, presste Shen heraus. Sein Grinsen und all sein freches Gebaren hatten sich verflüchtigt. Er stand mit ernster Miene da, die Ofengabel immer noch in Händen. »Aber was soll man von so einem Monster schon erwarten?«

»Nur hat uns diese Person jetzt entdeckt«, bemerkte mein Augenstern. »Und der habe ich nicht viel entgegenzusetzen.«

»Schaffen wir es bis zum Wald?«, erkundigte sich Gnuzz, während er sich das Gesicht mit dem Tischtuch abwischte.

»Wir müssen es wagen«, antwortete ich. Sofort spielte ich im Kopf verschiedene Fluchtwege durch. Am besten wäre es wohl, wir folgten unserer Straße bis zur Brücke. Dann bräuchten wir nur noch an der Mühle vorbei und wären schon fast im Wald. Dort fänden wir mühelos ein Versteck. Hauptsache, wir schafften es aus dem Dorf heraus.

»Aufgepasst!«, rief Knuth und riss mich aus meinen Überlegungen. »Die Untoten wollen ihr Glück noch einmal versuchen.«

Unverzüglich griff ich nach dem Köcher, doch Lahen schüttelte nur energisch den Kopf. »Vergeude deine Pfeile lieber nicht, das erledige ich. Knuth! Aus dem Weg!«

Das brauchte sie ihm nicht zweimal zu sagen. Sobald Knuth zur Seite gesprungen war, ließ mein Augenstern den Stock über dem Kopf kreisen, richtete ihn auf die Tür und schrie: »Ragon-rro!«

Der Schädel stieß ein betäubendes Heulen aus. Bamuth warf sich kurzerhand bäuchlings zu Boden. Das Haus bebte derart, dass mir für einen Moment schwarz vor Augen wurde.

»Sieh dir das an!«, schrie Luk, der vorm Fenster auf dem Boden lag und Ga-nor am Jackenärmel zog. »Da!«

In seiner Verblüffung vergaß er sogar, seine vielgeliebte Kröte zu erwähnen.

Selbst von der Mühle aus war zu sehen, wie das Dach eines Hauses am Dorfrand gut zwanzig Yard in die Luft schoss und im nachbarlichen Gemüsegarten landete. Danach nahm ihnen der zum Himmel aufsteigende Staub die Sicht.

Eine gewaltige Freisetzung der Kraft ließ Thia fluchen. Wie erstarrt hielt sie mitten im Ankleiden inne.

Dergleichen konnte – durfte! – es doch gar nicht geben! Dieser kreuzdämliche Nekromant! Zu bedauerlich, dass er schon ermordet worden war – sonst hätte sie das gern eigenhändig erledigt. Wie hatte dieser Nichtsnutz nur verkennen können, was für einen Schatz dieses Weibsbild darstellte?!

Über welche Kräfte diese Frau verfügte! In einem Provinznest wie diesem hätte Thia nie im Leben mit einem derartigen Funken gerechnet. Allein das magische Echo ließ darauf schließen, dass die Bauersfrau es mit den meisten Schreitenden aufzunehmen vermochte. Zudem wusste diese Närrin ihr Talent meisterlich einzusetzen. Schließlich machte sich nicht jede einen fremden magischen Stab ohne Weiteres gefügig, ganz zu schweigen davon, dass sie die eigene Gabe in eine Magie anderer Prägung eingeflochten hatte. Geradezu spielend hatte sie über die Magie des Todes geboten! Das deutete auf großes Talent! Menschen wie diese Frau fasste man also entweder mit Samthandschuhen an – oder man brachte sie um, um sich ihren Funken einzuverleiben.

Thia zog die Haarnadeln heraus, worauf ihr die beiden Zöpfe über den Rücken fielen, warf die wertvollen Nadeln wutentbrannt in die Ecke und schlüpfte hastig in den Rock. Sicher, sie könnte die Unbekannte auch von diesem Zimmer aus angreifen, aber das wäre letztlich, als würde sie einen Pfeil abschießen, ohne zu zielen. Dabei bestand die Gefahr, die Frau zu verfehlen oder zu töten. Und Letzteres wollte Thia um jeden Preis vermeiden, da sie diese Närrin lebend brauchte. Um sie nach allen Regeln der Kunst zu verhören. Sie vor allem nach ihrer Lehrerin zu fragen – denn eine Lehrerin musste sie gehabt haben. Ohne entsprechende Unterweisung und Übung vermochte nämlich niemand einen Hilss zu handhaben, verband der Stab eines Nekromanten sich doch mit der Seele seines Trägers. Wie hatte sie das geschafft? All das würde Thia jedoch aus dieser Frau herausbringen – und sich deren Kraft im Anschluss daran aneignen.

Oder stand ihr doch keine einfache Bäuerin, keine Autodidaktin, sondern eine Schreitende aus dem Rat gegenüber?

Nein. Das war dumm. Sein Oberhaupt, die Mutter, würde keine ihrer Töchter für ein derart selbstmörderisches Tun hergeben. Außerdem: Sollte sie wirklich eine Schreitende sein, dann hätte sie niemals in dieser Weise ihre Tarnung aufgegeben. Trotzdem dürfte es ratsam sein, Vorsicht walten zu lassen. Blindlings würde sie sich nicht in die Höhle des Löwen begeben.

Die Verdammte Typhus schnalzte mit den Fingern, worauf es im Zimmer sofort dunkel wurde. Die Schatten verdichteten sich zu einem schwarzen Raben. Krächzend durchschlug er die Scheibe und flog hinaus.

Daraufhin streifte sich Thia fluchend wie ein waschechter Schuster das Hemd über und verließ das Zimmer.

Obwohl ich nicht zum ersten Mal miterlebt hatte, wie Lahen ihre Gabe einsetzte, hätte selbst ich mir nicht träumen lassen, dass sie zu *dergleichen* fähig war.

Das Hausdach stieg heulend und berstend zum Himmel auf. Die massiven Kiefernbalken, aus denen die Wände bestanden, flogen wie trockene Späne in alle Richtungen davon. Der Staub biss uns in den Augen, und wir rangen nach Atem. Obendrein befürchtete ich, die Untoten könnten diese Gelegenheit nutzen, auch noch uns in Kleinholz zu verwandeln. Diese Sorge erwies sich jedoch als unbegründet. Niemand griff uns an. Gnuzz schimpfte derart unflätig, dass ihm Meloth, hätte er dieses Gezeter gehört, ein für alle Mal den Zutritt zu den Glücklichen Gärten verweigert hätte. Bamuth setzte alles daran, seinen Gefährten in der hohen Kunst des Fluchens noch zu überbieten, erlitt aber bald einen Hustenanfall und verstummte.

Da setzte sich der Staub allerdings bereits am Boden ab. Ich eilte zu Lahen, um sie gegen etwaige Gefahren abzuschirmen. Meine ehemaligen Kollegen achteten dagegen darauf, einen gebührenden Abstand zu ihr zu halten. Diese Kindsköpfe! Begriffen sie denn wirklich nicht, dass wir ohne ihre magische Unterstützung keine hundert Yard weit kommen würden?!

Obwohl alles ruhig blieb, nahm ich den Pfeil nicht von der Sehne. Uns könnte schließlich noch sonst was anspringen, da wollte ich gewappnet sein. Andernfalls würde ich womöglich meine Hand einbüßen, bevor ich den Pfeil auch nur eingelegt hatte. Auch Lahen war auf alles gefasst. Unverändert richtete sie den Stab auf die Stelle, wo es bis vor Kurzem noch eine Tür gegeben hatte. Offen gestanden, beunruhigte mich das Spielzeug dieses Nekromanten ungemein. Wie auch nicht – bei einem Schädel, der seine Unzufriedenheit über den Wechsel des Besitzers ungehemmt herausfaucht.

Als Lahen meinen besorgten Blick auffing, beruhigte sie mich sogleich: *»Ich kann damit umgehen.«*

»Sei trotzdem vorsichtig«, erwiderte ich. *»Würd mich nicht wundern, wenn das Ding bissig ist.«*

»Oh, das ist noch die harmloseste seiner Fähigkeiten«, beteuerte sie grinsend.

»Dann würdest du mir einen großen Gefallen tun, wenn du ihn keine Sekunde aus den Augen lässt. Und wirf ihn weg, sobald er bockt.« Danach wandte ich mich an Knuth: »Deine Männer sollen sich zum Aufbruch bereit machen!«

Daraufhin ging ich in den Hof und nahm voller Freude zur Kenntnis, dass der Zauber die Untoten zerfetzt hatte. Letzten Endes waren sie nicht viel solider gewesen als unser Haus. Der einzige Diener des Nekromanten, der sich noch halbwegs in einem Stück befand, war der, den Knuth mit der Bank erschlagen hatte. Und auch er bot keinen sonderlich appetitlichen Anblick.

Ich trat auf die Straße hinaus und stieß einen erstaunten Pfiff aus: Überall lagen Bretter und Balken aus Kiefern, denn die Häuser unserer nächsten Nachbarn waren ebenfalls in Mitleidenschaft gezogen worden. Nirgends eine Menschenseele. Alle versteckten sich unter den Betten und in den Kellern. Von denen würde so schnell keiner die Nase in den Wind halten. Gut! Dann kamen sie uns wenigstens nicht in die Quere. Ich ging zurück und zog mein Beil aus dem Körper des Untoten.

»Alles in Ordnung?« Lahen trat an mich heran.

»Ja. Du siehst nur nicht jeden Tag, wie das Dach deines eigenen Hauses das Fliegen lernt.« Mehr als ein schiefes Grinsen brachte ich nicht zustande. »Wie wenig ich immer noch von deinen Talenten weiß.«

»Wir können von Glück sagen, dass es bisher nicht nötig war, dir mehr Kostproben davon zu geben«, antwortete sie allzu beiläufig. »Lass uns aufbrechen. Der Hilss saugt meine Magie auf. Lange werde ich nicht mehr über ihn gebieten.«

Ich begriff nicht gleich, dass sie mit *Hilss* diesen überaus lebendigen Stab des Nekromanten meinte. Aber wahrscheinlich durften wir noch froh sein, wenn dieses Ding nur die Magie aus Lahen heraussaugte – und nicht auch ihre Seele.

»Ja, lass uns gleich verschwinden«, stimmte ich zu.

Meine guten Kämpen sahen aus, als seien sie ein Jahr lang durch einen Dachsbau gekrochen: dreckig wie die Sumpfblasgen und grimmig wie Nirithen, wenn ihre Königin beleidigt wird. Gnuzz zeterte nach wie vor. Knuth hustete noch immer und spähte mit tränenverhangenen Augen um sich. Bamuth war der Einzige, der sich bereits wieder gefasst zeigte. Er hielt die Armbrust im Anschlag und linste aufmerksam die Umgebung ab, für den Fall, dass jemand auftauchen sollte, der unbedingt in Erfahrung bringen wollte, was sich hier zugetragen hatte.

Shen nieste laut, warf die Ofengabel weg und trat an den Körper des Untoten heran, um das Schwert aufzuheben. Blieb nur zu hoffen, dass dieser Milchbart etwas mehr vermochte als zu heilen. Gnuzz schien seinen Vorrat an Flüchen irgendwann doch aufgebraucht zu haben und verstummte.

»Seid ihr jetzt endlich so weit?«, fragte Bamuth nervös.

Damit kam er mir nur den Bruchteil einer Sekunde zuvor, lag mir doch dieselbe Frage auf der Zunge.

»Schrei nicht so!«, krächzte Knuth und spuckte aus. »Wir kommen ja schon.«

»Hast du das gesehen?!« In seiner Aufregung verschluckte sich Luk fast an den Worten. »Da platzt doch die Kröte! Was ist da bloß los, wenn gleich das ganze Dach in die Luft geht?!«

»Weiß ich auch nicht.« Ga-nor blickte mit finsterer Miene auf die sich auflösende Staubwolke.

Auf der anderen Seite des Flusses liefen die Nabatorer aufgeregt hin und her.

»Ich verwette einen Zahn, dass da dieser Nekromant seine

Finger im Spiel hatte«, sagte Luk. »Dem hat die Nase von irgendwem nicht gepasst, da hat er die Beherrschung verloren. Bei diesen Sdissern stimmt doch was im Oberstübchen nicht. Kein Wunder, schließlich geben die sich sogar mit Toten ab! Aber lass dir eins gesagt sein: Für uns nimmt das kein gutes Ende. Die durchkämmen jetzt das Dorf und reißen links und rechts alles nieder, und irgendwann finden sie uns!«

Ga-nor reckte sich so, dass seine Knochen knirschten. Anschließend stand er leichtfüßig auf und packte seine Sachen in den Sack.

»Was hast du vor?«, wollte Luk wissen.

»Das fragst du noch?! Die Nabatorer krabbeln durch die Gegend wie Läuse übern Kopf. Die haben überhaupt keine Augen für uns, dazu ist die Sache zu ernst. Die Gelegenheit sollten wir beim Schopfe packen und uns in den Wald schlagen.«

»Aber dann sind wir Greise, wenn wir in Alsgara ankommen«, maulte Luk. »Gibt es keinen anderen Weg?«

»Schon. Da über die Brücke – und weiter direkt auf den Mittagstisch des Sdissers. Der würde sich bestimmt freuen, dich zu sehen«, giftete Ga-nor. »Mach dir nicht zu viele Gedanken darüber, was uns erwartet. Wenn wir erst mal aus diesem Nest raus sind und die große Straße erreicht haben, können wir wie rechtschaffene Männer weiterwandern.«

Als der rotbärtige Irbissohn in seiner zerlumpten Kleidung von ihnen als rechtschaffenen Männern sprach, hätte das zu jeder anderen Zeit ein Grinsen auf Luks Lippen gezaubert. Aber nicht jetzt. Vor allem, da er selbst kaum besser aussah. Die reinste Vogelscheuche. Die Leute erschrecken – das würde er. Die Stadtwache würde sie beide für Bettler halten. Oder für Räuber. Und wenn der Hauptmann vom Eisturm Luk in dieser Aufmachung sähe, dann würde der ihm Strafmaßnahmen aufbrummen, dass er erst in ein paar Jahren wieder vom Wehrgang runterkäme.

»Gut, machen wir es, wie du vorschlägst.« Luk griff nach seinem Beil.

»Das hört sich schon besser an«, erwiderte Ga-nor. »Andererseits sollten wir auch nichts überstürzen. Sonst böten wir nämlich ein willkommenes Ziel für die Bogenschützen.«

»Wo siehst du denn hier Bogenschützen?!«

»In einer Entfernung von hundert Yard. Zwei Männer. Sie kommen zur Mühle. Sitz still, sonst sehen sie dich!«

Mit einem schweren Seufzer legte sich Luk das Beil quer über die Knie, schloss die Augen und versuchte, sein wild hämmerndes Herz zu beruhigen.

Mitten auf der Treppe in der Schenke blieb Thia stehen, weil der Rabe Verbindung mit ihr aufnahm. Für den Bruchteil einer Sekunde trübte sich ihr Blick, ein Kloß schnürte ihr die Kehle ab, und in ihren Ohren rauschte es – bis ihr schließlich ein blendendes Licht in die Augen schlug. Sie brauchte eine Weile, um das Bild einzuordnen. Aber anfangs ist es immer schwierig, die Welt aus Vogelaugen zu betrachten.

Sie schwebte zwischen Himmel und Erde. Linker Hand zog sich das blaue Band des Flusses, in dem sich die Sonne und der dunkle Wald spiegelten, dahin. Thia erteilte ihrem Helfer in Gedanken einen Befehl, worauf der Rabe seine Flugrichtung änderte. Nun steuerte er auf die Dorfmitte zu. Unter ihm liefen Menschen. Da er nicht sehr hoch flog, vermochte Thia die Nabatorer ausgezeichnet zu erkennen. Über die verstaubte Straße zuckelte ein mit Holz beladener Karren. Vier Reiter schossen in vollem Galopp an ihm vorbei.

»Wo steckst du?«, flüsterte Thia. »Zeig dich!«

Sie musste auf ihr Glück vertrauen – und das ließ sie nicht im Stich. Abermals verlangte sie von dem Raben, er möge die Richtung ändern. Nun rückten der Fluss und der östliche Teil von Hundsgras in ihr Blickfeld. Der Vogel schoss über eine Mühle, eine Brücke, über Dächer, Gassen und Gärten hinweg – und dann sah sie das zerstörte Haus und die Menschen.

Fünf bewaffnete Männer und eine Frau mit einem Hilss.

Nie hätte sie vermutet, dass die Frau noch so jung war. Nicht bei dem Potenzial! Und es war keine Schreitende! Thia spürte ihre Kraft deutlich – nicht aber jenen Abdruck der Gabe, der für die Magier und Magierinnen des Imperiums charakteristisch war. Nein, diese Frau war ganz gewiss nicht in der Schule der Schreitenden im Regenbogental ausgebildet worden. Die Verdammte Typhus lenkte den Raben näher an die Frau heran, um deren Fähigkeiten einer ersten Prüfung zu unterziehen. Die Närrin würde das nicht einmal spüren, das lag jenseits ihrer Möglichkeiten …

Dennoch riss sie jäh den Kopf hoch. Für den Bruchteil einer Sekunde starrte sie auf den Raben, dann machte sie den blonden Mann neben sich auf den Vogel aufmerksam. Ehe Thia ihrem Gehilfen auch nur den Befehl geben konnte abzudrehen, griff der Mann nach seinem Bogen.

In ihren Ohren brannte ein entsetzlicher Schmerz, die Welt trübte sich, und die vor Wut rasende Verdammte Typhus hatte wieder nichts als die Schenke vor Augen.

Der vom Pfeil getroffene Vogel fiel wie ein Stein auf die Straße. Keine Ahnung, weshalb Lahen wegen dieses Vogels so außer sich geriet, aber ich erfüllte ihre Bitte, ohne ihr eine Frage zu stellen.

»Willst du in Übung bleiben?«, giftete Shen.

Ich bedachte ihn mit einem finsteren Blick. Früher oder später würde dieser Milchbart ein Wort zu viel riskieren. Dann würde sich vermutlich eine gute Seele finden und ihm das Maul stopfen.

»Er hat dir nur dein Abendessen gesichert«, höhnte Gnuzz.

»Den kannst du selbst verschmausen«, erwiderte unser Herr Medikus.

»Haltet den Mund!«, verlangte Lahen, die der dumme Streit erzürnte. »Das ist nicht die Zeit für solche Späße.«

Genau da löste sich der Körper des Vogels in Luft auf. Nur der Pfeil blieb zurück, den ich kurzerhand zurück in den Köcher steckte. Das merkwürdige Verschwinden meiner Beute bot Gnuzz einen willkommenen Anlass zu weiterem Gezeter.

»Der Vogel stellte die Augen dieser Person dar«, erklärte mein Augenstern, während sie versuchte, den zischenden Stab zu beruhigen. »Jetzt weiß sie, wo wir sind.«

»Willst du einen Rat von mir?«, fragte mich Knuth.

Ich zuckte bloß die Achseln. Wenn er einen vernünftigen Vorschlag hatte, sollte er ihn ruhig vorbringen.

»Lass uns von der Straße runter. Jeder Hund sieht uns hier, und ich will nicht zufällig auf die Nabatorer …«

Gleichsam als Bestätigung seiner Befürchtungen tauchten da vier Reiter auf der Straße auf.

Bevor Bamuth und ich auch nur zielen konnten, sprang Lahen vor und stieß abermals dieses widerwärtige Geheul aus. Ein magischer Schlag traf die Soldaten. Bis dahin hätte ich es nie für möglich gehalten, dass Menschen – von Pferden ganz zu schweigen – fliegen können. Wie sich nun zeigte, konnten sie es doch, noch dazu weit besser als viele Vögel. Eine riesige Keule schien die Reiter so spielend in den Himmel zu schleudern, als wögen diese weniger als ein Staubkörnchen. Falls sie den Schlag überlebten, würde ich sie allerdings nicht beneiden. Der Aufprall auf unsere sündige Erde dürfte kein Vergnügen werden. Ich war bereit, das ganze Geld aus Lahens Beutel darauf zu verwetten, dass die Burschen dieses Abenteuer nicht überstehen.

Als Gnuzz sah, was diesen Kerlen widerfuhr, fing er sofort an, erneut alle ihm bekannten Flüche aufzuzählen. Zum dritten Mal an diesem Tag. Seiner Tirade konnte ich nicht ganz entnehmen, was überwog: die Angst oder die Begeisterung. Knuth schüttelte nur den Kopf, dann sagte er anerkennend und etwas zu laut: »Wie herrlich diese Schweinehunde doch fliegen können!«

»Wenn sie nur wollen«, pflichtete ihm Bamuth bei und lachte nervös.

So unvermutet, wie dieses markerschütternde Jaulen anhob, wäre Luk vor Schreck beinahe hintenübergefallen. Im ersten Moment glaubte er, den Gesang der Kir-llen zu vernehmen, jener Geister in den alten Ruinen, die mit ihrem Lied vom baldigen Tod künden. Er presste sich vors Fenster. Etwas Schwarzes stürzte vom Himmel und schlug mit einem dumpfen Knall am Flussufer auf.

»Oh!«, war alles, was Ga-nor zu diesem Vorfall zu sagen wusste.

Vor gar nicht allzu langer Zeit war dieses zerschmetterte, blutige Etwas noch ein Mensch gewesen. Der zerfetzten Kleidung nach zu urteilen ein Soldat aus Nabator. Bevor Luk allerdings seine Meinung zu diesem Thema vorbringen konnte, fiel bereits das nächste Opfer vom Himmel: Ein schwerer Pferdekörper landete auf einem Karren voller Mehlsäcke, was entschieden zu viel für dieses Vehikel war: Es barst, und Mehlstaub wirbelte auf.

Die Arbeiter stürzten aus der Mühle heraus und liefen in alle Windrichtungen davon. Die Nabatorer Bogenschützen, die in der Nähe waren, eilten dagegen zum Ort des Geschehens.

»Weg da!« Ga-nor wich vom Fenster zurück, Luk folgte seinem Beispiel.

Das verängstigte Geschrei der Nabatorer drang bis zu ihnen herauf.

»Ich hab dir doch gesagt, dass bei diesem Nekromanten im Oberstübchen etwas nicht ganz in Ordnung ist. Die haben ihm mittags die Suppe verweigert, da ist er endgültig übergeschnappt. Erst hat er das Haus zerstört, und jetzt knöpft er sich seine eigenen Leute vor. Glaub mir, es wird keine Stunde mehr dauern, dann haut er alles kurz und klein.«

»Dem seh ich gelassen entgegen. Dann wird es nämlich noch leichter für uns, unbemerkt zu verschwinden.«

»Diesem wahnsinnigen Nekromanten entkommen wir nicht«, widersprach Luk. »Er schickt diese Mühle zusammen mit uns mit einer einzigen Handbewegung nach Morassien! Da platzt doch die Kröte, wir sitzen wirklich in der Klemme!«

Als die Nabatorer die vor Wut bleiche und irgendwie recht nachlässig gekleidete Thia erblickten, sprangen sie sofort von ihren Stühlen auf.

»Nay«, krächzte sie. »Schicke alle Männer sofort in den Ostteil des Dorfes. Riegelt die Straßen ab! Dass mir da auch nicht ein Mäuschen durchhuscht. Haltet alle an! Tötet jeden, sobald er auch nur den geringsten Widerstand leistet! Aber nicht die

Frauen! Die bringt mir lebend. Sofort! Habe ich mich verständlich ausgedrückt?!«

»Sämtliche Männer bauen an den Kasernen, Herrin! Ich brauche Zeit, um ...«

»Mir ist egal, wie du das anstellst!«, fiel ihm Thia ins Wort. »Hauptsache, du tust, was ich sage!«

Daraufhin stürzten alle Offiziere schweigend davon, den Befehl auszuführen.

»Was ist geschehen, Herrin?«, fragte Gray.

»Trommle deine Männer zusammen. Auf uns wartet eine Aufgabe, die keinen Aufschub duldet.«

Sie rannte fast aus der Schenke und sah sich nach den Ascheseelen um. »Sha-kho!«

Der Shej-sa'n kam unverzüglich zu ihr geflogen und starrte sie aus seinen großen, phosphoreszierenden violetten Augen reglos an.

»Du und dein Bruder, ihr fliegt zu dieser Stelle und haltet diese Menschen auf!« Daraufhin zeichnete die Verdammte Typhus den Weg in die Luft. »Aber rührt mir die Frau nicht an!«

Der federgeschmückte Kopf neigte sich ehrerbietig. Thia blickte den beiden Ascheseelen, die in Erfüllung ihres Auftrags davonflogen, kurz nach, dann wandte sie sich wieder den Gardisten zu.

Da für Knuths Rat, die Straße so schnell als möglich zu verlassen, einiges sprach, entschied Lahen, ihm Folge zu leisten. Sie stieß mit dem Stab gegen das nächstbeste Tor, das daraufhin prompt zu Spänen zerfiel. Inzwischen hatten sich die anderen bereits an diese Späßchen gewöhnt, und selbst Gnuzz gaben sie keinen Anlass mehr, einen Fluch auszustoßen.

Sämtliche Nachbarn hielten sich in ihren Häusern versteckt, sodass wir niemandem begegneten. Sogar der Hund, der schon längst gewittert hatte, dass hier etwas nicht mit rechten Dingen zuging, blieb in seiner Hütte und begrüßte uns, die ungebetenen Gäste, lediglich mit Gekläff. Zum Glück. Ein Kampf gegen einen Köter hätte uns jetzt gerade noch gefehlt.

Unser weiterer Weg sollte sich als einziges Hindernisrennen entpuppen. Wir schlugen uns durch Höfe und Gemüsegärten, kletterten über Zäune und krochen über die Dächer von Scheunen und Hühnerställen. Sobald eine Hürde unüberwindlich schien oder uns zu viel Kraft gekostet hätte, setzte Lahen ihre Gabe ein, um ein stattliches Loch in alles zu brennen, was uns aufhielt.

Knuth und Shen liefen vorneweg, dann kam Lahen, danach Bamuth und ich, den Abschluss bildete Gnuzz. Ehrlich gesagt fühlte ich mich nicht ganz wohl bei dem Gedanken, den Iltis im Rücken zu haben, denn vor meinem inneren Auge sah ich immer wieder den Nekromanten mit der aufgeschlitzten Kehle. Bei diesem Mistkerl von Gijan wusstest du nie, ob er dir Rückendeckung gab oder dich nicht doch gleich hinterrücks abmurkste. Das Einzige, was mich halbwegs beruhigte, war, dass Gnuzz und ich gegenwärtig im gleichen Boot saßen. Da würde er schon nicht auf die Idee kommen, alte Rechnungen zu begleichen.

Insgesamt bahnten wir uns unseren Weg recht mühelos, sodass ich allmählich zu hoffen wagte, wir würden unseren Kopf noch einmal aus der Schlinge ziehen können. Allerdings sorgte ich mich um Lahen. Obwohl in ihren Augen das wilde Feuer der Magie loderte, wurde sie immer schwächer. Ihre Haut schimmerte in tödlicher Blässe, die Wangenknochen traten scharf hervor, das Haar hatte seinen Glanz verloren und klebte ihr schweißnass an der Stirn. Dieser verfluchte Stab des Nekromanten saugte das Leben aus ihr heraus.

»Sollten wir dieses Ding nicht allmählich loswerden?«, fragte ich sie, als wir durch das Steckrübenbeet der alten Rosa stiefelten.

»Noch nicht«, antwortete sie fast tonlos. »Noch brauchen wir den Hilss.«

»Ich hoffe inständig, du weißt, was du tust«, brummte ich.

»Ja. Aber es wäre gut, wenn du in meiner Nähe bleibst.«

Ich nickte finster. Was hatte sie denn gedacht?!

Plötzlich erklangen hinter den Zäunen rechter Hand Schreie. Die Jagd auf uns hatte begonnen. Noch waren sie nicht auf den klugen Gedanken verfallen, die Höfe zu überprüfen, sondern durchkämmten lediglich die Straßen. Aber das dürfte sich bald ändern. Falls sie genug Männer hatten, würden sie das ganze Dorf abriegeln. Damit kämpften wir nun auch noch gegen die Zeit. Schafften wir es, hier rauszukommen, solange die Nabatorer noch planlos durch die Gegend liefen, hatten wir gewonnen. Wenn nicht, dürfte das unser aller Ende sein.

Schon hatten wir die Brücke fast erreicht. Wir bräuchten nur noch diesen einen Stall zu umrunden, dann durch das Tor in den Nachbarhof zu schlüpfen und uns von dort aus zur Straße zu schlagen. Sicher, das war nicht ungefährlich – aber eine andere Möglichkeit gab es nicht.

Am Stall trat Knuth in einen Mistfladen und schimpfte wütend. Die alte Rosa schickte uns aus dem Haus ihre Flüche hinterher, weil wir ihren Gemüsegarten zertrampelt hatten. Das morsche Tor war vernagelt. Auf diese Weise hoffte die alte Schachtel ihre Steckrüben vor Pork zu schützen. Wie ich gehört hatte, liebte er es sehr, in fremde Höfe zu kriechen.

»Lass mich das lieber machen, Knuth«, sagte Lahen.

Der ließ sich jedoch nicht beirren. Mit einem Tritt befreite er das Tor aus den Angeln – und fiel mit gespaltenem Schädel zu Boden: Auf der anderen Seite hatte ein Nabatorer Soldat gelauert. Shen sprang schräg nach vorn, mein Augenstern schrie auf, ich schoss einen Pfeil ab. Mit dem Ergebnis, dass ich statt eines toten zwei lebende Soldaten vor mir hatte. Dann brach ein aberwitziger Kampf los.

Bamuths Armbrust klickte, ich zog mein Beil hinterm Gürtel hervor und schleuderte es gegen den Gegner, den Bamuth nicht erledigt hatte. Mit einem Mal standen jedoch vier weitere Soldaten vor uns, als seien sie aus dem Erdboden gesprossen. Shen und Gnuzz warfen sich ins Getümmel. Eisen klirrte. Lahen rammte einem Angreifer den Stab in die Visage. Der Schädel biss ihm das halbe Gesicht ab. Sofort vergaß der Mann alles um sich herum, heulte auf und krachte zu Boden, beide Hände auf die grauenvolle Wunde gepresst.

Der letzte – wenn man so will – unbeschäftigte Nabatorer

wollte mich schon von rechts umrunden, doch als er in Lahens Händen den blutdürstigen Hilss sah, blieb er wie erstarrt stehen. Dem Tod entkam er trotzdem nicht, denn Bamuth trieb ihm den Dolch in den Bauch.

»Shen!«, schrie Lahen. »Aus dem Weg!«

Unser Medikus, der sich durchaus geschickt gegen seinen Angreifer zur Wehr setzte, sprang zur Seite, um aus der Schusslinie des magischen Angriffs zu kommen.

Der Schädel heulte auf – und der Feind flog zusammen mit dem Zaun durch die Luft. Gnuzz erledigte derweil seinen Gegner und erschlug im Anschluss daran den Soldaten mit dem angebissenen Gesicht.

»Hol mich doch das Dunkel!« Bamuth sah mit kummervoller Miene auf Knuths Leiche. »Was hatten die hier verloren?!«

»Die haben uns aufgelauert«, antwortete Shen, nach Atem ringend.

»Red keinen Unsinn!« Ich zog mein Beil aus der Leiche, wischte die Schneide an meiner Kleidung ab und steckte es wieder hinter den Gürtel. »Das war purer Zufall. Die wurden hier irgendwo einquartiert, für die Zeit, in der die Kasernen noch nicht stehen. Da sind wir ihnen dann in die Arme gelaufen.«

»Nur, dass es Knuth dabei erwischt hat. Was musste der auch das Tor eintreten? Lahen hat ihm doch gesagt … So viele Jahre ist er aus jeder Schwierigkeit herausgekommen, und hier verhält er sich wie der reinste Milchbart. Dieser Dummkopf.«

Bamuth flüsterte mit grauen Lippen ein Gebet. Ja, um Knuth tat es mir auch leid. Er war kein schlechter Kerl gewesen, außerdem hatte er diese Schakale hier gut im Griff gehabt. Jetzt musste ich jederzeit gewärtig sein, dass sie aufmuckten.

»Wir machen ihn nicht wieder lebendig«, sagte Lahen und durchquerte schnellen Schrittes den Hof. »Bamuth, lade dein Spielzeug nach.«

Aus dem Haus lugte eine versoffene Visage heraus. Porks Vater in höchsteigener Person. »Was'n los?«, lallte er.

»Versteck dich!«, befahl Gnuzz, worauf der Mann sofort verschwand.

Die Straße war menschenleer. Wir überquerten sie rasch, um dann, dicht an die Zäune gepresst, zum Fluss hinunterzugehen. Am anderen Ufer machten wir bei der Mühle Menschen aus.

»Das sind Bogenschützen!«, rief mir Shen zu.

»Um die kümmer ich mich«, erklärte Lahen.

In den letzten Minuten war sie noch hohlwangiger und bleicher geworden. Ihre Haut kam mir durchscheinend und wächsern vor. Unter ihren Augen lagen schreckliche dunkelblaue Ringe, ihr Haar hing in Strähnen an ihr herunter. Ich könnte diese Nichtsnutze da drüben abschießen, bevor sie auch nur ihre Pfeile angelegt hatten. Warum sollten wir mit der Magie des Todes spielen, wenn sich alles auch mit einer weit schlichteren Waffe regeln ließ? Welche Gefahr sollte schon von diesen Bogenschützen ausgehen, wenn die uns den Rücken zugekehrt hatten?

Ich zielte kaum. Der Wind stand günstig, das Ziel bewegte sich nicht – das hätte sogar ein Kleinkind geschafft. Auch die Entfernung von einhundertundfünfzig Yard war für meinen Bogen lächerlich. Als der erste Pfeil traf, löste sich sein Bruder bereits von meiner Sehne.

»Wie Anfänger!« – Das war alles, was Ga-nor sagte, als die Nabatorer abgeschossen wurden.

»Wer schießt da?«

»Jemand vom anderen Flussufer. Weiter links!«

Erst jetzt machte Luk die vier Männer und die Frau aus. Ein blondhaariger Mann stand mitten auf der Straße. Er hatte den Bogen noch immer erhoben. Nach getaner Arbeit schien er sich an seinem Werk zu freuen. Mit gutem Grund.

»Ich wüsste zu gern, wer die sind.«

»Was spielt das schon für eine Rolle?«, erwiderte Ga-nor. »Hauptsache, wir haben unsere Schwierigkeiten vom Hals.«

»Aber welche wie die könnten wir gut brauchen!«

»Da siehst du mal ein paar Tote vom Himmel fallen, und schon verlierst du dein letztes bisschen Verstand«, höhnte Ganor. »Wo ist deine legendäre Vorsicht? Streng doch mal deinen

Kopf an! Was, wenn die uns nicht gerade mit offenen Armen empfangen?«

»Schon gut, du hast ja recht«, brummte Luk.

»Warum erklärt ihr uns Nordländer eigentlich immer für blöd?«

»Ich nicht!«, empörte sich Luk, um daraufhin sofort das Thema zu wechseln: »Lass uns lieber beobachten, was die als Nächstes machen.«

So ein schönes Mädchen hatte er noch nie gesehen. Die Tante war viel hübscher als alle Mädchen hier im Dorf. Jawoll. Die würden alle vor Neid platzen, wenn sie dieses Mädchen sahen. Oder die eigenen Zöpfe auffuttern. So eine Schönheit hatte es in Hundsgras noch nie gegeben. Selbst sein bester Freund, Hauptmann Nay, gehorchte ihr. Und der Zauberer war auch mit ihr befreundet.

Schon bald würde er, Pork, Ritter werden, und dann würde sich dieses Mädchen in ihn verlieben. Und er würde sie gegen alle Räuber und Drachen verteidigen. Das würde aufregend werden, jawoll. Und wer ein böses Wort über die Schöne sagte, den würde er verprügeln und zwingen, die Dame seines Herzens auf Knien um Verzeihung anzuflehen. Und alle, die sich weigern sollten, müssten Erde fressen. Oder, besser noch: Er würde sich bei Hauptmann Nay über sie beklagen, und der würde dann alle aufhängen.

Gerade brach die Dame seines Herzens zusammen mit fünf starken Soldaten irgendwohin auf. Pork wollte sich ihnen zwar anschließen, doch als er den grimmigen Blick des grauhaarigen Hauptmanns auffing, schlich er ihnen lieber heimlich nach, wobei er alles daransetzte, seine Holde nicht aus den Augen zu verlieren.

»Was ist das schon wieder?«, fragte Gnuzz und spähte hinter mich.

Ich fuhr herum.

Über die leere Straße kamen uns aus dem Dorf zwei Gestalten entgegengeflogen. Richtig gehört: geflogen. Zunächst wollte auch ich meinen Augen nicht trauen. Ohne jeden Flügel schwebten sie auf Mannshöhe durch die Luft. Beine hatten sie übrigens auch keine, sondern nur irgendwelche verkümmerten Schlangenschwänze. So was wie die hatte ich noch nie gesehen. Worüber ich mich allerdings nicht beklagte. Mit solchen Geschöpfen mied man wohl besser jeden Umgang. Vor allem wenn sie Bögen in Händen hielten, die so groß waren, dass selbst der stärkste Mann sie nicht hätte spannen können.

»Hinters Haus!«, brüllte ich. Ohne mich darum zu kümmern, ob meine werten Herren Kollegen diesem Befehl Folge leisteten, griff ich nach dem Köcher.

Die beiden Unbekannten rissen wie auf Kommando die Bögen hoch. Und zwar derart schnell, dass ich es nicht mehr schaffte, mich hinter dem Zaun in Deckung zu bringen. Ich konnte mich nur noch ducken, als bereits etwas laut gegen eine Latte schlug. Ich fluchte und brachte mich mit einem Sprung in Sicherheit, um den mich jeder betrunkene Floh beneidet hätte.

»Bist du verletzt?«, fragte Shen.

Ich überging die Frage jedoch und äugte stattdessen vorsichtig auf die Straße. Sofort schnellte ich zurück. Ein Pfeil bohrte sich in die Erde. Besser gesagt, kein Pfeil, sondern eine waschechte Deichsel. Mit so einem Ding konnte man Pferde zerhacken.

Die Biester schossen unermüdlich auf uns ein. Wir bräuchten bloß einen Fuß auf die Brücke zu setzen – und die würden uns in Igel verwandeln.

»Hol mich das Reich der Tiefe, wer ist das?!«, presste Gnuzz heraus.

Selbstverständlich rechnete er nicht mit einer Antwort. Ich übrigens auch nicht. So konnten wir beide nur staunen, als Shen uns aufklärte: »Das sind Shej-sa'nen.«

»Das sind *was?*«, hakte Gnuzz nach.

»Ascheseelen«, lieferte Shen den Ausdruck nach, der im Imperium üblich war.

Hervorragend! Wenn ich in meinem Leben einem Geschöpf

nicht begegnen wollte, dann waren das diese Märchengestalten. Außerdem: Was machten die hier? So fern von ihrer Heimat.

»Tu was, Lahen«, flehte Bamuth.

»Das kann ich erst, wenn ich sie sehe.«

Das wiederum war unmöglich, wenn uns diese Kreaturen derart unter Beschuss nahmen. Sobald wir auch nur den Kopf ins Freie stecken würden, hätten wir einen Pfeil im Auge.

»Wir müssen sie ablenken!«

Shens Vorschlag entbehrte nicht einer gewissen Originalität. Warum war ich bloß selbst nicht darauf gekommen?

»Bist ein kluger Junge!«, schnaubte ich. »Dann enthülle mir doch bitte das Geheimnis, wie du das zu tun gedenkst.«

»Natürlich indem du dich auf die Straße stellst«, erwiderte dieser von oben herab. »Während sie dich durchlöchern, wird deine Frau irgendeinen grauenvollen Zauber wirken.«

In mir regte sich der heiße Wunsch, diesen Milchbart den beiden Ascheseelen vor den Bogen zu treiben. Die Biester würden ihn bestimmt mit Freuden empfangen.

»Das ist der einzige Ausweg«, hörte ich da Lahens Stimme in meinem Kopf.

»Ist das dein Ernst?«

»Ich spüre, dass sich diese Person *nähert. Wir müssen es wagen, sonst war die ganze Flucht umsonst. Hilfst du mir?«*

Da zögerte ich keine Sekunde mehr. »Was muss ich tun?«

»Anscheinend sitzen unsere neuen Freunde in der Klemme«, bemerkte Ga-nor.

Luk nickte ihm zu, begriff dann aber, dass der Irbissohn ihn nicht ansah, sondern zum Fenster hinausschaute, und schickte deshalb ein »Mhm« hinterher. Er selbst zitterte schon beim Anblick der Ascheseelen. Im Vergleich zu diesen Geschöpfen waren wiederbelebte Tote ja direkt harmlos. Obendrein entkam man ihnen noch schwerer.

»Willst du denen etwa helfen?«, fragte Luk nun, da er mit einer gewissen Verzögerung begriff, was Ga-nors Worte bedeuten könnten.

Der Irbissohn sah Luk in die Augen. Nach einer Weile schüttelte er den Kopf. »Nein, natürlich nicht. Das wäre Selbstmord.«

»Wenn wir hierbleiben, haben wir bald einen ganzen Haufen Nabatorer auf dem Hals. Und so viele Bolzen und Pfeile, um die alle zu erledigen, könnten wir gar nicht haben.«

Das stimmte. Die Nabatorer würden bald zur Unterstützung der Ascheseelen anrücken. Und dann würden wir den Wald nie mehr erreichen. Dann würde unser Weg bereits auf dem hiesigen Friedhof enden.

»Ich bringe noch drei, vier Zauber zustande«, flüsterte Lahen. »Und die Zeit drängt.«

»Bist du bereit?«, fragte ich sie.

»Ja. Auf drei. Eins! Zwei!«

»Was habt ihr vor?«, fragte Shen misstrauisch.

»Drei!«, sagte Lahen.

Da ich ihrer Meisterschaft vorbehaltlos vertraute, schoss ich aus unserem Schlupfwinkel hervor auf die Straße. Sofort löste sich vom Hilss ein Zauber, der neben mir im Sand einschlug. Ein Schild aus Staub erhob sich in der Luft, in dem die Pfeile der Ascheseelen zitternd stecken blieben. Hätte Lahen auch nur eine Sekunde gezögert, wäre ich nun ein toter Mann.

So hingegen schützte mich der magische Schild zuverlässig gegen die Pfeile. Haken schlagend wie ein Hase rannte ich über die Straße. Während die Ascheseelen Jagd auf mich machten, würde Lahen ihren Zauber schon wirken.

Thia sah die Frau in dem Moment, als sie auf die Straße trat und den Hilss hochriss. Die Shej-sa'nen hatten jedoch nur Augen für den blonden Mann, der über die Straße lief und auf den sie Pfeil um Pfeil abschossen. Diese Narren! Begriffen die denn wirklich nicht, dass sie gegen die Aureole Erhobenen Staubs nichts auszurichten vermochten?

Aber dieses Weibsbild war schlau. Wenn sie, Thia, diese Bäuerin erst mal in ihrer Gewalt hatte, würde sie schon aus ihr herausbringen, wer sie ausgebildet hatte. Denn was sie gerade einsetzte, war die Magie des Todes – und von der hatten Schreitende keinen blassen Schimmer. Den Blick fest auf die Frau gerichtet, begann die Verdammte Typhus einen Fesselzauber zu wirken. Der würde die Unbekannte von ihrer Gabe abtrennen und ihr an Händen und Füßen magische Schließen anlegen.

Doch als ihr Zauber nur noch darauf wartete, sich von ihren Fingern zu lösen, spürte sie eine gewaltige Freisetzung von Kraft. Magie ließ die Luft knistern. In den Haaren der Verdammten glommen blaue Funken auf, die jedoch sofort wieder erloschen. Dann gab es einen derart gewaltigen Donner, dass sie sich sogar auf die Zunge biss.

An der Stelle, an der sich eben noch die Shej-sa'nen befunden hatten, erhob sich nun eine blau-schwarze Windhose. Sha-kho und sein Bruder wirbelten durch die Luft und wurden noch im selben Augenblick in unzählige Teilchen zerfetzt.

Diese Närrin! Einen dermaßen starken Zauber einzusetzen und so viel Kraft dafür zu verschwenden, nur um zwei Ascheseelen zu töten! Ging die etwa auch mit einem Streithammer auf Flöhe los?! Wie hirnlos! Wie leichtsinnig! Diese Autodidaktin!

Thia verengte die Augen zu Schlitzen, und der Zauber löste sich von ihren Fingern.

Der Donner, der da am helllichten Tag erdröhnte, ließ Luk aufschreien. Weil er seinen Augen nicht traute, rieb er sie kräftig, doch der Anblick, der sich ihm bot, blieb unverändert. Zwischen den Häusern tobte weiter die Windhose.

»Das ist der Nekromant!«, hauchte er.

»O nein.« Ga-nor hatte genauer beobachtet, was geschehen war. »Das war diese Frau.«

»Dann ist das eine Verdammte!«

»Oder eine Schreitende. Aber so oder so, in ihrer Nähe haben wir nichts verloren. Komm!«

»Willst du etwa *jetzt* aus der Mühle raus?«, fragte Luk wie betäubt, stand aber trotzdem auf.

»Du kannst auch gern hier drin abwarten, bis sie die Mühle in Schutt und Asche legen«, konterte Ga-nor, wobei Luk nicht genau wusste, ob der Irbissohn das ernst meinte. »Ich verzieh mich jedenfalls in den Wald.«

»Da platzt doch die Kröte, ich auch!«, sagte Luk so schnell, als befürchte er, der Irbissohn wolle ihn tatsächlich zurücklassen.

Sie zogen den Mühlstein fort, den sie auf die Klappe gelegt hatten, und sprangen nach unten. Niemand hielt sie auf, ja, es bemerkte sie noch nicht mal irgendwer. Die Getriebe rumorten zwar, doch die Müllersleute waren in alle Richtungen davongelaufen, sobald es brenzlig geworden war.

Ohne sich um den weiteren Lauf der Ereignisse in ihrem Rücken zu scheren, schlichen Ga-nor und Luk über ein mit hohem Gras bewachsenes Feld und tauchten in den rettenden Wald ein.

Sobald sich die Windhose legte, sah ich die Frau, die uns entschlossenen Schrittes entgegenstapfte, mit fünf Nabatorern in schwarzer Rüstung im Gefolge. Gegen diese Kerle würden wir im Kampf Mann gegen Mann nichts ausrichten können. Nicht bei den Schilden, Schwertern und schweren Harnischen. Die mussten wir vorher mit Pfeil und Armbrust erledigen, sonst würden sie Kleinholz aus uns machen.

Nun heulte auch noch der Stock tief und triumphierend auf. Lahen stieß einen gellenden Schrei aus und warf den Hilss von sich, als glühe er. Doch das half nichts. Ihre Arme wurden von den Fingerspitzen an bis hinauf zu den Schultern in ein lilafarbenes Licht gehüllt.

Mit einem verzweifelten Aufschrei fiel mein Augenstern zu Boden. Das Licht schimmerte jetzt nur noch an ihren Handgelenken und nahm eine Form an, die mich verflucht an Fesseln erinnerten. Ich eilte ihr zu Hilfe, doch sie schrie mir zu: »Komm nicht näher! Sie! Das ist *die Person!*«

Ich hatte noch nie unter Begriffsstutzigkeit gelitten. Sofort verstand ich, dass alles Leid von der Gefährtin der Nabatorer herrührte. Die lilafarbene Magie hatten wir ihr zu verdanken. Kurz entschlossen zog ich einen Pfeil aus dem Köcher, legte ihn ein und schoss. Zwei der Soldaten rückten ihre dreieckigen Schilde zusammen, um die Frau gegen die Gefahr abzuschirmen. Ich fluchte. Aus den Augenwinkeln nahm ich noch wahr, wie Gnuzz und Bamuth geradewegs in den Wald flohen. Auf ihre Hilfe durfte ich nicht mehr rechnen.

Thia hatte nicht erwartet, dass es so leicht sein würde, dieses Luder zu fesseln. Doch bis zur letzten Sekunde, als der Zauber erst in den Hilss einschoss und dann, weitergeleitet durch diesen, auch in die Frau, hatte diese Närrin nicht begriffen, welche Gefahr ihr drohte. Nicht den geringsten Widerstand hatte sie geleistet. Entweder hatten ihre Kräfte dafür nicht gereicht, oder sie hatte dergleichen schlicht und ergreifend nie gelernt. Jetzt hielt der Zauber sie gefangen, auch wenn sie den Stab weggeworfen hatte. Trotzdem blieb die Verdammte Typhus konzentriert. Nicht einen Augenblick lang vergaß sie, dass vor ihr ein wahrer Goldschatz mit einem mächtigen natürlichen Funken stand. Deshalb sollte sie immer noch mit einer Überraschung seitens der Unbekannten rechnen. Auch der Gedanke, das Ganze könne sich als Falle der Schreitenden erweisen, wollte ihr nicht aus dem Kopf. Und erst als die magischen Fesseln die zarten Handgelenke der Bäuerin umspannten, atmete Thia erleichtert durch.

Es war vollbracht! Sie hatte die Frau in ihrer Gewalt!

Da schoben die beiden Gardisten mit einem Mal die Schilde zusammen. Schon in der nächsten Sekunde schlug mit dumpfem Geräusch ein Pfeil ein. Vor Schreck erschauderte Thia. All ihr Sinnen und Trachten hatte ihrer Gegnerin gegolten – um andere Gefahren hatte sie sich gar nicht mehr gesorgt. Ohne ihre Leibwächter wäre nun beinah geschehen, was die Verdammte Typhus schon seit Jahrhunderten erfolgreich zu verhindern wusste. Der unbekannte Bogenschütze schien eine sichere Hand zu haben …

Sie wollte sich diesen Dreckskerl gerade vornehmen, als ein junger Mann den Hilss vom Boden aufnahm …

Über der feigen Flucht von Gnuzz und Bamuth hatte ich unsern Medikus völlig vergessen. Allerdings stand er ohnehin nicht auf meiner Rechnung, weil ich annahm, er würde uns ungefähr so viel nutzen wie Ziegenmilch. Deshalb verschlug es mir geradezu die Sprache, als Shen vorsprang und den Stab aufhob, den Lahen weggeschmissen hatte.

Wie ich es schon einmal beobachtet hatte, verschwamm der Schädel und nahm eine neue Form an. Der kreidebleiche Milchbart richtete ihn kurz entschlossen auf die Frau, die Lahen angegriffen hatte, und brüllte laut und jeden Buchstaben einzeln betonend dasselbe wie zuvor mein Augenstern: »Rragonrro!«

Der Schädel schrie wie ein Mensch vor Schmerz auf – und eine Lanze aus blendendem Licht schlug auf unsere Feinde ein.

Das Verhalten dieses Grünschnabels befremdete Thia. Was versprach er sich von dem Hilss? Nichts in diesem Jungen deutete darauf hin, dass er über den Funken verfügte.

Doch als der Stab den neuen Besitzer anerkannte und die Form änderte, handelte die Verdammte Typhus umgehend. Mit einem Teil ihrer Kraft formte sie einen Schild, um ihn dem fremden Zauber entgegenzustellen. Grell blendendes Licht umgab sie nun.

Dennoch durchbohrte ein unsagbarer Schmerz jeden Teil ihres Körpers. Sie krümmte sich und schrie auf wie ein gequältes Tier.

Die Erde bebte. Vor meinen Augen tanzten bunte Flecken.

Shen stand immer noch an derselben Stelle, aber der Stab des Nekromanten existierte nicht mehr. Er war in schwarze Flocken zerfallen, die sofort von einem leichten Wind erfasst und über die Straße davongetragen wurden. Lahen schwieg. Die lilafarbene Flamme an ihren Handgelenken war erloschen. Als sie aufzustehen versuchte, eilte ich zu ihr und half ihr hoch. Ein Krampf schüttelte sie, ihre Zähne klapperten, auf den bleichen Wangen prangten rote Fieberflecken. Wieder und wieder stieß sie nur die Worte »Ein Heiler« aus.

»Kannst du gehen?«

Zunächst sah mich mein Augenstern nur verständnislos an,

dann nickte sie. Doch nach ein paar Schritten auf wackligen Beinen wäre sie beinahe gefallen.

»Lass mich dir helfen!« Shen kam auf sie zu und fasste sie unter.

Er war schweißgebadet, aus seiner Nase troff Blut. Etliche der kleinen Äderchen in seinen Augen waren geplatzt. Dennoch hielt er sich sicher auf beiden Beinen und hatte seine Kraft nicht eingebüßt. Ich überließ ihm Lahen.

»In den Wald! Ich komme nach!«

Er legte sich meinen Augenstern mühelos über die Schulter und rannte zur Brücke.

Drei der fünf Nabatorer waren tot. Der vierte schrie unaufhörlich, der fünfte rührte sich mit schwachen Gliedern. Der Zauber hatte sie voll erwischt, selbst die Erde unter ihnen schien geschmolzen.

Auch die Frau hatte es schwer getroffen. Ihr Haar war angesengt, das Gesicht, wie durch ein Wunder von den Flammen verschont, bildete einen einzigen blutigen Fleischklumpen. Der linke Unterarm fehlte, und sie presste die rechte Hand auf die Wunde, um die Blutung zu stillen. Trotz der grauenvollen Wunden versuchte sie unverdrossen aufzustehen.

Dieses Vorhaben vereitelte ich jedoch, indem ich drei Pfeile auf das niederträchtige Weibsbild abschoss. Der erste traf sie rechts in der Brust, sodass sie wieder zu Boden fiel. Der zweite bohrte sich ihr in die Seite, der dritte in den Hals. Wer auch immer sie sein mochte – sie starb, wie jeder Mensch stirbt.

Pork, der die ganze Zeit hinter einem Brunnen gekauert hatte, schrie schmerzerfüllt auf. Sollte er! Ich drehte mich um und stürzte Lahen und Shen nach, die bereits die Brücke überquert und das andere Flussufer erreicht hatten.

Der markerschütternde Schrei eines seiner Männer riss Hauptmann Gray aus seiner Erstarrung.

»Halt noch durch, mein Freund«, flüsterte er.

Doch der Verwundete hörte ihn nicht und jammerte unvermindert weiter.

Gray überwand seine Schmerzen und stemmte sich unter Qualen auf die Knie. Der rechte Arm war derart verbrannt, als hätte er ihn in ein glühendes Kohlebecken gehalten. Obwohl unter seinem Helm Blut hervorrann und ihm in die Augen lief, konnte er die Wunde klar erkennen. Diese Hand würde nie wieder ein Schwert halten können: Daumen und Zeigefinger fehlten.

Am Boden fand Gray ein paar blutdurchtränkte Fetzen, die noch bis vor Kurzem zu einem Kleidungsstück gehört hatten, und verband sich mehr schlecht als recht die Wunde. Sein Freund hörte endlich auf zu schreien. Er war tot. Gray, der sich in einem fort das Blut aus dem Gesicht wischte, sah sich um. Der Kampf war vorüber. Er war der Einzige, der den Angriff dieser Frau überlebt hatte. Seine Männer und die Herrin waren tot.

Die Herrin war tot.

Er vermochte es nicht zu glauben. Nie hätte er für möglich gehalten, dass diejenigen, die hierzulande die Verdammten genannt wurden, sterben können. Aber jetzt lag die Herrin vor ihm, zerschmettert und blutend. Mit drei Pfeilen im Körper, die ihm ein stummer Vorwurf waren.

Er hatte versagt. Er hatte die Ehre, die ihm erwiesen worden war, nicht verdient. Er hatte Schande über sein Geschlecht gebracht.

Am Rande seines schmerzgepeinigten Bewusstseins nahm er neben sich eine Bewegung wahr. Der kräftige Kerl mit dem Gesicht eines Trottels, der ihnen von der Schenke aus gefolgt war, trat an den Nabatorer heran. »Du Waschlappen!«, sagte er.

Erschaudernd hob Gray den Kopf und schrie verängstigt auf, als er die Augen des Jungen sah. Sie waren vollkommen weiß. Blind. In ihnen loderte die Flamme des Todes. Und dann dieser Ton! Nur ein Mensch wagte es, sich einem Königsgardisten gegenüber einen solchen Ton herauszunehmen.

»Das … das kann nicht sein«, hauchte Gray. »Das glaube ich nicht … Herrin …«

Der Blick der Verdammten Typhus verhieß nichts Gutes.

Kapitel 10

Seit vier Tagen eilten wir nun durch den Wald. Gleich bei der ersten Rast hatte Shen Gnuzz eins verpasst, weil dieser einfach mit Bamuth abgehauen war. Zu meiner Überraschung hatte der Iltis sich das sogar gefallen lassen. Offenbar wollte er fürs Erste keine Schlägerei anzetteln, da er wusste, dass er den Kürzeren ziehen würde, denn weder Lahen noch ich zeigten Mitleid mit ihm.

Seitdem verhielten sich Gnuzz und Bamuth friedlicher als friedlich, allmählich hatte sich sogar die Spannung unter uns aufgelöst. Die offenen Rechnungen konnten später beglichen werden. Jetzt mussten wir zusammenhalten.

Als wir unser Nachtlager an diesem Abend in einem Platanenwald aufschlugen, durften wir uns endlich reinen Gewissens bis zum nächsten Morgen ausruhen, denn inzwischen lag das Dorf weit hinter uns.

»Bist du sicher, dass uns hier keine Gefahr droht?«, wollte Gnuzz von mir wissen.

»Dumme Frage! Wir sind vier Tage durch den Wald gehastet. Eine Schenke werden wir hier nirgends so schnell finden. Die Richtung stimmt. Etwaige Verfolger haben wir längst abgehängt. Deswegen glaube ich auch nicht, dass uns ein kleines Feuer in Gefahr bringt. Außerdem ist es nicht besonders bekömmlich, ein Birkhuhn roh zu verschmausen. Ich persönlich ziehe es jedenfalls in gebratener Form vor.«

Gnuzz hörte mit finsterer Miene zu, nickte, um zu zeigen, dass er überzeugt war, und stieß Bamuth in die Seite. Der brummte kurz, stand dann aber auf, und zu zweit machten sie sich daran, Feuerholz zu sammeln. Ich sah ihnen nach, bis sie zwischen den Bäumen verschwunden waren. Lahen schlief, an einen Baum gelehnt, die Beine unter sich gezogen. Der Weg hatte sie die letzten Kräfte gekostet. Von dem Vorfall im Dorf hatte sie sich noch immer nicht ganz erholt.

Ich zog meine Jacke aus und deckte sie so behutsam zu, dass sie nicht aufwachte.

»Behalt die beiden lieber im Auge«, flüsterte Shen.

Der Medikus rupfte das Birkhuhn, das ich erlegt hatte, und nickte in die Richtung, in der Gnuzz und Bamuth verschwunden waren. Weder Lahen oder ich noch er hatten mit einem Wort erwähnt, was in Hundsgras geschehen war. Dieses Thema mieden wir alle geflissentlich, wobei wir vorgaben, nie Zeit für ein ruhiges Gespräch zu finden. Gut, ein Körnchen Wahrheit steckte da auch drin. Nach den kräftezehrenden Tagesmärschen aßen wir alle nur noch schnell etwas, bevor wir in tiefen Schlaf fielen. Vor Erschöpfung hatten wir bisher nicht mal einen Wachtposten abgestellt. Am nächsten Morgen hieß es: nur rasch weiter. Und unterwegs bot sich nun wirklich keine Gelegenheit für ein Wort unter vier oder sechs Augen. Denn dass Gnuzz und Bamuth etwas davon mitkriegten – das wollte ich ganz entschieden nicht.

Von den verborgenen Talenten Shens ahnten die beiden nämlich nach wie vor nichts, da der Junge offenkundig nicht die Absicht hegte, dieses Geheimnis mit ihnen zu teilen.

Ich nahm den Bogen und folgte meinen werten Herren Kollegen. Schon früher hatte ich zu diesen beiden kein sonderliches Vertrauen gehabt, nach ihrer Flucht war es nun völlig geschwunden. Ohne Knuth war Gnuzz der reinste Widerling – dem sich Bamuth bedingungslos unterordnete. Lahen und ich konnten noch von Glück sagen, dass Shen nicht auf ihrer Seite stand. Was jedoch nicht hieß, dass wir dem Medikus vertrauen durften, vor allem wenn der nicht nur zu heilen, sondern auch mit glühendem Licht um sich zu werfen vermochte. Damit stellte der Milchbart eine Gefahr dar. Und wer konnte schon sagen, ob er nicht seine eigenen Gründe hatte, uns in die Bredouille zu bringen.

Während ich unseren beiden Holzsammlern nachschlich, spähte ich auch noch gleich den Ort aus, den wir für unser Nachtlager gewählt hatten. Nicht, dass wir in der Nähe eines Gowennestes oder einer Spagenhöhle lagerten. In dem Magen von einem dieser Viecher aufzuwachen entsprach nämlich keineswegs meinen Zukunftsplänen.

Darüber hinaus beschäftigte mich ein vages Gefühl der Beunruhigung. Bereits von früher Kindheit an litt ich unter meinem Misstrauen – und in letzter Zeit machte es sich bei der geringsten Kleinigkeit bemerkbar. So meinte ich, seit wir uns in diesen Wald geschlagen hatten, folge uns jemand – auch wenn ich Gnuzz das Gegenteil versichert hatte. Mit einem bloßen Eindruck war jedoch niemandem gedient. Deshalb war ich bereits gestern Nachmittag etwas zurückgeblieben, um dem möglichen Verfolger eine Falle zu stellen. Doch nichts. Entweder musste ich mir also wirklich etwas eingebildet haben, oder bei dem Unbekannten handelte es sich um einen echten Könner.

Diese Sorgen hatte ich bisher niemandem anvertraut. Nicht einmal Lahen. Warum sie ohne triftigen Grund damit behelligen?

Obwohl die Sonne noch nicht untergegangen war, herrschte hier, zwischen den riesigen Platanen, schummriges Licht. Der Wald, der sich auf den Nachtschlaf vorbereitete, wirkte finster und verlassen. Nicht einmal auf Tierpfade stieß ich. Folglich durfte ich mich durch wildes Dickicht schlagen, wobei ich den Blick fest auf den Boden gerichtet hielt, um nicht auf trockene Äste zu treten oder über die schwarzen Wurzeln zu stolpern, die aus der Erde ragten.

Und – warum falsche Bescheidenheit an den Tag legen? – dumm stellte ich mich dabei nicht an. Die Erfahrungen im Sandoner Wald zahlten sich aus. Der Wald der Elfen empfing Fremde selbst heute nicht mit offenen Armen, doch in meiner Jugend riskierte ein Mensch, der es wagte, ins Königreich der Hochwohlgeborenen vorzudringen, Kopf und Kragen, denn damals bestand der Friedensvertrag zwischen dem Imperium und dem Volk der Elfen noch nicht.

»Wie düster das hier ist!«, drang nun Bamuths Stimme an mein Ohr.

»Wenn du weiter so rumtrödelst, tastest du dich auf dem Rückweg nur noch vorwärts!«, erwiderte Gnuzz. Sofort danach hörte ich, wie ein Ast brach.

»Willst du mir jetzt auch noch vorschreiben, wie ich Holz zu sammeln habe?«

»Beeil dich halt ein bisschen. Ich will mich hier nicht verirren. Du hast vielleicht noch nie davon gehört, wie leicht man sich im Wald verläuft, selbst wenn der rettende Weg ganz in der Nähe ist, aber ich schon.«

»Das passiert nur, wenn Magie im Spiel ist«, brachte Bamuth heraus. Erneut barst Holz.

»Wer sagt dir, dass das hier nicht der Fall ist? So verflucht wie dieser Ort aussieht … Würd mich gar nicht wundern, wenn wir schon bald wieder in der Klemme stecken.«

Bamuth lachte gezwungen und trat offenbar auf der Stelle herum. Jedenfalls dem Geräusch raschelnder Blätter nach zu urteilen. Ich pirschte mich lautlos an sie heran, blieb hinter einem Baum stehen und beobachtete sie. Obwohl es auch in der Nähe unseres Rastplatzes genügend Äste gegeben hätte, waren die beiden tief in den Wald vorgedrungen.

»Erklär mir doch mal, warum wir Holz sammeln müssen, während die sich auf die faule Haut legen?«

»Halt den Mund!«

»Die glauben wohl, die können alles mit uns machen! Aber eins sag ich dir: Ich hab die Schnauze gestrichen voll!«

»Und?«, fragte Gnuzz spöttisch. »Willst du sie abmurksen?«

»Ehrlich gesagt, denke ich die ganze Zeit an nichts anderes als an die zehntausend Soren.«

»Die schlag dir lieber schleunigst aus dem Kopf.«

»Wieso das? Was könnte es denn Netteres geben als dieses Sümmchen?«

»Zum Beispiel dein eigenes Grab.«

»Pah!«

»Mir ist durchaus klar, dass so ein Grab nur halb so reizvoll ist wie die Soren. Aber du könntest schneller in ihm landen, als du Yokhs Geld in Händen hältst.«

»Was soll das denn heißen?«

»Bist du inzwischen eigentlich völlig verblödet?!«, verlor Gnuzz da die Geduld. »Was ist mit Lahen? Hast du etwa schon vergessen, wie sie die Hälfte des Dorfes dem Erdboden gleichgemacht hat? Oder glaubst du am Ende, dein hohler Schädel sei solider als eine Bauernhütte?«

Ohne etwas darauf zu erwidern, bückte sich Bamuth und sammelte die Zweige ein. »Guter Stahl hält jede Magie auf, wenn … wenn du die Klinge mit Verstand führst«, brummte er schließlich. »Diesem Nekromanten hast du ja auch ohne Weiteres die Kehle aufgeschlitzt.«

»Dieser Zauberer wusste nicht, mit wem er es zu tun hat, aber Lahen schon. Ich persönlich würde mich nicht mal im Schlaf an sie ranwagen. Den Grauen darfst du auch nicht vergessen. Der kann jedem das Licht ausblasen. Nein, das Risiko wäre viel zu groß.«

»Wir sind zu dritt, die zu zweit.«

»Aber diese beiden zählen für fünf. Außerdem bin ich mir nicht sicher, dass Shen auf unserer Seite steht.«

»Warum nicht?«

»Warum sollte ich?«

»Ich habe mit ihm gesprochen.«

»Wann?«

»Gestern. Bei der Rast.«

»Mhm. Trotzdem trau ich ihm nicht über den Weg.«

»Wenn dir der Kerl nicht gefällt, heißt das noch gar nichts. Knuth hatte nichts an ihm auszusetzen.«

»Und wo ist dein Knuth jetzt? Der verfault mit zertrümmertem Schädel in irgendeiner Jauchegrube, Meloth möge mir meine Worte verzeihen. Nein, ich sage es dir noch mal: Ich traue diesem Shen nicht. Außerdem würde es mir nicht passen, die Zehntausend auch noch mit dem zu teilen.«

»Dann bist du also dabei?«

»Ja. Aber das heißt nicht, dass wir sofort losschlagen. Lass uns auf eine günstige Gelegenheit warten. Falls die eintritt. Jetzt zuzuschlagen wäre nämlich höchst unklug, denn den Weg raus aus dem Wald kennt nur der Graue. Bringen wir ihn sofort um, versauern wir am Ende wirklich noch in diesem Dickicht.«

»Und was, wenn sich diese wunderbare Gelegenheit bis Alsgara nicht bietet?«

»Dann vergiss das Geld. Und jetzt lass uns zurückgehen, es ist schon fast dunkel.«

Daraufhin zogen die beiden in Richtung unseres Nachtlagers ab.

Oho.

Meine Einschätzung dieser beiden Dreckskerle war also nicht aus der Luft gegriffen.

Trotzdem riss ich mich zusammen und legte sie nicht kurzerhand um. Denn obwohl allein ihre Existenz eine Gefahr für uns darstellte, konnten sie sich noch als nützlich erweisen. In Gegenden wie diesen schadete es nie, ein paar Hände mehr zur Verfügung zu haben. Sollten wir allerdings auf einen Gow stoßen, würde ich ihm diese drei ohne jedes Mitleid zum Fraß vorwerfen.

Zudem brauchte ich mir nicht allzu viele Gedanken darüber zu machen, dass die uns in die Glücklichen Gärten schicken könnten, solange Lahen bei mir war. Deshalb sollten sie uns ruhig bis zur Straße nach Alsgara begleiten. Lag der Wald jedoch erst einmal hinter uns, würden wir sie dringend loswerden müssen.

Daraufhin lief ich zu jenem Pfad zurück, den wir heute genommen hatten. Er befand sich etwa dreihundert Yard von der Stelle, an der Gnuzz und Bamuth das Holz gesammelt hatten. Inzwischen zeigte der Himmel eine tiefviolette Farbe. Die ersten Sterne funkelten. Die Schlange war hervorragend zu erkennen, die Blaue Flamme an ihrem Schwanz brannte hell und zeigte nach Süden. Mit ihrer Hilfe suchte ich meinen Weg.

Ich blieb hinter einem Baum stehen und hielt den Bogen bereit. In der Hoffnung, ein verdächtiges Rascheln zu erhaschen, spitzte ich die Ohren. Minute um Minute verstrich, doch nichts war zu hören. Bloß der Wind rauschte in den Wipfeln, und irgendwo schrie ein Vogel, der gerade aus dem Schlaf erwacht war.

Offenbar verfolgte uns wirklich niemand. Ich drang erneut ins Dickicht ein, diesmal um zu der Stelle zurückzukehren, an der ich Gnuzz und Bamuth entdeckt hatte. Weit, weit vor mir schimmerte das Lagerfeuer. Als mir der Geruch nach gebratenem Fleisch in die Nase stieg, fing mein Magen sofort an zu knurren. Ich träumte bereits von meinem Anteil an dem Birkhuhn, als links von mir, ganz in der Nähe, leise ein Zweig brach.

Noch bevor ich auch nur darüber nachdenken konnte, was es mit dem Knacken auf sich haben mochte, schoss ich einen Pfeil ins Dunkel ab. Das dumpfe Plopp, das ich kurz darauf vernahm, verkündete mir, dass ich lediglich einen Baum getroffen hatte. Allerdings hörte ich danach ein Rascheln, das sich schnell von mir entfernte. Ich krächzte laut, um die anderen am Feuer auf die Gefahr aufmerksam zu machen, und schickte dem Geräusch einen zweiten Pfeil hinterher. Ob ich diesmal getroffen hatte, vermochte ich nicht zu sagen.

Verflucht! Der hätte mich beinahe erwischt! Wäre derjenige, der da im Hinterhalt gelauert hatte, nicht auf einen trockenen Ast getreten, die Sache wäre übel ausgegangen.

»Was ist los?«, fragte Lahen, die mir entgegengelaufen kam.

Gnuzz und Shen folgten ihr mit brennenden Zweigen in der Hand. Bamuth schnappte sich seine Armbrust.

»Hier war jemand«, sagte ich, wobei ich die Richtung im Auge behielt, in die mein Pfeil verschwunden war.

»Wer?«, fragte Shen.

»Woher soll ich das wissen? Sucht mal mit dem Licht den Boden nach Spuren ab. Vielleicht findet ihr noch was. Hier und da drüben.«

Den ersten Pfeil fanden wir recht schnell, der steckte in einer Platane. In seiner Nähe entdeckte ich auch den zertretenen Ast, der mir möglicherweise das Leben gerettet hatte.

»Das heißt noch gar nichts«, sagte Shen. »Dieser Zweig kann hier schon seit Jahren liegen.«

»Und geknackt hat es wohl auch nur bei mir im Kopf«, blaffte ich ihn an.

»Würd mich nicht wundern«, parierte er. »Es ist einfach zu dunkel, um irgendwelche sicheren Schlüsse zu ziehen.«

Prompt erschien daraufhin in Lahens Händen eine Kugel, die ein türkisfarbenes Licht verströmte und uns eine Sicht von zweihundert Yard schenkte. Mir war aufgefallen, dass Gnuzz zurückgewichen war, als mein Augenstern ihren Zauber gewirkt hatte. Sollte mir nur recht sein. Das würde ihm eine weitere Mahnung sein, Vorsicht walten und sich nicht zu unbedachten Taten hinreißen zu lassen.

»Ist das hell genug?«, fragte sie müde und hielt Shen die Kugel hin.

Der nahm sie bedenkenlos an sich, und wir machten uns auf die Suche nach dem zweiten Pfeil.

»Hier!«, rief Bamuth nach einer Weile und winkte mit dem Fund.

Wir eilten zu ihm. Gnuzz nahm den Pfeil an sich und betrachtete ihn genau. »Treffer! Hier ist Blut dran.« Er fuhr mit der Zunge vorsichtig über die Pfeilspitze. »Von einem Menschen.«

»Ach?«, höhnte Shen. »Hast du schon mal anderes gekostet?«

»Mach doch, dass du wegkommst!«, schrie Gnuzz ihn an.

»Haltet den Mund!«, befahl Lahen. »Egal, ob dieses Blut von einem Menschen stammt oder nicht, eins wissen wir jetzt mit Sicherheit: Hier war jemand oder etwas. Wir sollten heute Nacht einen Posten aufstellen. Sonst wachen wir morgen früh vielleicht nicht mehr auf.«

Durch zustimmendes Schweigen willigten wir in den Vorschlag ein.

Erst am nächsten Abend bot sich eine Gelegenheit, mit Lahen zu sprechen. Fünf Tage hatte ich jetzt darauf gewartet, aber damit hatte ich mich abfinden müssen. Auf alle meine Rufe in Gedanken hatte sie hartnäckig geschwiegen.

Während die drei barfuß unter hohen, goldschimmernden Kiefern lagen, wanderten wir durch die Büsche zu einer Lichtung voller Himbeersträucher, wo wir einen lauschigen Platz entdeckten, an dem wir ohne Zeugen miteinander reden konnten. Lahen hatte unterwegs eine ganze Handvoll großer, duftender Beeren gepflückt, die wir jetzt, auf einem sonnendurchwärmten Stamm sitzend, aßen.

Nachdem Lahen den Stab des Nekromanten eingesetzt hatte, war sie zwar immer noch blass, aber nicht mehr so krankhaft durchscheinend. Auch ihr Haar glänzte wieder. Und die Schwäche hatte sich zu meiner Freude ebenfalls verflüchtigt.

»Wie geht es dir?«

»Bitte?« Sie riss sich von ihren Gedanken los und sah mich kurz verständnislos an. »Oh, besser. Viel besser. Danke. Was meinst du, wer uns da verfolgt hat?«

»Keine Ahnung. Aber auf alle Fälle ist er seit dem Dorf hinter uns her.«

»Eigentlich beunruhigt er mich nicht sonderlich, mein Liebster.«

»Mich auch nicht. Wenn er gewollt hätte, dann hätte er uns längst angegriffen. Die ersten drei Nächte haben wir schließlich alle tief und fest geschlafen. Da hatte er mehr als eine Gelegenheit.«

»Ist dir aufgefallen, wie erfahren er ist? Diese Dummköpfe haben die Spuren übersehen. Aber du hast sie bemerkt, oder?«

»Also …«, antwortete ich zögernd, »sagen wir es so: Ich habe das gesehen, was mich dieser Kerl hat sehen lassen. Das ist keiner, der einfach drauflosstapft. Er hinterlässt kaum Spuren. Der ist mit Sicherheit nicht das erste Mal im Wald. Und den Pfeilen ist er auch mühelos entkommen. Dabei hätte ich mit diesen Schüssen jeden anderen erwischt. Trotzdem hast du recht, über ihn brauchen wir uns wohl nicht allzu viele Gedanken zu machen. Was mir viel mehr Kopfzerbrechen bereitet, ist der Vorfall im Dorf. Du wolltest nicht in Gedanken mit mir darüber sprechen, aber vielleicht erklärst du mir jetzt, wo wir allein sind, wie das alles zu verstehen ist.«

»Du hast es also nicht begriffen?«, fragte sie mit traurigem Gesichtsausdruck.

»Was?«

»Ness«, sagte sie, »ich habe darum nicht in Gedankensprache mit dir darüber geredet, weil ich es nicht konnte. Nicht, weil ich es nicht wollte. Das ist doch wohl ein Unterschied, oder?«

Vermutlich guckte ich ziemlich dämlich aus der Wäsche, denn mein Augenstern seufzte enttäuscht. »Pass auf! Diejenigen, die über die Gabe verfügen, sprechen in solchen Fällen davon, dass ihr Funke erloschen ist. Der Hilss des Nekromanten hat meine Kraft fast vollständig aufgesogen. So ein Stab verlangt nämlich ständig nach deiner Lebenskraft und Magie. Das ist seine Nahrung, wenn du so willst. Enthältst du sie ihm vor, weigert er sich, dir zu gehorchen. Und dann ist diese Frau gekommen …«

»Wer ist sie eigentlich?«, fiel ich ihr ins Wort.

Lahen sah mich forschend an und aß schweigend die letzte Beere auf, wischte ihre vom Saft roten Hände ab und legte sie mir sanft auf die Schultern. »Sie war sehr stark. So stark, dass ich annehme, es war eine der Verdammten.«

»Eine Verdammte?«, fragte ich skeptisch zurück. »Das glaubst du doch selbst nicht! Die hätten wir nie im Leben so leicht überrumpeln können!«

»Wer hat dir gesagt, dass es leicht war?« Ihr durchdringender Blick ließ mich erschaudern. »Dass wir mit ihr fertiggeworden sind, grenzt für mich an ein Wunder. Allerdings hat sie uns nicht ernst genommen, sodass wir sie kalt erwischen konnten.«

Es wollte mir nicht in den Kopf, dass eine der Verdammten unseren Weg gekreuzt hatte. Mit diesen Märchen hatte man mich in der Kindheit noch erschrecken können – aber sobald ich erwachsen geworden war, hatte ich nicht mehr an sie geglaubt.

»Du meinst wohl, ich tische dir ein Märchen auf?«

»Mhm«, brummte ich. »Du musst zugeben, es ist schwer, daran zu glauben, dass ich vor ein paar Tagen mit eigenen Händen eine der sechs Verdammten ins Reich der Tiefe geschickt habe.«

»Wenn es für dich einfacher ist, davon auszugehen, dass du

es mit einer starken Zauberin zu tun hattest, bitte, dann können wir uns gern darauf einigen. Aber dass sie stark ist, kannst selbst du nicht leugnen. In einem offenen Duell wäre ich mit Schimpf und Schande untergegangen.«

»Dafür hat sich Shen hervorragend gehalten«, erwiderte ich.

Lahen verzog das Gesicht, als hielte ich ihr ein Fläschchen Essig unter die Nase. »Das hat er in der Tat …«

»Was ist das für einer?«

»Ein Heiler.«

»Das weiß ich.«

»Verwechsle das nicht. Ich rede nicht von einem Medikus, sondern von einem Heiler.«

»Da gibt es einen Unterschied?«

»Einen gewaltigen. Die Heilkunst ist ein Aspekt der Gabe, der sehr selten auftritt.«

Wunderbar!

»Dieser Milchbart ist also genauso einer wie du?«

»Ja und nein. Er verfügt zwar auch über den Funken, aber der unterscheidet sich von meinem. Und auch vom Funken der Schreitenden oder der Glimmenden. Oder von dem der Nekromanten. Ich glaube, sein Funken glüht nicht sehr stark, eher im Gegenteil. Meiner Ansicht nach ist er kaum entwickelt, deshalb ist Shens Potenzial gegenwärtig nicht sehr groß.«

»Nicht sehr groß? Er hat dieses Mädchen spielend erledigt! Batz – und weg war sie!«

»Das war purer Zufall«, antwortete sie gelassen. »Einen Heiler triffst du eben nicht so häufig. Von zehntausend Trägern der Gabe hat nur einer die entsprechende Veranlagung. Deshalb kannst du Menschen wie ihn an den Fingern einer Hand abzählen. Und ein Mann, das ist noch seltener! Wenn ich mich recht erinnere, ist der einzige Mann, der über entsprechende Fähigkeiten verfügte, der Skulptor gewesen. Sonst sind es immer Frauen.«

»Mir ist nicht ganz klar, wie dem Skulptor die Fähigkeit, Menschen mithilfe von Magie zu heilen, beim Bauen genutzt haben soll.«

»Alle können mithilfe von Magie heilen, sogar die Nekromanten, nur eben nicht so gut wie ein Heiler. Ihre Gabe zielt auf ebendiese Tätigkeit. Sie können sogar Tote ins Leben zurückführen. Darum sind sie eine Art Gegenentwurf zu den Nekromanten. Nur dass bei ihnen keine leere Hülle herauskommt, sondern ein Mensch aus Fleisch und Blut. Die Fähigkeiten des Skulptors überstiegen dabei noch unsere kühnsten Vorstellungen. Heute bringt niemand auch nur etwas annähernd so Großes zustande wie er. Denk nur an die Burg der Sechs Türme, die Schule der Schreitenden im Regenbogental, die Zitadellen, den Palast des Imperators und nicht zuletzt die Wegblüten.«

»Äh …«, stieß ich aus. »Und warum habe ich dann bisher nie von diesen Heilern gehört?«

»Wie gesagt, es gibt nur sehr wenig Menschen mit dieser Art Funken. Und sie ziehen nicht durch Dörfer und Städte, um so viele Menschen wie möglich zu heilen. Der letzte Mensch, der mit dieser Gabe geboren wurde, war die Mutter der Schreitenden. Vor fünf Generationen.«

Woher Lahen all das wohl wusste? Aber das fragte ich sie nicht.

»Trotzdem – zurück zu meiner Frage«, sagte ich. »Wenn diese Menschen heilen – wie können sie dann auch verkrüppeln? Oder bessere Bauten erschaffen?«

»Das liegt daran, dass jeder Funke auch eine Kehrseite hat.«

»Was meinst du damit?«

»Es ist wie bei jeder Medizin«, antwortete sie. »Nimm nur einen Sud aus Sünderwurzel, der gegen Husten hilft. Wenn du zu viel davon trinkst, linderst du die Krankheit nicht, sondern – im Gegenteil – sie wird noch schlimmer. Die Lungen platzen dann förmlich, und du verschluckst dich an deinem eigenen Blut. Genau deshalb kann ein Heiler auch töten.«

»Dafür müsste er schon ein ausgemachter Kurpfuscher sein.«

»Nicht unbedingt, mein Liebster. Ein erfahrener Medikus kennt den menschlichen Körper so gut, dass er, wenn er will, jeden in die Glücklichen Gärten schicken kann. Mit der Magie eines Heilers verhält es sich nicht anders. Das Herz soll stehen bleiben? Die Gefäße platzen? Eine Seuche ausbrechen? Bitte! Wenn er es schafft, ein gebrochenes Rückgrat wieder zusammenwachsen zu lassen – warum sollte er es dann nicht auch brechen können? Die Heilkunst ist in gewisser Weise eine ganz besondere Kampfmagie, die nichts mit der Schule der Schreitenden oder mit der Nekromantie der Sdisser verbindet. Sie ist weder Leben noch Tod, sondern steht über beidem. Sie ist etwas grundsätzlich anderes. Wenn man diese Gabe in den Dienst des Bösen stellt, richtet man ein Unheil an, von dem die Menschen noch Jahrhunderte später sprechen. Beispiele dafür musst du nicht lange suchen. Denke nur an die Verdammte Lepra. Auch sie ist eine Heilerin.«

»Jetzt, wo du's sagst …! Behaupten die Legenden nicht, der halbe Süden sei an einer Krankheit gestorben, die sie heraufbeschworen hat?«

»Völlig richtig. Damit dürfte klar sein, wozu ein erfahrener Heiler imstande ist. Und nein«, sagte sie, meiner Frage zuvorkommend, »Shen vermag dergleichen nicht. Jedenfalls bisher nicht. Wie ich schon sagte, seine Gabe ist nicht sonderlich gut entwickelt. Der Sieg über die Verdammte war wirklich nur ein Zufall. Er hatte Glück, dass er sich den Hilss gefügig machen konnte. Und er hatte noch mehr Glück, dass sein Funken nicht erloschen ist, als er seine Gabe durch den Stab geschickt hat. Wenn die Magie des Lebens auf die des Todes trifft, bedeutet das oft genug das Ende für beide. Aber als sich Shens Magie mit der des Nekromanten verwoben hat, hat sie sich in nie dagewesener Weise verhalten, denn dabei ist ein reines, alles versengendes Licht entstanden. Ich glaube, im Grunde hat er selbst nicht damit gerechnet, dass ihm diese Verbindung glücken würde. Und die Verdammte hat bis zum Schluss nicht geahnt, was ihr da drohte. Sicher, sie hat einen Schutzschild gehabt, noch dazu einen sehr soliden, den nicht jede Schreitende durchbrochen hätte. Aber selbst der half nicht gegen die Verbindung aus Shens Funken und der Magie des Todes. Ehrlich gesagt, weiß ich gar nicht, ob es überhaupt irgendeinen Schutz gegen sie gibt.«

»Und weder du noch diese Verdammte oder der Nekromant

haben vorher gespürt, was es mit unserem Herrn Medikus auf sich hat?«

»Richtig. Nicht jeder Träger der Gabe kann den Funken eines anderen spüren. Und selbst wenn man ihn entdeckt ... Dem Nekromanten fehlte ja schon die Erfahrung, die Art meiner Gabe zu erfassen, von der Shens ganz zu schweigen. Wie gesagt, der Funke eines Heilers unterscheidet sich grundsätzlich von denen, mit denen es die meisten Magier und Magierinnen in ihrem Leben zu tun bekommen. Deshalb spürst du die Gabe eines Heilers nur, wenn er seine Fähigkeiten anwendet. Vorher ist das unmöglich. Weder die Verdammte oder der Sdisser noch ich konnten also etwas von den Talenten Shens ahnen.«

»Diese ...« Ich zögerte, sprach dann aber doch weiter: »Diese Verdammte ... wenn du doch recht hast, welche von ihnen war es?«

»Mhm ...« Sie zog die Knie unters Kinn und umfasste die Beine mit ihren Händen.

Ich wartete geduldig.

»Zu Beginn des Dunklen Aufstands gab es mehr als zwanzig Abtrünnige. Von denen haben aber nur acht die damaligen Ereignisse überlebt. Sie werden heute die Verdammten genannt. Die beiden Verdammten Fieber und Cholera sind während des Kriegs der Nekromanten gestorben. Damit bleiben noch sechs. Zwei von ihnen sind Männer, sodass also vier Frauen infrage kommen. Den Beschreibungen ihres Äußeren nach könnten zwei von ihnen passen. Darum nehme ich an, es war Scharlach oder Typhus.«

Ich erschauderte. Nach wie vor weigerte ich mich zu glauben, dass uns eine von denjenigen gegenübergestanden hatte, die den Dunklen Aufstand angezettelt und den Krieg der Nekromanten entfacht hatten.

»Aber was hat eine Verdammte in einem Kaff wie Hundsgras verloren?«

»Die Antwort liegt auf der Hand, mein Liebster. Sie ist hinter mir her. Genauer gesagt, hinter meiner Gabe. Sicher, man kann auch annehmen, die pure Neugier oder die Hoffnung, mich auf ihre Seite zu ziehen, hätten sie ins Dorf gebracht. Aber mich überzeugt das nicht. Du musst nämlich wissen, dass einige der stärksten Magier und Magierinnen ihrer Gabe einen fremden Funken hinzufügen können. Dadurch werden sie noch stärker.«

Dieses Thema behagte ihr nicht, das merkte ich, weshalb ich nicht weiter in sie drang, sondern auf eine andere Sache zu sprechen kam: »Warum hat uns Moltz einen Heiler geschickt?«

»Bist du sicher, dass er etwas von Shens Gabe weiß?«

»Nein«, antwortete ich nach kurzer Überlegung. »Aber in dem Fall ist mir völlig schleierhaft, was ihn veranlasst hat, seinen Gijanen einen gewöhnlichen Medikus mit auf den Weg zu geben.«

»Was?«, fragte Lahen spöttisch. »Oder wer?«

»Spielst du auf Yokh an?«

»Möglich wär's doch, oder? Wann erreichen wir deiner Ansicht nach die Straße?«

Ich überschlug den Weg, den wir schon zurückgelegt hatten. »Übermorgen, wenn wir weiterhin so schnell vorankommen und keine Probleme kriegen.«

»Dann werden unsere drei Begleiter zu gefährlich für uns. Für Gnuzz würde ich meine Hand nicht ins Feuer legen.«

»Und ich für keinen der drei. Gestern Abend hatte ich das Vergnügen, ein Gespräch unserer beiden Holzsammler mit anzuhören.«

Ich gab ihr in knappen Worten wieder, was Gnuzz und Bamuth ausgeheckt hatten.

»Vielleicht sollten wir versuchen, sie schon heute loszuwerden?«, fragte ich.

»Das dürfte so einfach nicht werden«, entgegnete Lahen. »Ich bin nicht sicher, dass ich in einem offenen Kampf etwas gegen einen von ihnen ausrichten kann. Außerdem wissen wir nicht, was Shen noch zu bieten hat, wenn es hart auf hart kommt.«

»Ich würde dich nie bitten, das Messer gegen sie zu ziehen. Aber deine Magie …«

Sie sah mich eine Sekunde lang erstaunt an, dann seufzte sie schwer: »Ich hatte gehofft, du hättest es inzwischen begriffen.«

Es folgte ein langes Schweigen, ehe sie flüsterte: »Ich kann meine Gabe nicht einsetzen.«

Ich meinte, mich verhört zu haben. »Was … warum …?«

»Ich kann meine Gabe nicht einsetzen!«, schrie sie mich jetzt völlig aufgelöst an und vergrub daraufhin ihr Gesicht in den Händen.

Während sie lautlos weinte, sah ich sie wie benommen an. Schließlich beugte ich mich zu ihr und schloss sie in die Arme. »Ist ja gut. Beruhige dich. Wir schaffen das«, tröstete ich sie. Ein wenig half es sogar. Ihr Weinen ging in leises Schluchzen über.

»Ich kann nichts mehr. Ich habe meine Gabe verloren. Ich bin völlig unfähig. Deshalb habe ich auch nicht auf deine Rufe geantwortet, die du mir in Gedanken geschickt hast. Weil ich sie überhaupt nicht gehört habe. Der Hilss des Nekromanten hat alles aus mir herausgesaugt. Als ich es dir vorhin sagen wollte … bist du auf die Verdammte zu sprechen gekommen … und da …«

»Aber du hast doch gestern diese Lichtkugel für Shen gemacht.«

»Das musste sein, auch wenn es mich meine letzten Kräfte kostete. Hauptsächlich, um Gnuzz zu beeindrucken.«

»Aber du hast deine Gabe nicht für immer verloren?«

»Natürlich nicht. Der Funke ist erloschen. Ich brauche jetzt etwas Zeit, um ihn neu zu entfachen.«

»Wie lange?«

»So etwas habe ich nie zuvor durchgemacht, deshalb kann ich nur mutmaßen. Zwei Wochen, schätze ich. Vielleicht aber auch einen Monat.«

Ich biss mir auf die Lippe, um einen Fluch zu unterdrücken. Dass es so schlecht stand! Wir konnten nicht mal drei Tage warten – geschweige denn zwei Wochen. Denn ohne die magische Unterstützung meines Augensterns würde ich mit unseren drei ungebetenen Begleitern kaum fertigwerden.

Da flatterte plötzlich fünfzehn Yard von uns entfernt aus den Büschen ein bunter Vogel mit empörtem Gezwitscher in die Luft. Sofort sprang ich auf, bereit, einen Pfeil auf die Reise zu schicken. Auch Lahen schnellte hoch.

»Etwas hat ihn aufgeschreckt«, sagte sie.

Doch jede verdächtige Bewegung der Äste oder ein Rascheln der Blätter unterblieb. Wenn sich da jemand versteckte, dann verhielt er sich mucksmäuschenstill. Wir verharrten ebenfalls still und horchten aufmerksam auf jedes Geräusch im Wald.

»Das führt zu nichts«, entschied Lahen schließlich. »Wenn da jemand war, ist er längst verschwunden.«

»Ob er uns belauscht hat?«

»Das glaube ich nicht, dazu sind wir zu weit weg.«

»Manch einer verfügt über ein sehr feines Ohr«, sagte ich. »Und vielleicht ist er immer noch da!« Daraufhin schoss ich aufs Geratewohl einen Pfeil ab.

Zing!

Der Pfeil verschwand in dem Busch, aus dem eben gerade der Vogel aufgestiegen war. Wir warteten noch kurz, dann nahm ich das Beil in die rechte Hand, den Dolch in die linke und ging zu den Sträuchern, auch wenn ich kaum daran glaubte, dort noch jemanden zu stellen.

Wie ich vermutet hatte, steckte der Pfeil im Boden. Ich verstaute ihn wieder im Köcher und sah mich um: Das Gras war niedergetreten, an einem Himbeerstrauch ein Zweig abgebrochen. Auf dem Boden lagen ein paar reife Beeren.

Das konnte alles Mögliche bedeuten.

Oder auch gar nichts.

»Ach, Alsgara!«, seufzte Bamuth sehnsüchtig, verschränkte die Hände hinterm Kopf und streckte sich im Gras aus. »Wer hätte je gedacht, dass ich mich einmal so nach dieser Stadt sehnen würde!«

»Lange Fußmärsche sind gut für die Gesundheit«, bemerkte Lahen, die nachdenklich mit einem Ast im Holz des niedergebrannten Feuers stocherte. Eine ganze Funkengarbe stob zum Nachthimmel auf.

»Aber nicht für mich! In meinen Adern fließt Stadtblut!«

»Du musst es ja wissen«, sagte mein Augenstern sanft. »Reich mir doch mal bitte das Wasser.«

Bamuth setzte sich auf und reckte sich, bis es in seinen Gelenken knackte. Alles, was nicht seine Arbeit als Gijan betraf, verrichtete er ausgesprochen langsam. Mir entging nicht, wie sehr sich Lahen über diese Trägheit ärgerte.

»Nimm meins.« Gnuzz warf ihr seine Flasche zu. »Bis der sich rührt, vergeht ja ein Jahrhundert.«

»Stimmt doch gar nicht«, maulte Bamuth und streckte sich wieder aus. »Aber warum sollte ich mich beeilen?«

Ich trat aus dem Dunkel, in dem ich die ganze Zeit gestanden hatte.

»Ist alles ruhig?«, fragte Gnuzz, nachdem er sich geräuspert hatte. Mit meinem Auftauchen hatte ich ihn erschreckt.

»Sieht so aus«, antwortete ich. »Genau wie gestern. Anscheinend haben wir wirklich alle Verfolger abgehängt.«

»Meloth sei gepriesen.« Shen warf etwas Holz in das erlöschende Feuer. »Ich will nicht bei jeder Wache mit dem Schlimmsten rechnen.«

»Das solltest du aber.« Lahen nahm einen Schluck aus Gnuzz' Flasche und verzog das Gesicht. »Igitt! Wo hast du denn das Wasser her?«

»Aus dem Bach«, antwortete Gnuzz.

»Das brennt ja fürchterlich.«

Sie spuckte aus und leerte die Flasche.

»He!«, empörte sich Gnuzz. »Was soll das?«

»Reg dich nicht auf«, beruhigte ich ihn. »Hier gibt's genug Wasser. Jeden Tag kommen wir an zwei, drei Quellen vorbei, da wirst du schon nicht verdursten.«

Lahen spuckte noch immer, als sie Gnuzz die leere Flasche wieder zuwarf.

»Du hättest mich ja wenigstens um Erlaubnis fragen können«, brummte er und schraubte die Flasche zu. »Übermorgen haben wir den Wald hinter uns, oder, Ness?«

»Wer hat das gesagt?«

»Das liegt doch auf der Hand. Die letzten Tage sind wir immer geradeaus gelaufen. Nach Westen, sodass uns abends die Sonne in die Augen sticht. Vor allem, wenn wir durch kleinere

Wälder ziehen. Und wenn du die Tage bedenkst, müssten wir auch bald da sein.«

Was für ein kluges Köpfchen. Nur sollten wir in dem Fall überlegen, wie wir dich am besten loswerden. Und zwar noch heute. Nachts. Zusammen mit deinen beiden Spießgesellen. Denn in Zukunft verzichteten Lahen und ich lieber auf diese Gesellschaft.

»Du sagst es: *müssten.* Aber vorher *müssen* wir noch die Straße finden.«

»Meiner Ansicht nach findet die jetzt jedes Kind«, erwiderte Gnuzz mit einem Grinsen, das mir so gar nicht gefiel.

»Wie soll ich das verstehen?«, fragte ich.

»Ich freu mich einfach, bald wieder zu Hause zu sein.« Er griente noch immer so verschlagen.

Lahen und ich wechselten einen beredten Blick.

Dann halten wir doch mal fest: Den Weg findet jedes Kind. Damit konnten sie von nun an auf mich verzichten. Allerdings wussten diese Narren nicht, dass noch Sümpfe vor ihnen lagen und sie sich in Richtung Norden halten mussten. Deshalb galten wir ihnen auch nicht länger als lästige Gefährten, sondern als begehrte Beute, für die ein hübsches Sümmchen ausgesetzt war. Blieb also nur die interessante Frage zu klären, wer hier wen zuerst in die Glücklichen Gärten schickt.

Was uns anging, sollten wir mit Shen anfangen. Egal, ob er nun ein Heiler war oder nicht. Von mir aus konnten Gestalten wie unser werter Herr Medikus nur alle hundert oder sogar tausend Jahre einmal geboren werden – er war und blieb der gefährlichste von den dreien.

»Wenn ich nach Alsgara komme, werde ich ein ganz neues Leben anfangen.« Bamuth setzte sich wieder auf. »Ich werde mir ein kleines Häuschen kaufen, vor der Stadt, am Ufer des Meeres. Oder besser noch eine anständige Schenke in der Nähe der Piers. Was machst du mit deinem Anteil, Gnuzz?«

»Ich?« Der Iltis zupfte einer kleinen, unscheinbaren Blume hingebungsvoll die Blütenblätter aus. »Darüber zerbrech ich mir erst den Kopf, wenn ich das Geld in Händen halte.«

»O nein, darüber solltest du dir schon vorher klar werden.«

»Steht euch denn unverhoffter Reichtum ins Haus?«, fragte ich möglichst ungezwungen, obwohl sich in meinem Innern alles zusammenzog. »Erbt ihr was?«

»So in der Art.« Gnuzz stellte seine Zupferei ein und warf mir den kläglichen Stängel zu. »Hier! Freu dich an dem Anblick.«

Bamuth wieherte los.

»Was ist das?«, fragte ich, ohne auf das Gelächter zu achten.

»Der Schlüssel zu zehntausend Soren. Hast du das immer noch nicht begriffen? Der Saft dieser Blume schläfert sogar ein Pferd ein.«

»Ich wusste ja gar nicht, dass du dich so hervorragend in Wald- und Wiesenkräutern auskennst«, giftete ich.

»Im Unterschied zu gewissen Heißspunden durchläuft ein echter Gijan eine lange Schule.« Gnuzz' Grinsen kroch aus seinem Gesicht. »Lass das! Damit machst du alles nur noch schlimmer!«

Ich unterbrach die Bewegung, mit der ich nach dem Bogen hatte langen wollen, denn Bamuths Armbrust zielte klar und deutlich auf meine Brust.

»Wie soll ich das verstehen?«, fragte ich kalt und schielte nach rechts. Zu meiner Bestürzung schlief Lahen. »Das Wasser aus deiner Flasche!«, stieß ich aus.

Sie hatten uns ausgetrickst.

»Hut ab!«, höhnte Gnuzz. »Bist du also auch schon dahintergekommen. Ich hatte ja nicht zu hoffen gewagt, dass dieser Trick klappt, aber ich bin nun mal ein Schoßkind des Glücks. Wenn die Hexe aufwacht …«

»Verschmurgelt sie dir das Hirn.«

»Das wohl nicht. Wir haben nämlich gehört, dass ihre Gabe flöten gegangen ist. Dein Weibsbild ist so harmlos wie eine Mücke.«

Damit war auch das Rätsel gelöst, wer sich da in den Himbeeren versteckt hatte.

»Und wenn sie das Zeug nicht getrunken hätte«, mischte sich Bamuth ein, »hätten wir ihr einfach eins über den Schädel gezogen.«

»Das wird Moltz aber gar nicht gefallen.« Warum war bloß Knuth nicht mehr da?

»Bei dem Geld pfeife ich auf Moltz und seine Gilde.«

»Dann verstehe ich nicht, warum du überhaupt noch mit mir sprichst.«

»Weil wir nicht die Absicht haben, euch hier im Wald abzumurksen. Sonst kommen uns eure teuren Köpfe womöglich noch auf dem Weg nach Alsgara abhanden. Und dann glaubt uns Dreifinger vielleicht nicht. Deshalb liefern wir Yokh die Ware lebend. Und in einem Stück. Sofern du keine Mätzchen machst, brauchst du also nicht mal mit Prügeln zu rechnen.«

»Ich bin schlicht und ergreifend entzückt«, sagte ich und ließ mich im Nu auf die rechte Seite fallen, wobei ich gleichzeitig mit der linken Hand das Beil schleuderte.

Ein lautes Klicken der Armbrust – und ein Bolzen schoss über meinen Kopf hinweg. Bamuth hatte nicht mit einem Angriff von meiner Seite gerechnet und mich deshalb verfehlt. Allerdings ist es auch kein Kinderspiel, dein Ziel zu treffen, wenn dir ein Beil in der Stirn steckt.

Damit wäre der Erste erledigt!

Gnuzz heulte auf, schnellte hoch und landete auf mir, ehe ich wieder auf den Beinen stand. Direkt auf meinem Rücken. Die Hand, in der er das Messer hielt, konnte ich nur in letzter Sekunde einen Zoll vor meinem Gesicht abfangen. Gnuzz presste sie mit aller Kraft nach unten, ich drückte sie nach oben. Mit der freien Hand griff ich nach seiner Visage, in der Hoffnung, ihm die Augen auszukratzen.

»Brauchst du vielleicht Hilfe?«, fragte Shen da gelangweilt.

»Was glaubst du denn!«, brüllte Gnuzz. »Ja, du Schwachkopf!«

Das Messer näherte sich meinem Gesicht auf einen halben Zoll – als der Kerl auf mir plötzlich erschlaffte. Shen stand mit blutigem Schwert neben uns. Als er meinen verwunderten Blick auffing, verzog er die Lippen zu einem unsicheren Grinsen. »Den konnte ich von Anfang an nicht leiden.«

Ich schob den Toten von mir und stand auf. »Und was hast du jetzt mit mir vor?«

»Nichts. Wir beide werden uns doch wohl einigen können. Ich hoffe sehr, dass wir Alsgara zusammen erreichen.«

»Und dann?«

Er sah mich lange an, bevor er die Klinge wegsteckte, und sagte: »Lass uns mal nachsehen, ob wir Lahen wach bekommen.«

Der Wald veränderte sich. Die mächtigen Bäume verschwanden, wir mussten uns nicht länger durchs Dickicht schlagen, denn nun gab es wieder Pfade. Zahllose glasklare Quellen sammelten sich in kleineren Seen. Der Boden war stellenweise sogar matschig. Hier lcbten unzählige Fliegen und Mücken. Letztere machten uns das Leben schwer, bis sich das Wetter irgendwann verschlechterte und Regen einsetzte. Es wurde grau, schwül und ekelhaft. Wir mussten bereits in der Nähe der Blasgensümpfe sein. Wir marschierten Richtung Norden, in der Hoffnung, früher oder später auf die Straße zu stoßen, die an der Grenze von Wald und Sumpf verlief.

Lahen spuckte noch immer die bittere Flüssigkeit aus und fand für die Herren Gnuzz und Bamuth nur die allerfreundlichsten Worte. Am liebsten hätte sie die beiden noch einmal und eigenhändig umgebracht.

Wir hatten sie nicht begraben, aber das würde uns Moltz wohl nicht verübeln. Die Gilde hält ihre schützende Hand nämlich nicht über diejenigen, die gegen sie rebellieren. Deshalb hatten wir die Leichen einfach auf dieser Lichtung liegen lassen. Für die Tiere des Waldes …

Shen lief vor uns her, und immer wenn er vom Weg abkam, brachte ich ihn wieder in die Spur. Aus leicht nachvollziehbaren Überlegungen wollten wir den Heiler nur ungern in unserem Rücken haben. Denn obwohl er mir gestern das Leben gerettet hatte, traute ich ihm nicht. Sicher, bei einem Kampf mit Fäusten hatte der Milchbart keine Chance gegen mich. Aber andersrum galt das genauso – sollte er Magie einsetzen. Und Lahen? Dank Gnuzz wusste leider auch Shen, dass sie zurzeit nicht über ihre Gabe gebot.

Der ungeschützte Rücken des Heilers sprang mir also ständig

ins Auge, doch der Versuchung, ihm eine spitze Klinge in selbigen zu treiben, gab ich nie nach. Er hatte wiederholt betont, was sein Ziel war: Alsgara zu erreichen – nicht aber uns an den Kragen zu gehen. Deshalb bestand zunächst kein Grund, ihn umzubringen. Und blindlings alle kaltzumachen, die einem über den Weg laufen – das tun nur Verrückte oder ausgemachte Dreckskerle. Ich für meinen Teil hegte jedoch die Hoffnung, während meiner Arbeit für die Gilde nicht zu einem solchen Aas verkommen zu sein wie Gnuzz und Bamuth.

Gegen Mittag hatte uns der unablässige Regen bis auf die Knochen durchgeweicht. Ich machte mir Gedanken um die Sehnen, auch wenn sie in einer Metallbüchse am Boden des Beutels mit unserem Geld lagen. Der Befiederung der Pfeile tat dieses Wetter ebenfalls nicht gerade gut. Ändern ließ sich all das jedoch nicht. Wenigstens schützten uns die Bäume mit ihren Zweigen und Blättern etwas gegen den Regen.

»Heute Abend werden wir Mühe haben, ein Feuer zu entfachen«, bemerkte Shen. Die Kapuze seiner Jacke verschattete sein Gesicht so, dass nur das von Bartstoppeln bedeckte Kinn zu sehen war.

»Bis heute Abend müssten wir die Straße erreicht haben.«

»Eine gute Neuigkeit.«

»Wer hat dich eigentlich ausgebildet?«, erkundigte sich Lahen bei ihm. »Das wollte ich dich schon lange fragen.«

»Was meinst du?«, erwiderte er, doch in seiner Stimme schwang eindeutig ein falsches Unverständnis mit.

»Wer hat deinen Funken entzündet? Wer hat dir geholfen, über deine Gabe zu gebieten?«

»Und wer hat dich ausgebildet?«

»Niemand.«

»Tisch mir doch keine Lügenmärchen auf«, sagte Shen. »Ich habe dich in Hundsgras erlebt. Eine solche Meisterschaft erlangt man nicht ohne profunde Ausbildung. Wenn wir auch über unterschiedliche Aspekte der Gabe verfügen, sind mir die Grundlagen deiner Magie doch bekannt. Keine der Schreitenden ist in der Lage, sich einen Hilss gefügig zu machen.«

»Du selbst hast deinen Zauber doch auch durch den Stock geleitet.«

»Ich verfüge aber auch über den Funken eines Heilers. Außerdem … ist der Zauber außer Kontrolle geraten. Im Grunde verstehe ich nicht, was da geschehen ist.«

»Das glaube ich dir unbesehen.«

»Also«, gab Shen nicht nach, »wer hat dich unterwiesen, wenn du die Magie des Todes beherrschst? Aus dem Regenbogental kann dir das niemand beigebracht haben.«

»Bist du da so sicher, mein Kleiner?«

Den *Kleinen* nahm er Lahen zu meiner Überraschung nicht übel. »O ja, das bin ich«, sagte er schlicht. »Hättest du deine Ausbildung im Regenbogental erhalten, wärest du eine Schreitende – und ein solches Talent hätten sie sich nicht entgehen lassen. Warum hast du den Nekromanten eigentlich nicht gleich bei der ersten Begegnung umgebracht? Das wäre doch ein Kinderspiel für dich gewesen.«

»Überschätze meine Kräfte nicht.«

»Ich glaube, ich unterschätze sie sogar noch«, entgegnete Shen. »Ich frage mich wirklich, wie dich die Funkensucher haben übersehen können. So viele Jahre hast du mitten unter ihnen gelebt, und sie haben dich nicht bemerkt.«

»Kommen wir doch lieber zum Ausgangspunkt unseres Gesprächs zurück, Shen. Sofern du nicht mit deiner Gabe hinterm Berg gehalten hast, wissen die Schreitenden von dir. Und das heißt, du bist einer von ihnen – und damit unser Feind. Also?«

»Nichts ist leichter, als den Funken eines Heilers vor anderen zu verbergen. Niemand spürt ihn, solange der Heiler seine Gabe nicht einsetzt.«

»Die Erfahrung durfte ich erst kürzlich machen. Du gehörst also nicht zu den Schreitenden? Bist du ein Autodidakt?«

»So in etwa.«

»Aber selbst wenn das nicht stimmt, werden wir die Wahrheit wohl nie herausbekommen, oder?«

»Du gibst nichts von dir preis, ich nichts von mir. Lassen wir es dabei bewenden. Ich will dieses Thema nicht erörtern.«

»Wie du meinst. Aber lass dir eins gesagt sein: Du bist schlecht ausgebildet. Dein Potenzial ist kaum entwickelt. Du loderst auf – und verglühst im Nu.«

»Steck deine Nase nicht in Dinge, die dich nichts angehen, Lahen. Kümmer du dich um deine Angelegenheiten – und ich mich um meine. Auf deine Hilfe kann ich getrost verzichten.«

Danach herrschte lange Zeit Schweigen.

»Hältst du das für klug?«, fragte Luk.

Der Regen hatte Ga-nor in einen durchnässten, rotfelligen Hund verwandelt. Ohne sich zu seinem Gefährten umzudrehen, schüttelte er den Kopf. Da Luk nicht ganz klar war, wie er diese Geste zu deuten hatte, rief er ihm in Erinnerung: »Die haben immerhin gestern Abend zwei Männer getötet.«

»So was kommt vor.«

»Da platzt doch die Kröte!«, blaffte Luk. »Diese Burschen haben ihre eigenen Leute in die Glücklichen Gärten geschickt! Und da hoffst du darauf, dass sie uns gegenüber bessere Manieren an den Tag legen?!«

»Dieser verfluchte Regen. Die Spuren sind im Nu verschwunden.« Der Irbissohn zupfte sich wütend den Schnauzbart, ließ sich dann aber zu einer Antwort auf Luks Frage herab: »Ich habe nicht vor, ihre Bekanntschaft zu machen. Oder mich mit ihnen anzufreunden. Wir haben den gleichen Weg, das ist alles. Also folgen wir ihnen, und zwar ohne dabei zu lärmen. Mit dieser Aufgabe solltest sogar du zurechtkommen.«

»Und dieser Bogenschütze? Hast du den etwa vergessen?«

»Wohl kaum.« Ga-nor schielte über die linke Schulter zurück. »Dazu macht der Bursche einen allzu unvergesslichen Eindruck.«

»Mir wäre lieber, wenn er tot wäre. Ich würde mich sicherer fühlen, wenn ich wüsste, dass mich niemand abschießt. Gehen wir auch nicht zu schnell?«

»Keine Sorge, das tun wir nicht.«

»Aber wenn wir so weiterrasen, holen wir sie ein.«

»Die Spuren sagen mir, dass alles in Ordnung ist.«

»Du hast doch gerade eben selbst gesagt, dass der Regen sie im Nu auslöscht.«

»Halt jetzt endlich den Mund!«

»Halt den Mund! Renn nicht! Stampf nicht! Jammer nicht! Schlaf nicht! Lauf schneller! Lauf langsamer! Ehrlich gesagt, bedauer ich manchmal, dass dich dieser Kerl nicht erwischt hat.«

Daraufhin lachte Ga-nor nur fröhlich. Gleich wurde er jedoch wieder ernst, als er einen Blick auf die Erde warf, was Luk allerdings entging, sodass er weiter seine Tirade vom Stapel ließ, bis Ga-nor ihn anfuhr.

»Da haben wir's«, empörte sich Luk. »Schon wieder verbietest du mir den Mund!«, sagte er.

»Bist du jetzt wohl still!«, zischte der Irbissohn und ließ seinen Blick über die Lichtung wandern.

»Was ist denn?«, fragte Luk, der sich nun ebenfalls mit stockendem Atem umsah.

Da durchriss ein Pfeil mit weißer Befiederung den Regenschleier und bohrte sich neben Ga-nors linkem Bein in den Boden. Der Schütze stand auf der anderen Seite der Lichtung. Er hatte die Kapuze zurückgeschoben, die blonden Haare klebten ihm in der Stirn, die grauen Augen hielt er ebenso unverwandt auf den Irbissohn gerichtet wie die Spitze eines neu angelegten Pfeils.

»Da platzt doch die Kröte!«, entfuhr es Luk. »Ich hab dir ja gesagt, wir sind zu schnell.«

Ga-nor setzte bloß einen verächtlichen Gesichtsausdruck auf. Wenn der Schütze gewollt hätte, wären sie beide längst tot. Aber der Mann zögerte. Offenbar war er gar nicht unbedingt darauf erpicht, ihnen das Leben zu nehmen. Das ließ hoffen …

»Da wären ja auch die anderen«, murmelte Luk, als hinter den Bäumen ein Mann von etwa zwanzig Jahren und eine Frau mit einem Sack über der Schulter hervortraten. Es war die Frau, die im Dorf die Ascheseelen erledigt hatte. Sie musste also eine Schreitende oder eine Glimmende sein, das wusste Luk nicht so genau.

»Wer seid ihr?«, fragte der Bogenschütze mit kalter Stimme.

»Ga-nor aus dem Klan der Irbisse. Fährtenleser in der Burg der Sechs Türme.«

»Luk, Soldat der ersten Kompanie im Eisturm in der Burg der Sechs Türme.«

Der junge Mann stieß einen Pfiff aus. »Da hat es euch weit weg von den Buchsbaumbergen verschlagen. Habt ihr euch verlaufen?«

»Wir mussten diesen Weg nehmen.«

»Ach ja? Und weshalb, wenn ich fragen darf?«

Dieser Rotzlöffel gefiel Luk immer weniger. »Aus einem Grund, der den Namen Armee von Nabator und Nekromanten aus Sdiss trägt.«

»Seid ihr schon lange unterwegs?«

»Wir sind aufgebrochen, als die Burg im Sturm genommen wurde.«

»Und warum folgt ihr uns?«

»Weil wir den gleichen Weg haben. Das könnt ihr uns ja wohl nicht vorwerfen.«

»Und wohin wollen wir deiner Meinung nach bitte schön?«, fragte der Rotzlöffel.

»Nach Alsgara natürlich.«

»Tatsächlich?«

»Immer mit der Ruhe, Shen«, sagte die Frau, um sich dann an Luk und Ga-nor zu wenden. »Wir haben uns gerade gefragt, was von eurer Gesellschaft zu halten ist.«

»Oh, im Zweifelsfall wollen wir uns nicht aufdrängen«, brummte der Irbissohn. »Geht ruhig vor und kümmert euch nicht um uns. Dann kümmern wir uns auch nicht um euch.«

»Verfolgt ihr uns seit dem Dorf?«

Luk hätte am liebsten gelogen, aber nach der Miene des Bogenschützen zu urteilen, unterließ er es besser.

»Ja«, antwortete Ga-nor bereits. »Wir sind zwar vor euch aufgebrochen, haben euch dann aber den Vortritt gelassen.«

»Bist du derjenige gewesen, der nachts um unser Feuer gestrichen ist?«, fragte der grauäugige Mann, als er den blutgetränkten Verband Ga-nors bemerkte.

»Ja. Das war ein guter Schuss.«

»Und du bist ein schneller Läufer«, erwiderte dieser, wobei seine Miene schon nicht mehr ganz so mürrisch war. »Und du hattest Glück.«

»Ug schützt die Klugen«, sagte Ga-nor. »Darf ich deinen Namen erfahren?«

»Man nennt mich den Grauen«, antwortete der Mann nach längerem Schweigen und senkte schließlich den Bogen. »Gebt uns eure Waffen, dann dürft ihr euch uns anschließen. Aber dass ihr mir in Sichtweite bleibt! Und auf alle Dummheiten verzichtet.«

Kapitel 11

Die Verdammte Lepra, wie Talki im Volksmund hieß, beteuerte oft genug, dass Spiegel einen gern anlögen, ja, dass sie das sogar dann täten, wenn du sie darum bätest, dir die Wahrheit zu sagen. In der Regel brächen sie bei dieser Aufforderung in schallendes Gelächter aus – und zeigten dir die Realität erst recht verzerrt. Denn Spiegel winden und wenden sich. Und lügen ohne Ende.

»Vertraue nie einem Spiegel, mein Kind«, hatte ihr die alte Vettel einmal mit gütigem Lächeln auf den Lippen und am kalten Shaf nippend gesagt. »Und drehe ihnen niemals den Rücken zu. Denn sie könnten dich versengen.«

Thia hatte ihr nie geglaubt. Sie war sicher, dass ihr ein Spiegel stets die Wahrheit zeigte. Jedenfalls bis heute. Nun täuschte er sie zum ersten Mal. Angewidert betrachtete sie ihr Abbild, das unversehens das eines Fremden geworden war.

Sie wollte heulen. Schreien. Jeden umbringen, der ihr über den Weg lief: diese dummen Bauern ebenso wie die verschreckten Nabatorer. Vor allem aber diejenigen, denen sie dieses Aussehen zu verdanken hatte: das Weibsbild, den bartlosen Wicht, der sich unvermutet als Heiler entpuppt hatte, und den Bogenschützen. Ihn vor allen anderen. Jede Ader würden sie ihm herausziehen und ihn dann zwingen, die eigenen Augen zu fressen.

Aus dem verlogenen Spiegel blickte die Verdammte Typhus nun das tumbe Gesicht eines kraftlosen, pummeligen Burschen mit vollen, aber herabhängenden Lippen und fahlen Augen an, die nicht die eines Menschen waren. Das überstieg ihre Kräfte.

Sie schrie erneut wie eine in die Ecke getriebene Wölfin auf und rammte die Faust – Porks Faust – mit aller Kraft auf das verhasste Gesicht. Es zerplatzte. Der Spiegel zersplitterte. Die länglichen, spitzen Scherben hagelten zu Boden und drohten, ihr die nackten Füße – die Füße des Trottels – zu verletzen. Das Gesicht war fort – und immer noch da.

Hier. Bei ihr. An ihr. Für immer.

Die Knochen der rechten Hand brannten, auf die Dielen des Bodens tropfte Blut. Thia achtete nicht darauf und versuchte verzweifelt, den Wahnsinn in ihrer Brust zu bändigen. Jetzt verstand sie Alenari nur zu gut, die immer und überall sämtliche Spiegel zerschmetterte.

Das Wissen, nicht mehr du selbst zu sein, ertrug schließlich niemand. Dabei hatte Alenari sogar noch Glück gehabt. Sie hatte zwar das Gesicht verloren, ihren Körper aber behalten. Thia konnte sich nicht einmal damit brüsten. Von einer Sekunde auf die andere hatte die Verdammte alles verloren. Alles, worauf sie immer und verdientermaßen stolz gewesen war. Die ewige Jugend und Schönheit – beides war ins Reich der Tiefe eingegangen. Ihr wahrer Körper war zerstört, nur ihr Geist lebte noch. Ebenso wie der Geist und der Körper dieses Dummkopfs, mit dem sie nun verbunden war. In diesem Moment stand der Geist Thias hinter der linken Schulter des Trottels, hielt diesen an festen Zügeln unter Kontrolle und musterte den Widerling.

Wie ein Hund an die Kette war sie an diese sterbliche Hülle gefesselt, der nur eine schrecklich kurze Lebensspanne vergönnt war. Früher oder später würde dieser Körper altern und sterben. Was dann? Noch einmal würde kein Heiler in ihrer Nähe sein …

Da begehrte der Geist dieses Tölpels auf, angestachelt vom Schmerz, der noch immer in seiner Hand loderte. Thia lockerte kurz die Zügel. Bevor sie die Gewalt über den fremden Körper vollständig zurückerlangt hatte, jaulte der Hirte los, als er die blutige Hand sah. »Geh weg!«, schrie er.

Das fahle Weiß des Todes wich aus seinen Augen, sie wurden wieder blau und wässrig.

Fluchend und unter Überwindung all ihres Abscheus legte

ihm Typhus von hinten gleichsam die Arme um den Hals und flüsterte ihm beruhigende Worte ins Ohr. Porks Augen weiteten sich, das Fahle kehrte in sie zurück, schließlich erstarrten sie. Gleichzeitig machte sich Thia daran, die erstaunlich starke Seele des Jungen von dieser Hülle abzutrennen, auf dass sie nicht länger die Kontrolle über diesen Körper begehrte.

Die Prozedur gelang ihr zwar, kostete sie aber unglaubliche Mühe. Hätte Thia noch über einen eigenen Körper verfügt, wäre der in Schweiß gebadet gewesen. Denn wann immer sie von dieser Hülle verlangte, eine Handlung durchzuführen, die übers Laufen hinausging, schien es ihr, als würde sie von ihrer rettenden Insel fortgespült und ins Reich der Tiefe geworfen. Wenn sie aber all ihre Kräfte aufbringen musste, die Oberhand über diesen Körper zu behalten, brauchte sie nicht einmal im Traum daran zu denken, irgendeinen auch nur etwas anspruchsvolleren Zauber zu wirken. Damit hatte sie also nicht nur ihren Körper, sondern auch den Großteil ihrer Gabe eingebüßt.

Noch immer verstand sie nicht, wie das hatte geschehen können. Dieser grüne Junge, der durch den Hilss einen unglaublich starken Zauber in sie hinein geschickt hatte, wäre beinahe das Letzte gewesen, was sie in ihrem Leben gesehen hätte. Ihr Schild brannte bis auf den letzten zarten Faden des Zaubers durch. Doch kurz bevor das alles versengende Licht sie, Thia, bekannt als Typhus, auslöschte, beschwor sie das Erstbeste herauf, was ihr einfiel: den Spiegel des Dunkels. Dieser Zauber hätte sie gerettet, allerdings wäre der Preis dafür ein monströses Aussehen gewesen. Aber mit der Zeit hätte sie sich davon sicher erholt. Genau da hatte der Bogenschütze eingegriffen! In Thia hatte in diesem Augenblick ein solcher Schmerz gewütet, dass sie außerstande gewesen war, den blonden Dreckskerl umzubringen, ja, es war ihr noch nicht einmal gelungen, die Pfeile aufzuhalten. Die tödlichen Pfeile. Der Körper vermochte ihre Seele nicht mehr zu beherbergen. Die Verdammte Typhus starb.

Was dann geschehen war, stellte das größte Rätsel für sie dar. Dunkel und Licht hatte sie gesehen, die flackernden Lichter der Menschen um sie herum, das grell orangefarbene Flimmern des Äthers am Firmament. Jeder Versuch, sich an die sterbende Körperhülle zu klammern, scheiterte, da ihr bereits Zähne und Nägel fehlten. Sie wäre langsam ins Reich der Tiefe davongetragen worden – wäre da nicht das strahlende Licht des Heilers gewesen, das sich um ihren silbrigen Seelenfaden legte, ihn verbrannte, jede feindliche Kraft von ihr ablöste, sämtliches Wissen, alle Kenntnisse erbarmungslos einfror und damit das Wesen ihrer Gabe tötete. Es schleuderte sie nach links und nach rechts, tauchte sie in eine eisige Quelle, warf sie in lodernde Flammen, zerquetschte sie, dehnte sie, drehte sie, stülpte ihr Inneres nach außen und spie sie auf eines der Lichter des Lebens, die den Menschen um sie herum gehörten. Die scharfen Nadeln der Magie des Heilers durchbohrten sie, vernähten sie mit der fremden Seele, zwangen sie, wie ein Anker am Rücken dieses unbekannten Menschen zu baumeln.

Und sie ließ all das geschehen, denn es bedeutete ihre einzige Hoffnung. Sie drängte die Seele des Trottels kurzerhand zur Seite und übernahm die Kontrolle über seinen Körper.

Licht und Leben waren ihr in die fremden Augen geschlagen. Die Haut spürte die Wärme der Sonne und die Zärtlichkeit des Windes. Luft strömte ihr in die Lungen, und Thia schrie durch den fremden Mund wie ein Neugeborenes. Der Verlust ihres Körpers rächte sich in marternden Schmerzen. Daraufhin lockerte sie die Zügel ein wenig, gab dem Jungen etwas von seinem Körper zurück, damit er nicht aufgrund der unerträglichen, fremden Gefühle den Verstand verlor. Und erst als sie sich mit seinen Augen am Boden sah – tot, blutig und zerschlagen –, schrie sie in Selbstmitleid auf, im vergeblichen Wunsch, alles möge nur ein Traum sein. Ein Albtraum, der sie umspann. Aber niemand außer Pork hörte sie.

Erst jetzt, nach einigen Tagen, glaubte sie an die Realität dessen, was ihr widerfahren war. Was für ein infamer Streich des Schicksals! Ihr Geist war untrennbar mit einer fremden Seele verbunden! Und sie durfte diese Verbindung nicht einmal zerschlagen, denn damit würde sie das letzte Glied zwischen sich und dieser Welt kappen. Bitterer freilich war noch, dass sie existierte – aber von niemandem außer Pork gesehen wurde. Ohne Körper, als durchscheinender Geist, musste sie auf ewig im Rücken dieses Menschen baumeln. Oder zumindest bis zu seinem Tod. Was danach geschehen würde, daran dachte Thia lieber nicht. Sicher, ihr Geist würde wieder frei sein – aber nur, damit dann das Reich der Tiefe seine Aufmerksamkeit auf ihn lenkte.

Und nirgendwo sah sie einen Weg, der aus dieser Falle herausführte. Sie steckte in einer Sackgasse.

»Setz dich aufs Bett«, flüsterte Thia Pork ins Ohr. Der erschauderte, fand aber nicht die Kraft, sich gegen sie aufzulehnen.

Sie achtete penibel darauf, dass die nackten Füße des Tölpels nicht auf die Glassplitter traten. Nun rebellierte der Kerl aber doch und versuchte, sie abzuschütteln. Immerhin zeigte sich Thia mittlerweile so vertraut mit dem Gebaren dieses Trottels, dass sie die Zügel sofort fester anzog und damit die vollständige Kontrolle über ihn zurückgewann. Der Zauber des Heilers, der noch immer nicht erkaltet war, verursachte ihr dabei allerdings unerträgliche Schmerzen. Als sie auf dem Weg zum Bett einen Stuhl umriss, brachte dieses Missgeschick das Fass zum Überlaufen. Sie fluchte fürchterlich. Warum musste dieser Körper nur so massig und behäbig sein? Warum konnte er nicht ein wenig mehr dem entsprechen, an den sie sich über Jahrhunderte gewöhnt hatte?!

Die verhasste Hülle, die ihr so viel Kraft abnötigte, trieb sie geradezu in Raserei. Obendrein stank sie ekelerregend, und aus dem Mund tropfte ständig Speichel auf die Brust. Deshalb nahm sie sich nun das Äußere dieser schlaksigen Puppe vor: Sie veränderte nach und nach das Gesicht, arbeitete die Muskeln heraus und pumpte Kraft in sie hinein. Sie brauchte ein duldsames Pferdchen – keinen dummen Wallach. Noch zwei, drei Wochen – und seine eigene Mutter würde diesen Provinztrottel nicht wiedererkennen. Dann würde sie den Burschen nämlich nach ihren Wünschen geformt haben. Was ihr bisher jedoch überhaupt nicht glücken wollte, das waren die Augen.

Dazu hatte ihr die Magie des Heilers zu viel genommen, nur ein spärliches Quantum ihrer einstigen Macht war ihr geblieben. Schwach und hilflos, wie sie nun war, würde jeder ihrer Brüder und Schwestern sie spielend besiegen. Selbst Mithipha, die ungeschickteste der sechs Verdammten.

»Was soll ich bloß tun?«, hauchte sie, worauf Pork, der die ganze Zeit reglos auf dem Bett gesessen und stumpfsinnig auf einen Punkt gestarrt hatte, verängstigt zusammenzuckte und hinter sich blickte.

Genau da lief jedoch eine warme Welle über ihren Rücken. Thia runzelte die Stirn. Talki nahm Verbindung zu ihr auf. Sie war die Einzige, deren Ruf mit einer solchen warmen Welle einherging. Wenn sich Alenari meldete, rieselte ihr ein Kälteschauder über den Rücken. Rowans Ruf brannte unangenehm, Ley pikte fordernd. Mithiphas Versuch, Kontakt herzustellen, begleitete eine zwar scheue, dafür aber ganz und gar unerträgliche Berührung. Und Ghinorha und Rethar waren schon so lange tot, dass sie vergessen hatte, welche Empfindungen sie verursachten. Den Ruf der Heilerin Talki empfand die Verdammte Typhus stets als angenehm. Ob die anderen vier ihn auch in dieser Weise wahrnahmen? Gestellt hatte sie ihnen diese Frage nie …

Erneut wogte eine warme Welle über sie hinweg. Sollte sie die Verbindung herstellen? Konnte sie Talki vertrauen? Was würde diese unternehmen, wenn sie erfuhr, was ihr, Thia, widerfahren war? Unter den Verdammten hatte noch nie eitel Sonnenschein geherrscht. Und nach dem Tod Ghinorhas und Rethars während des Dunklen Aufstands waren die Kämpfe um die Vorherrschaft nur umso heftiger entbrannt. Rowan und Mithipha würden sie in ihrer gegenwärtigen Verfassung mit Freuden vernichten, und auch Alenari zählte sie nicht zu ihren Freundinnen.

Weil Pork die Wärme ebenfalls spürte, rekelte er sich wohlig. Das wonnige Gefühl rann ihm über den Rücken, schlang sich um seine Schultern, strich über seinen Nacken. Und da traf Thia ihre Entscheidung. Sie hieß den Hirten von dem erbärmlich quietschenden Bett aufspringen und zum Tisch eilen, den Tonkrug mit dem Wasser an sich nehmen und ihn gegen die Wand schleudern.

Nach allen Seiten spritzten Scherben und Wassertropfen –

nur fielen Letztere nicht zu Boden, sondern hafteten an der Wand, um dort die Form eines großen Ovals anzunehmen und sich quecksilbern einzufärben. Diese Substanz saugte sich mit Magie voll, und nach einigen peinigenden Sekunden zeigte sich diejenige, die den Ruf ausgesandt hatte.

Talki, im ganzen Imperium nur als Lepra bekannt, saß in einem Rollstuhl, eine Wolldecke über den Knien, auf der eine plüschige weiße Katze schlief. Das durch und durch gutmütige Gesicht der Alten wirkte konzentriert, denn sie hielt den Zauber für beide Silberfenster aufrecht. Als sie den Unbekannten erblickte, kniff die Heilerin erstaunt die wässrigen blauen Augen zusammen.

»Ich bin's, Thia«, sagte die Verdammte Typhus rasch mit der heiseren Stimme Porks. Sie fürchtete, Talki könnte die Verbindung unterbrechen oder, schlimmer noch, sie angreifen. Und sie, Thia, hatte zurzeit nicht die geringste Chance, der Stärksten unter ihnen etwas entgegenzusetzen.

Talki sah den Trottel eindringlich an, dann lächelte sie freundlich. »Ich traue meinen Augen nicht, mein Kindchen.«

»Ich bin es wirklich, Schwester.«

Talki bedachte sie mit dem vertrauten Lächeln. Nur ihre Augen lächelten nicht. »Wie heißt du?«, fragte die Alte.

»Thia.«

»So leid es mir tut, aber ich würde gern deinen ganzen Namen hören.«

»Thia al'Lankarra.«

Das Lächeln der anderen blieb unverändert.

»Typhus. Mörderin Sorithas«, wiederholte Pork all das, was Thia ihm ins Ohr flüsterte.

Doch das Lächeln Talkis drückte noch immer Erwartung aus.

»Flamme des Sonnenuntergangs! Klinge des Südens! Tochter der Nacht! Reiterin auf dem Orkan! Hol mich doch das Reich der Tiefe, reicht das?«

»Durchaus, mein Kind. Namen sind eh nur Schall und Rauch. Doch deine übliche Angewohnheit, älteren Menschen gegenüber aufzubrausen und dich ungeduldig zu zeigen, überzeugt mich. Ja, du bist wirklich Thia. Obwohl ich nicht verstehe, wie du in diesen Körper kommst.«

»Das wüsste ich auch gern.«

»Was ist geschehen?«

Da es ohnehin nicht schlimmer kommen konnte, übermittelte Thia der anderen Verdammten gedanklich, was geschehen war.

Talki schwieg derweil.

»Außerordentlich bemerkenswert«, sagte sie schließlich und kraulte die Katze hinterm Ohr. »Ich würde sagen, sogar ganz außerordentlich bemerkenswert. Was für ein ... merkwürdiger Zauber. Geradezu ein Rätsel. Ich werde versuchen, das Geflecht dieses Zaubers nachzubilden. Ein derart verblüffendes Ergebnis verlangt, untersucht zu werden. Was ist mit der Hand dieses Jungen?«

Thia fiel erst jetzt wieder ein, dass Porks aufgeschlagene Finger immer noch bluteten. »Das ist nicht der Rede wert. Er hat sich geschnitten.«

»Du solltest sein Blut nicht leichtsinnig vergeuden. Du hast nur einen Körper, mein Mädchen. Kümmere dich etwas besser um ihn.«

Obwohl Thia ob der Überfürsorglichkeit der Alten innerlich nur hohnlachen konnte, erlaubte sie dem Hirten doch, seine Wunden zu verbinden. »Kannst du mir helfen?«, fragte sie schließlich mit stockendem Atem.

»Ich weiß es nicht.« Die faltige Hand streichelte weiter die Katze. »Unverzüglich sicher nicht. Wenn überhaupt, musst du dich in Geduld fassen.«

»Wie lange?«

»Eine Stunde. Einen Tag. Ein Jahr. Ein Jahrhundert. Eine Ewigkeit. Die Zeit ist etwas Relatives, mein Kind. Und gedulden musst du dich so oder so.«

»Aber du bist Heilerin!«

»Ja und? Von einem Missgeschick, wie es dir widerfahren ist, habe ich erst ein einziges Mal gehört. Damals war ich noch ein junges Mädchen und kam gerade in die Schule im Regenbogental. Und selbst in diesem Fall war kein Heiler im Spiel. Fasse dich also in Geduld, Kindchen. Ich will sehen, was ich für dich tun kann.«

»Und was soll ich inzwischen machen? Mich trennen Leagues von meinen früheren Fähigkeiten!«

»So ist es … gelinde gesagt, mein Mädchen. Gegenwärtig steht dir nicht die geringste deiner Fähigkeiten zur Verfügung. Denn die Kraft, mit der du diesen Jungen unter Kontrolle hältst, ist kaum der Rede wert. Aber bitte, Herzchen, du machst ein Gesicht, als nähmest du einer alten Frau ihre Worte übel. Du kennst mich doch: Was ich denke, das sage ich auch.« Talki kicherte. »Jedenfalls hat dir der Zauber des unbekannten Heilers einiges genommen.«

»Alles!«

»Das nun auch wieder nicht. Denn in dem Fall wärest du längst tot. Wenn ein Mensch, der über die Gabe verfügt, stark genug ist, stirbt er nicht einmal dann, wenn sein Körper zerstört wird. Das wahre Wesen vermag durchaus noch eine Weile zu überdauern.«

»Das habe ich nicht gewusst.«

»Das wundert mich nicht. Bis auf Mithipha ahnt von euch anderen niemand etwas davon. Denn ihr alle verschmäht Bücher. Doch in Büchern gibt es mitunter einiges zu entdecken, was sich lohnt. Hättest du mehr gelesen, so wüsstest du, dass dein wahres Wesen, deine Seele, die jetzt vor mir baumelt, den Tod deines Körpers überdauert hat. Wir malen uns lieber nicht aus, wie die Sache ohne den Heiler ausgegangen wäre. Vielleicht wärest du instinktiv darauf gekommen, dich in einem anderen Körper einzunisten. Vielleicht gäbe es dich inzwischen aber auch gar nicht mehr. Die Manuskripte aus der Zeit des Skulptors behaupten zumindest, es sei sehr schwierig, einen solchen Körperwechsel ohne das nötige Wissen zu bewerkstelligen.«

Aber du hättest es geschafft!, dachte Thia.

»Insofern hast du also noch Glück gehabt. Der Zauber dieses talentierten Jungen hat deine Seele an die des Menschen geschmiedet, der in deinem Namen so freundliche Konversation mit mir treibt. Ihr seid aneinandergekettet, doch du kannst ihn lenken. Du hast ihn sogar schon ein wenig nach deinen Wünschen umgeformt, wie ich sehe. Aber das ist, wenn ich mich nicht irre, alles, wozu deine Kraft momentan ausreicht. Deinen Funken kannst du nicht neu entfachen, oder?«

»Reib mir das nicht auch noch unter die Nase!«

»Werde nicht unverschämt.« Talki lächelte kalt. »Ich kann dieses Gespräch auch jederzeit beenden.«

»Tut mir leid.«

»Dein Funken brennt nicht, weil er nicht in der richtigen Körperhülle steckt. Deine Seele ist zwar stark, aber ohne die gebührende Wärme, um es einmal so auszudrücken, kann sie nicht viel ausrichten. Um auf deine alte Gabe oder auch nur auf ein Viertel deiner bisherigen Kraft zurückzugreifen, brauchst du eine ordentliche Hülle.«

»Ich kann aber nicht in einen anderen Körper überwechseln. Das schaffe ich nicht. Außerdem hast du selbst gerade gesagt, dass ich an die Seele dieses Dummkopfs geschmiedet bin.«

»Das ist wahr. Und ich würde dir nicht empfehlen, diese Kette zu zerreißen. Es gibt Einfacheres, als aus dem Reich der Tiefe zurückzukehren.«

Talkis Lächeln gefiel Thia überhaupt nicht.

»Dann verstehe ich nicht …«

»Tote Körper.«

»Bitte?!«

»Du brauchst tote Körper, mein Mädchen. Sie haben keine Seele. Das Haus ist also leer, sodass sich die neue Bewohnerin darin ausbreiten kann. Zumindest vorübergehend. Die Kette, mit der du an den Jungen gebunden bist, würde dir diesen Ortswechsel durchaus gestatten. Allerdings muss der Junge in deiner Nähe bleiben.«

»Ich krieche nicht in einen toten Körper!«

»Dann vergiss deine Gabe ein für alle Mal.«

»Ich kann einfach nicht in einem Toten hausen!«

»Stell dich nicht so an. Hier ist der Zauber, präg ihn dir gut ein. Er hat überdies den Vorteil, dich kaum Kraft zu kosten.«

Talki zeichnete mit dem Finger ein flammendes Muster in die Luft. »Hast du ihn dir gemerkt? Gut. Dann stelle ich dir jetzt noch zwei weitere Zauber zur Verfügung, mein Kind. Der erste wird dir erlauben, den Jungen zu lenken, ohne ihm vorher den Befehl ins Ohr zu flüstern. Das wird dir das Gefühl geben, über deinen eigenen Körper zu gebieten. Der zweite verhindert, dass der Zauber des Heilers deiner Seele Schaden zufügt. Beide dürften dir das Gefühl einer gewissen Freiheit bescheren. Hier, pass auf!« Im Zimmer erschienen die Darstellungen der beiden Zauber.

»Aber wie soll ich gleichzeitig über einen Toten und diesen Trottel hier gebieten?«

»Den toten Körper brauchst du dir nicht gefügig zu machen, denn in dem lebst du gewissermaßen. Das wiederum schenkt dir die Kraft, die nötig ist, um gleichzeitig diesen niedlichen pausbäckigen Knaben im Zaum zu halten. Vergiss aber nicht, dass der tote Körper frisch sein muss. Außerdem solltest du nicht länger als drei Tage in ihm weilen. Danach kann selbst deine Gabe den Körper nicht mehr vor seinem Zerfall bewahren. Ich rate dir darum, den Körper vorher zu verlassen – sonst verlässt du ihn am Ende nie mehr. Und der Junge muss in deiner Nähe bleiben. Alles andere hätte fatale Folgen.«

»Das sollte ich schaffen.«

»Schön. Ich werde mich gleich mit deiner Geschichte befassen. Offen gestanden, ist meine Neugier geweckt. So etwas hörst du schließlich nicht alle Tage. Und einer kranken alten Frau ist jede Abwechslung willkommen. Ach, ein Letztes noch, mein gutes Kind. Ich würde nur zu gern die Bekanntschaft dieses talentierten Mädchens und des jungen Heilers machen.«

»Die bring ich um!«, krächzte Thia, während sie aufbrodelnder Hass zum Zittern brachte.

»Diese Dummheit schlag dir lieber gleich aus dem Kopf!«, fuhr Talki sie scharf an. Jede Gutmütigkeit hatte sich nun aus ihrem Antlitz gestohlen. »Ein Mädchen, das spielend mit einem Hilss fertigwird und den Zauber des Todes, über den sonst nur die Auserwählten des Sechsten Kreises gebieten, einzusetzen vermag, ist von unübertroffener Bedeutung für uns. Wir müssen wissen, wer sie ausgebildet hat! Unbedingt müssen wir das wissen!«

»Ich kann darauf gern verzichten!«

»Aber ich nicht!«, entgegnete Talki. »Und deine gegenwärtige Lage erlaubt es dir nicht, dich zu einer unüberlegten Handlung hinreißen zu lassen, mein Kind.«

»Und der Junge?! Überlass mir wenigstens den.«

»Das ist ein Heiler, Herzchen. Ein Schatz! Hat der Durst nach Rache deinen Verstand getrübt? Ihn zu töten wäre äußerst … unbedacht. Eine solche Gabe …« Sie lächelte versonnen. »Außerdem könntest du noch auf ihn angewiesen sein, wenn du deine alten Fähigkeiten uneingeschränkt zurückerlangen willst. Möglicherweise ist nur er in der Lage, diese Kette zu zerreißen und deine Seele aus diesem Körper zu holen. Er hat es einmal geschafft, da wird er es auch ein zweites Mal zuwege bringen. Damit ist er also unser Trumpf im Ärmel – für den Fall, dass ich an dieser Aufgabe scheitere.«

»Ich kann aber nicht in meinen Körper zurückkehren. Der ist tot.«

»Körper stehen mehr als genug zur Verfügung«, erwiderte Talki sorglos. »Selbstverständlich wäre es von Vorteil, wenn die Hülle bereits einen Funken beherbergen würde. Insofern wäre der Körper dieses talentierten Mädchens bestens geeignet. Natürlich erst, nachdem sie alle meine Fragen beantwortet hat. Deshalb ist deine vordringliche Aufgabe jetzt die, diese beiden zu finden und zu mir zu bringen. Lebend.«

»Das habe ich inzwischen auch begriffen, ich bin schließlich keine Idiotin.«

»Schaffst du das?«

»Ich denke schon. Sie können nur nach Alsgara unterwegs sein. Ich werde versuchen, sie einzuholen.«

»Tu das, mein Kind. Was ich dir übrigens noch sagen wollte: Ich habe zu zwei Mädchen Kontakt aufgenommen, die über die Gabe verfügen. Zwei Schreitende. Eine von ihnen wäre bereit, uns zu helfen. Die zweite ziert sich noch etwas.«

»Vertraust du der Ersten?«

»Unbedingt. Die Kleine ist ausgesprochen ehrgeizig. Sie erinnert mich an die junge Alenari.«

Thia verzog das Gesicht.

»Doch jetzt solltest du dich auf den Weg machen, wenn du diese beiden noch einholen willst«, sagte Talki lächelnd. »Vergiss nicht, ich brauche sie lebend.«

Daraufhin trübte sich das Silberfenster. Das Wasser, nun nicht mehr durch Magie gebannt, ergoss sich auf den Boden. Thia fluchte, und Pork trat auf ihren Befehl hin mit aller Kraft gegen den in jeder Hinsicht unschuldigen, umgekippten Stuhl.

Wie konnte die alte Vettel es wagen, ihr, Thia, Befehle zu erteilen?!

Und in ihrer jetzigen Lage musste sie sich Talki auch noch unterordnen, sonst würde die nicht einen Finger für sie krumm machen. Der Heiler und die Frau konnten noch nicht weit sein. Wenn nötig, würde sie das ganze Imperium auf den Kopf stellen. Sie würde die beiden finden und gefesselt und verschnürt zu Talki bringen. Diese beiden. Aber nicht den Bogenschützen. Der gehörte ihr.

Kapitel 12

Entgegen allen Befürchtungen bereiteten uns unsere neuen Gefährten keine Schwierigkeiten. Sie verhielten sich so friedlich, als wollten sie sämtliche Diener Meloths in den Schatten stellen. Gut, der Irbissohn verkraftete die Trennung von seiner geliebten Klinge nur schwer, aber sei's drum!

Denn es wäre Wahnsinn gewesen, dem Rotschopf seine Waffe zu lassen. Schließlich wusste ich bestens, wie sich dieses Volk aus dem Norden auf den Umgang mit Stichwaffen verstand. Bevor du auch nur ein Wort herausbringen kannst, haben sie dir schon den Kopf abgesäbelt. Im Übrigen blieb dieser flinke Kerl, der sich so geschickt im Wald bewegte, sogar ohne Waffe gefährlich.

Schon allein seine Figur und sein Gang wiesen ihn als erfahrenen Soldaten aus. Sollte er aufmucken, würden wir ihn kaum leichter bezähmen können als einen toll gewordenen Schneeirbis. Deshalb zerbrach ich mir auch nach wie vor den Kopf darüber, was wir mit ihm anstellen sollten, wenn wir unser Nachtlager aufschlügen. Wollte ich wenigstens ein Auge zumachen, musste ich ihn wahrscheinlich fesseln. Ein Nordländer konnte so ruhig und friedlich erscheinen, wie er wollte, irgendwann hakt bei ihm im Kopf was aus. Und dann: ade Ruhe und Frieden. Dann hältst du ihn nur noch mit einer Armbrust auf – und auch das nicht gleich beim ersten Schuss.

Freund Luk war da ganz anders gestrickt: Um den brauchte ich mir keine Sorgen zu machen. Zunächst hatte er keinen Ton von sich gegeben, sobald er jedoch begriff, dass ihm niemand ans Leder wollte, plapperte er ohne Punkt und Komma los – und fand in Lahen eine dankbare Zuhörerin.

Mein Augenstern vernahm mit Interesse seine Geschichten über die Streifzüge durch den Wald und darüber, wie die Burg der Sechs Türme gefallen war. Als er auf die Verdammte zu sprechen kam, spitzte auch ich die Ohren. Wenn der Kerl wirklich log, dann gekonnt. Der Beschreibung nach glich aber Scharlach nicht der Frau, die wir im Dorf kaltgemacht hatten. Lahen fing meinen Blick auf und flüsterte tonlos: »Typhus.«

Mit ihr hatten wir es also zu tun bekommen. Mit Sorithas Mörderin. Von ihrer eigenen Schülerin war die legendäre Mutter der Schreitenden damals, während des Dunklen Aufstands, getötet worden. Wenn die Verdammte in Hundsgras wirklich Typhus gewesen war, dann hatte sie für all ihre niederträchtigen Taten mit einem nicht gerade angenehmen Tod bezahlt. Verdient hatte sie es.

Shen lief als Letzter mit finsterer Miene hinterdrein und achtete nicht weiter auf Luks Geplapper. Unserem Medikus passte es überhaupt nicht, dass ich die beiden in unsere Gruppe aufgenommen hatte. Mir war seine Meinung jedoch ebenso schnurz wie seine Unzufriedenheit.

Zwischen den Bäumen brach bereits das Licht durch. Wir bräuchten nur noch einen kleinen, mit Tannenwald bestandenen Hügel hinter uns zu bringen, dann hätten wir die Straße erreicht.

»Da platzt doch die Kröte!«, frohlockte Luk. »Endlich!«

Diese Kröte rief der Kerl bei jeder passenden und unpassenden Gelegenheit an.

»Freu dich nicht zu früh!«, zügelte Ga-nor ihn. »Bis Alsgara ist es immer noch ein gewaltiger Marsch!«

»Der aber wenigstens über eine Straße führt, nicht mehr durch Wald!«

»Genau das meine ich! Was, wenn uns da plötzlich ein paar Reiter einkassieren?!«

»Völlig richtig!«, sagte Shen, der unsere kurze Rast nutzte, um einige kleine Steine aus seinem Stiefel zu schütteln. »Zum Beispiel eine Nabatorer Patrouille. Die würde uns mit Sicherheit gern zum nächsten Friedhof eskortieren.«

»Ich glaube nicht, dass wir hier mit Nabatorern zu rechnen haben«, widersprach Lahen. »Die haben ihr Augenmerk noch nicht auf Alsgara gerichtet.«

»Warum eigentlich nicht?«, fragte ich. »Schließlich ist es die erste große Stadt in der Nähe ihrer Länder.«

»Keine Ahnung. Fest steht aber, dass sie keine Anstalten machen, Alsgara einzunehmen. Also haben wir auf der Straße nichts zu befürchten. Pferde werden wir wohl aber keine auftreiben. Zumindest nicht, bis wir die Dabber Glatze erreicht haben.«

»Wie weit ist es bis dahin noch?« Ga-nor rückte mir dicht auf die Pelle, doch da er unbewaffnet war, nahm ich es gelassen. »Wie viele Tage wird das dauern?«

»Auf jeden Fall werden wir umso eher da sein, je eher wir aufbrechen«, antwortete ich. »Also halten wir uns nicht unnütz hier auf.«

Der Regen hatte zum Glück schon vor einer Weile aufgehört, aber überall auf der Straße standen Pfützen und lag Dreck, sodass wir am Rand liefen, wo es etwas sauberer war. Rechter Hand zog sich nach wie vor dichter Tannenwald dahin, links von uns lichtete er sich jedoch bald und wich der tristen Sumpflandschaft. Das Moos und die kümmerlichen Bäume boten einen schauerlichen Anblick, sodass ich diesen Teil der Strecke schnellstmöglich hinter mich bringen wollte. Ich hatte schon keine Lust, als Mückenfutter zu dienen, geschweige denn, mich von irgendwelchen anderen Kreaturen, die hier auftauchen konnten, verschmausen zu lassen. Über diese Gegend wurde nämlich so einiges gemunkelt. Nun lass ich mir zwar so schnell nichts einreden, weshalb ich auch die Blasgen nicht für die vielbeschworenen Monster hielt – aber außer diesem letztlich friedlichen Völkchen konnten hier durchaus ein paar unangenehme Geschöpfe leben. Der einzige Vorteil, den der Landstrich mit sich brachte, waren daher die unzähligen Vögel. So hoffte ich, heute Abend nicht mit leerem Magen einschlafen zu müssen, und spannte schon mal den Bogen. Für alle Fälle.

Ga-nor sah sich während des ganzen Weges nicht ein Mal um. Der Nordländer legte einen Schritt vor, dass man sich nur wundern konnte. Müdigkeit kannte er offenbar überhaupt nicht, obendrein schien er bereit, das gesamte Imperium zu Fuß zu durchqueren. Luk trällerte mittlerweile ein mir unbekanntes Liedchen, und irgendwann fiel Lahen in seinen Gesang ein. Na wunderbar! Warum schloss sich ihnen nicht auch noch unser Herr Medikus an – dann könnten sie sich fortan als fahrende Sänger durchschlagen.

Pfff!

Shen, der als Letzter ging, stieß einen erstickten Schrei aus.

Ich fuhr herum: Unser Medikus lag auf der Straße und zappelte in einer grauen Brühe, die nur wie durch ein Wunder nicht auch noch sein Gesicht getroffen hatte.

»Lieg still, du Narr!«, schrie ich, aber dennoch kämpfte er schimpfend weiter gegen die Flüssigkeit. Das Zeug erstarrte bereits.

»Was ist das?!«, stieß Luk aus und stellte sogar seinen Gesang ein. Ohne auch nur eine Sekunde darüber nachzudenken, gab ich ihm sein Beil – was ihn endgültig davon überzeugte, dass mit der Jauche, in der Shen festklebte, nicht zu scherzen war.

»Lahen!«, sagte ich, den Blick auf die finstere Mauer des Waldes gerichtet. »Gib Ga-nor sein Schwert!«

Besser, die beiden verfügten jetzt wieder über ihre Waffen – denn die würden sie vermutlich schon sehr bald brauchen.

Die graue Brühe war inzwischen endgültig erstarrt und hielt Shen gefangen.

»Da platzt doch die Kröte, was ist das?!« In Luks Stimme schwang Panik mit.

»Ein Spag«, antwortete Ga-nor, zog das Schwert blank und machte einen Schritt zur Seite.

»Und zwar das Männchen«, schob ich nach. »Das Weibchen ist wahrscheinlich in der Nähe. Verteilt euch! Geht auseinander, damit dieses Biest uns nicht alle auf einmal erwischt.«

»Erwischt *womit?*«

»Mit seinem Speichel.«

»Was sollen wir mit ihm machen?«, fragte Lahen und nickte in Richtung Shen.

»Erst mal gar nichts.«

Pfff!

Der Klumpen Spucke kam hinter den Bäumen hervorgeschossen und hätte Luk getroffen, wenn dieser nicht mit der Anmut eines blinden Ebers zur Seite gewichen wäre.

Allerdings rutschte er dabei aus und landete bäuchlings in einer Pfütze. Sofort sprang er wieder auf, spuckte aus und fluchte gewaltig.

Pfff!

Diesmal musste sich Lahen in Sicherheit bringen, was ihr auch gelang.

Pfff!

Inzwischen hatte ich die Stelle ausgemacht, von der aus uns die Spucke entgegengeschickt wurde, und schoss einen Pfeil in die Richtung ab. Natürlich traf ich nicht, aber immerhin zwang ich unseren Feind auf diese Weise zum direkten Angriff: Er katapultierte sich von den oberen Zweigen einer Tanne auf die Straße, landete gefährlich nahe an Shen und stieß ein markerschütterndes Quaken aus.

Das Geschöpf war rund wie eine Schale und reichte mir bis zur Taille. Aus dem Körper ragten acht befellte Beine heraus, die in scharfe Krallen mündeten. Dichtes grünes Fell bedeckte den ganzen Körper dieser Kreatur, zwei Paar kleine schwarze Augen wirkten wie Edelsteine. Die seltsamen Kieferklauen klapperten, und der in einem Giftstachel auslaufende, elastische Schwanz schnellte hoch. Das Ding sollte man im Übrigen tunlichst meiden, denn soweit ich wusste, gab es kein Gegengift gegen die liebliche Flüssigkeit im Stachel.

»Schieß ihn ab!«, jaulte Luk.

Mein Pfeil traf den Spag zwischen den Mundwerkzeugen. Er schraubte sich hoch, fand sich schon im nächsten Augenblick neben mir und spie. Mir blieb nichts anderes übrig, als mich zu Boden zu werfen, damit der Speichel über mich hinwegging. Daraufhin wollte mich dieses Biest mit seinem Stachel bekannt machen, doch da stürzte Ga-nor vor und hackte dem Spag den Schwanz ab. Mehr oder weniger im selben Moment klickte auch eine Armbrust: Lahen hatte einen Schuss auf das Viech abgegeben.

Das Wesen krächzte auf, vergaß mich und wandte sich seinem neuen Gegner zu. Ich rollte zur Seite, wobei ich meine Pfeile über der Straße verteilte. Luk brachte sich zwischen mir und diesem possierlichen Waldtierchen in Stellung. Das stapfte gerade mit erhobenem vorderem Pfotenpaar zum Angriff auf Ga-nor zu. Dieser versenkte sein Beil mit einem Triumphschrei im flachen Rücken der Kreatur, worauf eine ekelhafte Plörre in alle Richtungen spritzte. Der Spag röchelte schon, torkelte jedoch noch auf wackligen Beinen zu den Bäumen. Am Ende erreichte er sie aber nicht mehr, sondern verreckte am Straßenrand.

Lahen eilte mit gezücktem Schwert zu Shen, um diesen aus seiner Gefangenschaft zu befreien. Luk rührte sich nicht vom Fleck und starrte mit weit aufgerissenen Augen auf das Untier.

»Helft ihr!«, verlangte ich von den beiden anderen, während ich rasch die Pfeile einsammelte. »Und beeilt euch!«

»Was für ein Monster!«, presste Luk heraus, dessen Gesicht über und über mit Dreck sowie dem Blut – oder wie auch immer das Zeug hieß – des Spags bedeckt war. »Aber der kann doch nicht wieder lebendig …?«

»Nein, aber während das Männchen auf die Jagd geht«, fiel ihm Ga-nor ins Wort, »wartet das Weibchen auf ihn und frisst schon mal was.«

»Und das kann immer noch auftauchen«, schob ich nach.

Das trieb endlich auch Luk zur Eile an. Zu dritt zerschnitten sie die hart gewordene Seide und befreiten Shen.

Gerade noch rechtzeitig.

Nur ein Tauber hätte nicht hören können, wie sich da etwas aus dem Wald näherte. Die Elstern flogen mit lautem Gezeter von schwankenden Zweigen auf. Zwanzig Yard vor uns tauchte das Weibchen auf. Es war wesentlich größer als das Männchen und konnte es ohne Weiteres mit einem ausgewachsenen Stier aufnehmen. Das Fell war dunkelgrün, die massiven Beine mit spitzen Krallen versehen. Spagenweibchen haben keinen Schwanz und können auch nicht spucken – aber bei ihrer Größe brauchen sie das auch nicht.

Sobald es das tote Männchen sah, stürzte es sich mit einem bedrohlichen Quaken auf uns.

»Schweinchen, Schweinchen auf vier Beinchen …« Der erste Pfeil durchbohrte der Kreatur das Bein. »Suhlst dich gern im Mist …« Der nächste ging ins Auge. »Schweinchen, Schweinchen auf vier Beinchen …« Ein weiterer in den Kopf. »Gern Kartoffelschalen du frisst …«

Erst als diese Fettschnalle schon fast über mir hing, raffte der elfte Schuss sie dahin. Ihn hatte ich in das aufgerissene Maul geschickt. Das Spagenweibchen wand sich noch ein paar Mal in Krämpfen und trat mit den Pfoten nach links und nach rechts aus, in der Hoffnung, einen von uns zu erwischen, ehe es sich endlich in seinen Tod schickte.

»Das war … unglaublich«, krächzte Luk hinter mir. »Ich dachte schon, das Vieh macht dich fertig.«

»Ich auch«, murmelte ich und warf einen beredten Blick auf meinen Köcher: In ihm steckten nur noch zwei Pfeile.

»Was hast du da gesungen?«, wollte Shen wissen, der nur Augen für den Körper hatte, der auf der Straße lag.

»Ein … Kinderlied.«

»Ich hätt's mir denken können.«

»Immerhin habe *ich* mich nicht von diesem Vieh einspinnen lassen!«

»Es reicht!«, fuhr Lahen dazwischen. »Wenn wir Rast machen, könnt ihr aufeinander losgehen. Aber jetzt sollten wir von hier weg. Manchmal leben diese Biester nämlich auch in Herden.«

»Aber erst zur Herbstmitte.« Ga-nor rammte das Schwert in die Scheide. »Allerdings sollten wir wirklich besser von hier verschwinden.«

Die Pfeile zog ich nicht wieder aus dem Viech heraus. Das hätte zu viel Zeit gekostet, außerdem hatte das Biest fast alle mit den kurzen Pfoten zerbrochen, die am Mund saßen. Den Schwanz betrachtete ich jedoch genauer.

»Willst du ihm etwas Gift abzapfen?«, fragte Ga-nor, der sich völlig lautlos genähert hatte.

»Das überlege ich gerade.«

»Ein guter Gedanke. Es verliert seine Wirkung nie.«

»Ich weiß.« Ich schnitt der Kreatur ins Fleisch und hebelte mit der Dolchspitze eine Knochenplatte hoch, unter der ein praller, bläulich schimmernder Sack lag, der an eine Fischblase erinnerte.

»Das dürfte reichen, um ein ganzes Regiment zu vergiften.« Luk spähte uns über die Schultern. »Wär nicht schlecht, wenn wir das den Nabatorern in ihren Kessel schütten könnten.«

»Das würde nichts nützen. Von dem Zeug kannst du so viel trinken, wie du willst, ohne dass es dir schadet. Das Gift wirkt nur durchs Blut.«

»Dann wird wohl nichts aus dem Plan«, sagte Luk und ging zu Lahen, die schon ungeduldig auf uns wartete.

Ich schlitzte die Blase vorsichtig an und hielt die Flasche drunter, aus der ich zuvor alles Wasser gegossen hatte. Ein paar Tropfen des durchscheinenden Gifts fielen mir auf die Hand, aber darauf achtete ich nicht weiter. Die konnte ich mir abwaschen, wenn das wertvolle Gut umgefüllt war.

»Du schießt nicht schlecht, Grauer.« Ga-nor beobachtete aufmerksam, was ich tat. »Und ziemlich schnell.«

»Gibt schlechtere Schützen als mich.«

»Hat dir das jemand aus unseren südlichen Nachbarländern beigebracht?«

»Ich hätte nicht gedacht, dass du was von den verschiedenen Schulen des Bogenschießens verstehst.«

»Ein wenig«, erwiderte er. »Die Soldaten aus dem Imperium handhaben den Bogen anders. Sie spannen ihn auch anders. Und von meinem Volk kannst du das Schießen auch nicht gelernt haben, denn dann hättest du einen anderen Bogen.«

»Stimmt«, sagte ich. »Mich hat jemand aus dem Süden ausgebildet. Ein Sdisser, wenn du es genau wissen willst.«

»Nichts anderes habe ich vermutet«, entgegnete er. Dann fragte er: »Du bist im Sandoner Wald dabei gewesen?«

»Ist das zu merken?«

»Ich weiß nur, dass damals auch ein paar Sdisser Bogenschützen an den Kämpfen teilgenommen haben. Die gehörten zu den Maiburger Schützen. Einer von denen könnte dir ein paar Stunden gegeben haben.«

»Das ist Schnee von gestern.«

»Ich hoffe, du erwartest jetzt nicht von mir, dass ich dir mein Schwert zurückgebe?«, wechselte er abrupt das Thema.

»Du würdest dich weigern?«, fragte ich und sah ihn unverwandt an.

»Ja.«

»Dann trag es halt selbst«, meinte ich bloß. »Das macht es für Lahen leichter.«

Er lachte fröhlich, drehte sich um und zog ab.

»He, Rotschopf!«, rief ich ihm hinterher.

»Ja?«

»Danke, dass du meine Haut gerettet hast. Hast was gut bei mir.«

Eine Weile sah er mich forschend und sehr ernst an, dann grinste er wieder, was ihn, dessen Visage ohnehin nicht sehr freundlich wirkte, wie einen waschechten Räuber aussehen ließ. »Du wirst schon noch Gelegenheit haben, dich zu revanchieren.«

Wir kamen an zwei Dörfern vorbei, die so klein waren, dass es nicht mal eine Schenke gab, und folgten dann dem schilfbewachsenen Ufer eines trägen Flusses. Nachdem wir mit einer Fähre übergesetzt waren, fanden wir uns auf einem flacheren Hügel wieder. Von hier aus war die kleine Stadt mit dem dämlichen Namen Dabber Glatze bereits gut zu sehen. Die Straße führte bergab, vorbei an einem Friedhof, hinter dem gleich der Ort lag.

Er war an einer Stelle entstanden, wo sich vier Straßen kreuzten: eine aus dem Osten, über die waren wir gekommen; eine aus dem Westen und damit aus Alsgara; die dritte aus Okny im Norden und die vierte aus dem Süden mit seinen Bergarbeiterdörfern in der Nähe der Buchsbaumberge. Aus diesen Dörfern stammten einst Eisen und Silbererz, die über die Dabber Glatze weiter ins Land gebracht wurden. Doch heute waren die Minen ausgebeutet, und die Straße lag verlassen da. Die Händler, um die Hauptquelle ihres Einkommens beraubt, unternahmen nur noch selten eine Reise in diese Gegend.

Ich hatte erwartet, in der Dabber Glatze zahlreiche Menschen vorzufinden, obwohl die Feierlichkeiten anlässlich des Geburtstags unseres Imperators inzwischen vorbei und auch der große Markt im Sommer bereits abgehalten worden war. Aber nach einem einwöchigen Gelage kehren die Leute ja nur langsam wieder in ihre Dörfer zurück.

»Was für eine Grabesstille«, bemerkte Luk, als wir die Straße hinunterstiefelten.

»Dann sperr mal deine Augen auf und sieh dir an, woran wir gerade vorbeikommen«, blaffte ihn Shen mit der gleichen Stinklaune an wie immer. »In der Nähe eines Friedhofs dürftest selbst du nicht mit Radau rechnen.«

»Da irrst du dich gewaltig«, widersprach Luk. »Lass den Toten die Zügel schießen, und die machen nicht nur einen gehörigen Radau, sondern können auch ziemlich schnell laufen. Ich hab's selbst miterlebt!«

»Unk hier nicht rum!«, knurrte ich.

Er erwiderte kein Wort.

Nach dem Friedhof kamen wir an den Kahlen Stein, an dem sich die vier Straßen kreuzten, und hielten auf die Stadt zu. Eine nicht sehr hohe Mauer, zwei hölzerne Wachtürme für die Bogenschützen, die zurzeit aber unbesetzt waren, und ein sperrangelweit aufstehendes Tor empfingen uns. Vorm Tor standen drei Soldaten mit Armbrüsten Posten, die uns jedoch nicht aufhielten. Sternhagelvoll, wie sie waren, beeindruckte sie nicht mal unser Nordländer.

»Was soll das?«, fragte Luk und setzte eine Miene auf, als hätte er fürchterliche Zahnschmerzen. »Wissen die denn nicht, dass der Krieg angefangen hat?«

»Stimmt, das ist irgendwie merkwürdig«, brummte Ga-nor.

»Was soll daran schon wieder merkwürdig sein?«, fragte Shen.

»Wo ist die Armee? Warum gibt es hier keine Patrouillen, sondern nur drei besoffene Schlappschwänze? So weit ist es bis Hundsgras nun auch wieder nicht, da braucht der Feind nicht lange, um hier anzurücken. Ein rascher Angriff, und der Weg nach Alsgara ist frei. Aber die schicken nicht mal Reiter zum Kundschaften aus!«

»Die Armee hat im Norden genug zu tun«, sagte Shen. »Du musst ja wohl zugeben, dass die Treppe des Gehenkten jetzt wesentlich wichtiger ist als Alsgara. Wie kommst du überhaupt darauf, irgendjemand könnte sich für dieses Provinznest interessieren?«

»Ja, ja, schon gut. Mir ist genauso klar wie dir, dass für den Schutz Alsgaras Burg Krähennest zuständig ist, nicht die Dabber Glatze.«

»Eben.«

»Trotzdem ist das dumm«, widersprach Ga-nor.

»Die Feldherren des Imperiums werden sich schon was dabei gedacht haben«, sagte Shen. »Also zerbrich dir nicht den Kopf über Dinge, die dich nichts angehen. Schließlich bist du nur ein einfacher Soldat.«

»Und du redest zu viel«, stauchte ich ihn zusammen. »Bleiben wir doch alle bei unseren eigenen Leisten!«

»Was soll das denn bitte heißen?«

»Das soll heißen, dass ein Medikus nichts von Kriegsangelegenheiten versteht. Wenn du unbedingt kämpfen willst, melde dich bei der Armee.«

»Vielleicht tu ich das sogar. Im Unterschied zu euch liebe ich mein Land nämlich.«

»Da platzt doch die Kröte!«, empörte sich Luk. »Wenn du mir unterstellst …«

»Er meint Lahen und mich, nicht euch beide. Du brauchst dich also nicht aufzuregen.« Ich grinste gemein. »Aber, Shen, vergiss eins nicht: Wenn du dich absetzen willst, nur zu, es wird dir niemand eine Träne nachweinen.«

»Übertreib nicht, bis Alsgara können wir doch gut und gern zusammenbleiben.«

»Wie du willst. Aber falls du doch plötzlich Soldat werden möchtest, brauchst du es bloß zu sagen. Ich werde mit Freuden einen Anwerber für dich finden.«

»Zu gütig.«

»Weiß ich doch.« Ich trat vor ihn und flüsterte so leise, dass Luk und Ga-nor es nicht hörten: »Aber du solltest meine Güte nicht auf die Probe stellen. Haben wir uns verstanden?«

»Unbedingt.« Er funkelte mich böse an. »Ich werde mir deine Worte merken.«

»Darauf will ich doch hoffen. Denn ich werde mir merken, dass du sie dir merken wolltest.«

Manchmal herrschte zwischen uns wirklich blindes Einverständnis.

»Shen, hast du einen Traum?«, mischte sich da Luk ein.

»Bitte?«, blaffte ihn der Milchbart an.

»Nun werd nicht gleich wieder wild. Ich wollte einfach das Thema wechseln und die Stimmung auflockern. Ich zum Beispiel träume von einem anständigen Bett, etwas zu futtern, sauberer Kleidung, einem kleinen Fass Shaf und heißem Wasser.«

»Einen derart reinlichen Menschen hätte ich gar nicht in dir vermutet!«, erwiderte unser Medikus süffisant.

»Ich wollte dich mal sehen, wenn du durch Wälder und Sümpfe gekrochen wärst und einer Verdammten sowie verschiedenen Untoten und Ascheseelen hättest entkommen müssen!«

»Nun mach mal halblang, Luk«, verlangte Ga-nor und trat einen Stein weg, der auf der Straße lag. »Woher nimmst du das Geld für deinen Traum?«

»Also …«, stammelte dieser. »Ich hab noch einen Soren. Der dürfte für uns beide reichen.«

Der Rotschopf zog erstaunt eine Augenbraue hoch, sagte aber keinen Ton. Offenbar hatte er nicht erwartet, dass sein Freund flüssig war.

»Und falls er nicht reicht, laden wir euch gern ein«, erklärte Lahen.

Nun wurde es für meine Brauen Zeit, nach oben zu kriechen. Seit wann zeigte sich mein Augenstern derart großzügig? Sicher, wir hatten Geld, sogar viel Geld, eine ganze Kohorte von Nordländern könnten wir damit aushalten. Fünf Jahre lang. Aber Lahen bot Fremden nur selten Hilfe an. Wollte sie unsere kleine Gesellschaft also um dieses Pärchen erweitern?

Na, von mir aus. Verglichen mit Gnuzz und Bamuth waren es wirklich keine schlechten Kerle. Und ich misstraute ihnen weit weniger als unserm Herrn Heiler.

Obwohl Pork in eine warme Decke gehüllt war, zitterte er leicht. Das Feuer spendete keine Wärme, und der Wald, der die Straße von beiden Seiten bedrängte, wirkte gruselig. Der Hirte rechnete sekündlich damit, dass aus dem Dunkel ein Monster herausschoss und ihn auffraß. Die beiden Pferde, die am Bach standen, wieherten immer mal wieder leise. Sobald sie das taten, zuckte Pork jedes Mal zusammen.

Der Dorftrottel fürchtete sich entsetzlich, am liebsten hätte er geweint, aber diesen Wunsch unterdrückte er, denn sonst würde womöglich die Herrin aufwachen. Und ihn wieder zwingen, *das* zu tun. Dann müsste er vielleicht an einen noch schrecklicheren Ort gehen. Auf den Friedhof zum Beispiel. Oder in ein Nest von Gowen – und die fraßen jeden Menschen.

Er dachte lieber nicht daran, wie weit entfernt von zu Hause er war. Die Herrin hatte ihm zwar befohlen zu schlafen und sie bis zum Morgen nicht zu stören – aber Pork hatte nicht einschlafen können. Nicht mit einem lebenden Toten neben sich, der ihn die ganze Zeit aus blicklosen Augen anstarrte. Da wurde ihm nur noch mulmiger. Der Trottel erinnerte sich, wie ihn die Herrin gezwungen hatte, zum Galgen zu gehen, die Schnur durchzuschneiden – und dann hinter seiner linken Schulter verschwunden war. Danach war der Tote zum Leben erwacht, hatte sich aufgesetzt und alle im Dorf erschreckt. Als Pork sich davonstehlen wollte, unterband die Herrin das. So verließen der jammernde Hirte und der wiederbelebte Tote, in dem die Herrin steckte, gemeinsam das Dorf.

In der ersten Nacht, als der Tote fest schlief, hatte Pork einen weiteren Fluchtversuch gewagt. Doch auch der hatte nicht geklappt. Mit einem Mal war die Herrin wieder hinter ihm gewesen und hatte fürchterlich getobt. Und dann die Strafe … Unter unerträglichen Schmerzen war er auf allen vieren zum Lagerfeuer zurückgekrochen. Die böse Tante war daraufhin wieder in den Körper des Toten geschlüpft.

Seitdem dachte der Hirte nicht mehr an Flucht.

Und auch jetzt saß er nur da, starrte mit schreckgeweiteten Augen in die Finsternis und wartete mit banger Furcht auf den Morgen.

KAPITEL 13

In der Schenke *Zur Oberhexe* hatten Lahen und ich vor ein paar Jahren schon einmal übernachtet, und obwohl inzwischen viel Zeit vergangen war, fand ich sie ohne Mühe wieder. An dem einstöckigen Haus prangte noch immer das Schild, auf das eine – nach meinem Dafürhalten – recht erfahrene Hand eine blutjunge Rothaarige mit boshaftem Blick gezeichnet hatte. Die war einer Hexe etwa so ähnlich wie ein Ye-arre einem Schmetterling. Also gar nicht. Wo waren der Besen, die Warzen und der Giftpilz auf dem Kopf? Wie üblich alles nur Lug und Trug.

Es waren nicht sehr viele Leute anwesend, was sich aber in einer Stunde ändern dürfte, wenn die Dörfler Shaf oder Schnaps zuzusprechen gedachten. Dann hieße es wohl ade Behaglichkeit.

Luk verlangte, genau wie angekündigt, unverzüglich etwas zu essen, zu trinken und einen Zuber mit heißem Wasser. Einer der Bediensteten wurde losgeschickt, um in einem Laden neue Kleidung zu kaufen. Sobald der Soldat gehört hatte, dass wir die Rechnung für ihn übernähmen, kannte er kein Halten mehr. Mir sollte es gleich sein.

Lahen und ich bekamen ein schönes, helles und sauberes Zimmer. Aus alter Gewohnheit überprüften wir zunächst die Tür. Sie machte einen soliden Eindruck und verfügte über einen massiven Riegel. Den würde niemand so leicht zerschlagen. Das Fenster ging zum Innenhof, den Pferdeställen und Scheunen hinaus. Auch das stellte uns zufrieden, denn damit hatten wir immer die Möglichkeit, ohne viel Aufsehen zu verschwinden.

Während Lahen sich ausruhte und frisch machte, ging ich in einen Waffenladen am anderen Ende der Stadt. Er gehörte einem mürrisch dreinblickenden Händler, der anscheinend nicht jeden Tag einen derart nörgelnden Kunden zufriedenstellen musste: Unter den dreihundert Pfeilen, die er mir vorlegte, fand ich zwei Dutzend, die meinen Ansprüchen genügten, zehn von ihnen vollauf – die übrigen eher notgedrungen.

Ich zahlte und kehrte in die Schenke zurück, in der es nun tobte. Der Raum war brechend voll, die Kellnerinnen flogen nur so mit den Tabletts zwischen den Tischen hin und her. Die Lautstärke war entsprechend. Es roch angenehm nach kaltem Minz- und Kamille-Shaf, obendrein kitzelte mich das Aroma von gebratenem Fleisch in der Nase.

Unser Tisch stand unmittelbar an der Treppe, die in den ersten Stock hochführte. Der rundum glückliche Luk verputzte sein Essen mit einem Appetit, dass es die reinste Wonne war. Sogar Shen blickte etwas wohlgelaunter drein, nippte an seinem abgekühlten Shaf und spielte mit Gnuzz' Messer herum. Beeindrucken taten mich seine Künste zwar kaum – aber offenbar hielt er nicht zum ersten Mal eine Klinge in der Hand. Lahen beobachtete bloß gelangweilt, wie das Messer durch die Finger unseres Medikus glitt. Auch sie, die ihr Geld einst auf höchst riskante Weise verdient hatte, lockte er mit diesen Mätzchen nicht aus der Reserve.

Ga-nor sah sich öfter um, als dass er etwas aß. Ihn fesselte vor allem der Nachbartisch, an dem ein paar Soldaten saßen. Sie hechelten die letzten Neuigkeiten durch, genauer gesagt, den Krieg, der inzwischen im Nordosten des Imperiums tobte.

Am Tresen stritt der junge, gedrungene Wirt mit einem Mann, der vor Kurzem den Raum betreten hatte. An diesem fiel mir vor allem sein schmutziger Umhang auf. Obwohl der Stoff schon alt war, ließ sich das Wappen darauf noch hervorragend erkennen: Stiefel und eine Wolke, die Gilde der Boten.

»Bin gleich wieder da«, sagte ich zu den anderen und ging zum Tresen.

»Wo soll ich dich hinsetzen?! Auf meine Schultern?!«, donnerte der Wirt. »Du siehst doch, was hier los ist! Es ist kein Platz mehr frei!«

»Gut, lassen wir das«, lenkte der Bote ein. »Bring mir mein Essen einfach aufs Zimmer.«

»Das wird gerade sauber gemacht. Du musst dich schon noch etwas gedulden.«

»Wenn du willst, kannst du an unseren Tisch kommen«, mischte ich mich nun in das Geplänkel ein. »Bei uns ist noch ein Platz frei.«

»Es wäre mir eine Ehre«, antwortete der Bote voller Freude und verbeugte sich.

»Bring ihm das Essen an unseren Tisch«, befahl ich dem Wirt. Als diesem klar wurde, dass sich die heikle Situation in Wohlgefallen auflöste, hellte sich seine Miene prompt auf.

»Ich hoffe, ich störe euch nicht«, sagte der Bote, als wir zu unserem Tisch kamen. »Mein Name ist Giss.«

»Setz dich«, forderte Lahen ihn auf, die ebenfalls erkannte, dass sich uns hier eine hervorragende Möglichkeit bot zu erfahren, wie es im Land aussah. »Liegt ein schwerer Weg hinter dir?«

»Leicht war er nicht«, antwortete Giss und sah uns neugierig an.

Er war nicht mehr ganz jung, eher klein und hager. In dem schmalen, gelblichen Gesicht prangte eine große, fleischige Nase. Geheimratsecken fraßen sich in sein Haupthaar, ein zauseliger Schnurrbart zierte die Mundpartie. Die dunklen Augen blickten aufmerksam drein. Seine Hände waren merkwürdig, schmal mit langen, schlanken Fingern und gepflegten Nägeln, die eher zu einem Musiker oder einem Zauberkünstler gepasst hätten, aber nicht zu einem Mann, der sein Leben auf der Straße verbrachte. Obwohl mich diese Hände beunruhigten, ließ ich es heute, nach dem beschwerlichen Marsch, bei einem flüchtigen Blick bewenden.

»Ihr macht eine Reise?«, fragte er, bevor er zu essen anfing.

»Ja«, antwortete Ga-nor und gab Luk unterm Tisch einen Tritt, damit der sich nicht verplapperte.

Das bekam Giss zwar mit, ließ es sich jedoch nicht anmerken.

Gedankenversunken brach er sich ein Stück Brot ab, tunkte es in die Suppe und erklärte: »Ihr seid eine illustre Gesellschaft.«

»Und mit dir sind wir noch ein bisschen illustrer«, antwortete Lahen mit einem freundlichen Lächeln. »Aber in Schenken ist dergleichen ja keine Ausnahme.«

»Da habt Ihr recht, Herrin«, antwortete Giss. »Diese Erfahrung habe ich bereits des Öfteren gemacht. Einmal sind mir sogar ein Mann, ein Blasge und ein Ye-arre begegnet, die friedlich miteinander würfelten.«

»Friedlich?«, hakte Luk nach. »Die Ye-arre können nicht mal untereinander in Frieden leben – wie soll das dann mit anderen Rassen gehen?«

Viele mochten die Ye-arre wegen ihres Stolzes, ihrer Hitzköpfigkeit und ihrer Verachtung, die sie anderen Rassen gegenüber an den Tag legten, nicht. Selbst die Hochwohlgeborenen aus dem Sandoner Wald wurden nicht derart angefeindet wie die Himmelssöhne.

»Warum nennst du mich eigentlich Herrin?«, wollte Lahen wissen.

»Ist Euch noch nicht aufgefallen, wie alle Euch begaffen?«, fragte Giss amüsiert. »Und wisst Ihr, woran das liegt? Ihr seid in Hosen unterwegs. Hier im Süden sind die Leute etwas altmodisch. Das, was im Norden möglich ist, gilt hierzulande als offene Provokation, wenn nicht gar als vulgär. Selbst die Huren tragen Röcke, ganz zu schweigen von … ehrbaren Damen. Nur wenige Frauen können es sich erlauben, sich in Hosen zu zeigen. Sie kommen entweder aus dem Norden des Imperiums – doch so seht Ihr nicht aus – oder sind von Adel, sodass sie auf die Meinung ihrer Mitmenschen pfeifen können. Meiner Ansicht nach fallt Ihr eher in diese Kategorie. Oder täusche ich mich?«

Shen wiederholte lautlos das Wort *Kategorie* und zog erstaunt die Brauen hoch. Auch mir war aufgefallen, dass es sich bei unserem Gast um einen überaus gebildeten Jungen handelte.

»O ja, das tust du, denn du hast eine weitere Möglichkeit außer Acht gelassen: Hosen sind auf einer Reise weitaus bequemer als ein Rock.«

»Das sehen aber nicht alle so.« Giss wies mit dem Finger auf Ga-nor. »Ich würde mit Euch wetten, dass ein Irbissohn den Kilt stets einer Hose vorzieht.«

»Ein Kilt ist kein Rock«, erwiderte Ga-nor grinsend. »Aber in deinen Worten steckt ein Körnchen Wahrheit.«

»Vielen Dank.«

»Du kennst dich mit den Klanszeichen meines Volkes gut aus«, fuhr Ga-nor fort.

»Ich bin Bote«, erwiderte Giss. »Da schadet es nie, solche Dinge zu wissen. Außerdem tragen nur die Irbiskinder rot-grünes Karo, das merkt man sich also leicht.«

»Du willst nach Alsgara?«

»Ja, Herrin«, sprach er Lahen weiterhin als Adlige an.

»Und du kommst von den Dörfern der Bergarbeiter?«

»Nein, aus Gash-shaku.«

»Aus Gash-shaku?!«, entfuhr es Luk. »Aber dann liegt die Dabber Glatze doch gar nicht auf deinem Weg! Was hat dich da in diese Gegend verschlagen?«

»Freiwillig bin ich nicht hier, das könnt ihr mir glauben«, erklärte Giss. »Aber die Straße zwischen Alsgara und Gash-shaku ist mittlerweile ein gefährliches Pflaster. Überall wimmelt es von Soldaten aus Nabator und Sdiss. Und angeblich sind auch Nekromanten darunter. Deshalb musste ich einen Bogen nach Osten schlagen, da ist es noch ruhig. Unsere Armee beschäftigt den Feind nämlich ganz gut am Linaer Moorpfad, sodass ich ungehindert vorwärtskam. Allerdings war der Weg dadurch doppelt so lang.«

»Wie sieht es in Gash-shaku aus?«, fragte Shen.

»Ich bin gerade noch aus der Stadt herausgekommen. Am nächsten Tag fing die Belagerung an.«

»Und die Armee?! Wo ist eigentlich unsere Armee?!«

»Die Zweite Südarmee ist vollständig zerschlagen. Die Sechste und die Erste sollen auf dem Weg in die Katuger Berge sein, um sich dort neu zu formieren. Möglicherweise unternehmen sie dann ja etwas gegen die Belagerung. Die Dritte kämpft beim Linaer Moorpfad, von ihr ist keine Hilfe zu erwarten. Was mit der

Vierten ist, weiß niemand. Und die Fünfte hält die Stellung an der Treppe des Gehenkten, die wird also bestimmt niemandem zu Hilfe eilen, schließlich hängt jetzt alles davon ab, den Feind nicht weiter in den Norden vorstoßen zu lassen.«

»Sieht nicht gut aus«, brachte Luk hervor.

Und damit hatte er recht. Die zweitgrößte Stadt des Imperiums wurde belagert, und in weiten Teilen des Landes tobte der Krieg. Um den Südwesten kümmerte sich der Feind bislang nicht, weil sein ganzes Augenmerk auf der Treppe des Gehenkten lag. Sollte es ihm gelingen, sie zu nehmen, würde er uns von unserer Verstärkung aus dem Norden abschneiden und bräuchte nicht länger mit einem Schlag in den Rücken zu rechnen.

»Und das alles nur, weil irgendjemand in der Burg der Sechs Türme süß und selig geschlafen hat«, knurrte der Bote. »Bisher weiß noch niemand genau, was da eigentlich geschehen ist.«

Ga-nor stieß Luk abermals an, damit dieser schwieg.

»Dann sind wir also verloren?«

»Noch nicht. Der Ostteil des Landes ist dem Feind in die Hände gefallen, aber weiter als bis zum Linaer Moorpfad konnten die Nabatorer trotz der Hilfe der Nekromanten und der Ascheseelen nicht vorstoßen. Unsere Reihen stehen dicht. Das sind Eliteeinheiten, außerdem trifft ständig Verstärkung über die Katuger Berge ein. Gut, die Bluttäler sind genommen, und Gashshaku ist eingekesselt – aber solange die Stadt nicht fällt, bleibt der Feind der Treppe des Gehenkten fern. Das wäre viel zu riskant. Außerdem haben wir sie im Westen zurückgeschlagen. Und dann sind da noch die Burgen und Festungen, an denen sich die Feinde die Zähne ausbeißen. Gäbe es sie nicht, ich wüsste nicht, wie die Sache stünde. Obendrein können die Nabatorer nicht zügig durchs Land ziehen, da sie überall auf natürliche Hindernisse stoßen. Insofern: Nein, unsere Sache ist keineswegs verloren.«

»Man will gar nicht glauben, dass ein Krieg im Gange ist«, sagte Shen. »So ruhig, wie hier alles ist.«

»Begib dich hundert League nach Norden, und du wirst es

glauben. Oder ziehe durch die Wälder und Sümpfe zur Burg der Sechs Türme. Das dauert zwar eine Woche, aber dann kannst du dich mit deinen eigenen Augen von allem überzeugen.«

»Du weißt nicht zufällig, wie es in Alsgara aussieht?«

»Ich bin gerade auf dem Weg dorthin. Aber nach allem, was ich gehört habe, verhalten sich die meisten Menschen so, als ginge sie dieser Krieg überhaupt nichts an. Sie scheinen zu glauben, er werde nicht in ihre Stadt getragen. Einige sind sogar so dumm und tun alles als Gerede ab.«

»Aber Alsgara steht völlig ohne Schutz da …«

»Stimmt, an der Stadt haben die Hyänen ihre Freude. Genauer gesagt, sie werden sie haben, sobald unsere Armee zerschlagen ist. Sicher, es gab das Gerücht, der Statthalter habe eine neue Zweite Armee ausgehoben. Allerdings besteht sie, soweit ich weiß, nur aus Teilen der Landwehr, bereits zurückgewichenen Einheiten oder Söldnern, ist also nicht mehr als ein bunt zusammengewürfelter Haufen. Wenn aber schon die ausgebildeten Soldaten nicht mit dem Feind fertigwurden, was ist dann von einer solchen Truppe zu erwarten?«

»Und die Schreitenden?«

»Geben ihr Bestes. Sie kämpfen gegen die Sdisser Nekromanten und ihre magischen Ausgeburten, mitunter sogar ganz erfolgreich. Aber bisher haben sie es noch nicht geschafft, sie vollständig zu vernichten. Immer wieder kommt es zu überraschenden Angriffen. Vor vier Tagen hätte mich das sogar beinahe den Kopf gekostet.«

»Warum das?«

»Da durfte ich die Bekanntschaft von Toten machen, die sich aus ihren Gräbern erhoben haben.«

Luk zitierte prompt wieder seine Kröte.

»Viele?«

»Ein ganzes Dorf. In dem gab es keinen einzigen lebenden Menschen mehr. Ohne mein Pferd wäre ich da nie wieder rausgekommen.«

»Wie viel verstehst du denn unter einem ganzen Dorf?«, fragte Lahen. »Zehn? Zwanzig?«

»Zweihundert.«

Mein Augenstern presste die Lippen aufeinander, sagte jedoch kein Wort.

»Das ist doch merkwürdig«, bemerkte ich. »Was haben die Nekromanten in dieser Gegend zu schaffen, wenn sie eigentlich im Norden gebraucht werden?«

»Das frage ich mich auch«, erwiderte Giss. »Aber ich habe noch von mindestens drei weiteren Fällen gehört. In diesen Dörfern soll es keinen einzigen lebenden Menschen mehr geben, dafür aber jede Menge hungrige Leichen. Und das in einem Gebiet, das noch nicht vom Krieg betroffen ist.«

»Die Sdisser wollen uns Schwierigkeiten machen«, sprach Shen aus, was auch mir durch den Kopf ging.

»Und Panik säen«, ergänzte ich.

»Bote!«, rief der Wirt, als er sich unserem Tisch näherte. »Dein Zimmer ist fertig.«

»Schon? Dann darf ich mich entschuldigen. Ich muss mich ausschlafen. Morgen heißt es früh aufstehen. Vielen Dank für alles.«

»Vielen Dank für die Neuigkeiten.«

»War mir ein Vergnügen.« Er lächelte traurig. »Auch wenn … es nicht die Neuigkeiten sind, die einem viel Freude bereiten. Gute Nacht allerseits.«

Giss verbeugte sich und ging rasch die Treppe hinauf.

»Was machen wir jetzt?«, fragte Luk, nachdem er sich geräuspert hatte.

»Du wolltest doch nach Alsgara«, entgegnete ich.

»Stimmt. Aber dann?«

»Dann trennen sich unsere Wege. Lahen und ich müssen uns um unsere eigenen Angelegenheiten kümmern, ihr euch um eure.«

Shen schielte mich aus den Augenwinkeln heraus an, doch ich zog es vor, seinen Blick nicht offen zu erwidern. Ga-nor nickte. Wie gütig von ihm: Er sprach uns nicht das Recht ab, uns um unsere eigenen Angelegenheiten zu kümmern.

Bereits vor dem Gespräch mit dem Boten war mir klar gewesen, was wir zu tun hatten. Insofern hatte mich Giss bloß in meiner Überzeugung bestärkt. Für uns gab es nur ein Ziel, und von dem hing unser Leben ab: Wir mussten nach Alsgara und Yokh unmissverständlich klarmachen, wie unschön wir es fanden, dass er Geld auf unseren Kopf ausgesetzt hatte. Das würde Lahen und mich von allen weiteren Schwierigkeiten befreien, denn wenn es niemand auf dein Leben abgesehen hat, gestaltet sich selbiges weitaus friedlicher. Und danach konnte es für uns nur noch einen Weg geben: in die Goldene Mark. Da der Krieg Alsgara bislang nicht erreicht hatte, mussten im Hafen noch Schiffe liegen. Sicher, die Preise für eine Passage dürften in schwindelerregende Höhen geschossen sein, aber darüber brauchten wir uns ja keine Sorgen zu machen, Meloth sei Dank.

»Ist euch aufgefallen, was er nicht berichtet hat?«, fragte Lahen nun.

Alle Blicke richteten sich auf sie.

»Er hat die Verdammten nicht mit einem Wort erwähnt. Von den belanglosesten Gerüchten wusste er zu berichten, von allen möglichen Spekulationen und wilden Theorien. Aber nichts über diese sechs. Als ob sie mit alldem nichts zu tun hätten.«

»Vielleicht halten sie sich noch im Hintergrund«, bemerkte Luk.

»Hast du mir nicht erzählt, Scharlach habe die Burg der Sechs Türme in Schutt und Asche verwandelt?! Und auch in Hundsgras hat eine ihrer Freundinnen für gewaltiges Aufsehen gesorgt. Nein, ich glaube eher, die Schreitenden wollen das Volk nicht vor der Zeit in Angst und Schrecken versetzen. Solange man jede magische Tat noch den Sdisser Nekromanten in die Schuhe schieben kann, wird sich daran wohl auch kaum etwas ändern. Denn so grausam diese Zauberer auch sein mögen – im Vergleich zu den Verdammten sind sie lediglich ein Kinderschreck. Warum also schon jetzt nicht nur im einfachen Volk, sondern auch in der Armee Panik verbreiten? Ich glaube, die Soldaten würden längst nicht so unverzagt wie bisher kämpfen, wenn sie wüssten, dass die alten Legenden zu neuem Leben erwacht sind.«

»Gut möglich«, erwiderte Luk. »Schließlich dürften unseren Leuten schon die Heerscharen von Untoten reichen.«

»So viele werden es kaum sein«, stellte Lahen klar.

»Wieso nicht?«, fragte Luk ungläubig. »Wenn es allein in dem Dorf, durch das Giss gekommen ist, zweihundert Untote gab …«

»Meiner Ansicht nach lügt der Bote. Es verlangt viel Kraft, um auch nur einen Toten zum Leben zu erwecken, und nicht jeder Magier ist dazu imstande. Dafür muss er dem toten Körper einen Teil seines Funken überlassen, und er muss diesen Untoten ständig unter Kontrolle halten, denn der droht den Magier jederzeit anzufallen. All das ist ausgesprochen schwierig. Und im Grunde lohnt es den Aufwand nicht, weil es wesentlich leichtere und wirkungsvollere Möglichkeiten gibt, Angst zu schüren oder sich einen gehorsamen Diener zu schaffen. Ein erfahrener Nekromant vermag nicht mehr als zehn Leichen auf einmal wiederzuerwecken. Die Auserwählten des Achten Kreises könnten, wenn sie es denn unbedingt wollten, vielleicht dreißig oder vierzig Untote befehligen. Aber dafür würden sie all ihre Kraft verschleißen. Deshalb beschäftigen sie sich nur selten mit einem solchen Unsinn. Die Untoten zu beherrschen, das versucht man nur, wenn einem wirklich keine andere Möglichkeit mehr bleibt. Was diese zweihundert Untoten angeht … Dafür wären fünf Nekromanten des Höchsten Kreises nötig! Möglicherweise sogar sechs! Nekromanten schießen aber nicht wie Pilze aus dem Boden. Und mir kann auch niemand weismachen, sie hätten nichts Besseres zu tun, als sich in einem Provinznest zu versammeln und eine Herde von Leichen zu hüten, um auf einen zufälligen Wandersmann zu warten.«

»Außerdem hat der Bote gesagt, es sei nicht der einzige Fall dieser Art gewesen«, ergänzte ich.

»Eben. Überleg doch mal, wie viele Nekromanten man bräuchte, um die Toten in drei oder vier Dörfern zu wecken. Ich kann mir einfach nicht vorstellen, dass Sdiss für eine solche Nichtigkeit eine derart hohe Zahl von Auserwählten ausschickt.«

»Wart mal!«, verlangte Luk. »Wie erklärst du dann die Existenz jener Untoten, die mich an der alten Silbermine angegriffen haben?«

»Da fällt mir auch nichts ein. Vielleicht hat sich in der Nähe ein Nekromant befunden. Vielleicht haben die dich aber auch schon seit der Burg der Sechs Türme verfolgt. Oder der Magier wurde umgebracht. Du musst wissen, dass der Zauber der Anrufung normalerweise nach dem Tod des Schöpfers nicht in sich zusammenfällt. In den Untoten brennt weiterhin der Teil des Funkens, den sie vom Nekromanten bekommen haben. Der hält sie noch eine Weile am Leben. Vielleicht trifft das in deinem Fall zu.«

»Ich vertret mir mal die Beine«, sagte Ga-nor, stand auf und steuerte zwischen den zahlreichen Tischen hindurch auf den Ausgang zu.

»Und ich hau mich aufs Ohr«, verkündete Luk und gähnte herzhaft. Mit einem vollen Becher Shaf begab er sich satt und zufrieden nach oben.

Wir drei blieben noch sitzen. Shen trommelte mit den Fingern auf den Tisch. In der letzten Zeit ging mir sein Benehmen immer mehr auf die Nerven. Wenn er früher bei jedem falschen Wort den Beleidigten gespielt hatte, dann hing er heute meist seinen Gedanken nach – wobei ich mich des Eindrucks nicht erwehren konnte, er brüte irgendeine Schuftigkeit aus.

»Was soll die finstere Miene?!«, fragte ich ihn.

Er riss den Blick von seinen Händen los und grinste. »Es gibt da so einiges, das mich beunruhigt.«

»Und was? Oder ist das ein Geheimnis?«

Unser Medikus beugte sich zu uns vor, damit uns keiner der Gäste an den Nachbartischen hörte, und raunte: »Wie viele Tote kann Lahen wiedererwecken?«

»Worauf spielst du da an, Heiler?«, fragte diese kalt.

»Das weißt du genau. Nicht jeder unterwirft sich den Hilss, aber du hast mühelos über die Magie des Todes geboten. Warum solltest du also nicht auch noch andere Dinge zuwege bringen?«

»Ich weiß nicht, was du meinst«, erwiderte Lahen ruhig.

»Ich mache mir halt so meine Gedanken. Und ich würde gern wissen, wer dich ausgebildet hat.«

»Oho«, murrte ich, »lässt dir diese Frage also immer noch keine Ruhe.«

»Irgendjemand muss dich ausgebildet haben«, beharrte Shen, ausschließlich an Lahen gewandt. »Abgesehen davon weiß nicht eine Schreitende, dass die Nekromanten in Sdiss Auserwählte genannt werden.«

»Du weißt es doch auch. Ich für meinen Teil habe jedoch nicht die Absicht, dich zu fragen, woher.« Lahen beeindruckten die Anschuldigungen des Herrn Medikus in keiner Weise.

»Du meinst also, ich sollte dich auch nicht danach fragen?«

»Dafür wäre ich dir sehr dankbar. Ich erinnere mich nicht mal daran, wo ich dieses Wort aufgeschnappt habe. Es kam mir heute einfach über die Lippen. Mehr steckt nicht dahinter.«

»Verstehe«, brachte er heraus. »Dann gestatte mir wenigstens die Frage, mit der ich dieses Gespräch angefangen habe. Wie viele Tote kannst du zum Leben erwecken?«

»Keinen einzigen.«

Daraufhin maßen sich die beiden mit Blicken. Shen gab als Erster auf. »Ich bin mir sicher, dass du lügst«, sagte er. »Außerdem frage ich mich, was du mit der Verdammten angestellt hättest, wenn sie dich nicht kalt erwischt hätte.«

»Von mir aus kannst du dich fragen, was immer du willst. Aber einer Verdammten hätte ich nicht den geringsten Schaden zufügen können. Dafür reichen meine Kräfte nicht aus.«

»Ach ja? Nur hast du das auch über den Nekromanten gesagt, der bei euch aufgekreuzt ist«, erwiderte er. »Im Übrigen gehe ich jetzt schlafen.«

»Wie viele?«, fragte ich, sobald er weg war.

»Lass das«, verlangte sie, die von mir nie mit einer solchen Frage gerechnet hätte.

»Komm schon, es wäre wirklich hilfreich zu wissen, wozu du imstande bist.«

Sie wich meinem Blick aus. »Ich habe doch schon Shen gesagt …«

»… dass du nicht eine einzige Leiche zum Leben erwecken kannst. Das war noch nicht mal gelogen. Denn ehe dein Funken nicht neu entzündet ist, bist du dazu wirklich nicht imstande. Aber früher?«

Lahen behagte das Thema nicht, das war klar. Ich stellte mich daher darauf ein, eine Abfuhr von ihr zu erhalten. Umso erstaunter war ich, als sie sagte: »Vier.«

Stahlfinger legten sich mir um die Kehle, ich bekam kaum noch Luft, und über meinen Rücken rieselte eine kalte Gänsehaut. Die kindliche Angst vor einem Menschen, der über die Toten gebieten kann, hielt mich gefangen. Doch ich fasste mich schnell.

Ich liebe sie. Und ich weiß, dass sie nicht so ist, wie sich das einfache Volk eine Nekromantin vorstellt. In all den Jahren, die wir nun schon Seite an Seite durchs Leben gegangen sind, haben wir gelernt, einander zu vertrauen. Gut: Wir haben es *fast* gelernt. Denn jetzt sah mich Lahen verängstigt an, bereute ihre Offenheit und wartete angespannt auf meine Erwiderung.

»Vier«, wiederholte ich. »Nicht übel für eine Autodidaktin. Danke, dass du es mir gesagt hast.«

»Das wollte ich schon lange tun, aber ich wusste nicht, wie du es aufnehmen würdest.«

»Kann ich mir vorstellen.« Vor meinem inneren Auge tanzten nach wie vor ein paar lebende Tote, alles in allem kein sonderlich erbaulicher Anblick. »Gibt es sonst noch etwas, das ich wissen sollte?«

»Sind die anderen nach oben gegangen?«, platzte da Ga-nor in unser Gespräch.

»Ja«, antwortete Lahen, glücklich, dass unsere Unterhaltung fürs Erste beendet war.

»Wir sollten uns ein Beispiel an ihnen nehmen. Was ist, trinken wir noch einen Shaf, ehe wir uns aufs Ohr hauen?«

»Gern.«

Ga-nor bedeutete der Kellnerin, uns noch drei Becher zu bringen.

»Ich wollte dich schon längst fragen, was du eigentlich

machst, Grauer, aber bisher hatte ich noch keine Gelegenheit dazu«, sagte er, bevor er seinen Schnauzbart in dem warmen Getränk versenkte.

»Was meinst du?«

»Wie verdienst du deine Soren? Bist du Kopfgeldjäger?«

»Nein. Ich bin Zimmermann.«

»Dann musst du der beste Zimmermann der Welt sein«, konterte Ga-nor grinsend, »wenn du so viel Geld mit dir rumschleppst.«

»Du hast scharfe Augen«, erwiderte ich mit einem schiefen Lächeln.

»Nein, feine Ohren. Ich habe gehört, wie es in Lahens Beutel klimperte. Das klang nach einer bedeutenden Summe. Das Geräusch, das die großen Soren machen, ist nämlich unverkennbar.«

»Das ist ihr Erbe.«

»Klar, hab ich auch schon vermutet«, sagte er mit strahlendem Lächeln. »Ihr Erbe. Ein Zimmermann würde schließlich sein Lebtag nie so viel zusammenbringen.«

Natürlich glaubte er uns kein Wort, aber im Grunde war es ihm völlig egal, wer wir eigentlich waren. Eben dafür mag ich die Nordländer: dass sie ihre Nase niemals in fremde Angelegenheiten stecken. »Freut mich, dass wir …«

»Ness«, rief Lahen.

»… das klären …«

»Ness!«

Ich ließ den Satz unbeendet und sah sie an.

»Sieh dir mal diesen seltsamen Jungen an!« In ihrer Stimme schwang ein aufgewühlter Unterton mit.

An dem Unbekannten, auf den sie zeigte, konnte ich persönlich nichts Merkwürdiges entdecken. Ein Mann wie jeder andere auch. Gut, er war vom Kopf bis zu den Füßen in einen Umhang gehüllt und sah sich ständig um. Offenbar stammte er nicht aus der Gegend. Er war gerade erst hereingekommen, stand jetzt zwischen all den Tischen mitten im Raum und überlegte, was er als Nächstes tun sollte. Sein Gesicht konnte ich nicht erkennen, das verbarg die Kapuze. Aber als sich der Mann umdrehte, glitt sein Umhang leicht zur Seite, und ich machte einen glänzenden Panzer darunter aus.

»Ein Fisch!«, schrie Ga-nor in einer Lautstärke, dass ich beinahe hintenübergefallen wäre. Daraufhin kippte er den schweren Tisch um, als wäre dieser nur eine Flaumfeder. Teller wie Becher fielen polternd zu Boden. »Hierher!«

Das Gesicht des Nordländers ließ mich seinen Befehl sofort befolgen. Für Lahen galt das Gleiche. Wir hatten uns gerade hinter der Tischplatte in Deckung gebracht – als es bereits ohrenbetäubend krachte. Dieser Knall schien mir das Trommelfell zu zerfetzen und ließ mich vor Schmerz aufschreien. Aus meiner Nase troff Blut, dann wurde mir schwarz vor Augen.

Als ich wieder zu mir kam, fand ich mich auf dem Boden liegend wieder. Neben mir kauerte Ga-nor. Er schüttelte den Kopf, was ihn wie einen großen Hund mit rotem Fell aussehen ließ.

»Lahen!«

Ich hörte meine eigene Stimme nicht, denn die Schreie und das Gestöhn der Verwundeten übertönten alles.

»Lahen!«

Ich schleuderte eine Hand, die irgendjemandem abgerissen worden war, zur Seite und kroch suchend über den blutbedeckten Boden.

»Lahen!«

Da packten mich starke Hände bei den Schultern und rissen mich hoch. Natürlich, Ga-nor. Er hatte sich von diesem Vorfall weitaus schneller erholt als ich.

»Sie ist da drüben!«

Lahen hielt sich ohne Hilfe auf den Beinen. Für uns hatte sie keinen Blick übrig, stattdessen starrte sie mit schreckgeweiteten Augen und die Hände vor den Mund gepresst in den Raum, der zum Schauplatz eines unglaublichen Gemetzels geworden war. Es gab so viele Tote wie nach einer der Schlachten während des Krieges der Nekromanten. Teile von Körpern hingen sogar an dem riesigen, wagenradförmigen Leuchter, dessen Kerzen bei der Explosion gelöscht worden waren. Überall klebte Blut, nicht nur an den Wänden, sondern auch an der Decke. Außerdem glitzerten im ganzen Raum kleine, kaum silbermünzgroße Schuppen dessen, was ich vorhin noch für einen Panzer gehalten hatte. Sie hatten sich in alle Holzflächen gebohrt, aber auch in die Unglücksraben, die in der Nähe des Unbekannten gesessen hatten.

»Lahen, ist alles in Ordnung?« Ich lief zu ihr.

»Lass uns von hier weggehen«, hauchte sie. »Bitte.«

Ich fasste sie unterm Ellbogen und führte sie zur Treppe.

»Ga-nor, hol meinen Bogen und meinen Köcher.«

»Hab ich schon«, antwortete dieser hinter mir.

»Was ist gescheh…?« Aus dem ersten Stock kam Luk völlig aufgelöst heruntergerannt – nur um dann wie erstarrt stehen zu bleiben und die Gabe des Sprechens einzubüßen.

»Steh da nicht rum!«, fuhr ihn Ga-nor an. »Bring die Frau in ihr Zimmer! Und du hilf ihm!«

Die letzten Worte galten Shen.

»Luk schafft das schon«, entgegnete unser Medikus. »Ich muss mich um die Verwundeten kümmern.«

»Und was machen wir?«, brummte ich. Es schmeckte mir nicht, Lahen allein zu lassen.

»Wir sehen uns mal draußen um. Vielleicht können wir feststellen, woher dieser Fisch kam.« Ga-nor reichte mir den Bogen. »Aber sei auf alles gefasst!«

»Das bin ich immer«, erwiderte ich und wandte mich dann an Lahen: »Wir sind gleich wieder da.«

Daraufhin stiegen wir über die Leichen und umrundeten die Verletzten, denen die Überlebenden bereits halfen. Obwohl es längst dunkel war, hatte niemand die Fackeln angezündet. Es ist doch immer dasselbe in diesen kleinen Städten: Keiner will etwas für solchen Unsinn wie Beleuchtung berappen. Dabei könnten sich in dieser Finsternis die sechs Verdammten verstecken – die du dann erst siehst, wenn es zu spät ist.

»Was war das?«, wollte ich von Ga-nor wissen, der gerade in der Luft schnupperte.

»Ein Fisch.«

»Allerdings habe ich an dem Kerl weder Flossen noch einen Schwanz entdeckt.«

»Wir wissen nicht, wie diese Kreaturen eigentlich heißen. Deshalb nennen wir in der Burg sie Fische. Es sind Ausgeburten der Sdisser Magie. Untote. Sie begeben sich zu den Lebenden, explodieren und – batz – schon gibt es einen Haufen Leichen.«

»Und das läuft immer so ab?«

»Ja. Sie haben Tausende von Stahlschuppen. Jede einzelne von ihnen geht durch Fleisch und Knochen wie durch Butter. Wenn diese Geschöpfe platzen, fliegen die Schuppen nach allen Seiten auseinander. Wenn du dich nicht vorher in Deckung bringst, ist das dein Ende.«

»He, Freundchen!«, sprach ich einen aschfahlen Jungen an, der am Eingang der Schenke stand und entsetzt auf all das Blut und die Leichen starrte. »Kennst du den, der gerade geplatzt ist?«

Er wusste sofort, wen ich meinte. »Das war Shkan«, presste er heraus. »Der hiesige Saufkopf. Er ist vor drei Tagen gestorben«, sagte er und fing an zu weinen. »Gestern war die Beerdigung.«

Vielen Dank auch, Luk! Warum musstest du bloß so unken?!

»Geh nach Hause!«, forderte ich den Jungen auf. »Hier hast du nichts verloren.«

Er rannte so, dass seine Hacken förmlich Funken sprühten.

»Vielleicht war er nicht allein.« Ga-nor spähte angestrengt in die Finsternis.

»Ich werde seine Kumpane jedenfalls nicht suchen«, sagte ich.

»Darum hat dich auch niemand gebeten.«

In diesem Augenblick erklangen jäh zwei gedämpfte Knalle.

»Nichts wie weg hier!«, verlangte ich. »Ich schnappe mir Lahen, und dann verlassen wir dieses Nest. Hier sind wir unseres Lebens nicht mehr sicher.«

Am anderen Ende der Straße loderten zwei grüne Feuer auf. Dann noch zwei. Und noch zwei. Schließlich immer mehr. Ein verängstigter Schrei durchschnitt die Stille, riss aber sogleich wieder ab.

»In die Schenke! Sofort!«, befahl Ga-nor. »Das sind Untote!«

Mit hämmerndem Herzen stürzte ich in die Schenke zurück.

Abermals vernahm ich panische Schreie. Dann wurde Alarm geschlagen.

»Schließt die Tür!«, befahl Ga-nor.

»Was?! Seid Ihr verrückt geworden?!«, fragte der Wirt. »Wir haben gerade nach Medikussen geschickt.«

»Du Narr! Draußen wimmelt es von Leichen, die zum Leben erweckt wurden!«

»Red keinen Unsinn! Und lass die Tür auf! Sonst …«

Er brauchte den Satz nicht zu beenden, denn hinter ihm tauchten fünf breitschultrige, finstere Männer auf, die seinen Worten allein mit ihrer bloßen Existenz Gewicht verliehen.

»Nach oben!«, schrie ich. Jemanden zu retten, der gar nicht gerettet werden will, ist dumm. Denn so jemand geht unter – und reißt dich dabei noch mit ins Grab.

Ohne weiter auf die hiesigen Sturköpfe zu achten, stürzten wir zur Treppe. Ga-nor zog Shen mit sich, der gerade versuchte, die Blutung eines Verletzten zu stillen. Natürlich leistete auch der Herr Medikus Widerstand.

»Lass ihn!«, befahl ich. »Wir zwingen niemanden zu seinem Glück!«

Doch als Shen mein in Panik verzerrtes Gesicht sah, hörte er immerhin auf, den Narren zu spielen, und eilte uns nach. Wir hatten gerade die Treppe erreicht, da stürmte das erste dieser Monster, vom schweren Blutgeruch herbeigelockt, in die Schenke und verbiss sich im Hals eines Gasts. Ihm auf dem Fuße folgten sechs weitere Untote.

Selbst jetzt wollten die Leute den Verletzten noch helfen. Und ehe sie überhaupt begriffen hatten, was hier vor sich ging, suchte der Tod die Schenke erneut heim. Mit jeder Sekunde tauchten neue Besucher auf. Solange sie noch mit denjenigen beschäftigt waren, die den Fisch überlebt hatten, würden sie ihre Aufmerksamkeit jedoch nicht auf uns richten. Das mussten wir ausnutzen. Mehrere Stufen auf einmal nehmend rannten wir die Treppe hoch. Das Brüllen hinter uns kündete davon, dass die Untoten, die unten leer ausgegangen waren, ihr Glück nun im ersten Stock versuchen wollten.

Das erste Zimmer im Gang gehörte Luk, Ga-nor und Shen. In ihm brachte sich der Medikus in Sicherheit. Ich folgte ihm, da ich mir nicht sicher war, dass ich es bis zu meinem eigenen schaffen würde. Sofort verrammelten wir die Tür. Unmittelbar darauf polterte von draußen etwas dagegen.

Wie ich befürchtet hatte, waren Luk und Lahen nicht hier.

Großartig!

Der schnaufende Heiler sackte an der Wand zu Boden und murmelte ein Gebet.

Zeit wurde es.

»Was für ein hartnäckiges Schwein«, sagte ich. Der Untote versuchte wie besessen, in unser Zimmer einzudringen. Seit geschlagenen drei Stunden! Und nicht eine Minute hatte diese Kreatur in ihren Anstrengungen nachgelassen.

»Hält die Tür auch stand?«, fragte Shen zum ich weiß nicht wievielten Mal.

»Das hoffe ich.«

Nicht zu wissen, was aus Luk und Lahen geworden war, schürte meine Panik. Mich trennten nur lächerliche fünfundzwanzig Schritt von ihr – die in diesem Moment jedoch eine unüberwindliche Strecke bedeuteten. Mir blieb nur zu hoffen, mein Augenstern habe sich in unserem Zimmer verschanzt und alles sei mit ihr in Ordnung.

Ga-nor lehnte das Schwert gegen die Wand, trat ans Fenster und blickte hinaus. Ich wusste, was er dort sah: huschende Schatten und grüne Feuer in toten Augen. In der Dabber Glatze trieben weit mehr als zweihundert Monster ihr Unwesen. Die ganze Stadt machten diese Biester unsicher! Ob überhaupt jemand außer uns überlebt hatte? In irgendeinem Keller oder auf dem Dachboden …

Der Alarm war längst verstummt. Auch Schreie waren nicht mehr zu hören. Am anderen Ende der Straße standen einige Häuser in Flammen, doch niemand machte Anstalten, das Feuer zu löschen. Wir konnten nur beten, dass es sich nicht ausbreitete und auf die Schenke übergriff.

»Wir können nicht ewig hierbleiben«, knurrte ich. »Früher oder später erwischen die uns.«

»Du hast doch selbst gesagt, dass die Tür standhält«, widersprach Shen.

»Ich habe gesagt, dass ich es hoffe. Aber wenn diese Kreaturen sie nicht einschlagen, verhungern wir am Ende. Ich bin mir nämlich nicht sicher, dass die bis zum Morgen abziehen. Oder macht denen das Sonnenlicht inzwischen etwas aus?«

»Nein. Aber wenn wir den Nekromanten töten …«

»Bei Ug, was heißt hier *den* Nekromanten?«, bediente ich mich eines Fluchs aus Ga-nors Mund. »Hast du nicht gehört, was Lahen gesagt hat?! Um zweihundert Leichen zum Leben zu erwecken, sind fünf der besten Zauberer nötig. Wir haben es aber mit mehr als fünfhundert Monstern zu tun. Das sind nämlich nicht nur die Toten vom Friedhof, sondern auch die, die sie gerade zum Nachtmahl verschmaust haben. Überleg doch mal, wie viele Nekromanten da nötig wären, um diesen Haufen unter Kontrolle zu halten!«

»Ich habe mir nur eins überlegt: dass ich nicht die geringste Absicht verspüre, mich diesem Haufen anzuschließen.«

»Was schlägst du vor?«, fragte mich Ga-nor nun.

»Zunächst mal müssen wir in mein Zimmer kommen.«

»Vergiss es!«, spie Shen aus. »Ich werde wegen deines edlen Kopfes nicht mein Leben riskieren!«

»Unser Fenster geht zum Innenhof«, erklärte ich Ga-nor. »Wenn wir zu den Ställen kommen, besteht für uns alle die Chance, noch unsere alten Tage zu erleben.«

»Was, wenn der Wirt das Tor offen gelassen hat?«, gab Ga-nor zu bedenken.

»Das werden wir auch nicht erfahren, wenn wir hier versauern.«

»Stimmt. Also gut, ich komme mit dir.«

»Ihr Narren!« Shen wollte dieses Zimmer, das ihm die reinste Feste schien, um keinen Preis verlassen. »Was, wenn die beiden anderen euch nicht aufmachen? Ob ihr es dann noch zurückschafft?«

»Es zwingt dich niemand, uns zu begleiten. Also bleib ruhig hier!«

Da wusste er nichts mehr zu sagen, stand auf und nahm sich sein Schwert.

»Kannst du uns helfen?«

Der Heiler begriff, dass ich auf seine Gabe anspielte, und schüttelte den Kopf. »Ich weiß nicht, ob das klappt.«

Schade. Ich hatte wirklich auf seine Fähigkeiten gehofft.

»Vergesst nicht: Ihr müsst den Biestern den Kopf abschlagen!«, schärfte uns Ga-nor noch einmal ein.

Wir nickten.

»Dann möge Ug uns beistehen. Los!«

»Komm mir nicht in die Schusslinie«, warnte ich Shen.

»Drei! Zwei! Los!«

Shen riss die Tür weit auf, worauf sofort ein stinkender Untoter ins Zimmer stolperte. Er verlor das Gleichgewicht, fiel hin, und Ga-nor hackte ihm den Kopf ab. Prompt tauchte in der Tür die nächste Kreatur auf, in der ich den Wirt der *Oberhexe* erkannte. Ich schickte einen Pfeil in sein grünes Auge, Ga-nor säbelte ihm Beine und Kopf ab.

»Ist er tot?«, fragte ich.

»Das ist er schon lange«, antwortete der Rotschopf und wagte sich hinaus.

Das ließ sich besser an, als wir erwartet hatten. Auf dem Gang gab es nur noch zwei Untote, die uns jedoch nicht bemerkten, weil sie damit beschäftigt waren, gegen die Tür am anderen Ende zu hämmern.

Während sich Ga-nor und Shen an sie heranpirschten, ließ ich die Treppe nicht aus den Augen, über die jederzeit neue Gäste auftauchen könnten. Ga-nor erledigte die Feinde derart schnell, dass er nicht mal Shens Hilfe brauchte.

»Die Luft ist rein!«, hörte ich ihn rufen, woraufhin ich mich langsam zurückzog.

»Lahen! Öffne die Tür, wir sind's!«, verlangte Shen und trommelte gegen die Tür. »Lahen! Mach auf!«

Von unten vernahm ich ein Röcheln und Schritte. Der erste

Untote flog förmlich in den Flur hinein. Mein Pfeil traf sein Auge, sodass er nach hinten fiel und die Treppe hinunterpolterte.

Ga-nor baute sich neben mir auf, und an seiner Seite fühlte ich mich gleich wesentlich sicherer.

»Wenn sie uns die Tür nicht öffnen, sind wir verloren«, erklärte er ruhig – doch seine Stimme verriet ihn. Er hatte recht, wir steckten wirklich in der Klemme, denn inzwischen hielten neun Untote auf uns zu, denen weitere folgten. Selbst wenn wir die noch zurückschlagen konnten, würden wir das nicht unversehrt überstehen.

»Lahen!«, schrie ich aus voller Kehle, während ich einen weiteren Pfeil auf die Reise schickte. »Öffne die Tür!«

Daraufhin bewegte sich unverzüglich der Riegel.

Gut gemacht!

»Bei Meloth, du lebst!«, hörte ich die Stimme meines Augensterns. »Rasch! Kommt rein!«

Ein letzter Jäger, der auf Frischfleisch aus war, erlag noch meinem Pfeil, bevor ich mich umdrehte, Shen folgte und in das rettende Zimmer schoss. Ga-nor schlüpfte als Letzter hinein. Lahen schlug die Tür zu und legte den Riegel wieder vor.

»Wir haben es geschafft!« Der Heiler schien unser Glück noch gar nicht fassen zu können und wirkte auf mich, als wolle er gleich lostanzen. »Aber du hast ziemlich lange gebraucht, um aufzumachen!«

»Ich habe keinen Grund gesehen, warum ich dich einlassen sollte!«, antwortete Lahen kalt, kam dann auf mich zu und schloss mich fest in die Arme. »Ich hatte schon befürchtet, dir sei etwas zugestoßen.«

»Es ist alles in Ordnung«, flüsterte ich. »Wir konnten uns rechtzeitig in Sicherheit bringen.«

»Hättest du uns wirklich vor der Tür stehen lassen?«, fragte Ga-nor mürrisch.

»Unsinn!«, fuhr Luk ihn an. »Wir haben anfangs einfach unseren Ohren nicht getraut. Und jetzt hilf mir! Wir müssen den Schrank wieder vor die Tür schieben. Vorsichtshalber.«

Von draußen klangen bereits Schläge und ein Keuchen herein. Da zeigte reichlich viel Volk Interesse an uns. Allmählich machte ich mir ernsthaft Gedanken, ob die Tür standhalten würde.

»Gibt es hier was zu trinken?«, fragte ich, denn nach dem kleinen Geplänkel war mein Hals völlig trocken.

»Nur Schnaps. Aber ich glaube, auf den sollten wir jetzt besser verzichten.«

Erst da fiel mir Giss auf.

Der Bote saß im Schneidersitz auf dem Fußboden, fest in seinen verschlissenen Umhang gehüllt. Neben ihm lagen eine breite Machete, die in einer abgegriffenen weinroten Scheide steckte, und die grau-grüne Reisetasche.

»Wie kommst du denn hierher?«

»Ich bin gerade den Gang hinuntergegangen, als diese Untoten aufgetaucht sind. Da bin ich einfach ins nächstbeste Zimmer gesprungen – und fand mich in Gesellschaft der Herrin und Luks wieder.«

»Genau so ist es gewesen«, bestätigte Luk schnaufend, der mit Ga-nor den Schrank vor die Tür wuchtete. »Ohne Giss hätten wir von alldem gar nichts mitbekommen. Da platzt doch die Kröte, womöglich hätten wir am Ende die Tür sperrangelweit aufstehen lassen!«

»Was ist hier los?«, fragte ich Lahen leise.

»Das wüsste ich selbst gern. Um derart viele Tote zum Leben zu erwecken, ist eine gewaltige Kraft nötig.«

»Eine Erklärung könnte es geben«, mischte sich Giss ein, der offensichtlich zum Plaudern aufgelegt war. »Etwas Derartiges ist nämlich schon einmal geschehen. Allerdings vor sehr langer Zeit. Wenn eine starke Schreitende stirbt, kommt es zu unglaublichen Regengüssen. Wie beispielsweise nach dem Tod Sorithas.«

»Wo ist da die Verbindung?«, fragte Lahen.

»Wenn jemand mit ungewöhnlich starker Gabe eines gewaltsamen Todes stirbt, bleibt ein Teil der Magie in dieser Welt und breitet sich in ihr aus. Sie ruft dann auch den Regen hervor.«

»Und wie kommen die Untoten dabei ins Spiel?«, fragte Luk.

»Schießen die nach einem Regenschauer etwa wie Pilze aus dem Boden?«

»Auch eine massenhafte Auferstehung hat es schon gegeben. Nach dem Tod der Verdammten Cholera und Fieber während des Kriegs der Nekromanten haben sich im gesamten Imperium die Leichen ganzer Friedhöfe aus den Gräbern erhoben. Und zwar einen geschlagenen Monat lang.«

»Willst du damit sagen, dass es anfängt zu regnen, wenn Schreitende sterben?«, fragte Shen. »Und dass die Toten auferstehen, wenn Verdammte sterben?«

»So behaupten es zumindest die alten Legenden«, erwiderte Giss. »Allerdings gibt es da in der Tat eine kleine Ungereimtheit: Niemand aus dem Kreis der sechs Verdammten ist gestorben.«

Nur dass wir das besser wussten … Giss' Erklärung musste also stimmen.

»Woher weißt du das alles?«

»Wie gesagt, aus alten Legenden, Herrin. Wer sein ganzes Leben auf den Straßen verbringt, hört mancherlei. Mitunter erweist sich das als nützlich.«

»Sagen die Legenden auch etwas darüber, wann die Toten wieder in ihren Gräbern verschwinden?«, wollte Luk wissen.

»Leider nicht. In ihnen heißt es einfach nur, dass dieser Ausbruch mit der Zeit wieder verebbt ist. Wobei die Schreitenden natürlich auch das Ihrige dazu beigetragen haben.«

»Wir sollten hier allerdings nicht auf die Schreitenden hoffen«, warf ich ein. »Uns müssen unsere eigenen Kräfte genügen. Deshalb schlage ich vor …«

»Pass besser auf!«, zischte Shen. »Und mach nicht solchen Radau!«

»Da platzt doch die Kröte, ich geb mir ja schon alle Mühe!« Luk meisterte den Aufstieg als Letzter.

Wie ich gehofft hatte, war das Tor, das von der Straße in den Innenhof mit den Ställen führte, verschlossen. Natürlich hämmerte jemand dagegen, allerdings nicht sonderlich energisch und – zumindest bislang – ohne Erfolg.

Wir waren durch das Fenster und an der Regenrinne heruntergeklettert. Während Shen noch Luk half, machten sich die anderen daran, das zu tun, was wir vorab vereinbart hatten. Ich gab Ga-nor Deckung, damit er die Tür sicherte, die in die Schenke führte. Das hätte uns noch gefehlt, dass jemand zur Unzeit von dieser Seite über uns herfiel. Lahen und Giss besorgten die Pferde. Ich hoffte inständig, es würde genug Tiere für uns alle geben, ansonsten konnte es nämlich heikel werden. Denn eigentlich hegte ich die feste Absicht, dass wir alle von hier wegkämen. Nicht mal den Heiler wollte ich in diesem Schlamassel zurücklassen.

»Das wäre geschafft«, sagte Ga-nor. »Aber ich bin nicht sicher, ob sie einem Angriff wirklich standhält.«

»Lange sind wir ja nicht mehr hier. Luk, bist du in Ordnung?«

»Ich werde nie verstehen, warum manche Leute durch Fenster in fremde Häuser einsteigen«, brachte er schnaufend und keuchend heraus. »Oder sie wieder verlassen.«

»Du bist bloß noch nicht auf den Geschmack gekommen.«

Daraufhin grinste er zu meiner Überraschung und zwinkerte mir zu.

»Wir brauchen Hilfe, um die Pferde zu satteln«, rief Giss. »Zu zweit dauert es zu lange.«

»Gibt es genug Pferde für alle?«, fragte ich mit stockendem Herzen.

»Ja.«

»Bestens. Wir sind gleich bei euch.«

Die Tiere witterten die Untoten, schwitzten und zitterten leicht, gehorchten aber – Meloth sei gepriesen – aufs Wort. Ich erhielt ein breitbrüstiges schwarzes Ungeheuer, das ich umgehend auf den Namen Hengst taufte. Das Tier verhielt sich ruhiger als alle anderen, was mir die Hoffnung gab, mich auf seinem Rücken halten zu können.

»Und jetzt?« Damit stellte Lahen die Frage, vor der ich mich schon die ganze Zeit gefürchtet hatte.

»Jetzt müssen wir das Tor öffnen.«

»Luk, schaffst du das?«, fragte Lahen.

»Keine Ahnung«, antwortete er. »Kannst du das nicht übernehmen, Lahen?«

»Ich?!«

»Bitte!« Luk bedachte sie mit einem flehenden Blick. »Du als Schreitende zerschlägst diese Untoten doch spielend!«

Ich beobachtete, wie Giss die Augenbrauen hochzog.

»Wer hat dir gesagt, dass ich eine Schreitende bin?«, erwiderte Lahen verblüfft.

»Oder eine Glimmende. Ga-nor und ich haben gesehen, wie du im Dorf eine Windhose entfesselt und damit die beiden Ascheseelen getötet hast.«

Wunderbar! Da wussten diese beiden Herren also weitaus mehr über uns, als wir angenommen hatten.

»Da irrst du dich«, widersprach Lahen erstaunlich sanft. »Denn leider bin ich weder eine Schreitende noch eine Glimmende. Auf meine Hilfe müsst ihr also verzichten. Meinst du vielleicht, wenn ich nur etwas von alldem könnte, würden wir hier noch rumsitzen?«

»Ich habe gedacht …«, setzte Luk an, aber ich fiel ihm ins Wort, indem ich voller Entschiedenheit erklärte: »Das Tor muss geöffnet werden. Das werde ich erledigen. Wenn da draußen zu viele Untote auf uns warten, zerquetschen sie uns in diesem Hof und verschlingen uns mit Haut und Haar. Zusammen mit den Pferden. Lasst sie also nicht reinkommen. Ich glaube, wir sollten uns in zwei Gruppen aufteilen, die jede für sich versucht, zum Stadttor zu gelangen. Die erste Gruppe lenkt diejenigen ab, die hier reinströmen. Bestimmt jagen diese Kreaturen ihr nach, sie sind nämlich nicht allzu helle.«

»Dann geht diese Gruppe ein hohes Risiko ein.« Giss tätschelte nachdenklich den Kopf seiner Stute. »Gut, aber es muss sein. Ich komme mit dir, denn die Stadt kenne ich wie meine Westentasche. Ich bringe dich hier raus.«

»Und ich auch«, sagte Lahen.

»Nein.«

»Aber …«

»Nein!«, schrie ich. »Du bleibst bei Ga-nor, Shen und Luk. Keine Widerrede!«

Mein Augenstern blinzelte mich wütend und mit zusammengekniffenen Lippen an.

»Ich schließe mich dir und Giss an«, brachte da der Herr Medikus überraschend heraus. »Ihr werdet Hilfe brauchen.«

Alle Achtung! Das hätte ich ihm nicht zugetraut!

»Gut. Dann wäre das geklärt. Und jetzt lasst uns die Sache angehen!«

»Ness«, rief Lahen. »Wir müssen miteinander reden.«

Wir warteten, bis die anderen den Stall verlassen hatten.

»Was hast du vor?«, fragte Lahen in scharfem Ton.

»Ich versuche, dein Leben zu retten. Unterbrich mich nicht! Bei den beiden bist du viel besser aufgehoben als bei mir. Auf Ga-nor kannst du dich jetzt eher verlassen als auf mich. Er ist ein erfahrener Soldat – zusammen mit ihm schaffst du das. Und auch Luk ist ein guter Mann, trotz seiner Unbedarftheit. Ich allein bring dich hier nicht lebend raus. Weder Giss noch Shen sind mir da eine große Hilfe, eher im Gegenteil.«

»Und du?« Mit verdrossenem Blick starrte sie auf den Boden. »Was wird aus dir?«

»Mach dir keine Sorgen, ich schaff das schon. Nur darfst du da nicht in meiner Nähe sein«, sprach ich die bittere Wahrheit aus. »Allein kann ich schneller losfegen als der Wind. Und ich werde nur mich verteidigen, niemanden sonst. Wenn du bei mir bist und etwas geschieht, würde ich dich nie im Stich lassen. Und das hieße nichts anderes, als dass wir beide für alle Zeiten in dieser verfluchten Stadt blieben.«

Sie wusste, dass dem so war, und musste mir letzten Endes zustimmen: Ich hatte ihr einen vernünftigen Ausweg angeboten, damit wir beide überlebten.

»Du hast ja recht.« Sie wandte sich ab, um ihre Tränen zu verbergen. »Ich bitte dich nur inständig, nicht anzuhalten, wenn der Bote oder der Medikus Hilfe brauchen. Behalte die Regeln der Gijan immer im Hinterkopf.«

»Ich werde meinen Kopf nicht für sie riskieren«, versprach

ich und umarmte sie. »Jeder muss selbst sehen, wie er hier rauskommt. Und du bleib immer bei dem Rotschopf. Er lässt dich nicht im Stich. Ich komme schon durch. Das muss ich einfach.«

»Wollt ihr da einschlafen?«, rief Luk da. »Es wird Zeit. Bald tagt es.«

»Gehen wir«, sagte ich, küsste Lahen und gab sie aus meinen Armen frei. »Pass auf dich auf!«

»Und du auf dich! Ich will dich lebend wiedersehen.«

»Ich werde mir die größte Mühe geben«, antwortete ich grinsend. »He! Und sei nicht so traurig. Alles wird gut werden. Du glaubst doch wohl nicht etwa, dass ich es lange ohne dich aushalte? Wenn alles klappt, treffen wir uns am Stadttor.«

»Und wenn nicht? Wenn dir etwas zustößt?«

»Wir sind schon aus ganz anderen Löchern herausgekommen«, antwortete ich bloß.

»Damals hatte ich noch meine Gabe. Aber jetzt bin ich hilfloser als ein Wickelkind.«

»Deshalb will ich ja auch, dass du nicht von Ga-nors Seite weichst. Wenn ich nicht am Stadttor auftauche, warte nicht auf mich und suche mich nicht. Geh sofort nach Alsgara. Dann treffen wir uns bei Küken und Blutegel. Wenn ich eine Woche nach deiner Ankunft nicht auftauche, nimm das Geld und begib dich in die Goldene Mark. Nach Charog. Warte auf keinen Fall länger.«

»Findest du mich dann auch?«

»Selbstverständlich. Wo auch immer du bist.«

»Pass auf dich auf, Grauer.«

»Und du auf dich, Lahen. Alles wird gut.«

Wir verließen den Stall und führten die Pferde hinter uns her. Ga-nor und Luk saßen bereits im Sattel. Lahen gab mir noch einen letzten zarten Kuss auf die Wange und ritt dann zu ihnen. Ich ging zu Giss und Shen, die bereits am Tor warteten, und überließ Hengst ihrer Obhut. »Ich bin gleich wieder da.«

»Wir haben keine Zeit mehr zu verlieren!«

»Hol euch doch das Reich der Tiefe, es dauert ja nicht lang!«

Da gaben sie Ruhe. Ich musste Ga-nor noch etwas sagen. Als

er mich auf sich zukommen sah, saß er ab. Ein großer, sehniger und finsterer Mann. Zuverlässig wie eine Mauer.

»Bringt euch in Sicherheit, sobald wir rausgeprescht sind. Und was auch immer geschieht, achtet nicht auf uns. Wir schaffen das.«

»Ja«, erwiderte er. »Viel Glück.«

»Euch auch. Gib mir auf meine Frau acht.«

»Keine Sorge. Mein Volk hat andere Gesetze als ihr Gijanen. Wir lassen niemanden im Stich.«

»Du hast wirklich ein feines Ohr«, schnaubte ich und machte mir fürs Erste lieber keine Gedanken darüber, was er noch alles gehört haben konnte.

»Stimmt«, brummte Ga-nor.

»Wenn ihr etwas zustößt, wärest du besser auch tot. Sonst finde ich dich selbst im Reich der Tiefe. Haben wir uns verstanden?«

Er sah mir lange in die Augen, dann neigte er kaum merklich den Kopf. »Ich bringe sie hier raus.«

Danach saß er wortlos wieder auf. Sie sind doch wirklich ein erstaunliches Volk, diese Nordländer: Obwohl sie genau wissen, mit welchen Mistkerlen sie es zu tun haben, helfen sie dir, wenn sie dich unter ihre Fittiche genommen haben. Sogar wenn es zu ihrem eigenen Schaden ist. Ich konnte dem Schicksal nur danken, dass es Lahen und mir einen solchen Mann geschickt hatte.

Ich rannte zum Tor, das bereits unter den Schlägen von draußen erbebte. Der Riegel war schwer, aber trotzdem konnte ich ihn mit einer einzigen Bewegung abnehmen. Dann trat ich gegen die beiden Flügel, stürzte zurück und sprang in den Sattel.

Die Flügel flogen auf, und die ersten Toten stürmten in den Hof. Brüllend rammte ich dem Pferd die Hacken in die Seiten.

Hengst pflügte durch die Menge, warf mit der breiten Brust die Untoten um, die sich nicht rechtzeitig in Sicherheit gebracht hatten, und begrub noch einige unter seinen Hufen. Der Geruch nach frischem Blut stieg mir ebenso in die Nase wie der eines benebelnden Gestanks. Wir schossen an den Visagen mit den gebleckten Zähnen und den lodernden Augen vorbei.

Kaum hatten wir die dunkle Straße erreicht, preschten wir davon. Ich brauchte Hengst nicht mal anzutreiben, denn er hegte von sich aus den Wunsch, einen möglichst großen Abstand zwischen uns und die Untoten zu bringen. Schreiend und röchelnd setzten uns die Jäger nach frischem Menschenfleisch nach. Ich hoffte inständig, Ga-nor, Lahen und Luk würden sich nun ohne Mühe davonstehlen können.

Giss' Stute stellte sich als flinkes Tier heraus, sodass der Bote jetzt vorausritt und uns den Weg wies. Ich erinnere mich kaum noch an diese wahnsinnige Flucht, nur an huschende Schatten, dunkle Silhouetten mit grünen Augen und den Widerschein von Feuern, bei denen niemand wusste, wie sie entstanden waren. Dreimal versperrten uns Untote den Weg, dreimal brachen wir durch sie durch. Beim letzten Mal schaffte es einer von ihnen, sich an Giss' Steigbügel zu klammern. Der hackte dem Kerl daraufhin kurzerhand den Arm ab.

Mit einem Mal zügelte Giss sein Pferd. Die Straße vor uns war blockiert, weil eine ganze Horde von Untoten in ein Haus einbrach. Offenbar versteckten sich darin noch lebende Menschen. Als uns einer der Untoten bemerkte, stürmte er auf uns zu, die hinter den Hausmauern versteckte Beute vergessend. Ihm folgten erst drei weitere dieser Kreaturen, schließlich geriet die ganze Meute in Bewegung.

»Mir nach!« Giss lenkte sein Pferd in eine Gasse.

Ich fürchtete schon, Hengst würde straucheln – und mein letztes Stündlein hätte geschlagen. Aber Meloth ließ Gnade walten. Vor uns lagen das weit offen stehende Stadttor und ein kleiner, von Fackeln beleuchteter Platz. Aus einer Parallelstraße schossen, von einigen Dutzend Untoten verfolgt, drei Reiter heraus. Sie sahen sich nicht um, bemerkten uns also nicht, sondern hielten schnurstracks auf das Tor zu. In wenigen Sekunden hatten sie den Platz überquert und die Stadt verlassen. Sofort bemächtigte sich meiner ein ungewöhnliches Gefühl der Schwerelosigkeit. Lahen war dieser Todesfalle entkommen. Die Horde von

Untoten machte keine Anstalten, die Jagd aufzunehmen – die nahmen sich lieber uns vor.

»Verflucht!« Giss zog die Zügel fest an und brachte das Pferd damit auf die Hinterbeine. »Da kommen wir nicht durch!«

Er hatte recht. Die Untoten versperrten das Tor. Selbst in vollem Galopp würden wir nicht durch sie hindurchpflügen. Irgendwann würden die Pferde stolpern – und das hieße den sicheren Tod.

»Gibt es noch einen anderen Weg raus aus der Stadt?«, fragte Shen, der genauso schwer atmete wie sein Pferd.

»Ja«, sagte Giss. »Mir nach.«

Und abermals stoben wir durch die Gassen, um diesen Kreaturen zu entkommen, bei denen einem das Wort Mensch einfach nicht über die Lippen wollte. Nach einer Weile merkte ich, dass ich keine Angst mehr vor ihnen hatte. Aber so ist es ja immer, wenn das Schreckliche überhandnimmt. Dann verbrennt die Angst sich selbst. Dann spürst du nur noch dumpfe Müdigkeit – selbst wenn das angesichts der Horden von Untoten sonderbar klingen mag.

Wir gelangten zu einem weiteren Platz. Auf ihm wurde der Markt abgehalten.

Giss hielt sein Pferd an und sah sich um.

»Wohin jetzt?«, fragte ich.

»Ruhe, ich muss nachdenken.«

Inzwischen tagte es bereits. Zwischen den leeren Marktständen schimmerten silberne feine Nebelfäden. Die Pferde schnaubten und traten von einem Bein aufs andere.

»Hier ist ein Fluss in der Nähe«, flüsterte Shen.

»Und ein Friedhof«, spie Giss aus. »Wir sind nicht an der Stelle herausgekommen, zu der ich wollte.«

»Keine Sorge, alle Friedhofsbewohner vergnügen sich zurzeit in der Stadt. Und dem Fluss zu folgen ist eine reale Chance, diesem Kessel zu entkommen.«

»Dann sollten wir zusehen, dass wir kein Bad nehmen«, erwiderte Giss und wendete sein Pferd. »In der Nähe führt ein Weg in die Felder. Mir nach!«

Das wäre die Gelegenheit gewesen, mich abzusetzen. Aber ich nutzte sie nicht, denn Giss wusste offenbar, was er tat. Außerdem standen unsere Überlebenschancen zu dritt besser.

Giss ritt voran, dann folgten ich und Shen. Ab und zu stellten sich uns noch ein paar Untote in den Weg, doch jedes Mal halfen die Stärke meines Pferdes und Shens Schwert. Das Schicksal war mir hold, ich stürzte nicht, niemand zog mich vom Pferd oder griff auch nur nach mir. Keine Ahnung, wem Hengst früher gehört hatte, aber er war wirklich ein gutes Tier. Falls ich das hier überleben sollte, würde ich mich nicht lumpen lassen und ihm einen ganzen Sack Hafer spendieren.

Irgendwann fiel mir etwas auf, das mich beunruhigte. Das Geräusch von Hufen hinter mir war nicht mehr zu hören. Erschaudernd drehte ich mich um – und sah niemanden außer drei Untoten, die sich ziemlich weit hinter uns befanden.

Shen war weg. Entweder hatte er einen Abzweig verpasst oder er war aus dem Sattel geholt worden. Jedenfalls war er nicht mehr da.

»Giss!«, schrie ich. »Wir haben Shen verloren!«

Giss bedeutete mir lediglich mit einem Nicken, dass er mich gehört habe, hielt aber nicht an, denn es war aussichtslos, Shen in den Straßen voller Untoter zu suchen. Wir würden ihn nicht finden – sondern selbst dabei draufgehen. Entweder er schaffte es aus eigener Kraft oder er würde sterben.

Obwohl dieser Milchbart einen miesen Charakter hatte, tat er mir jetzt leid. Lahen und mir hatte er immerhin zweimal das Leben gerettet, weshalb ich ihm inständig wünschte, er möge diese Nacht überstehen.

Kurz darauf erreichten wir den Weg, der in die Felder führte. Ich hatte mich also nicht in Giss getäuscht. Er hatte mich wirklich heil und unversehrt aus diesem Kessel herausgeführt. Irgendwann zügelten wir die Tiere, stellten uns in den Steigbügeln auf und blickten auf die Dabber Glatze zurück, die in Morgennebel gehüllt dalag. Wenn die Feuer nicht gewesen wären, hätte nichts von der Tragödie gezeugt, die sich in dieser Stadt abgespielt hatte.

»Machen wir lieber, dass wir weiterkommen«, sagte Giss, dessen Gesicht vor Schweiß glänzte.

»Können wir die Stadt umrunden und auf die Straße nach Alsgara stoßen?«

»Ich halte das für keine sonderlich kluge Idee«, erwiderte Giss. »Deine Freunde sind längst über alle Berge. Die holen wir mit unseren ausgelaugten Pferden nicht mehr ein. Außerdem brächte uns dieser Plan zu dicht an die Dabber Glatze, und das Risiko möchte ich nicht eingehen. Nein, lass uns quer durch die Felder reiten. Ich kenne den Weg. In fünf Tagen bist du in Alsgara. Dort triffst du die anderen wieder.«

»Was meinst du, ist Shen noch rausgekommen?«

»Ich hoffe es sehr.«

Aber in seinen Augen las ich, dass er mir nur die bittere Wahrheit ersparen wollte. Ich warf einen letzten Blick auf die Dabber Glatze, nickte Giss zu und bekundete damit, dass wir weiterreiten könnten.

Kapitel 14

Talki hatte nicht gelogen. Das Geflecht des Zaubers überzeugte in der Tat durch seine Schlichtheit. Und auch die Kräfte der Verdammten reichten aus, um auf Anhieb in den Körper des erhängten Gardisten zu schlüpfen. Kaum hatte sie zum ersten Mal in einer neuen Hülle gesteckt, entzündete sich ihr schlummernder Funken. Vor Freude wäre Thia fast erstickt. Sie hatte derart aufgeschrien, dass der in seiner Angst ganz grüngesichtige Hauptmann Nay vor der wiederbelebten Leiche zurückgewichen, über einen Schweinetrog gestolpert und schließlich im Mist gelandet war.

Allerdings hatte sich Thia am Ende doch zu früh gefreut: Der geborgte Körper bot ihr längst nicht die Möglichkeiten wie ihr alter. Das Gefühl der Leichtigkeit war gänzlich verschwunden. Ebenso die Begeisterung, die sie empfand, wenn sie in den tosenden, ungebändigten Wasserfall allgegenwärtiger Macht sprang. Thia blieb also auch weiterhin die schwächste der Sechs Verdammten. Selbst die von ihr so verachtete Mithipha brachte mühelos mehr zustande als sie.

Was für eine Schmach!

Ihr einziger Trost bestand in dem Wissen, dass sich jede Schreitende ein Bein ausreißen würde, um auch nur über die Fähigkeiten zu verfügen, die sie, Thia, selbst jetzt noch besaß. Für die Absolventinnen der Schule im Regenbogental kam ihre Macht immer noch einem Geschenk der Götter gleich.

Thia blieb nur zu hoffen, dass sie mit der Zeit alles zurückerlangen werde. Dafür musste sie jedoch diesen Heiler in die

Finger bekommen. Aber das würde sie schaffen, denn sie hatte den Bogenschützen, der ihren Körper vernichtet hatte, gekennzeichnet, ohne dass dieser es bemerkt hatte. Die Markierung zeigte zurzeit nach Westen und leuchtete mit jedem Tag heller.

Nachdem Thia Pork härter an die Kandare genommen hatte, bereitete ihr dieser kaum noch Kopfschmerzen. Sie fügte anderen niemals Schmerz um ihres eigenen Vergnügens willen zu. Das war eine Spezialität Rowans, den sie gerade deswegen verachtete. In der jetzigen Lage blieb ihr jedoch nichts anderes übrig, als zu diesem Mittel zu greifen, denn sobald ihr Geist in den Körper des Toten geströmt war, gewann der schwachsinnige Junge an Willenskraft und begehrte auf.

Noch am selben Tag hatte sie Pferde besorgt und war zusammen mit Pork zur Jagd auf die Flüchtlinge aufgebrochen. Natürlich hätte sie ein paar Dummköpfe mit sich nehmen können, damit sie später auf deren Körper hätte zurückgreifen können. Doch sie hoffte, unterwegs einen weiblichen Körper zu finden, denn der des Mannes dämpfte von Anfang an ihre Stimmung.

Wie Thia befürchtet hatte, hielt sich der Schwachkopf dermaßen schlecht im Sattel, dass ihn jede Vogelscheuche in der Reitkunst übertrumpft hätte. Sie musste ihn die ganze Zeit über im Auge behalten. Obwohl sie keinen eigenen Körper mehr besaß, brauchte sie Schlaf. Das hatte dazu geführt, dass sich der Tölpel in der ersten Nacht, kaum dass sie eingeschlafen war, hatte davonmachen wollen. Daraufhin hatte sich die Kette, die sie an den Trottel band, derart gespannt, dass sie wie ein Korken aus einer Flasche morassischen Perlweins aus dem Körper des Toten geschossen war.

Nicht gerade die sanfteste Art, um geweckt zu werden. In ihrer Wut hätte sie den Dummkopf beinahe verstümmelt. Danach unterblieben weitere Fluchtversuche Porks. Sein Geist kämpfte nicht länger um die Kontrolle über den Körper. Immerhin, ein Problem weniger.

Nach drei Tagen taugte der erste Körper nichts mehr, und Thia baumelte wieder an Porks Rücken, was sie in wilde Rage versetzte.

Zum Glück kam sie den Menschen, die ihr so viele Schwierigkeiten bereitet hatten, immer näher. Das spürte sie. Sie trieb beide Pferde an, schlief kaum und rastete nur, damit die Tiere verschnaufen und der Hirte etwas essen konnte. Schließlich durfte dieser Trottel auf keinen Fall verrecken.

Am vierten Tag ließ Thia den Wald hinter sich.

In den besiedelten Gegenden wollte sie sich einen neuen Körper suchen, um wieder mit ihrer Gabe in Verbindung treten zu können. Irgendwo würde es doch ein paar Tote geben!

Und sie fand auch welche. Sogar mehr als erwartet. Die Gegend wimmelte geradezu von Leichen, ja, ihr sprangen mitten auf der Straße vier lebende Tote entgegen. Trotz ihrer Verblüffung handelte sie umgehend. An Pork gekettet, brauchte sie zwar eine Weile, um den Zauber zu wirken, dann schlüpfte sie jedoch mühelos in den Körper einer Frau mit aufgeschlitzter Kehle. Sobald ihr die Gabe zur Verfügung stand, klatschte sie laut in die Hände, um den Zauber der Anrufung zu zerstören, der die anderen Leichen am Leben hielt. Prompt fielen die Untoten wie Holzklötze zu Boden.

»Ffteh auf!«, verlangte sie, wobei sie aufgrund der aufgeschlitzten Kehle kaum artikuliertere Laute herausbrachte als eine Schlange, die gerade einem Herzstillstand erliegt.

Pork fiel vor Angst aus dem Sattel, kroch durch den Sand, heulte und rang flehend die Hände. Der Anblick der angefressenen Leichen erschreckte ihn über alle Maßen, sogar in die Hosen hatte er sich schon gepinkelt. Angeekelt wandte sich Thia von ihm ab. Sollte das denn nie ein Ende haben? Musste sie bis in alle Ewigkeiten an der Seite dieses ekelhaften Schwachkopfs bleiben?

»Herrin«, brachte er unter Schluchzen heraus, »Herrin, sie …«

»Ffteh auf, fonft fetft ef waf.«

Das half.

»Rühr dich nicht vom Fleck und paff auf die Pferde auf!«

Er gehorchte klaglos. Damit konnte sich Thia endlich drängenderen Problemen zuwenden: Warum wimmelte es hier von Untoten? Soweit sie wusste, hielt sich kein Auserwählter in dieser Gegend auf. Der Kampf fand im Norden statt, und die Nekromanten hatten strikten Befehl erhalten, Alsgara zu meiden, solange Talki keine anderen Anordnungen erteilte. Ob sich jemand darüber hinweggesetzt hatte?

Daraufhin überprüfte sie geschwind das Ausmaß der Kraft, die über der Stadt lag.

»Hol mich doch daf Reich der Tiefe!«, stieß sie aus.

Um sie herum wogte eine solche Kraft, dass sie vor Freude am liebsten geschrien hätte. Baden könnte sie in der, sie mit beiden Händen schöpfen und bedenkenlos mit ihr um sich werfen. Und sie wusste genau, auf wen diese Kraft zurückging, schließlich hätte selbst ein Tölpel des Ersten Kreises den eigenen Funken wiedererkannt: All das stammte von ihr.

Wie ein hungriger Fisch schlürfte Thia diese Kraft auf, atmete sie ein und gewann sekündlich an Stärke.

Was für ein Gefühl! Warum hatte sie bloß nicht eher daran gedacht?! Dabei berichteten sogar die alten Bücher von diesem Phänomen! Es war genau wie nach dem Tod von Ghinorha und Rethar! Eine gewaltige Welle unkontrollierbarer Kraft brandete über die Gegend hinweg, und zahllose Untote erhoben sich aus den Gräbern.

Erst jetzt verstand Thia, warum sich Talki damals an die Orte begeben hatte, an denen die beiden gestorben waren. Behauptet hatte die durchtriebene Vettel ja, sie wolle die Untoten erledigen – aber eigentlich war es für die alte Schlange darum gegangen, sich die fremde Kraft einzuverleiben! Das erklärte auch das Geheimnis ihres damaligen Kraftzuwachses! Sie hatte sich an dem gelabt, was von den beiden in dieser Welt verblieben war, nachdem sie ins Reich der Tiefe eingegangen waren. Und alle anderen hatten noch frohlockt, dass sie sich mit der dreckigen Arbeit nicht die Finger schmutzig machen mussten.

Dieses miese Luder!

Aber gut, diesmal war Talki nicht vor Ort, sodass sie, Thia, sich zumindest einen Teil dessen zurückholen konnte, was sie durch den Tod ihres Körpers verloren hatte.

Und da juchzte die Verdammte Typhus.

Sie schritt durch die menschenleeren, in helles Sonnenlicht getauchten Straßen der Stadt und nahm die Gabe in sich auf. Die wirbelte nicht nur durch die Luft, sondern steckte auch in vielen Untoten. Letztere lenkte sie nun mühelos. Sobald die lebenden Leichen Pork und die Pferde witterten und auf sie zustürzten, um sie zu verschlingen, starben sie auf einen einzigen Befehl von Thia hin ein zweites Mal und setzten dabei weitere wertvolle Kraft frei. Erst spät in der Nacht hielt Thia, prall gefüllt wie ein Weinschlauch, inne und atmete tief durch.

Es war vollbracht. Sie hatte reiche Ernte eingefahren. Ihr Funke loderte fast mit der früheren Kraft. Obendrein hatte sie die Stadt von den Untoten befreit, auch wenn das gar nicht in ihrer Absicht gelegen hatte, sondern eher einen Nebeneffekt darstellte. Doch da es in der Dabber Glatze keinen einzigen lebenden Menschen mehr gab, würde ihr noch nicht mal jemand dafür danken. Wobei: Sie konnte auf dieses Dankeschön ebenso verzichten wie Pork auf neue Hosen.

Thia schnaubte verächtlich, worauf der Hirte vor ihr in Furcht vorm Zorn seiner Herrin zusammenzuckte.

O nein, der Vergleich hinkte! Der Hirte hätte sehr gut ein Paar neuer Hosen vertragen können. Die alten stanken nämlich grauenvoll.

»Kommt mit!«, krächzte sie.

Der zitternde Hirte tat wie ihm geheißen.

Als Thia wie berauscht durch die Stadt gezogen war, hatte sie einen Laden entdeckt, der vorgefertigte Kleidung feilbot. Das hatte sie auf den Gedanken gebracht, den Tölpel neu einzukleiden. Die Ladentür war von innen verschlossen. Thia klopfte jedoch nicht an, sondern trat die Tür samt Pfosten schlicht und ergreifend ein – was sie kaum Kraft kostete.

»Fnap dir einen Eimer! Hol dir Waffer! Und waff dich!«

Porks Gesicht spiegelte deutlich wider, was er gerade durchmachte. Er wollte diesen Befehl nicht ausführen, doch unter dem Blick der toten Augen zog er den Kopf ein, gehorchte und schnappte sich einen Eimer, um Wasser aus dem Brunnen zu schöpfen.

Inzwischen sah sich Thia im Laden um. Sie brauchte nicht viel Zeit, um Kleidung zu finden, die Pork passte. Etwas Unterwäsche, frische Hosen, ein Hemd, eine neue Jacke – und schon sah der Tölpel einigermaßen manierlich aus. Als sie ihn mit strengem Blick betrachtete, zeigte sie sich mit dem Ergebnis zufrieden. Daraufhin verließ sie den Körper der Frau mit der aufgeschlitzten Kehle und übernahm wieder die Kontrolle über Pork. Jetzt empfand sie seine Gegenwart als nicht mehr ganz so ekelerregend.

Nach dem Körperwechsel trübte sich ihr Funke zwar, doch die Kraft blieb Thia erhalten. Einen ganzen Tag hatte sie verloren, um sie zu sammeln – aber ihre Gabe hatte in diesem Fall Vorrang vor der Jagd auf ihre Feinde: Nun stand es ihr frei, ihre einstige Macht zurückzuerlangen. Und ihre Feinde würden ihrem Schicksal nicht entkommen. Sie witterte sie selbst jetzt und würde sie ohne Frage einholen, auch wenn diese sich alle Mühe gaben, ihre Spuren zu verwischen und statt auf der Straße über Felder weiterzogen.

Das seltsame Zwitterwesen aus der Verdammten Typhus und dem Hirten Pork saß auf, nahm vorsichtshalber auch das zweite Pferd mit und schickte sich an, die Jagd fortzusetzen.

»In einer Stunde haben wir es geschafft.«

Ich nickte und knöpfte die Jacke zu. Der frühe Morgen war trübe, die Luft kalt und noch nicht von der gerade durchbrechenden Sonne gewärmt. Über der grasbewachsenen Lichtung hing Nebel, der langsam in die Luft aufstieg, um die Welt mit einem milchigen Schleier zu überziehen.

Die Pferde fielen kaum in Trab. Ich sah mich um, indem ich mich in den Steigbügeln aufstellte, doch weiter als gut zehn Yard reichte die Sicht nicht. Zwanzig Minuten später konnte ich kaum noch erkennen, was sich fünf Schritt von uns befand. Wir ritten durch dichte, wabernde, kalte Milch.

»Wir brauchen nicht eine Stunde, sondern mindestens drei«, knurrte ich, wobei der Nebel meine Stimme fast völlig schluckte.

»Ja und?«, erwiderte Giss und strich sich über den Schnurrbart. »Wir haben es ja nicht eilig.«

Ich warf ihm einen mürrischen Blick zu, sagte aber kein Wort. Er hatte es vielleicht nicht eilig, aber ich wäre gern so schnell wie möglich in Alsgara. Vier Tage ritten wir nun schon durch die Gegend. Alle Versuche, in Gedanken mit Lahen Verbindung aufzunehmen, waren gescheitert. Nach dem Kampf in Hundsgras hatte sie ihre Kräfte immer noch nicht wieder zurückgewonnen. So wusste ich nicht, wo sich mein Augenstern befand, wie es ihr ging und ob sie Alsgara erreicht hatte. Diese Ungewissheit raubte mir schier den Verstand. Am liebsten wäre ich Tag und Nacht durchgeritten, aber da wir die Pferde nicht wechseln konnten, musste ich die Kräfte von Hengst schonen. Ohne ihn würde ich mein Ziel nie erreichen. Nach meinen Berechnungen brauchten wir noch drei, möglicherweise sogar vier Tage bis nach Alsgara. Wenn wir nur endlich aus diesen verfluchten Feldern raus wären und auf einer anständigen Straße weiterreiten könnten, das würde die Sache erheblich vereinfachen!

Das Einzige, was mich beruhigte, war der Gedanke, dass Lahen aus der Dabber Glatze entkommen war.

»Denkst du an deine Frau?«, fragte Giss da.

Statt einer Antwort erntete er nur einen weiteren verdrossenen Blick von mir.

»Ich will doch nicht neugierig sein«, sagte er und lächelte mich entwaffnend an. »Ich an deiner Stelle würde mir auch Sorgen um sie machen. Bei *der* Frau. Du hast wirklich Glück gehabt.«

»Ich weiß.«

»Es wird schon alles gut gegangen sein.«

»Hoffen wir's.«

»Ich habe mich immer noch nicht an eine Frau gebunden«, gestand er dann zu meiner Überraschung.

»Warum nicht?«

»Wahrscheinlich habe ich einfach noch nicht die Richtige gefunden«, erwiderte Giss nach einer Weile. »Das Leben eines Boten … du weißt, was ich meine. Den einen Tag bist du hier, den nächsten dort. Welche Frau würde sich darauf einlassen?«

»Du hast nur nicht gründlich genug gesucht. Aber jetzt sollten wir haltmachen«, verlangte ich. »In der Brühe siehst du ja die Hand vor Augen nicht.«

»Unsinn«, widersprach Giss. »Wir werden uns schon nicht verirren, das versichere ich dir. Hör mal, ich wollte dich noch fragen, ob es eigentlich stimmt, was Luk über Lahen gesagt hat.«

»Sie ist weder eine Schreitende noch eine Glimmende«, erwiderte ich gelassen.

»Warum hat er sie dann so genannt?«

»Keine Ahnung, das musst du ihn fragen.«

Eine Weile ritten wir noch schweigend dahin und versuchten im Nebel die Straße auszumachen, allerdings vergeblich.

»Hast du das auch gehört?«, fragte Giss mit einem Mal. »Da! Schon wieder! Als ob irgendwo Glocken läuten!«

Aus der Ferne drang gedämpft ein Bamm heran.

»Du hast recht. Ist hier in der Nähe ein Dorf?«

»Ich weiß es nicht.« Er sah sich besorgt um. »Offenbar sind wir zu weit nach Westen abgekommen. Vielleicht ist das Psarky. Aber ist es nicht zu früh?«

»Zu früh für was?«

»Für den Gottesdienst im Meloth-Tempel. Warum läuten also die Glocken?«

Bamm erfolgte die Antwort.

»Warum – oder für wen?«, entgegnete ich. »Ich habe nicht genug Pfeile.«

Giss schielte auf meinen vollen Köcher. »Glaubst du, das sind wieder Untote?«

»Wer denn sonst? Wenn es sie in der Dabber Glatze gegeben hat, warum sollten sie dann nicht auch hier auftauchen? Ich glaube, wir reiten besser nicht weiter.«

»Wir haben kaum noch was zu essen. Und ich bin Bote, ich muss nachsehen, was sich dort tut, und gegebenenfalls Bericht erstatten.«

»Wem?«

»In erster Linie mir selbst«, antwortete er verlegen.

»Wie du meinst. Wenn du es vor Neugier nicht aushältst, sieh eben nach. Ich habe allerdings nicht die Absicht, dich zu begleiten. Schon gar nicht in diesem Nebel.«

Das hätte mir gerade noch gefehlt – dass aus dem Nichts plötzlich ein Dutzend Untote herausstürmt!

»Jagt dir das Gebimmel wirklich solche Angst ein?«

»Stell dir vor, ja«, brummte ich. »Ich bin nämlich der geborene Feigling.«

»Rede keinen Unsinn! Nicht jeder hätte in der Dabber Glatze getan, was du getan hast. Deshalb verstehe ich nicht, warum du jetzt solche Angst hast.«

»Und ich verstehe nicht, warum du dich so stur stellst. Außerdem ist dieses Geläute seltsam, findest du nicht auch? Manchmal vergeht mehr als eine Minute zwischen den einzelnen Glockenschlägen, manchmal folgen sie nahtlos aufeinander.«

»Wahrscheinlich läuten Betrunkene.«

Ein weiteres Bamm.

»Dein Entschluss steht also fest?«, fragte Giss noch einmal.

»Felsenfest. Für alle Soren des Imperiums würde ich da nicht hinreiten. Und dir würde ich das auch nicht empfehlen.«

»Dann trennen sich unsere Wege hier.« Er sagte das ohne jede Verstimmung, nahm mir meine Weigerung, ihn zu begleiten, nicht übel. »Reite noch eine Viertelleague in diese Richtung«, wies er mich an. »Dann wende dich nach Norden, und du triffst hinter einem kleinen Wald auf die Straße. Danach stößt du drei Stunden später auf die Straße nach Alsgara. Ich wünsche dir, dass mit deiner Lahen alles in Ordnung ist.«

»Dir auch viel Glück. Wenn du es dir überlegst, treib dein Pferd an. Ich werde langsam reiten.«

Giss machte nur eine wegwerfende Handbewegung, als bedeute er mir, ich solle so schnell reiten, wie ich wolle. Kurz darauf hatte der Nebel ihn und sein Pferd verschluckt. Ich lauschte noch eine Weile auf das Glockengeläut, dann befahl ich Hengst: »Vorwärts!« Mit einem zufriedenen Schnauben trabte er vorsichtig weiter.

Aus irgendeinem Grund fiel mir nun Shen ein. Warum hatten

wir ihn verloren? Ob er die Dabber Glatze überlebt hatte? Sicher, er war ein unverschämter Milchbart – aber den Tod wünschte ich ihm nun doch nicht.

Bamm.

Also wirklich! Selbst wenn in dem Dorf alles ruhig und friedlich sein sollte und die Leute sich dort nur bei einer Hochzeit oder einem Begräbnis dem Shaf hingegeben hatten und dann auf die dumme Idee verfallen waren, die Glocken zu läuten – warum dieser Sache auf den Grund gehen? Giss musste den Verstand verloren haben …

Die Stimme der Glocke und der Nebel verschmolzen zu einer albtraumhaften Geistererscheinung. Zum Glück besaß ich keine reiche Phantasie, andernfalls hätte mir die Szenerie noch stärker zugesetzt. Schließlich rechnete ich schon jetzt sekündlich damit, dass mich jemand anfiel.

Da ich immer wieder auf breite Gräben und Bewässerungskanäle stieß, kam ich nicht besonders gut voran. Zweimal musste ich sogar umkehren, um eine nicht sehr tiefe, aber lange Schlucht zu umreiten. Während ich meine Haken schlug, kam von Süden her ein leichter Wind auf und vertrieb den Nebel. Die Sicht besserte sich.

Bamm.

Der Glockenschlag dröhnte derart, dass ich zusammenzuckte. Rechter Hand tauchte in dem abziehenden Nebel nun ein dunkler Fleck auf: das Dorf, dem ich mich weiter genähert hatte, als ich wollte.

Bamm.

Dieses verfluchte Gebimmel! Warum hörten die nicht endlich auf?! Das konnte denen doch unmöglich gefallen. Fluchend lenkte ich Hengst weg vom Dorf. Immer wieder blickte ich über die Schulter zurück, bis ich es irgendwann nicht mehr aushielt, absaß und den Bogen spannte. Damit fühlte ich mich sicherer. Gut, meine Waffe eignete sich nicht sonderlich für einen Schuss aus dem Sattel, dazu war sie zu wuchtig – aber irgendwie würde ich es schon schaffen.

Kurz darauf blieb Hengst jäh stehen und wieherte unzufrieden. Ein hoher Zaun versperrte uns den Weg, dahinter erhoben sich irgendwelche Bauten.

Bamm.

Mist! Ich war im Kreis geritten und schon wieder im Dorf gelandet.

Bamm.

Offenbar blieb mir nichts anderes übrig, als den Weg durch Psarky zu nehmen.

»Wie sieht's aus, mein Freund, reiten wir durchs Dorf?«, fragte ich Hengst.

Der legte keinen Widerspruch ein, sondern zuckte nur freundlich mit den Ohren.

»Dann wäre das also entschieden«, murmelte ich und presste die Schenkel sanft gegen seine Flanken (meine Hände mussten schließlich den Bogen und die Zügel halten), um ihn erneut anzutreiben.

Links und rechts zogen sich nun flache Bauernhäuser dahin. Die Türen waren verschlossen, die Fenster nicht eingeschmissen, nirgendwo entdeckte ich Spuren eines Gemetzels. Nicht mal die Beete waren zertrampelt. Allerdings war auch die Straße leer: keine Kinder, keine Hühner, keine Hunde oder Katzen. Alle waren wie vom Erdboden verschluckt. Und aus keinem Schornstein rauchte es.

Einmal stand ein Tor sperrangelweit offen. Ich warf einen flüchtigen Blick auf eine alte, windschiefe Hütte, deren Tür aus den Angeln gehoben war, sodass der Eingang genauso dunkel aufklaffte wie der Schlund eines Dämons. Schnell ritt ich weiter.

Nach einer Weile machte ich den Tempel Meloths aus, dessen hölzerne Spitze sich aber noch im weißen Nebel verlor.

Bamm.

In der Stille hallte der Glockenschlag besonders laut. Wie blasphemisch das klang! Als gröle jemand Sauflieder auf einem Friedhof. Ich sah mich um, entdeckte aber nichts Auffälliges. Schließlich lenkte ich Hengst zu einem Zaun und band ihn fest. Es reichte! Ich würde in Erfahrung bringen, wer da derart eifrig bimmelte. Schon allein deshalb, weil es mich entsetzlich in den

Fingern juckte, diesen Glöckner vom Turm aus in die Tiefe zu stürzen – damit er sich gewaltig die Fresse aufschlug.

Die Tür zum Glockenturm stand ebenfalls offen.

Bamm.

»Mach dich auf was gefasst, du Mistkerl!«, zischte ich, nahm den Bogen in die linke Hand, zog das Beil hinterm Gürtel hervor und stieg die schmale Wendeltreppe hoch. Die Bretter knarrten verräterisch unter meinen Füßen, und ich verfluchte das alte Gemäuer. Derjenige, der sich hier befand und die Glocken schlug, hatte mich bestimmt längst gehört.

Den letzten Treppenabsatz brachte ich mit drei Sprüngen hinter mich – und wäre beinahe in den Glöckner geflogen. Genauer gesagt in seine Beine.

Irgendein Witzbold hatte den Unglücklichen am Klöppel der kleinsten Glocke festgebunden. Die Leiche schaukelte sanft an der Schnur hin und her. Das erklärte das Gebimmel.

Wunderbar! Wenn sogar im Tempel Glöckner aufgehängt wurden, dann waren hier wilde Banausen am Werk, die nichts fürchteten. Kerle, die dich erschlagen, ohne dich vorher auch nur nach deinem Namen zu fragen.

Ich musste ziemlich hantieren, bevor es mir gelang, das Seil durchzuschneiden. Kaum war das geschafft, stürzte die Leiche zu Boden. Endlich gab die Glocke Ruhe.

Leider waberte hier oben ein derart dichter Nebel, dass ich nichts weiter vom Dorf und der Umgebung erkennen konnte. Ich durfte mir also nach wie vor auf gut Glück meinen Weg suchen. Im Übrigen sollte ich so schnell wie möglich aufbrechen, denn jeden Augenblick konnten diejenigen auftauchen, die dieses Glockengeläut so gern hörten. Um nachzusehen, warum es verstummt war. Während des Abstiegs grübelte ich über den sonderbaren Sinn für Humor nach, den diese Scherzbolde an den Tag legten. Ich hoffte inständig, dass Giss noch gesund und munter war.

Noch immer zeigte sich keine Menschenseele auf der Straße. Hengst wartete genau an der Stelle auf mich, an der ich ihn angebunden hatte. Unverzüglich setzten wir unseren Weg fort.

Da sprang mit einem Mal ein gesatteltes Pferd über einen Zaun. Ich zügelte Hengst. Das Tier gehörte Giss. Bei Meloth, was war mit dem Boten geschehen?! Natürlich konnte mein einstiger Gefährte einfach eingeschlafen und vom Pferd gefallen sein. Vielleicht war es auch ausgebüxt, weil Giss es nur nachlässig festgebunden hatte. Doch selbst die schlimmste Möglichkeit musste ich in Betracht ziehen: Der Bote weilte nicht mehr unter den Lebenden. Die Frage war nur, wer oder was ihn umgebracht hatte. Allerdings würde ich ihn nicht suchen, um mir darüber klar zu werden. Er verfolgte seine Ziele, ich meine – und wegen seiner Dummheiten würde ich meinen Kopf nicht riskieren.

Ich nahm das zweite Pferd mit. Wir drei hatten das Dorf fast schon hinter uns, als ich etwas höchst Unangenehmes bemerkte. Ich hielt an und saß ab.

Hatten die mich entdeckt oder nicht?

Ich führte die Tiere am Zügel zu einem Zaun und flehte Meloth an, sie mögen nicht wiehern. Nachdem ich sie angebunden hatte, schnappte ich mir meinen Bogen und schlich mich zurück.

Es waren sechs. Dunkelhäutige Kerle mit schwarzen Schnurrbärten. Die safrangelbe Umhänge mit edlen, breiten Gürteln und Turban trugen sowie mit Krummsäbeln und kurzen Kompositbögen bewaffnet waren. Nie hätte ich damit gerechnet, Sdisser Krieger in diesem abgelegenen Teil des Imperiums anzutreffen. Mir blieb jedoch keine Zeit, mir den Kopf darüber zu zerbrechen, was sie hier wollten. Bei ihnen war nämlich auch Giss. Er lag auf dem Boden, an Händen und Füßen gefesselt. Die Kerle standen um ihn herum und erörterten in ihrem kehligen Singsang offenbar die Frage, wie sie ihn am besten kaltmachten. Das nahm sie derart in Anspruch, dass sie mich überhaupt nicht beachteten. Es wäre eine Sünde gewesen, eine solche Möglichkeit nicht zu nutzen.

Bevor sie auch nur begriffen, woher die Pfeile kamen, hatte ich einen von ihnen getötet und einen anderen schwer verwundet. Nun stürzten sich zwei zu den Pferden, ein Dritter griff nach seinem Bogen, der Vierte zog den Säbel, fraglos in der Absicht, Giss in die Glücklichen Gärten zu schicken. Hier war Eile geboten.

Die Befiederung streifte meine Wange – und der Sdisser ging zu Boden.

Wieder einer weniger.

Der Bogenschütze wollte gerade mit mir in den Wettbewerb treten, wer von uns beiden der bessere Schütze sei, da traf ihn mein Pfeil in die Brust.

Unterdessen stoben die zwei Reiter, wild die Säbel schwingend, auf mich zu. Für einen Schuss blieb keine Zeit mehr, alles, was ich noch schaffte, war, im letzten Moment zur Seite zu springen und damit den Klingen zu entkommen. Die beiden Krieger preschten an mir vorbei – und kamen selbstverständlich zurück.

Diesmal konnte ich immerhin Nummer fünf mit einem Pfeil vom Pferd holen. Der letzte Bursche aus dieser entzückenden Gesellschaft stellte sich jedoch als gewitzter Bursche heraus. Der tauchte nämlich in einer Seitenstraße ab – und an einer Stelle wieder auf, an der ich nie mit ihm gerechnet hätte. Erst ein Schrei von Giss warnte mich. In letzter Sekunde hechtete ich zur Seite – und hatte damit genug Abstand gewonnen, um einen Pfeil auf die Reise zu schicken.

»Dich hätte ich hier nicht erwartet«, sagte Giss anstelle einer Begrüßung.

Schweigend schnitt ich seine Fesseln durch.

»Da hast du ganze Arbeit geleistet«, lobte er mich und nickte in Richtung der Toten. »Machst du so was öfter?«

»Wie bist du denen in die Hände gefallen?«, überging ich seine Frage.

»Äh …« Giss hörte auf, sich die Handgelenke zu massieren. »Die haben mich unter Beschuss genommen, da bin ich vom Pferd geflogen, und sie haben mich gefesselt. Deine Hilfe kam gerade noch rechtzeitig. Danke.«

»Schon gut«, sagte ich. »Es war reiner Zufall, dass ich auf dich gestoßen bin.«

»Ich weiß«, erwiderte er grinsend. »Dann danke ich eben Meloth, dass er dich geschickt hat.«

»Steh auf! Wir müssen hier weg!«

»Puh, mir schwindelt noch immer«, krächzte er und holte eine Flasche mit Schnaps heraus. »Das war ein übler Sturz. Gib mir noch ein paar Minuten, damit ich wieder einigermaßen beieinander bin.«

»Du weißt, was hier geschehen ist? Wo sind die Leute aus dem Dorf?«

»Keine Ahnung. Vielleicht sind sie geflohen, vielleicht wurden sie auch vertrieben, getötet, gefressen oder haben sich in Schmetterlinge verwandelt«, antwortete Giss finster. »Bis auf die Sdisser habe ich hier nichts und niemanden gesehen. Weder Leichen noch Spuren.«

»Leichen gibt es schon. Eine hat die Glocken geläutet.«

Ich erzählte ihm in knappen Worten von dem Gehenkten.

»Das ist ganz nach dem Geschmack dieser Burschen hier«, bemerkte Giss und blickte auf den getöteten Bogenschützen. »Niemand versteht sich so gut auf solche Sottisen wie sie.«

»Übertreib nicht! Die Hochwohlgeborenen aus dem Sandoner Wald erlauben sich noch ganz andere Späße. Und unsere Leute aus den Grenzgarnisonen sind gegenüber den Elfen aus dem Haus des Schmetterlings auch nicht gerade zimperlich. Die Schmetterlinge mögen widerlich sein und ihre Gefangenen nicht gerade mit Samthandschuhen anfassen. Aber sie …«

»Hast du am Krieg im Sandoner Wald teilgenommen?«, unterbrach mich Giss.

»Mhm«, brummte ich, denn nun rechnete ich mit einer endlosen Latte von Fragen.

Doch Giss wechselte das Thema: »Wenn die Kämpfe im Norden und im Osten toben, verstehe ich nicht, was eine Einheit von Sdissern so weit im Westen des Imperiums zu suchen hat. Wie konnte die überhaupt bis in diese Gegend vordringen?«

»Ganz einfach: über die Felder und durch die Wälder. Eine andere Frage ist, was die Burschen hier wollen. Und warum sind es bloß sechs Mann?«

»Vielleicht ist es ein Spähtrupp, der Burg Krähennest auskundschaftet. Noch machen die ja um Alsgara einen Bogen, aber wer weiß, vielleicht ist die Armee bereits im Anmarsch.«

»Aber das werden wir nicht in Erfahrung bringen.« Ich stand auf. »Ich hole Hengst.«

»Ich werde wohl erst mein Pferd finden müssen. Das ist mir nämlich entwischt.«

Ich ließ Giss zurück, um die Tiere zu holen, und blieb wie angewurzelt stehen, als ich sah, dass neben ihnen noch zwei Pferde aufgetaucht waren.

Bevor ich mir aber einen Reim auf dieses Wunder machen konnte, haute es mir die Beine weg, und ich knallte mit aller Wucht auf den Rücken. Ohne auf den Schmerz zu achten, rollte ich zur Seite, sprang auf – und spürte erneut, wie mir etwas die Beine wegschlug. Abermals fiel ich hin, stand wieder auf und riss den Kopf herum, in der Hoffnung, den Feind zu erspähen.

Und ich hatte Glück! Kaum erhaschte ich einen Blick auf den Mann, legte ich den Bogen an – und warf ihn mit einem Aufschrei zur Seite. Die Waffe loderte in einer grellen Flamme. Es grenzte an ein Wunder, dass ich mir nicht die Finger verbrannt hatte. Inzwischen war mein Gegner fast bei mir. Noch einmal zog es mir die Beine weg, und ich landete rücklings auf dem Boden. Prompt warf sich der Kerl auf mich und schloss seine Finger um meinen Hals.

»Erwischt!«, heulte er mit Grabesstimme.

Ich wollte Widerstand leisten, doch eine mysteriöse Kraft verhinderte jede Bewegung meinerseits. Die Stahlfinger drückten mir erbarmungslos die Kehle zu.

»Wo sind sie?! Wo sind der Rotzlöffel und das Weibsbild?! Sprich!«, keifte der Wahnsinnige. Offenbar hatte er noch nicht ganz begriffen, dass nicht mehr viel fehlte – und ich würde nie wieder einen Ton herausbringen.

In meinem ganzen Leben hatte ich mich noch nie so hilflos gefühlt. Selbst als ich mal am Galgen gebaumelt hatte, nicht. Meine Lungen loderten, und ich rang krampfhaft nach Luft.

In meinen Ohren dröhnte es. Jetzt erkannte ich auch meinen Feind: Pork aus Hundsgras. Auch wenn er sich stark verändert hatte und in seinen Augen ein weißes Feuer brannte.

In diesem Moment eilte jedoch Giss herbei und trat Pork in die Visage, worauf dieser meinen Hals freigab. Daraufhin konnte ich mich endlich wieder bewegen. Ich warf ihn von mir. Er schrie auf, sprang zur Seite – und dann geschah etwas Überraschendes. Giss holte einen gedrehten, mit roten Steinen verzierten Stab aus seiner Tasche und richtete ihn wütend auf den Einfaltspinsel. Pork krümmte sich und erstarrte, nur sein Gesicht verzerrte sich. In der nächsten Sekunde fiel er zu Boden und wand sich in Krämpfen.

»Alles in Ordnung?«, fragte mich Giss mit ruhiger Stimme.

Ich hustete verzweifelt und rieb meinen malträtierten Hals. Der Tölpel besaß erstaunliche Kraft. Ich konnte von Glück sagen, dass er mir nicht das Genick gebrochen hatte.

»He!«, schrie Giss. »Ist mit dir alles in Ordnung?«

»Dank deines Eingreifens, ja«, presste ich heraus. »Hättest ruhig erwähnen können, dass du ein Dämonenbeschwörer bist.«

»Jetzt bist du ja im Bilde.«

»Wer wäre das nicht? Angesichts eines gedrehten Stabs mit Rubinen.«

»Kennst du den Kerl?«

»Ja. Das ist Pork. Er ist aus dem Dorf, in dem ich die letzten Jahre gelebt habe. Keine Ahnung, wie der hierherkommt.«

Da stöhnte der Tölpel, setzte sich auf, schüttelte den Kopf und stierte uns an. Seine Augen loderten nicht mehr in den weißen Flammen, sondern waren wieder blau.

»Dann wollen wir uns mal mit ihm unterhalten«, sagte ich.

Der Hirte schlug die Hände vors Gesicht, weil er befürchtete, verbläut zu werden. »Nein! Nicht! Das war ich nicht!«, heulte er. »Bitte! Ich bin ein guter Junge!«

»Ness!«, rief Giss mit leiser Stimme.

»Was?«

»Lass ihn. Es ist wirklich nicht seine Schuld.«

»Ich hab nichts gemacht!«, versicherte Pork und sah sich verschreckt um. »Das war alles die Herrin. Sie hat mich dazu gezwungen. Jawoll!«

»Woher willst du das wissen?«, fragte ich Giss.

»Das liegt auf der Hand. Dein Bekannter weist alle Merkmale auf, die darauf hindeuten, dass ihn jemand unter Kontrolle gehalten hat. Das ist sehr merkwürdig.«

»Willst du etwa behaupten, einer von deinen Freunden übe Druck auf ihn aus?«

»Erstens zähle ich Dämonen nicht zu meinen Freunden. Zweitens war es kein Dämon, der ihn in seine Gewalt gebracht hat. Mit einem Phänomen wie diesem hatte ich es noch nie zu tun.«

»Aber jetzt sieht er doch ...« Ich wolltc sagen: ganz normal aus, begriff aber, dass dies selbst jetzt kaum der geeignete Ausdruck war, den Dorftrottel zu beschreiben.

»Als habe man ihn freigegeben?«, beendete Giss deshalb den Satz. »Kein Wunder. Ich habe diese Herrin, von der er gesprochen hat, vorübergehend vertrieben. He! Stehen geblieben!«

Unser Gespräch hatte Pork die willkommene Gelegenheit geboten zu fliehen. Ich an seiner Stelle hätte es nicht anders gemacht. Aber natürlich eilten Giss und ich ihm sofort nach.

Der Kerl war allerdings so schnell, dass wir ihn prompt aus den Augen verloren.

»Das bringt nichts!«, sagte ich schließlich. »Er muss irgendwo einen Haken geschlagen haben! Den erwischen wir nicht mehr!«

Hätte ich ihm doch bloß das Beil in den Rücken geschickt! Aber nein, ich wollte ihn ja lebend in die Finger bekommen.

»Lass uns besser so schnell wie möglich von hier verschwinden«, meinte Giss, der seinen Stab noch immer in der Hand hielt.

»Warum plötzlich die Eile?«, fragte ich wütend, weil Pork uns entkommen war. »Noch vor einer Stunde war es unmöglich, dich davon zu überzeugen, dieses Dorf links liegen zu lassen.«

»Stimmt«, erwiderte er gedehnt. »Normalerweise hätte ich ja auch gar nichts dagegen, ein Weilchen hierzubleiben, aber unser gemeinsamer Freund, genauer gesagt, das Wesen, das ihn unter Kontrolle hat, verfügt über Magie. Über schwache, aber durch und durch reale Magie. Deshalb möchte ich trotz all meiner Erfahrung nicht mit dem Burschen zusammentreffen, wenn er wieder in der Gewalt dieses Wesens ist. Lass uns also bitte verschwinden.«

Sein beunruhigter Gesichtsausdruck ließ mich jeden Widerspruch vergessen.

Wir brauchten weniger als eine Stunde, um die Straße zu erreichen. Abends saßen wir in einer gemütlichen Schenke, und die Ereignisse des Tages wirkten wie ein Traum. Wenn … wenn da nicht die Fingerabdrücke des verhinderten Würgers an meinem Hals gewesen wären.

Die Geschichte mit Pork beschäftigte mich. Vor allem die Frage, wie er mich gefunden hatte und was er von mir wollte. Warum hatte er mich angegriffen? Nach wem hatte er sich erkundigt? Und dann diese Veränderung an ihm: Er trug bessere Kleidung als sonst, und sein Gesicht zeigte neue Züge. Zwischen dem alten und dem neuen Pork bestand ein klar erkennbarer Unterschied. Er erinnerte jetzt kaum noch an den Trottel, den ich fast täglich in Hundsgras gesehen hatte. Nein, er sah mehr oder weniger wie ein ganz normaler Bursche aus. Nur diese Augen mit dem weißen Licht …

Beim Reich der Tiefe, was ging hier vor? Und was hatte es damit auf sich, dass, wie Giss behauptete, der Tölpel von jemandem kontrolliert wurde, der über Magie verfügte?

Überhaupt: Giss! Das war die zweite Überraschung des heutigen Tages: Die graue Maus hatte sich als Löwe entpuppt.

Ich schob den Becher mit Shaf, an dem ich noch nicht mal genippt hatte, zur Seite und starrte Giss finster an. Als er meinen Blick auffing, grinste er.

»Was ist?«, fragte ich unwillkürlich.

»Du bist ein ausgesprochen geduldiger Mann. Den ganzen Tag hast du wie ein sturer Ye-arre oder ein stolzer Elf geschwiegen. Obwohl ich dir doch an der Nasenspitze ablese, dass dir mehr Fragen unter den Nägeln brennen, als ein Nirith Zähne im Maul hat. Also los, raus mit der Sprache!«

»Wer bist du?«
»Du packst den Stier gleich bei den Hörnern.«
»Ich kenne noch nicht mal deinen Namen.«
»Doch: Giss. Das ist mein richtiger Name.«
»Und du …«
»Sprich etwas leiser«, bat er da. »Wir wollen die guten Leutchen hier doch nicht verschrecken.«

Damit hatte er recht. In der Schenke wimmelte es von Gästen, und wenn die Bauern, Händler, Reisenden und Soldaten aus der nahegelegenen Garnison erführen, dass sich in ihrer Gesellschaft jemand aus dem Purpurnen Orden befand, würde ein gewaltiges Tohubawohu losbrechen. Das nur in dem Fall noch größer gewesen wäre, wenn es sich bei Giss um einen Nekromanten gehandelt hätte. Die Schreitenden, die Statthalter und der Imperator wussten selbstverständlich, wie viel die Dämonenbeschwörer für das Imperium leisteten. Aber das einfache Volk fürchtete Menschen wie Giss.

Es hieß, die Angehörigen des Purpurnen Ordens verfügten über ihre eigene, höchst merkwürdige Magie, die zwar bei gewöhnlichen Menschen nichts ausrichtete, aber hervorragend gegen alle möglichen Dämonen und Geister half. Die meisten Menschen brachten ihnen dennoch mehr Angst entgegen als den Verdammten, hausten Letztere doch in weiter Ferne, hinter den Buchsbaumbergen, in Nabator oder in der Großen Wüste, während die Dämonenbeschwörer mitten unter ihnen lebten – und bestimmt nichts Gutes ausheckten.

Ich sah das anders. Niemals hatte ich erlebt, dass die Beschwörer Unheil anrichteten. Und sollten sie je auf diesen Gedanken kommen, würden ihnen die Schreitenden rasch Einhalt gebieten, denn selbst der stärkste Dämonenbezwinger ist ohne seine Utensilien, den Stab und das Buch der Anrufungen, genauso harmlos wie jeder andere Mensch auch und kann magisch selbst von der schwächsten Glimmenden übertroffen werden. Die Angehörigen des Purpurnen Ordens verfügen nämlich nicht über den Funken. All ihre Möglichkeiten fußen auf langem Studium, einem guten Gedächtnis und unzähligen Artefakten. Manch Spaßvogel behauptet deshalb sogar: Wer sich nur ordentlich anstrengt, bringt auch einer Meerkatze das Dämonenbeschwören bei.

»Du siehst nicht wie ein Beschwörer aus«, sagte ich, »eher wie ein …«

»Bote?« Auf seinem schmalen Gesicht lag ein außerordentlich zufriedener Ausdruck.

»Mhm. Was also soll die Maskerade?«

»Hast du schon mal versucht, in purpurroter Kleidung durch die Lande zu reisen?«

»Nein.«

»Dann würde ich es dir auch nicht empfehlen.«

Wie gesagt, diejenigen, die sich mit Dämonen abgeben, werden nicht gerade mit offenen Armen empfangen. Schon eher mal mit einem Armbrustbolzen, der aus einem Gebüsch herausschießt. Und vor dem retten dich alle Dämonen aus dem Reich der Tiefe nicht. Insofern hatte Giss recht – für die Straße empfahl sich etwas Bescheideneres als roter Samt und rote Seide. Zum Beispiel die Tracht eines Boten.

»Was hat dich, den Magister des Ordens, veranlasst, durchs Land zu ziehen?«

»Du erstaunst mich wirklich immer wieder«, sagte er.

»Weil ich deinen Rang kenne? Komm schon, ein schlichter Beschwörer fuchtelt nicht mit einem Stab dieser Größe rum, der noch dazu mit zahlreichen Rubinen besetzt ist.«

»Wenn du nichts dagegen hast, würde ich den Grund meiner Reise lieber nicht preisgeben.«

»Aber das, was du uns über Gash-shaku erzählt hast, entspricht der Wahrheit?«

»Ja. Die Stadt wird belagert. Ich habe es kaum noch rausgeschafft. Und alles andere habe ich auch nicht erfunden.«

Ich nickte mit finsterer Miene.

»Es freut mich, dass du im Unterschied zu vielen anderen nicht vor mir zurückschreckst«, gestand er dann zu meiner Überraschung.

»Sollte ich das denn?«

»Viele tun es.«

»Mir ist im Grunde egal, wer du bist, und die Gründe deiner Reise können mir erst recht gestohlen bleiben.«

»Umso besser für uns beide. Sag mal, der Mann, der deine Kehle so begeistert zugedrückt hat ... legt der alten Bekannten gegenüber immer so ein Verhalten an den Tag?«

»Bisher nicht. Ehrlich gesagt, verstehe ich überhaupt nicht, was hier vorgeht. Du hast behauptet, dass an seinem Verhalten ein Dämon schuld ist.«

»Hab ich nicht.«

»Aber du hast gesagt, jemand habe ihn in seiner Gewalt.«

»Nur war das kein Dämon, sondern ein Geist.«

»Was spielt denn das für eine Rolle?! Kannst du mir nun erklären, was mit ihm los ist, oder nicht?«

»Wie gesagt, jemand hat den Jungen in seiner Gewalt«, erwiderte er. »Aber die Sache ist merkwürdig. Ich«, und dieses Wort hob er hervor, »habe so etwas bisher noch nie erlebt. Auch im Buch der Anrufungen wird ein solcher Fall nicht erwähnt.«

»Und wo hat sich unser Dorftrottel diesen Mist eingefangen?«

»Keine Ahnung. Das kann sonst wo geschehen sein. Vielleicht ist dieses Wesen auch einfach über ihn hergefallen. Schwachsinnige sind ein gefundenes Fressen für solche Kreaturen. Gibt es in der Nähe eures Dorfes einen aufgegebenen Friedhof oder ein verlassenes Dorf?«

»Nein. Aber ich glaube, ein Schwein findet immer Schlamm, in dem es sich suhlen kann.«

Er nickte nachdenklich und blickte auf seinen Teller. Das Essen war inzwischen kalt geworden. »Im ersten Moment habe ich den Jungen für einen Räuber gehalten. Dann habe ich ihn mir aber genauer angesehen. Und ich versichere dir: Der Anblick hat mich verblüfft. Als stünde jemand hinter ihm und hielte ihn an Fäden. Und dieser Jemand verfügte über die Gabe. Der hätte dich mühelos ausschalten können. Deshalb habe ich nicht gezögert ...«

»... den Stab herauszuholen und diesem Wesen den Garaus zu machen«, beendete ich den Satz.

»Das eben nicht«, widersprach er. »Es ist mir nicht gelungen, diese Kreatur zu töten.« Ihm stand ins Gesicht geschrieben, dass ihn das bis tief in die Seele hinein kränkte. »Das Wesen übertraf alles, mit dem ich es bisher zu tun hatte. Keine der mir bekannten Vertreibungsformeln wirkte. Dir ist klar, wovon ich spreche? Oder soll ich mich einfacher ausdrücken?«

»Nein, sprich weiter.«

»Mir ist es lediglich gelungen, die Fäden zwischen dem Jungen und diesem Wesen kurzzeitig zu trennen, sodass der Bursche fliehen konnte. Du hast selbst mit angesehen, wie er die Gewalt über seinen Körper zurückgewann.«

»Und wohin ist der Geist verschwunden?«

»Vorübergehend geschmolzen, nehme ich an.«

»Und den kann man nicht besiegen?«

»Besiegen kannst du alles und jeden. Die Frage ist, wie. Ich nehme an, wenn die Körperhülle zerstört würde, in der dieser Geist steckt, gäbe es eine gewisse Chance, ihn für immer loszuwerden.«

Ich knirschte nur mit den Zähnen. Bereits zum zweiten Mal bedauerte ich, den Hirten nicht in die Glücklichen Gärten geschickt zu haben. Das hätte ich schon tun sollen, als Gnuzz mit ihm an dieser vermaledeiten Lichtung aus den Sträuchern aufgetaucht war.

»Im Grunde hatten wir aber noch Glück. Wenn ich den Geist nicht hinterrücks erwischt hätte, dann hätte alles wesentlich schlimmer enden können. Sag mal, ist in eurem Dorf mal eine Schreitende oder eine Glimmende gewesen?«

»Was hätte die denn bei uns verloren?«

»Nun … vielleicht war sie auf der Durchreise. Ich versuche einfach zu verstehen, woher dieses merkwürdige Wesen kam. Und ich verwette meinen Stab, dass es zu Lebzeiten magisch begabt war.«

»Du musst es ja wissen.«

»Dir ist also niemand aufgefallen. Seltsam …« Er zog die dichten Brauen zusammen.

»Was ist seltsam?«

»Ich habe da eine Hypothese … eine Vermutung«, verbesserte er sich sofort, weil er glaubte, ich verstünde das erste Wort nicht. »Wenn in Porks Nähe ein Mensch mit der Gabe gestorben wäre, dann hätte sein Geist die günstige Gelegenheit nutzen können und …«

Er ließ auch diesen Satz unvollendet, seufzte schicksalsergeben und machte sich über sein kaltes Essen her. Ich dagegen saß wie vom Donner gerührt da. Denn im Unterschied zu Giss wusste ich, welcher Mensch mit Gabe in Hundsgras gestorben war.

Die Verdammte Typhus!

Die Mörderin Sorithas!

Und wenn ich mich nicht irrte, hatte sich Pork in diesem Augenblick in ihrer Nähe befunden.

Konnte das sein? Hatte dieses Luder tatsächlich den Schlag des Heilers und danach auch noch meine Pfeile überlebt? Der Volksmund behauptet ja, dass die Verdammten zäh sind – aber *so* zäh? Sollte sie diese Angriffe jedoch überlebt haben und in Porks Körper geschlüpft sein, dann erklärte sich auch, wen der Hirte suchte. Shen und Lahen!

»He!«, riss mich Giss aus meinen Gedanken. »Ist alles in Ordnung mit dir?«

»Ja«, antwortete ich und rang mir ein Lächeln ab.

Erst am zweiten Tag, nachdem die böse Herrin, die so lange in Porks Körper gelebt und ihn fürchterlich erschreckt hatte, verschwunden war, hörte der Hirte auf, ständig über die Schulter zu blicken. Nach der Begegnung mit dem Zimmermann Pars war die Herrin nicht mehr aufgetaucht. Zunächst hatte Pork sein Glück gar nicht glauben können und damit gerechnet, die böse Tante würde gleich zurückkommen. Allein bei dem Gedanken daran hatte er gezittert wie Espenlaub im Herbstwind. Jetzt war er nur noch hungrig und wollte nach Hause.

Eine Zeit lang hatte sich der Trottel noch in dem Dorf versteckt, denn er fürchtete, auf den wütenden Zimmermann zu treffen. Als auch diese Gefahr vorüber war, hatte er sich sogar in eines der verlassenen Häuser getraut und ein paar Zwiebeln stibitzt. Die hatten seinen Hunger fürs Erste gedämpft. Zu Hause würde er mit Sicherheit die Prügel seines Vaters und den Spott der anderen Kinder über sich ergehen lassen müssen, aber dafür bekäme er etwas zu essen, und niemand würde ihn mit lebenden Toten erschrecken.

Allerdings hatte er, ohne es auch nur zu ahnen, die falsche Richtung eingeschlagen und stiefelte nun zielsicher durch endlose Felder. Niemand begegnete ihm, von zahllosen Zieselmäusen abgesehen. In seinem Hunger versuchte er sogar, eine von ihnen zu fangen. Doch obwohl die Tiere fett und behäbig aussahen, verschwanden sie flink in ihren Bauten, sobald ihnen nur die geringste Gefahr drohte. Pork schob die Hand in eine der Höhlen – und wurde prompt heftig in den Finger gebissen. Genau in dieser Sekunde drehte er sich um und sah, was nur er sehen konnte: das wutverzerrte Gesicht der Herrin.

Dann folgte der Schmerz.

Kapitel 15

Vor sieben Jahren, als Lahen und ich die Schreitende getötet hatten und Hals über Kopf geflohen waren, hatte ich die legendären Mauern dieser Stadt das letzte Mal zu Gesicht bekommen. Im Licht der aufgehenden Sonne wirkten die gewaltigen Befestigungen, Türme und Tempel Alsgaras wie aus rosafarbenem Marmor geschaffen. Ein überwältigender Anblick, ohne Frage. Vor allem für diejenigen, die die große, tausendjährige Stadt zum ersten Mal besuchten.

Der Skulptor selbst hatte beim Bau der Verteidigungsmauern und Türme Hand angelegt und sie dabei mit so viel Magie aufgeladen, dass niemand in der Geschichte des Imperiums die Stadt hatte erstürmen oder die Anlagen zerstören können. Alsgara hatte den Nabatorern ebenso standgehalten wie der Flotte aus der Goldenen Mark, hatte die Verschwörung der Statthalter ebenso überstanden wie den Dunklen Aufstand oder den Krieg der Nekromanten.

Die riesige Stadt säumten sechs Festungsringe. Die drei äußeren waren erst ein paar Jahrhunderte nach dem Tod des Skulptors entstanden, denn das reiche Alsgara wuchs beständig und dehnte sich bald über die ersten drei Ringe aus. Doch obwohl das Wachstum auch heute noch anhielt und bereits wieder Häuser vor den Stadtmauern lagen, machte der gegenwärtige Statthalter keine Anstalten, die Staatskasse zu plündern, um diesen neuen Teil, den die Städter die Blaue Stadt, die Ortsfremden die Vorstadt nannten, zu schützen. Bisher war das allerdings auch nicht nötig gewesen, denn das Imperium lebte seit Langem in

Frieden mit seinen Nachbarländern. Inzwischen baute man jedoch eifrig – nur war es jetzt längst zu spät. Die Mauern würden nicht rechtzeitig stehen.

Alsgara lag an der Küste, zwischen dem Meer und dem Fluss Orsa. Dieser entsprang in den Buchsbaumbergen, wo er noch einen schmalen und sehr schnellen Wasserlauf darstellte. Vor der Stadt plätscherte er jedoch als träges und nunmehr eine Viertelleague breites Gewässer durch ein grünes Becken ins Meer. Alsgaras westlicher Teil nahm die Mondbucht ein – dort fand sich auch der Hafen –, der südliche war dem Fluss zugekehrt.

Ich ritt am Flussufer entlang auf die Anlegestelle der Fähre zu. Trotz der frühen Stunde drängten sich hier bereits etliche Menschen. Die bunte Menge erörterte das wichtigste Thema dieser Tage, den Krieg. Ich schnappte auf, dass die neu ausgehobene Zweite Armee nur einen Fußmarsch von Alsgara entfernt stehe. Ferner wurde lebhaft darüber gestritten, ob die Nabatorer und die Nekromanten in die Stadt einfielen oder sich auf Gash-shaku, den Linaer Moorpfad und die Treppe des Gehenkten konzentrierten. Offenbar hatte sich seit dem Tag, an dem wir Giss getroffen hatten, nichts an der Situation geändert. Das konnte nur eines heißen: Unsere Armee hielt stand.

Natürlich verlor niemand ein Wort über die Verdammten. Entweder hielten die sich immer noch im Hintergrund, oder die Schreitenden verschwiegen dem einfachen Volk, wer ihnen eigentlich gegenüberstand. Meiner Ansicht nach war das völlig richtig, denn Angst schlägt eine Armee nicht schlechter in die Flucht als Schwerter und Magie.

Einen Platz auf der Fähre ergatterte ich problemlos: Drei Sol für den Posten – und jede Warterei entfiel.

»Du kommst von Süden?«, fragte der Posten, während er auf eine der Münzen biss, um sie zu prüfen.

»Ja.«

»Wie sieht's da aus?«

»Ruhig wie in 'nem Sumpf. Und hier?«

»Auch. Und jetzt rauf mit dir, ich hab keine Zeit zum Plaudern.«

Ich führte Hengst, dem das gar nicht passte, auf die Fähre. Die roch nach feuchtem Holz, Teer für die Ritzen, Schweiß, Pferden und Fischen. Neben mir stand ein hagerer Bursche mit einer Warze auf der Nase, ein kleiner Tuchhändler. Während der Überfahrt fragte ich ihn aus und erfuhr auf diese Weise, was in der Stadt vor sich ging. Rosig sah die Lage nicht aus. Aber eigentlich konnte mir das auch egal sein. Wir würden unsere Angelegenheiten regeln und ein für alle Mal abtauchen.

»Alles ist jetzt drei mal so teuer wie zu Beginn des Frühlings«, klagte der Händler. »Der Statthalter hat die Steuern angehoben. Die Soldaten verrohen.«

»Was ist mit dem Hafen?«, erkundigte ich mich mit stockendem Herzen. »Ist der abgeriegelt worden?«

»Nein, nach wie vor fahren Schiffe. Allerdings nicht sehr oft. Uns wollen nämlich nur noch wenige Menschen aus anderen Ländern besuchen. Nur die absolut raffgierigen. Die verdienen sich im Handel jetzt eine goldene Nase. Vor allem Seeleute aus Syn und Schmuggler. Die Nabatorer Flotte hat zwar die Meerenge der Goldenen Mark dicht gemacht, lässt aber bis auf unsere Schiffe noch alle durch.«

Da ich damit erfahren hatte, was ich wissen wollte, hörte ich den weiteren Klagen des Händlers nur mit halbem Ohr zu. Allem Anschein nach durfte ich ganz zart durchatmen. Der Hafen war offen, die Seewege überwiegend ungefährlich. Wir mussten nicht unbedingt in die Goldene Mark gehen, wir konnten auch irgendwo anders hin. Hauptsache, es fuhren überhaupt Schiffe. Wir würden uns schon mit einem Kapitän einig werden, dass er uns an Bord nahm und von hier wegbrachte. Davor müssten wir nur noch eine Kleinigkeit erledigen: Yokh aufsuchen und ihm in gebührender Weise zu verstehen geben, was wir, Lahen und ich, von seinem Verhalten hielten.

Die Fähre kam dem Ufer mit jeder Minute näher. Ich vermochte bereits die Gesichter der Menschen im Hafen zu unterscheiden.

Es war recht viel Volk zusammengekommen. Einige von ihnen wollten ans andere Ufer übersetzen, meist Händler mit ihren Waren. Es gab aber auch genügend Hafenarbeiter, Ausrufer für die Schenken und natürlich Soldaten. Das Dutzend in rotweißen Uniformen hätte nur ein Blinder übersehen. Vier von ihnen trugen Armbrüste, die anderen Gleven. Die Sonne stand in unserem Rücken, blendete sie also, sodass sie uns Ankömmlinge erst erkannten, als die kräftigen Fuhrleute anlegten.

»Da wären wir!«, rief der älteste Fährmann. »Ans Ufer mit euch! Und eine neue Mannschaft für meine Fähre! Die Leutchen hier sind müde!«

Ich wartete, bis der Verschlag der Pferde geöffnet wurde, um Hengst am Zügel von Bord zu führen. Der hätte mich fast gebissen, so sehr verübelte er es mir, dass ich ihn zu einer Überfahrt auf diesem Gefährt gezwungen hatte, das seiner Ansicht nach völlig unsicher war. Vor ihm musste ich mich jetzt also auch noch in Acht nehmen.

Ein Soldat musterte mich eingehend, stellte jedoch nichts Verdächtiges fest und verlor daraufhin jedes Interesse an mir. Wahrscheinlich hatte der Statthalter diese Burschen an jedem wichtigen Punkt aufgestellt, damit sie nach Spionen des Feindes Ausschau hielten, die sich nach Alsgara einschleichen wollten. Oder nach Nekromanten. Die einen wie die anderen hätten nämlich einigen Schaden anrichten können. Vor allem, falls die Stadt tatsächlich belagert werden sollte.

Allerdings: Ich würde meine Hand nicht dafür ins Feuer legen, dass die Soldaten einen versierten Spion erkannten, von einem dieser Burschen im weißen Umhang ganz zu schweigen. Sollte zu allem Überfluss noch jemand aus dem Kreis der Verdammten auftauchen …

Dieser Gedanke ließ mich zusammenfahren. Vor meinen Augen sah ich das Gesicht der Verdammten Typhus, durch Shens Magie entstellt, und gleich darauf den Trottel Pork. Ich malte mir lieber nicht aus, was geschehen würde, wenn er (oder vielmehr sie) in die Stadt gelangte. Was das für mich hieß. Oder für Lahen. Denn wenn ich eins wusste, dann das: Wir interessierten Typhus weit mehr als der Untergang aller Städte des Imperiums. Deshalb sollten wir unsere Angelegenheit hier nicht auf die lange Bank schieben – sonst käme es am Ende doch noch zu einem Wiedersehen zwischen uns.

Yokh! Wenn uns eine Gräte quer im Hals steckt, dann bist du das. Deinetwegen schweben wir in Gefahr. Denn irgendein gieriger Wicht, der bereit ist, für zehntausend Soren nicht nur uns beiden, sondern gleich tausend Menschen die Kehle aufzuschlitzen, würde sich immer finden. Deinetwegen müssen wir ständig auf der Hut sein und uns Augen im Hinterkopf zulegen, deinetwegen lauern wir selbst nachts auf diesen Handlanger von dir, der dir unsere Köpfe servieren soll. Da ich aber unbedingt noch meine alten Tage erleben will, stellst du, Yokh, samt deinen angeheuerten Narren ein gewaltiges Hindernis auf meinem Weg zu einem geruhsamen Leben dar.

Von der Blauen Stadt führte zwar eine große Straße zum Salattor, ansonsten stellte dieses Viertel jedoch das reinste Labyrinth aus Gassen, Gässchen und Sackgassen dar, sodass es mir keine Mühe bereitete, darin abzutauchen. Die Häuser in diesem vorgelagerten Teil der Stadt (übrigens der dreckigste, der vor der äußeren Mauer entstanden war) waren eingeschossig und standen kreuz und quer. Wohnhäuser wechselten sich mit Läden, Werkstätten, Pferdeställen, Viehhöfen und weiß das Reich der Tiefe was sonst noch ab. Der Statthalter musste in der Tat ein Dummkopf sein, wenn er den Schutz der Blauen Stadt so lange vor sich hergeschoben hatte. Denn nur ein Dummkopf konnte darauf hoffen, dass Nabator und Sdiss Alsgara links liegen ließen.

Mein Ziel befand sich innerhalb der Stadtmauern. Deshalb ritt ich die Hauptstraße schnurstracks zum Tor hinunter. In den letzten sieben Jahren war dieses Viertel tüchtig angewachsen, sodass es jetzt das ganze rechte Orsa-Ufer einnahm. Und natürlich war es noch schmutziger, chaotischer und unangenehmer geworden. Ich hatte die Blaue Stadt nie gemocht, obwohl ich dort früher einige Aufträge für die Gilde erledigt hatte. Hier lebten all diejenigen, denen es an Geld, Erfahrung und Glück mangelte, sich ein Leben jenseits der Mauer aufzubauen. Sicher, ein paar mehr oder weniger angenehme Flecken gab es selbst in diesem Teil Alsgaras – trotzdem wollte ich hier nicht leben.

Es war purer Zufall, dass ich den Mann, der mich verfolgte, bemerkte.

An einem Laden, der allerlei Plunder feilbot, musste ich mich bücken, um mir den Kopf nicht an dem blechernen Schild anzuschlagen. Der Händler schickte mir, der ich keinen Blick an seine Waren verschwendete, etliche Flüche hinterher. Als ich mich umdrehte, um es ihm mit gleicher Münze heimzuzahlen, sah ich aus den Augenwinkeln heraus das Aas, das sich mir an die Fersen geheftet hatte. Der hatte sich doch bereits an der Anlegestelle der Fähre herumgedrückt … Jetzt saß dieser Hänfling gegen das Rad eines in die Erde abgesunkenen Karrens gelehnt da und blinzelte im Licht der Morgensonne. Ein unscheinbarer Kerl. An dem ich nichts Ungewöhnliches festgestellt und den ich deshalb nicht weiter beachtet hatte. Ein Fehler, wie sich nun zeigte.

Ich ließ mir nicht anmerken, dass ich meinen Verfolger entdeckt hatte, und bog in die nächste Gasse ab. Dort reckte ich mich, bis es in den Wirbeln knackte, und blickte mich dabei wie zufällig um. Der Mann war weg. Sollte er wirklich nur den gleichen Weg gehabt haben wie ich? Mhm … eigentlich hatte ich mich immer auf meinen Instinkt verlassen können.

Ich ritt die Gasse hinunter, bis sie an einem Holzhaus nach rechts abknickte und mich auf die Hauptstraße zurückbrachte. Hoppla! Da wären wir ja wieder. Mein unbekannter Freund lümmelte sich vor einem Laden, der Würstchen verkaufte.

Sobald ich an ihm vorbeigeritten war, heftete er sich mir wieder an die Fersen.

Was für ein hartnäckiger Bursche!

Ich pfiff ein Liedchen vor mich hin und fragte mich, wer sich mir da angehängt hatte. Was wollte der von mir? Gefiel ihm Hengst so gut, dass dieser Narr es auf mein Tier abgesehen hatte? In einem Punkt war ich mir jedenfalls sicher: Den Burschen hatte ich nie zuvor gesehen. Wen würde er aufsuchen, wenn er wusste, wo ich Quartier nahm? Yokh? Moltz? Ein paar Kopfgeldjäger? Die Schreitenden? Oder wollte er die Angelegenheit allein zu Ende bringen, damit er die Prämie nicht teilen musste?

Ich an seiner Stelle hätte jedenfalls genau das getan. Aber ich bin ich, er ist er. Und so auffällig, wie mir dieser Milchbart folgte, konnte er kein allzu großes Licht sein. Zumindest glänzte er weder durch sein Talent noch durch seinen Verstand, denn sonst würde er es nicht allein mit einem Mann wie mir aufnehmen. Das hatte ja nicht mal der gute alte Gnuzz getan.

Damit lief alles auf eins hinaus: Ich musste mir diesen Hänfling vorknöpfen – nicht dass er es sich überlegte, doch noch jemanden von meiner Anwesenheit in dieser Stadt in Kenntnis setzte und mir damit gewaltige Schwierigkeiten einbrockte.

Da es bis zum Salattor nicht mehr weit war, beschloss ich, die Sache nicht auf die lange Bank zu schieben. Ich lenkte Hengst zur ersten annähernd anständigen Schenke. Der Wirt schien mir kein ausgemachter Gauner zu sein – und würde mein Pferd wahrscheinlich nicht umgehend zu Wurst verarbeiten. Kurzerhand nahm ich mir ein Zimmer und mietete einen Platz im Stall, bezahlte für einen Monat im Voraus, bat ihn, sich um Hengst zu kümmern, ihm den Sack Hafer zu geben, den ich ihm versprochen hatte, und versicherte, bald wieder da zu sein, um dann hinkend auf die Straße hinauszutreten.

Mein Verfolger erwartete mich bereits. Ich humpelte in die entgegengesetzte Richtung des Tors, in der Hoffnung, irgendwo einen einsamen Durchgang zu finden. Den brauchte ich, damit niemand in unser trautes Gespräch hineinplatzte. Und dann würde ich die Fragen stellen, die mich interessierten.

Knary, der auf den Namen Hamster hörte, verfügte über ein hervorragendes Personengedächtnis. Deshalb wäre er auch beinah hintenübergefallen, als er den blonden Mann sah, der ein schwarzes Pferd von der Fähre führte. Unter Aufbietung all seiner Willenskraft schaffte er es, den Neuankömmling nicht unverfroren anzuglotzen. Obwohl bereits zehn Jahre vergangen waren, seit er, der damals noch ein Kind gewesen war, diesen Kerl in Gesellschaft von Stumpf gesehen hatte, konnte kein Zweifel bestehen: Das war der Graue.

Auf dessen Kopf, wie auch Hamster wusste, ein ganzer Sack

Geld ausgesetzt war. Bisher hatte er nicht glauben wollen, dass der Graue überhaupt noch lebte. Sieben Jahre waren seit dem Tag vergangen, als die verbrannten Leichen des Grauen und seiner Frau gefunden worden waren, und bis zum letzten Monat hatte niemand daran gezweifelt, dass derjenige, der den Mord an der Schreitenden in Auftrag gegeben hatte, sich von seinem willigen Werkzeug getrennt hatte. Jetzt aber, beim Anblick des Gijanen, glaubte Hamster jedoch nicht nur daran, dass der Kerl noch lebte – sondern auch an seinen Glücksstern.

Sobald der Graue den Fluss hinter sich gelassen hatte, rannte ihm Hamster nach. Zunächst fürchtete er noch, der Gijan werde ihn bemerken. Doch Minute um Minute verstrich, ohne dass der Kerl von seinem Verfolger auch nur etwas ahnte. Hamster grinste verächtlich: Dieser Graue war längst nicht der gefährliche Gauner, als den ihn alle darstellten. Im Gegenteil, er war der reinste Dämel. Offenbar trug er nicht mal Waffen, jedenfalls weder Bogen noch Schwert. Gut, unter der kurzen, schmutziggrünen Jacke konnte er ein Messer verborgen haben, aber das beunruhigte Hamster nicht weiter, schließlich hatte er zwar oft genug gehört, der Gijan sei ein hervorragender Schütze – aber nicht, dass er auch mit anderen Waffen arbeitete. Außerdem trug er, Hamster, selbst zwei Messer bei sich, ein Wurfmesser im Ärmel und eine feste Klinge aus Nabator unterm Hemd. Letztere hatte er schon öfter erfolgreich zum Einsatz gebracht, sodass er sich für einen unübertroffenen Meister im Messerkampf hielt.

Irgendwann bog der Graue in eine Gasse ein, in die ihm Hamster nicht nachschlich. Der Gijan würde sowieso wieder auf der Hauptstraße landen, da erwartete er ihn lieber gleich dort, als hier das Risiko einzugehen, doch noch aufzufliegen. Er lief hurtig weiter, baute sich vor einem Wurstladen auf, kaufte sich für acht Kupferlinge eine Blutwurst und biss herzhaft in sie hinein. Er musste nicht lange warten. Als der Graue aus der Gasse herausritt, blickte er sich verwundert nach allen Seiten um, weil er nicht verstand, wie er wieder auf die Hauptstraße gelangt war. Nach kurzer Überlegung lenkte er das Pferd Richtung Salattor.

Da traf Hamster seine Entscheidung. Er würde niemandem erzählen, dass er den Grauen gesehen hatte. Weder Moltz noch Yokh. Die paar Kupferlinge, die sie für den Hinweis springen ließen, waren im Vergleich zu den fünftausend Soren, die die Ermordung dieses Blödmanns brachte, doch geradezu lächerlich. Noch dazu, wo er mit dem Grauen leichtes Spiel haben dürfte. Nein, er würde Yokh gleich den Kopf des Gijanen servieren, die Prämie einstreichen – und ein sorgenfreies Leben beginnen. Es galt nur noch, auf eine günstige Gelegenheit zu warten und dem Grauen die Kehle aufzuschlitzen.

Und diese Gelegenheit würde sich schon bieten, so wie sich dieser Provinzpinsel aufführte. Am Ende beging er sogar die Dummheit, in einer ziemlich heruntergekommenen Schenke abzusteigen. War der so klamm, dass es nicht mehr für ein anständiges Zimmer innerhalb der Stadtmauern reichte?! Und sei es in der Äußeren Stadt.

Als der Graue absaß, stellte Hamster zudem erfreut etwas fest, das ihm an der Fähre nicht aufgefallen war: Der Kerl zog das linke Bein stark nach. Ein humpelnder Idiot – das machte die Sache noch einfacher.

Er richtete sich auf eine lange Warterei ein, aber weit gefehlt: Schon nach wenigen Minuten verließ der Graue die Schenke wieder und stapfte durch die Hauptstraße, bis er schließlich in eine kleine Gasse einbog. Hamster setzte alles daran, sein Opfer nicht aus den Augen zu verlieren, gleichzeitig aber unentdeckt zu bleiben.

Der Graue streifte lange ohne erkennbares Ziel durch die Gassen und gelangte so immer tiefer in die Blaue Stadt hinein. Bestens, gab es hier doch kaum noch Menschen. Als Hamster schließlich Möwenschreie hörte, wusste er, dass sie sich unweit der Stelle befanden, an der die Orsa ins Meer mündete.

Mit einem Mal blieb der Graue stehen, sodass Hamster sich gegen eine Mauer pressen musste, und verschwand dann in einem schmalen Gang zwischen zwei Häusern. Hamster wartete noch ein Weilchen, um dem Grauen nicht in die Arme zu laufen, falls dieser unversehens wieder auftauchte.

Aber das tat er nicht.

Daraufhin setzte Hamster ihm nach, blieb aber schon nach wenigen Schritten verblüfft stehen: links steinerne Brandmauern, rechts steinerne Brandmauern, fünfzehn Schritt vor ihm der Fluss – aber kein Grauer.

Ob der in den Fluss gesprungen war?

»He!«, erklang da eine leise Stimme hinter ihm. »Suchst du vielleicht mich?«

Hamster ließ sich nicht aus der Fassung bringen. Sobald das Wurfmesser aus dem Ärmel in seine Hand geglitten war, drehte er sich jäh herum und warf die Klinge, ohne den Arm zu heben, einfach aus dem Handgelenk heraus – nur dass der Gijan sich mit einem Mal als ziemlich gewitzter Bursche entpuppte: Er stand längst nicht mehr an der alten Stelle, und das Messer ging ins Leere.

Fluchend zog Hamster das zweite Messer unterm Hemd hervor.

»Das wäre sehr dumm«, sagte der Graue.

In seinen Händen lag nun ein kleines Beil. Und plötzlich überschlugen sich die Ereignisse. Der Graue hinkte nicht mehr, sondern bewegte sich geschmeidig vorwärts – und stand unvermittelt vor ihm. Als Hamster ihm das Messer in den Bauch rammen wollte, drehte der Graue sich geschwind zur Seite und fand sich wie durch ein Wunder neben ihm. Gleich darauf spürte Hamster einen heftigen Schlag auf die rechte Hand. Das Nabatorer Messer landete im Dreck. Hamster starrte ungläubig auf die nunmehr nutzlose Waffe. Dann richtete er den Blick auf seine Hand. Auch die war hin: Der kleine und der Ringfinger fehlten.

Und erst jetzt kam der Schmerz.

Er stöhnte, gab sich aber immer noch nicht geschlagen, sondern griff mit der linken Hand nach dem Messer am Boden. Prompt verspürte er einen unerträglichen Schmerz im rechten Knie. Ihm wurde schwarz vor Augen, er heulte auf und fand sich auf dem Boden wieder, auch wenn er nicht hätte sagen können, wie er dort hingekommen war.

»Bist du aus der Gilde?«, fragte der Graue leise.

Hamster stellte sich stur und wünschte den Grauen sonst wohin. Eine neue Schmerzwelle schoss durch seine Hand.

»Das Schicksal muss dich mit Dummheit geschlagen haben. Sag mir, wer dich geschickt hat, und wir trennen uns im Guten.«

Hamster rang nach Luft. Tränen liefen über seine Wangen. Noch nie zuvor hatte er sich so elend gefühlt. Schließlich brachte er krächzend hervor: »Meine Freunde sind gleich da. Dann möchte ich nicht in deiner Haut stecken.«

Er stemmte sich auf die Ellbogen hoch – und erhielt einen entsetzlichen Schlag auf die Nase. Etwas knackte widerlich. Sein Gesicht wurde feucht und brannte. Über Lippen und Kinn tropfte Blut. Nicht mal zum Schreien fand er noch Kraft, sodass er bloß leise winselte.

»Ich würde dir nicht empfehlen, dich weiter so stur zu stellen«, sagte der Graue. »Ich erfahre so oder so, wer du bist und wessen Brot du frisst.«

Erneut wogte eine Welle des Schmerzes durch seine verstümmelte Hand.

»Ich tu das nicht gern, aber du lässt mir keine andere Wahl. Du hast noch einen Finger an der rechten Hand und fünf an der linken. Ich habe mein Können im Sandoner Wald erworben. Und eins darfst du mir glauben: Die Hochwohlgeborenen haben damals noch lauter geschrien als du jetzt! Dir steht also kein Zuckerschlecken bevor. Und spar dir die Märchen von deinen Kumpeln, die gleich anrücken. Ich hab genau beobachtet, dass du allein arbeitest. Uns wird also niemand stören. Früher oder später erzählst du mir alles.«

Ich beendete das Gespräch mit diesem Schwein, als jemand lautstark eine Patrouille rief. Die Ordnungshüter und ich, wir verpassten uns genau um eine Minute. Als ich Getrappel hörte, verschwand ich in einem Tordurchgang, an dem die fünf Soldaten natürlich prompt vorbeirannten. Ich wartete noch eine Weile, dann traute ich mich wieder heraus. Nun sollte ich die Blaue Stadt wirklich so schnell wie möglich verlassen.

Ich erreichte die Hauptstraße rasch und unbemerkt und schlenderte dann gemütlich zum Salattor.

Im Grunde hatte ich noch einmal Glück gehabt. Der Milchbart hatte tatsächlich auf eigene Faust gearbeitet. In seiner Dummheit und Gier hatte er gemeint, allein mit mir fertigzuwerden. Doch für Kämpfe wie diesen fehlte es dem kleinen Schmarotzer aus dem Umfeld von Moltz an Erfahrung. Ich hoffte nur, das Oberhaupt der Gilde würde sich nicht allzu erschüttert zeigen, wenn er erfuhr, dass einem seiner Untergebenen ein paar Finger fehlten. Allerdings pflegte der alte Moltz keine sonderlich herzlichen Beziehungen zu denjenigen, die ein Geschäft hinter seinem Rücken abwickeln wollten.

Aus dem dummen Sturkopf hatte ich alles herausgeholt, was ich wissen wollte: Dass er mich abgepasst hatte, war purer Zufall gewesen. Niemand in Alsgara rechnete mit mir. Und von Lahen hatte er noch nie gehört.

Das Salattor war das äußerste in der südlichen Stadtmauer. Im Unterschied zu den anderen fünf Stadttoren gab es hier normalerweise nur selten Andrang. Die Kontrollen nahmen viel weniger Zeit in Anspruch, zeichneten sich die diensthabenden Soldaten doch weder durch ein aufmerksames Auge noch durch übertriebenen Eifer aus.

Inzwischen stand die Sonne so hoch am Himmel, dass die Stadtmauer nicht mehr rosafarben schimmerte, sondern in ihrer gelb-grauen Farbe aufragte. Auch wenn der Skulptor sie nicht erbaut hatte, machte sie einen soliden und zuverlässigen Eindruck. Sie war riesig und aus massiven Steinblöcken errichtet, die stürmte so leicht niemand. Und wer sie doch nahm, fand sich danach vor fünf weiteren Festungsringen wieder, drei davon Werke eines der stärksten Magier in der Geschichte des Imperiums. Der Feind dürfte sich also an Alsgara die Zähne ausbeißen – vorausgesetzt, man öffnete ihm nicht die Tore. Denn bekanntlich fallen die meisten Städte und Festungen nicht durch einen Sturm, sondern durch Hunger, Krankheiten und eben wegen jener Narren, die den Feind einlassen und auf die Gnade des Siegers hoffen. Nur bedurfte es in Alsgara nicht eines solchen Verräters, sondern deren sechs! Obendrein sah die Lage in der Hohen und der Zweiten Stadt insofern anders aus, als sich dort die Lagerhallen mit Lebensmitteln, der Palast des Statthalters, der Turm der Schreitenden und die Kasernen der Garde befanden. Und wie ich bereits von hier aus erkennen konnte, wurde Vorsorge gegen den Hunger getroffen: Durch das Stadttor strömten unzählige Karren mit Nahrungsmitteln. Offenbar hatten die Stadtväter alles aufgekauft, was sie in den Provinzen finden konnten.

Im Übrigen hatte sich in den Jahren meiner Abwesenheit auch am Salattor so einiges verändert: Die Wache war um das Sechsfache angewachsen, zudem wurde sie durch Schwertkämpfer in Harnisch und ein Dutzend Armbrustschützen ergänzt. Letztere achteten allerdings auf niemanden und würfelten selbstvergessen auf einem Schnapsfass. Wenn schon auf dieser Seite des Tores eine solche Zahl von Soldaten lagerte, dann würde ich meine rechte Hand verwetten, dass es auf der anderen Seite noch mal so viele waren. Wenn nicht mehr.

Trotz der sengenden Sonne untersuchte die Wache hartnäckig jeden Wagen. Eine angemessene Vorsichtsmaßnahme, wenn man mich fragte. Das Reich der Tiefe wusste, was uns die Nekromanten alles auf den Hals schicken konnten. Untote oder diese Fische zum Beispiel. Und wenn so ein Fisch in der Hohen Stadt barst, gäbe das ein schönes Schlamassel.

Ich reihte mich in die Schlange ein, in der es nur langsam vorwärtsging. Begeistern tat mich das selbstverständlich nicht, aber ich zog es doch vor, brav zu warten. In meinem Fall empfahl es sich nicht, die Aufmerksamkeit der Soldaten auf mich zu lenken.

Auch hier gab es nur ein Thema: den Krieg. Ein Gerücht jagte das nächste. Wilde Vermutungen waren zu hören, warum Alsgara bislang verschont geblieben war. Dann waren da noch die Fragen, die alle beunruhigten: Würden die Armee und die Schreitenden die Stadt schützen können? War damit zu rechnen, dass der Feind an der Treppe des Gehenkten durchbrach und in die zentralen Provinzen des Imperiums oder nach Korunn, der Hauptstadt, vordrang? Nach einer Weile hingen mir diese Gespräche zum Hals heraus.

Als nur noch fünf Leute vor mir warteten, sah ich etwas, das mir sofort hätte auffallen müssen. Hinter den würfelnden Armbrustschützen stand, im Schatten eines der beiden massiven Torflügel verborgen, eine ältere Frau in einem blauen Umhang mit einem roten Kreis auf der Brust. Sie unterhielt sich mit dem Hauptmann der Wache und warf immer mal wieder einen Blick auf die an ihr vorbeiziehenden Leute.

Eine Schreitende!

Was hatte die hier verloren?! Denn wenn ich mich von jemandem fernhalten sollte, dann von diesen Trägerinnen des Funken. Selbst wenn mittlerweile sieben Jahre verstrichen waren. Aber manche Menschen verfügen nun mal über ein ausgezeichnetes Gedächtnis. Davon hatte ich mich ja gerade erst überzeugen können, als sich mir dieser kleine Dreckskerl an die Fersen geheftet hatte. Der hatte mich auch nur ein einziges Mal gesehen, mich aber trotzdem wiedererkannt – und das sogar, obwohl ich seit unserem Aufbruch aus Hundsgras einen Bart bekommen hatte.

Aber wenn ich die Schlange jetzt verließ, würde ich ganz gewiss die Blicke aller auf mich ziehen.

»Wer bist du?«, fragte mich der Soldat mit müder Stimme. »Wo kommst du her? Wohin willst du?«

Jetzt war es zu spät, noch Fersengeld zu geben.

»Ein Zimmermann. Pars ist der Name. Ich komme aus dem Süden. Ein Bekannter hat mich eingeladen.«

Ich nannte den Namen eines nicht allzu hohen Würdenträgers aus dem Stadtrat. Wie vermutet, ersparte mir das peinliche Fragen.

»Du kennst den Weg?«

»Ich bin nicht das erste Mal hier.«

»Dann durch mit dir.«

Ich dankte ihm und betrat den kühlen Tordurchgang. Die Schreitende musterte mich aus den Augenwinkeln, während sie sich mit dem Hauptmann unterhielt. Ich atmete erleichtert durch. Sie suchte vor allem nach Trägern der Gabe, folglich galt erst ihr zweiter Blick den Gesichtern. Glück gehabt.

Der Tordurchgang war ausgesprochen lang. Unter der Decke gab es kleine Brücken für Bogenschützen, falls der Feind die Torflügel aus den Angeln heben würde. Schießscharten in den Mauern und zwei Stahlgitter, die notfalls heruntergelassen werden konnten, stellten weitere Sicherheitsvorkehrungen dar. Mit fünfzehn Schritt durchmaß ich den Gang, passierte das innere Tor, das ebenso beeindruckend war wie das äußere, und fand mich in der Äußeren Stadt wieder. Hier gab es tatsächlich genauso viele Soldaten wie auf der anderen Seite. Die würden der Schreitenden sofort zu Hilfe eilen, sollte es draußen zu einer Schlägerei kommen. Oder man ließe einfach die Gitter herunter.

Meine geliebte Stadt durfte also ruhig schlafen. Noch.

Der Ort, zu dem ich wollte, lag hinter der zweiten Mauer, die sogenannte Vogelstadt. Sie verdankte ihren Namen der Tatsache, dass hier seit Langem die Ye-arre lebten. Ihre Häuser zogen sich von der Spitze eines gewaltigen Hügels bis zum Meer hinunter.

Die Ye-arre liebten es einfach zu bauen, und eine besondere Leidenschaft hegten sie für Türme aller Art: wuchtige, aparte, hohe, gedrungene, mit Helm und ohne, steinerne, hölzerne, vollendete und noch im Bau befindliche. Fast alle dreißig Yard erhob sich ein solcher Bau. Wie sagten doch scharfzüngige Menschen manchmal? Nach der Zahl der Türme übertraf die Vogelstadt längst die Hohe Stadt. Wahrscheinlich stimmte das sogar. Denn die Ye-arre brauchten gewissermaßen ihre Hühnerstangen.

Die Straßen waren erstaunlich leer, offenbar zog es die zänkischen Himmelssöhne heute nicht aus ihren Häusern, denn bisher hatte ich keinen einzigen von ihnen zu Gesicht bekommen. Nur ein paar Bewohner aus den anderen Teilen der Stadt und natürlich die mürrischen Soldaten. Die wiederum in erstaunlich großer Zahl durch die Straßen stiefelten. Was wohl geschehen war, wenn man derart viele Ordnungshüter in die Vogelstadt geschickt hatte? Dergleichen hatte es meiner Erinnerung nach noch nie gegeben: dass die Ye-arre zu Hause hockten und der Himmel über Alsgara leer blieb.

Den Legenden zufolge waren die Himmelssöhne vor vielen Jahrhunderten über die Große Wüste ins Imperium gekommen. Keine Ahnung, was dieses Volk gezwungen hatte, ihre angestammte Hühnerstange zu verlassen und sich bei uns ein neues Nest zu bauen, doch sie wurden ohne Murren, wenn auch nicht mit offenen Armen empfangen. Der damalige Imperator hielt es für eine gute Idee, die geflügelten Menschen als Boten und fliegende Schützen einzusetzen. Die Himmelssöhne meisterten diese Aufgaben mehr schlecht als recht, beharkten sie sich doch oft genug gegenseitig oder heckten Gemeinheiten gegen andere Völker des Imperiums aus. Mit dem Ergebnis, dass Alsgara, Gash-shaku und Okny sie aufs Freundlichste baten, ihre Städte zu verlassen, und ihnen ein recht großes Gebiet zwischen dem Sandoner Wald und Uloron überließen. Die Menschen nannten diesen Ort voller Spott Gelobtes Land. Natürlich wussten alle ganz genau, dass die Ye-arre damit zwischen den Hammer Ulorons und den Amboss des Sandoner Walds geschickt wurden.

Doch als sich die Hochwohlgeborenen anschickten, die Ye-arre zu verschmausen (und nur die Flügel wieder auszuspucken), leisteten die Himmelssöhne zur allgemeinen Verwunderung erbitterten Widerstand. Mehr noch, sie halfen unserer Armee sogar, die Spitzohren aus Uloron in den Sandoner Wald zu jagen. Als der Imperator dann vor zwölf Jahren mit dem König des Waldvolks ewigen Frieden schloss, brach nicht nur im Gelobten Land, sondern im gesamten Imperium eine Zeit der Ruhe und des Friedens an. Daraufhin wollten sich ein paar Schlauberger aus dem Geschlecht der Menschen das fruchtbare Gelobte Land gern zurückholen, aber da bissen sie bei den Ye-arre auf Granit.

Allerdings hatten sich nicht alle Himmelssöhne in den Osten des Imperiums aufgemacht. Ein recht großer Teil von ihnen war auch in Alsgara geblieben. Der Stadtrat hatte eingewilligt, sie zu dulden, was wohl vor allem daran gelegen haben dürfte, dass ein Viertel der Einnahmen, die in die Stadtkasse flossen, von den Stoffen stammte, die die Ye-arre erstellten. Dieses Tuch war ebenso prachtvoll wie die östliche Seide und kostete horrende Summen. Seinetwegen legten Schiffe aus der ganzen Welt im Hafen an. Selbstverständlich wanderte ein Teil des Erlöses auch in die Klauen des Stadtrats und des Statthalters – was einmal mehr erklärte, warum sie nicht auf die prächtigen goldenen Gänse zu verzichten gedachten.

In einer Straße der Vogelstadt blieb ich stehen und weidete mich am Anblick der sauberen weißen Häuschen des angrenzenden Hafenviertels, der Piers in der Ferne und des bläulichen Nebels über dem Meer. Rechts von mir keilte sich zwischen einen hohen Turm mit drei Helmen und eine billige Schenke ein einstöckiges Haus. Im Erdgeschoss fand sich ein Laden, in dem Seide der Ye-arre feilgeboten wurde. Drei von vier Fenstern waren mit Läden verschlossen.

Daraufhin schlenderte ich zum Ende der Straße und blieb erneut stehen, um meinen entzückten Blick durch die Gegend schweifen zu lassen.

Wunderbar. Niemand war mir gefolgt. Beruhigt kehrte ich um und öffnete die schwere Tür des Tuchladens.

Die Kupferglocke über mir gab einen schneidenden Ton von sich. Der Raum war schummrig. Das Licht von der Straße schaffte es nicht, ihn zu erhellen, aber die Besitzer machten keine Anstalten, ausreichend Lampen anzuzünden. Es brannten nur zwei, eine rechts von mir und eine, die sich am anderen Ende des Geschäfts befand, an der Treppe, die nach oben führte. Ich kam nicht umhin, die Eleganz dieser Lösung zu bestaunen. Auf der einen Seite trat jeder Besucher in einen Lichtkreis und stand folglich wie auf dem Silbertablett, auf der anderen Seite blendete ihn die hintere Lampe. Und es dauerte länger als eine Sekunde, sich an die Lichtverhältnisse zu gewöhnen. Das reichte den Besitzern völlig aus, um abzuschätzen, ob von dem Neuankömmling Gefahr ausging oder nicht – und danach entsprechend zu handeln.

Ich machte rasch einen Schritt nach links, der mich aus dem Lichtkreis herausbrachte, und blinzelte ein paar Mal, wie ich es gelernt hatte, um die bunten Flecken vor meinen Augen zu vertreiben.

»Nach all den Jahren immer noch die alten Angewohnheiten«, meinte da jemand kichernd aus der Dunkelheit heraus. »Guten Tag, Grauer.«

»Etwas anderes kann ich mir nicht leisten. Guten Tag, Yola.«

»Sei so gut und lege den Riegel vor«, bat die Stimme noch immer kichernd. »Ich will nicht, dass uns irgendwelche Laufkundschaft stört.«

»Kwatsch«, ertönte es da von rechts. »Nachdem deine Artgwenossen sich eine derartigwe Schuftigwakweit herausgwenommen haben, wirst du selbst mit all dem Gwold des Imperiums niemanden mehr zu uns lokwen.«

»Beim Wind!«, keifte Yola. »Da will mich doch tatsächlich so ein flügelloser Blutegel belehren!«

»Dabei solltest du nur nicht vergwessen, dass ich dein Partner bin, du Kwükwen«, polterte es aus dem Dunkel. »Ich sagwe es dir noch mal. Vor Zeugwen. Alle, die im Gwelobten Land leben, haben den Verstand verloren.«

»Wie konnte ich mich bloß darauf einlassen, dich zum Partner zu nehmen«, erwiderte sie. »Und was die Klane angeht, das ist ihre Angelegenheit. Ich habe jedenfalls nicht die Absicht, für die Dummheit anderer zu bezahlen.«

»Das wirst du aber müssen. Die Menschen sind nämlich stinkwasauer auf alle, die Flügwel haben.«

»Kannst du mir auch nur einen Tag nennen, an dem sie nicht auf uns Himmelssöhne gespuckt haben? Beim Wind, das ist nicht das erste Mal und wird auch nicht das letzte Mal sein.«

»Aber diesmal ist alles viel ernster.«

Während ich den Riegel vorlegte, lauschte ich dem Geplänkel der beiden. Dann ging ich an Ballen purpurroten und silbernen Stoffes vorbei, von denen jeder mindestens achtzig, wenn nicht gar hundert Soren kostete, zu dem massiven Tisch hinüber. Einer der Stühle war frei, der andere besetzt.

Auf ihm thronte eine schmächtige Frau. Wenn sie stand, reichte sie mir knapp bis zur Brust. Yola aus dem Volk der Ye-arre war wie alle Vertreter dieser Rasse fragil, feinknochig, ja, geradezu luftig. Ihr schmales, nicht sehr hübsches Gesicht verjüngte sich zum Kinn, die Wangenknochen und die Adlernase traten scharf hervor, die schwarzen Augen funkelten. Den geschorenen Kopf zierte eine aufwendige und mir unverständliche Tätowierung. Yola hatte mir einmal erklärt, dies sei das Zeichen des Feuerklans. Im Dämmerlicht wirkte der Schädel viel zu groß für die schmalen Schultern. Die langen Finger an den feinen Händen endeten in lilafarbenen Nägeln. Oder Krallen. Das war Ansichtssache.

Und natürlich hatte sie Flügel, gewaltige Flügel, die mit roten Federn bedeckt waren. Im Moment waren sie auf dem Rücken zusammengeklappt, aber ich sah förmlich vor mir, wie die Ye-arre sie spannte und am Himmel entlangsegelte.

Yola kniff die Augen derart zusammen, dass sich kleine Fältchen bildeten, und musterte mich. »Komm noch ein Stück näher! Beim Wind, ich traue meinen alten Augen nicht. Bist du aus dem Reich der Tiefe zurückgekehrt, um mich wieder zu ärgern? Khtatakh, siehst du, wer hier unser bescheidenes Heim beehrt?«

»Ja«, erklang abermals die Stimme aus dem Halbdunkel. »Also ist an den Gwerüchten doch was dran.«

»So muss es wohl sein. Der Graue hat offenbar alle an der Nase herumgeführt. Selbst seine besten Freunde hat er nicht eingeweiht. Oh, oh, oh. Das gehört sich doch nicht.«

»Stimmt, das war nicht sehr freundlich von mir.«

Ich gönnte ihnen die Freude, sich noch ein Weilchen auf meine Kosten zu amüsieren.

»Und nachdem ich all die Tränen vergossen hatte, die für ein langes Leben reichen sollten, tauchst du hier auf wie ein Untoter aus der Wüste und grinst bloß frech. Das ist sie mal wieder, die Dankbarkeit der Menschen!«

»Gwanz richtigwa«, pflichtete ihr Khtatakh bei.

»Ich bin sicher, dass du bei meinem Tod frohlockt hast, du alte Krähe.«

Daraufhin gackerte sie empört, schlug mit den Flügeln und

schob die Karten auf dem Tisch zusammen, um sie mit flinker Hand zu mischen und zu mehreren Stapeln aufzuteilen. Ich setzte mich, entdeckte einen Krug mit Wein und schenkte mir, ohne um Erlaubnis zu fragen, einen Becher voll. Missbilligend zog Yola die Augenbrauen zusammen, verkniff sich überraschenderweise aber jeden Kommentar. Dann schob sie einen Stapel vor mich. Unserem alten Ritual entsprechend zog ich die oberste Karte und sah sie mir an. Ein Schlüssel. Ich zeigte sie ihr.

»Vergangenheit?«, fragte sie. »Oder Zukunft?«

»Zukunft.«

»Die nahe oder die ferne?«

»Die nahe.«

»Wähl einen Stapel.«

Ich wählte unter den zehn auf dem Tisch liegenden Stapeln den vierten von rechts. Alle anderen verschwanden nun, und Yola deckte die Karten auf.

»Du bist sehr selbstsicher, wenn du hierher zurückkommst«, sagte Yola, »wo man dich doch eigentlich für tot hält.«

»Und dumm!«, gab Khtatakh seinen Kommentar ab.

»Du wirst gesucht, Grauer. Und nicht, damit du das Geld wieder rausrückst. Moltz, Yokh und die Hexen aus der Hohen Stadt sind hinter dir her. Ganz zu schweigen von all denjenigen, die sich mit deinem Kopf ein goldenes Näschen verdienen wollen.«

»Oder gwaleich ein gwanzes gwoldenes Gwesicht.«

»Bei dem Geld, um das es da geht, könnte ich glatt in Versuchung geraten, jemandem ein Liedlein über dich ins Ohr zu säuseln.«

»Zu säuseln?« In der dunklen Ecke heulte es auf, dann folgte klirrendes Gelächter. »Du kwannst doch nur kwarächzen.«

»Auf beiden Augen sollst du erblinden, du unglückseliger Blutegel!«, brummte Yola. »Die Karten sind nicht besonders günstig, Grauer.«

Ich blickte auf den Tisch. Der Schlüssel gesellte sich zum Messer, wurde aber halb von einer Festung überdeckt, auf die sich dann ein Turm legte.

»Gibt dir diese Konstellation nicht zu denken?«, fragte Yola.

»Du weißt doch, dass ich nichts davon verstehe«, antwortete ich bloß.

»Dummkopf! Das hättest du schon längst lernen können. Irgendwas«, sie tippte mit einer der lilafarbenen Krallen auf die Festung, »hindert dich, deinen Plan in die Tat umzusetzen. Und hinter alldem steht der Turm. Mhm.« Das letzte Wort dehnte sie aus, da sie hoffte, ich würde erstaunt aufschreien. »Ich kann mich nur wundern, mein Guter, wie du es geschafft hast, die Treibjagd zu überleben, die du in dieser bedauernswerten Stadt ausgelöst hast. Selbst der alte Dummkopf Khtatakh weiß, was der Turm bedeutet. Was bedeutet der Turm, Khtatakh?«

»Er steht für die Schreitenden, o Weise!«, antwortete Khtatakh mit spotttriefender Stimme – was Yola jedoch zu überhören vorzog.

»Oh!«, brachte ich nun heraus.

Yola zischte wütend, denn sie meinte, ich bringe ihren magischen Karten nicht den gebührenden Respekt entgegen. Allerdings glaubte ich in der Tat nicht an diesen Unsinn, der mit solch bunten Bildchen verbunden war. Das ist keine Magie, sondern Scharlatanerie. Die Himmelssöhne schätzten diese Kunst jedoch sehr hoch.

»Aber es kommt noch viel schlimmer.« Yola schnalzte vielsagend mit der Zunge. »Ich habe mein Lebtag noch nie so schlechte Karten gesehen. Eine Karte legt sich auf die andere und verbindet sich mit einer dritten. Du bist ohne jede Frage der Schlüssel.«

»Wie schmeichelhaft.«

»Und dann sind da diese fünf neuen Gäste«, fuhr sie fort, nachdem sie drei Karten umgedreht hatte. »Der Wahnsinnige und zweimal zwei Messer. Und alle befinden sich in deiner Nähe.«

»Ich werde in Zukunft Augen und Ohren offen halten.«

»Und noch ein Turm! Ein weißer!«

»Sind das nicht zu viele Schreitende?«, fragte ich.

»Du musst da was verwekwaseln, Kwükwen«, mischte sich

jetzt Khtatakh ein. »Du sagwast doch selbst immer, dass es nur einen Turm gwibt.«

»Ich verwechsle überhaupt nichts. In dieser Kombination ist es möglich.«

»Dumme Kwarähe«, stichelte Khtatakh weiter.

»Schweig stille, du Blutegel!«

»Was ist jetzt mit diesen Kwarten?«

»Der weiße Turm braucht nicht unbedingt auf die Schreitenden zu deuten. In dieser Position kann er auch als das Leben verstanden werden, als eine Tugend, Gesundheit oder auch als ein Priester, ein Medikus oder eine Frau.«

»Oder tausend andere Bedeutungwen haben«, höhnte Khtatakh.

Yola schnaubte verächtlich. Ihre Finger bewegten sich mit unvorstellbarer Schnelligkeit. Die nächsten Minuten verteilte sie die Karten, bis der Tisch mit ihnen übersät war. Sie deckte sie auf, legte eine zur anderen, schob sie um, legte sie zusammen und wieder auseinander, bis sie die abschließende Variante endlich gefunden hatte.

»Interessant, findest du nicht auch?« sagte sie zu mir.

O ja, das war in der Tat interessant. Es hatte sich nämlich einiges geändert.

Der Weg vom Schlüssel zum ersten Messer wurde noch immer von der Festung versperrt. Über all dem schwebte der Turm. Dicht neben dem Schlüssel lagen nun die vier Messer, der Wahnsinnige und der weiße Turm. Daneben wiederum fanden sich zwei Schwerter, zwei Dämonen und sieben Karten, die noch nicht aufgedeckt waren. Eine von ihnen lag neben dem Schlüssel (soweit ich mich erinnerte, müsste sie eigentlich halb auf ihm liegen), fünf reihten sich nebeneinander, und die letzte fand sich ganz am Rand des Tisches.

»Dann wollen wir doch mal sehen.«

Aus den Augenwinkeln heraus nahm ich eine Bewegung im Halbdunkel wahr. Khtatakh interessierte das auch.

Der lilafarbene Nagel sank auf die Karte neben dem Schlüssel und drehte sie um.

»Die Jungwafrau«, sagte Khtatakh und stieß ein schallendes Gelächter aus. »Daran habe ich kweine Sekwunde gwezweifelt, Partner.«

Yola grinste bloß und legte die neue Karte auf den Schlüssel.

»Die Jungfrau vertreibt den Wahnsinnigen. Er ist zu schwach, um ihr Widerstand zu leisten. Allerdings hängt die Dame auch vom Turm ab«, sagte sie und schob den Wahnsinnigen an die fünf nicht aufgedeckten Karten heran. »Und? Decken wir die nächste auf?«

»Eher gwibst du ja kweine Ruhe«, brummte es aus dem Halbdunkel.

Die erste der fünf verdeckten Karten erbrachte den Tod. Die zweite – zu meiner unverstellten Verwunderung – ebenfalls. Khtatakh hustete leise. Yola schüttelte nachdenklich den Kopf. Die dritte Karte war der Tod. Die vierte auch. Bei der fünften hegte ich schon keinen Zweifel mehr. Ich wusste, was ich sehen würde.

Den Tod.

Fünf Tode und ein Wahnsinniger und alle nebeneinander!

»Ich schwöre es beim Wind! Das ist unmöglich!«, hauchte sie. »Einfach unmöglich!«

»Solche Worte aus deinem Munde?«, giftete Khtatakh.

»Was bist du nur für ein dummer Blutegel! Die Großen Karten bestehen aus zehn Spielen. Jedes mit hundert Karten. In einer Partie kommen nicht mehr als vierzig zum Einsatz. Der Tod ist die höchste Karte. Sie kommt genau wie der Turm nur selten vor. Sehr selten. Aber dass in einer Partie zwei Türme und fünf Tode auftreten, noch dazu in Gesellschaft des Wahnsinnigen, neben denen er enorm erstarkt! Ich verstehe das nicht.«

»Vielleicht ist dir ein Fehler unterlaufen«, tröstete ich sie.

»Ich mache nie einen Fehler, Grauer!«, brüllte sie und richtete den Blick erneut auf die Karten. Sie streckte die schmale Hand aus und drehte mit angehaltenem Atem die letzte, die einzelne Karte um.

»Der Dieb!«, schnaubte Khtatakh. Über seine Augen konnte ich mich nur wundern.

»Der Schattentänzer!«, stöhnte sie.

»Bitte?«, hakte ich nach.

Keine andere Karte hatte bisher einen solchen Eindruck auf sie gemacht. Yola war wie benommen, deshalb musste Khtatakh einspringen: »Das ist kweine schlichte Kwarte, mein Freund. Sie kwommt nur einmal unter Tausend vor. Und wenn sie in einer Partie aufgwedekwat wird, bedeutet es meist gwar nichts. Gwenauer gwesagwat, es bedeutet niemals etwas. Bisher hat dieses Kwükwen sie immer zur Seite gwelegwat. Aber heute zählt der Dieb anscheinend.«

»Diesmal hast du sogar recht, du Blutegel. Der Tod, die Festung, zweimal zwei Messer, der Turm und der Schlüssel – in dieser Umgebung erwacht der Dieb zum Leben.«

»Und warum hast du ihn Schattentänzer genannt?«, wollte ich wissen.

»Das ist der Gwott dieser Vögwel«, erklärte Khtatakh. »Die Himmelssöhne gwalauben, dass er diese Welt gweschaffen hat. Der Dieb symbolisiert ihren Gwott.«

»Du bist inzwischen ja ein echter Kenner der Großen Karten geworden«, bemerkte ich.

»Wenn du so langwe wie ich Seite an Seite mit einem solchen Kwükwen lebst, dann wirst du zu einem Kwenner von noch gwanz anderen Sachen.«

Wir lachten beide, doch Yola achtete nicht weiter auf uns. Sie murmelte etwas vor sich hin, überprüfte die Lage der Karten und versuchte einen Fehler zu entdecken.

»Was erwartet mich nun also in der nächsten Zukunft?«

Yola sah mich verärgert an. »Ich weiß es nicht«, presste sie widerwillig heraus.

»Hat man Töne!«, jauchzte Khtatakh. »Sollte sich Khaghun etwa meiner erbarmt und mir auf meine alten Tagwe ein solches Gwalükwa beschert haben? Was ist gweschehen, dass du deine Unzulängwalichkweit anerkwennst?«

Wütend schlug sie mit den Flügeln, schielte zu mir herüber und – ein nie dagewesener Fall – sagte kein Wort.

»Ich habe mich getäuscht«, erklärte sie mir. »Mit den Karten kann irgendetwas nicht stimmen.« Sie harkte die Karten zusammen und zerstörte mit einer einzigen Bewegung das komplizierte und mit so viel Liebe ausgelegte Muster. »Heute ist kein guter Tag, um etwas über sein Schicksal zu erfahren. Komm ein andermal wieder.«

»Du weißt, dass ich nicht deswegen gekommen bin.«

»Für einen Menschen bist du furchtbar geduldig«, antwortete sie mit einem schiefen Grinsen. »Ich habe mich schon die ganze Zeit gefragt, wann du die Sprache auf deine Jungfrau bringen würdest.«

»Ist sie hier?«

Mit stockendem Herzen wartete ich auf ihre Antwort.

»Geh die Treppe rauf. Die zweite Tür rechts.«

Ich stand auf.

»Nebenbei bemerkt!«, hielt mich Yola zurück. »Du schuldest mir noch einhundertundfünfzig Soren. Wenn ihr zwei, du und Lahen, es so liebt, fremde Häuser anzuzünden und in ihnen ein paar verkohlte Leichen zu hinterlassen, dann seid wenigstens so gütig, für den Schaden zu zahlen.«

»Ich bin mir sicher, dass du diese Summe bereits Lahen abgeknüpft hast, sobald sie zur Tür hereinkam.«

»Ich schwöre es bei Khaghun«, brachte Khtatakh unter schallendem Gelächter heraus. »Heute ist wirkwalich nicht dein Tagwa, mein Kwükwen!«

»Brüll hier nicht so rum! Bring ihn lieber hoch und pass auf, dass er unterwegs nichts klaut.«

»Schon gwut, sei nicht böse, alte Kwarähe, wird sofort erledigwat«, versprach Khtatakh immer noch wiehernd und trat endlich ins Licht.

Khtatakh war ein Blasge. Mit der typischen aschgrauen, blasigen Haut, den unnatürlich langen, kräftigen Armen und der buckligen Haltung. An dem großen, massiven Kopf fielen vor allem die riesigen, nussbraunen Augen und der breite Froschmund auf. Blasgen sind kein sonderlich schöner Anblick. Vor allem nicht für diejenigen, die sie zum ersten Mal sehen. Die Bewohner der Sümpfe im Süden des Imperiums lebten immer abgeschieden, in kleinen schwimmenden Dörfern, und nur einzelne von ihnen zogen in die große weite Welt hinaus.

Die meisten Menschen halten Blasgen für seltsam und dumm. In der Regel liegt das daran, dass die Sumpfbewohner unsere Sprache nur mit Mühe über die Lippen bringen. Und dann auch an einigen Verhaltensweisen, die einem Menschen absonderlich scheinen mögen. Allerdings wagt es nur selten jemand, einem dieser Sumpfbewohner ins Gesicht zu sagen, dass er ein Dummkopf ist. Angesichts der Stärke und der Flinkheit der Blasgen könnte sich das nämlich als ausgesprochen *dumm* für den Sprecher selbst herausstellen. Ich würde mich jedenfalls nicht mit Khtatakh anlegen. Schon gar nicht, wenn in seinen Pfoten zwei Beile oder Säbel liegen. Ich hatte Yolas Partner einmal bei der Arbeit erlebt. Da hatte er drei erfahrene Räuber, die sich die Seide kostenlos einverleiben wollten, in Kleinholz verwandelt, noch ehe diese auch nur den geringsten Widerstand leisten konnten. Seitdem machten alle Diebe einen weiten Bogen um diesen Laden.

»Ich freue mich, dich gwesund und munter wiederzusehen, Gwarauer. Und ich will dir ein Gweheimnis verraten: Wir waren etwas niedergweschlagwen, als unser Schuppen im Hafenviertel sich in Kwohle verwandelt hat. Lahen und du, ihr seid natürlich Fischkwinder, aber durchaus nicht die schlechtesten. Selbst die alte Yola hat gweweint, als sie eure Kwanochen gwefunden hat.«

»Red keinen Mist«, knurrte Yola. »Ich habe um den schönen Schuppen geweint, den wir in unserer Dummheit diesem Pärchen überlassen haben.«

»Daran habe ich nicht den geringsten Zweifel«, versicherte ich schnell, um mich dann wieder dem Blasgen zuzuwenden. »Seit unserer letzten Begegnung hast du dich überhaupt nicht verändert, Khtatakh.«

»Ich bin immer noch schrekwalich und furchterregwend?«, fragte er lachend. »Ich bin noch viel zu jungwa, um schon als Tattergwareis durchs Leben zu gwehen. Gwerade mal die siebzigwa habe ich überschritten.«

»Kein Alter! Und stark bist du wie eh und je. Amüsierst du dich immer noch bei Kämpfen?«

»Manchmal«, antwortete er bescheiden, und die nussbraunen Augen verschwanden kurz hinter den durchscheinenden Lidern. »Aber die Spiele hat Yokwa jetzt an sich gwerissen. Der zählt nicht gwerade zu meinen besten Freunden.«

»Dann erfreut er sich also immer noch bester Gesundheit?«

»Zu eurem Ungwalükwa, ja. Aber wir haben langwe gwenugwa hier rumgwestanden. Lass uns hochgwehen.«

Er ging theatralisch langsam und hinkend voraus. Die Stufen knarrten erbärmlich unter seinem Gewicht. Selbst für einen Blasgen war Khtatakh ein besonders kräftiger Bursche. Er war in den Schultern breiter als ich und außerdem schwerer.

»Yola scheint eine Laus über die Leber gelaufen zu sein«, bemerkte ich, als wir oben waren.

»Sie ist heute gwenau wie sonst«, antwortete er, während er die Tür öffnete und mich eintreten ließ. »Du kwennst sie doch.«

»Wie geht das Geschäft?«

»Mies. Vor allem in den letzten zwei Tagwen.«

»Ist etwas geschehen, das ich wissen sollte?« Ich sah mich im Zimmer um.

Es war groß, gemütlich, mit teuren Möbeln und einem breiten Bett eingerichtet. Vor den Fenstern hingen dichte Gardinen. Khtatakh konnte sich ein Grinsen nicht verkneifen, als ich ans Fenster trat und in den Innenhof hinunterspähte. Was soll's? Alte Angewohnheiten legt man nicht von einem Tag auf den anderen ab. Dafür musste ich schon zu oft aufbrechen, ohne mich von meinen Freunden verabschieden zu können.

»Kwann man so sagwen. Ist dir aufgwefallen, was in der Vogwelstadt vor sich gweht?«

»Die Flieger verzichten darauf, ihre Lungen mit frischer Luft zu füllen.«

»Eben.« Er gähnte herzhaft und entblößte damit die wenigen gelben Zähne in seinem riesigen Maul. »Gwestern hat Alsgwara die Nachricht erreicht, dass sich die Ye-arre im Gwelobten Land auf die Seite von Nabator und Sdiss gwestellt haben.«

Ich stieß einen Pfiff aus.

»Sie haben die Schnauze voll davon, dass das Imperium ihnen ihr Land wegwanehmen will und sie noch weiter nach Norden ziehen sollen, näher an die Nordländer ran. Die Artgwenossen von Yola finden die Aussicht, sich den Hintern abzufrieren, nicht sonderlich verlokwend und … aber was willst du von denen auch erwarten? Dieses Völkwachen ist wetterwendisch wie der Wind, der sie in der Luft trägwat.«

»Dann kann ich mich nur wundern, dass denjenigen, die hier in der Stadt leben, noch nicht die Flügel abgeschnitten wurden.«

»In dem Fall hör auf, dich zu wundern, das ist nämlich bereits gweschehen. Gwestern Abend wurden zwei Himmelssöhne gweschnappt, und man hat ihnen den Kwopf abgweschnitten. Es hätte noch schlimmer kwommen kwönnen, aber die blutdürstigwe Mengwe wurde von der Gwarde des Statthalters auseinandergwetrieben. Jetzt ist wieder alles ruhigwa.«

»Aber bestimmt nicht für lange.«

»Ich weiß«, erwiderte Khtatakh, während sich sein Gesicht mit spöttischen Falten überzog. »Es wird kweine Woche vergwehen, und der Statthalter wird alle Ye-arre bitten, die Stadt zu verlassen. Wenn alles gwut abgweht. Schlimmstenfalls wird er sie hängwen wie Verräter.«

»Und ihn hält nicht auf, dass die Stadtkasse dank den Ye-arre wie Yola jährlich wächst?«

»Wenn die Gwefahr besteht, dass während einer Belagwerungwa Alsgwaras einer dieser Vögwel das Stadttor aufreißt, denkwat niemand mehr an Gweld.«

»So schlimm sieht es aus? Dass die Hohe Stadt sich nicht mehr um ein paar Soren zusätzlich schert?«

»Sagwen wir so: Momentan würden sie sich auch mit wenigwer zufriedengweben. Fällt nämlich die Stadt, verlieren alle ihr gwesamtes Gweld. So büßen sie jedoch nur einen Teil ein.«

»Das leuchtet ein. Was sagt Yola zu alldem?«

»Viele ihrer Artgwenossen haben Alsgwara schon verlassen. Nur die stursten oder die dümmsten sind gweblieben. Zu welcher der beiden Gwaruppen das alte Kwükwen gwehört, ist mir schleierhaft. Sie will den Laden nicht aufgweben und wartet lieber darauf, dass ihr die Federn einzeln ausgwerupft werden.«

»Ich bin mir sicher, dass du dich um sie kümmerst.«

»Tu ich ja schon«, erwiderte Khtatakh grinsend. »Heute noch werden die Waren in die Gwoldene Markwa gwebracht. Etwas Gweld haben wir auch zurükwagwelegwat. Mich hält hier nichts. Wenn es brenzligwa wird, schnappe ich mir das alte Kwükwen und bringwe sie wegwa von hier, da kwann sie noch so viel murren und gwakwern.«

»Gibt es noch Schiffe?«, platzte es aus mir heraus.

»Noch ja«, antwortete er mit finsterer Miene. »Aber die Preise für eine Überfahrt sind in die Höhe gweschossen. Willst du auch von hier wegwa?«

»Nachdem ich mit Yokh gesprochen habe.«

»Mit dem hast du dich nie gwut verstanden.«

»Stimmt. Er ist ein Widerling.«

»Was ist mit Moltz?«

»Der hat mich immer in Frieden gelassen.«

»Kwann ich mir vorstellen. Er ist vorsichtigwer als Yokwa und auch nicht so gwierigwa. Aber ich würde dir raten, die Sache nicht auf die langwe Bankwa zu schieben. In gwut einer Woche bist du hier deines Lebens nicht mehr sicher.«

»Wieso das?«

»Die halbe Stadt schläft oder gwukwat bloß zu, wie mit den Ye-arre abgwerechnet wird. Noch hält die Gwarde und die Wache die Meute im Zaum, aber früher oder später wird es zum Äußersten kwommen. Dann vernichten diese blutrünstigwen Menschen alle Ye-arre. Ich weiß nicht, ob du es schon gwehört hast, aber Nabator verhandelt mit der Gwoldenen Markwa, damit es die Meerengwe ungwehindert passieren darf. Wenn die sich darauf einlässt und Alsgwara von der See her belagwert wird, kwommst du hier nie mehr raus. Im Süden sind die Bukwasbaumbergwe, im Norden die Kwatugwer. Früher oder später wird Alsgwara in die Zangwe gwenommen.«

»Bisher haben wir das noch immer überstanden.«

»Das war ja auch der Schnee von gwestern, den ich dir da

eben vorgwetragwen habe«, sagte er. »Aber jetzt zu den wirkwalichen Neuigwakweiten. Die Ye-arre sind der Dritten Armee in den Rükwen gwefallen. Während von vorn Eliteeinheiten der Nabatorer angwegwariffen haben, unterstützt von Nekwaromanten und Sdisser Soldaten. Und auch von ein paar Hochwohlgweborenen.«

»Da waren Elfen dabei?«

»Wenn ich's doch sagwe. Die Spitzohren wollten die gwünstigwe Gwelegwenheit nutzen und euch sämtliche Beleidigwungwen heimzahlen. Der Linaer Moorpfad ist gwenommen. Die letzten Kwaräfte von uns sind zur Treppe des Gwehenkwaten oder nach Westen, Richtungwa Alsgwara, gwezogwen. Und rat mal, wer ihnen auf den Fersen ist!«

Alles klar. In Kürze würde es in Alsgara also hoch hergehen.

»Wie konnten wir bloß nach dreihundert Jahren, in denen wir gegen die Hochwohlgeborenen gekämpft haben, diesen verfluchten Friedensvertrag mit denen abschließen! Nach den Auseinandersetzungen am Gemer Bogen hätten wir die zerschlagen sollen! Aber nein, wir mussten ihnen ja auch noch mehr als ein Jahrzehnt schenken, damit sie wieder zu Kräften kommen. Ich hasse dieses Volk!«

Khtatakh nickte bloß. Er wusste, dass ich einige Jahre meines Lebens im Sandoner Wald vergeudet hatte.

»Mich wundert, dich ohne Bogwen zu sehen.«

»Der ist hinüber«, antwortete ich und erinnerte mich an Pork, durch den meine Waffe in Flammen aufgegangen war.

»Kwauf dir einen neuen. Gwut, ich gwehe jetzt runter, sonst kwariegwen wir womögwalich noch Besuch, und jemand fällt über die alte Schachtel Yola her. Ach, noch was.« Er blieb vor der Tür stehen, das Lächeln verschwand aus seinem Gesicht. »Du bist natürlich unser Freund, und wir schulden dir noch was. Aber es wäre besser, wenn ihr euch hier nicht allzu langwe aufhaltet.«

»Das weiß ich«, erwiderte ich ernst. »Macht euch keine Sorgen. Wegen uns werdet ihr keine Probleme bekommen. Wir werden noch heute verschwinden.«

»Habt ihr einen Unterschlupf?«

»Den finden wir schon«, antwortete ich vage.

»Tut mir leid, dass wir nicht mehr für euch tun kwönnen.«

»Vergiss es. Ich will nicht, dass Yokh hier noch aufkreuzt. Wir verlassen euch. Keine Widerrede.«

»Du bist wirkwalich ein anständigwer Kwerl, Gwijan.« Er entspannte sich merklich. »Und jetzt ruh dich etwas aus.«

»Eine Bitte hätte ich noch.«

»Welche?«

»Ich brauche einen Bogen. Du wirst einsehen, dass es nicht sonderlich klug wäre, ihn mir selbst zu besorgen.«

Die Waffe des Sdisser Bogenschützen, den ich in Psarky getötet hatte, mitzunehmen war mir zu riskant gewesen. Das gute Stück hätte womöglich die Aufmerksamkeit von Leuten, die etwas von diesen Dingen verstanden, auf mich gelenkt.

»Das ist nicht schwierigwa«, sagte Khtatakh lächelnd. »Ich weiß, was du willst. Die Maße kwenne ich auch. Ich gwehe zu einem Meister. Irgwendwelche Sonderwünsche?«

»Nein. Ich vertraue dir da völlig.«

Der Blasge bleckte ein letztes Mal die Zähne zu einem Grinsen und schloss die Tür fest hinter sich. Ich lauschte seinen abziehenden Schritten nach.

Am Bett stand ein Stuhl, auf den ich das Wurfbeil legte. Den Dolch schob ich unters Kopfkissen. Bis zum Abend blieb noch etwas Zeit. Dann aber sollten wir von hier verschwinden. Khtatakh und Yola waren alte Freunde von uns. Einmal hatten Lahen und ich sie schon in die Bredouille gebracht, da sollten wir ihre Gastfreundschaft jetzt nicht über Gebühr in Anspruch nehmen.

Die Tür quietschte leise. Sofort sprang ich auf und zog den Dolch unterm Kissen hervor, um ihn hinter meinem Rücken zu verstecken. Die Frau, die das Zimmer betrat, hatte kurze blonde Haare und trug einen Rock mit Blumenmuster. Das verwirrte mich dermaßen, dass ich Lahen erst nach einer endlos langen Sekunde erkannte.

Kapitel 16

Von Lahen ging ein kaum wahrnehmbarer Jasminduft aus. Ich beugte mich vor und umarmte sie. Mit einem leisen Knurren biss sie mir ins Ohrläppchen. Wie eine kleine Katze. Eine anschmiegsame Katze. Aus der Gattung der Raubkatzen. Mitunter also ganz schön wild. Die Kratzer auf meinem Rücken schmerzten süß.

»Ich kann einfach nicht genug von dir kriegen.«

»Nicht?« Die kleinen scharfen Zähne verbissen sich in meinem Nacken. Mit einem weiteren Knurren. »Dann sollten wir vielleicht etwas dagegen unternehmen.«

Viel später, als wir nach einem weiteren Anfall von Leidenschaft im Bett lagen, erklärte ich: »Deine Haare sind so kurz. Auf den ersten Blick habe ich dich gar nicht erkannt.«

»Gefällt es dir nicht?«, fragte mein Augenstern mit einem Lächeln.

»Wie kommst du darauf?! Nur … so kenne ich dich eben nicht.«

»Dieses Opfer musste ich bringen. Wir werden gesucht, und jeder Hinweis ist denen willkommen. Ich hatte Angst, mit langem Haar würde man mich am Tor erkennen.«

Eine Weile schwiegen wir, beide in Gedanken versunken.

»Zwischenzeitlich habe ich schon geglaubt, ich würde dich nie wiedersehen«, durchbrach Lahen schließlich die Stille. »Du hast lange gebraucht.«

»Tut mir leid.«

Was hätte ich sonst sagen sollen?

»Wir sind selbst nur wie durch ein Wunder aus der Dabber Glatze herausgekommen«, sagte Lahen.

»Ich weiß. Ich habe euch gesehen. Ihr hattet lediglich einen Vorsprung von ein paar Sekunden. Wir mussten uns dann durch die Felder schlagen. Gab es unterwegs sonst noch Schwierigkeiten?«

»Nein. Am Stadttor von Alsgara habe ich mich von Ga-nor und Luk verabschiedet und bin gleich hierhergekommen. Du malst dir das nicht aus: Ich war in diesen vier Wänden eingesperrt und habe mich jede Sekunde gefragt, ob du noch am Leben bist oder nicht.«

»Doch, das kann ich mir gut vorstellen, mein Augenstern. Sehr gut sogar. Mir erging es nämlich nicht anders. Wir können von Glück sagen, dass wir den Rotschopf getroffen haben. Bei ihm war ich mir sicher, dass er dich aus diesem Kessel herausbringen würde. Unsere Freunde hatten nichts dagegen, dass du sie verlässt?«

»Ga-nor nicht. Er wusste, dass er mich nicht vom Gegenteil überzeugt, und hat mich ohne Widerrede ziehen lassen. Aber Luk war wirklich traurig und hat mich überreden wollen, bei ihnen zu bleiben. Aber da biss er auf Granit. Sie haben ihre Ziele, wir unsere. Und wir sollten sie nicht in unsere Angelegenheiten hineinziehen. Außerdem wollten die beiden die Schreitenden aufsuchen.«

»Weshalb das denn?«, fragte ich, innerlich auf das Schlimmste gefasst.

»Weil Luk doch die Verdammte Scharlach gesehen hat. Er hat in der Burg der Sechs Türme einer Schreitenden versprochen, das zu melden.«

»Außerdem hat er auch noch Typhus gesehen.«

»Nur ist die tot.«

»Da bin ich mir nicht mehr sicher. Anscheinend hat es unsere Freundin fertiggebracht, aus dem Reich der Tiefe zurückzukehren.«

Daraufhin berichtete ich ihr von der Begegnung mit Pork. Mit jedem Satz verfinsterte sich ihre Miene mehr. Als ich zum

Ende kam, hing ein lastendes Schweigen in der Luft. Lahen lag reglos und mit geschlossenen Augen da.

»Kann das stimmen?«, fragte ich irgendwann.

»Willst du die Wahrheit hören? Ich weiß es nicht. Bei den Verdammten musst du mit allem rechnen. Sie sind so stark wie niemand sonst in dieser Welt. Allein ihre Körperhülle zu zerstören ist nicht einfach, von ihrem Geist ganz zu schweigen. Möglicherweise braucht es für Letzteres etwas Solideres als Stahl. Du musst das Wesen selbst zerreißen, den Funken auslöschen. Erinnerst du dich an den Pfeil von damals?«

Ich nickte bloß, denn ich wusste, wovon sie sprach. Natürlich erinnerte ich mich an den, sehr gut sogar. Diese seltsame weiße Spitze aus einem mir unbekannten Material ... Und dann das violette Licht, das vor dem Schuss auf die Schreitende aufleuchtete.

»Wenn Typhus noch am Leben ist, stehen uns wohl ein paar Probleme ins Haus«, knurrte ich.

»Gelinde gesagt, ja«, erwiderte sie mit einem Lächeln, ehe sie aufstand und sich anzog. »Ich würde sogar behaupten, es stehen uns gewaltige Probleme ins Haus. Bei dir mag sie nur den Wunsch haben, dir den Hals umzudrehen. Aber bei Shen und mir sieht die Sache schon anders aus. Vielleicht treibt sie ja bloß der Wunsch nach Rache an. Vielleicht. Aber ich würde auch die Möglichkeit nicht ausschließen, dass sie uns aus einem ganz bestimmten Grund braucht.«

»Aus welchem?«

»Zum Beispiel um an einen Körper zu gelangen, der etwas geeigneter ist als der, in dem sie zurzeit steckt. Oder um ihre Gabe zurückzuerobern. Giss war sich sicher, dass sie sehr schwach ist?«

»Ja. Zumindest hat er das behauptet. Aber wer weiß schon, was im Kopf eines Dämonenbeschwörers vor sich geht?«

»Der Bote hat sich also als Angehöriger des Purpurnen Ordens entpuppt?« Sie hob den unlängst erstandenen Rock an und befestigte am rechten Schenkel eine Scheide mit einer langen schmalen Klinge. »Du hattest Glück, dass er in deiner Nähe war.«

»Das gilt umgekehrt genauso.«

»Ich hätte viel dafür gegeben, das Gesicht der Verdammten zu sehen, als ihr klar wurde, wer ihr da gegenüberstand«, sagte Lahen kichernd. »Typhus dürfte kaum damit gerechnet haben, dass sie an einen Dämonenbeschwörer gerät! So einer kann eine ganze Menge gegen sie ausrichten. Es tut mir fast leid, dass Giss nicht mehr bei uns ist. Wo habt ihr euch getrennt?«

»In einer Schenke, zwei Tage von Alsgara entfernt. Ich habe mich mitten in der Nacht verdrückt, als er noch geschlafen hat. Mir behagen solche Weggefährten nicht, auch wenn ich grundsätzlich nichts gegen Dämonenbeschwörer habe. Trotzdem fühle ich mich ohne sie wohler.«

»Ist Shen bei ihm geblieben?«, erkundigte sie sich, während sie sich eine zweite Klinge in den Ärmel steckte.

»Der ist spurlos in der Dabber Glatze verschwunden, sodass wir ohne ihn weitergeritten sind. Ob er überlebt hat oder nicht, kann ich also nicht sagen.«

»Es würde mir leidtun, wenn der Heiler tot wäre«, bemerkte sie. »Letzten Endes hatte er keine schlechten Anlagen.«

»Vor allem nicht, wenn es um Unverschämtheit und Sturköpfigkeit ging.«

»Ohne diese Eigenschaften kommt er nicht weit«, sagte mein Augenstern. Sie hatte sich inzwischen vollständig angezogen. »Aber vielleicht hat die Welt nun einen neuen Skulptor verloren.«

»Sollen wir schon aufbrechen? Wäre es nicht besser zu warten, bis es dunkel ist? Heute Morgen musste ich schon einen Kopfgeldjäger ausschalten.«

Ich erzählte ihr von dem Vorfall in der Blauen Stadt.

»So schnell?«, fragte Lahen erstaunt. »Manchmal kann ich mich über deine Fähigkeit, in Schwierigkeiten zu geraten, nur wundern. Du bist noch nicht mal einen Tag hier – und schon hat man dich erkannt. Für wen hat er gearbeitet?«

»Er war sein eigener Herr. Bei Moltz stand er nur gelegentlich in Lohn und Brot«, antwortete ich. »Aber was ist jetzt? Sollten wir nicht doch besser auf den Einbruch der Nacht warten?«

»Bei Einbruch der Nacht gilt in Alsgara inzwischen Ausgangsverbot. Dann sollten wir uns also nicht mehr auf der Straße blicken lassen. Armeepatrouillen, die Stadtwache und die Gardisten des Statthalters achten zusammen mit Schreitenden und Glimmenden darauf, dass das Verbot eingehalten wird. Und Letzteren sollten wir nun wirklich nicht in die Arme laufen. Wenn wir zu Moltz wollen, müssten wir also jetzt los. Und ihm sollten wir auf jeden Fall einen Besuch abstatten, um ihm zu danken, dass er so liebenswürdig war, uns Knuth und seine Kumpane zu schicken, damit sie uns von Yokhs schändlichem Verhalten in Kenntnis setzen.«

»Wahrscheinlich hast du recht«, erwiderte ich. »Er brennt vermutlich schon darauf, uns zu sehen.«

Wir grinsten uns an.

»Hast du etwas über Yokh erfahren?«, fragte ich, während ich mich anzog.

»Bisher habe ich mich ja kaum rausgetraut. Meist waren Khtatakh und Yola meine Augen und Ohren. Nach dem, was sie gehört haben, wird es nicht gerade leicht sein, an ihn heranzukommen. Yokh hat sich regelrecht verschanzt.«

»Früher oder später müssen wir alle ins Reich der Tiefe«, entgegnete ich ruhig. »Im Übrigen bleibt uns nicht viel Zeit für diese Aufgabe. Spätestens Ende der Woche sollten wir ein Schiff nehmen.«

»Ich weiß. Ich habe gehört, dass der Linaer Moorpfad genommen ist. Bald wird es hier ganz schön brenzlig werden.«

»Was ist mit deiner Gabe?«, fragte ich und nahm das Beil an mich.

»Sie ist längst nicht in der Weise zurückgekehrt, wie ich gehofft hatte.«

»Und das heißt?«, hakte ich nach. »Kann ich auf deine Hilfe rechnen?«

»In dieser Hinsicht nicht. Zumindest noch nicht. Der Funke glüht, bislang jedoch sehr schwach. Einiges bekomme ich zustande, aber es ist wenig. «

Ich versuchte, meine Enttäuschung zu verbergen. Diese elende Verdammte! Das war allein ihre Schuld! Hätten wir sie nicht getroffen, wäre es wesentlich einfacher, mit Yokh abzurechnen.

»Mach dir keine Sorgen, mein Augenstern. Wir kommen auch so zurecht. Schließlich erledigen wir eine solche Sache nicht das erste Mal.«

»Gehen wir«, sagte sie. »Unterwegs zeige ich dir, wo wir heute Nacht schlafen.«

»Warte! Was ist mit dem Geld?«, fragte ich sie, da ich den Beutel nirgendwo sah.

»Das bewahrt Yola für uns auf.«

»Oh, oh«, erwiderte ich mit einem Grinsen. »Wenn die alte Krähe bloß nicht mit unseren Soren durchbrennt.«

»Komm schon«, antwortete Lahen genauso grinsend. »Gegen ein paar Soren extra hat Yola zwar nie was einzuwenden – aber am Ende kannst du dich auf sie verlassen.«

»Genau wie auf die Karten.«

»Genau wie auf die Karten«, wiederholte Lahen. »Was haben sie dir gesagt?«

»Nichts. Unsere Schlaubergerin stand vor einem Rätsel. Sie hat behauptet, ihr sei beim Austeilen ein Fehler unterlaufen.«

»Sie will einen Fehler gemacht haben?«, fragte Lahen fassungslos. »Reden wir hier von ein und derselben Yola?«

»Du malst dir nicht aus, wie sich Khtatakh über ihr Geständnis gewundert hat. Ich glaube, er hat vor Glück sogar gequakt.«

»Das hätte ich zu gern mit angesehen«, sagte sie lachend.

»Ich hätte auch nichts gegen eine Wiederholung des Schauspiels. Yola hätte sich in ihrer Wut fast alle Federn aus den Flügeln gerissen. Gut, gehen wir. Wir müssen uns noch von ihnen verabschieden. Ich hoffe, es ist noch immer erlaubt, in der Stadt Waffen zu tragen?«

»Ja. Da handeln wir uns, Meloth sei gepriesen, keine Schwierigkeiten ein.«

Wir gingen nach unten. Im Laden brannten unverändert nur zwei Lampen. Yola achtete nicht auf uns und murmelte etwas vor sich hin, während sie zum hundertsten Mal an diesem Tag ihre Karten auslegte. Der Blasge war derweil mit etwas wichtigeren Dingen beschäftigt: Er zog eine gewaltige Machete aus einem Toten. Eine weitere Leiche lag unter dem Tisch, an dem Yola saß. Soweit ich es im Schummerlicht erkennen konnte, klaffte in ihrem Körper eine Wunde, die vom Schlüsselbein bis zur Mitte des Brustkorbs reichte und offenbar mit einem einzigen Streich ausgeführt worden war. Die Blutlache bildete bereits einen kleinen See.

»Habt ihr Besuch bekommen?«, fragte ich.

Yola stieß ein paar quiekende Schreie aus, um ihre Verachtung für die Mütter jener Schurken zum Ausdruck zu bringen, die da ihren Laden überfallen hatten.

»Waren die euretwegen oder unseretwegen hier?«, wollte Lahen wissen, während sie beobachtete, wie der Blasge die Klinge an der Kleidung des Toten abwischte.

»Kweine Sorgwe, Lahen, ihr habt nichts damit zu tun«, versicherte Khtatakh grinsend. »Diese Fischkwinder wollten unserer alten Kwarähe die Federchen ausrupfen. Und sich unser Hab und Gwut aneigwanen.«

»Diese verfluchten Schweinekerle!«, schimpfte Yola, ohne den Blick von den Karten zu lösen. »Möge der Himmel über ihren stinkigen Familien zusammenstürzen! Mögen ihren Kindern die Augen verschrumpeln! Mögen sich die Würmer an ihren mistigen Eingeweiden laben!«

»Eine äußerst lobenswerte Einstellungwa«, beteuerte Khtatakh. »Hast du ihnen all das ins Gwesicht gwesagwat, als sie sich noch ihres Lebens erfreuten?«

»Hätte ich ja gern, du Blutegel!«, blaffte Yola und schob endlich die Karten zur Seite. »Aber du hast mir ja keine Gelegenheit dazu gelassen. Noch ehe ich überhaupt den Mund aufgekriegt habe, hast du sie schon erschlagen wie Mücken in den Sümpfen.«

Khtatakh lachte dumpf.

»Keine schlechte Arbeit«, bemerkte ich. »Du hast dich wirklich nicht verändert, mein guter alter Blutegel.«

»Das Lob eines Meisters ehrt mich«, erwiderte er grinsend.

Ich konnte mir ganz gut vorstellen, was hier vorgefallen war.

Die beiden Ganoven stammten offensichtlich nicht aus der Gegend und gehörten mit Sicherheit nicht jener geschätzten Gilde an, die das Gesetz verfolgte. Sonst hätten sie sich nämlich weniger widerständige Opfer gesucht. Nein, die beiden wollten ohne Frage einen Ye-arre töten. Möglicherweise waren sie dem blendenden Licht ja mit dem gleichen Trick entkommen wie ich, hatten Yola gesehen und wollten sich auf sie stürzen. Nur hatten sie da die Rechnung ohne den Blasgen gemacht, der im Halbdunkel lauerte – und den sie bestimmt nicht bemerkt hatten. Ob die beiden Dreckskerle überhaupt begriffen hatten, wer sie da ausschaltete?

Lahen, die sich alle Mühe gab, nicht in das Blut auf dem Boden zu treten, ging zur Tür und legte den Riegel vor.

»Recht so, Mädchen«, sagte Yola. »Sonst drängeln sich hier womöglich bald noch mehr Besucher. Wie sollte ich da den Boden je wieder sauber kriegen?«

»Wann wischst du schon mal den Boden, mein Kwükwen?«, empörte sich Khtatakh. »Das ist doch meine Aufgwabe.«

»Jetzt reicht's aber, du Blutegel.«

»Was macht ihr mit den Leichen?«, wollte Lahen wissen.

»Lass das mal unsere Sorge sein. Ihr geht?«

»Müssen wir wohl.«

»Dann nehmt den hinteren Ausgang«, empfahl Yola und widmete sich wieder ihren Karten. »Khtatakh, begleite sie. Und danach kümmer dich um die Toten. Die müssen weg.«

Lahen gab Yola einen Kuss auf die Wange. »Ich danke dir für alles.«

»Keine Ursache, Lahen, hat mich gefreut, dir helfen zu können.« Zum ersten Mal lächelte Yola. »Passt auf euch auf. Und viel Glück!«

Der Blasge zog einen Köcher voller Pfeile aus dem Dunkel. Und einen Bogen, bei dem es sich um eine exakte Kopie jener Waffe handelte, mit der ich früher unterwegs gewesen war: ein schwarzer Kompositbogen, ein zuverlässiges Stück.

»Bestens, genau das, was ich brauche«, lobte ich seine Wahl, nachdem ich den Kauf eingehend gemustert hatte.

Khtatakh krächzte zufrieden. »Nur bei den Pfeilen bin ich mir unsicher. Ich gwalaube, ich habe nicht die richtigwen ausgwewählt.«

»Die sind schon in Ordnung«, versicherte ich. »Wirklich.«

»Vergwesst euer Gweld nicht.« Er hielt Lahen den Beutel hin. »Wir kwönnen nicht längwer dafür gwarantieren, denn wir machen uns selbst in der nächsten Zeit davon.«

»Alles Gute, Yola«, verabschiedete nun auch ich mich von der Ye-arre.

»Bis zum nächsten Mal, Grauer.« Sie blickte nicht einmal von ihren Karten auf.

Wir folgten Khtatakh durch einige halbdunkle Zimmer, die mit Stoffballen und Kisten vollgestopft waren. Bei diesem Anblick fiel es mir schwer zu glauben, dass die beiden ihre ganze Ware fortgeschafft haben sollten. Meiner Ansicht nach gab es hier noch derartige Mengen, dass sie ein paar Jährchen ohne Sorgen davon leben konnten. Überall herrschte gewaltige Unordnung. An einer Stelle waren auf dem Boden Schachteln mit wertvollem, gefärbtem Garn aus Sdiss umgekippt. Der Staub tanzte in den Strahlen der Sonne, die durch ein Fenster hereinfielen.

Endlich blieb Khtatakh vor einer Tür stehen, legte den Riegel zurück, steckte einen Schlüssel ins Schloss, öffnete und spähte hinaus. »Die Luft ist rein. Gweht über den Hinterhof, rechts neben dem Schweinestall ist die Pforte. Der Schlüssel liegwat unter einer Platte, auf die ein Frosch gwezeichnet ist. Vergwesst nicht, ihn wieder dort hinzulegwen. Wenn ihr der Gwasse folgwat, kwommt ihr direkwat zum Hafenviertel. Ich hoffe, das Schikwasal führt uns wieder zusammen. Mögwe Khaghun euch beistehen.«

»Der Gott der Blasgen wird sich wohl kaum um Menschen kümmern.«

»Wenn dir die Kwarten der Ye-arre ihren Gwott zeigwen, dann dürfte doch wohl auch der Gwott der Blasgwen auf meinen Freund aufpassen, oder?«

»Da fällt mir noch was ein! Kannst du mir einen Gefallen tun?«

Ich erzählte ihm von Hengst. Ich brauchte das Pferd nicht mehr, wollte es aber auch nicht für immer bei dem Schankwirt lassen.

»Ich werde dafür sorgwen, dass das Tierchen in gwute Hände kwommt. Und jetzt lebt wohl!«

Sobald wir hinaushuschten, fiel die Tür hinter uns wieder ins Schloss.

»Du hast den Dieb bekommen?«, fragte Lahen.

»Ja«, antwortete ich, während ich mich aufmerksam im Hof umsah. »Spielt das irgendeine Rolle?«

»Nein, es ist nur interessant. Soweit ich mich an die Erzählungen von Yola erinnere, ist das eine sehr seltene Karte. Und selbst wenn sie aufgedeckt wird, hat sie nicht immer etwas zu bedeuten.«

»Aber heute schon.«

»Deshalb ist es ja so interessant. Schade, dass ich nicht mit Yola darüber gesprochen habe.«

»Warum das?«, erwiderte ich. »Sie hat gesagt, sie habe die Karten falsch ausgeteilt.«

Eigentlich glaubte ich diese Erklärung selbst nicht, im Gegenteil, der Wahnsinnige und die fünf Tode beunruhigten mich. Man brauchte kein Gelehrter zu sein, um darin die sechs Verdammten zu erkennen, von denen eine wie durch ein Wunder den eigenen Tod überlebt und im Körper eines Dorftrottels ein neues Zuhause gefunden hatte.

Der westliche Teil der Stadt, der an das Viertel der Ye-arre anschloss und sich bis zum Meer erstreckte, hieß Hafenviertel. Es zog sich an einer großen Bucht entlang und hatte die Viertel der Eckensteher und der Kastraten geschluckt. Mittlerweile konnte das Hafenviertel es durchaus mit dem größten Stadtteil, der Mittelstadt, aufnehmen. Wir befanden uns nördlich vom Hafen, in einer Gegend, wo die wohlhabenden Handwerker wohnten. Die Straßen waren recht breit und sauber. Wir verzogen also nicht jede Sekunde das Gesicht wegen irgendeines widerlichen Gestanks und mussten auch nicht damit rechnen, von oben mit

Spülwasser übergossen zu werden. Die gepflegten kleinen Häuser waren derart gleichförmig, dass du dich am liebsten aufgehängt hättest. An einem solchen Ort wollte ich unter keinen Umständen leben. Da gefielen mir die wuseligen Gassen im Viertel der Kastraten schon besser. Oder auch die Hafenschenken mit ihrem Gelärm und die Gärten mit ihrer sanften Ruhe.

Im Unterschied zur Vogelstadt brodelte im Hafenviertel das Leben. Kein Gesetzeshüter blieb mit seinem Blick an meinem neuen Bogen hängen. In Alsgara bestand – anders als in Korunn, der Hauptstadt des Imperiums – kein Waffenverbot. Deshalb baumelte an der Hüfte etlicher Männer ein Dolch.

»Wir sollten zum Hafen runter«, sagte ich und warf einen Blick in die Straße, die dorthin führte.

»Dafür reicht die Zeit nicht«, widersprach Lahen. »Es dunkelt bald.«

»Du hast recht. Dann also auf zu Moltz. Um alles andere kümmern wir uns morgen.«

Mein Augenstern lächelte und hakte sich bei mir ein. »Was hältst du von einem Hefebrötchen?«

»Da sage ich nicht Nein.«

Der Geruch frischgebackenen Brotes stieg uns in die Nase, lange bevor wir die Bäckerei überhaupt sahen. Das betörende Aroma hing in der ganzen Alten Münzgasse. Im Grunde hätten sie sich das Schild in Form eines Kringels getrost sparen können, wusste doch jedes Kind, dass hier Brot verkauft wurde. Die Regale bogen sich unter der Ware, trotzdem gab es nur wenig Kunden, denn es war schon spät und alle hatten ihre Einkäufe erledigt. Was für kurzsichtige Narren doch in dieser Stadt lebten! Ich an ihrer Stelle hätte mich mit Zwieback eingedeckt. Wenn die Belagerung erst mal anfing, würden die Preise in die Höhe schnellen, und die Waren wären in wenigen Tagen ausverkauft. Dann wäre es zu spät, sich noch Vorräte zuzulegen.

Im Laden bedienten zwei Männer. Sie sahen recht verwegen aus, solche wie sie würde man eher auf einem Piratenschiff vermuten, nicht hinter einer Verkaufstheke. Ich jedenfalls hätte sie nicht eingestellt.

»Was wollt ihr?«

»Ein Hefebrötchen und ein Zimthörnchen.«

Ich bezahlte mit einer kleinen Münze und gab Lahen das Hefebrötchen, in das sie sofort hineinbiss.

»Sonst noch was?«

»Ruf Moltz.«

»Wir kennen keinen Moltz.«

»Dann bringt mal euer Gedächtnis auf Trab.« Meine groben Worte passten kaum zu dem höflichen Lächeln, das ich aufsetzte.

Lahen war ganz mit ihrem Brötchen beschäftigt und schien dem Gespräch überhaupt nicht zu folgen.

»Verzieht euch«, sagte einer der beiden. »Hier gibt's keinen Moltz.«

»Klar«, antwortete ich. »Sein eigentlicher Name lautet natürlich anders.«

»Ihr solltet jetzt besser gehen«, spielte der andere den Guten.

Sein Gefährte zog derweil schon mal eine Klinge unterm Ladentisch hervor. »Verduftet, wir stecken bis über beide Ohren in Arbeit.«

Ich stieß einen schicksalsergebenen Seufzer aus, zog das Wurfbeil hervor, bemerkte, dass diese Einfaltspinsel die Absicht hegten, sich auf uns zu stürzen, und knallte ihnen meine Waffe mit einem bezaubernden Lächeln auf die Theke.

»Was soll das?«, fragte der mit der Klinge. »Ziehst du den Schwanz ein?«

»Nein, er trifft nur Vorsichtsmaßnahmen, um eure hohlen Schädel nicht zu spalten«, mischte sich nun Lahen ein, die ihr Brötchen gerade verspeist hatte. Ohne zu fragen, nahm sie sich ein Hörnchen aus dem Regal. »Wer ist der Schlauere von euch beiden? Der soll Moltz nämlich suchen. Wenn er ihn findet, zeigt er ihm das Wurfbeil. Wir warten inzwischen hier.«

»Hier gibt's keinen Moltz!«, versteifte sich der mit der Klinge. »Zieht ab, sonst rufen wir die Wache!«

»Wie heißt du?«, erkundigte ich mich in sanftem Ton.

»Was geht das dich an?!«, brüllte er.

»Wenn Moltz mich irgendwann mal fragt, warum ich nicht

zu unserer Verabredung gekommen bin, möchte ich ihm gern den Namen desjenigen nennen, der das verhindert hat.«

Das brachte die beiden endlich ins Grübeln. Sollte ich die Wahrheit sagen, konnte sie das den Kopf kosten.

»Wartet hier«, brummte der ohne Klinge schließlich und nahm das Wurfbeil. »Wenn ihr gelogen habt, blas ich euch das Licht aus.«

»Hüte deine Zunge, mein Kleiner«, bat Lahen lächelnd. »Tu einfach deine Pflicht.«

Er bedachte sie mit einem wütenden Blick, murmelte seinem Kumpan zu, uns ja nicht aus den Augen zu lassen, und verschwand in den hinteren Räumen des Ladens. Ich nutzte die Gelegenheit und verschlang mein Hörnchen. Lahen schnappte sich unterdessen eine Schnecke. Allem Anschein nach nur, um diesen Rotzlöffel zur Weißglut zu treiben.

»Wer zahlt dafür?!«, fragte der auch prompt.

»Ich glaube nicht, dass der alte Moltz wegen ein paar Kupferlingen Schwierigkeiten macht«, säuselte sie. »Seine besten Freunde sollen doch schließlich nicht Hungers sterben.«

»Seine *besten* Freunde?«, knurrte der Kerl, verkniff sich aber jede weitere Anspielung auf die Bezahlung der Ware. Wahrscheinlich weil er lieber erst mal abwarten wollte, was sein Spießgeselle in Erfahrung brachte.

In dem Augenblick betrat ein Kunde den Laden, und der Grünschnabel versteckte rasch die Waffe hinterm Ladentisch. Während er den Mann bediente, zitterten ihm förmlich die Hände, obwohl wir uns völlig friedlich verhielten. Nun kam auch der andere zurück. Ohne mein Wurfbeil, dafür aber mit einer echten Leichenbittermiene. Als er den fragenden Blick seines Kumpans auffing, nickte er kaum merklich.

»Folgt mir«, presste er heraus. »Moltz wartet auf euch.«

Wir verschwanden in einem Gang hinterm Laden.

»Siehst du, mein Kleiner, da hat sich doch alles in Wohlgefallen aufgelöst«, stichelte Lahen.

»Keine Ahnung, wer du bist«, zischte dieser, »aber du solltest es nicht übertreiben.«

»Ich werd's mir merken, mein Kleiner.« Lahen drehte sich zu mir zurück und zwinkerte mir vergnügt zu. Mit einer fürchterlichen Grimasse bedeutete ich ihr, diese Faxen sein zu lassen. Daraufhin streckte sie mir bloß die Zunge raus.

Der Gang brachte uns in einen Innenhof, der sich in den letzten Jahren keinen Deut geändert hatte. Na gut, vielleicht gab es in diesem kleinen Garten ein paar Bäume mehr. Wir stiefelten über einen akkurat ausgelegten Weg auf ein solides, zweistöckiges Haus zu. Von der Straße aus war es nicht einzusehen, sodass viele Bewohner dieses Teils von Alsgara wohl höchst überrascht wären, wenn sie wüssten, zu welchem Vermögen es manch Bäckermeister gebracht hatte.

Am Eingang brannten bereits Fackeln, und im Gras lümmelten sich vier Gestalten. Die sah ich ebenfalls zum ersten Mal. In den letzten sieben Jahren musste sich einiges getan haben. Überall wimmelte es von neuen Gesichtern. Einer der Männer, ein großer und breitschultriger Kerl, erhob sich und kam auf uns zu. »Ihr wollt zu Moltz?«

»Mhm.«

»Dann nimm mal den Bogen ab«, forderte er mich lächelnd auf. »Meine Freunde und ich, wir werden euch jetzt durchsuchen. Damit es keine Missverständnisse gibt.«

Daraufhin erhoben sich auch die anderen drei wie auf Befehl aus dem Gras.

»Ich übernehm das Weibsbild«, sagte einer von ihnen.

»In dem Fall würde sie dir sofort beide Arme abreißen, Luga«, erklang da eine spöttische Stimme.

An der Tür war ein rotgesichtiger, gedrungener Mann aufgetaucht. Er hatte einen gewaltigen Backenbart, der in einen wilden, schon recht grauen Bart überging. Über dem nackten und trotz seines fortgeschrittenen Alters muskulösen Oberkörper trug er eine Lederweste. Knielange Hosen, ein breiter Gürtel mit Silberschnalle in Form eines zähnefletschenden Wolfkopfs und ein Sdisser Krummsäbel in einer teuren Scheide vervollständigten das Bild. In der linken Hand hielt er mein Wurfbeil. Die dicken Lippen kräuselten sich zu einem Lächeln, die braunen Augen blickten jedoch angespannt drein. Er rechnete immer mit einer Falle von unserer Seite. Hauptsächlich von Lahen.

»Sei gegrüßt, Stumpf«, begrüßte ihn mein Augenstern.

»Sei auch du gegrüßt. Wie war die Reise nach Alsgara?«

»Wir sind angekommen.«

»Ich sehe eure Begleitung gar nicht. Wo habt ihr die gelassen?«

»Sie hatten weniger Glück als wir.«

Prompt verkroch sich das Lächeln aus Stumpfs Gesicht.

»Stumpf«, mischte sich nun der breitschultrige Kerl ins Gespräch, »sollen wir die durchsuchen?«

»Halt den Mund!«, erwiderte er. Der Befehl kam einem Peitschenschlag gleich. »Sie hatten also nicht so viel Glück.« Stumpf ließ sich die Worte förmlich auf der Zunge zergehen, als er sich wieder an uns wandte. »Nicht einer von ihnen?«

»So ist es.«

»Nicht mal Knuth?« In seiner Stimme schwang ein bedrohlicher Unterton mit. Knuth und Stumpf waren alte Freunde. Genauer gesagt, sie waren wie Brüder.

»Nein«, antwortete ich. »Und er hat wirklich Pech gehabt. Er ist einem Nabatorer in die Arme gelaufen.«

»Das tut mir leid.« Mir war nicht ganz klar, ob er mir glaubte oder nicht. »Was ist mit Gnuzz und Bamuth?«

»Bei denen sieht die Sache anders aus«, erklärte Lahen und sah ihm fest in die Augen. »Die haben sich uns gegenüber zu viel herausgenommen.«

»Oh«, knurrte er. »Schade. Es waren gute Männer.«

»Ohne jede Frage«, bemerkte ich ernst.

»Hol mich doch das Reich der Tiefe!«, rief da derjenige, den Stumpf Luga genannt hatte. »Das ist der Graue!«

Diese Entdeckung machte auf die Umstehenden gewaltigen Eindruck. Endlich ging ihnen auf, welche Verbindung zwischen der rätselhaften Reise Knuths, Gnuzz' und Bamuths, dem Wurfbeil in Stumpfs Händen und der Ankunft eines Mannes und einer Frau bestand.

Sie gafften uns mit großen Augen an. Luga brachte einen möglichst großen Abstand zwischen sich und Lahen, denn mittlerweile war ihm klar, dass Stumpfs Worte über die abgerissenen Gliedmaße buchstäblich zu verstehen waren. Lahen hatte sich während ihrer Zeit in Alsgara nicht gerade den besten Ruf erworben.

»Wie ausgesprochen scharfsinnig von dir«, bemerkte Stumpf. »Aber pass auf, dass dir am Ende nicht ein Strick draus gedreht wird!«

»Mhm«, brummte Luga bloß.

»Mir ist klar, dass die Versuchung, diese Geschichte überall herumzuerzählen, sehr groß ist«, fuhr Stumpf fort. »Genau wie der Wunsch, ein paar Soren zu verdienen. Aber gebrauch lieber erst dein Hirn, bevor du deinen Mund aufmachst! Schließlich muss dir noch jemand das Geld auszahlen. Yokh ist weit, während ich immer in deiner Nähe bin. Und deine Familie ebenfalls. Also, du bist doch ein kluger Junge, oder?«

»Ich werde meinen Mund halten.«

»Hervorragend. Und jetzt geh wieder an deine Arbeit. Für alle anderen gilt meine Warnung übrigens auch. Ich hoffe, niemand von euch wird auf die Idee kommen, dass zehntausend Soren meine Unzufriedenheit und ... Schwierigkeiten mit der Familie wert sind. Wunderbar. Ghel, du garantierst mir mit deinem Kopf für die Männer.«

»Wir werden kein Wort ausplaudern«, versicherte der Breitschultrige. »Du kennst uns doch.«

»Eben.« Dann wandte er sich an Lahen und mich. »Gehen wir ins Haus.«

»Du bist ja nicht gerade zimperlich mit denen«, bemerkte ich, sobald wir eingetreten waren.

»Anders geht es nicht.«

»Du glaubst wirklich, diese Ankündigungen fruchten?«

»Selbstverständlich!«, schnaubte Stumpf. »Sie wissen, dass ich oft belle, aber nur zubeiße, wenn es um die Gilde geht.«

»Du beißt nicht. Du zerreißt sie in Stücke.«

Er lachte leise, gab mir das Wurfbeil zurück, warnte mich aber gleichzeitig: »Übertreib nicht!«

Im Haus brannten Kerzen. Auf dem Boden lag eine weinrote

Brücke, die das Geräusch unserer Schritte schluckte. Stumpf blieb vor einer Flügeltür stehen und öffnete sie. »Rein mit euch.«

Uns erwartete ein großes Zimmer. Auf einem langen Tisch mit einer weißen Tischdecke brannten etliche Kerzen, die den Raum in helles Licht tauchten.

Jemand klatschte. Diejenige, die da Beifall spendete, war eine hochgewachsene, ältere Frau mit einem angenehmen Gesicht, breitem Mund und ausgeprägtem Kinn. Das grau melierte Haar verschwand unter einem gestärkten Häubchen. Sie trug einfache, wenn nicht gar schlichte Kleidung. Wer diese liebenswerte und gutmütige Bäckersfrau sah, käme nie auf die Idee, das Oberhaupt der Gijanen-Gilde aus dem Süden vor sich zu haben, eine der einflussreichsten Persönlichkeiten in der Verbrecherwelt Alsgaras. Ebenjene Frau, die auf den Namen Moltz hörte. Die wenigen Menschen, die sie je zu Gesicht bekommen hatten, ließen sich an den Fingern beider Hände abzählen. Sie hielt sich stets im Hintergrund und überließ es Stumpf, mit all denjenigen zu verhandeln, die für die Gilde arbeiteten. Und der achtete strikt darauf, Moltz als Mann auszugeben. Selbst Eingeweihte sprachen lieber von einem Er. Das war ihnen vertrauter – und alles in allem ungefährlicher.

»Hut ab, meine Lieben.« Sie erhob sich. »Ihr habt es fast geschafft, alle an der Nase herumzuführen.«

»*Fast* zählt nicht«, erwiderte ich.

Sie blieb ruhig, lächelte und brachte mit ihrem ganzen Gebaren zum Ausdruck, wie sehr sie sich darüber freue, uns zu sehen. Diese herzensgute Tante, die nach langen Jahren ihre Nichte und ihren Neffen wiedersieht.

»Immerhin hättet ihr mit diesem Feuer sogar mich beinah getäuscht.«

»Aber nicht die Schreitenden.«

»O nein, sie nicht. Die sind von Natur aus misstrauisch, aber nach ein, zwei Jährchen haben auch sie Ruhe gegeben. Zumindest sah es so aus. Doch warum setzt ihr euch nicht? Essen wir etwas. Stumpf, lass auftragen. Was für eine Freude, euch immer noch vereint zu sehen. Aber ich habe ja stets gesagt, dass der

Graue und Lahen ein schönes Paar sind. Das seine Arbeit obendrein ganz meisterlich ausführt! Erinnert ihr euch noch an die guten alten Zeiten? Goldene Jahre waren das!«

Wir verstanden die Anspielung sofort. Lahen holte aus dem geschulterten Beutel das vorbereitete Säckchen und legte es auf den Tisch. Fünfzehn Münzen zu hundert Soren, das war der Anteil, den Moltz für unseren letzten Auftrag erwarten durfte. Auch wenn die Gilde mir diese Arbeit nicht vermittelt und deshalb im Grunde keinen Anspruch auf ein Zehntel des Honorars anmelden konnte – aber hier sollten wir lieber keinen falschen Geiz an den Tag legen. Besser, wir zahlten und sicherten uns auf diese Weise ein einvernehmliches Verhältnis. Anderthalb tausend Soren. Manch einer erwirtschaftete in fünf Leben keine solche Summe. Was jedoch am erstaunlichsten war: Mir tat es um das Geld nicht einmal leid.

Moltz nahm das Säckchen an sich, knüpfte es auf und lugte hinein. »Das Leben dieser Schreitenden hat ja einiges gekostet. Als ich von der Geschichte gehört habe, war mein erster Gedanke: Wie dumm von euch. Aber da wusste ich noch nicht, wie viel ihr für den Mord erhalten würdet. Im Übrigen habt ihr die Sache ganz hervorragend über die Bühne gebracht. Und auch euren Abgang macht euch so schnell niemand nach. Nachdem die Glimmenden die Nachbarhäuser in Schutt und Asche gelegt hatten, haben sie erst vier Tage später den Bogen gefunden. Was für eine Position für einen Schuss! Ein paar Leute haben aus purer Neugier versucht, ihn nachzuahmen. Allerdings vergeblich.«

Moltz schob den Beutel zur Seite, machte sich übers Essen her und plauderte selbstvergessen über allerlei Themen, angefangen vom Wetter bis hin zu den Mehlpreisen. Wir konnten nur selten etwas einflechten. Stumpf trank mehr, als er aß, und blickte immer mürrischer drein. Erst nachdem das Geschirr wieder abgeräumt war, kamen wir zur Sache.

»Wollt ihr lange in der Stadt bleiben?«, fragte Moltz.

»Das wird sich zeigen«, antwortete ich. »Du willst sie wohl nicht verlassen?«

»Wohin sollte ich schon gehen? Mein ganzes Leben habe ich in Alsgara zugebracht. Und ein altes Pflänzchen wie mich topfst du nicht mehr um.«

»Was, wenn die Stadt belagert wird?«

»Oh, ich werde gewiss nicht verhungern. Glaub mir, meine Vorräte reichen vollauf, um mich und meine lieben Kinderchen durchzufüttern. Außerdem steht die Belagerung längst nicht vor der Tür. Dafür müssten die Nabatorer erst einmal unsere Armee überwinden.«

»Was ihnen aber mit Sicherheit gelingen wird. Und wenn der Hunger erst mal da ist, werden die Bäcker als Erste kaltgemacht.«

»Das soll nur mal jemand wagen«, knurrte Stumpf und kippte einen weiteren Becher Wein hinunter, der bei ihm jedoch nie auch nur die geringste Wirkung zeigte.

»Dass du allen Plünderern den Hals umdrehst, daran habe ich nun wirklich keinen Zweifel«, murmelte Lahen. »Aber was, wenn Soldaten auftauchen? Oder die Gardisten des Statthalters? Bei allem Respekt gegenüber deinen Männern, aber denen habt ihr kaum etwas entgegenzusetzen.«

»Wenn jemand auf Befehl des Statthalters oder des Stadtrats hier auftaucht, dann schließe ich die Keller auf«, erklärte Moltz gelassen. »Schließlich lasse ich mich nicht lumpen, wenn es um meine Heimatstadt geht.«

»Schon gar nicht, wenn es noch ein geheimes Lager gibt, das doppelt so groß ist wie das offizielle«, sagte Stumpf grinsend. »Nein, um meinen Bauch mache ich mir keine Sorgen.«

Moltz warf ihm einen unzufriedenen Blick zu. Ich wusste, wie umsichtig das Oberhaupt der Gilde plante. Manche Neider, die heute allerdings tot waren, hatten gern behauptet: Wenn jeder Mensch ein Geheimversteck hat, dann hat Moltz deren zehn.

»Ich hätte jedenfalls nie damit gerechnet, dass ihr zurückkommt«, fuhr Moltz fort.

»Du hast doch selbst nach uns geschickt.«

»Trotzdem hatte ich angesichts der Umstände nicht damit gerechnet. Aber ich bin froh, dass meine Warnung euch erreicht hat. Ich habe mir große Sorgen um euch gemacht.«

»Reden wir doch offen miteinander«, verlangte ich. »Du hast all das doch nicht nur in die Wege geleitet, um uns zu helfen. Wenn du mich fragst, tätest du nichts lieber, als Yokh endlich abzuservieren. Genauer gesagt, von uns abservieren zu lassen. Und da trifft es sich ganz ausgezeichnet, dass wir keine andere Wahl haben und diesen Kerl tatsächlich aus dem Weg schaffen müssen.«

»In den Jahren, in denen wir uns nicht gesehen haben, hast du dir einen seltsamen Zynismus angeeignet, mein Junge«, antwortete sie gelassen. »Habe ich dich recht verstanden: Du dankst mir meine Fürsorge nicht? Bist nicht froh, dass ich dich rechtzeitig vom Tun dieses Widerlings in Kenntnis gesetzt habe?«

»Doch, das bin ich.«

»Dann weiß ich nicht, warum du so unzufrieden bist.«

»Wie hast du überhaupt erfahren, dass wir noch am Leben sind?«, wollte Lahen wissen. »Und wo du uns suchen musst.«

»Dass ihr noch lebt, habe ich lediglich vermutet. Letzten Endes konnte ich mir nämlich einfach nicht vorstellen, dass ihr eine Schreitende tötet – und keinen Plan in der Hinterhand habt, wie ihr abtaucht. Diese Dummheit sähe euch so gar nicht ähnlich. Was ist, meine Liebe, noch etwas Gebäck?«

»Nein danke, davon hatte ich heute schon mehr als genug. Sonst werde ich noch zu dick.«

»Papperlapapp! Du hast eine hervorragende Figur.« Dann kam sie zu unserem alten Thema zurück: »Obwohl ich also vermutete, dass ihr noch am Leben seid, habe ich im Gegensatz zu den Schreitenden darauf verzichtet, euch zu suchen. Wozu der Aufwand? Wenn sie euch schon nicht finden konnten – worauf sollte dann eine einfache Bäckersfrau hoffen? Das Imperium bietet viele Möglichkeiten, wer wollte da sagen, in welches Loch ihr euch verkrochen habt. Möglicherweise hattet ihr unser schönes Land ja sogar verlassen und euch in die Goldene Mark, nach Urs, Grohan, Syn oder sonst wohin abgesetzt. Haras Welt ist groß. Sicher, meinen Anteil an eurem letzten Auftrag habt ihr mir unterschlagen, aber selbst das veranlasste mich nicht, nach euch zu suchen. Schließlich ist auf den Grauen in diesen Dingen immer Verlass gewesen. Zu Recht, wie sich jetzt gezeigt hat.« Sie schielte zu dem Säckchen hinüber. »Als Yokh dann aus heiterem Himmel ein Kopfgeld für euch ausgesetzt hat, war auch der letzte Zweifel ausgeräumt. Dreifinger ist kein Kindskopf, der das Geld zum Fenster hinauswirft. Nun war Eile geboten, um den Neffen unseres gemeinsamen Bekannten zu fassen. Stumpf war so gut, mit dem jungen Mann zu reden, und konnte einiges in Erfahrung bringen. Vor seinem Tod hat uns der Junge noch ein Dorf genannt. Hundsgras.«

»Hat er etwas darüber verlauten lassen, woher Yokh davon wusste?«

»Nein, er wusste nicht, wem Yokh diesen Hinweis verdankte. Aber Yokh ist nun mal ein rachsüchtiger Mann, selbst nach langer Zeit noch. Und er hat dir nie verziehen, dass er deinetwegen ein paar Fingerchen weniger hat. Wenn er jetzt einiges Geld auf euren Kopf ausgesetzt hat, musste die Sache Hand und Fuß haben. Oder jemand musste ihn zu diesem Schritt gezwungen haben.«

»Wer sollte denn Dreifinger zwingen, nach seiner Pfeife zu tanzen?«, fragte Lahen und warf mir einen raschen Blick zu.

Ich wusste, an wen sie dachte: die Schreitenden.

»Oh, da würden mir schon einige einfallen. Gewiss, Yokh ist ein wichtiger und einflussreicher Mann, dennoch gibt es wichtigere als ihn. Und die könnten durchaus Druck auf ihn ausüben.« Moltz war entgangen, dass Lahen und ich uns mit Blicken verständigt hatten. »Tatsache bleibt jedenfalls: Er hat diese Prämie ausgesetzt. Und mit zehntausend Soren hat er nicht geknausert.«

»Ohne Frage, ein hübsches Sümmchen«, bemerkte Stumpf, stellte die leere Weinflasche auf den Boden und langte nach einer neuen. »Wer würde die nicht gern einstreichen?«

»*Wir* bestimmt nicht«, versicherte Moltz sofort. »Die Summe mag viele Leute in Versuchung führen, aber nicht mich. Ich spiele kein doppeltes Spiel mit euch.«

»Weil es für dich weit einträglicher wäre, wenn wir endlich Yokh aus dem Weg räumten«, erwiderte ich.

»Eben«, sagte sie. »Yokh hat mir schon immer wie eine Gräte

im Hals gesteckt. Und in den letzten Jahren hat er enorm an Einfluss gewonnen. Er ist der beste Freund des Statthalters und richtet ihm und anderen Adligen sogar die Feste aus. Stell dir mal vor, er hat sogar eigens einen Meister aus Grohan für die Feuerwerke kommen lassen. Ganz Alsgara hat einen geschlagenen Monat über nichts anderes gesprochen. Er hat sich neue Freunde zugelegt, verfügt über neue Möglichkeiten, hat seine Macht und seinen Einfluss ausgebaut. Mittlerweile untersteht ihm ein großer Teil der Stadt. Du kannst nicht einmal mehr ohne seine Zustimmung niesen. Yokh hat natürlich auch versucht, sich in die Angelegenheiten der Gilde einzumischen. Es hat ein paar Auseinandersetzungen gegeben, aber der offene Krieg ist bislang – Meloth sei gepriesen – nicht ausgebrochen. Obwohl ich nicht sicher bin, ob wir ihm wirklich etwas entgegensetzen könnten, wenn er es sich irgendwann doch einfallen ließe, auch uns unter seine Fittiche zu nehmen. Immerhin kann uns Dreifinger die Garde des Statthalters auf den Leib hetzen – und hinter denen steht der Turm der Schreitenden. Noch hält er sich zurück, aber das kann sich selbstverständlich jederzeit ändern. Wir selbst kommen nicht an ihn heran, denn der alte Fuchs zeigt sich äußerst umsichtig, wenn es um seine Sicherheit geht. In den letzten Jahren hat er sich völlig abgeschottet.«

»Was ist mit einem anständigen Kopfgeld?«, fragte Lahen und hielt Stumpf ihr Glas hin, damit er ihr nachschenke. »Für tausend Soren müssten sich doch ein paar verzweifelte Männer finden lassen, die diese Sache erledigen.«

»Nur habe ich keine tausend Soren zu verschenken«, antwortete Moltz. Mir war schleierhaft, ob ich das ernst nehmen oder als Scherz auffassen sollte. »Und verzweifelte Männer findest du auch nicht so schnell. Heute riskiert niemand mehr seinen Kopf für ein derart aussichtsloses Unterfangen. Glaub mir, ich habe nicht übertrieben, als ich gesagt habe, Yokh habe sich völlig abgeschottet. Sein Haus gleicht einer Festung, und wenn er es einmal verlässt, dann umgeben von einer Leibwache, die gut und gern als kleine Armee bezeichnet werden kann. Die würde alle erledigen.«

»Das glaube ich nicht.«

»Du wirst mir glauben, wenn du es mit eigenen Augen siehst. Morgen ist der vierte Tag der Woche, da hat Yokh die Angewohnheit, den Kämpfen beizuwohnen, die jetzt im Gurkenviertel stattfinden. Besucht sie und überzeugt euch selbst. Was gibt es da zu grinsen, Grauer?«

»Du hast gesagt, du hättest weder tausend Soren zu verschenken, noch fänden sich verzweifelte Männer. Sind Knuth und seine Kumpane deshalb zu uns gekommen? Damit wir das für dich unentgeltlich erledigen?«

»Ja was dachtest du denn?«, antwortete sie würdevoll. »Es liegt doch schließlich in eurem eigenen Interesse, wenn eine solche Summe auf eure Köpfe ausgesetzt ist. Gleichzeitig erweist ihr mir damit eine Gefälligkeit. Ich werde euch natürlich nach Kräften unterstützen. Aber Dreifinger das Licht auszublasen, das ist nun mal eure Aufgabe.«

»Eine ehrliche Antwort«, erwiderte ich.

»Haben sich meine Jungen wirklich etwas zuschulden kommen lassen?«, wollte Moltz auf einmal wissen.

»Nur Gnuzz und Bamuth. Das Geld muss ihnen den Kopf verdreht haben.«

»Bamuth ist ein Dummkopf, der sich von dem Iltis hat gängeln lassen. Doch genug davon, sie haben ihre gerechte Strafe bekommen. Aber um Knuth tut es mir leid. Er war von Anfang an dabei. Ich hoffe, seine Seele weilt jetzt in den Glücklichen Gärten. Was ist mit dem Kleinen?«

»Darauf hätte ich gern eine Antwort von dir.«

»Was meinst du?«

»Wer ist dieser Shen, den du den dreien mitgegeben hast? Und wo hast du ihn aufgelesen?«

»Ich hatte den Eindruck, dem Jungen würde eine kleine Reise guttun«, antwortete Moltz und blieb selbst unter meinem festen Blick gelassen. Was für eine Abgeklärtheit! »Damit er Erfahrung sammelt.«

»Erfahrung welcher Art? Als Mörder? Oder als Medikus? Tu nicht so, als ob du nicht genau wüsstest, dass dieser Milchbart weder der Gilde angehört noch ein freier Kopfgeldjäger ist. Der Bursche ist Medikus, selbst wenn er sich mitunter recht gut aufs Töten versteht. Also, warum hast du ihn Knuth mitgegeben?«

Dass Shen über die Gabe verfügte und ein Heiler war, erwähnte ich lieber nicht, denn davon wusste selbst Moltz möglicherweise nichts. Und wenn das so war, sollte sich daran auch nichts ändern.

»Weil jemand mich darum gebeten hat«, antwortete Moltz.

»Wer?«

»Das kann ich nicht sagen.«

»Tut mir leid, aber ich muss darauf bestehen.«

»Tut mir leid, aber ich sage es trotzdem nicht«, erklärte Moltz mit stahlharter Stimme. »Denn das hat nichts mit euch zu tun. Ich konnte nur entscheiden, wem ich den Medikus mitgebe, und da ist meine Wahl auf Knuth gefallen. Meiner Ansicht nach hätte sich Shen bei diesem Ausflug durchaus als nützlich erweisen können. Wo ist er eigentlich?«

»Das wissen wir nicht.«

»Ist er tot?«

»Ich habe doch gesagt, wir wissen nicht, was mit ihm ist. Wir haben ihn unterwegs verloren.«

Moltz hatte Angriff schon immer für die beste Verteidigung gehalten. Darum hagelte es nun Fragen, die ich beantworten musste, ohne selbst die Möglichkeit zu haben, welche zu stellen. Damit blieb es für mich weiterhin ein Rätsel, wo sich die Wege von Moltz und unserem Herrn Medikus gekreuzt hatten.

»Wann nehmt ihr die Sache in Angriff?«, fragte Moltz schließlich.

»Sobald wir uns umgesehen haben.«

»Schiebt es nicht auf die lange Bank. Man könnte euch erkennen. Falls ihr Hilfe braucht, steht euch Stumpf zur Verfügung. Zu jeder Tages- und Nachtzeit.«

»Das wissen wir zu schätzen. Und vielen Dank für das Essen«, sagte ich, stand auf und nickte Stumpf zum Abschied zu. »Wir melden uns bei dir, sobald ich mir einen Eindruck von der Lage verschafft habe.«

»Habt ihr ein Quartier für die Nacht?«
»Ja.«
Allerdings würden wir den beiden nicht sagen, wo.
»Stumpf, begleite unsere Gäste hinaus«, verlangte Moltz. »Ich werde für das Gelingen eures Vorhabens beten.«
Und auch diesmal war mir schleierhaft, ob Moltz im Scherz oder im Ernst sprach.

Der Wein in dem Kristallglas funkelte rot wie Blut. In Vorfreude auf den herben, ausgeprägten Geschmack reifer Beeren nippte Moltz daran. Eigentlich mochte die gute Bäckersfrau keinen Wein, aber heute verlangte es sie nach etwas Starkem, weshalb sie ihn nicht einmal mit Wasser verdünnte. Doch obwohl der Wein von vorzüglicher Qualität war, verzog sie das Gesicht, als habe sie Essig getrunken.
Trocken. Sie konnte trockenen Wein nicht ausstehen. Noch dazu roten. Wie brachte Stumpf diese Plörre – die zwar fünf Soren die Flasche kostete, aber dennoch ein Gesöff blieb – nur hinunter? Angewidert stellte sie das Glas auf den Tisch zurück, überlegte es sich dann jedoch anders und stürzte den Wein in einem einzigen Schluck hinunter. Diesmal ohne eine Miene zu verziehen. Das hätte sie besser nicht getan. Tief in ihrem Inneren glomm ein Feuer auf.
Die Tür öffnete sich, und Stumpf kam zurück. Er wirkte beunruhigt und nahm ihr gegenüber Platz, doch die gute Bäckersfrau schwieg beharrlich weiter, ohne den Mann, mit dem sie seit zwanzig Jahren zusammenlebte, eines Blickes zu würdigen.
»Das hab ich ja noch nie erlebt«, brach Stumpf schließlich das Schweigen. »Seit wann trinkst du Wein?«
»Spar dir deinen Spott, dafür ist jetzt nicht der rechte Moment!«
»Oh, wenn du mich fragst, könnte der Moment gar nicht geeigneter sein. Denn uns allen wird schon bald die Lust an solchen Plänkeleien vergehen. Sie sind übrigens weg, falls du das wissen willst.«

»Nein.«

»Wieso bist du so mürrisch?«, fragte er. »Im Grunde ist es doch ganz glimpflich abgegangen.«

»Stimmt. Die beiden hätten auch weniger gefällig und umgänglich sein können.«

»Der Graue hat keinen Grund, dir irgendwas zu verübeln. Außerdem würde ich ihm nicht raten …«

»Und Lahen?«, fiel sie ihm ins Wort. »Wie willst du sie aufhalten, wenn sie auf die Idee kommt, dein Hirn zu verschmurgeln?«

»Hat sie ja nicht.«

»Weil sie keinen Grund hatte. Wie jeder verständige Mensch greift sie nur im Notfall zu solchen Maßnahmen. Da ich die beiden jedoch nicht an die Wand gedrückt habe, konnten sie sich friedfertig geben.«

»Trotzdem bist du beunruhigt.«

»Sie wissen etwas über den Jungen.«

»Wie kommst du darauf?«, fragte Stumpf und langte nach der Flasche.

»So stur, wie der Graue ist, hätte er sonst darauf gedrungen, dass ich ihm Rede und Antwort stehe.«

»Vielleicht ist er mit den Jahren etwas klüger geworden«, gab Stumpf zu bedenken. »Oder es ist ihm im Grunde egal.«

»Bei seinem Misstrauen?«, schnaubte sie. »Ich bitte dich, red keinen Unsinn. Nein, er will unbedingt wissen, warum Shen Knuth begleitet hat. Und weshalb wir den dreien einen Mann mitgegeben haben, der nicht in der Gilde ist.«

»Meiner Ansicht nach hast du dich doch gut aus der Affäre gezogen.«

»Nur habe ich nicht damit gerechnet, dass der Graue weiß, dass der Junge nicht zur Gilde gehört«, sagte sie seufzend und stand auf. »Das war ein Fehler.«

»Du bedauerst, dich auf diese Sache eingelassen zu haben?«

»Nur eine Närrin hätte sich dieser Bitte widersetzt. Schließlich hat man mir klar zu verstehen gegeben, welch fatale Folgen es haben könnte, sollte ich nicht kooperieren. Und zwar nicht nur für mich, sondern auch für dich. Mir blieb also gar nichts anderes übrig, als mich auf die Geschichte einzulassen.«

»Warum wollten die den Jungen überhaupt mit auf diese Reise schicken? Wenn er noch nicht mal ein Gijan ist? Haben sie uns nicht vertraut?«

»Frag sie das doch selbst!«

»Nein danke. Ich werde auch ohne eine Antwort auf diese Frage ruhig schlafen. Was ist, wenn der Graue uns noch einmal beehrt und weitere Fragen stellt? Dann vielleicht etwas nachdrücklicher. Wirst du ihm dann die Wahrheit sagen?«

»Das könnte gefährlich sein. Für uns, meine ich. Immerhin wurden wir gut bezahlt, und man lässt die Gilde in Ruhe. Deshalb werde ich nichts sagen.«

»Trotzdem – was, wenn der Graue nicht lockerlässt?«

»Bisher läuft alles nach Plan. Sollte der Graue jedoch anfangen zu bocken, serviere ich seinen Kopf Yokh und streiche die zehntausend Soren ein. Glaub mir, den Grauen zu ermorden, wäre längst nicht so riskant wie ein Streit mit denen.«

»Warum nehmen wir den Grauen und Lahen dann nicht gleich gebührend in Empfang, wenn sie das nächste Mal hier auftauchen? Die Vereinbarung ließe das zu.«

»Weil ich nicht voreilig etwas beenden will, das von so langer Hand vorbereitet wurde. Nein, lass den Grauen und Lahen erst Yokh aus dem Weg räumen. Danach können wir über die Vereinbarung nachdenken.«

»Dann soll es so sein«, sagte Stumpf nach langem Schweigen.

Kapitel 17

Obwohl es hier oben stockfinster war, verzichtete ich lieber darauf, die Kerze aus Lahens Beutel zu nehmen und sie anzuzünden. Das Licht hätte die Tauben aufwecken können, die im Dachstuhl schliefen. Das wiederum würde ein gewaltiges Geflatter auslösen – was zu so später Stunde nur unnötige Aufmerksamkeit auf uns lenkte.

Darauf konnten wir getrost verzichten.

Es stank gewaltig nach Vogeldreck. Über uns gurrten die Tiere, die sich trotz unserer leisen Schritte gestört fühlten. Zum Glück begriffen die dämlichen Flatterer jedoch nicht, dass sie ungebetenen Besuch bekommen hatten. Ich hielt Lahen an der Hand und tastete mich zu dem offenen Fenster vor, durch das wir den Halbmond sehen konnten.

Irgendwann fiel mir mit einem widerlichen Schmatzen etwas auf die rechte Schulter, worauf Lahen sich nicht mehr zu beherrschen vermochte und leise loskicherte. Ich stieß einen gedämpften Fluch aus und sandte ihm jenen Vogel in den Hintern, dem es so meisterlich gelungen war, mir die Jacke zu ruinieren.

»Tut mir leid«, flüsterte mein Augenstern. »Erinnerst du dich noch an den Tag, an dem dir schon einmal ein solches Missgeschick widerfahren ist? Da haben wir uns kennengelernt.«

Ich schnaubte gutmütig und wäre beinahe über eine hölzerne Meloth-Scheibe gestolpert, die unmittelbar vorm Fenster lag. Abermals fluchend spähte ich hinaus, überzeugte mich, dass alles in Ordnung war, und sprang aufs Dach. Die Ziegel waren solide, so musste ich keine Angst haben einzustürzen. Allerdings sah ich lieber nicht nach unten. Das hier war keine geringe Höhe, immerhin stand ich auf dem zweithöchsten Tempel, der Meloth in Alsgara geweiht war und den noch der Skulptor selbst erschaffen hatte.

Ich streckte Lahen die Hand hin und half ihr hinaus. Vom Meer wehte ein leichter Wind heran, der einen Geruch nach Salz und Jod mit sich brachte. Der Halbmond zog wie ein träger Fisch seine Bahn über den Himmel. Mal verschwand er hinter den niedrigen Wolken, dann zeigte er sich wieder und tauchte das flache Dach des Tempels, die Kuppeln und die sieben Turmhelme in sein fahles, silbriges Licht. Unser Ziel war der dritte Helm rechts von der Hauptkuppel.

»Nur gut, dass sich die Priester hier oben so selten blicken lassen«, bemerkte Lahen lächelnd. »Die würden uns glattweg für Frevler halten.«

»Die sind doch viel zu fett und zu träge, um hier heraufzukraxeln«, antwortete ich. »Außerdem: Was hätten sie hier verloren? Die Glocken sind woanders. Nein, hier kommen höchstens zwei Mal pro Jahr ein paar Arbeiter rauf, um sich zu überzeugen, dass das Dach noch dicht ist.«

»Ist dir auch aufgefallen, dass Moltz die Geschichte mit Shen am liebsten unter den Teppich gekehrt hätte?«

»Hältst du mich eigentlich für einen ausgemachten Idioten? Natürlich habe ich das bemerkt. Und es beunruhigt mich.«

»Aber du hast es ihm durchgehen lassen. Obwohl du ihn hättest zur Rede stellen können.«

»Stimmt, denn er fürchtet dich und deine Gabe. Aber es wäre unklug gewesen, ihm zu drohen, solange du nicht wieder uneingeschränkt über deine Gabe verfügst. Doch ich finde schon noch heraus, wer ihm den Heiler aufs Auge gedrückt hat.«

Unser Helm hatte eine gewaltige, viereckige Grundfläche und lief dreizehn Yard über uns in einen spitzen Kegel aus.

»Wir brauchen die Ostwand«, sagte ich.

»Dann müssen wir auf die gegenüberliegende Seite.«

Jede Seite des Turmhelms maß genau zehn Yard. Wir arbeiteten uns über die Nordwand zu unserem Ziel vor.

»Das hier ist nicht der Haupttempel. Vielleicht hat dieser Helm überhaupt keine Tür.«

»Die beiden Tempel sind zur gleichen Zeit entstanden und vom gleichen Menschen geschaffen worden, mein Liebster. Nur liegt der Haupttempel eben in der Hohen Stadt und dieser hier im Hafenviertel. Trotzdem muss es auch in ihm eine Geheimkammer geben, da bin ich mir sicher.«

Also machte ich mich im unteren Teil des Helms auf die Suche. Die Sache erwies sich als schwieriger als vermutet. Endlich entdeckte ich über dem sechsten Dachziegel – gezählt vom Rand aus – eine kaum sichtbare Zeichnung, die einen Torbogen darstellte.

»Glaubst du, du schaffst es?«, fragte ich Lahen.

»Ich muss es einfach versuchen«, antwortete sie und befeuchtete sich nervös die Lippen. »Hoffen wir, dass mein gegenwärtiger Funke ausreicht.«

»Mach dir keine allzu großen Sorgen. Wenn es nicht klappt, suchen wir uns ein anderes Versteck.«

»Dann müssten wir ja noch mal an den Priestern vorbei«, entgegnete sie. »Nein, wir wollen doch mal sehen, was ich zustande bringe.«

Ich zwinkerte ihr nur aufmunternd zu. Mein Augenstern streckte den Handteller aus, um die verwitterte Zeichnung zu bedecken, die vor tausend Jahren der Skulptor selbst hinterlassen hatte. Ein paar Sekunden später leuchtete der Torbogen rubinrot auf, und ein Teil der Wand wich zur Seite, um einen dunklen Durchgang freizugeben, der so schmal war, dass wir uns seitwärts hineinquetschen mussten.

»Siehst du«, sagte ich. »Es klappt.«

»D… Ga… …ächst mi… je… …ag«, erklang es da zu meiner Überraschung in meinem Kopf.

»Bitte? Ich verstehe dich nicht«, gestand ich mit dümmlichem Lächeln. Nach vielen Tagen hörte ich sie also erstmals wieder in Gedanken.

»Die Gabe wächst mit jedem Tag«, erklärte sie mir. »Immer schneller und schneller. Nur meine Kräfte reichen noch nicht.«

»Das, wozu du bereits imstande bist, ist doch mehr als beachtlich.«

Wir tasteten uns in dem dunklen Gang vorwärts.

»Licht!«, verlangte Lahen leise.

Das an allen Seiten aus weißen Kugeln aufleuchtende Licht ließ mich blinzeln.

»Hier ist irgendwas komisch«, murmelte ich.

Lahen legte derweil die Hand auf einen Torbogen, bei dem es sich um eine exakte Kopie jener Zeichnung handelte, die ich auf dem Dach entdeckt hatte. Daraufhin schloss sich die Geheimtür wieder.

»Findest du nicht auch, dass es hier drinnen viel größer ist, als es von draußen aussieht?«, fragte ich Lahen.

»Das ist einer der Scherze, die sich der Skulptor erlaubt hat. Davon habe ich schon gehört.«

Vor neun Jahren hatte mir Lahen die Geheimkammer gezeigt, die der Skulptor im dritten Turmhelm des Meloth geweihten Haupttempels angelegt hatte. Woher sie selbst davon wusste und warum keine der Schreitenden oder Glimmenden etwas davon ahnte, hatte ich sie damals nicht gefragt. Ebenso wenig wie ich mich danach erkundigt hatte, wer sie, Lahen, im Gebrauch der Gabe unterwiesen hatte und aus welcher Gegend sie eigentlich stammte. Es gab Themen in unserem Leben, die wir lieber nicht zur Sprache brachten.

Damals hatte uns die kleine, aber recht bequeme Kammer gute Dienste geleistet. Vor allem, weil niemand von ihr wusste. Außerdem konnte sie nur jemand aufsuchen, der über die Gabe verfügte. Einen sichereren Platz gab es also nur unterm Rock der Mutter aller Schreitenden, wenn man mir den lästerlichen Vergleich gestattet.

Dieser Raum hingegen schien riesig. Sechs Yard vom Eingang entfernt, führten zehn Stufen nach unten zu einem mindestens zehntausend Quadratyard großen Saal mit einer hohen Gewölbedecke, gewaltigen Strebepfeilern und etlichen Reihen massiver, sechseckiger Säulen entlang der Wände. Alles war in grauem Stein gehalten, jeder Schmuck fehlte.

»Ich versteh das wirklich nicht!«, sagte ich. »Wie kann der Turmhelm von draußen so klein aussehen und im Innern so riesig sein?! Wie passt dieser Saal in den hinein?!«

»Es ist ein Spiel mit dem Raum … mit der Welt«, antwortete Lahen, die sich von der Betrachtung des Raumes losriss. Sie war nicht weniger aufgewühlt als ich. »Etwas kann kleiner erscheinen, als es eigentlich ist. In der Vergangenheit waren die Magier wirklich zu großen Dingen fähig.«

»Und die Schreitenden?«

»Die heutigen bringen dergleichen nicht zustande.«

»Wie steht es mit den Verdammten?«

»Auch ihre Kräfte und ihr Wissen reichen dafür nicht aus. Solche Dinge vollbrachten nur die Zeitgenossen des Skulptors. Nach seinem Tod trat die Zeit des Großen Niedergangs ein. Und der Krieg der Nekromanten hat dann noch mehr von dem zerstört, was bis dahin nicht in Vergessenheit geraten war.«

»Das heißt …«

»Weißt du eigentlich, warum die Schreitenden von heute die Verdammten so sehr fürchten?«, unterbrach sie mich. »Weil die vor fünfhundert Jahren geboren worden sind und noch über Kenntnisse verfügen, die niemand, der oder die heute den Funken in sich trägt, besitzt. Deshalb ist das Wissen die Hauptwaffe der Verdammten, nicht ihre Kraft.«

»Willst du damit andeuten, die sechs seien im Grunde gar nicht so stark?«

»Nein. Sie sind durchaus stark genug, um die meisten, die über die Gabe verfügen, in Asche zu verwandeln. Aber es gibt auch heute einige mit der Gabe, die fast so mächtig sind wie sie. Die Mutter der Schreitenden dürfte es meiner Ansicht nach mit der Verdammten Scharlach aufnehmen können, die als schwächste derjenigen gilt, die den Dunklen Aufstand angezettelt haben. Nur verfügt die Mutter über ein wesentlich geringeres Wissen als Mithipha.«

»Mithipha – ist das der eigentliche Name der Verdammten Scharlach?«

»Ja.«

»Das habe ich nicht gewusst.«

»Der Turm zieht es vor, wenn die Verdammten beim Volk unter dem Namen einer Krankheit bekannt sind. Aber alle, die über die Gabe verfügen, kennen die wahren Namen der Verdammten. Im Regenbogental geht man nämlich auch auf diesen Teil der Geschichte ein. Zumindest auf jene Aspekte, die sich als nützlich erweisen könnten.«

Ich beherrschte mich mit Mühe und stellte nicht die Frage, ob auch Lahen diese berühmte Schule besucht habe, in der alle, die den Funken in sich trugen, ausgebildet wurden.

»Ich fürchte, wir werden nie mehr erfahren, für welchen Zweck der Skulptor diesen Raum angelegt hat«, fuhr sie fort. Offenbar hatte sie nicht bemerkt, welche Kämpfe ich gerade mit mir ausfocht. »Komm, sehen wir uns etwas um!«

»Hier könntest du ganze Horden von Menschen unterbringen«, sagte ich, während ich mit der Hand über eine der Säulen streifte.

»Ehrlich gesagt, war ich bis zum Schluss nicht davon überzeugt, dass wir diese Geheimkammer finden«, gestand sie da zu meiner Überraschung.

»Du warst dir also gar nicht sicher, dass sie existiert?«

»So ist es. Aber mitten in der Nacht wären wir nie in die Hohe Stadt gelangt. Darum bin ich auf den Tempel im Hafenviertel gekommen. Der lag zu Zeiten des Skulptors übrigens noch außerhalb des Stadtgebiets. Wir mussten es einfach wagen.«

»Und wenn du dich getäuscht hättest?«

»Dann hätten wir im Dachstuhl des Refektoriums geschlafen«, erwiderte sie kichernd. »Zusammen mit den Tauben.«

Ich verdrehte nur die Augen. Was für ein Vergnügen!

»Sieh mal! Hier ist eine Luke im Boden!«, rief Lahen. Sie kniete sich hin und versuchte, die schwere Stahlplatte anzuheben.

»Dann ist dieser Ort ja noch größer!«, bemerkte ich kopfschüttelnd.

»Statt mit klugem Gesichtsausdruck rumzustehen, solltest du einer schwachen Frau lieber helfen.«

»Ich wahre lieber Abstand zu dieser schwachen Frau! Das ist ja wohl nicht ohne Grund ein geheimer Ort. Und es hätte uns gerade noch gefehlt, wenn unter dieser Platte ein Untier auftaucht.«

»Mit Monstern hast du auch gerechnet, als ich die Tür zur Geheimkammer im Haupttempel geöffnet habe«, fuhr sie mich an. »Und? Hat uns damals eins angesprungen?«

»Wenn du weiter in irgendwelche verdächtigen Löcher reinkriechst, wird es früher oder später geschehen, das versichere ich dir. Au! Hör auf, mich zu kneifen! Das war doch nur ein Scherz!«

»Dein Glück«, knurrte sie. »Ich verstehe nicht, warum du dich so stur stellst.«

»Und ich verstehe nicht, warum du unbedingt da runter willst«, parierte ich. »Dieser Saal ist doch wirklich groß genug für uns.«

»Die Neugier hat mich halt gepackt.«

»Und Neugier bringt irgendwann jede Katze um«, sagte ich – was mir prompt einen Stoß ihres Ellbogens in meine Seite eintrug. Aber immerhin machte ich mich danach an die Arbeit.

Wir hievten die Platte ein kleines Stück hoch, sodass ich meine Hand in den Spalt schieben konnte.

»Pass auf deine Finger auf!«, sagte Lahen.

Ich spannte alle Muskeln an und wuchtete die schwere Stahlplatte zur Seite. Polternd schlug sie auf den Steinfußboden auf. Vor uns klaffte ein dunkles Loch. Von hier aus waren nur die ersten fünf Stufen einer Treppe zu sehen, die in die Tiefe führte.

»Wagen wir's?«, wollte ich von Lahen wissen, obwohl ich ihre Antwort kannte.

»Du stellst Fragen! Licht!«

Daraufhin gingen unten die magischen Lampen an, die jedoch nicht so stark blendeten wie die im Saal.

»Warte«, verlangte ich von Lahen, die bereits hinuntergehen wollte, und packte sie am Arm. Als ich ihren verständnislosen Blick auffing, fügte ich hinzu: »Ich gehe als Erster.«

Daraufhin machten wir uns an den Abstieg.

»Bei meiner Gabe!«, hauchte mein Augenstern. »Das sind … ja kann denn das …?«

Stammelnd blieb sie auf der Treppe stehen. Mit gutem Grund.

Wir befanden uns in einem nicht sehr großen, siebeneckigen Raum mit flacher Decke. Wände und Decke schimmerten in zartem Rosa. Auf dem Boden war ein großer Kreis gezeichnet, in dem bestimmt zehn Menschen hätten stehen können. In diesem waren als rotes Mosaik von geschickter Hand sieben Ornamente ausgeführt, die an Blütenblätter erinnerten. Jedes von ihnen reichte über den Kreis hinaus und wies auf eine Wand des Raums. An ihrer Spitze wuchs jeweils ein steinerner, gebogener Fangzahn aus dem Boden. Die Hauer waren halbmannshoch und krümmten sich in Richtung des Kreises.

Dergleichen hatte ich noch nie gesehen.

»Eine Wegblüte!«, rief Lahen. »Ness, siehst du? Das ist eine Wegblüte!«

»Oh!«

Die legendäre Schöpfung des Skulptors. Alle Märchen und Mythen, die ich je gehört hatte, behaupteten, mithilfe ihrer Magie könne man im Nu die größten Strecken überwinden.

»Er war wirklich ein bedeutender Mann!« Lahen fuhr mit der Hand über einen der Hauer. »Und ein großer Magier.«

»So groß, dass er das Geheimnis all seiner Schöpfungen mit ins Grab genommen hat. Soweit ich weiß, hat nicht eine der Schreitenden seit dem Tod des Skulptors etwas zustande gebracht, das diesem Wunder hier auch nur annähernd gleichkäme. Pfuschen, das ist das Einzige, was sie können.«

»Da hast du wohl recht, mein Liebster. Aber das schmälert seine Größe nicht.«

»Das kann man auch anders sehen«, entgegnete ich, während ich voller Furcht beobachtete, wie Lahen den Kreis betrat. »Halt mich ruhig für gierig, aber ich verstehe nicht, warum er dieses Wissen nicht an seine Nachkommen weitergegeben hat.«

»Vielleicht hat er niemanden gefunden, der dessen würdig gewesen wäre. Oder er hat es einfach nicht geschafft. Wer weiß?«

»Sag mal, könntest du nicht bitte wieder aus diesem Kreis

rauskommen?«, fragte ich. »Ich bin mir wirklich nicht sicher, ob diese Wegblüte so harmlos ist.«

»Rede keinen Unsinn«, entgegnete sie. »Sämtliche Wegblüten sind seit fünfhundert Jahren lahmgelegt.«

»Ich weiß«, brummte ich.

»Dann verstehe ich nicht, wovor du eigentlich Angst hast. Als die Verdammten aus dem Rat der Schreitenden ausgeschieden sind und den Aufstand angezettelt haben, hat Soritha noch vor ihrem Tod alle Wegblüten des Skulptors verschüttet. Seitdem sind sie tot.«

»Bist du sicher?« Ich trat an einen der Hauer heran und berührte ihn. Der Stein stellte sich als überraschend warm und glatt heraus. »Ich bin es nämlich nicht.«

»Gut, eigentlich schlafen sie nur. Aber das läuft doch letzten Endes aufs selbe hinaus, oder?« Manchmal verblüffte mich ihre Sorglosigkeit. »Weder die Schreitenden noch die Verdammten konnten sie in all den Jahrhunderten wieder zum Leben erwecken. Und wir werden das jetzt auch nicht. Glaub mir, Soritha hat ganze Arbeit geleistet, als sie die Wegblüten ausgeschaltet hat. Und solange sich nicht irgendein kluger Kopf findet, der diese Steine wieder zum Leben erweckt, wird keine der Schreitenden die Wegblüten nutzen können.«

»Du weißt, wie sie einst funktioniert haben?« Ich wollte gern ihre Erklärung hören, denn verschiedene Schlauberger hatten mir schon die unterschiedlichsten Ansätze aufgetischt. Angefangen bei schlichten Varianten, bei denen man nur ein paar Worte zu sagen brauchte, bis hin zu wirklich dämlichen Versionen, die nicht auf Fledermäuse und Eselspisse verzichten konnten.

»Ich habe etwas darüber gelesen«, sagte sie. »Die Menschen haben sich einfach in den Kreis gestellt, die Schreitende hat sich das Ziel vorgestellt, und mithilfe ihrer Gabe hat sie die Wegblüten aktiviert. Schon im nächsten Augenblick fanden sich dann alle an dem gewünschten Ort.«

»Ah ja«, brachte ich gedehnt heraus, während ich meine Gedanken ordnete. »Aber ohne Schreitende ging es nicht? Sie gehörten unbedingt dazu?«

Lahen sah mich irgendwie merkwürdig an, bevor sie sanft fragte: »Sag mal, Ness, weißt du eigentlich, warum die Schreitenden ihren Namen tragen?«

Ehrlich gesagt, hatte ich bis heute nie darüber nachgedacht. Da mir jedoch dämmerte, worauf sie abzielte, sagte ich rasch: »Ach so! Sie heißen so, weil sie mithilfe der Wegblüten den Raum durchschreiten können.«

»Richtig!« Sie schmatzte mir einen Kuss auf die Wange.

»Warte mal! Was ist dann Aufgabe der Glimmenden?«

»Was glaubst du?«

»Keine Ahnung«, gab ich zu. »Ich habe immer gedacht, sie seien schwächer als die Schreitenden. Als ob beide so etwas wie Lehrerinnen und Schülerinnen wären.«

»Nein, so ist das nicht.« Sie dachte nach, dann lächelte sie. Als sie meinen erstaunten Blick auffing, erklärte sie: »Tut mir leid. Es ist nur etwas merkwürdig … solche Binsenweisheiten zu erklären.«

»Binsenweisheiten?«, ereiferte ich mich. »Frag doch mal hundert beliebige Menschen aus Alsgara, worin der Unterschied zwischen Schreitenden und Glimmenden besteht und warum die einen so heißen und die anderen so. Dann wollen wir doch mal sehen, wer dir darauf antworten kann.«

»Stimmt, du hast recht«, sagte sie. »Niemand denkt darüber nach, warum sie ihre jeweiligen Namen tragen. Schließlich haben sich alle über Jahrhunderte daran gewöhnt. Und dass die Schreitenden dem Rat angehören, stellt die Glimmenden für die meisten gleich auf eine niedrigere Stufe. Was die Kraft angeht, meine ich.«

»Aber eigentlich ist es gar nicht so?«, fragte ich, verwirrt, so viel Neues über etwas zu erfahren, das mir von Kindesbeinen an vertraut war.

»Erinnerst du dich noch an das, was ich dir über den Heiler erzählt habe? Dass er über eine andere Form der Gabe verfügt als diejenigen, die ihre Ausbildung im Regenbogental genossen haben. Genau so ist es bei den Schreitenden und den Glimmenden. Auch zwischen ihnen … bestehen gewisse Unterschiede.

Die ersten konnten sich mithilfe der Wegblüten fortbewegen, vermochten sich den Ort, an den sie zu gelangen wünschten, derart gut vorzustellen, dass er fast real erschien. Das ist nun vorbei. Aber selbst heute wirken sie apartere Zauber. Wohlgemerkt: apartere, nicht unbedingt stärkere. Ein Zauber ist wie eine Strickarbeit. Die Schreitenden bringen aufwendige Muster zustande. Die Glimmenden wirken zwar auch sehr mächtige Zauber, aber sie sind eben nicht so kompliziert. Dafür verfügen sie über eine andere Fähigkeit: Sie können ihren Funken, ihre Wärme teilen. Und damit einen Teil ihrer Kraft an die Schreitenden weiterleiten, um deren Gabe vorübergehend zu verstärken. Das ist sehr wichtig, vor allem im Kampf.«

»Die Glimmenden sind also eine Art Ersatzköcher voller Pfeile?«

»Wenn du so willst, ja. Wenn wir zwei Schreitende von gleicher Kraft nehmen, die aus irgendeinem Grund beschließen, gegeneinander zu kämpfen, dann wird diejenige gewinnen, welche die oder den stärkeren Glimmenden auf ihrer Seite hat. Oder auch mehrere Glimmende.«

»Ich glaube, das habe ich begriffen«, sagte ich. »Können die Glimmenden auch stärker sein als die Schreitenden?«

»Was die Kraft betrifft, ja. Von ihrem Können her jedoch nicht. Außerdem sind alle Schreitenden weiblich. Aber bei den Glimmenden kann es sich um Männer oder Frauen handeln. Eine Ausnahme bilden allerdings Heiler. Ein Heiler kann nämlich den Wegblüten gebieten. Der Skulptor war also auch ein Schreitender.«

»Das habe ich mir inzwischen bereits zusammengereimt. Aber andere Männer können die Wegblüten nicht nutzen?«

»Soweit ich weiß, nicht.« Lahen lächelte vergnügt. »Aber ich glaube, dass die männlichen Verdammten Pest, Fieber und Schwindsucht das ganz gut verkraftet haben. Beziehungsweise sich auch jetzt nicht groß darum scheren, denn Pest und Fieber leben ja noch. Zumal Soritha die Wegblüten ohnehin ausgeschaltet hat.«

»Wie bestimmt man dann jetzt, da sich niemand mehr mit

den Wegblüten fortbewegen kann, wer zu den Schreitenden und wer zu den Glimmenden gehört?«

»Das weiß ich auch nicht«, antwortete sie. »Ich habe es nie miterlebt. Aber ich würde vermuten, dass man prüft, wie aufwendig die Zauber sind, die jemand wirken kann, und ob jemand imstande ist, den eigenen Funken mit anderen zu teilen. Was mich jetzt jedoch vor allem beschäftigt, ist, warum sich an diesem seltsamen Ort eine Wegblüte befindet. Du musst doch zugeben, dass wir hier einen überraschenden Fund gemacht haben. Wenn du mich fragst, weiß heute niemand etwas von dieser Wegblüte. Also, warum hat der Skulptor hier eines dieser Portale versteckt?«

»Ich fürchte, das werden wir nie herausfinden. Und jetzt lass uns wieder nach oben gehen. Uns bleiben nur noch ein paar Stunden, um uns auszuschlafen. Und morgen steht uns ein schwerer Tag bevor.«

Lahen nickte widerwillig und wandte sich schon der Treppe zu, als mir etwas an einer Wand auffiel. »Sieh mal, noch eine Zeichnung!«

Wir sahen sie uns näher an.

»Der Torbogen ist das Zeichen des Skulptors. Also hat er hier noch mehr versteckt. Diese Tür ist auf die gleiche Weise gesichert wie die oben.«

»Willst du sie öffnen?«

»Nein«, antwortete sie. »Sonst kriegen wir wirklich keinen Schlaf mehr ab. Außerdem bin ich noch nicht wieder so stark, dass ich meinen Funken für Scherze dieser Art vergeuden könnte. Das sehen wir uns beim nächsten Mal an.«

»Wir kommen bestimmt noch einmal her.«

»Versprichst du mir das?«

»Ja.«

Sie lächelte mich müde an.

Nachdem wir uns in unsere Wolldecken gehüllt hatten, flüsterte mein Augenstern: »Dunkelheit«, und die Kugeln an den Wänden erloschen.

Ga-nor wachte auf, weil die Tür knarrte. Er fuhr hoch und griff nach dem Dolch, der neben seinem Kopfkissen lag.

»Keine Sorge, das bin nur ich«, sagte Luk rasch und streckte vorsichtshalber noch die Hände vor, um zu zeigen, dass er unbewaffnet war. Nicht, dass der Irbissohn einen bösen Traum gehabt hatte …

»Seh ich auch, dass du es bist«, brummte Ga-nor, legte die Waffe weg und streckte sich wieder aus. »Steh nicht in der Tür rum, sondern komm rein. Und schließe hinter dir ab. Wo bist du die halbe Nacht gewesen?«

»Hast du dir etwa Sorgen um mich gemacht?«

Ga-nor durchbohrte den anderen mit einem finsteren Blick, was Luk jedoch nicht bemerkte. »Womit habe ich das verdient, dass Ug mich so straft?«, stieß der Irbissohn aus.

»Was meinst du?«, fragte Luk, der sich aufs Nachbarbett setzte und nicht einmal seine Schuhe auszog.

»Die Rede ist von dir. Warum musstest du mir über den Weg laufen? Und wieso muss ich jetzt dein Kindermädchen spielen?«

»Tut mir aufrichtig leid«, giftete Luk. »Aber wenn du meinst, mein Kindermädchen spielen zu müssen, dann handelst du aus freien Stücken. Ich habe dich nämlich nicht darum gebeten. Von mir aus hättest du deine werten Augen nie auf meine bescheidene Person zu richten brauchen. «

»Jetzt hast du gut reden. Aber damals hätten dich diese Untoten beinah kaltgemacht. Hätte ich dir nicht geholfen, würdest du schon längst nicht mehr unter uns weilen.«

»Von wegen! Mit denen wäre ich auch spielend allein fertiggeworden!«

»Bei Ug!« Empört setzte sich Ga-nor erneut auf. »Du bist wirklich das undankbarste Schwein der Welt! Nicht nur, dass ich deine Haut gerettet und mit dir den halben Süden durchquert habe, nein, ich habe mich sogar noch darauf eingelassen, dich nach Alsgara zu begleiten. Was habe ich hier verloren?! Der Krieg tobt im Norden und im Osten – aber ich hocke hier in dieser verfluchten Stadt und kratze schon seit einer geschlagenen Woche an der Schwelle zum Turm der Schreitenden.«

»Weißt du, warum du so eine Stinklaune hast?«, fragte Luk und streckte sich auf dem Bett aus, das unter seinem Gewicht erbärmlich quietschte. »Weil du dich nur in den Wäldern und Schneewüsten wohlfühlst. Die Stadt jagt dir einfach Angst ein.«

»Bist wirklich ein Schlauberger. Was würde ich nur ohne dich tun?«

»Da platzt doch die Kröte, völlig richtig! Ohne mich würden die Nabatorer womöglich schon mit deinem rotschopfigen Schädel Ball spielen. Ich habe gehört, was im Lande vor sich geht. Der Linaer Moorpfad ist genommen. Gash-shaku wird belagert, Okny ist gefallen und Feuer und Schwert übergeben. Es wird keine zwei Wochen mehr dauern, dann tobt der Kampf um die Treppe des Gehenkten. Damit wäre der Weg ins Herz des Imperiums und in die Hauptstadt für Nabator frei. Halte mich nicht für einen Feigling, aber ich bin ganz froh, nicht in diesen Kämpfen verheizt zu werden. Oder irgendwelchen Nekromanten als Feuerholz zu dienen.«

»Für einen Feigling halte ich dich nun wirklich nicht«, erwiderte Ga-nor, nur um sogleich hinterherzuschieben: »Bloß für einen Dummkopf. Aber das steht auf einem anderen Blatt. Ich bin Soldat. Es ist meine Pflicht zu kämpfen, nicht vor den Schreitenden zu katzbuckeln und darauf zu warten, wann sich diese einfältigen Wachteln dazu herablassen, uns anzuhören. Wie lange sollen wir eigentlich noch um diese … um deine Audienz bitten?! Will dir denn nicht in den Kopf, dass die uns nie im Leben vorlassen?!«

»Wenn du es gar nicht mehr abwarten kannst, in den Kampf zu ziehen, dann sei beruhigt: Der Krieg holt uns hier früh genug ein. Dann kannst du dein Schwert schwingen, bis du grün wirst.«

Oder bis dir ein flinkerer Nabatorer die Rübe abhaut, fügte Luk in Gedanken hinzu.

»Einigen wir uns doch auf folgenden Plan«, schlug Ga-nor vor. »Wenn wir in fünf Tagen immer noch nichts erreicht haben, gehe ich.«

»Und wohin, wenn ich fragen darf?«

»Dorthin, wo unsere Armee steht. Und falls ich mich nicht zu den anderen durchschlagen kann, nach Hause. Mögen unsere Ältesten entscheiden, wo mein Platz in diesen Zeiten ist.«

»An der Treppe des Gehenkten stehen die Nabatorer. Da kommst du nie durch.«

»Es gibt immer noch das Meer.«

»Ich glaube, da sieht die Sache nicht besser aus. Burg Donnerhauer hinter Loska könnte ebenfalls bereits belagert werden. Und was die beiden Straßen betrifft, die ins Zentrum des Imperiums führen, so ist nicht auszuschließen, dass sie abgeriegelt sind. Du kommst nicht in den Norden durch. Zumindest jetzt nicht.«

»Trotzdem versuche ich es. Und du weißt genau, dass ich es schaffen kann.«

»Stimmt schon«, räumte Luk ein. »Die Irbiskinder sind ein starrköpfiges Volk. Gut, mach, was du für richtig hältst. Aber ich werde meinen Auftrag hier erledigen. Ich muss den Schreitenden von Scharlach erzählen.«

»Glaubst du wirklich, die wüssten nicht längst von ihr?«

»Trotzdem! Ich habe mein Wort gegeben, Bericht zu erstatten.«

»Bei Ug, in dir steckt wirklich ein echter Soldat!«, höhnte Ga-nor. »Dumm und stur.«

»Was man von dir ja niemals behaupten könnte.« Luk nahm Ga-nor seinen Spott nie übel, warum auch immer. »Aber lassen wir das, ich will schlafen.«

»Du hast mir noch nicht gesagt, wo du gewesen bist.«

»Beim Würfelspiel«, gab Luk widerwillig Antwort.

»Mit Lahens Geld, nehme ich an?«

»Ja.«

»Und wovon sollen wir jetzt leben?«

»Da platzt doch die Kröte, ich habe gewonnen!«

»Ach ja?«, bemerkte Ga-nor überrascht. »Das glaube ich nicht. Sonst verlierst du doch immer.«

»Aber manchmal gewinne ich eben auch.«

»Weil du geschummelt hast.«

»Nur ein bisschen.«

»Morgen händigst du mir unser Geld aus.«

»Warum das?!«

»Weil du es fertigbringst, gegen jemanden zu spielen, der noch besser schummelt als du. Und ich will nicht mit leeren Taschen in Alsgara hocken«, erklärte Ga-nor. »Außerdem schuldest du mir ohnehin noch zwei Soren.«

Die Erwähnung seiner Schulden erstickte jeden Widerspruch von Luks Seite. Er schnaufte bloß beleidigt und wälzte sich im Bett, beruhigte sich nach einer Weile aber. Ga-nor dankte Ug innerlich dafür, dass der schwatzhafte Luk endlich Ruhe gab. Er selbst lag noch eine Weile wach da und nahm sich vor, morgen früher in die Hohe Stadt aufzubrechen. Sollte der Sekretär im Turm sie dann wieder unverrichteter Dinge fortschicken wollen, würde er ihm so lange die Kehle zudrücken, bis Luk zu jemandem aus dem Rat vorgelassen würde.

Doch dann riss ihn Luks Stimme aus seinen Überlegungen: »Schläfst du schon?«

»Ich versuche es«, antwortete der Irbissohn, ohne die Augen zu öffnen, wobei er innerlich Flüche auf Luks Kopf niederprasseln ließ. Und Ugs Eisbeil als Zugabe.

»Ich denke gerade an Lahen. Schade, dass sie nicht mehr bei uns ist. Wie sie wohl allein zurechtkommt?«

»Hervorragend, vermute ich. Sicher viel besser als wir. Schlaf jetzt.«

»Ob sie Ness getroffen hat? Ich meine, ob die anderen überhaupt aus der Dabber Glatze herausgekommen sind? Wir haben überhaupt keine Ahnung, was Ness oder Giss oder Shen jetzt machen. Ob sie genauso viel Glück hatten wie wir?«

»Darüber denke ich jetzt nicht nach, Luk. Ich will nur schlafen. Was mit ihnen geschehen ist, hängt allein von Ugs Willen ab. Aber der kümmert sich normalerweise um gute Soldaten.«

»Lach mich ruhig aus, aber ich habe mich in den Tagen wirklich an sie gewöhnt gehabt. Mit ihnen zusammen wäre bestimmt alles einfacher.«

»Wir hätten uns sowieso getrennt«, erwiderte Ga-nor. »Die Meuchelmörder hätten sich nämlich eh nicht lange mit uns abgegeben. Soweit ich es verstanden habe, hatten sie ihre Angelegenheiten zu erledigen. Und du hast deine.«

»Wer ist denn deiner Meinung nach ein Meuchelmörder?«

»Ness und Lahen.«

»Wie kommst du darauf?«

»Sie sind Gijanen.«

»Bitte?!«

»Sie sind Meister ihres Fachs, die für Geld morden.«

»Ich weiß, was ein Gijan ist. Aber du glaubst doch nicht wirklich, dass …«

»… unsere beiden Bekannten sind welche«, fiel ihm Ga-nor ins Wort.

Kurz schwiegen beide, während Luk die Neuigkeit verdaute. »Bist du da sicher?«, fragte er schließlich.

»Ja.«

»Aber …«

»Ich schwöre es bei Ug, das ist die Wahrheit. Können wir jetzt endlich schlafen?«

»Ja. Und Shen? Ist der auch ein Gijan?«

»Keine Ahnung.«

Eine Minute später schlief Ga-nor bereits. Luk hingegen starrte die Decke an, von den Worten seines Freundes noch immer erschüttert.

Kapitel 18

Thia erreichte die Orsa bei Einbruch der Dunkelheit. Sie machte einige Yard vorm Fluss entfernt unter Weiden halt und saß ab, wobei sie das gegenüberliegende Ufer nicht aus den Augen ließ. Das breite Gewässer strömte träge Richtung Meer, auf seiner Oberfläche tanzten die nächtlichen Lichter Alsgaras. Die Südliche Hauptstadt erinnerte sie an die mächtige Stadt Sakhal-Neful in Sdiss, wenn man sich ihr nach Sonnenuntergang von der Großen Wüste her näherte.

Als sie die Gegend durch Porks Augen betrachtete, konnte sie nicht glauben, was sie sah, obgleich sie etwas in der Art vermutet hatte. Das letzte Mal hatte sie diese Mauern und Türme vor fünfhundert Jahren gesehen, an jenem Tag, als ein Teil des Rats der Schreitenden rebelliert hatte und den anderen Teil vernichten wollte. Zwanzig von ihnen hatten sich gegen die Mutter und ihre Verbündeten gestellt, doch nur acht war es gelungen, die Stadt nach dem gescheiterten Aufstand zu verlassen. Sie sollten später die Verdammten genannt werden. Oh, gewiss, sie hatten etliche Schreitende getötet, darunter auch Soritha, die Mutter. Aber letzten Endes hatte es ihnen an Kräften gefehlt, auch noch gegen diejenigen zu kämpfen, die dem Rat aus dem Regenbogental zu Hilfe geeilt waren.

Pork knirschte mit den Zähnen und ballte die Fäuste, als sich Thia in ihm an diese Zeit erinnerte. Seitdem war keiner aus ihrem Kreis, den sechs Gebietern und Gebieterinnen, in Alsgara gewesen. Nach dem Aufstand hatte der fünfzehnjährige Krieg der Nekromanten das Imperium verheert, und in der Folge mussten sie sich hinter die Buchsbaumberge zurückziehen. Nach Nabator und Sdiss, teilweise sogar noch weiter, bis hinein in die Große Wüste.

Und nun, nach so vielen Jahren, stand sie wieder hier am Ufer der Orsa und blickte auf jene Stadt, in der sie einen Teil ihres vergangenen Lebens verbracht hatte. Alsgara sah aus wie eh und je – und doch völlig anders. Fremd. Gut, die Mauern, Türme und Turmhelme der Hohen Stadt hatten ebenso überdauert wie die der Tempel Meloths. Doch es war viel Neues hinzugekommen, die Stadt gewachsen. Sie erstreckte sich nun weit am Ufer, protzte mit neuen Mauern, Vierteln, Bauten und Häusern. Mit neuen Menschen. Sie wirkte noch unansehnlicher, gefährlicher und schrecklicher als ehedem. Thia nahm den Atem dieses riesigen Wesens wahr, das sich entleerte, mit Tausenden von Seelen kochte und durch die Magie der Schreitenden lebte. Wäre Rethar noch am Leben, er hätte andere Worte dafür gefunden. Aber er weilte schon lange nicht mehr unter ihnen. Trotzdem erinnerte sie sich noch an sein Gesicht und sein Lächeln. Ihn hatte sie mehr geliebt als ihr Leben, ihm wäre sie ins Reich der Tiefe gefolgt – und doch war sie allein zurückgeblieben.

Der alte Hass auf die Närrinnen im Turm brodelte in ihr auf, und Pork schauderte verängstigt wimmernd zusammen. Thia zwang ihm ihren Willen auf. Mit finsterer Miene blickte sie weiter auf die Stadt. Der Bogenschütze, der ihr entkommen war, musste sich hinter jenen Mauern, die auf der anderen Flussseite aufragten, versteckt halten. Ebenso wie die Frau mit dem Funken und der Heiler. Folglich blieb ihr keine andere Wahl: Sie musste nach Alsgara gelangen.

Egal, welches Risiko sie damit einging. Der Turm der Schreitenden dürfte alle Tore im Auge behalten. Deshalb sollte sie die Stadt nicht auf diesem Wege betreten. Die Schreitenden könnten ihre Gabe spüren, selbst wenn der Funke in Porks Körper kaum glomm und die Kraft, die sie in der Dabber Glatze gesammelt hatte, nur in einem toten Körper aufloderte. Einigen dieser Hexen genügte jedoch der kleinste Hinweis auf einen Funken. Und in dem Fall …

Mit sämtlichen Schreitenden und Glimmenden Alsgaras konnte sie es nicht aufnehmen, sollten sich diese auf sie stürzen wie die Motten aufs Licht. Und das würden sie tun, sobald sie sich auch nur einem der Tore näherte. Damit blieb ihr lediglich eine Möglichkeit: übers Wasser. Der Zugang über den Hafen würde sicher nicht so stark kontrolliert werden wie die Tore. Dort könnte sie es schaffen, sich unbemerkt einzuschmuggeln. Doch selbst wenn ihr das gelänge, musste sie ständig auf der Hut sein und durfte niemandem begegnen, der die Gabe in sich trug. Oder einem Angehörigen des Purpurnen Ordens. Denn mochte sie gegen die Schreitenden oder Glimmenden noch etwas ausrichten können – den Dämonenbeschwörern stand sie hilflos gegenüber. Jeder, der einen purpurnen Umhang trug, brauchte nur einmal mit den Fingern zu schnipsen – und sie wäre an Händen und Füßen gefesselt. Genau wie vor ein paar Tagen in diesem widerlichen Dorf. Wenn sie sich selbst gegenüber ehrlich sein wollte, so staunte sie noch heute, wie leicht dieser Kerl mit ihr fertiggeworden war.

In ihrem Rausch, endlich den Bogenschützen geschnappt zu haben, hatte sie den gedrehten, mit Rubinen besetzten Stab viel zu spät bemerkt. Erst als sie gleichsam ein entsetzlicher Schlag auf den Kopf traf. Ihr war schwarz vor Augen geworden. Als sie am nächsten Tag wieder zu sich gekommen war, hatte sich der Trottel längst weit in die Felder geschlagen. Kaum hatte sie ihn eingeholt, da hatte sie all ihre Wut an ihm ausgelassen.

Zu Fuß waren sie in das tote Dorf zurückgekehrt. Dort erwartete sie eine weitere böse Überraschung: Ihre Pferde waren verschwunden. Vermutlich hatten der Bogenschütze und der Dämonenbeschwörer sie mitgenommen. In gereizter Stimmung hatte sie die Spur der beiden aufgenommen und im nächsten Dorf ein Pferd gestohlen.

Mit einem Mal brannte Porks Wirbelsäule. Thia verzog das Gesicht, als schmerze sie ein Zahn.

Sie wurde gerufen!

Beim Reich der Tiefe, wieso kam dieser Ruf ausgerechnet jetzt?! Und warum kam er überhaupt? Das Brennen verstärkte sich, wanderte zu den Schultern hinüber, dann hinauf zum Hals und griff allmählich auf den Kopf über.

Selbstverständlich wusste Thia, wer sie da rief.

Rowan.

Nur sein Ruf brannte wie das Gift des roten Skorpions oder wie ein wütendes Feuer. Dreifach verdammt sei er! Was wollte dieser Grabwurm?! Sie beide sprachen nur selten miteinander, mieden sich überhaupt. Rowan, der Verdammte Schwindsucht, bedeutete stets einen gefährlichen Gegner – und würde sich die Gelegenheit, sie in ihrer gegenwärtigen Schwäche endgültig zu vernichten, mit Sicherheit nicht entgehen lassen.

Das Brennen nahm mehr und mehr zu.

Wie hartnäckig dieser Rowan war! Mit jeder Sekunde wurde es für Thia schwieriger, seinem Ruf nicht zu antworten. Früher hätte sie angesichts solcher Impertinenz nur die Achseln gezuckt und das Geflecht des Zaubers in der Luft zerrissen – doch die Zeiten waren vorbei. Nicht einmal dafür reichten ihre Kräfte. Mittlerweile ging das Brennen in puren Schmerz über. Rowan übte bald mehr, bald weniger Druck auf sie aus, sodass jedes Mal, wenn sie sich auch nur etwas entspannte, neuer Schmerz in sie schoss. Es war, als zwicke der Rand einer schlecht verheilten Wunde – nur zigfach verstärkt. Pork liefen bereits Tränen über die Wangen. Diese jämmerliche, diese sterbliche Körperhülle, das wurde Thia rasch klar, würde eine derartige Tortur nicht überstehen.

Daraufhin befahl sie dem Trottel, aufzustehen und auf wackligen Beinen zur Orsa zu eilen. Am Fluss fiel sie – in Pork – auf die Knie und sah sich um. Niemand. Mit aller Kraft schlug sie mit der Faust aufs Wasser. Die aufspritzenden Tropfen blieben in der Luft hängen, schimmerten silbrig im Licht des Halbmondes und verschmolzen miteinander. Vor ihr entstand ein breites Silberfenster. Es war halb durchscheinend, leuchtete dann jedoch in fahlem Licht auf. Und nun sah Thia ihr Gegenüber.

Rowan rekelte sich halb sitzend, halb liegend auf weichen Atlaskissen, die wahllos über einen teuren Sdisser Teppich verteilt waren. Neben ihm fanden sich ein auf Hochglanz polierter

Harnisch sowie ein Schwert mit edlem Griff, im Hintergrund stand ein unter Papieren versinkender Tisch. Es brannten genug Kerzen, um jeden Zweifel auszuräumen: Rowan hielt sich in einem Zelt auf.

Rowan Neho, Herr des Wirbelsturms, Sohn des Abends, Beil des Westens, im Volksmund Schwindsucht genannt, schien nur fünf Jahre älter als Thia. Er hatte ein aristokratisches, sehr blasses Gesicht, große braune Augen, anmaßende schmale Lippen und eine Nase von ideal gerader Form. Blonde Haare und Brauen sowie ein akkurat gestutzter Vollbart unterstrichen die edlen Züge. Um die dichten langen Wimpern hätte ihn jede Frau beneidet, ebenso wie um das strahlende Lächeln. Er war etwas größer als die meisten Männer, breitschultrig und muskulös, insgesamt also eine imposante Erscheinung. Allerdings zierten ihn schmale, aparte Hände mit langen Fingern, wie sie bei guten Kriegern nur selten anzutreffen sind – doch Rowan stellte im Umgang mit dem Schwert jeden Sterblichen in den Schatten. Früher hatte sich allein Rethar mit ihm messen können.

Er trug ein weit geschnittenes, schwarzes Seidenhemd und Hosen von der gleichen Farbe. Keinen Schmuck, keine Waffe, keine Schuhe. Zu seinen Füßen saß eine zarte, blutjunge Frau aus dem Volk der Ye-arre, die trotz des kahl geschorenen Schädels als schön gelten durfte. Allerdings war einer ihrer schneeweißen Flügel gebrochen, offenbar eine frische Verletzung. Ihre Augen hingen an ihrem Herrn. Im Unterschied zu dem Verdammten baumelte an ihrem Gürtel eine kleine Klinge, die sie jedoch nicht zu ziehen beabsichtigte.

Typisch Rowan. Er genoss es, anderen Schmerz zuzufügen, ja, es war sogar ein tägliches Bedürfnis für ihn. Nichts hörte er lieber, als wenn seine Opfer um Gnade flehten, nichts sah er lieber, als wenn sie sich an den eigenen Tränen verschluckten und vor ihm krochen. Das größte Vergnügen bereitete es ihm jedoch, diesen Schmerz in blinde Liebe und Unterwerfung umzumünzen. Mit Magie und roher Gewalt brach er den Willen von stolzen Männern und Frauen, von Schmeichlern, Unterwürfigen und Feinden – und verwandelte sie in Diener und Tote. Niemand sonst umgab sich mit derart vielen toten Körpern, niemand sonst zog daraus einen derart unverfälschten Genuss.

»Du hast dir mit deiner Antwort Zeit gelassen«, sagte er anstelle einer Begrüßung. »Das ist alten Freunden gegenüber nicht sehr höflich. Wo bist du?«

»Du scheinst nicht gerade erstaunt über meinen Anblick«, überging sie seine Frage und zwang Pork, die Lippen zu einem Lächeln zu verziehen.

»In der Tat, das bin ich nicht«, erwiderte Rowan und schnipste mit den Fingern, damit ihm die Ye-arre einen Becher Wein reichte. »Allerdings hat mir dein Erscheinungsbild früher besser gefallen.«

Thia rang sich ein Lächeln ab – während sie fieberhaft darüber nachdachte, warum dieser Grabwurm so gelassen geblieben war und nicht einmal mit der Wimper gezuckt hatte, als er anstelle des vertrauten Gesichts von Thia die einfältige Visage dieses Trottels erblickt hatte. Im Grunde konnte es auf diese Frage nur eine Antwort geben: Talki!

»Was willst du?«, fragte Thia schließlich.

»Warum dieser Ton? Freust du dich etwa nicht, mich zu sehen?«

»Schluss jetzt!«, brüllte sie. »Sag mir, was du willst, oder verschwinde!«

»Wie schön, dass sich manche Dinge in unserer Welt niemals ändern. Du bist so grob wie eh und je. Selbst in diesem Körper. Im Übrigen wollte ich dir nur mitteilen, dass ich bald komme.«

»Wohin, falls das kein Geheimnis ist?«

»Nach Alsgara. Ich setze alles daran, so schnell wie möglich dort zu sein.«

»Soweit ich mich erinnere, bist du im Osten gebunden.«

»Das war ich. Aber inzwischen haben Ley und ich den Linaer Moorpfad genommen. Er befindet sich jetzt auf dem Weg nach Okny, trifft dann Alenari und zieht im Anschluss daran weiter zur Treppe des Gehenkten. Ich dagegen beabsichtige, mit einem Teil der Armee die Südliche Hauptstadt zu knacken.«

Rowan setzte ein strahlendes Lächeln auf und fuhr mit der

Hand über die Wange der Ye-arre. Die erschauerte vor Vergnügen.

»Ich erkenne dich nicht wieder, Sohn des Abends. Seit wann neigst du zu solchem Leichtsinn? Alsgara mag eine verlockende Nuss darstellen, aber auch eine harte. Oder glaubst du etwa, die Mauern stürzten allein bei deinem betörenden Anblick ein, und die Tore sprängen auf, sobald du dich ihnen zeigst? In der Stadt wartet eine ganze Armee auf dich – und mindestens eine genauso große Zahl von Trägern und Trägerinnen der Gabe wie in der Hauptstadt.«

»Meine Truppen werden die Armee ins Meer jagen«, erwiderte Rowan gelassen. »Sieh mich nicht so an, Reiterin auf dem Orkan. Ich weiß, dass das Imperium gute Soldaten hat, aber dank der Kundschafter aus Sdiss weiß ich auch, dass sie uns zahlenmäßig unterlegen sind. In Bälde werde ich Burg Krähennest erobert haben, dann ist der Weg nach Alsgara frei. Wie gefällt dir meine kleine Freundin?«, fragte er dann plötzlich.

»Für gewöhnlich ziehst du doch Jungen vor.«

»Das ist eine Verleumdung«, fuhr er sie an. »Man könnte das Verhältnis wohl eher als ausgewogen bezeichnen. Also, wie gefällt sie dir?«

»Sie ist sehr hübsch«, antwortete Thia kalt. »Und du hast sie gut erzogen.«

»Ebendas fehlt dir leider: eine gute Erziehung. Sie tut alles für mich. Möchtest du, dass sie stirbt?«

»Das ist mir völlig einerlei.«

»Wahrscheinlich hast du recht. Abgesehen davon bin ich ihrer noch nicht überdrüssig«, sagte er und wandte sich anschließend an seine Sklavin: »Zerschneid dir das Gesicht.«

Prompt zog sie die Klinge blank und schlitzte sich, ohne auch nur eine Sekunde zu zögern, von der Schläfe bis zum Augenwinkel, dann weiter über die Wange an der Lippe vorbei zum Kinn die Haut auf. Blut floss. Viel Blut. Doch die Ye-arre lächelte, spürte weder das Blut noch den Schmerz. Für sie zählte einzig das Glück, ihrem Herrn eine Freude zu bereiten.

Der achtete jedoch nicht weiter auf sie, sondern hielt den Blick die ganze Zeit über ausschließlich auf Thia gerichtet. Diese erfüllte seine Hoffnung – und Pork verzog angewidert das Gesicht.

»Ich wundere mich nur, wie Rethar einen derart ekelhaften Grabwurm wie dich zum Bruder haben konnte«, stieß sie bitter aus.

Rowan entglitten die Gesichtszüge, und in den braunen Augen loderte Wahnsinn auf. »Du Dreckstück! Wie kannst du es wagen, auch nur den Namen meines Bruders in den Mund zu nehmen!«, brüllte er, sprang auf und griff nach dem Schwert. »Nie gab es einen besseren Mann als Rethar! Und du hast ihn das Leben gekostet! Mein Bruder ist wegen eines dämlichen Weibsbildes gestorben, das ihm schöne Augen gemacht hat!«

Sein blasses Gesicht rötete sich. Er ließ all seine Wut an der Ye-arre aus. Der Kopf dieses armen Wesens rollte unter den Tisch, der Körper fiel, noch einmal mit den Flügeln schlagend, zu Boden, Blut ergoss sich auf die Atlaskissen und den teuren Teppich. Schwer atmend versuchte Rowan, die Gewalt über sich zurückzuerlangen. Nach einer Weile gelang es ihm auch. Er fuhr sich mit der Hand übers Gesicht, schleuderte das blutige Schwert in die Ecke und stieß die Tote mit einem Tritt weg. Dann setzte er sich wieder und spie aus: »Wo waren wir stehen geblieben?«

»Du widerst mich an, Rowan«, sagte Thia. »Und um dein Spielzeug tut es mir leid.«

»Halb so wild«, erwiderte er und rang sich ein Lächeln ab. »Ich besorge mir ein neues.«

»Man könnte ja fast meinen, dir stünde ein ganzes Regiment von Ye-arre zur Verfügung.«

»Bis … bis vor Kurzem war genau das der Fall.«

»Was soll das heißen?«

»Die Flatterer sind auf unsere Seite gewechselt. Ihre Ältesten haben ihr Volk mit Haut, Federn und Eingeweiden verkauft.«

»Davon höre ich zum ersten Mal.«

»Beim Linaer Moorpfad haben sie uns gute Dienste geleistet, als sie den Soldaten des Imperiums in den Rücken gefallen sind. Aber vor ein paar Tagen hat es gewisse Unannehmlichkeiten gegeben, da sind die Ye-arre heftig mit den Shej-sa'nen aneinandergeraten. Offenbar haben diese beiden Rassen noch ein paar offene Rechnungen. Danach wollten die Ascheseelen Blut sehen. Und da ich sie für wichtiger hielt als die Ye-arre … ist die Zahl Letzterer etwas gesunken. Aber ich werde trotzdem ein neues Spielzeug für mich finden.«

Thia knirschte mit den Zähnen. Was für ein Narr! Wie hatte Ley ihm nur den Befehl über eine ganze Armee anvertrauen können – so wie der Geruch von Blut und totem Fleisch diesen Widerling in Ekstase versetzte?! Sodass er sogar zuließ, dass die Shej-sa'nen und die Ye-arre aufeinander losgingen. Was über die Maßen dumm war. Wie sollten sie jetzt neue Verbündete finden? Alle würden sich an das Schicksal der Ye-arre erinnern und es sich gründlich überlegen, ob sie sich auf die Seite der Verdammten stellten.

»Ich möchte dich bitten, mir in Alsgara zu helfen«, wechselte Rowan überraschend das Thema.

»Habe ich da gerade richtig gehört?«

»Verlange nicht von mir, dass ich meine Bitte auch noch wiederhole.«

Das könnte dir aber nichts schaden!, dachte Thia, um dann zu fragen: »Was genau soll ich tun?«

»Sieh zu, dass du nach Alsgara reinkommst, bevor die Stadt das Gerücht erreicht, dass ich sie zu besuchen gedenke. Öffne mir ein Tor.«

»Ein offenes Tor reicht nicht. Dazu hat die Stadt zu viele Mauern.«

»Ich werde mir etwas einfallen lassen. Tu mir einfach den Gefallen.«

»Was willst du in Alsgara?«, fragte Thia.

Eine Zeit lang maßen sich beide mit Blicken, dann antwortete Rowan: »Das Buch.«

»Welches Buch?«

»Stell dich nicht dümmer, als du bist. Ich brauche das Buch, auf das Talki so erpicht ist. Glaubst du etwa, ich wüsste nicht, warum sie dich in die Stadt geschickt hat – noch dazu in dieser Aufmachung! Ich muss dieses Buch haben! Ist das in deinem

Hirn angekommen, oder soll ich es noch einmal wiederholen? Bevor ich die Stadt stürme, will ich wissen, wo sich dieses Buch befindet. Es wäre nämlich höchst ärgerlich, wenn wir aus Versehen den Ort, an dem es aufbewahrt wird, in Brand steckten. Meinst du nicht auch?«

»Und warum bitte schön sollte ich dir helfen?«

»Weil es zu deinem eigenen Vorteil ist. Wenn das Buch verbrennt, schadet das uns allen. Abgesehen davon bin ich bereit, mit dir zu teilen, sollte ich das Buch vor Talki in die Finger bekommen. Eine Hand wäscht also die andere, wenn du so willst.«

»Ich erkenne dich wirklich nicht wieder.«

»Glaub nicht, dass ich irgendetwas vergessen hättc«, warnte er sie mit unschönem Lächeln. »Oder verziehen. Du hasst mich genauso wie ich dich. Aber dieses eine Mal müssen wir am selben Strang ziehen. Ich gebe dir mein Wort, ehrlich mit dir zu teilen und dir kein Messer in den Rücken zu rammen.«

»Zu liebenswürdig.«

»Habe ich je mein Wort gebrochen?«

»Nein«, sagte sie und fügte in Gedanken hinzu: In diesem Punkt wart ihr euch immer ähnlich, du und dein Bruder.

»Dann verlange ich eine Antwort.«

»Ich werde es versuchen.«

»Das reicht mir völlig. Ich hoffe, du verlierst keine Zeit. Sobald ich eintreffe, setze ich mich mit dir in Verbindung.«

Daraufhin trübte sich das Silberfenster, und das Wasser tropfte wieder in den Fluss.

Thia biss die Zähne aufeinander. Beim Reich der Tiefe, was ging hier vor?! Von welchem Buch hatte dieser Grabwurm gesprochen? Was hatte ihm Talki da ins Ohr gezwitschert? Uninteressant dürfte es jedenfalls nicht gewesen sein – wenn Rowan, der sie zumindest indirekt für schuldig am Tod von Rethar hielt, sie um Hilfe bat. Dergleichen hatte es in all den Jahrhunderten noch nicht gegeben. Deshalb musste sie unbedingt in Erfahrung bringen, was es mit diesem Buch auf sich hatte. Und zwar unverzüglich.

Das Silberfenster zu schaffen kostete sie enorme Kräfte. Immerhin reagierte Talki sofort. Sie saß in Nachthemd und Häubchen auf dem Bett. Obwohl sie ohne Zweifel gerade eben eingeschlafen war, spiegelte sich auf ihrem Gesicht kein Zeichen von Unzufriedenheit, zu so später Stunde noch gestört worden zu sein. Die trüben blauen Augen musterten Pork eingehend.

»Wie ich sehe, hast du ihn gezähmt. Und auch sein Äußeres weiter verbessert. Du machst Fortschritte, mein Mädchen.« Mit ihrer aufgedunsenen Hand schob sie die Katze zur Seite, die auf ihren Beinen schlief. »Einen Teil deiner Kräfte hast du dir also zurückerobert. Aber du kannst sie nur einsetzen, wenn du in einem toten Körper steckst, oder? Wie ist dir das gelungen?«

»Auf die gleiche Weise wie dir damals«, antwortete Thia wütend. »Als Ghinorha und Rethar gestorben sind, hast du dich an ihrer Kraft satt getrunken. Ich habe mir immerhin nur meine eigene einverleibt.«

»Sehr gut.« Talki machte keine Anstalten, den Vorwurf abzustreiten. »Das hast du wirklich ganz hervorragend gemacht, mein Mädchen. Ich freue mich für dich.«

»Du hättest mir gegenüber diese Möglichkeit durchaus erwähnen können!«

»Und warum?«, fragte sie aufrichtig verwundert zurück. »Wir haben schließlich alle unsere kleinen Geheimnisse. Du wirst mich doch nicht wegen dieser Lappalie geweckt haben?«

»Nein! Ich habe gerade mit Rowan gesprochen! Du hast ihm alles über mich erzählt!«

»Ich habe ihm nichts gesagt, was er nicht hätte wissen dürfen«, antwortete Talki noch immer ruhig. »Er hat lediglich von mir erfahren, dass du in der Nähe von Alsgara bist und den Körper gewechselt hast. Dass du schwach wie ein kleines Kätzchen bist, davon ahnt niemand außer mir auch nur etwas.«

»Warum hast du überhaupt mit ihm über mich gesprochen? Als ob du nicht wüsstest, wie sehr er mich hasst!«

»Das tut er seit fünf Jahrhunderten, und bisher hast du dir darüber noch nie Gedanken gemacht. Er verzeiht dir den Tod seines Bruders eben nicht. Abgesehen davon glaubt er, dass er seinen Bruder weit mehr geliebt hat als du. Aber all das brauche ich dir nicht zu sagen. Im Übrigen haben Rowan und ich nur zufällig miteinander gesprochen. Dabei muss ich mich verplappert haben – doch was erwartest du von einer schwatzhaften alten Frau?«

Bevor Thia zu einer wütenden Tirade ansetzen konnte, fragte Talki: »Erlaube mir die Frage, was er von dir wollte.«

»Er hat mir ein Geschäft vorgeschlagen. Er braucht ein Buch.«

»Dieser unartige Junge«, bemerkte Talki traurig. »Und was hat er dir im Gegenzug angeboten?«

»Er ist bereit, mit mir zu teilen.«

»Das ist ... kein schlechtes Angebot. Ich hoffe, du hast dich darauf eingelassen?«

»Ja.«

»Eine kluge Entscheidung.«

»Könntest du mir vielleicht erklären, worum es dabei überhaupt geht?!«

»Mithipha ist nach wie vor in der Burg der Sechs Türme und durchstöbert dort die Bibliothek der Schreitenden. Sie ist ein kluges Mädchen und hat in der Tat viel entdeckt, das von Interesse ist. Darunter auch Aufzeichnungen des Skulptors.«

»Warum wissen die Schreitenden nichts von diesen Papieren?«

»Das würdest du nicht fragen, wenn du wüsstest, in welchem Zustand diese Bibliothek war. Die Pergamente zerfielen praktisch, sobald Mithipha sie auch nur in die Hand nahm. Trotzdem ist es ihr gelungen, zuvor noch einiges zu lesen.«

»Dann sag mir doch bitte, was in diesen Papieren stand.«

»Anscheinend hat der Skulptor in Alsgara ein Tagebuch versteckt. In dem er festgehalten hat, wie die Wegblüten zu schaffen sind.«

Das erklärte einiges. Unter anderem, warum sich Rowan auf dieses Geschäft eingelassen hatte. Denn wer das Geheimnis der Wegblüten kannte, dem würde eine enorme Macht zu Gebote stehen. Der könnte sich über die anderen Gebieter und Gebieterinnen erheben. Neue Wegblüten schaffen als Ersatz für jene, die Soritha zerstört hatte. Damit könnte er die ganze Welt beherrschen. Wenn das stimmte, würde eine wilde Jagd auf dieses Buch entbrennen.

»Ich traue meinen Ohren nicht!«

»Ich wollte es zunächst auch nicht glauben, dann habe ich jedoch darüber nachgedacht und mich gefragt: Warum eigentlich nicht? Es könnte durchaus möglich sein.«

»Und wo befindet sich das Tagebuch?«

»Glaubst du wirklich, das würde ich dir sagen, wenn ich es wüsste?«, erwiderte sie mit einem traurigen Lächeln. »Wir wissen nur, dass es irgendwo in Alsgara sein muss. Vielleicht in einem der alten Bauten in der Hohen Stadt. Warum lächelst du so?«

»Mithipha ist wirklich selten dumm.«

»Ein wenig naiv, würde ich sagen.«

Was für eine tumbe Gans! Hätte sie, Thia, diese Aufzeichnungen gefunden, sie hätte nie ein Wort darüber verloren. Nicht eine Silbe. Aber Mithipha? Die musste ihre Entdeckung gleich in alle Welt hinausposaunen!

»Wem hat sie noch davon erzählt?«

»Nur mir. Ich hatte stets ein offenes Ohr für sie, deshalb vertraut sie mir.«

»Wie konnte dann Rowan davon erfahren?«

»Mir ist ein Wort zu viel entschlüpft. Als aufgeweckter Junge, der er nun einmal ist, hat er sich alles zusammengereimt«, antwortete Talki und lächelte zufrieden. »Nebenbei habe ich dann noch erwähnt, dass du auf dem Weg nach Alsgara bist, auch wenn ich mir da nicht vollkommen sicher war.«

Diese alte Hexe! Mit ihrem Geschwätz hatte sie Rowan dazu gebracht zu tun, was sie alle so lange Zeit vor sich hergeschoben hatten: Alsgara zu stürmen. Weil sie alle befürchteten, sich an den Mauern die Zähne auszubeißen. Selbst wenn Rowan die Stadt nicht würde nehmen können, wäre er doch zumindest eine Weile beschäftigt und käme Ley und Alenari nicht in die Quere, die auf dem Vormarsch zur Treppe des Gehenkten waren. Sollte es ihm jedoch gelingen, galt es immer noch, das Tagebuch zu finden. Das hatte in tausend Jahren niemand geschafft, ja, bis heute wusste man noch nicht einmal von seiner Existenz. Um diese Aufgabe zu bewältigen, war ein kühler Kopf vonnöten. Und den besaß Rowan nicht. Er war ein Krieger, kein Denker. Rethar, ja, dem wäre etwas eingefallen. Aber nicht seinem Bruder.

»Das ist … alles in allem nicht dumm«, urteilte Thia.

»Vielen Dank, mein Kindchen. Ich wusste, dass diese Sache nach deinem Geschmack ist.«

»Was ist mit Mithipha?«

»Sie ist immer noch in der Burg der Sechs Türme, um dort ihre Arbeit zu beenden.«

Beim Reich der Tiefe! Mithipha übertraf sich in ihrer Einfalt selbst. Wie konnte sie, nachdem sie dieses Geheimnis entdeckt hatte, weiter den Bücherstaub schlucken? Warum stürmte sie nicht wie eine Wahnsinnige nach Alsgara?!

»Rowan ist sich sicher, dass du weißt, wo der Skulptor das Buch versteckt hat, und es sagen wirst. Der Sohn des Abends hat mir angeboten, halbe-halbe mit ihm zu machen, wenn wir das Buch finden. Was bietest du mir?«

Talki stieß ein trockenes, hüstelndes Gelächter aus. »Ich denke, das Gleiche wie er: nichts.«

»Das ist nicht sonderlich großzügig.«

»Aber ehrlich. Rowan weiß nicht, wo das Buch ist. Du weißt nicht, wo das Buch ist. Ich weiß nicht, wo das Buch ist. Es wird Jahrhunderte dauern, dieses Buch zu finden. Insofern sind alle Versprechungen nur Schall und Rauch. Außerdem sollten die Geheimnisse des Skulptors für dich zurzeit keinen Vorrang haben. Du scheinst vergessen zu haben, dass du nicht in der Lage bist, Gespenstern hinterherzujagen. Bisher hast du weder den Heiler noch dieses überaus begabte Mädchen in deine Gewalt gebracht. Sie stellen aber deine einzige Möglichkeit dar, deine Kraft und einen brauchbaren Körper zurückzugewinnen – falls dir nicht dein neuer inzwischen besser gefällt. Mach nicht so ein Gesicht, ich weiß ja, dass dem nicht so ist. Verdopple also deine diesbezüglichen Anstrengungen. Diese beiden sollten dein Hauptziel sein, nicht das Tagebuch. Du bist fünf Jahrhunderte ohne die

Wegblüten ausgekommen, du wirst es auch noch einmal so lange schaffen. Aber ohne deine Kraft und ohne deinen Körper wird dich sogar Mithipha erledigen. Und du wirst mir sicher zustimmen, dass dies ein unwürdiges Ende für ein derart langes Leben wäre. Du brauchst diesen Heiler, mein Kind. Vergiss von mir aus das Mädchen – aber bringe mir den Heiler gesund an Leben und Geist. Er ist deine einzige Hoffnung. Sind die beiden in der Stadt?«

»Ich weiß es nicht, aber möglich ist es.«

»Dann finde es heraus! Verlier keine Zeit! Wenn die Armee eintrifft, bricht ein fürchterliches Chaos los. Dann wirst du Alsgara nur noch mit Mühe wieder verlassen können.«

»Das ist mein geringstes Problem. Erst einmal muss ich nach Alsgara *hineinkommen.*«

»Das Hafenviertel ist immer schlecht bewacht worden. Versuch es dort, mein Mädchen.«

»Das habe ich mir auch schon überlegt.«

»Wunderbar. Dann hätten wir auch das geklärt. Bring mir den Heiler, und ich werde nichts unversucht lassen, dir deine frühere Kraft zurückzugeben. Im Übrigen habe ich beim Studium der alten Bücher einen bemerkenswerten Zauber entdeckt. Er wird dir helfen, deinem kleinen Gefährten unauffällige Augen zu geben. Du stimmst mir sicher zu, dass diese fahlen Augen zu viel Aufmerksamkeit auf sich ziehen. Hier, präg dir das Geflecht des Zaubers ein.«

Talki zeichnete einige feine Linien in die Luft.

»Vielen Dank, das wird mir helfen.«

»Das denke ich auch. Viel Glück, meine Kleine.«

Ohne auf eine Erwiderung zu warten, löschte Talki daraufhin das Silberfenster. Thia murmelte einen Fluch, ließ Pork aufstehen und machte sich auf die Suche nach einem Boot.

Kapitel 19

»Habt Mitleid mit einem armen Krüppel! Mitleid!«

Seit dem frühen Morgen hatte ich diesen Satz wohl schon tausend Mal vor mich hin gemurmelt. Natürlich ging ich nur schwer als Krüppel durch, aber ein Pfund Dreck, schmutzige und gewaltig stinkende Kleidung, eine Kapuze, die mir tief ins Gesicht hing, und eine Tonschale mit abgeschlagenem Rand überzeugten jeden davon, dass ich zumindest ein Bettler war. Oder ein Faulpelz, der sich um die Arbeit drückte, das kam ganz auf den persönlichen Standpunkt an. Immerhin schwärzte mich niemand an. Viele Menschen sahen durch mich hindurch, manch barmherzige Seele warf mir jedoch auch einen Kupferling zu.

In den drei Stunden, die ich bereits auf dem Straßenpflaster hockte, hatte ich auf diese Weise zwölf Kupferlinge erwirtschaftet. Die Rolle des Bettlers brachte also durchaus Vorteile mit sich.

Sie hatte aber auch ihre Schattenseiten. Zunächst befanden mich einige Soldaten, die durchs Gurkenviertel patrouillierten, ihrer Aufmerksamkeit für würdig. Sie stellten mich vor die Wahl: Entweder meine Rippen könnten Bekanntschaft mit den Holzschäften ihrer Lanzen schließen und ich würde im Gefängnis landen oder ich teilte meinen Erwerb. Kurzerhand steckte ich ihnen zwei Sol zu. Danach ließen sie mich in Ruhe. Im Anschluss daran beehrte mich ein anderer Bettler, ein Kraftbolzen, wie ich ihn noch nie erlebt hatte – und selbstverständlich ein waschechter Krüppel. Natürlich fing er Streit an, weil ich seinen Stammplatz mit Beschlag belegt hatte, packte mich beim Kragen und stellte mir in Aussicht, mir die Seele aus dem Leib zu prügeln. Mir blieb nichts anderes übrig, als ihm seine Männlichkeit mit meinem Dolch zu kitzeln. Da begriff er, dass der Spaß ein Ende hatte, hielt den Mund, gab mich frei und trollte sich. Mehr wollte ich nicht.

Der Himmel war grau, ein feiner Regen ging nieder, der immer wieder zuzunehmen drohte, sodass meine Kapuze erst recht niemanden stutzig machte. Heute Abend sollten die Kämpfe stattfinden. Yokh musste auf seinem Weg zur Arena hier vorbeikommen. Er durfte mich unter keinen Umständen erkennen, deshalb die Verkleidung. Während ich hier den rechtschaffenen Menschen aus Alsgara ein paar Münzen aus den Rippen leierte, begab sich Lahen in die Zweite Stadt, um herauszufinden, wie es mit der Bewachung von Yokhs Nest aussah.

Die gelbgesichtige Fratze Dreifingers hatte ich nicht mehr zu Gesicht bekommen, seit ich ihm zwei Finger der rechten Hand abgeschlagen hatte. Seit jenem denkwürdigen Tag mochte mich der Kerl noch weniger und hatte wiederholt versucht, meiner auf die eine oder andere Weise habhaft zu werden. Stets erfolglos. Denn damals war er noch nicht stark genug, um von der Gilde meine Auslieferung zu verlangen. Irgendwann ließ er deshalb von mir ab. Aber er vergaß mich nicht. Jetzt fühlte er sich unangreifbar und wollte sein Glück erneut wagen. Und vieles sprach für ihn: Er zählte den Statthalter, den er schmierte, zu seinen Freunden, war seine graue Eminenz, organisierte Empfänge und Bälle für ihn und den Hochadel, richtete Feiertage und andere Festivitäten aus. Außerdem kümmerte er sich um das Glücksspiel, die Kämpfe, die Huren und kleinen Diebe. Er hatte ganz unten angefangen und sich nach oben gearbeitet. Der beste Freund des Statthalters – konnte es eine nachdrücklichere Empfehlung geben? Bei einem solchen Freund würde ihm niemand auch nur ein Härchen krümmen. Selbst die Gilde nicht. Denn der gehörten auch nur Menschen an – und die konnten getrost auf Schwierigkeiten mit den Machthabern verzichten, vor allem mit den Schreitenden.

Moltz hielt sein eigenes Süppchen am Köcheln, indem er dem Stadtrat einige unliebsame Gestalten vom Hals schaffte. Im Gegenzug sah der über die anderen Morde hinweg, zumal auch diese oft genug von einflussreichen Persönlichkeiten in Auftrag gegeben wurden. Obendrein wanderte ein Teil der Soren in die Taschen des Stadtrats, der Befehlshaber der Stadtwache und anderer Beamter. Sollte Moltz jedoch einmal über die Stränge schlagen, würde ihn das den Hals kosten. Was ein gewichtiger Grund war, Yokh nicht zu beseitigen, auch wenn dieser sein Auge bereits seit einiger Zeit begehrlich auf die Gilde gerichtet hatte.

Was also lag für Moltz näher, als auf Lahen und mich zu verfallen? Käme es hart auf hart, könnte er sich bequem zurücklehnen und uns als Sündenbock präsentieren. Andererseits war niemand geeigneter als wir, dafür zu sorgen, dass Yokh die Würmer fütterte, die Gilde aber mit sauberen Händen dastand. Denn wir hatten keine andere Wahl. Bliesen wir Dreifinger nicht das Licht aus, fänden wir bis ans Ende unserer Tage keine Ruhe mehr. Nicht bei zehntausend Soren. Für diese Summe hätte ich mich in vergangenen Zeiten selbst in die Glücklichen Gärten befördert – was sollte ich da also von anderen erwarten?

Jetzt kam der Zug dieses Wurms in Sicht. Ich zog die Kapuze noch tiefer ins Gesicht und drückte mich in eine Ecke. Seine Hoheit Yokh Dreifinger ließ sich dazu herab, die Vorbereitungen für die Kämpfe am Abend höchstselbst zu beaufsichtigen.

Der Prozession voran ritten vier Männer mit leichten Armbrüsten, die sie schussbereit hielten. Dann wartete eine höchst unangenehme Überraschung auf mich: Bei Yokhs Leibwache handelte es sich um Angehörige aus Ga-nors Klan. Die wilden rothaarigen Krieger mit den finsteren, bärtigen Gesichtern ließen an Raubtiere denken. Ein Dutzend Irbiskinder bildeten einen geschlossenen Ring um die Kutsche, drei weitere ritten am Ende. Sie alle trugen Kurzbögen.

Dann die Kutsche! Fensterlos, wie sie war, nahm sie mir jede Möglichkeit, einen Pfeil in ihr Inneres zu schicken. Die Türen dürften mit ziemlicher Sicherheit von innen verriegelt sein. Bevor ich mich zu der wertvollen Fracht vorgekämpft hätte, wäre ich also bereits mit Pfeilen gespickt. Oder hätte mir einen Armbrustbolzen von dem Schützen eingefangen, der neben dem Kutscher thronte.

Nachdem die Kutsche an mir vorbeigefahren und im Labyrinth der Gassen des Gemüsegärtnerviertels verschwunden war, blieb ich noch kurz sitzen. Schließlich stand ich auf, sammelte mein Kleingeld ein und machte mich davon. Alles, was ich wissen musste, hatte ich in Erfahrung gebracht.

Gerade als ich mich in einer einsamen Gasse umzog, setzte ein starker Regenschauer ein.

Lahen wartete im Herzen des Hafenviertels auf mich, unter einem überdachten Schankstand, an dem kalter Shaf verkauft wurde. Die Regentropfen trommelten wie wild aufs Straßenpflaster. Das Wasser floss unter den Tischen und Hockern dahin. Die Gäste des Ausschanks ließen sich an den Fingern einer Hand abzählen.

Mein Augenstern saß an einem der geschütztesten Tische und nahm immer wieder einen Schluck aus dem Eichenbecher. Sobald sie mich erblickte, lächelte sie erleichtert.

Die Kellnerin brachte mir ebenfalls einen Shaf und eine heiße Schweinswurst. Ich aß schweigend, Lahen sah mir zu. Sie war völlig durchnässt, die kurzen blonden Haare klebten ihr an der Stirn. Als ich fertig war, wischte ich mir die Hände ab, griff nach dem bereits tüchtig geleerten Becher und berichtete, was ich beobachtet hatte.

»Er ist vorsichtig«, meinte sie im Flüsterton. »So einfach kommen wir nicht an ihn heran.«

»Mit grober Gewalt kaum. Noch ehe wir die Kutsche erreicht hätten, wären wir in Stücke gehackt. Ein Pfeil scheidet auch aus. Denn selbst wenn ich Yokh treffen sollte, bleiben da immer noch die Nordländer. Die sind eine Klasse für sich – und würden uns so lange verfolgen, bis sie uns erwischen. Nein, einen Angriff auf die Kutsche halte ich für zu riskant.«

»Also müssen wir uns Dreifinger zu Hause vornehmen«, hielt Lahen fest.

»Geht das?«

»Ich denke schon. Aber mit etlichen Vorbehalten.«
»Und die wären?«
»In den letzten sieben Jahren hat sich unser Freund nach einem neuen Nest umgesehen. Und was er gefunden hat, gibt uns wenig Grund zur Freude. Er hat sich eine Villa in der Zweiten Stadt gekauft, auf einem Hügel inmitten von Gärten, dicht an der Hohen Stadt. Allein dorthin zu gelangen ist schwierig. Das Anwesen selbst gleicht einer Festung, die noch dazu in der Nähe der Kasernen liegt, in denen die Garde des Statthalters untergebracht ist. Das Haupttor und die Dienstboteneingänge werden bewacht. Um das Grundstück herum gibt es eine Mauer, die ebenfalls bewacht wird, unter anderem von Nordländern. Und frag mich nicht, mit wie vielen Männern im Haus zu rechnen ist.«
»Wir kennen den Dienstplan der Patrouillen nicht. Wir wissen nicht, wie viele Leute er hat. Wir haben keine Ahnung, wo er schläft, wo er isst und wo er die meiste Zeit verbringt. Kurz und gut, es wäre Selbstmord, uns ins Haus einzuschleichen. Entweder laufen wir jemandem in die Arme oder wir finden Yokh gar nicht erst, weil wir keinen Plan des Hauses haben.«
»Trotzdem bleibt uns keine andere Wahl. Stünde mir mein Funke uneingeschränkt zur Verfügung, wäre die Sache kein Problem. Aber da müssen wir uns noch ein wenig gedulden. Andererseits dürfen wir nicht länger warten. Wir sollten es *jetzt* hinter uns bringen – oder das Ganze abblasen.«
»Dafür bin ich nicht nach Alsgara gekommen, mein Augenstern. Uns wird schon etwas einfallen.«
»Ob Moltz uns weiterhelfen kann? Er und Stumpf zerbrechen sich doch schon seit Jahren den Kopf darüber, wie man Dreifinger in die Finger bekommt. Lass ihn uns noch einmal besuchen.«
Moltz – das war keine schlechte Idee. Er könnte uns in der Tat helfen, vor allem da es in seinem eigenen Interesse lag.
»Aber erst, nachdem wir einen Spaziergang zum Hafen gemacht haben.«

Die Hauptstraße im Hafenviertel endete an den Docks und Piers. Trotz des schlechten Wetters wurde hier schwer gearbeitet. Zwar hatten nur wenige Schiffe angelegt, aber deren Ladung musste gelöscht werden. Der Statthalter deckte sich mit Vorräten ein. Für den Fall einer langen Belagerung.

Wir suchten eine Schenke auf, steckten dem Wirt einen Viertelsoren zu und stellten ihm ein paar Fragen. Der ließ die Münze rasch verschwinden und nickte in Richtung eines Tisches, an dem zwei Männer mit braungebrannten, wettergegerbten Gesichtern saßen. Den schwarzen Haaren, hohen Wangenknochen und Kinnbärten nach zu urteilen mussten sie aus der Goldenen Mark stammen. Vermutlich waren es Schmuggler oder Männer, die angesichts des drohenden Krieges ihr Schäfchen ins Trockene bringen wollten. Schließlich erbrachte der Verkauf von Lebensmitteln und Medizin zurzeit einen hübschen Gewinn.

Ohne auf eine Aufforderung zu warten, nahmen wir Platz. Prompt warf der ältere der beiden einen vielsagenden Blick auf seinen leeren Becher – und ich bestellte Shaf für alle. Kaum hatte die Kellnerin diesen gebracht, hoben die beiden die Becher, und der ältere wandte sich an Lahen: »Auf dein Lächeln, meine Schöne! Beim großen Kraken, es ist bezaubernd!«

Daraufhin leerten sie ihre Becher in einem Zug. Wir folgten ihrem Beispiel.

»Ich bin Kapitän Dash. Und das«, er zeigte auf seinen Gefährten, »ist mein Erster Offizier. Soweit ich es mitbekommen habe, hat euch diese käufliche Visage hinter der Theke zu uns geschickt. Und ich weiß auch, wieso. Ihr seid nämlich nicht die Einzigen, die er zu uns schickt.«

»Das dürfte ja wohl auch der Grund dafür sein, warum ihr ihn schmiert«, blaffte ich ihn an.

Dash bleckte die Zähne, was ich für ein Grinsen hielt.

»Bist ’n Junge mit schneller Auffassungsgabe. Oder was meinst du, Riuk? Gefällt mir. In den letzten Tagen haben uns die Leute, die auf unsere *Feuergeborene* wollen, geradezu überrollt. Die möchten alle diese wunderbare Stadt verlassen.«

»Wir sind auch von der Sorte.«

»Hab ich mir gedacht.« Auf den linken Handrücken des Kapitäns waren ein Anker und ein Krake tätowiert. »Die meisten haben sich aber sofort nach einem anderen Kahn umgehört, als sie den Preis für die Überfahrt erfahren haben. Deshalb sollte eins von vornherein klar sein: Ich nenne euch die Summe, und ihr stimmt zu oder lehnt ab. Spart euch jedes Gefeilsche und kommt mir nicht mit irgendwelchem Gerede von wegen: ›Wir müssen erst noch drüber nachdenken‹. Außerdem will ich zwanzig Prozent im Voraus.«

»Wie viel?«

»Hundert Soren pro Nase«, sagte er grinsend.

»Die Preise für eine Überfahrt sind in diesen bitteren Tagen ja beachtlich in die Höhe geschnellt«, antwortete ich ebenfalls mit einem Grinsen.

»Der Krieg tut unseren Geldsäckeln gut«, gab Dash unumwunden zu. »Also? Wie lautet eure Antwort?«

Lahen und ich tauschten einen Blick. Zweihundert Soren, das war ein stattlicher Preis. Gut, wir könnten bei anderen Schiffen anfragen, aber letzten Endes war ich mir sicher, dass wir nirgends billiger wegkämen.

»Einverstanden.«

»Wunderbar.«

»Und welche Garantie haben wir, dass ihr uns nicht von Deck aus zuwinkt, nachdem wir die vierzig Soren gezahlt haben?«

»Ich habe einen Ruf zu verlieren – und der hat mich mehr gekostet als vierzig Soren. Ich schwöre es beim großen Kraken, dass ich meine Kunden nie übers Ohr haue. Wie heißt es schließlich so schön: Gerüchte fliegen noch schneller übers Meer als ein Schoner.«

»Wann segelt ihr los?«, wollte Lahen wissen.

»Wir *fahren* los, meine Schöne. Wenn wir unsere Geschäfte hier erledigt haben. Das ist in fünf Tagen der Fall, diesen mitgezählt. Am frühen Morgen, sobald der Wind günstig steht. Kommt pünktlich, denn wir werden nicht auf euch warten.«

»Hört sich alles bestens an«, erklärte Lahen und streckte die Hand mit dem Geld vor.

Dash hielt seine schwielige Hand auf, und bevor die anderen Gäste auch nur den Schimmer der vier Goldmünzen, jede zu zehn Soren, erkennen konnten, hatten diese einen neuen Besitzer gefunden.

»Hervorragend. Wenn Alsgara in die Zange genommen wird, seid ihr längst über alle Meere, das schwöre ich beim großen Kraken! Die *Feuergeborene* liegt an Pier sechsunddreißig. Neben den neuen Lagerhallen und dem Fischmarkt. Nehmt die Straße der Hanftaue, dann findet ihr das Schiff sofort. Es ist ein Zweimaster. Der schnellste Schoner in ganz Hara. Und vergesst nicht: Seid ja pünktlich. Wir warten auf niemanden. Alles klar?«

»Durchaus«, antwortete ich. »Dürfte ich noch erfahren, wie es zurzeit auf See aussieht?«

»Da gehen Winde und Wellen«, sagte Riuk finster.

Dash lachte. »Achtet nicht auf meinen Offizier. Er hat einen erbärmlichen Sinn für Humor. Das Meer ist ruhig. Noch. Aber alle sind auf der Suche nach einem Platz auf einem schnellen Schiff. Die Piraten machen uns gerade weniger Ärger als sonst. Die Nabatorer Flotte liegt zwar vor der Meerenge, aber die Gemeinschaft der Kaufleute, die in der Goldenen Mark das Sagen hat, treibt weiter ihren Handel. Allerdings dürfte es nur eine Frage der Zeit, der Kraft und des Geldes sein, wann sie ihn einstellt. Die Flotte des Imperiums hält sich nämlich bereit.«

»Und? Kommen wir da noch durch?«

»Davon dürft ihr ausgehen.«

Daraufhin verabschiedeten wir uns von den beiden und verließen die Schenke. Es regnete noch immer und war so düster, als sei der Abend bereits hereingebrochen. Viel fehlte bis dahin allerdings ohnehin nicht mehr. Wir stapften durch die Straßen, die sogar noch dreckiger waren als in der Blauen Stadt. In den Pfützen schwamm Müll, die Wasserströme von den Hügeln schossen geradezu ins Meer und drohten, Menschen oder zumindest ihre Schuhe mit sich fortzuspülen. Es roch nach feuchter Erde, nassem Stroh, Pferdeäpfeln, Meer, Regen, Teer, Fisch, saurem Shaf und weiß das Reich der Tiefe nach sonst was. Der Gestank verschlug uns den Atem.

»Wir haben also noch fünf Tage«, brummte Lahen unter ihrer Kapuze.

Sie hatte sich fest bei mir untergehakt, da sie immer wieder auf dem regennassen Boden ausrutschte.

»Vier«, widersprach ich, während ich penibel darauf achtete, nicht zu stolpern. »Den heutigen kannst du vergessen. Wenn wir es in der Zeit nicht schaffen, werden uns Dash und sein mürrischer Kumpan nur noch von Deck aus zuwinken.«

»Aber wenn wir die Sache überstürzen, kann sie schiefgehen.«

»Und wenn wir sie auf die lange Bank schieben, kriegen wir es mit den Nabatorern, Sdissern und den Nekromanten zu tun. Vergiss auch diese Verdammte nicht. Die wird nicht ohne Weiteres aufgeben.«

»Wenn es Typhus ist, sicher nicht.«

»Ich glaube kaum, dass Pork so verrückt geworden ist, Jagd auf dich und Shen zu machen.«

»Shen ist womöglich längst tot.«

»Unser Herr Medikus ist ein gewitzter Bursche, deshalb kann ich mir einfach nicht vorstellen, dass er bereits in den Glücklichen Gärten wandelt.«

Als Lahen mit einem großen Schritt über eine Pfütze setzte, wäre sie beinahe hingefallen. Leise fluchend zog sie die Nase hoch. »Wir sind also zwischen zwei Feuer geraten, ja?«

»Keine Sorge, mein Augenstern. Wir haben unseren Kopf schon aus ganz anderen Schlingen gezogen«, tröstete ich sie. »Wir schaffen es auch diesmal. Yokh ist schließlich nicht unsterblich. Den erledigen wir schon.«

»Trotzdem möchte ich dich noch einmal bitten, nichts übers Knie zu brechen. Lass uns in Ruhe über alles nachdenken.«

»Dafür müssten wir wenigstens so etwas Ähnliches wie einen Plan haben. Und um den zu entwickeln, müssen wir noch einiges wissen.«

»Wir wollten ja eh zu Moltz.«

»Eben«, sagte ich und gab ihr einen Kuss.

»Da platzt doch die Kröte!«, knurrte Luk und setzte sich trotz des Regens auf eine nasse Bank in der Nähe des Turms der Schreitenden.

Weit und breit war niemand außer ihnen zu sehen. Ga-nor stand mit finsterer Miene neben ihm und starrte voller Hass auf das majestätische Gebäude. »Steh auf. Du solltest einen heißen Shaf trinken, mein Freund. Sonst erkältest du dich noch.«

»Welch Fürsorge! Nur kommt die leider zu spät!«, giftete Luk, während ein Regentropfen von seiner Stupsnase fiel. »Immerhin hast du uns das alles eingebrockt!«

Ga-nor verkniff sich jede Antwort.

»Was hast du dir eigentlich dabei gedacht?!«, fuhr Luk fort. »Ich hatte diesen Nichtsnutz fast überredet! Er war kurz davor, uns reinzulassen! Und dann mischst du dich ein. Dabei habe ich dir doch gesagt, du sollst dich ruhig verhalten und mich alles regeln lassen.«

»Du hast das Ganze schon eine Woche lang ohne jedes Ergebnis *geregelt*«, schnauzte ihn Ga-nor an. »Mir hängt es zum Hals raus, in dieser verfluchten Stadt zu hocken und die Visagen ihrer dämlichen Bewohner sehen zu müssen. Die glotzen mich alle an, als sei ich ein wildes Tier!«

»Aber genau das bist du! Wie willst du denn sonst erklären, dass du den Sekretär fast erwürgt hättest?! Du hast ja wohl nicht wirklich geglaubt, nach diesem Angriff würde der uns noch zu den Schreitenden vorlassen?!«

»Bei der hochnäsigen Fratze konnte ich mich eben einfach nicht beherrschen.«

»Stimmt schon, ich hätte ihn am liebsten auch verbläut«, murmelte Luk, nur um gleich darauf seinen Gefährten wieder anzufahren: »Aber du siehst ja selbst, was das gebracht hat. Die haben uns achtkantig rausgeworfen! Meloth sei gepriesen, dass wir nicht gleich auf der Stelle verbrannt wurden. Jetzt komm ich nie mehr in den Turm.«

Schweigend presste Ga-nor das Wasser aus seinem Schnurrbart. Er wollte nicht über die Schreitenden reden. Luk klagte und jammerte jedoch weiter. Irgendwann bemerkte Ga-nor einen Reiter, der durch die Straße auf sie zukam. »Sieh mal«, forderte er Luk auf.

»Beim Reich der Tiefe, das ist ja Giss!«, rief der erstaunt.

Der Bote zügelte sein Pferd und lächelte die beiden strahlend an.

Das Wiedersehen mit Giss hielt noch eine weitere Überraschung für Ga-nor und Luk bereit: Der Bote, mit dem sie in der Dabber Glatze gemeinsam zu Abend gegessen hatten, entpuppte sich als Magister des Purpurnen Ordens. Im ersten Moment hatte Luk ihn deswegen sogar gefürchtet, sich dann im Laufe des gemeinsamen Essens jedoch bald an den Gedanken gewöhnt – und wieder wie eh und je ohne Punkt und Komma losgeplappert.

Eine der ersten Fragen Luks und Ga-nors galt dem Schicksal von Shen und Ness. Über Ersteren wusste Giss nur zu berichten, sie hätten ihn auf der Flucht vor den wiederbelebten Leichen verloren. Bei Letzterem konnte er sie jedoch immerhin beruhigen: Ness hatte es aus der Dabber Glatze herausgeschafft und sich kurz vor Giss' Ankunft in Alsgara von ihm getrennt. »Er wollte seinen Weg wohl nicht mit einem Dämonenbeschwörer fortsetzen.«

Dann erkundigte sich Giss bei den beiden, was sie in der Hohen Stadt taten. Luks Stimmung sank im Nu, während er erklärte, er habe eine wichtige Nachricht für die Schreitenden, aber niemand wolle ihn anhören. Ga-nor konnte sich nicht verkneifen hinzuzufügen, wo er diesen von Ug verfluchten Sekretär, der im Vorzimmer des Turms saß, am liebsten sähe.

»Ich glaube, ich kann euch helfen und dafür sorgen, dass euch eine der Schreitenden empfängt«, sagte Giss. »Allerdings nicht sofort. Es wird einen Tag dauern, vielleicht zwei. Inzwischen könnt ihr bei mir wohnen, natürlich nur, falls ihr nichts dagegen habt, bei jemandem Quartier zu nehmen, der mit Dämonen verkehrt.«

»Mein Volk achtet die Menschen, die den purpurnen Umhang tragen«, erklärte Ga-nor.

»Als ob ich vor einem Dämonenbeschwörer Angst hätte!«,

rief Luk, den die Aussicht, endlich mit einer Schreitenden zu sprechen, wieder fröhlich stimmte.

»Dann ist es ja gut«, erwiderte Giss lachend. »Ich verschwinde jetzt für ein paar Stunden, denn ich habe noch einiges zu erledigen. Mein Schüler wird sich um euch kümmern. Fühlt euch ganz wie zu Hause.«

»Hier hat sich einiges verändert seit unserem letzten Besuch, oder?«

»Stimmt«, antwortete ich, während ich mich umsah. »Es gibt kaum noch Brot.«

Moltz hatte sein Warenangebot drastisch reduziert. Das konnte nur eins heißen: Er hortete Mehl und Getreide. Und die Preise für die Brötchen verhießen für die Zukunft nichts Gutes. Die beiden Burschen vom letzten Mal standen auch heute hinter der Theke. Luga hätte fast einen Herzanfall bekommen, als er Lahen und mich sah. Er wurde grün im Gesicht und mied unseren Blick. Sein Kumpan, der offenbar immer noch nicht wusste, wer wir waren, stierte uns dagegen mit offener Feindseligkeit an.

»Moltz erwartet uns«, teilte ich den beiden mit. »Jetzt.«

Luga machte keine Anstalten zu widersprechen und führte uns umgehend zu Stumpf. Der empfing uns im Speisezimmer und lud uns überraschend zum Essen ein.

»Moltz ist nicht da«, teilte er uns mit. »Die Geschäfte haben ihn gerufen.«

Wir nickten verständnisvoll, auch wenn wir beide der festen Ansicht waren, Moltz ließe sich verleugnen, damit wir ihm nicht wegen Shen auf den Zahn fühlten. Was ich mit Sicherheit getan hätte, dazu war einfach zu offensichtlich, dass Moltz mit etwas hinterm Berg hielt.

Während des Essens sprachen wir über alles Mögliche. Stumpf klagte über Schmerzen in den Knochen, die bei dem hundsmiserablen Wetter immer aufträten. Lahen bemitleidete ihn und empfahl ihm verschiedene Aufgüsse. Dieses belanglose Geplauder zog sich ewig dahin, denn Stumpf zeigte keine Eile, von uns zu erfahren, was uns hergeführt hatte. Immerhin gab er sich diesmal höflich und liebenswürdig. Allerdings kippte er den teuren Wein genau wie sonst hinunter. Und genau wie sonst ohne jede Wirkung.

»Ness hat heute einen Spaziergang durch das Gurkenviertel unternommen«, legte Lahen irgendwann die Karten auf den Tisch.

»Und?«, fragte Stumpf und leerte einen weiteren Becher in einem Zug. »Habt ihr etwas in Erfahrung gebracht?«

»Eine Menge.«

»Mit den Rotschöpfen an seiner Seite fühlt sich Yokh so sicher wie in Meloths Ausschnitt, nicht wahr?«, fragte Stumpf grinsend. »Es dürfte also recht schwierig werden, an ihn heranzukommen, wenn er die Nase aus seinem Bau steckt.«

»Schwierig, aber nicht unmöglich«, hielt ich dagegen.

»Wohl wahr. Allerdings würde ich in dem Fall keinen Kupferling auf eure Haut setzen. Da haben schon ganz andere versucht, ihm auf die Pelle zu rücken. Die wurden von den Nordländern in Stücke gerissen. Meiner Ansicht nach solltet ihr dieses Risiko nicht eingehen.«

»Genau deshalb sind wir hier. Ich bin mir sicher, dass ihr beide, Moltz und du, schon öfter darüber nachgedacht habt, wie man an Dreifinger herankommt. Deshalb wären Lahen und ich euch unendlich dankbar, wenn ihr uns in eure diesbezüglichen Überlegungen einweihen würdet.«

»O ja«, erwiderte Stumpf lebhaft. »Ihr dürft mir glauben, dass wir uns darüber bereits den Kopf zerbrochen haben. Und sogar eine stattliche Summe ausgegeben haben, um das eine oder andere herauszufinden.«

»Dann will ich nur hoffen, dass ihr jetzt nicht auf die Idee verfallt, uns Geld für die Information abzuknöpfen.«

»Keine Sorge, nein. Also, es gibt nur eine Möglichkeit, dieses Aas zu erwischen, und das ist in seinem Haus. Sicher, es wirkt wie eine Festung, aber es dürfte trotzdem weniger riskant sein, als Yokh auf offener Straße das Licht auszublasen. Solltet ihr es ins Haus schaffen, könnt ihr alles ohne jedes Aufsehen über die Bühne bringen und klammheimlich wieder verschwinden.«

»Warum ist er dann immer noch am Leben?«, fragte Lahen.

»Weil sich außer euch niemand mit Dreifinger anlegen will. Er hat zu viele einflussreiche Leute in der Hinterhand, als dass jemand seinetwegen sein Leben aufs Spiel setzt.«

»Red keinen Unsinn. Man bräuchte bloß eine angemessene Summe auf seinen Kopf auszusetzen, dann würden sich schon genug Freiwillige finden, die ihn erledigen.«

»Nur ist Moltz und mir unser Geld dafür zu schade.« Er grinste verschlagen, machte mir aber nichts vor: Der wahre Grund dürfte wohl eher der sein, dass sich Moltz mit niemandem anlegte, solange der ihn nicht mit aller Macht in die Ecke drängte. »Aber gut, zurück zur Ausgangsfrage. Du kannst diesen Burschen nur in seiner Festung erledigen.«

»Dafür bräuchten wir einen Plan des Hauses«, bemerkte Lahen. »Kannst du uns da helfen?«

»Du wirst es nicht für möglich halten, aber ja, das kann ich. Wir haben jemandem einen annähernd zuverlässigen Plan des Hauses abgekauft. Den würde ich euch aus alter Freundschaft überlassen.«

»Womit du uns unsagbar glücklich machst.«

»Kann ich mir vorstellen«, erwiderte Stumpf lachend und kratzte sich den Bauch.

»Dann bleibt nur noch eine winzige Kleinigkeit zu klären. Wie kommen wir ins Haus?«

»Dreistigkeit hilft ja oft weiter: Klopft doch einfach an und schickt alle, die sich euch in den Weg stellen, ins Reich der Tiefe. Bis ihr dann am Ende natürlich selbst die Reise dorthin antretet. Andererseits könnt ihr auch auf gerissene Weise vorgehen. Nun, welche Variante sagt euch eher zu?«

»Letztere«, antwortete Lahen und nahm sich eine Traube roter Beeren vom Tisch.

»Das habe ich vermutet. Dann will ich euch ein kleines Geheimnis anvertrauen. Viele wissen, dass die Hohe und die Zweite Stadt zu großen Teilen vom Skulptor selbst geschaffen wurden. Was aber kaum jemand weiß, ist, dass er außer den Mauern, Türmen und Tempeln auch unterirdische Gänge angelegt hat.«

»Wir schon«, erklärte ich. »Ich bin sogar schon in einigen dieser Gänge gewesen. In denen hinter dem alten Springbrunnen am Platz der Freiheit. Aber das sind bloß zwei Gänge mit niedrigen Decken, die nirgendwo hinführen und in denen sich die Ratten tummeln. Nach fünfzig Yard triffst du auf eine Steinmauer, und das war's.«

»Ich weiß«, sagte Stumpf und grinste zufrieden. »Da bin ich schon als kleiner Junge herumgestreunt. Auf Schatzsuche. Und nicht nur ich, sondern viele andere auch! Aber das ist lange her. Früher floss durch diese Gänge Wasser. Dazu müsst ihr wissen, dass es einst auf dem Felsen, auf dem ein Teil der Hohen Stadt liegt, eine Quelle gab. In ihrer Nähe hat der Skulptor den Turm der Schreitenden und den Palast des Statthalters gebaut. Angeblich speiste diese Quelle einen See, der sich dann am westlichen Hang des Felsens als Wasserfall in die Zweite Stadt ergoss. Dort bildete er einen kleineren Fluss, der schließlich ins Meer mündete. Zuzeiten des Skulptors hat man jedoch beschlossen, dass Alsgara die Orsa reicht und ein weiterer Fluss überflüssig ist. Deshalb hat der Skulptor vorgeschlagen, diesen zweiten Fluss unter die Erde zu leiten.«

»Spar dir deine Vorträge!«, fuhr ich ihn an. »Komm lieber zur Sache!«

»Ich bin auf dem besten Wege dahin!«, brüllte er. »Halt also den Mund und sperr die Ohren auf!«

Ich machte bloß eine abfällige Handbewegung und schenkte mir etwas Wein ein.

»Der Skulptor hat also im Felsen unter der Hohen Stadt Kanäle angelegt und das Wasser in sie hineingeleitet. Aber damit nicht genug. Auch in der Zweiten Stadt gibt es unter der Erde ein ganzes Maulwurfsreich. An der Vogelstadt tritt das Wasser dann wieder zutage.«

»Und wo bitte schön?«, knurrte ich.

»Heute natürlich nicht mehr!«, schnaubte Stumpf. »Die Quelle ist nämlich noch vor dem Krieg der Nekromanten versiegt. Heute gibt es nur noch den See im Garten des Turms der Schreitenden. Aber frag mich nicht, wieso. Vielleicht schleppen die Schreitenden das Wasser für ihn ja mit Eimern aus der Orsa heran.« Er brach über den schalen Witz in schallendes Gelächter aus, ehe er fortfuhr: »Eine Zeit lang kümmerte sich niemand um die Kanäle. Ein paar Schlauberger haben sie als Lager genutzt statt Kellern sozusagen. Und selbstverständlich hausten da unten Bettler. Aber nachdem die Verdammten Soritha kaltgemacht hatten und der Krieg der Nekromanten ausbrach, glaubte man im Turm, dass diese Gänge äußerst geeignet seien, um unterirdisch in die Hohe Stadt zu gelangen. Geradezu geschaffen für unsere Feinde. Deshalb wurden die Kanäle zugemauert. Allerdings hat man sich damals hauptsächlich um die Zugänge zur Hohen Stadt gesorgt. Die Kanäle unter dem Platz der Freiheit sind der beste Beweis dafür.«

»Du willst mir ja wohl nicht erzählen, dass es noch einen Gang gibt! Der direkt in Yokhs Haus führt!«

»Du hast es erfasst. Zu Yokh kommt man ganz bequem unter der Erde.«

»Das soll wohl ein Scherz sein!«, rief ich.

»Seh ich wie ein Spaßvogel aus?«, entgegnete er mürrisch. »Es gibt einen Gang, nur weiß kaum jemand von ihm. Wir selbst haben ihn rein zufällig entdeckt, hätten aber nie gedacht, dass er uns eines Tages etwas nützen könnte. Er beginnt in einem Weinkeller unterm Schweinsplatz, verläuft dann unter der Straße, bis er nach zweihundert Yard nach Süden abknickt und sich unter den Kasernen der Garde des Statthalters hinweg direkt zum Haus von Dreifinger zieht. Es gibt ein paar Abzweigungen, aber das sind alles Sackgassen. Der Gang ist recht geräumig und meist sauber und trocken, also der reinste Spaziergang.«

»Und Yokh weiß nichts davon?«, fragte Lahen.

»Doch«, antwortete Stumpf. »Aber er rechnet nicht mit Gefahr von dieser Seite.«

»Glaubst du das oder weißt du es?«

»Ich hoffe es. Er hat entdeckt, dass dieses Ding unter einem seiner Speicher endet, und dafür gesorgt, dass keine Ratten zu ihm aufs Anwesen kommen, indem er den Gang mit einer Steinmauer versperrt hat.«

»Dieses vorsichtige Schwein«, brachte mein Augenstern heraus und nahm sich noch einmal ein paar Trauben.

»Oh, so vorsichtig war er nun auch wieder nicht – denn der Maurer hat seine Arbeit überlebt. Und der war nicht abgeneigt, diese Geschichte zu verkaufen und uns den Gang zu zeigen.«

»Wunderbar. Dann muss ich nur noch lernen, durch Steinwände zu gehen.«

»Ebendas wird nicht nötig sein. Moltz hat längst dafür gesorgt, dass der Weg frei ist. Derselbe Maurer hat nämlich eine kleine Nachbesserung vorgenommen. Seitdem sind fünf Ziegel mühelos herauszunehmen. Durch dieses Loch passt ein Mensch bequem durch.«

»Lebt der Maurer noch?«, fragte ich.

»Leider nicht«, seufzte Stumpf. »Er ist durch einen höchst dummen Zufall gestorben.«

Das hatte ich vermutet. Im Unterschied zu Dreifinger unterlief Moltz nur selten ein Fehler.

»Der Weg ist also frei?«

»Nicht ganz. Dreifinger hat den Einstieg, der in seinem Speicher liegt, obendrein mit einem guten und stabilen Gitter versperrt. Wenn es um seine Sicherheit geht, geizt unser gemeinsamer Freund bekanntlich nie. Das Schloss dieses Gitters ist … etwas eigenartig. Ihr versteht, worauf ich hinauswill?«

»Ja. Wir sollten uns überlegen, wie es zu öffnen wäre.«

»Richtig. Du kannst doch Schlösser *knacken,* oder, Lahen?«

Es war klar, worauf er anspielte: ihren Funken.

»Nein.«

»In dem Fall braucht ihr einen erfahrenen Mann.«

»Hast du jemanden an der Hand?«

»Mhm«, brummte Stumpf. »Ich hatte eigentlich auf Lahen gehofft. Für diese Aufgabe findet ihr nämlich selbst in Alsgara kaum jemanden, denn dafür braucht man jede Menge Erfahrung. Ich kenne vier Männer, die infrage kämen. Von denen vertraue ich zweien, aber auch diesen nur unter Vorbehalt. Die würden jedoch nie im Leben bei Yokh einsteigen. Dafür ist

Dreifinger ein zu scharfer Hund. Und wer möchte sich schon gern beißen lassen? Selbst wenn dafür gutes Geld winkt.«

»Das heißt, auch auf diesem Weg kommen wir nicht weiter?«

»Einen Mann gäbe es da vielleicht noch«, sagte Stumpf nach einer Weile. »Allerdings ist er eine … etwas merkwürdige Erscheinung. Er ist noch nicht lange in der Stadt, hat aber Gerüchten zufolge ein paar höchst interessante Geschäftchen über die Bühne gebracht. Erstklassige Arbeiten. Ganz exquisit, würde ich sogar sagen. Und nicht gerade einfach. Das Oberhaupt des Stadtrats vermisst seitdem einige seiner heißgeliebten und wohlbehüteten Kinkerlitzchen. Und die Frau des Hauptmanns der Garde hat entdecken müssen, dass ihr Kollier doch nicht so gut bewacht war, wie sie immer angenommen hat.«

»Für wen arbeitet er?«

»Offenbar ist er sein eigener Herr. Ein paar Burschen wollten ihm schon ans Leder – die hat man dann in irgendeinem Lager gefunden. Tot. Seitdem lässt man diesen Kauz in Ruhe. Moltz hat versucht, sich mit ihm ins Benehmen zu setzen, wurde aber … höflich abgewiesen.«

»Und das hat sich Moltz bieten lassen?«

»Ja. Wie gesagt, der Kerl hat äußerst höfliche Manieren an den Tag gelegt. Außerdem haben wir gedacht, wir könnten vielleicht mal einen Dieb brauchen. Und wie sich jetzt zeigt, hatten wir recht.«

»Und was, wenn er die Sache nicht übernehmen will?«

»Da werde ich mir was überlegen. Ich lasse euch wissen, was bei dem Gespräch herauskommt. Wo finde ich euch?«

Ich dachte kurz nach, dann nannte ich ihm einen Ort und eine Zeit.

»Schieb es nicht auf die lange Bank«, schärfte ihm Lahen ein, als wir aufbrachen. »Wir wollen nicht ewig in Alsgara hocken.«

Stumpf nickte und bedeutete uns mit einer Handbewegung, wir könnten jetzt gehen – eine Aufforderung, der wir nur zu gern nachkamen.

Kapitel 20

Die Nacht war mild und sternenklar. Der Mond hatte zugenommen und schien wesentlich heller als noch vor ein paar Tagen, ein weiterer Hinweis dafür, dass die Zeit nicht still stand und wir uns beeilen mussten. Uns blieben nicht mehr viele Tage, um diese Sache zum Abschluss zu bringen: einer nur, dazu zwei Nächte.

Vom Meer her wehte frischer Wind heran, und die Wellen schlugen mit leisem Plätschern gegen die Piers. Dies und ein kaum zu hörendes Knarzen der Takelage eines Handelsschiffs, das fünfzig Yard vorm Ufer vor Anker lag, waren die einzigen Geräusche, die die Stille durchbrachen. Inmitten aufgegebener Speicher und alter Fischerkähne war ich der einzige Mensch weit und breit. In der einen Stunde, die ich nun schon im Schatten zwischen einer Lagerhalle mit eingestürztem Dach und einem umgekippten Karren, dem das linke Vorderrad fehlte, lauerte, hatte sich hier niemand gezeigt. Nicht einmal die Stadtwache. Aber wen hätte die an einem solchen Ort auch schnappen sollen? Nachts kamen nur selten Menschen in diesen Teil Alsgaras, der mit seinem Dreck und Gestank selbst diejenigen abschreckte, die an beides von klein auf gewöhnt waren. Nicht mal Ratten huschten hier rum. Warum auch? Die Speicher waren schon vor zehn Jahren in einen anderen Teil des Hafens verlegt worden – und die Ratten würden ja wohl kaum alte, salzige Fischernetze annagen. Zumindest nicht jene Vertreter dieser possierlichen Tierchen, die etwas auf sich hielten.

Heute Morgen hatte ich Stumpf in einer kleinen, nach Räucherwaren riechenden Holzbude am Rand der Zweiten Stadt getroffen, wobei der Gijan als lustiger und rotgesichtiger, wohlhabender Handwerker aufgetreten war. Er hatte mit diesem Kauz ein Treffen vereinbaren können. Der Dieb hatte zwar bisher weder Ja noch Nein gesagt, aber immerhin eingewilligt, mich kennenzulernen, und ein Treffen im alten Teil des Hafens vorgeschlagen. Nachts. Außerdem hatte er verlangt, ich solle allein kommen, und obwohl Lahen damit gar nicht einverstanden war, ließ ich mich auch auf diese Bedingung ein.

Ich war bereits vor dem vereinbarten Zeitpunkt erschienen, um die Gegend auszukundschaften, falls Moltz oder der unbekannte Alleskönner es sich einfallen lassen sollten, mit gezinkten Karten zu spielen. Dann hatte ich mir einen unauffälligen Ort gesucht, um die Umgebung zu beobachten.

Ein sanftes Läuten, das die Glocken der Meloth-Tempel aussandten, wogte über die schlafende Stadt: drei Uhr.

Der Mann kam auf die Minute pünktlich – was mir aber beinahe entgangen wäre. Er näherte sich dem Treffpunkt aus der Richtung des Krabbenviertels, lief in einem Abstand von dreißig Yard an mir vorbei und betrat einen der Piers, um bis zu dessen Spitze vorzugehen. Über seinen Kopf hatte er eine Kapuze gezogen. Den Rücken hatte er dem Ufer zugekehrt, den Blick aufs Meer gerichtet.

Er war genauso groß wie ich, aber etwas schmaler in den Schultern und trug eine kurze, bequeme Jacke, feste Hosen sowie weiche Stiefel. Alles in grau-schwarzen Farben. Am rechten Oberschenkel hing ein ziemlich langes Messer, über die Schulter hatte er sich eine Leinentasche geworfen. Er drehte sich nicht einmal um, als ich auf ihn zuging, sondern starrte weiter auf den Horizont, als seien dort alle Schätze dieser Welt versteckt.

Nach einer Weile hüstelte ich, um seine ach so kostbare Aufmerksamkeit auf mich zu lenken.

»Du bist spät dran«, brummte er. Die Stimme klang unangenehm rau.

»Machst du mir das zum Vorwurf?«

»Nein. Aus achtbaren Gründen darf man durchaus zu spät

kommen. Und du wolltest dich davon überzeugen, dass die Luft rein ist. Das ist ein achtbarer Grund.«

Nun ließ er sich sogar dazu herab, sich umzudrehen.

»Du bist ein aufmerksamer Bursche«, sagte ich.

»Und du ein vorsichtiger und geduldiger. Nicht jeder hätte es eine geschlagene Stunde in diesem Dreck ausgehalten.«

Ich hatte den Eindruck, er lächle.

»Dann verstehen wir einander ja, denn allem Anschein nach war ich nicht der Einzige, der die Gegend ausgespäht hat.«

»Du bist wohl nie um eine Antwort verlegen, Ness.«

»Ich glaube nicht, dass dir Stumpf meinen Namen genannt hat.«

»Stumpf? Ach, dieser rotgesichtige Mörder. Nein, der hat mir nur gesagt, es wolle mich jemand sehen.«

»Dann gestatte mir die Frage, woher du meinen Namen kennst.«

»Ich habe meine eigenen Möglichkeiten, in Erfahrung zu bringen, was ich wissen will, Grauer.«

Ich zog das Beil, hielt aber mitten in der Bewegung inne – denn inzwischen zielte mein Gegenüber mit einer Miniaturarmbrust auf mich. Wenn mich nicht alles täuschte, steckten in diesem Wunderding gleich zwei Bolzen.

»Lass das«, verlangte er. Seine Stimme klang zwar noch immer rau, aber der Ton war freundlicher geworden. »Deswegen bist du doch wohl nicht hergekommen, oder?«

Ohne die Armbrust aus den Augen zu lassen, steckte ich das Beil wieder hinter den Gürtel.

»Ganz ruhig. Mich interessiert nicht, wer dich sucht und wie viel Geld auf deinen Kopf ausgesetzt ist«, erklärte er, während er die Armbrust senkte und mir wieder den Rücken zukehrte.

»Bist du so reich?«, fragte ich. Sein Gesicht hatte ich immer noch nicht gesehen, da die Kapuze es verschattet hatte.

»Ich bin nicht so gierig, wie du vielleicht annimmst«, antwortete er lachend.

»Aber unhöflich. Denn du hast dich immer noch nicht vorgestellt.«

»Nenn mich Garrett«, sagte er nach langem Schweigen.
»Ein seltsamer Name. Den habe ich nie zuvor gehört.«
»Aber auch ihn gibt es.«
»Du weißt, weshalb ich deine Hilfe brauche?«
»Ja. Stumpf hat es ausgeplaudert.«
»Und? Sind wir im Geschäft?«
»Bei der Sache könnte Blut fließen, Gijan.«
»Heißt das nein, Dieb?« Ich schnaubte verärgert, weil ich offenbar meine Zeit vergeudet hatte, indem ich hergekommen war.
»Durchaus nicht.« Er drehte sich wieder zu mir um und streifte die Kapuze nach hinten. Nun konnte ich ihn endlich nach allen Regeln der Kunst in Augenschein nehmen.
Er mochte vielleicht fünf Jahre älter sein als ich. In seinem hageren, braungebrannten Gesicht traten die Wangenknochen scharf hervor. Er hatte eine hohe Stirn und eine gerade, etwas knochige Nase, dichte Brauen und einen Dreitagebart. Zu meiner Verblüffung zeigten die kurzen schwarzen Haare weiße Schläfen. Offenbar hatte der Bursche in seinem Leben schon einiges durchgemacht. Wenn seine Augen nicht gewesen wären, hätte ich ihn für einen mürrischen und gefährlichen Zeitgenossen gehalten – nur blickte er dafür viel zu munter und spöttisch drein. Der Dieb schien sich bestens zu amüsieren, auch wenn ich keinen Grund dafür sah.
»Durchaus nicht«, wiederholte er. »Im Gegenteil, das Ganze verspricht etwas Abwechslung.«
»Ich fürchte, es verspricht in erster Linie Gefahr«, entgegnete ich kalt.
»Manchmal gehen Gefahr und Abwechslung Hand in Hand. Wann willst du Yokh ins Dunkel schicken?«
»Morgen Nacht.«
»Das passt mir.«
»Ich hoffe, du kannst uns helfen.«
»Was Schlösser angeht, da könnt ihr auf mich zählen.«
»Wie viel?«, fragte ich, da ich dieses Gespräch so schnell wie möglich zum Abschluss bringen wollte.

Er dachte kurz nach. »Wie gesagt, ich bin nicht gierig«, antwortete er schließlich vergnügt. »Fünf Soren.«

Es verschlug mir die Sprache. Das Schicksal musste mich mit einem Irren zusammengeführt haben. Lahen und ich hatten angenommen, das Gefeilsche ginge bei dreihundert Soren los. Und selbst diese Summe wären wir zu zahlen bereit gewesen. Aber fünf lächerliche Soren …!

»Wo ist der Haken an der Sache?«, wollte ich wissen.

»Meiner Ansicht nach müsstest du jetzt eigentlich vor Freude in die Luft springen, dass ich dir nicht fünfhundert Soren abknöpfe.«

»Fünfhundert?!«

»Ich schätze meine Kunst sehr hoch ein«, erklärte er mir in spöttischem Ton. »Also geh davon aus, dass heute dein Glückstag ist. Mir ist danach, den Wohltäter zu mimen.«

»Trotzdem würde ich gern wissen, was dich zu dieser Güte veranlasst.«

Er schnaubte und ging zum Ufer zurück. Mir blieb nichts anderes übrig, als ihm zu folgen.

»Diese Angelegenheit hat meine Neugier geweckt«, erklärte der Dieb. »Das ist alles. Außerdem fordert es meine Fähigkeiten heraus. Und erinnert mich an alte Zeiten. Du ahnst ja nicht, wie langweilig das Leben mitunter sein kann.« Er verstummte kurz, um dann hinzuzufügen: »Vor allem, wenn du sehr, sehr lange lebst.«

Also, wenn ein Mensch kein Geld nötig hat und sich in seinem Leben bereits langweilt, obwohl er noch jung an Jahren ist, dann war das sein Problem. Ich würde jedenfalls nicht darauf bestehen, dass er den Preis anhob.

»Also gut, fünf Soren. Soll mir recht sein. Und wenn es deiner Unterhaltung dient …«

»Meiner Unterhaltung?« Der Dieb lachte auf. »Ja, vielleicht triffst du damit den Nagel sogar auf den Kopf.« Er atmete tief durch, bevor er fortfuhr: »Ich wittere in der Tat, dass dieses Spiel außerordentlich unterhaltsam werden wird.«

»Wann soll ich dir deinen Vorschuss geben?«

»Morgen. Bevor ich anfange. Aber keinen Vorschuss, sondern gleich die gesamte Summe.«

»Abgemacht.«

»Es gibt noch ein paar Bedingungen. Erstens: Ich kümmere mich ausschließlich um irgendwelche Schlösser. Mit den Leuten von Yokh müsst ihr fertigwerden. Wenn ich meine Arbeit mache, habe ich das Sagen. Du mischst dich da nicht ein. Ich verschaffe euch zwar Einlass ins Haus, komme selbst aber nicht mit hinein. Was ihr da tut, interessiert mich nicht. Zweitens: Ich habe das eine oder andere über deine Frau munkeln hören. Sei so gut und sorge dafür, dass sie keine Dummheiten macht. Drittens: Wir alle kommen unseren jeweiligen Verpflichtungen nach und trennen uns dann wieder. Sollte es heiß werden, muss jeder selbst sehen, wo er bleibt.«

»Einverstanden.«

»Ich erwarte euch morgen. Um die gleiche Zeit. Am Eingang zum Weinkeller.«

Ich nickte und stahl mich in die Nacht davon.

Um ins Hafenviertel zu gelangen, weckte Thia einen Bootsmann, der in seinem Kahn laut schnarchend seinen Rausch ausschlief und nach der unliebsamen Störung prompt Flüche auf Pork niederhageln ließ. Ungerührt bat Thia ihn durch Porks Mund, sie nach Alsgara zu bringen. Der Saufkopf lachte dem Tölpel ins Gesicht und erklärte ihn für verrückt – bis ihm Pork eine Goldmünze unter die Nase hielt. Das ernüchterte ihn schlagartig, sodass er beherzt nach dem Ruder griff.

Der Fluss wurde nicht sonderlich gut bewacht, und die wenigen Soldaten achteten nicht auf das Boot. Nach knapp einer Stunde kamen die fahlen Lichter des Hafens in Sicht. Sobald das Boot an einem der hölzernen Piers anlegte, befahl Thia Pork, den Mann zu erdolchen und davonzueilen. Die Leiche blieb im Kahn zurück.

Nun galt es, den blonden Bogenschützen zu finden, der sie zu dem Heiler führen konnte. Thia streifte aufs Geratewohl durch Alsgara, wagte sich jedoch weder in die Zweite noch in die Hohe

Stadt, denn dort hätten die Schreitenden, Glimmenden oder Angehörigen des Purpurnen Ordens sie entdecken können. Doch auch in den anderen Vierteln ließ sie es nie an Vorsicht missen. Eine zweite Begegnung mit einem Dämonenbeschwörer würde vielleicht nicht so glücklich enden wie die erste.

Sie begann mit ihrer Suche in den ärmsten Vierteln, die unmittelbar am Hafen lagen. Binnen einer Stunde hatte sie sich in ihnen verlaufen, denn das war nicht mehr das Alsgara von vor fünfhundert Jahren. Zahlreiche Straßen und Gassen gab es nicht mehr. Auf sich selbst und auf Pork schimpfend, weil sie ihrem Ziel keinen Zoll näher gekommen war, machte sich Thia daran, cin Quartier für die Nacht zu finden.

Der nächste Tag verstrich ebenso erfolglos. Alles, was Thia wusste, war, dass der blonde Schütze in der Stadt weilte, aber wo genau, das konnte sie nicht sagen, dafür war Alsgara zu groß. Und dass sie ihre Gabe nicht einsetzen durfte, trieb sie fast in den Wahnsinn. Ohne sie brachte sie einfach nichts zuwege. Immer wieder war sie versucht, ihre Kraft anzurufen, widerstand jedoch jedes Mal, wobei sie sich stets in Erinnerung rief, dass ihr noch genügend Zeit bliebe, die Suche mit herkömmlichen Mitteln fortzusetzen.

Vor allem, da sie stets vom Glück begünstigt gewesen war. Sie brauchte ja bloß an jenen Tag zu denken, an dem sie sich wie durch ein Wunder vor den Häschern Sorithas hatte retten können. Rethar war damals gestorben, doch sie selbst hatte sich von Ghinorha getrennt, bevor diese in die Erlika-Sümpfe gejagt wurde. Oder daran, wie … Nein, sie wollte sich lieber nicht daran erinnern, wie sie den letzten Anschlag auf ihr Leben überstanden hatte. Denn dabei hatte sie ihren Körper eingebüßt.

Und dennoch: Am Ende fiel sie zunehmend der Verzweiflung anheim. Sie fürchtete, den Schützen nicht vor Rowans Eintreffen in der Stadt zu finden.

Doch dann wendete sich das Blatt. In einem Augenblick, da sie am wenigsten damit rechnete: Mitten in der Nacht wurde sie durch etwas geweckt. Sie stand auf, verließ den Speicher, in dem sie sich einquartiert hatte, und ging zum Meer hinunter. Am

Rande ihres Bewusstseins nahm sie Porks Gewinsel wahr, der sie anflehte, ihn in Ruhe zu lassen und ihm zu erlauben, nach Hause zurückzukehren. Gerade als sie ihm befahl, endlich den Mund zu halten, machte sie am Pier zwei Männer aus. Selbst im Dunkeln erkannte sie den blonden Bogenschützen, denn die durch einen Zauber gewirkte Markierung hing deutlich sichtbar über ihm.

Am liebsten hätte sie den Dreckskerl auf der Stelle beim Schlafittchen gepackt und alle Antworten aus ihm herausgeschüttelt. Aber Thia machte nie zweimal denselben Fehler. Und ihr war nur zu gut in Erinnerung, was geschehen war, als sie ihrem Zorn in jenem verlassenen Dorf die Zügel hatte schießen lassen. Trotzdem würde er diesmal seiner gerechten Strafe nicht entkommen. Sie musste sich nur noch ein wenig gedulden.

Daraufhin nahm sie den anderen Mann näher in Augenschein. Er hatte ihr den Rücken zugekehrt, doch offenbar handelte es sich bei ihm nicht um jenen Dämonenbeschwörer, der sie so geschickt ausgeschaltet hatte. Sie gestattete es sich, auf einen Bruchteil ihrer Gabe zurückzugreifen, um ihn zu mustern.

Ihr stockte der Atem.

Vor ihren Augen tanzten bunte Flecken. Die Schläfen presste ein stumpfer Schmerz zusammen. Der Unbekannte verfügte über die Gabe. Noch dazu in einem Ausmaß, dass sie sich am liebsten verkrochen und sich den Göttern, an die sie nicht glaubte, empfohlen hätte. Dergleichen hatte Thia noch nie bei einem Menschen beobachtet. In diesem Mann brodelte weder die lichte noch die dunkle Kraft – sondern die ursprüngliche, unerreichte und übermächtige Kraft. Ihr gegenüber nahm sich ihrer aller Potenzial wie ein Regentropfen gegenüber einem Ozean aus. Dieser Kerl könnte sie alle mit seinem kleinen Finger zerquetschen, mühelos und gleichsam im Vorbeigehen. Das, was die Magier dieser Welt seit Anbeginn der Zeiten den Funken nannten, musste man bei ihm einen regelrechten Feuerball nennen, der ständig die Form änderte und pulste, als wäre er lebendig. Der aus zahllosen tanzenden Schatten gewebt schien. Wie betört verfolgte Thia diesen Tanz, mit jeder Sekunde von größerer Beklommenheit erfasst. Trotzdem konnte sie die Augen nicht von jenem *Blick* abwenden, mit dem das Reich der Tiefe selbst sie betrachtete.

Dann wurde Thia schwindlig. Am liebsten hätte sie geschrien und wäre davongerannt, nur um diese unglaubliche, mächtige, alte und ursprüngliche Kraft nicht spüren zu müssen. Aber sie schaffte es nicht, auch nur einen Fuß vor den anderen zu setzen. Die Macht der Schatten schien sie zu bannen wie offenes Feuer einen Falter.

Und dann endete alles so abrupt, als habe jemand eine Kerze ausgeblasen. Der Schmerz verschwand. Sie sah den Feuerball nicht länger, fühlte nicht länger jene Gabe, die so alt wie die Welt selbst war. Jemand hatte ihr die Tür, die ins Reich der Tiefe führte, vor der Nase zugeschlagen. Kurz darauf ging der blonde Schütze davon. Verzweifelt starrte sie auf seinen Rücken, rührte sich aber nicht von der Stelle. Denn zwischen ihr und dem Bogenschützen stand dieser Unbekannte. Er versperrte Thia den Weg – und sie wagte es nicht, an ihm vorbeizugehen.

Schon bald war der Schütze in der Nacht verschwunden. Eine Welle abgrundtiefer Verzweiflung schlug über ihr zusammen. Nun drehte ihr der Unbekannte den Kopf zu.

Das unter der Kapuze verborgene Gesicht konnte sie zwar nicht erkennen, aber sie spürte seinen Blick. Einen brennenden, schmerzhaften Blick. Aber auch einen … spöttischen? Der Unbekannte musterte sie. In ihrer Angst, es würde gleich etwas Unwiderrufliches geschehen, hielt sie den Atem an. Der Mann machte einen Schritt in ihre Richtung – und da kapitulierte Thia: Hals über Kopf stürzte sie in die Nacht davon.

Kapitel 21

Am Ende suchten wir uns dann doch noch ein neues Quartier für die Nacht. Wir brauchten Lahens Kraft ganz für unser Vorhaben, da wollten wir den kläglichen Vorrat nicht opfern, um die geheime Tür des Skulptors zu öffnen. Deshalb siedelten wir trotz des Risikos in eine Schenke nahe der Zweiten Stadt über, die in der ruhigen und nicht allzu belebten Straße der Kastanienblüten lag. Wir erhielten ein gemütliches und sauberes Zimmer im zweiten Stock. Es bot eine prachtvolle Aussicht über den Hügel, den die Mauer der Zweiten Stadt säumte. Andere Gäste gab es kaum, denn die meisten Menschen bevorzugten billigere Quartiere, die an der äußeren Stadtmauer und am Meer lagen. Wir legten jedoch Wert auf gutes Essen, ungestörten Schlaf und eine zuverlässige Tür – und willigten folglich in den Preis ein.

Mein Augenstern saß über den Plänen von Yokhs Haus, die uns Stumpf in seiner Liebenswürdigkeit zur Verfügung gestellt hatte. Keine Ahnung, wie Moltz an diese kostbaren Unterlagen herangekommen war (wahrscheinlich indem er jemandem die Kehle aufgeschlitzt hatte), aber uns kamen sie gerade recht. Am frühen Abend musste ich Lahen verlassen, um mich ein weiteres Mal mit Stumpf zu treffen, mit dem ich letzte Einzelheiten klären wollte.

Um zu unserem Treffpunkt zu gelangen, nahm ich einen gewaltigen Umweg in Kauf. Ich zog es vor, eine Stunde eher aufzubrechen, dafür aber sicher zu sein, dass mich niemand verfolgte.

Und ich tat gut daran. Als ich über den Gemüsemarkt schlenderte, bemerkte ich meinen Schatten. Der hochgewachsene, grauhaarige Mann verlor urplötzlich jedes Interesse an Gurken und Rüben – nicht aber an mir. Er hatte ein gutmütiges Gesicht, einen dichten buschigen Schnauzbart, spöttische blaue Augen und volle Brauen, die ihn noch friedfertiger aussehen ließen. Mit ausgesprochen sicherer Hand presste mir der Dreckskerl eine der kurzen Klingen aus Grohan gegen die Leber.

»Einen wunderschönen Tag auch«, säuselte er.

In der Tat: wunderschön! Der Bursche war ein wenig beleibt, doch schien ihn das in keiner Weise zu beeinträchtigen. Die Klinge führte er jedenfalls meisterlich. Jeder um uns herum musste den Eindruck haben, hier begegneten sich alte Freunde wieder – nur dass mir dieser Freund jederzeit ein paar Zoll soliden Stahls in den Leib rammen konnte. Ich sah ihn zum ersten Mal in meinem Leben. Seinem Akzent nach zu urteilen, stammte er aus dem Norden, vielleicht aus der Hauptstadt. Damit war Moltz aus dem Schneider.

Nun schälte sich aus der bunten Menge ein abgebrochener Blondschopf mit Unmengen von Sommersprossen in der durchtriebenen Visage heraus. An ihm fiel mir sofort auf, dass er seine linke Hand fest zusammenballte und der Ärmel seines weit geschnittenen Hemdes etwas sperrte. Vermutlich trug er ein Wurfmesser. Auch er trat an mich heran und umarmte mich. »Noch liegt dein Schicksal in deiner Hand. Wo ist deine Frau?«

»Warum sollte ich dir das sagen?«, fragte ich, während ich aufmerksam in die Menge spähte, um festzustellen, ob ich mit weiteren Häschern rechnen musste.

»Weil du kaum eine andere Wahl hast«, sagte der Alte. »Wenn du nicht mit der Sprache herausrückst, steht dir eine lange Zeit des Leidens bevor. Glaub mir, mein Freund, davon verstehen wir etwas. Danach finden wir das Weibsbild auch ohne deine Hilfe. Und was wir dann mit ihr anstellen, dürfte sich für sie nicht allzu liebreizend gestalten. Zeigst du dich jedoch verständig, sterbt ihr beide zusammen. Schnell und ohne Schmerzen. Ihr werdet in die Glücklichen Gärten eingehen, ohne zu leiden, darauf gebe ich dir mein Wort.«

Mir mussten meine Zweifel am Wahrheitsgehalt seiner Worte

ins Gesicht geschrieben stehen, denn der Alte fügte prompt hinzu: »Wir legen Wert auf saubere Arbeit. Außerdem bereitet es uns kein Vergnügen, jemandem Schmerzen zuzufügen. Wir sind professionelle Mörder.«

Das stimmte. Sie verhielten sich ruhig, machten keine abrupten Bewegungen, zeigten keinerlei Nervosität – und fürchteten mich nicht im Geringsten. Vor mir standen ohne Frage zwei Gijane, ein eingespieltes Pärchen und Meister ihres Fachs. Die sowohl mir als auch den meisten anderen, die irgendwann einmal für Moltz gearbeitet hatten, weit überlegen waren.

Wenn ich mich jetzt stur stellte, würden sie mich auf der Stelle töten. Da es ihnen aber gelungen war, mich aufzuspüren, würden sie früher oder später auch Lahen finden. Da ging ich lieber kein Risiko ein. Abgesehen davon hoffte ich auf etwas Glück. Alsgara war groß, da konnte in den Straßen allerlei geschehen.

»Gut, ich bringe euch zu ihr.«

»Eine kluge Entscheidung«, lobte mich der Alte. »Du hättest keine bessere treffen können.«

Trotz seines freundlichen und sanften Tons nahm er die Klinge nicht von meiner Seite. Ich spürte, wie aus einem kleinen Schnitt unterm Hemd Blut tropfte.

»Also? Wo ist sie?«

Ich zögerte.

»Ganz locker, von uns sind keine unangenehmen Überraschungen zu erwarten«, sagte der Sommersprossige. »Wir haben schließlich einen Ruf zu verlieren!«

Auf den ich pfeife!

»In der Nähe der Zweiten Stadt.«

»Dann wollen wir doch mal einen kleinen Spaziergang machen. Unterwegs erzählen wir dir, was dir bevorsteht, wenn du dich zu irgendwelchen Dummheiten hinreißen lässt.«

»Das ist nicht nötig.«

»Dieser Junge gefällt mir zunehmend besser«, bemerkte der Alte mit breitem Lächeln. »Dann lass uns gehen. Aber bitte mit Gemach. Solltest du den Schwachsinnigen spielen, bellen oder sonst ein Spektakel abziehen, blase ich dir das Licht aus. Und falls es dir in den Sinn kommt abzuhauen, erledigt dich mein Freund mit dem Wurfmesser. Hab ich mich klar genug ausgedrückt?«

»Ja.«

Trotzdem würde ich es wagen. Sie waren zu zweit, ich allein. Sie waren besser – aber ich hatte keine andere Wahl.

»Im Übrigen humpelst du. Und zwar stark. Vergiss das nicht!«, brummte der Sommersprossige hinter mir. »Und jetzt Abmarsch!«

Ich zog das linke Bein deutlich nach, als sei ich gerade umgeknickt. Der Alte stützte mich zuvorkommend mit einem stählernen Griff unterm Arm und presste die Klinge unverändert gegen meine Seite. Die beiden vertrauten derart auf ihr Können, dass sie es nicht einmal für nötig erachteten, mir den Bogen und das Wurfbeil abzunehmen. Gut, den Bogen würde ich unter diesen Umständen sowieso nicht spannen können. Aber dass sie mir das Wurfbeil ließen, gab mir immerhin Grund zur Freude.

Allerdings nur zur kurzzeitigen. Denn schon fingerten geschickte Hände unter meiner Jacke herum, und ich stand ohne Waffe da.

»Das ist Marna«, stellte mir der Gutmütige die Dritte im Bunde vor.

Die ihrerseits keinen Wert darauf legte, mich von Angesicht zu Angesicht zu begrüßen, sondern zusammen mit dem Sommersprossigen hinter mir blieb.

Wir verließen den Markt und bogen in die Straße der Lastesel ein. Aus den Augenwinkeln heraus nahm ich rechts über mir eine Bewegung wahr. Ich hob den Kopf – und durfte die nächste Überraschung erleben.

»Und das wäre Yakan«, erklärte der Alte. »Ich habe gehört, du seiest ein guter Schütze, aber ich glaube, mein Freund kann sich durchaus mit dir messen. Er ist zur Sicherheit da, falls wir uns blamieren.«

Also auch noch ein Ye-arre. Ein Bogenschütze. Damit durfte ich im Grunde auf nichts mehr hoffen. Der Flatterer flog von Dach zu Dach, jederzeit bereit, mich abzuschießen.

»Ich will dir ganz offen sagen, dass Yakan dich zu gern als Zielscheibe nutzen würde«, teilte mir der Alte mit. »Nimm also einen Rat von einem Freund an: Gib ihm keinen Anlass zu schießen.«

»Woher rührt diese Abneigung gegen mich?«, fragte ich, während ich mit gelangweiltem Blick einer Einheit der Stadtwache nachsah. Wie nicht anders zu erwarten, achteten die Männer überhaupt nicht auf uns. Zum Glück nicht. Denn andernfalls stünde ich bereits mit einem Fuß in den Glücklichen Gärten.

»Du hast einen Freund von ihm in diesem Wald erledigt. Das verzeiht er dir nicht.«

Ich brauchte einige Sekunden, bevor mir aufging, wovon der Gijan sprach.

Die Waldlichtung in Hundsgras, auf der Lahen angegriffen worden war, als sie unser Geld holen wollte. Außer diesen Dreckskerlen, die jetzt unter freiem Himmel verfaulten, war da auch ein Ye-arre dabei gewesen. Und der hatte entkommen können. Als Einziger.

»Dieser Gruppe mangelte es an der nötigen Erfahrung«, bemerkte ich.

»Da bin ich ganz deiner Meinung, schließlich lebst du noch. Dilettanten – was erwartest du von denen?«

»Warum arbeitet ihr dann jetzt mit dem Ye-arre zusammen?«

»Manchmal muss man Opfer bringen«, erklärte der Alte mit einem Seufzer. »Immerhin hat Yakan dich damals gesehen. Damit war er uns eine große Hilfe.«

»Dann hat er mich also gefunden?«

»O ja, ohne ihn hätten wir das nicht geschafft, mein Freund«, versicherte er. »Im Übrigen haben weder meine Partner noch ich etwas gegen dich persönlich. Wir erledigen bloß unsere Arbeit, für die wir sehr gut bezahlt werden. Das verstehst du doch, oder?«

Na sicher – aber musste ich es ihm deswegen leicht machen?

Ich spürte, wie mir der aufmerksame Blick des Sommersprossigen im Rücken brannte. Der Rock der unsichtbaren Marna raschelte. Über meinem Kopf dräute dieser Aasgeier von Ye-arre.

Das Messer des Alten hatte mir inzwischen ein nettes Loch in den Leib gebohrt und fing langsam, aber sicher an, meine Leber zu kitzeln. Mit einem Ohr hörte ich also bereits, wie mir die Diener Meloths ein Liedlein am Tor sangen, das in die Glücklichen Gärten führte.

»Was hast du mit deinem Anteil vor?«, wollte ich von dem Alten wissen.

»Damit kauf ich mir ein Häuschen an einem See. Ich werde angeln und mich an meinen Enkeln ergötzen. Sie sind die Freude meiner alten Tage.«

Daraufhin legte er los: Während wir durch die Straßen liefen, durfte ich mir seine Meinung über das Wetter, Glücksspiele und den Fischfang anhören. Dieser lag ihm besonders am Herzen. Der Alte war ein eingefleischter Angler – was mich auf die Idee brachte, ihn als Köder auf einen riesigen Haken zu spießen und weit ins Meer auszuwerfen, damit ihn irgendein Seeungeheuer fraß.

»Ist ein langer Weg«, brummte der Sommersprossige.

Prompt trieb mir der Alte mit vergnügtem Lächeln das Messer etwas tiefer in den Leib. Ich biss die Zähne zusammen, um ein Stöhnen zu unterdrücken. »Mein Freund glaubt, dass du uns für dumm verkaufst.«

»Dem ist nicht so.«

»Trotzdem hat er recht. Wir laufen schon ziemlich lange durch die Gegend. Wenn wir in zehn Minuten nicht am Ziel sind, muss ich mich leider ein für alle Mal von dir trennen, auch wenn du ein überaus angenehmer Gesprächspartner bist.«

»Täte mir auch leid.«

»Also spiel keine Spielchen mit uns, mein Junge. Wohin müssen wir jetzt?«

»Nach links«, antwortete ich.

Als ich aufgebrochen war, hatte Lahen vorm Fenster am Tisch gesessen. Ich hoffte inständig, dass sie dort noch immer in die Pläne von Yokhs Haus vertieft war und zufällig hinaussehen würde. Sicher, diese Hoffnung hing an einem seidenen Faden – aber an den klammerte ich mich mit aller Kraft. Ich drosselte sogar meine Schritte, um möglichst lange in ihrer Sichtweite zu bleiben, was dem Alten jedoch nicht entging.

»Na?«, fragte er und bohrte das Messer abermals ein Stück tiefer. »So nachdenklich?«

»Ich grüble über meinen letzten Wunsch nach.«

»Tut mir leid, aber den werden wir dir ohnehin nicht erfüllen«, erwiderte er. »Und jetzt leg einen Zahn zu!«

Und da kam mir die Erleuchtung. Warum war ich bloß nicht schon eher drauf gekommen?! Ich konnte ja mit Lahen reden! Das hatte ich ganz vergessen, denn in der letzten Zeit hatte ich mich daran gewöhnt, dass sie mir nicht antwortete. Dabei hatte sie doch in der geheimen Kammer des Skulptors neulich selbst ein paar Worte zu mir gesagt. Und die waren fast schon verständlich gewesen. Außerdem hatte sie mir versichert, ihre Gabe nehme zu mit jedem Tag. Vielleicht hatte mein Augenstern inzwischen also genug Kraft, mich zu hören.

»Lahen!«, rief ich sie. *»Lahen!«*

Eine peinigend lange Sekunde geschah nichts, doch dann rieselte eine warme Welle meine Wirbelsäule hinunter. *»Ness?«*

Da ich fürchtete, ihre Kraft könnte sie gleich wieder verlassen, ratterte ich los: *»Sieh aus dem Fenster! Aber vorsichtig!«*

Im zweiten Stock bewegte sich sacht die Gardine.

»Ich bin im Bilde«, sagte sie.

Eine ungeheure Erleichterung erfasste mich. Lahen war gewarnt. Was auch immer mit mir geschehen würde, dieses Quartett würde meinen Augenstern nicht so leicht in die Finger bekommen.

»Ist es hier?«, fragte der Alte mit einem Blick auf die Schenke.

»Ja.«

»Gibt es Aufpasser?«

»Ist mir nicht aufgefallen.«

Keine Ahnung, ob er mir glaubte oder nicht.

»Wie viele Gäste sind da?«

»Einige.«

»Aber wahrscheinlich nicht allzu viele«, entgegnete er. »Dafür habt ihr euch ein zu teures Nest ausgesucht. Wie schön für uns.« Dann wandte er sich nach hinten: »Lös mich ab!«

Nun übernahm es der Sommersprossige, mich mit der Klinge zu kitzeln, damit sein Kumpan von mir wegtreten konnte. So geschickt, wie sie diesen Wechsel über die Bühne brachten, machten sie das nicht zum ersten Mal.

»Ich seh mich mal in der Schenke um«, erklärte der Alte. »Marna, du bleibst hier.«

Ich ließ meinen Blick nach oben schweifen. Der Ye-arre saß auf dem Dach des Nachbarhauses und bleckte genüsslich die Zähne. Daraufhin nahm ich die Frau näher in Augenschein. Sie und der sommersprossige Kerl mussten Verwandte sein, denn auch sie war klein, blond und sommersprossig. Über ihrer Schulter hing eine große Tasche.

»Was glotzt du so?«, schnauzte sie mich an.

»Was hast du in der Tasche?«, fragte ich.

»Das wirst du früh genug erfahren.«

In dem Moment kam der Alte zurück. »Es ist alles sauber. Hör zu, mein Junge, bisher gilt unsere Vereinbarung noch. Und wenn du dein Wort hältst, bleibt das auch so. Also, wo ist dein Zimmer?«

»Im zweiten Stock.«

»Dann vorwärts, Freundchen!«, verlangte der Sommersprossige und unterstrich seine Worte mit verstärktem Messerdruck.

Sie glaubten, sie führten mich zur Schlachtbank. Wenn sich Lahen bloß etwas hatte einfallen lassen!

»Ich bin bereit«, erklang es da in meinem Kopf. *»Geh in ein Zimmer in unserem Stockwerk. Es ist acht Schritt von der Treppe entfernt, auf der linken Seite.«*

»Verstanden«, erwiderte ich und betrat die Schenke.

Unten war alles leer, nicht einmal der Wirt stand hinter dem Tresen. Als der Alte bemerkte, wie ich mich umsah, sagte er: »Der Wirt hätte sich an unsere Gesichter erinnern können. Was soll's, solche Opfer verlangt die Arbeit.«

»Wollt ihr auch allen anderen, denen wir noch begegnen, die Seele aushauchen?«

»Würde das deine Missbilligung finden?«, fragte er zurück und ließ Marna vorbeigehen.

»Am Ende macht ihr euch bei eurer Arbeit die Hände doch ganz schön schmutzig.«

»Dich hat niemand nach deiner Meinung gefragt«, fuhr mich der Sommersprossige an.

Nun lüftete Marna das Geheimnis ihrer Tasche: Sie entnahm ihr eine Armbrust, die zwar weitaus größer war als die, die Garrett trug, aber immerhin kleiner als viele andere. Die hatten bestimmt Meister aus Morassien angefertigt. Das Land war für seine ausgezeichneten Waffen berühmt.

»Wir gehen jetzt langsam hoch. An der Tür klopfst du an. Du sagst, dass du wieder da bist. Dann trittst du zusammen mit meinem Freund zur Seite. Jede unbedachte Geste, jedes Wort zu viel bedeutet einen langen und qualvollen Tod. Für dich und für deine Frau. Hab ich mich klar genug ausgedrückt?«

»Ja.«

»Marna, du musst sie mit dem ersten Schuss ausschalten.«

»Ich habe nicht vergessen, dass sie über die Gabe verfügt«, sagte sie mit erstaunlich tiefer Stimme.

»Dann wollen wir mal!«

Marna ging mit der Armbrust als Erste die Treppe hinauf, ihr folgten der Sommersprossige und ich, während der Alte den Abschluss bildete. Im ersten Stock liefen wir einem Diener in die Arme, der ein Tablett mit leeren Tellern trug. Bevor der Mann überhaupt begriff, was geschah, hatte ihm Marna einen Bolzen in den Körper gejagt. Der Alte sprang erstaunlich behände herbei, fing das Tablett aus den erschlaffenden Händen auf und setzte es behutsam am Boden ab. Dann tötete er den Verletzten, indem er ihm den Hals umdrehte. »Rasch! Weiter!«

Und wieder ging es die Treppe hinauf.

»Du bist gar nicht so schlimm, wie alle immer behaupten, Grauer«, sagte der Sommersprossige plötzlich. »Ich habe gehört, dass du gut mit dem Bogen schießt, aber im Faustkampf völlig versagst. Ehrlich gesagt, habe ich mehr von dir erwartet.«

»Niemand ist vollkommen«, schwadronierte der Alte. »Außerdem solltest du dich lieber nicht beklagen. Oder wäre es dir lieber, er würde sich auf die Hinterbeine stellen?«

Der zweite Stock. Marna hatte ihr gefährliches Spielzeug bereits nachgeladen und lief durch den Gang, blieb dabei aber in Deckung.

»Welche Tür?«, fragte mich der Sommersprossige leise.

Er war nervös und hielt mich fest unterm Arm gepackt. Sein Messer drohte, mir bei einer falschen Bewegung die Seele auszuhauchen.

»Die letzte«, zischte ich, ohne auf den Schmerz in meiner Seite zu achten. »Rechts.«

»Vergiss nicht: keine Dummheiten.«

Ich ging voran und zählte die Schritte. Noch auf der Treppe hatte ich meinen Schwerpunkt etwas nach links verlagert und drückte ein wenig (so, dass es meinem Bewacher auf keinen Fall auffiel) mit dem Ellbogen auf die Hand des Sommersprossigen.

Sechs.

Sieben.

Acht.

Jetzt!

Hinter mir polterte es gewaltig. Das war das Zeichen.

Ich verlagerte mein Gewicht vollends auf den linken Fuß, gleichzeitig rammte ich die Hand des Gijans mit dem Ellbogen zur Seite. In dieser Sekunde traf ein Bolzen den Sommersprossigen unter der Schädeldecke. Das Messer, das meine Leber aufschlitzen sollte, fiel zu Boden, schnitt mir dabei aber noch Hemd und Haut auf. Jeden Schmerz unterdrückend, hechtete ich nach links zur Tür. Da drehte sich Marna auch schon um und schoss.

Ich flog förmlich in das Zimmer hinein (und entkam damit knapp dem Bolzen), verlor das Gleichgewicht, fiel zu Boden und rollte ab, wobei ich beinahe gegen den Tisch geprallt wäre. Sofort sprang ich wieder auf, drehte mich um und sah gerade noch, wie der Alte mit dem Messer auf mich zustürzte.

In seinem Rücken schoss kreischend etwas durch die Luft, das an einen grauen Fliegenschwarm erinnerte. Ehrlich gesagt kümmerte ich mich nicht weiter darum. Der Alte ließ sich durch das seltsame Geräusch ebenfalls nicht ablenken, sondern kam mit federnden Schritten auf mich zu. Das Messer in seinen Pranken blitzte. Was auch immer er von mir erwartet hatte – mit Sicherheit nicht, dass ich zum Angriff überging.

Im Kampf gegen ihn geriet ich gewaltig ins Schwitzen. Mit knapper Mühe brachte ich mich vor seiner Klinge in Sicherheit. Diesen Sprung hatte mir der Alte offenbar nicht mehr zugetraut. Für den Bruchteil einer Sekunde war er wie erstarrt. Das wusste ich zu nutzen: Ein Pfeil aus meinem Köcher leistete mir dann keinen schlechteren Dienst als ein Dolch. Ich rammte ihn dem Alten unters Schlüsselbein. Der ließ sofort das Messer fallen. Daraufhin trat ich ihm gegen's Bein und schlug ihm mit der offenen Hand vors Kinn. Polternd ging er zu Boden.

In diesem Augenblick fegte eine zerzauste und ergrimmte Lahen ins Zimmer, fauchend wie tausend wilde Katzen. Sie hielt eine abgefeuerte Armbrust in Händen. »Alles in Ordnung?«

»Ja«, antwortete ich und hob das Messer vom Boden auf. Die andere Hand presste ich auf die blutende Wunde in meiner Seite. »Glaube ich jedenfalls. Halt das mal, ich bin gleich wieder da.«

Eine Sache musste ich nämlich noch zu Ende bringen. Ich lief an Marnas Leiche vorbei (genauer gesagt an dem, was von ihr übrig geblieben war) zur Treppe, die auf den Dachboden führte. Im Handumdrehen hatte ich den Bogen gespannt und kletterte vorsichtig aufs Dach. Vom Dach des Hauses auf der gegenüberliegenden Straßenseite schirmte mich der Schornstein ab.

Die Abendsonne stand mir im Rücken, der freundliche Yakan konnte also nichts sehen. Ich will es nicht verhehlen: Es bereitete mir ein besonderes Vergnügen, dieses Aas zu erledigen.

Auf dem Rückweg klaubte ich Marnas Armbrust auf. Sie würde ohnehin nie wieder Verwendung dafür haben – nicht, wo sie inzwischen Kopf und Oberkörper eingebüßt hatte. Uns dagegen konnte dieses kleine Wunderding durchaus noch nützlich sein, denn es war wie geschaffen für Lahen. Die Bolzen nahm ich ebenfalls an mich. Das Laden der Waffe stellte sich als überraschend einfach heraus. Als ich mir auch mein Wurfbeil wiederbesorgt hatte, kehrte ich zu Lahen ins Zimmer zurück.

Der Alte war bereits wieder zu sich gekommen und hatte den Holzschaft des Pfeils, der aus seinem Körper ragte, abgebrochen. Er sprach mit Lahen. Die hielt die Armbrust auf ihn gerichtet und antwortete freundlich. Als der Gijan mich sah, lächelte er, nur lag jetzt keine Wärme mehr in seinen Augen. Stattdessen loderte Panik an ihrem Grund auf.

»Du bist eine harte Nuss«, gab er zu.

»Freut mich, dass ich dich von meinen Talenten überzeugen konnte«, entgegnete ich. »Steh auf!«

Ächzend erhob er sich vom Boden.

»Das Alter bringt doch keine Freuden mit sich«, brummte er mit schiefem Grinsen.

»Heute ist nicht unbedingt dein Glückstag, oder?«

»Stimmt, ich hab schon bessere Tage gesehen.«

»Du hast mein Mitgefühl.«

»Du weißt, ich habe nur meine Arbeit getan«, versicherte der Alte. »Rein persönlich habe ich nichts gegen dich.«

»Ich weiß ja, die Enkel wollen versorgt sein …«

»Zwei sind es …« Er warf Lahen einen flehenden Blick zu.

Anscheinend hatte er verstanden, dass *ich* heute nicht in allzu mildtätiger Stimmung war.

»Hau ab«, sagte ich und deutete mit der Armbrust in Richtung Tür.

»Was?«, brachte er heraus, da er seinen Ohren nicht traute.

»Hau ab!«, wiederholte ich.

Daraufhin zerbrach er sich nicht länger den Kopf, woher meine geradezu überirdische Güte rühren mochte. »Hat mich gefreut, dich kennenzulernen, Grauer.«

Der Gijan ging zur Tür. Noch ehe er das Zimmer verlassen hatte, ereilte auch ihn ein Bolzen. Im Schädel. Ohne noch einen Ton von sich zu geben, fiel er zu Boden.

»Ich habe nur meine Arbeit erledigt. Rein persönlich hatte ich nichts gegen dich«, beteuerte ich. Zu einem Häuschen am See zu kommen war eben doch weit schwieriger, als es auf den ersten Blick schien.

Kapitel 22

»Das dürfte reichen«, sagte Lahen, nachdem sie mir einen Verband angelegt hatte.

»Danke.«

Über eine Stunde drückten wir uns jetzt bereits auf dem kleinen alten Friedhof herum, der sich unweit des Schweinsplatzes befand. Es war spät am Abend, die Dunkelheit fast hereingebrochen, und niemand störte uns hier. Zudem hielten wir uns inmitten der mit Efeu bewachsenen Gräber versteckt.

»Ich habe wirklich um dein Leben gefürchtet«, gestand Lahen.

»Auch ich hatte schon beinahe jede Hoffnung aufgegeben, mein Augenstern. Die Burschen waren mit allen Wassern gewaschen.«

Ich lächelte, sie jedoch blieb ernst.

»Das ist mir nicht entgangen«, erwiderte sie und umarmte mich. »Wo haben sie dich geschnappt?«

»Auf dem Gemüsemarkt. Anscheinend sind sie eigens aus Korunn gekommen, um sich ihre Soren zu verdienen. Stumpf dürfte eine Stinkwut auf mich haben, weil ich nicht zu unserem Treffen erschienen bin.«

»Was glaubst du, wer uns verraten hat?«

»Frag mich was Leichteres«, erwiderte ich und gab ihr einen Kuss auf die Wange. »Das kann jeder gewesen sein. Auch irgendein kleines Miststück aus dem Umfeld von Moltz. Erzähl mir lieber, wie es dir gelungen ist, in unserem Rücken aufzutauchen. Ich habe dich gar nicht in dem Gang gesehen.«

»Weil du keinen Blick auf die Decke geworfen hast«, trumpfte sie auf. »Der Wirt hat da einen Hängeboden eingezogen. Der bot mir ausreichend Platz, um mich dort zu verstecken und diesen sommersprossigen Kerl abzuschießen.«

»Aber du hast nicht nur den erledigt, sondern auch die Frau«, erwiderte ich. »Ich hätte nicht damit gerechnet, dass du schon wieder über so viel Kraft verfügst.«

»Ich habe Blut und Wasser um dich geschwitzt«, gestand sie. »Da habe ich einfach auf sie eingeschlagen. Jetzt bin ich allerdings völlig leer. Dieser Angriff hat mich die ganze Kraft gekostet, die ich in den letzten Tagen angesammelt hatte. Nun muss sie wieder von vorn nachwachsen.«

»Das ist nicht weiter schlimm«, versicherte ich. »Hauptsache, der Funke lodert überhaupt wieder. Und bei Yokh lassen wir ohnehin die Waffen sprechen.«

»Er weiß, dass wir in der Stadt sind, da bin ich mir sicher.«

»Du meinst, wir sollten das Ganze abblasen?«

Sie dachte kurz nach, schüttelte dann aber den Kopf. »Nein, wir müssen ihn aus dem Weg schaffen, sonst verwandelt sich unser Leben in den reinsten Albtraum. Glaubst du, wir haben mit diesen dreien alle erledigt? Oder müssen wir mit weiteren Gijanen rechnen, die sich mit unserem Kopf ihr Auskommen sichern wollen?«

»Das waren vier«, sagte ich und erzählte ihr von dem Ye-arre.

»Der hat nur gekriegt, was er verdient hat«, stellte sie fest. »Was ist, wollen wir aufbrechen? Es ist schon dunkel.«

»Uns bleiben noch zwei Stunden«, entgegnete ich, um dann vorzuschlagen: »Lass uns lieber noch etwas essen.«

Wir erreichten den Schweinsplatz, als die Glocken gerade die dritte Stunde der Nacht läuteten. Der Weinkeller befand sich in einem alten, halb verfallenen Haus.

Kaum näherten wir uns der Tür, da trat ein Mann aus dem Dunkel heraus.

»Das ist der Dieb«, flüsterte ich meinem Augenstern zu.

»Und das sind die Gijane«, bemerkte Garrett anstelle einer

Begrüßung. »Meinen Glückwunsch, ihr habt ganze Arbeit geleistet.«

»Was meinst du damit?«, fragte ich, obwohl ich die Antwort bereits kannte.

»Ich meine jene vier Toten, die heute gefunden wurden. Die halbe Stadt spricht davon. Irgendjemand hat sich nämlich den Spaß erlaubt, drei Meistermörder und einen freundlichen Yearre aus dem Weg zu räumen.«

»Und was haben wir damit zu tun?«

»Verkauf mich bitte nicht für dumm! Und auch Moltz nicht. Die Dame dürfte nach dieser Geschichte rasen und toben. Wenn jetzt schon die Aasgeier aus der Hauptstadt in ihr Revier eindringen. Noch dazu, wo sie euch tatsächlich fast einen Kopf kürzer gemacht hätten.«

»Wollen wir hier eigentlich nur Maulaffen feilhalten?«, fragte Lahen. »Machen wir uns endlich an die Arbeit!«

»Gut«, erwiderte Garrett lachend. »Aber vorher verlange ich mein Geld.«

Ich zählte fünf Soren ab und gab sie ihm. Grinsend steckte er die Münzen weg. »Nun stehe ich ganz zu eurer Verfügung.«

Lahen klopfte kurz an die Tür. Zunächst tat sich gar nichts. Dann wurde der Riegel endlich zurückgeschoben. Die Tür quietschte in den Angeln, helles Licht schlug uns entgegen.

»Immer rein mit euch«, forderte uns Stumpf auf. »Ich habe mir schon Sorgen gemacht, nachdem du nicht zu unsrem Treffen gekommen bist.«

Über den Alten und seine Kumpane verlor er kein Wort. Sollte mir recht sein.

»Ist alles bereit?«, fragte ich und sah mich um.

An den Wänden standen Regale aus unbehauenem Holz und riesige Weinfässer, weit oben gab es ein paar kleine Fenster. Eine Ecke nahmen ein Tisch, ein Schrank mit verzogenen Türen und ein Hocker ein. Außer Stumpf hatten sich noch zwei von Moltz' Kopfabschneidern eingefunden.

»Wir haben den Besitzer höflich gebeten, die Tür offen zu lassen. Da er Moltz kennt, war er dazu bereit. Folgt mir!«

Er führte uns zu zwei Fässern, zwischen denen eine schmale Tür lag. Stumpf passte kaum durch sie hindurch. Sie führte in eine kleine Kammer. Im Boden gab es eine Luke, die bereits geöffnet worden war. Eine erstaunlich solide Holzleiter führte in den Keller.

»Wollt ihr hier noch ewig rumstehen?«, brummte Stumpf. »Oder erwartet ihr etwa, dass ich euch runtertrage?«

Im Keller erhoben sich Regale voller Weinflaschen, außerdem standen hier noch weitere Weinfässer. Garrett lief die beeindruckende Reihe von Flaschen ab, zog eine heraus und musterte das Siegel auf dem Korken. »Das sind keine schlechten Vorräte. Vielleicht sollte ich mir diesen Ort merken.«

»Um eine Flasche zu kaufen?«, fragte Lahen. »Oder zu stibitzen?«

»Das wird sich finden«, antwortete Garrett, der ihr die Bemerkung nicht verübelte.

»Du willst doch wohl nicht behaupten, ein großer Weinliebhaber zu sein?«

»Eher ein Kenner. Und nur von edlen Weinen. Sie gehören zu den wenigen Freuden, die ich habe.«

»Hört jetzt endlich auf mit dem Geschwätz«, verlangte Stumpf ungehalten. »Auf dem Rückweg kannst du von mir aus so viele Flaschen mitgehen lassen, wie du willst.«

»Auf das Angebot komme ich gern zurück«, versprach Garrett. »Wo ist der Gang?«

»Klettert durch die Luke in der Ecke da drüben, dann seid ihr drin.«

Eigentlich sicherte eine Holzklappe die Luke, die jetzt aber zur Seite geschoben war. Neben ihr stand eine Laterne.

»Der Besitzer des Weinkellers hat den Gang zufällig entdeckt, als er den Keller ausbauen wollte, um dort ganz besondere Weine zu lagern. Das ist sozusagen eine Hinterlassenschaft des Skulptors.«

»Ich sehe keinen Grund, warum der Weinhändler den Gang nicht für seine Zwecke nutzen sollte«, bemerkte ich, während ich nach unten spähte.

Dort war es so finster wie im Reich der Tiefe. Der Gang schien ziemlich hoch zu sein. Wenn er tatsächlich mit Magie und ein wenig Verstand angelegt worden war, wunderte es mich gar nicht, dass das Gewölbe bis auf den heutigen Tag nicht eingestürzt war.

»Der Gang hat eine Höhe von gut drei Yard«, sagte Stumpf. Ob er meine Gedanken gelesen hatte? »Wir lassen euch mit einem Seil runter.«

»Und wie kommen wir wieder rauf?«, wollte Lahen wissen.

Gute Frage. Was würde die drei eigentlich daran hindern, die Holzklappe wieder vorzuschieben und uns ein für alle Mal zu vergessen?

»Wir warten bis zum Morgen auf euch.«

»Für wie naiv hältst du uns eigentlich, Gijan?«, fragte der Dieb lachend.

»Willst du damit andeuten, du traust mir nicht über den Weg?«, empörte sich Stumpf.

»Ich traue mir selbst nicht immer über den Weg, was erwartest du da bei anderen? Wie siehst du die Sache, Grauer?«

»Ich denke, Stumpf wird keine Dummheiten machen«, sagte ich, wobei ich Moltz' rechter Hand fest in die Augen sah. »Das wäre doch … unschön, findest du nicht auch, Lahen?«

»Oh, unbedingt! Unter Freunden wäre dergleichen ganz unvorstellbar«, pflichtete sie mir bei. »Aber falls ihr doch gehen solltet, sähe ich mich gezwungen, die Decke in die Luft zu jagen.«

Das war ein Bluff, wie er im Buche stand, schließlich war Lahen zurzeit nicht mal imstande, ein Mäuschen zu zerquetschen.

»Das müsstest du dann wohl tun«, stimmte ich ihr zu, ehe ich mich an den finster dreinblickenden Stumpf wandte: »Glaub mir, das wäre ein Kinderspiel für sie. Vor allem, wenn sie wütend ist.«

»Spar dir deine Drohungen«, maulte er, auch wenn ich in seinem Blick deutlich die Angst vor Lahen las. »Wir warten, solange wir können.«

Garrett amüsierte sich bei diesem Geplänkel köstlich. Offenbar hatte sich der Bursche tatsächlich nur um seiner Unterhaltung willen auf dieses Unternehmen eingelassen.

Zunächst ließen die drei mich und die Laterne an einem Seil hinunter, dann Lahen und schließlich den Dieb. Danach schob sich Stumpfs rotgesichtige Visage in die Luke: »Geht immer geradeaus. Der Gang bringt euch direkt zu Yokhs Haus. Richtet Dreifinger einen Gruß von mir aus.«

»Und was ist deiner Meinung nach *geradeaus?*«, fragte Garrett spöttisch. »Da lang?« Er wies in eine Richtung, dann drehte er sich um und deutete in die entgegengesetzte. »Oder da lang?«

»Dort lang.« Stumpf wies nach links. »Ihr könnt es nicht verfehlen. Und jetzt macht, dass ihr wegkommt, der Anblick eurer Fratzen bereitet mir allmählich Kopfschmerzen.«

Ich ging mit der Lampe voran. Mir folgte Lahen mit der Armbrust. Der Dieb bildete den Abschluss und trällerte ein mir unbekanntes Liedchen vor sich hin, was mich schier verrückt machte. Aber ich übte mich in Gelassenheit.

Wenn wir bloß die richtige Entscheidung getroffen hatten, als wir uns auf ihn einließen!

Sobald das Licht der Laterne vom Dunkel geschluckt worden war, stand Stumpf auf, klopfte sich die Hosen ab, seufzte und ging zurück. Auf halbem Weg zur Leiter blieb er jedoch stehen und warf einen Blick auf die Regale mit den staubbedeckten Flaschen. Er zog aufs Geratewohl eine heraus und besah sich den Korken: kein so kostbarer Wein, dass er nach respektvoller Behandlung verlangte – weshalb Stumpf kurzerhand den Flaschenhals mit seinem Sdisser Krummsäbel abschlug. Er goss sich einen ordentlichen Schluck in den Mund, stieg die Leiter hoch und quetschte sich wieder durch die Tür. In dem großen Raum angelangt, nickte er einem seiner Kumpane zu. Der schien nur auf dieses Zeichen gewartet zu haben – und stürmte aus dem Haus.

Stumpf setzte sich auf den Hocker, stürzte den Wein in sich hinein und wurde von Minute zu Minute mürrischer. Was Moltz hier angezettelt hatte, behagte ihm nicht. Aber er wusste auch, dass ihnen beiden keine andere Wahl geblieben war. Hätten sie sich nicht auf diese Sache eingelassen, wären sie im Handumdrehen zermalmt worden. Und zwar buchstäblich.

In dem Moment ging die Tür auf, und Moltz kam mit sechs Mördern herein. Fragend blickte die Bäckersfrau Stumpf an.

»Sie sind weg«, sagte er.

»Dann wollen wir mal auf ihre Rückkehr warten«, erwiderte Moltz.

»Glaubst du, dass sie es schaffen?«

»Ja, Yokh wird diese Nacht nicht überleben.«

Stumpf nickte bloß und nahm einen weiteren Schluck. Mit irgendwas musste er sich ja schließlich beschäftigen …

Der Gang musste vor vielen Jahrhunderten zum letzten Mal Wasser gesehen haben. Die glatten, wie poliert wirkenden Wände zeigten noch die Spuren, die der Fluss einst in ihnen hinterlassen hatte. Allem Anschein nach hatte er nie die Decke erreicht. Es roch nach kaltem Stein und uraltem Staub. Ratten oder andere Tiere trieben sich hier unten nicht rum. Und es gab kein Echo.

Die Wunde in der Seite setzte mir entsetzlich zu, aber ich versuchte, die Schmerzen vorübergehend zu vergessen.

»Wir haben jetzt knapp zweihundert Yard zurückgelegt«, sagte Lahen irgendwann. »Wenn Stumpf nicht gelogen hat, müsste bald ein Knick kommen.«

So war es auch. Der Gang bog scharf ab. Danach ging es leicht bergauf: Wir erklommen sozusagen den Hügel, auf dem die Hohe Stadt lag. Als wir an verschiedenen Abzweigungen vorbeikamen, konnte der Dieb seine Neugier nicht bezwingen und spähte in eine von ihnen hinein, entdeckte jedoch nichts, das von Interesse gewesen wäre.

»Was man früher alles mithilfe der Magie schaffen konnte!«, sagte Lahen.

»Mhm«, brummte ich.

»Nicht eine der Schreitenden von heute wäre imstande, einen unterirdischen Kanal für einen Fluss anzulegen, um diesen zum

Meer zu leiten und auf dem Weg dorthin auch noch alle Häuser mit Wasser zu versorgen.«

»Das sind Märchen.«

»Nach allem, was ich gehört habe, nicht.«

»Sie hat recht«, mischte sich nun der Dieb ein. »In einem der reichen Häuser nicht weit von hier habe ich ein altes Schwimmbecken gesehen. Das Wasser bezog es aus dem unterirdischen Fluss. Obwohl ich zugeben muss, dass ich von dieser unterirdischen Welt nicht sonderlich beeindruckt bin.«

»Nicht?«, entgegnete Lahen. »Willst du etwa behaupten, du hättest je zuvor eine vergleichbare Anlage gesehen?«

Garrett grinste nur, erwiderte jedoch kein Wort.

»Ich stelle mir die Enttäuschung der Reichen vor, als diese Quelle versiegte«, bemerkte ich.

»Irgendwann bedeutete der Fluss nur noch ein Ärgernis, deshalb wurde er trocken gelegt und ein Teil der Gewölbe eingerissen.«

»Sie können nur zerstören«, murmelte Garrett. »Aber nichts aufbauen.«

»Das kannst du nun auch wieder nicht sagen«, widersprach ich. »Hätten sie damals nichts von ihrer Sache verstanden, wäre ein Teil der Häuser eingestürzt.«

»Täusche ich mich oder hängt die Decke jetzt tiefer?«, fragte Garrett.

Es stimmte. Je weiter wir kamen, desto niedriger wurde die Decke. Schon bald hätte ich sie mit den Fingerspitzen erreichen können, wenn ich das denn gewollt hätte. Schließlich erreichten wir auch die Ziegelmauer, die uns den Weg versperrte.

»Da wären wir«, sagte ich und stellte die Laterne auf den Boden.

»Die wurde erst vor sechs Jahren errichtet. Höchstens«, urteilte Garrett. »Sie ist viel jünger als der Rest.«

»Der alte Yokh legt nun mal Wert darauf, keinen Besuch von Ratten zu erhalten«, erklärte ich und hebelte mit dem Dolch einen der unteren Steine aus.

Der Maurer hatte ganze Arbeit geleistet. An dieser Stelle fehlte jetzt der Mörtel. Das Ganze war also ein Kinderspiel – und gleichzeitig ahnte niemand etwas von dieser Möglichkeit. Die Ziegel waren ziemlich schwer, sodass mir Garretts Hilfe höchst gelegen kam. Am Ende klaffte ein Loch vor uns, das groß genug war, um sich auf dem Rücken liegend durchzuzwängen.

»Lösch die Lampe, auf die können wir hier verzichten«, sagte der Dieb und kroch als Erster durch. Nach ein paar Sekunden hörten wir seine Stimme: »Die Luft ist rein.«

Wir folgten ihm und fanden uns in einem weiteren Gang wieder. Die Decke war hier noch tiefer, sodass wir nur gebückt stehen konnten.

»Setzt euch«, forderte Garrett uns auf. »Das dauert ein Weilchen.«

Über uns befand sich eine Luke, die ein Gitter verschloss.

Der Zugang zu Yokhs Nest.

Hier herrschte stockfinstere Dunkelheit. Stumpf hatte behauptet, wir kämen in einem Speicher heraus. Ich hoffte inständig, die Diener hatten nicht die Angewohnheit, dort zu schlafen. Aber Yokh würde es vermutlich nie zulassen, dass jemand von diesem Gitter erfuhr – und damit von dem unterirdischen Gängenetz.

»Jetzt bräuchte ich doch ein bisschen Licht«, bat Garrett.

Ich hob die Laterne und stieß einen leisen Pfiff aus. Das Schloss war nicht sehr groß und schwarz. Wir sahen nur die Rückseite, einen Hundekopf mit Ohren. Aber die Dinger waren so berühmt, dass wir genau wussten, wie die Vorderseite aussah: Das Tier fletschte die Zähne, in seinem Schlund verbarg sich das Schlüsselloch. Die Arbeit eines Meisters aus Morassien. Die jedem unmissverständlich sagte: »Hau ab! Ich beiße!«

Mit einem solchen Schloss wird nur ein echter Meister fertig. Und selbst der nicht immer.

Stumpf hatte in seiner ganzen Zuvorkommenheit den morassischen Hund mit keinem Wort erwähnt.

»Was für ein herrliches Dingelchen!«, sagte Garrett.

»Bei diesem Tand hat Yokh bestimmt nicht gegeizt«, erwiderte ich.

»Dingelchen? Tand?«, höhnte Lahen. »Sind alle Männer so dumm oder nur ihr zwei? Das Schloss ist gefährlicher als eine wütende Kobra! Beim kleinsten Fehler sind wir alle tot!«

»Ich knacke es«, sagte Garrett bloß.

»Was, wenn nicht?«

»Dann schnappt dieses Maul zu, und die rasiermesserscharfen Zähne beißen mir die Finger ab. Möglicherweise spuckt das Maul auch eine Giftnadel aus, aber darüber brauchen wir uns keine Gedanken zu machen, schließlich stehen wir ja hinter ihm. Bedauerlicher wäre es, wenn ich bei der letzten Falle versagen würde. Da bekämen wir es nämlich mit einer Giftwolke zu tun. Und dieses Gift könnte absinken, um uns selbst hier unten die Lungen binnen weniger Sekunden in durchlöcherte Fetzen zu verwandeln.«

»Du verstehst es, auf geradezu unübertreffliche Weise den Aufbau dieser Wunderwerke zu erklären«, entgegnete ich hüstelnd und wandte mich dann an Lahen. »Mein Augenstern, würdest du bitte hinter der Mauer auf uns warten?«

»Weshalb das?«, fragte sie barsch zurück.

»Falls Garrett einen Fehler macht, sollte wenigstens irgendjemand überleben.«

»Warum gehst dann nicht du hinter die Mauer?«

»Weil ich die Laterne halten muss!«

»Falls du die Absicht haben solltest zu sterben, gib mir bitte vorher Bescheid, mein Liebster«, brummte sie.

»Ich liebe dich auch.«

Daraufhin zog sie sich laut schnaubend hinter die Mauer zurück.

»Geh zwanzig Schritt in den Gang hinein«, verlangte ich, als ich den Kopf noch einmal durch das Loch schob. »Wenn wir fertig sind, ruf ich dich.«

Sie gab mir einen Kuss auf den Mund und verschwand in der Dunkelheit.

Garrett untersuchte derweil das Schloss und trällerte schon wieder diese unbekannte Melodie vor sich hin.

»Was ist das für ein Liedchen?«

»Och, das ist nur ein dummes Lied«, erwiderte Garrett lachend, ohne den Blick von dem morassischen Köter zu lassen. »Eine gute alte Bekannte von mir hat es immer gesungen. In einem anderen Leben, wenn du so willst.«

Schon verstanden. Wenn er nicht darüber reden wollte, meinetwegen.

»Hast du es schon mal mit solchen Dingern zu tun gehabt?«, fragte ich.

»Ein paar Mal«, antwortete er und streifte sich Handschuhe mit abgeschnittenen Fingerspitzen über. »Keine Sorge, das ist nicht so schwierig, wie viele Leute glauben. Mit der nötigen Erfahrung knackst du diese Fressen wie Nüsse.«

»Dann will ich nur hoffen, dass du sie hast: die nötige Erfahrung.«

»Das hoffe ich auch«, antwortete er, während seine Lippen ein Grinsen umspielte. »Meistens scheitern die Ungeduldigen an ihnen.«

Mhm. Die morassischen Hunde hatten schon zahlreichen guten Dieben das Leben gekostet. Deshalb zogen es die meisten, die an einer Tür oder einer Truhe einen schwarzen Hundekopf sahen, vor, unverrichteter Dinge abzuziehen und sich eine leichtere Beute zu suchen.

»Und es macht dir nichts aus, blind zu arbeiten?«, wollte ich wissen. »Schließlich liegt das Schlüsselloch auf der anderen Seite.«

»Ist mir auch schon aufgefallen«, murmelte er. »Und da ich sowieso alles ertaste, brauche ich kein Licht. Geh also ruhig zu deiner Frau, solange es noch nicht zu spät ist. Sobald ich fertig bin, ruf ich euch.«

»Ich würde ganz gern zusehen.«

Das war nicht gelogen.

»Du musst wissen, was du tust«, erwiderte Garrett bloß.

Er holte einen Bund von Nachschlüsseln hervorragender Qualität aus der Tasche.

»Stammen die auch aus Morassien?«

»Nein. Die haben noch bessere Meister angefertigt«, antwortete er lächelnd und schob die Hände zwischen den Stäben des Gitters hindurch. »Na, mach schon …«

»Was denn?«

»Oh … du? Du kannst bei Meloth ein gutes Wort für mich einlegen!«, sagte er lachend und schob den ersten Schlüssel ins Schloss. »Ich hoffe, er ist heute auf unserer Seite.«

Er schwieg eine Weile konzentriert, sodass nur das leise Klackern von Metall zu hören war. Auf seinem Gesicht lag ein angespannter Ausdruck, die Lippen hatte er fest aufeinandergepresst, aber seine Hände zitterten kein einziges Mal. Er musste wirklich nicht hinsehen, um zu wissen, was er tat, weshalb der Dieb verzückt die Spitzen seiner Stiefel betrachtete. Meine Augen hingen dagegen wie gebannt an dem Schloss, das sich jederzeit als Falle entpuppen und zuschnappen konnte. Oder, schlimmer noch, sein Gift ausspucken.

»Die erste Feder wäre überwunden«, bemerkte er.

Mir war das entsprechende Klacken ja entgangen, aber das feine Diebesohr ließ sich offenbar nur schwer täuschen.

»Wie viele sind es noch?«

»So viele, bis es aufspringt.«

»Soll das heißen, du weißt es nicht?«

»Richtig«, erwiderte er gelassen. »Vielleicht kommt noch eine Feder, vielleicht aber auch zwei oder zehn. Diese Dinger sind Handarbeit. Jeder morassische Meister entscheidet sich für eine andere Zahl von Federn, Fallen und Geheimvorrichtungen. Du wirst nie zwei Hunde finden, die absolut gleich sind. Ebendas macht die Sache so schwierig.«

Während unseres Gesprächs arbeitete er unverändert weiter. In den nächsten drei Minuten überwand er drei weitere Federn. Allmählich flößte mir der seltsame Kerl Respekt ein. Hinter all seinen Scherzen und flapsigen Bemerkungen verbarg sich ein echter Meister. Ein ruhiger, erfahrener Mann, der seinen Wert kannte.

»Warum bist du bei mir geblieben?«, fragte er mit einem Mal.

»Hab ich doch gesagt. Ich wollte dir gern zusehen. Oder hast du plötzlich was dagegen?«

»Überhaupt nicht. Im Übrigen schmeichelt mir dein Vertrauen natürlich.«

»Vertrauen?«

»Aber sicher. Ein Fehler von meiner Seite – und der Hund ist von der Leine. In dem Fall stünde dir nur noch ein recht kurzes Leben bevor.« Er grinste schief. »Dich hat also die pure Neugier getrieben, dir anzusehen, wozu ich imstande bin?«

»Keine Ahnung«, antwortete ich ehrlich. »Ich mag es einfach nicht, untätig rumzusitzen. Und hier passiert wenigstens was.«

»Viele aus der heutigen Generation mögen es nicht, untätig rumzusitzen. Alle eilen immer geschäftig durch die Gegend, wollen etwas erreichen oder verändern, auch wenn sie oft genug nicht wissen, was sie tun.«

»Wir sitzen nicht rum«, erwiderte ich, »aber wir jagen auch nichts und niemandem nach.«

»Bist du da sicher?«, hielt er dagegen. »Ich nenne Menschen wie euch insgeheim immer Windsucher. Ihr jagt blindlings dem Wind hinterher. Aber was macht ihr eigentlich, wenn ihr ihn erwischt? Ihr denkt nie darüber nach, wohin euch diese Suche führt. Möglicherweise findest du nämlich etwas ganz anderes als das, was du gesucht hast. Und statt den Wind zu fangen, gerätst du in einen Sturm. Und dann? Würdest du dich dem auch stellen?«

»Bist ja ein echter Philosoph«, sagte ich und lachte leise.

»Der Kopf ist nun mal zum Denken da«, entgegnete er. »Handelst du unüberlegt, machst du dich ganz schnell zum Narren. Diese Worte solltest du dir zu Herzen nehmen! Noch ist es nicht zu spät, deine Jagd nach dem Wind aufzugeben. Und das würde ich dir empfehlen – damit du am Ende nicht vom Sturm fortgerissen wirst.«

»Davor habe ich keine Angst.«

»Nie Angst zu haben ist auch eine Dummheit. Nicht für seine Nächsten zu fürchten ist eine doppelte Dummheit. Denn der Sturm kann dich zwar verschonen – aber jemanden wegfegen, der dir am Herzen liegt. Das würdest du ja wohl auch nicht wollen, oder?«

»Nein.«

»Dann denke lieber erst mal in aller Ruhe über die Folgen deines Tuns nach. Entscheide, ob du wirklich brauchst, was du suchst.«

»Warum sagst du mir das alles?«

»Es erleichtert mir die Arbeit«, antwortete er. »Aber wenn es dich stört, halte ich den Mund. Im Übrigen besteht für weitere Gespräche auch keine Notwendigkeit.« Daraufhin drehte er die linke Hand herum, und im Schloss klackte etwas. »Das wär's!«, trumpfte Garrett auf.

»Du hast es geschafft?!«

»Das fragst du noch?!« Der Dieb setzte eine beleidigte Miene auf und hob selbstgefällig das Gitter an. »Möglicherweise ist diese Welt ja etwas unvollkommen geraten – aber von Schlössern verstehe ich was. Und Garrett hat noch jeden morassischen Hund bezwungen. Ruf deine Frau, der Weg ist frei.«

Während ich auf Lahen wartete, kletterte Garrett schon nach oben, um uns dann zu helfen. Im Speicher öffnete ich die Blende der Laterne ein wenig, damit ich mich umsehen konnte. Die Lagerhalle war groß, aber völlig leer. Der Boden bestand lediglich aus Erdreich, die Wände aus dicken Holzbalken. Fenster gab es keine. Unter dem Dach verliefen Querbalken. An einem von ihnen hing eine schwere Kette, die in einen respekteinflößenden Fleischerhaken mündete. Eine tadellose Vorrichtung, wollte man ein paar unbequeme Menschen aufhängen. Man bräuchte bloß den Brustkorb auf den Haken zu spießen. Wie ich gehört hatte, erlaubte sich Dreifinger diesen Spaß zuweilen mit denjenigen, die ihre Schulden nicht beglichen.

Der Dieb stürzte sofort zur Tür. Nachdem er sie sich genau angesehen hatte, drehte er sich zu uns um und lächelte glücklich. »Ich habe den Herrn dieses Hauses unterschätzt. Der ist nicht nur vorsichtig, der ist übervorsichtig. Meiner Verehrung darf er gewiss sein. Kommt her und seht euch das an.«

»Verflucht!«, zischte Lahen, um sich dann mir zuzuwenden. »Was auch immer du sagst, ich bleibe bei euch.«

Ich nickte widerstrebend. Nie im Leben hätte ich damit gerechnet, dass sich Yokh für seinen Speicher zwei Schlösser morassischer Meister zugelegt haben könnte! Der Hundekopf mit den spitzen Zähnen und dem Schlüsselloch im Schlund bleckte uns an.

»Das kostet uns noch ein kleines Weilchen«, kündigte uns Garrett an, der beim Anblick dieses Mistdings keinesfalls den Mut sinken ließ. »Und? Hast du es dir überlegt?«, nahm er unser Gespräch wieder auf. »Oder willst du immer noch den Wind suchen?«

»Ja.«

»Du musst es ja wissen. Es ist euer Leben«, antwortete er, während er den Bund mit den Nachschlüsseln abermals aus der Tasche zog.

»Wovon redet er da?«, fragte mich Lahen. »Was für einen Wind?«

»Das erklär ich dir nachher, ja?« Das war nicht die Zeit für Abschweifungen dieser Art. All meine Gedanken kreisten gerade um das Schloss. »Was, wenn sich auf der anderen Seite der Tür noch ein Riegel befindet?«, fragte ich Garrett.

»Ist dein Yokh ein Idiot? Oder ein Feigling?«

»Keins von beidem«, antwortete ich, ohne zu wissen, worauf seine Fragen abzielten.

»Dann wird da auch kein Riegel sein. Nur ein ausgemachter Dummkopf würde eine Tür mit einem morassischen Hund noch zusätzlich sichern. Zumal dieser Hund hier doppelköpfig ist. Er hat an der Innen- und an der Außenseite ein Maul. Dergleichen ist mir noch nie untergekommen.«

Mir sank der Mut.

»Woher weißt du, dass er doppelköpfig ist?«, fragte Lahen. »Kannst du durch die Bretter sehen?«

»Nein, das spüre ich«, antwortete er grinsend. »Außerdem liegt das Schlüsselloch normalerweise außen.«

»Wenn du mich fragst, sichert *normalerweise* niemand einen Speicher mit einem morassischen Hund«, hielt mein Augenstern dagegen.

»Normal oder nicht – jedenfalls muss ich erst die eine Hälfte des Schlosses knacken, dann die zweite. Das wird ein Weilchen dauern.«

»Ich hoffe, du schaffst es noch vor dem Morgengrauen.«

»Mhm«, brummte Garrett und machte sich an die Arbeit.

Am Ende brauchte er weniger als zwanzig Minuten. Als es im Schloss das letzte Mal klackte, stand nicht ein Schweißtropfen auf seiner Stirn.

»Du übertriffst alle Erwartungen«, staunte Lahen.

»Dein Lob ehrt mich«, erwiderte Garrett grinsend. »Und damit wäre die Reihe an euch zu zeigen, wozu ihr in der Lage seid.«

»Willst du hier auf uns warten?«

»Ach was, sei's drum«, sagte er lachend und zog dic Miniatur armbrust hervor. »Packen wir den Sturm mal beim Barte! Dieses Haus ist einfach zu gastfreundlich, da wäre es dumm, euch nicht zu begleiten.«

»Misch dich aber nicht in den Kampf ein«, verlangte Lahen. Wir beide legten schwarze Halbmasken an. »Hast du etwas, um dein Gesicht zu verbergen?«

»Nein, aber das wird auch nicht nötig sein.«

Wenn er sein Gesicht nicht verbergen wollte, bitte sehr.

Ich öffnete die Tür und spähte hinaus. Niemand. Wir schlüpften aus dem Speicher und huschten, an die Wand gepresst, in den Schatten, um uns nach allen Regeln der Kunst umzusehen.

Der Speicher, aus dem wir kamen, erhob sich neben zwei Lagerhallen vergleichbarer Machart. Darüber hinaus gab es weitere Scheunen, Hühner-, Schweine- und sonstige Ställe und andere Bauten, deren Sinn und Zweck sich mir nicht erschloss. Hinter dem Pferdestall erstreckte sich ein kleiner Garten mit Apfelbäumen, Aprikosensträuchern und Maulbeergewächsen.

Wir machten einen großen Bogen um den Pferdestall und pirschten uns in den Garten. Garrett pflückte einen Apfel von einem Baum, rieb ihn an seiner Jacke ab und biss herzhaft hinein. Prompt verzog er das Gesicht und warf die Frucht weg.

Wir schlichen uns von hinten an das dreistöckige Anwesen heran. In ihm hätte auch gut und gern der Statthalter leben können. Die großen, spitzbögigen Fenster waren bis auf einige in einem Flügel des Erdgeschosses und des dritten Stockwerks dunkel.

»Das ist die Küche«, sagte Lahen und wies auf die Fenster im Erdgeschoss. »Durch sie gelangen wir zwar schneller an unser Ziel, allerdings wäre es auch gefährlicher. Da arbeitet immer jemand. Und dort ist Yokhs Schlafzimmer.« Sie deutete auf die Lichter im dritten Stock.

»Wenn er um diese Zeit nicht schläft, dürfte er kaum ein reines Gewissen haben«, murmelte Garrett. »Ich schlage vor, wir nehmen diese Tür.«

»Aber da gibt es Laternen«, gab ich zu bedenken.

»Ja und?«, erwiderte er nur sorglos. »Das sollte uns nicht abschrecken.«

»Wenn wir die Tür nehmen, müssen wir nur durchs Gewächshaus und wären schon im richtigen Flügel«, pflichtete ihm Lahen bei. »Sonst müssten wir durchs ganze Haus – und da könnten wir jemandem in die Arme laufen.«

»Wirf mal einen Blick auf den Balkon«, bat ich.

Dort saß ein Mann mit einer Armbrust auf den Knien.

»Der schläft«, erklärte Garrett. »Schöner Wachtposten.«

»Aber der kann jederzeit aufwachen. Außerdem wissen wir nicht, wie viele Männer sonst noch Patrouille ums Haus laufen.«

»Die dürften sich alle um den Haupteingang kümmern. Es rechnet doch niemand damit, dass ungebetene Gäste aus dem Speicher kriechen.«

»Gut«, gab ich mich geschlagen. »Machen wir es so, wie du vorschlägst. Ich gebe euch Deckung.«

Wie zwei Schatten huschten die beiden zwischen den Bäumen hervor und liefen quer durch die Beete zur Tür. Garrett nahm sich das Schloss vor, Lahen behielt die Ecke des Hauses im Auge, hinter der jede Sekunde jemand auftauchen konnte. Der Wachtposten auf dem Balkon hatte sich nicht mal gerührt. Der tiefe Schlaf all dieser Nichtsnutze war wie stets unser bester Verbündeter. Sobald Garrett das Schloss geknackt hatte, war es an mir, mich zum Haus zu pirschen.

Hier unten brannte nur jede fünfte der Öllampen, die an der

Wand hingen. Die Flammen zitterten, sodass ihr Kampf gegen das Halbdunkel ziemlich erfolglos war. Auf dem Boden lag ein dicker Teppich. Rechter Hand zogen sich verschlossene Türen dahin, linker Hand hohe Fenster.

Ich ging voran. Garrett folgte mir und lauschte ständig auf jedes Geräusch. Er verkniff sich jetzt sämtliche Scherze, um sich genauso konzentriert wie wir an die Arbeit zu machen. Lahen bildete den Abschluss und sah sich immer wieder um.

Der Korridor führte uns ins Gewächshaus.

Yokh liebte Blumen, vor allem seltene. Das war eine seiner vielen Leidenschaften – für die er Unsummen ausgab, um Pflanzen aus fernen Landen zu erwerben.

Uns erwarteten eine kümmerliche Palme, verdächtig schlingernde Lianen, ein Zwergbaum, ein riesiges, nach verfaultem Fleisch stinkendes Gewächs und flaumige Sträucher, die ein fahles Licht abgaben und deswegen an Glühwürmchen erinnerten. Die ungewohnten Gerüche kitzelten uns in der Nase. Lahen betrachtete einen der strahlenden Sträucher und hätte beinahe einen Kübel mit einem stachligen Gewächs umgerissen, das an eine verfaulte Gurke erinnerte. Garrett fing den Topf gerade noch rechtzeitig auf und stellte ihn an seinen Platz zurück. »Passt auf, wo ihr hinlauft«, mahnte er uns.

An das Gewächshaus schloss eine kleine Halle an. Der Kamin war längst erloschen, an den Wänden hingen Bilder. An ihrem Ende führte eine weiße Marmortreppe nach oben. Auch sie zierte ein Teppich.

»Dahinten ist die Küche«, sagte Lahen leise. »Wir müssen nach oben.«

»Ich gehe vor.«

Ich hielt den Bogen bereit, durchquerte die Halle und stieg rasch die Treppe hinauf. Im ersten Stock blieb ich stehen, sah mich um und wartete auf die beiden anderen. Dann ging's weiter. Auf dem Weg zum dritten Stock begegnete uns nicht eine Menschenseele. Wie gesagt, der Schlaf ist unser treuester Verbündeter. Und um diese Stunde schliefen fast alle. Wir gingen also ein minimales Risiko ein.

»Yokhs Schlafzimmer liegt auf dieser Seite«, sagte Lahen und deutete in die Richtung, in die wir uns begeben mussten. »Wir müssen durch den Gang, zwei Zimmer und das Vorzimmer.«

»Wie sieht's aus, Dieb?«, fragte ich Garrett. »Leistest du uns weiter Gesellschaft?«

»Nein, das wäre mir zu blutig«, antwortete er. »Mit eurer gnädigen Erlaubnis sehe ich mich ein wenig im Haus um. Vielleicht finde ich ja etwas, das mir gefällt.«

»Du wirst jemandem in die Arme laufen«, gab ich zu bedenken.

»Bestimmt nicht. Außerdem brauche ich nur ein paar Minuten, dann bin ich wieder bei euch.«

»Lass ihn ruhig«, mischte sich Lahen ein. »Wir haben unsere eigenen Sorgen.« Dann wandte sie sich an Garrett. »Ich warne dich: Wir werden dich weder suchen noch auf dich warten.«

Er nickte und schlich in die entgegengesetzte Richtung davon. Ich blickte ihm nach und seufzte. »Das sollte er lieber bleiben lassen.«

»Er hätte uns nur gestört. So ist es schon besser.«

Trotzdem. Wenn ihn jemand entdeckte, würde das all unsere Pläne zunichtemachen. Allerdings schluckte ich jede Widerrede hinunter und folgte Lahen. Die beiden Zimmer waren leer, im Vorzimmer trafen wir jedoch auf drei Männer. Einer langweilte sich an der Tür, die beiden anderen saßen vorm Kamin an einem kleinen Tisch, auf dem Obst stand, und würfelten.

Dem Kerl an der Tür klappte prompt der Unterkiefer runter, als er mich sah. Genauso schnell steckte ihm auch ein Pfeil im Hals – der jeden Schrei seinerseits unterband. Nach allen Seiten Blut verspritzend, sackte der Mann auf die Knie. In der nächsten Sekunde war er bereits tot und schlug auf den dicken Teppich auf, der das Geräusch des Falls dämpfte. Schon gab Lahens Armbrust ein Klacken von sich – und der Mann, der mit dem Rücken zu uns saß, knallte vornüber in die Schale mit Trauben aus Morassien. Der dritte Mann schleuderte noch die Würfel gegen uns, fasste nach dem Kurzschwert auf dem Tisch, sprang auf – und starb durch den zweiten Pfeil, den ich abschoss.

Drei Leichen in wenigen Sekunden – und keiner der Männer hatte auch nur einen Laut von sich gegeben. Nach sieben Jahren, die wir als brave Bürger verbracht hatten, arbeiteten wir immer noch gut eingespielt und schnell. Lahen lud die Armbrust nach und nickte in Richtung der zweiflügeligen Eichentür mit den Bronzeklinken, die in Yokhs Schlafgemach führte. Durch die Schlitze der Halbmaske hindurch sah ich das blaue Feuer, das in ihren Augen loderte.

Ich nickte ebenfalls, zog einen neuen Pfeil aus dem Köcher, legte ihn an und baute mich dem Eingang gegenüber auf. Als Lahen über den Toten stieg, achtete sie penibel darauf, nicht in das Blut zu treten. Sobald sie die Klinke heruntergedrückt und die Tür aufgestoßen hatte, glitt sie zur Seite, damit ich freie Schussbahn hatte. Im Nu stand ich im Schlafzimmer, in dem die brennenden Kerzen ausreichend Licht spendeten.

Yokh lag auf einem riesigen Bett mit rot-blauem Baldachin und weißen Laken und war viel zu sehr mit einer rothaarigen Schönheit beschäftigt, als dass er auf Anhieb verstanden hätte, was hier vor sich ging. Die Frau bemerkte uns als Erste. Sie fiepte verschreckt auf und huschte in eine Ecke, die Decke fest unters Kinn gezogen. Yokh Dreifinger war ein hochgewachsener, breitschultriger Mann in den besten Jahren mit einem schönen, markanten Gesicht, einem akkurat gestutzten Bart und der gelblichen Haut der Menschen aus Urs. Als seine Gespielin sich ihm entzog, stieß er einen üblen Fluch aus, verstummte jedoch, sobald er uns erblickte.

Selbstverständlich täuschten ihn unsere Masken nicht: Er wusste, wer ihn da besuchte. Und warum. Einen ausgedehnten Moment lang maßen wir uns mit Blicken. Yokh verzog seine blutleeren Lippen zu einem schiefen Grinsen, setzte sich auf und behielt fortan nur noch mich im Auge. Weil er sich für die beiden Finger an mir rächen wollte, hatte er sein Leben in die Waagschale geworfen – und das Spiel verloren. Mir kam nicht ein Wort über die Lippen. Weder ein abgeschmacktes noch ein schadenfrohes oder ein triumphierendes. Warum auch? Er war ein kluger Junge und las das Urteil in meinen Augen.

Mein Schuss traf ihn mitten ins Herz. Der Pfeil bohrte sich in ihn hinein, und Blut tropfte auf das Laken und die Kissen. Dreifinger kippte zur rechten Seite und starb sofort. Die Frau wimmerte leise.

»Komm ja nicht auf die Idee zu schreien«, befahl ihr Lahen.

»Tötet mich nicht!«, flehte die Rothaarige inständig. »Bei Meloth! Ich habe nicht einmal eure Gesichter gesehen! Ich würde euch nie im Leben wiedererkennen! Bitte! Habt Mitleid mit mir!«

Lahen trat an sie heran und schlug ihr mit der Handkante leicht gegen den Hals. Das reichte völlig, damit die Frau ihr Bewusstsein verlor. Nun brauchten wir nicht länger zu fürchten, sie werde das ganze Haus aufwecken. Sicherheitshalber überzeugte ich mich noch, dass Yokh wirklich tot war, dann deutete ich auf die Tür. Für uns gab es hier nichts mehr zu tun.

Im Vorzimmer wartete bereits Garrett auf uns. Der Dieb lehnte gegen den Türpfosten und betrachtete mit düsterer Miene die Toten, die im Blut schwammen.

»Keine besonders saubere Arbeit. Der Teppich ist ein für alle Mal hinüber. Dabei hätte der gut und gern dreihundert Soren eingebracht.«

»Wir haben uns lange genug hier herumgedrückt«, sagte ich. »Setzen wir die Plauderei lieber fort, wenn wir dieses Anwesen verlassen haben.«

»Wie du meinst. Nachdem ich mir das Haus dieses Herrn – möge er im Licht weilen – ein wenig angesehen habe, könnte ich persönlich mir durchaus vorstellen, auch ohne diesen Teppich zu leben.«

Wir eilten zur Treppe und hatten bereits den ersten Stock erreicht – als uns das Glück verließ. Eine Tür flog auf, und zwei Mann traten uns entgegen. Der erste war mit einem Schwert bewaffnet und musste einer von Yokhs Kopfabschneidern sein, der zweite ein Rotschopf aus dem Norden.

Garrett brachte sich sofort hinter uns in Deckung. Lahen jagte dem Irbissohn einen Bolzen in den Bauch, denn sie hielt ihn völlig zu Recht für den gefährlicheren der beiden. Trotz der

Wunde zog der Kerl noch sein Schwert, brüllte derart, dass die Decke erzitterte, und stürzte sich auf uns. Da kam uns jedoch Garrett zu Hilfe, der gleich zwei Bolzen hintereinander abschoss – und damit beide Männer erledigte. Ihr Ziel hatten sie aber dennoch erreicht: Das ganze Haus war wach.

Aus einer Tür schlichen zwei weitere Nordländer heran, ein Dritter näherte sich über die Treppe.

Großartig!

Garrett wartete gar nicht ab, welchen weiteren Lauf die Dinge nahmen, sondern gab Fersengeld. Und zwar ein höchst originelles: Er schob sich die abgefeuerte Armbrust auf den Rücken, hechtete zum Fenster, sprang – und landete zusammen mit dem Rahmen sowie etlichen Glassplittern vor dem Haus. Reiner Selbstmord also, schließlich befanden wir uns im ersten Stock. Allerdings absolut außergewöhnlich. Selbst unsere Gegner blickten einen Augenblick starr vor Verblüffung drein.

Die Gelegenheit packte ich beim Schopfe, um denjenigen, der von unten hochkam, mit einem Pfeil zu erledigen. Daraufhin stürzte sich sofort einer der beiden anderen auf mich. Ich zog das Wurfbeil. Zu meinem Glück rutschte der Nordländer im Blut seines getöteten Landsmanns aus und fiel auf die Knie. Ich zielte auf seinen Kopf, schlug aber nicht heftig genug zu. Das bot dem Nordländer die Möglichkeit, die Frage zu klären, ob er es trotz seiner Verwundung schaffte, mir die Beine abzusäbeln. Folglich sah ich mich veranlasst, auszuweichen und zu einem zweiten Schlag auszuholen.

Sobald ich ihn endgültig ausgeschaltet hatte, wandte ich mich Lahen zu, doch sie bedurfte meiner Hilfe nicht. Der Nordländer hielt eine Frau offenbar für leichte Beute, denn er packte sie und hob sie hoch.

Das hätte er lieber nicht getan.

Der im linken Ärmel versteckte Dolch flog geradezu in Lahens Hand. Sie trieb ihrem Gegner die Klinge unters Kinn ins Fleisch, zog sie nach unten und schlitzte ihm den Hals auf.

Aus dem Erdgeschoss drang inzwischen aufgeregtes Geschrei herauf. Wir rasten in die Halle hinunter, wo ich kurzerhand ein

Schreibpult durchs Fenster schleuderte. Die Scheibe barst mit ohrenbetäubendem Lärm. Wir sprangen nach draußen, mitten in die Glassplitter hinein.

Von Garrett keine Spur. Ehrlich gesagt, hatte ich damit gerechnet, seine zerschmetterte Leiche vorzufinden, doch stattdessen begrüßten mich nur der verbogene Fensterrahmen und das zerschlagene Glas. Unser Freund musste ein erstaunlich hartgesottener Bursche sein.

Wir rannten durch die Beete und zertrampelten erbarmungslos ein paar Tigerlilien und Rosen aus Grohan. Durch die Fenster der oberen Stockwerke huschten bereits Lichter, weil Yokhs Leute aufgeregt mit Fackeln durch die Zimmer liefen. Noch suchten sie die Mörder im Haus, doch das würde sich bald ändern.

Wir hatten uns fast in Sicherheit gebracht, als drei Mann um eine Ecke des Hauses bogen. Zwei von ihnen trugen Kurzbögen. Derjenige, der näher an uns dran war, gab den ersten Schuss ab, verfehlte mich aber.

»Hinter die Bäume!«, schrie ich Lahen zu. »Rasch!«

Von den Schützen trennten uns nicht mehr als achtzig Schritt.

Zing.

Einen der beiden hatte ich erledigt, dafür stellte sich sein Kumpan als besonders flinker Kerl heraus. Er jagte mir einen Pfeil in den rechten Oberschenkel. Blind vor Schmerz fiel ich ins Gras. Der Schütze schrie triumphierend auf und stürzte sich auf mich, begleitet von dem dritten Kerl, der eine Keule schwang.

Wollten die denn gar keine Ruhe geben?!

Der Pfeil hatte meinen Schenkel glatt durchbohrt, meine Hose sog sich im Nu voll Blut. Ich musste mich aufs linke Knie hochstemmen und nahezu blind schießen.

Zing.

Ein Röcheln setzte mich davon in Kenntnis, dass ich mein Ziel trotz allem getroffen hatte. Damit blieb nur noch ein Gegner, doch den übernahm Lahen, die jetzt zurückgestürmt kam und mir das Wurfbeil entriss.

Es pfiff durch die Luft – dann ging auch der letzte dieser Herren zu Boden.

»Bei Meloth!«, stieß sie aus, während sie mich unter den Armen packte und in den Schutz der Bäume zog. »Halte durch! Wir schaffen das, mein Liebster!«

Der Schmerz ließ ein wenig nach, nach einer Weile konnte ich sogar wieder etwas klarer sehen. Meine Kehle war wie ausgetrocknet. Hätte ich doch bloß etwas trinken können …

»Das ist nicht lebensgefährlich«, krächzte ich. »Ich muss nur diesen Pfeil loswerden.«

»Das haben wir gleich.«

»Nein, lass lieber mich das machen.«

Ich biss die Zähne zusammen und brach den Schaft ab, der an der Vorderseite aus dem Bein ragte. Stöhnend zog ich dann die Spitze an der anderen Seite heraus. Viel hätte nicht gefehlt, und ich hätte das Bewusstsein verloren.

»Wir müssen die Blutung stillen«, erklärte Lahen, die mich während der ganzen Zeit bei der Schulter gepackt hielt.

»Nicht jetzt und nicht hier«, erwiderte ich, während mir Tränen über die Wangen rannen. »Wir müssen vom Anwesen weg, bevor es zu spät ist. Hilf mir hoch.«

Auf meinem linken Bein hüpfend und auf Lahens Schultern gestützt humpelte ich zum Speicher. Keine Ahnung, wie lange wir brauchten – aber zum Glück begegnete uns auf dem Rest des Weges niemand mehr.

Lahen nahm die Laterne, die wir zurückgelassen hatten, tauchte als Erste in den Gang ab und half mir, als ich mich unbeholfen hinabließ.

»Der Dieb hat es offenbar nicht geschafft«, sagte ich. »Oder er war so freundlich, uns das Licht dazulassen.«

»Das ist mir jetzt völlig einerlei«, erwiderte Lahen.

Mein Augenstern legte das Gitter wieder vor. Sobald wir uns durch das Loch in der Steinmauer gezwängt hatten, half ich ihr, die Ziegel wieder zurückzuschieben. Wir hofften inständig, die Verfolger damit fürs Erste von unserer Spur abgelenkt zu haben. In meinen Ohren dröhnte es, um mich herum drehte sich alles. Am liebsten hätte ich zwar einen noch größeren Abstand zwischen mich und unsere Feinde gebracht, andererseits war mir klar, dass ich über kurz oder lang das Bewusstsein verlieren würde, wenn ich die Blutung nicht stillte.

Deshalb schnitt Lahen die blutgetränkte Hose mit dem Dolch ab, holte aus ihrer Tasche etwas sauberen Stoff sowie ein Fläschchen mit einer bitter riechenden Flüssigkeit und wischte mir das Blut ab.

»Das ist bloß eine Fleischwunde«, sagte sie, ehe sie mir unangekündigt die Hälfte der Flasche aufs Bein goss. Brennender Schmerz ließ mich aufheulen.

Anschließend verband sie die Wunde. Vor meinen Augen tanzten bunte Flecken, in meinen Ohren läuteten Glocken. Kurz verlor ich sogar das Bewusstsein. Als ich wieder zu mir kam, war der Verband angelegt. Lahen weinte lautlos.

»Nicht doch«, bat ich. »Ich verspreche dir ja, in den nächsten hundert Jahren nicht zu sterben.«

Sie wischte sich die Tränen weg und lächelte tapfer. »Ist schon gut. Ich hab nur einen gewaltigen Schreck bekommen.«

Wie ich den unterirdischen Gang zurückgehumpelt bin, mag sich jeder selbst ausmalen. Immerhin darf ich aber mit Stolz behaupten, dass diese Wände, die der Skulptor einst geschaffen hatte, so viele Flüche von mir zu hören kriegten, als wäre hier eine ganze Mannschaft von Matrosen durchgekrochen.

Bis auf den Bogen und die Dolche hatten wir alle Waffen eingebüßt. Lahen hatte die Armbrust beim Kampf mit den Nordländern verloren, mein treues Wurfbeil steckte jetzt im Schädel eines unserer Verfolger. Weder ich noch mein Augenstern hatten daran gedacht, es uns zurückzuholen.

Schade. Das gute Stück hatte mich schon seit meinen Tagen im Sandoner Wald begleitet.

Als wir vor uns ein trübes Licht erblickten, das durch die Luke fiel, schrie ich: »Stumpf!«

»Na endlich!«, rief dieser erleichtert zurück. »Wo habt ihr bloß so lange gesteckt?«

»Vielleicht könntest du uns erst einmal raufziehen, bevor du uns mit Fragen überhäufst«, fuhr ich ihn an.

Er ließ das Seil herab. »Hattet ihr Erfolg?«

»Ja«, antwortete Lahen.

»Meloth sei gepriesen!«, stieß der Gijan noch erleichterter aus als gerade eben. »Wir ziehen euch jetzt hoch! Wo ist der Dieb?«

Garrett war also nicht über den erprobten Weg verschwunden. Kluger Bursche. Das nahm Moltz jede Möglichkeit, ihn loszuwerden. Gut, vielleicht hatte er auch andere Gründe, sich abzusetzen. Wie auch immer, ich wünschte ihm jedenfalls, dass er es geschafft hatte, sich in Sicherheit zu bringen.

»Du gehst als Erste«, flüsterte ich Lahen zu. »Sie fürchten deine Gabe, sei aber trotzdem vorsichtig.«

»Schaffst du es allein?«, fragte sie zurück.

»Ja.« Dann rief ich nach oben: »Stumpf! Zieh!«

Während Lahen auf dem Weg nach oben war, löschte ich die Laterne und tastete nach meinem Dolch. Im Grunde rechnete ich zwar nicht damit, dass uns da oben eine unangenehme Überraschung erwartete – aber Meloth schützt die Vorsichtigen.

»Hier!«, schrie Stumpf. »Beeil dich!«

Ich schlang das Seil um mich und stemmte mich dann, ohne auf den Schmerz zu achten, gegen die Wand. Stumpfs zwei Kumpane zogen mich nach oben.

»Das sieht nicht gut aus«, sagte einer von ihnen, als sein Blick auf mein Bein fiel. »Du brauchst einen Medikus.«

»Der Gedanke ist mir auch schon gekommen.«

»Helft ihm zur Tür.«

»Nicht nötig, das schaff ich allein.«

»Traust du uns etwa nicht?«, fragte Stumpf.

»Würdest du dir denn trauen?«

»Von mir aus humple halt selbst. Mir nach, Männer.«

Mit einem beleidigten Schnaufen stiefelten er und seine Spießgesellen zur Treppe. Lahen und ich blieben allein zurück.

»Ich glaube, wir brauchen nicht mit einem Hinterhalt zu rechnen«, meinte sie.

»Aber ein Dolch im Ärmel schadet auch nicht. Hilfst du mir hoch?«

Ich schleppte mich mühselig die Leiter hinauf. Wir zwängten uns durch die Tür – und dann geschah, was geschehen musste.

Lahen schrie noch auf, doch schon im selben Moment spannten sich halb durchscheinende, lilafarbene Schließen um unsere Handgelenke. In der nächsten Sekunde lagen wir am Boden, durch Magie an Armen und Beinen gefesselt, konnten das Geschehen nur noch wehrlos beobachten.

Außer Stumpf und seinen Kumpanen waren Moltz mit sechs Männern, fünf Gardisten des Statthalters sowie drei Schreitende anwesend. Letztere trugen die langen blauen Umhänge mit dem roten Kreis auf der Brust und weiße Schleier überm Kopf.

»Das war sehr dumm von dir, Moltz!«, brüllte ich.

»Ich hatte keine andere Wahl«, antwortete Moltz gefasst. »Das siehst du ja wohl ein.«

Klar tat ich das. Aber das hieß noch lange nicht, dass ich es auch verzieh. Früher oder später würde sich Moltz für diesen Verrat verantworten müssen.

»Sind es auch die richtigen beiden?«, fragte die Älteste der Schreitenden.

»Ja«, antwortete da eine bekannte Stimme. Ich drehte den Kopf nach rechts – und erblickte Shen. Gesund und munter.

»Ja«, wiederholte er, »das sind die richtigen.«

Dann senkte sich Dunkelheit auf mich herab.

Kapitel 23

Nach der nächtlichen Begegnung am Pier grübelte Thia unablässig darüber nach, mit wem sie das Schicksal da zusammengeführt hatte. Und wie dieser Unbekannte, dieser Träger der Urkraft, mit dem Bogenschützen in Verbindung zu bringen war. Bis sie dann, am späten Abend, ein Ausbruch der Magie dieser Autodidaktin aus ihren Überlegungen riss.

Sofort eilte die Verdammte zu der Stelle, an der jene Frau, die sie, Thia, überhaupt erst in diese missliche Lage gebracht hatte, ihre Magie eingesetzt hatte. Doch als sie den Ort erreichte, war das Weibsbild schon wieder verschwunden. Dafür wimmelte es in der Schenke, in der sie sich offenbar einquartiert hatte, von Soldaten. Obendrein spürte Thia den Tod. Als dann auch noch eine Schreitende eintraf, zog sie rasch wieder ab. Alles andere wäre zu riskant gewesen. Da sie es bis zum Anbruch der Sperrstunde nicht mehr bis zum Hafen schaffen würde, beschloss sie, im Freien zu übernachten. Der Friedhof der Zweiten Stadt kam ihr dafür gerade recht.

Nachdem sie sich ein bequemes Plätzchen gesucht hatte, überließ sie sich wieder ihren Gedanken.

Wenn diese Autodidaktin ihre Gabe in unmittelbarer Nähe des Turms einsetzte, war sie noch dümmer, als sie, Thia, bisher angenommen hatte. Wenn sie nur den Schreitenden zuvorkam und diese Närrin als Erste in die Finger kriegte!, dachte sie, bevor sie irgendwann einschlief.

Gegen Morgen rissen Thia dann gleich drei Ausbrüche von Magie aus dem Schlaf. Als sie in die entsprechende Straße lief, bestätigten sich ihre schlimmsten Befürchtungen: Aus einem kleinen Weinkeller in einem unauffälligen Haus trugen die Gardisten des Statthalters zwei bewusstlose Menschen heraus. Im Licht der Fackeln erkannte sie ohne Mühe den Bogenschützen und die Frau. Als sie die drei Schreitenden in ihrem Gefolge erblickte, hätte sie sich vor Wut beinahe jedes Haar einzeln ausgerissen. Was sollte sie denen in ihrer gegenwärtigen Lage entgegensetzen? Und dann tauchte der Mann auf, in dem sie zu ihrer Verblüffung den Heiler erkannte. Er war ebenfalls ein Schreitender – was es seit den Zeiten des Skulptors nicht mehr gegeben hatte!

Als die Gefangenen fortgeschafft wurden, tobte Thia in ohnmächtiger Wut. Jetzt durfte sie diese drei also in der Hohen Stadt suchen. Im Turm – der ihr verschlossen war. Aber gut, sie würde aufs Morgengrauen warten – und dann in die Hohe Stadt eindringen!

Auf den Friedhof zurückgekehrt, starrte sie an diesem noch recht sicheren Ort voller Ungeduld in den rasch heraufziehenden Morgen.

Ich erwachte, weil mir das Sonnenlicht auf den Lidern brannte. Eine Weile blieb ich noch mit geschlossenen Augen liegen. Es war kein Geräusch zu hören. Kaum rührte ich mich, verspürte ich im rechten Bein einen brennenden Schmerz. Ich unterdrückte ein Stöhnen, schlug die Augen auf, stemmte mich auf die Ellbogen hoch und sah mich um.

Wunderbar! Ich lag in einer Gefängniszelle mit niedriger Decke. Ein solides Gitter ersetzte die Tür. Mir gegenüber befand sich ein winziges Fenster, durch das auch das warme Sonnenlicht fiel. Damit hieß es: Ade, Goldene Mark. Kapitän Dash hatte bestimmt nicht auf uns gewartet, sondern war sicher längst in See gestochen. Während wir hier versauerten. In den Klauen der Schreitenden.

»Lahen?«, rief ich in Gedanken meinen Augenstern.

Keine Antwort.

Dieser Garrett musste ein Prophet sein. Wir hatten den Wind

gefunden – und waren in einen Sturm geraten, der uns ohne Frage wegfegen würde.

Nach über einer Stunde hörte ich erstmals etwas: Schritte. Shen, zwei Gardisten und der Kerkermeister näherten sich. Letzterer schloss auf, und der Herr Medikus betrat die Zelle. Heute trug er eine schwarze Samtjacke, auf die eine silberne Flamme gestickt war, auch dies ein Zeichen der Schreitenden.

»Lasst uns allein«, befahl er den Männern.

»Wenn etwas ist, wir sind in der Nähe«, sagte der Kerkermeister, bevor er mit den Gardisten abzog.

Sobald die drei außer Sicht waren, wandte sich Shen lächelnd an mich. »Guten Tag, Ness.«

»Was ist mit Lahen?«, fragte ich sofort.

»Um sie brauchst du dir keine Sorgen zu machen«, antwortete er. »Du wirst sie bald wiedersehen.«

»Was heißt das? Bald?«

»Sobald wir uns unterhalten haben.«

»Und worüber, bitte sehr?«, knurrte ich. »Über unser weiteres Schicksal? Ich darf wohl annehmen, dass es nicht sonderlich rosig aussieht.«

»Erst mal will ich mir deine Wunde ansehen«, verlangte er da.

»Wag es ja nicht.«

»Du bist wie ein Hund, der davon träumt, eine Katze zu schnappen, Grauer«, entgegnete er spöttisch, aber auch beleidigt. »Sei nicht albern!«

»Und wenn ich dich nicht an das Bein ranlasse? Was dann?«, fragte ich herausfordernd. »Verschmurgelst du mich dann, Schreitender?«

»Das würde ich gern tun, aber leider übersteigt das meine Fähigkeiten. Und jetzt hör mir mal zu! Im Turm wollen etliche Schreitende Lahens Funken ersticken. Ich werde mich dafür einsetzen, dass sie davon absehen. Und ich werde mit der Mutter sprechen. Also, was ist jetzt? Soll ich mich um deine Wunde kümmern oder nicht?«

»Das Reich der Tiefe sei mit dir«, gab ich jeden Widerstand auf. »Tu, was du nicht lassen kannst.«

»Das hört sich schon besser an.«

»Seltsam, ich erinnere mich gar nicht daran, dass du auf dem Weg von Hundsgras nach Alsgara auch schon solchen Anteil an Lahens Schicksal genommen hast.«

Da er mir darauf nichts erwiderte, wechselte ich das Thema. »Giss und ich hatten schon befürchtet, du wärst den Untoten zum Opfer gefallen. Wie ist es dir gelungen, aus der Dabber Glatze zu entkommen?«

»Ich hatte Glück«, antwortete er, während er den Verband von dem eingetrockneten Blut zog.

»Au!«

»Lieg still!«, fuhr er mich an. »Ihr seid wie die Verrückten davongeprescht, da ist mein Pferd einfach nicht mitgekommen. Deshalb musste ich mich allein durchschlagen. Ich bin zum Fluss zurückgekehrt, durch ihn zum anderen Ufer gewatet und dann über den Friedhof und die Felder geritten.«

»Ein wahrer Held!«, giftete ich und jaulte auf, weil er die Hände direkt auf meine Wunde presste.

»Ich hatte doch gesagt, du sollst still liegen!«, brüllte er.

Ich ließ ein paar Flüche auf seinen Kopf hageln, was ihn jedoch nicht im Geringsten scherte. Seine Hände leuchteten jetzt in einem hellen, sonnigen Licht auf. Schon in der nächsten Sekunde wurde die Wunde so kalt, als habe man Eis in sie gestopft. Die Kälte breitete sich über mein Bein aus, bis ich am Ende nicht mal mehr meine Zehen spürte. Der Frost – anders konnte man das nicht nennen – nagte erbarmungslos an meinen Knochen.

Und dann endete alles. Eine wohlige Wärme durchströmte meinen Körper. Vorsichtig bewegte ich das Bein und stellte überrascht fest, dass es nicht mehr schmerzte. Die Wunde war verschwunden. Nur eine kleine, weiße Narbe war zurückgeblieben.

»Mitunter hat die Gabe des Heilers auch ihre Vorteile«, bemerkte Shen mit zufriedenem Grinsen, obwohl er nach der Behandlung kreidebleich und schweißgebadet war. »Ich vermag zwar nicht das, was eine Glimmende oder die anderen Schreitenden vollbringen, aber dafür kann ich heilen. Zuweilen ist gerade diese Kunst von Vorteil.«

»Das ist überaus gütig von dir gewesen.«

»Ich hatte einfach keine Lust, dich zu tragen«, entgegnete er. »Das ist alles.«

»Du ziehst es also vor, wenn ich das Schafott auf eigenen Beinen betrete?«

Der Heiler sah mich forschend an, bevor er sagte: »Ihr habt eine Schreitende ermordet, und dafür verdient ihr den Tod. Aber vorerst will man nur mit euch reden. Vor allem mit Lahen.«

»Und wer erweist uns die Ehre des Gesprächs? Wer hat sich einen derart aufwendigen und dämlichen Plan für unsere Rückkehr nach Alsgara ausgedacht?«

»Du ahnst, um wen es sich handelt?«

»Nicht unbedingt. Vielleicht weihst du mich aus alter Freundschaft ein?«

»Die Suche nach euch wurde während all der Jahre nicht eingestellt«, holte er aus. »Doch ihr schient wie vom Erdboden verschluckt.«

»Der Turm muss deswegen außer sich gewesen sein«, stichelte ich.

»Stimmt – aber was ändert das? Am Ende hat er euch doch gefunden. Übrigens rein zufällig und nur durch die tatkräftige Unterstützung von Moltz. Die Dame schuldete uns noch einen Gefallen.«

»Moltz hat mich schwer enttäuscht.«

»Die gute Bäckersfrau hat diesen kleinen Verrat einer Strafe in den Erzminen vorgezogen. Davon abgesehen dürfte dir eigentlich klar sein, dass Lahen für den Turm von einigem Interesse ist. Aber wenn die Schreitenden oder die Glimmenden in eurem Dorf aufgetaucht wären, dann wäre wohl nie ein Gespräch mit deiner Frau zustande gekommen. Niemand wusste genau, wozu sie in der Lage ist, und die Mutter wollte kein Risiko eingehen. Inzwischen haben sich die Dinge natürlich geändert. Nach der Begegnung mit der Verdammten hat Lahen viel von ihrer Gabe eingebüßt. Und was Yokh angeht … Moltz selbst hat dafür gesorgt, dass ihm das Gerücht zu Ohren kommt, ihr weiltet immer noch nicht in den Glücklichen Gärten. Er wollte dir schon lange ans Leder, und zu seinem Pech und unserem Glück war er nicht zu geizig, einen Preis auf eure Köpfe auszusetzen.«

»Was für ein genialer Plan«, höhnte ich. »Und wenn es seinen Leuten gelungen wäre, uns das Licht auszublasen?«

»Diese Gefahr bestand kaum.«

Nicht? Sag das mal dem Alten und seinen Kumpanen. Die hätten uns nämlich beinahe erledigt. »Aber da ihr sie trotzdem in Kauf genommen habt, heißt das, dass wir für euch nicht von allzu großer Bedeutung sein können.«

»Dazu kann ich nichts sagen. Ich bin nur ein Heiler und gehöre dem Rat nicht an«, antwortete er. »Das hat alles die Mutter entschieden.«

Wieder einmal beschlich mich das Gefühl, dass die Schreitenden nicht allzu viel von ihrem Oberhaupt hielten.

»Und sie hat dich auch mit Knuth zu uns geschickt?«

»Richtig. Wir haben Moltz entsprechend unterwiesen, und sie hat mich den dreien zugeteilt. Da man den Funken eines Heilers nicht bemerkt, solange er seine Gabe nicht anruft, hätte Lahen also nie im Leben Verdacht geschöpft. Ich sollte etwas über ihre Möglichkeiten in Erfahrung bringen und aufpassen, dass auf dem Weg nach Alsgara keine Schwierigkeiten auftreten.«

»Und wenn wir nicht aufgebrochen wären?«

»Aber das seid ihr.«

»Stimmt«, brummte ich. »Letzten Endes hatten wir keine andere Wahl.«

»Nimm's nicht so schwer«, sagte Shen lachend. »Der Plan war wirklich gut. Bis dann die Nabatorer aufgetaucht sind. Den Rest brauche ich dir nicht zu wiederholen. Außerdem habe ich euch in der Dabber Glatze verloren. Danach ruhte unsere ganze Hoffnung auf Moltz. Früher oder später musstest du dich an sie wenden.«

»Ja«, knurrte ich. »Und Moltz konnte es selbstverständlich gar nicht abwarten, euch diese kleine Freude zu bereiten. Erst durften wir für ihn noch seine offenen Rechnungen mit Yokh begleichen, dann hat er uns euch ausgeliefert.«

Ach, Moltz, du alte Natter.

»Beenden wir dieses Gespräch fürs Erste«, verlangte Shen. »Wir werden nämlich erwartet.« Daraufhin erhob er sich und ging zum Gitter, um den Kerkermeister zu rufen.

Die Kutsche prunkte mit teuren, mit rotem Samt bezogenen Sitzen, vergoldeten Griffen und breiten Fenstern, vor denen weinrote Seidenvorhänge hingen. Dennoch sorgte sich niemand um die Polster: Ich durfte durchaus in meiner dreckigen und blutverschmierten Kleidung auf ihnen Platz nehmen. Noch dazu ungewaschen.

Shen setzte sich mir gegenüber. Links und rechts von mir machte es sich je ein breitschultriger, finster dreinblickender Gardist bequem, für den Fall, dass ich zu Dummheiten neigen sollte. Eine übertriebene Vorsicht: Solange sie meinen Augenstern in den Fingern hatten, würde ich mich tadellos aufführen.

»Wo ist Lahen?«, fragte ich erneut.

»Hab noch ein wenig Geduld. Ich verspreche dir, dass du sie wiedersiehst, sobald wir den Turm erreichen.«

Kaum hatte sich die Kutsche in Bewegung gesetzt, verlor Shen jedes Interesse an mir und sah angelegentlich zum Fenster hinaus. Die Gardisten schienen die Redegabe verloren zu haben, doch ich brauchte mich bloß zu rühren, da wurde der Kerl rechts von mir nervös. Das amüsierte mich so lange, bis der andere Gardist die Geduld verlor und mir die Faust in die Seite rammte. Genau das hatte mir in meiner gegenwärtigen Stimmung noch gefehlt.

Ab und zu sah auch ich hinaus. Schon bald fuhren wir durch den Garten, schließlich blieb die Kutsche vor dem kleinen See stehen.

Shen stieg als Erster aus, ihm folgte einer der beiden Gardisten. Der andere stieß mich leicht in den Rücken, damit auch ich mich zum Aussteigen bequemte. Die Kette meiner Fesseln klirrte, als ich nach unten sprang.

Uns empfing ein Dutzend Soldaten. »Nehmt ihm die Fesseln ab«, befahl Shen einem von ihnen.

Dann kam eine zweite Kutsche an. Sie brachte drei Schreitende – und Lahen. An ihren Händen schimmerten noch immer die lilafarbenen Schließen. Mein Augenstern war bleich, aber als sie mich sah, kehrte etwas Farbe in ihr Gesicht zurück, und ihre blauen Augen leuchteten auf. Ohne auf ihre Begleitung zu achten, stürzte sie auf mich zu.

»Bist du in Ordnung?«, fragte ich sie.

»Wenn du diese Schweinerei außer Acht lässt«, sie deutete auf die magischen Fesseln, »dann im Großen und Ganzen schon. Und du?«

»Für mich gilt das Gleiche«, erwiderte ich grinsend und sah, wie sich auch auf ihre Lippen ein Lächeln schlich. »Shen war so gütig, mein Bein zu heilen.«

»Dafür erwarte ich keinen Dank«, brummte der Heiler.

»Zu bedauerlich, dass meine Hände gefesselt sind«, bemerkte Lahen und funkelte wütend mit den Augen. »Ich hätte dir mit Freuden die Fresse poliert. Für all das, was wir dir zu *verdanken* haben.«

»Dann habe ich ja noch mal Glück gehabt«, sagte er ernst. »Folgt mir, wir werden erwartet.«

Hatte der Sturm uns also eingeholt. Und jetzt würden wir für das, was wir vor sieben Jahren getan hatten, zahlen müssen. Die Frage war nur, welchen Preis die Schreitenden verlangten.

»Nimm ihr die Fesseln ab«, forderte ich von Shen.

»Nein! Ihre Gabe …«

»Beim Reich der Tiefe!«, brüllte ich. »Du nimmst ihr sofort die Fesseln ab, oder du kannst jedes Gespräch vergessen!«

Daraufhin nickte der Herr Medikus den Schreitenden kurz zu. Die zeigten sich zwar nicht gerade begeistert, leisteten der Aufforderung jedoch Folge. Das Leuchten erlosch.

Wie es wohl um Lahens Gabe stand?

Dann wanderte mein Blick nach rechts. Dort ragte der Turm auf. Ein gewaltiger Bau, der die Wolken durchspießte und wie ein schrecklicher Riese über uns dräute. Trotz des weißen, rosafarben gemaserten Steins, den der Skulptor für ihn verwendet hatte, ging eine offene Bedrohung von ihm aus. Zu viel hatte sich in den tausend Jahren innerhalb dieser Mauern zugetragen. Sie erinnerten sich noch an das Blut all derjenigen, die während des Dunklen Aufstands hier gestorben waren. Sie waren voll von all dem Schmerz, der Angst, Verzweiflung und der irrsinnigen Hoffnung jener Magierinnen und Magier, die sich in diesem Turm einst bekämpft hatten. Deren Seelen sie in sich aufgenommen hatten, um sie unter ihrem Gestein zu zermalmen, sodass sie weder in die Glücklichen Gärten noch ins Reich der Tiefe eingehen konnten. Gewöhnliche Menschen betraten diesen kolossalen, von sieben Turmhelmen bekrönten Bau nur selten. Denn hier herrschten die Schreitenden und die Glimmenden. Und die ließen Normalsterbliche nur mit besonderer Einladung in ihr Revier. Wir beide, Lahen und ich, hätten mit Freuden darauf verzichtet, diesem kleinen Kreis nun anzugehören.

Was erwartete uns dort drinnen? Was wollten die Schreitenden von uns? Ich glaubte dem Heiler nicht. Sie würden uns kaum so lange gejagt haben, nur um am Ende mit uns zu *plaudern*. Zudem hatten die meisten Menschen diese Heiligen Schwellen nur einmal überschritten: auf dem Weg hinein.

»Seid ihr endlich so weit?«, fragte Shen giftig.

Eine Sekunde lang sahen Lahen und ich uns in die Augen. Dann nickte sie kaum merklich und fasste mich fest bei der Hand, um sich jenem Bau zuzuwenden, der sich über diese Welt erhob: dem Turm der Schreitenden.

Glossar

Alsgara – größte Stadt im Süden des Imperiums, zwischen Austernmeer und dem Fluss Orsa gelegen, gegründet vor mehr als eintausend Jahren; auch Südliche Hauptstadt genannt. Unter dem Skulptor erlebte die Stadt eine Blütezeit. Er hat zwei Meloth-Tempel, die inneren drei Festungsmauern, den Turm der Schreitenden, die Katakomben, den Palast des Statthalters und vieles mehr erbaut.

Ascheseelen (Shej-sa'nen) – Volk, das den Ye-arre verwandt ist und hinter der Großen Wüste lebt; es ist für seine unübertroffenen Bogenschützen bekannt. Legenden der Ye-arre behaupten, die Ascheseelen hätten sich gegen ihren Gott erhoben, der bei diesen Völkern Schattentänzer heißt; dieser habe sie dann bestraft, indem er ihnen die Seele und die Flügel nahm.

Auserwählter – Eigenbezeichnung der Nekromanten aus Sdiss.

Blasgen – Rasse, die in den Blasgensümpfen im Süden des Imperiums lebt. Die meisten Blasgen verlassen ihre Heimat nie und meiden die Menschen. Sie haben ein abstoßendes Äußeres, die Sprache der Menschen erlernen sie nur mit Mühe, sodass diese nur vereinzelte Vertreter beherrschen. Blasgen gelten als exzellente Kämpfer. Während des Kriegs der Nekromanten verbündeten sie sich mit dem Imperium und stellten das Sumpf-Regiment, eine der effizientesten und kampffähigsten Einheiten der Zweiten Südarmee.

Bragun-San (Tote Asche) – steiniges, totes Ödland, das nach dem Krieg der Nekromanten entstanden ist. Nominell gehört es zum Imperium, obwohl sich die hier lebende Rasse der

Nirithen für ein freies Volk hält. Im Zentrum von Bragun-San liegt der schlafende Vulkan Grokh-ner-Tokh (»laut singender Berg«).

Buch der Anrufung – Hauptwerk der Dämonenbeschwörer, in dem die grundlegenden Zauber zum Kampf gegen Dämonen verzeichnet sind.

Burg der Sechs Türme – als uneinnehmbar geltende Festung, durch die der einzige Pass im westlichen Teil der Buchsbaumberge verläuft, der südlich aus dem Imperium herausführt. Die Burg wurde vor tausend Jahren vom Skulptor selbst erschaffen.

Delbe – König der Hochwohlgeborenen (Elfen).

Dunkler Aufstand – von einer Gruppe von Schreitenden angezettelt, mit dem Ziel, die Regeln der Ausbildung und die Anwendung der Magie zu ändern. Nach der Niederschlagung des Aufstands wurden die acht überlebenden Abtrünnigen im Imperium als Verdammte bezeichnet.

Erlika-Sümpfe – weiträumiges Sumpfgebiet im Nordosten des Imperiums. In ihnen hat während des Kriegs der Nekromanten die Verdammte Cholera zusammen mit ihrer Streitmacht den Tod gefunden.

Fisch – ein durch die Magie der Nekromanten geschaffener Untoter, der vollständig mit Schuppen bedeckt ist; er explodiert auf Befehl seines Herrn und tötet damit alles in seiner Nähe.

Funkensucher – Menschen mit der Gabe, die imstande sind, in anderen den Funken zu spüren.

Gash-shaku – bedeutende Stadt im Imperium, südlich der Katuger Berge gelegen; die Befestigungsanlagen hat noch der Skulptor erbaut.

Gebieter, Gebieterin – Eigenbezeichnung der Verdammten.

Gemer Bogen – Gegend nahe des Sandoner Waldes. Hier kam es zur letzten großen Schlacht zwischen den Menschen und den Hochwohlgeborenen, die mit einem Sieg für das Imperium und der Unterzeichnung eines Friedensvertrages zwischen den beiden Rassen endete.

Gerka – Stadt in den Buchsbaumbergen, die während des Kriegs der Nekromanten aufgegeben wurde; nominell gehört sie bis heute zum Imperium, ist aber seit fünfhundert Jahren verlassen.

Gijan – Meistermörder; das Wort leitet sich vom blasgischen Ausdruck »ghijandshagharrattanda« (»Mörder, dem eine Prämie bezahlt werden muss«) ab.

Glimmende – Magier und Magierinnen, die über die lichte Seite der Gabe verfügen. Im Unterschied zu den Schreitenden sind sie nicht imstande, die Wegblüten zu nutzen oder aufwendige Zauber zu wirken, verfügen dafür aber über die Fähigkeit, ihren Funken mit anderen zu teilen, die die Gabe in sich tragen, und damit deren Kraft zu erhöhen.

Glückliche Gärten – nach dem Volksglauben treten in sie die Seelen aller rechtschaffenen Menschen ein. Die Träger und Trägerinnen der lichten Seite der Gabe schöpfen aus ihnen die Kraft für ihren Funken.

Gow – kleiner Dämon.

Grenzland – Gebiet zwischen dem Imperium und Nabator; es wird Nabator zugezählt, ist aufgrund der hohen Zahl von Gowen, die in diesem Teil der Buchsbaumberge leben, jedoch kaum besiedelt.

Große Wüste – weiträumiges Territorium hinter dem Königreich Sdiss.

Großer Niedergang – Periode zwischen dem Tod des Skulptors und dem Krieg der Nekromanten, die sich über ca. fünfhundert Jahre erstreckte. In diesem Zeitraum gerieten bei den Schreitenden etliche Geheimnisse der Magie in Vergessenheit. Zudem sind sie seitdem außerstande, neue Zauber zu wirken.

Hilss – Stab der Nekromanten; das magische Artefakt ist das Ergebnis verschiedener komplizierter Rituale und stellt einen halb lebenden, halb toten Gegenstand dar. Damit es seine Magie entfaltet, muss der Besitzer oder die Besitzerin die eigene Seele mit dem Stab verbinden und ihm einen Teil der Gabe sowie der eigenen Lebenskräfte überlassen. Die Spitze des Stabs ist als Schädel gestaltet, der seinerseits den Schädel seines jeweiligen Besitzers oder seiner jeweiligen Besitzerin kopiert.

Himmelssöhne – s. Ye-arre.

Hochstehende – Bezeichnung der Nekromanten, die alle Acht Kreise durchlaufen haben; die Ausbildung im letzten und Höchsten Kreis erfolgt unter Aufsicht der Verdammten. Die Hochstehenden halten die Macht in Nabator in Händen und unterstehen einzig den Verdammten.

Hochwohlgeborene – Elfen; sie leben im Sandoner Wald und in Urolon. Nach jahrhundertelangen Kämpfen gegen das Imperium um den östlichen Teil der Buchsbaumberge und die Pässe, die von Südosten in die Unbewohnten Lande führen, wurden die Elfen erst aus Urolon vertrieben, später im Sandoner Wald eingekesselt und beim Gemer Bogen geschlagen. Der damalige Elfenkönig bzw. Delbe Vaske musste einen Friedensvertrag unterschreiben, obwohl sich einige Häuser dagegen aussprachen. Die Elfen halten Pfeil und Bogen für eines Mannes unwürdig, weshalb diese Waffen nur von Frauen geführt werden (Schwarze Lilien). Die Hochwohlgeborenen unterteilen sich in sieben Große Häuser: die Erdbeere (das gegenwärtig herrscht), die Rose, die Weide, der Nebel, der Schmetterling, der Lotos und der Funke. Zu jedem Haus gehören fünfzig Familien.

Irbiskinder – Bezeichnung eines der sieben Klane der Nordländer. Neben den Irbissöhnen gibt es noch die Klane der Schneehörnchen, Bären, Eulen, Marder, Elche und Wölfe.

Krähennest – mächtige Burg an der Straße, die von Osten nach Alsgara führt.

Kreise von Sdiss – Schule der Sdisser Nekromanten, die sich in acht Kreise unterteilt. Die Ausbildung im Achten Kreis wird von den Verdammten übernommen.

Krieg der Nekromanten – Krieg nach dem Dunklen Aufstand, der den gesamten Süden und einen Teil des Nordens des Imperiums erfasst hat. In den fünfzehn Jahren kämpften zunächst ausschließlich die Verdammten gegen das Imperium und die Schreitenden, später schlossen sich Sdiss und Nabator den abtrünnigen Magiern und Magierinnen an. Der Süden des Landes wurde völlig ausgeblutet; Bragun-San blieb nach dem verheerendsten magischen Duell zwischen Schreitenden und Verdammten als verbranntes Land zurück. Am Ende erlitten die Verdammten eine Niederlage (einer der Gründe dafür war der Tod Choleras) und zogen erst nach Sdiss, später bis ins Gebiet hinter der Großen Wüste. Das Imperium seinerseits verlor die Gebiete hinter den Buchsbaumbergen, die dem Königreich Nabator zufielen.

Linaer Moorpfad – einziger Weg durch die Shett-Sümpfe.

Morassien – kleines Land, das in der ganzen Welt Haras durch seine meisterlichen Waffenschmiede, Juweliere und Erfinder bekannt ist.

Nabator – großes und mächtiges Königreich südlich der Buchsbaumberge. Es kämpft mit dem Imperium um den Süden des Landes, der zu Anbeginn der Zeiten noch zu Nabator gehörte.

Nirithen – Rasse, die in Bragun-San lebt. Die Nirithen zeigen sich Menschen gegenüber weitgehend loyal, haben sich aber nominell dem Imperium nicht unterworfen. Es regiert die Königin bzw. San-nakun (Äscherne Jungfrau). Die Nirithen verehren den Vulkan Grokh-ner-tokh.

Okny – große Stadt zwischen den Katuger Bergen und dem Linaer Moorpfad.

Purpurner Orden – dem Statthalter unterstellte Dämonenbeschwörer, die gegen Geschöpfe aus dem Reich der Tiefe kämpfen, sofern diese in die Welt von Hara eindringen, aber auch gegen Geister und Gespenster. Im Unterschied zu den Schreitenden verfügen die Dämonenbeschwörer nicht über den Funken, ihr Können basiert ausschließlich auf magischen Ritualen, Elixieren, Formeln und symbolischen Zeichnungen. Das Oberhaupt des Purpurnen Ordens trägt den Titel Magister.

Reich der Tiefe – Ort, an den Legenden zufolge die Seelen der Sünder gelangen. Im Reich der Tiefe leben dämonische Geschöpfe, denen es mitunter gelingt, in die Welt Haras vorzudringen. Aus dem Reich der Tiefe schöpfen diejenigen die Kraft, die sich der dunklen Seite der Gabe zugewendet haben.

Reinerwarr – größter Wald im Imperium, gelegen im Nordosten bei den Erlika-Sümpfen.

Sandoner Wald – Wald im Osten des Imperiums, am Fuße der Buchsbaumberge; in ihm leben die Hochwohlgeborenen.

Schneetrolle – kleine Rasse im Norden des Imperiums, die mit den Nordländern verbündet ist.

Schreitende – Magierinnen, in Ausnahmen auch Magier, die über die lichte Seite der Gabe verfügen. Die Meisterschaft ihrer Zauber übersteigt die der Glimmenden beträchtlich. Sie können die Wegblüten nutzen, sind hingegen außerstande, ihren Funken mit anderen zu teilen.

Shej-s'ane – s. Ascheseelen.

Skulptor – größter Magier in der Geschichte Haras, auf den unzählige Bauwerke sowie die Wegblüten zurückgehen.

Soritha – Mutter der Schreitenden, die während des Dunklen Aufstands ermordet wurde.

Südliche Hauptstadt – s. Alsgara.

Treppe des Gehenkten – Treppe, die dreihundert Jahre vor der Zeit des Skulptors von Magiern und Magierinnen geschaffen wurde. Die schmale Treppe verfügt über unzählige Stufen und Befestigungen und führt durch die Katuger Berge.

Uloron (Land der Eichen) – Wälder nahe den Katuger Bergen, Urheimat der Hochwohlgeborenen, die ihnen nach der Unterzeichnung des Friedensvertrags entrissen, aber im Tausch u. a. gegen den östlichen Teil der Buchsbaumberge zurückgegeben wurde.

Untote – Ausgeburten der Sdisser Nekromanten; diese Geschöpfe sind weder lebend noch tot, ihnen fehlt die Nase, in ihren Augen lodert ein grünes Feuer; ihre Gesichter sind durch grauenvolle Narben entstellt. Die Grausamkeit, Zählebigkeit und Wendigkeit dieser Kreaturen sind legendär.

Verdammte – acht aufständige Schreitende, die den Dunklen Aufstand überlebt haben. Ihre eigentlichen Namen sind im

Volksmund unbekannt, dort werden sie stets nach Krankheiten benannt. Es sind: Mithipha Danami (Scharlach, Graue Maus, Leisetreterin, Tochter des Morgens, Stilett des Ostens, Mörderin der Kinder), Ley-ron (Pest, Träger des Lichts), Rethar Neho (Fieber, Albino, Älterer), Rowan Neho (Schwindsucht, Herr des Wirbelsturms, Sohn des Abends, Beil des Westens), Ghinorha Railey (Cholera, Geißel des Krieges, Füchsin, Rote), Alenari rey Vallion (Blatter, Henkerin der Spiegel, Sterngeborene, Schwester des Falken), Talki Atruni (Lepra, Vergifterin der Sümpfe, Mutter des Dunkels, Spenderin des Lebens, Finsternis der Wüste) und Thia al'Lankarra (Typhus, Mörderin Sorithas, Tochter der Nacht, Reiterin auf dem Orkan, Flamme des Sonnenuntergangs, Klinge des Südens). Schwindsucht und Cholera starben während des Kriegs der Nekromanten.

Waldsaum – weiträumiges Gebiet, den Buchsbaumbergen unmittelbar im Norden vorgelagert.

Wegblüten – vom Skulptor geschaffene Portale, mit denen Menschen in wenigen Sekunden große Strecken überwinden können. Die Aktivierung eines Portals ist den Schreitenden vorbehalten. Der Skulptor hat das Geheimnis, wie Wegblüten zu konstruieren sind, mit ins Grab genommen, sodass nach seinem Tod keine neuen Portale mehr entstanden. Während des Dunklen Aufstands hat Soritha, die Mutter der Schreitenden, die Portale verschüttet, seitdem funktionieren sie nicht mehr; sämtliche Versuche, sie zu reaktivieren, scheiterten.

Ye-arre – Rasse geflügelter Wesen, die nach der Entstehung der Ascheseelen aus dem Gebiet hinter der Großen Wüste ins Imperium kamen. Die Ye-arre lebten jahrhundertelang mitten unter den Menschen. Sie sind bekannt für die wertvollen Stoffe, die sie herstellten und die ihnen Reichtum brachten. Eine weitere Bezeichnung für die Ye-arre ist Himmelssöhne.

– Leseprobe –

ALEXEY PEHOV

BLITZ

DIE CHRONIKEN VON HARA 2

Aus dem Russischen
von Christiane Pöhlmann

Wer Sturm sät,
wird einen Orkan ernten.

Kapitel 1

Es scherte Luk nicht weiter, dass Ga-nor düster wie eine Gewitterwolke dreinblickte.

Was sollte er von dem Fährtenleser, der Berge und Eiswüsten gewohnt war, auch schon anderes erwarten? Nein, ihn wunderte nicht, dass der Nordländer den Dreck, den Gestank, die engen Straßen und all die Menschen nur schwer ertrug. Vor allem, da diese Gaffer ständig mit dem Finger auf den Irbissohn zeigten. So selten, wie sich ein Nordländer in diesen Teil des Imperiums verirrte, hätte aber wohl auch nur ein Blinder nicht auf den hochgewachsenen, rothaarigen Mann in Kilt und Lederweste geachtet.

»Wie lange wollen wir hier eigentlich noch rumsitzen?«, fragte Ga-nor in einem derart nörgelnden Ton, dass Luk es für unter seiner Würde hielt, ihm zu antworten.

»Oh, dem Herrn hat's anscheinend die Sprache verschlagen«, stichelte Ga-nor.

»Da platzt doch die Kröte!«, empörte sich Luk nun doch.

»Du bist ja schon fast selbst wie deine Kröte – und platzt gleich«, knurrte Ga-nor. »Wohl vor Angst?«

»Lass mich einfach in Ruhe!«, fuhr Luk ihn an. »Ich hab nämlich nicht die geringste Lust, mit dir zu reden.«

Laut schnaufend stand Ga-nor daraufhin auf, stiefelte zu einem Fensterbrett hinüber und nahm darauf Platz, um finster auf die Stadt und das Meer in der Ferne hinauszustarren.

Seit geschlagenen zwei Stunden warteten sie nun schon hier, in diesem riesigen Saal mit der hohen, kuppelförmigen Decke, den unzähligen Fenstern und den wuchtigen Kristalllüstern, die im Sonnenlicht glitzerten. Der Raum schien in diesem Licht förmlich zu ertrinken. Die auf Hochglanz polierten Marmorfliesen des Fußbodens spiegelten jede Nuance des goldenen und orangefarbenen Lichtes wider, warfen es an die Wände, die Säulen und Statuen.

All diese Pracht würdigte Luk jedoch keines Blickes. Dazu wühlte ihn die bevorstehende Audienz, die man ihm nun endlich gewährte, viel zu sehr auf.

Immer wieder war er versucht, aus dem Turm zu fliehen – aber letzten Endes wusste er genau, dass sich ihm nicht so schnell wieder die Gelegenheit böte, zu einer Schreitenden vorgelassen zu werden. Abgesehen davon würde Ga-nor in diesem Fall vor Wut toben, weil sie ihre Zeit in Alsgara umsonst vergeudet hatten. Womöglich brachte er sogar jemanden um. Er, Luk, konnte aber getrost darauf verzichten, seine Tage im Kerker zu beschließen.

Er hatte keine Ahnung, wie es Giss gelungen war, eine der Magierinnen dazu zu bringen, sie zu empfangen. Und bis zuletzt hatte er nicht an den Erfolg des Magisters geglaubt, schließlich wussten alle, dass die Schreitenden die Angehörigen des Purpurnen Ordens zwar dulden, sie aber nicht besonders gut leiden können.

Doch dann hatte Giss sie tatsächlich in den Turm der Schreitenden gebracht.

Ga-nor dagegen war es im Grunde einerlei, ob diese Audienz zustande kam oder nicht. Keine Träne hätte er vergossen, wenn die Schreitenden, für die er keine sonderliche Sympathie hegte und denen er nicht über den Weg traute, ihn nicht empfangen hätten. Dafür gab es eine Erklärung: Als er noch ein kleiner Junge gewesen war, hatte eine Trägerin der Gabe seine Heimat besucht. Doch auch sie hatte nichts gegen den abgefeimten Untoten auszurichten vermocht, der damals in seinem Dorf gewütet hatte: Er hatte die Schreitende verschlungen, ohne auch nur den geringsten Schaden zu nehmen.

Seit dieser Zeit stand der Irbissohn der Magie derjenigen, die sich mit ihrem Funken brüsteten, höchst skeptisch gegenüber. Wenn es nur nach ihm gegangen wäre, hätte er auf diese Audienz ebenso bereitwillig verzichtet wie ein Blasge auf Schuhe. So jedoch hielten ihn der Respekt und die Freundschaft mit seinem Gefährten aus der Burg der Sechs Türme davon ab, alles und jeden ins Reich der Tiefe zu wünschen und zu einem der Kriegsschauplätze zu eilen – statt sich im Vorzimmer dieser Magierinnen den Kilt durchzusitzen.

Endlich öffnete sich eine Tür, und ein Jüngling eilte auf sie zu. Er hatte ein schmales Gesicht, ein spitzes Kinn und abstehende Ohren, die seiner ganzen Erscheinung etwas Komisches verliehen. Ein purpurnes Seidenwams und schwarze Hosen wiesen ihn als Dämonenbeschwörer aus. Genauer gesagt als angehenden Dämonenbeschwörer.

Vor ihnen stand Ashan, der einzige Schüler von Giss.

»Meister Luk, Meister Ga-nor, Ihr werdet jetzt vorgelassen«, erklärte er ihnen mit heller Stimme. »Meister Giss bittet Euch, zu ihm zu kommen.« Daraufhin stürzte er davon, ohne sich zu vergewissern, ob ihm die beiden auch folgten.

Die drei durchquerten zahllose leere Gänge mit Mosaikböden und Fenstern und stiegen eine breite Wendeltreppe hinauf, über die sich ein Sdisser Läufer zog.

»Sag mal, täusche ich mich«, flüsterte Luk Ga-nor zu, »oder ist der Turm im Innern wirklich viel größer, als du von außen annimmst?«

Dieser zuckte bloß die Achseln, doch Ashan, der die Frage gehört hatte, hielt es für seine Pflicht, sie zu beantworten: »Die Schreitenden nennen dieses Phänomen *Spiel mit dem Raum.* Es bedeutet, dass auch ein äußerlich kleiner Bau ein weitläufiges Inneres haben kann. Solche Anlagen haben die Magierinnen und Magier der Vergangenheit geschaffen. Sie waren echte Meister.«

»Heißt das, heute ist dazu niemand mehr imstande?«

»Nein, Meister Luk«, antwortete Ashan. »Dieses Wissen ist in Vergessenheit geraten.«

Die Treppe brachte sie in einen blauen Saal. Hier zogen in einem Springbrunnen perlmuttfarbene Fische ihre Bahn, zwitscherten in großen, vergoldeten Käfigen, die von der Decke herabhingen, Vögel von Inseln, die weit im Süden lagen. Vor den Wänden standen Porzellankübel mit roten Tulpen und kleinen Mandarinenbäumen. Giss wartete an einem offenen Fenster auf sie, die Hände hinterm Rücken verschränkt. Als sich sein Blick auf Luk richtete, zuckte dieser zusammen.

»Die Schreitende empfängt euch jetzt. Habt keine Angst, ich begleite euch.«

»Sehen wir etwa aus, als hätten wir Angst?«, empörte sich Luk.

»Bestimmt nicht«, erwiderte Giss grinsend. »Außerdem möchte ich euch schon jetzt darauf hinweisen, dass ihr eure Waffen abgeben müsst.«

Als Ga-nor das hörte, verzog er das Gesicht, denn er hegte nicht gerade den glühenden Wunsch, seine Klinge fremden Händen anzuvertrauen.

»So sind die Regeln«, erklärte Giss daraufhin. »Auch ich muss mich von meinem Stab trennen.«

»Misstrauen die sogar einem Dämonenbeschwörer?«

»Im Turm gelten eigene Gesetze«, sagte Giss und rang sich ein Lächeln ab.

»Sie dulden euch also, haben euch aber nicht gerade in ihr Herz geschlossen.«

»Wir Dämonenbeschwörer können auf das Wohlwollen der Schreitenden getrost verzichten. Wir tolerieren uns und ziehen alle am selben Strang. Und im Kriegsfall müssen wir erst recht vergessen, dass wir unterschiedliche Prinzipien haben, und die alten Zwistigkeiten hintanstellen. Im ganzen Land kennen die Menschen jetzt nur ein Ziel: Nabator aufzuhalten.«

»Und auch die Verdammten.«

»Und auch die Verdammten«, wiederholte Giss. »Das lässt sich jedoch nur mit vereinten Kräften erreichen. Ebendeshalb werdet ihr vorgelassen. Schließlich gibt es nur wenige Menschen, die schon einmal den sechs Verdammten begegnet sind. Euer Bericht kann sich daher als sehr hilfreich erweisen.«

»Luk hat nur eine gesehen. Die Verdammte Scharlach. Und mir ist noch nie jemand von diesem Pack begegnet.«

»Das habe ich nicht vergessen«, erwiderte Giss und machte die Tür auf, wobei sich die beiden Flügel völlig lautlos öffneten.

Sobald Luk in den Raum trat, fiel ihm die Decke auf, die ihm einen überraschten Laut entlockte: Sie war durchscheinend. Durch sie sah er – und zwar mitten am hellllichten Tag – einen nachtschwarzen Himmel, den Abertausende von funkelnden Sternen sprenkelten. Ga-nor hingegen ließ sich eine etwaige Verwunderung nicht anmerken und brummte nur etwas von Magie.

»Das ist der Nachtsaal, den der Skulptor selbst geschaffen hat«, erklärte Giss, der durch den Saal ging, ohne für dieses Wunder auch nur einen Blick übrig zu haben. »In ihm herrscht ewige Nacht, prangen stets Sterne …«

»Und da!«, rief Luk. »Ein Komet!«

In der Tat wanderte gerade ein Komet über den Himmel, der in seiner Helligkeit sogar den Mond übertraf und einen purpurroten Schweif hinter sich herzog.

»Das ist der Künder des Unheils. Er ist einen Tag vor dem Fall der Burg der Sechs Türme aufgetaucht. Leider hat dem damals niemand Bedeutung beigemessen, denn ein solches Phänomen hatte es schon lange nicht mehr gegeben. Ihr müsst wissen, dass der letzte Komet im Krieg der Nekromanten erschienen ist. Fünf Jahrhunderte sind jedoch ein zu langer Zeitraum, als dass sich noch jemand daran erinnert und folglich ein Unglück vermutet hätte. Hätten die Schreitenden indes verstanden, was dieser Komet zu bedeuten hat, wären wir jetzt vielleicht nicht in dieser misslichen Lage.«

»Schauen die Schreitenden denn nie nach oben? Oder sind sie etwa blind wie Eiswürmer?«, knurrte Ga-nor. »In meinem Klan rechnet jedes Kind mit einem Unglück, sobald ein Schweifstern über den Himmel zieht.«

»Zur Entschuldigung der Schreitenden sei gesagt, dass am Himmel unserer Welt kein Komet zu sehen ist. Es gibt ihn nur hier, in diesem Saal. Dieser Umstand soll sie noch immer verwirren. Doch lasst uns über ihr Verhalten lieber erst reden, wenn wir diesen Ort wieder verlassen haben«, bat Giss. »Dies ist nicht gerade der geeignete Zeitpunkt für Gespräche dieser Art.«

Ga-nor brummte bloß zustimmend. Der Dämonenbeschwörer hatte recht: Besser, sie verkniffen sich an diesem Ort jede unziemliche Rede, sonst setzten die Schreitenden sie noch kurzerhand vor die Tür. Und das würde Luk mit Sicherheit nicht verkraften. Der würde dann von morgens früh bis abends spät jammern und wehklagen und ihn, Ga-nor, mit seinem Gejaule um den Verstand bringen. Dann fiel ihm etwas ein, und er packte Luk am Arm.

»Was ist?«, fragte dieser mürrisch und warf einen letzten Blick auf den Kometen, der ihn über alle Maßen faszinierte.

»Ich hoffe, du hast genug Hirn in deinem Schädel, Lahen mit keinem Wort zu erwähnen?«, flüsterte ihm Ga-nor ins Ohr.

»Da platzt doch die Kröte!«, zischte Luk ihn an. »Für wie dumm hältst du mich eigentlich?! Als ob ich nicht selbst wüsste, dass ich sie besser aus allem raushalte!«

»Die Schreitenden wissen bereits über Lahen Bescheid«, mischte sich da Giss ein.

»Ach ja?«, fragte Luk. »Und worüber genau wissen sie Bescheid?«

»Darüber, dass sie eine Trägerin des Funkens ist.«

»Lahen soll eine Trägerin des Funkens sein? Also … das kann ich mir … beim besten Willen nicht vorstellen.«

»Und das soll ich dir abkaufen?«, gab Giss mit einem Grinsen zurück.

»Hast du ihnen das erzählt?«, wollte Ga-nor wissen, dessen blaue Augen bedrohlich funkelten.

»Selbstverständlich nicht. Ich mische mich grundsätzlich nicht in die Angelegenheiten anderer ein – und schon gar nicht, wenn die Gabe im Spiel ist. Der Turm wusste über sie schon lange vor meiner Ankunft in Alsgara Bescheid. Im Übrigen sind wir da«, sagte Giss, dem ins Gesicht geschrieben stand, dass ihn die bevorstehende Audienz nicht sonderlich entzückte.

Vor der Tür hielten vier Gardisten in grau-roten Paradeuniformen Wache, etwas abseits wartete ein schwarz gewandeter Mann, der bereits ungeduldig auf den Füßen wippte. Auf seiner Hemdbrust prangte eine Silberstickerei, ein Funke mit acht Strahlen. Er musste also ein Glimmender sein, denn das Zeichen der Schreitenden war ein roter Kreis oder eine silberne Flamme.

»Irla erwartet Euch, Magister«, teilte ihnen der Mann mit.

Giss bedachte ihn lediglich mit einem kühlen Nicken und nahm den Stab vom Gürtel, um ihn dem Glimmenden auszuhändigen. Der nahm das Artefakt mit einer ironischen Verbeugung an sich.

»Die beiden wissen, dass sie ihre Waffen bei den Gardisten abgeben müssen?«, erkundigte er sich dann bei Giss.

»Wie außerordentlich zuvorkommend von dir, Griho, uns daran zu erinnern«, giftete Giss. »Was täten wir nur ohne deine Fürsorge?«

»Stets zu Euren Diensten.«

Luk hatte das Beil gar nicht erst mit in den Turm genommen, sondern es in Giss' Haus unterm Bett versteckt. Deshalb brauchte er dem Soldaten jetzt nur den breiten Dolch zu geben. Ga-nor knöpfte knurrend den Riemen auf, der die Scheide auf dem Rücken hielt, und reichte dem Posten das Schwert. Der Mann nahm sie mit einem respektvollen Ausruf an sich. Verständlich. Viele der Waffenschmiede aus dem Norden konnten sich durchaus mit den morassischen Meistern messen. Ga-nors Klinge würde durch das Fleisch des Feindes gehen wie durch Butter.

»Du bleibst hübsch hier draußen, Freundchen«, befahl Griho Ashan.

»Warte bitte hier auf uns, Ashan. Es dauert nicht lang«, wandte sich Giss an seinen Schüler. Für den Glimmenden, der es gewagt hatte, seinem Schüler einen Befehl zu erteilen, hatte er nur einen verächtlichen Blick übrig, in dem die unmissverständliche Warnung zu lesen war: Nicht in diesem Ton, Griho!

Der Glimmende schnaubte nur, öffnete die Tür und ging ihnen voraus, ohne sich auch nur nach ihnen umzusehen.

»Die haben dich ja noch weniger in ihr Herz geschlossen, als ich angenommen hatte«, murmelte Ga-nor.

»Kannst du mir irgendjemanden nennen, der nichts gegen die Angehörigen des Purpurnen Ordens hat?«, erwiderte Giss mit schiefem Grinsen.

»O ja, das kann ich«, gab Ga-nor zurück. »Und mich wundert, dass du noch nichts von ihnen gehört hast. Die Klans aus dem Norden schätzen diejenigen, die gegen Dämonen kämpfen, nämlich sehr.«

»Ich weiß, tut mir leid.« Giss schloss kurz die Augen, um die Maske unerschütterlicher Ruhe wieder vor sein Gesicht zu legen. »Aber der Norden ist weit weg. Wenn du dich inmitten *dieser* Hallen aufhältst, vergisst du manchmal, dass man dich nicht überall als Feind, sondern zuweilen auch als Freund empfängt.«

»Dann komm doch mal zu uns in den Norden. Natürlich nicht im Winter, denn den würdest du kaum verkraften. Aber im Sommer, das müsste dir gefallen. Falls du keine Angst vor Mücken hast, versteht sich.«

»Nein, hab ich nicht«, sagte Giss lachend. »Übrigens war ich bereits einmal in deiner Heimat, allerdings ist das schon fünfzehn Jahre her. Damals hat mich der Klan der Schneehörnchen aufgenommen. Aber die Zeit fürs Reisen ist vorbei, dazu gibt es momentan zu viel zu tun. Abgesehen davon ist der Weg nach Norden versperrt, seit die Armee aus Nabator vor der Treppe des Gehenkten steht.«

»Das ist halb so wild, schließlich bleibt immer noch der Westpass bei Burg Donnerhauer. Der wird bis zur Herbstmitte passierbar sein, jedenfalls solange der Schneefall in den Bergen noch nicht einsetzt. Außerdem sind Burg Adlernest und Okny nicht genommen. Und ehe das nicht geschehen ist, kommen die Nabatorer nicht zur Treppe des Gehenkten durch.«

»Ich fürchte, es ist nur eine Frage der Zeit, wann Okny fällt, mein Freund«, erklärte Giss. »Das Gleiche gilt übrigens für Burg Adlernest. Wenn der Feind die Burg der Sechs Türme nehmen konnte, stellen auch diese Festungen keine Herausforderung für ihn dar. Viele glauben immer noch, der Osten des Imperiums sei uneinnehmbar. Dabei haben wir ihn längst verloren.

Wir müssen der Wahrheit ins Auge sehen: Das gesamte Gebiet von den Buchsbaumbergen und dem Waldsaum bis nach Okny, dem Gemer Bogen und den Wäldern der Hochwohlgeborenen befindet sich in Feindes Hand. Und um dieses Land zurückzugewinnen, müssten wir eine Menge Blut vergießen.«

»Unser Blut wird sowieso fließen«, hielt Luk dagegen. »Noch dazu völlig sinnlos. Nabator hat die Sdisser Nekromanten und die Verdammten auf seiner Seite. Gegen eine solche Übermacht kommt niemand an. Nein, am Ende werden wir alle tot sein – oder, schlimmer noch, untot.«

»Die Schreitenden hätten schon längst etwas unternehmen müssen«, knurrte Ga-nor. »Aber statt den Soldaten zu helfen, sitzen sie hier, geschützt hinter soliden Mauern, und züchten Blümchen. Das nenn ich wahrhaft heldenmütig!«

»Du solltest deine Zunge im Zaum halten, Rotschopf«, mischte sich nun Griho ins Gespräch ein. »Wenn der Turm, wie du sagst, nichts unternommen hätte, würden die Untoten längst über die Asche deines Dorfes stampfen. Du hast ja keine Ahnung, wozu diejenigen imstande sind, die über die dunkle Seite der Gabe gebieten.«

»Es mag dich verwundern zu hören, Glimmender, aber ich weiß nur zu genau, wozu Nekromanten fähig sind. Sogar wesentlich besser als du.«

Daraufhin hüstelte Griho bloß, um zum Ausdruck zu bringen, dass er den Worten Ga-nors keinen Glauben schenkte. Nach diesem Wortwechsel durchschritten die fünf die prachtvollen Gänge, Säle und Galerien schweigend. Schließlich begaben sie sich über eine schmale, leise knarzende und silbrig schimmernde Treppe in das nächste Stockwerk hinauf, in dem Griho eine in der Wand verborgene Tür öffnete.

Luk meinte, in einen Kristallkäfig einzutreten, der zwischen Erde und Firmament schwebte. Der Raum bestand aus einem schmalen Gerüst, in dessen Zwischenräume Glas eingelassen war, und schien an unsichtbaren Befestigungen in der Luft zu hängen.

Über ihnen zogen Wolken dahin, unter ihnen glitzerte ein

See, der aus dieser Höhe kaum größer wirkte als eine Pfütze. Auf der durchsichtigen Kuppel hatten Schwalben ihre Nester gebaut, unzählige Vögel schossen über den Himmel.

Der Glasboden flößte Luk kein großes Vertrauen ein, denn er fürchtete, dieser Untergrund würde bersten wie das erste Eis, sobald einer von ihnen nur den Fuß auf ihn setzte. Und dann stünde ihnen allen ein Sturz von mindestens zweihundert Yard in die Tiefe bevor.

Ihm wurde mulmig, die Beine drohten ihm wegzuknicken, seine Kehle trocknete aus, und Schweiß trat ihm auf die Stirn. Um das Schwindelgefühl zu überwinden, kniff er die Augen zusammen, doch auch das half nicht – am Ende musste er sich wie ein Ertrinkender mit beiden Armen an Ga-nor festklammern.

»Sieh nicht nach unten!«, riet ihm dieser.

»Leicht gesagt«, stöhnte Luk. »Gleich muss ich kotzen.«

»Ich kann mir kaum vorstellen, dass die Schreitende für eine solche Bekundung von Gefühlen Verständnis aufbrächte«, murmelte Giss. »Reiß dich also gefälligst zusammen!«

»Da platzt doch die Kröte!«, empörte sich Luk, nachdem er die Augen zaghaft wieder geöffnet hatte. »Von klein auf leide ich unter Höhenangst.«

»Wie hast du dann all die Jahre in der Burg der Sechs Türme überstanden?«, fragte Ga-nor verwundert.

»Der Wehrgang war schließlich nur vierzig Yard hoch! Außerdem hattest du Stein unter den Füßen. Aber hier sind es bestimmt ein paar hundert Yard. Jedes Mal, wenn du nach unten blickst, denkst du, gleich stürzt du in die Tiefe.«

»Das, was der Skulptor geschaffen hat, bricht nicht mir nichts, dir nichts in sich zusammen«, erklärte Giss lächelnd. »Du hast also nichts zu fürchten. Dieser Boden würde selbst den Beschuss mit einem Katapult überstehen.«

Luk verkniff sich jede Erwiderung darauf und sah sich erst einmal um. In der gegenüberliegenden Ecke des Raums saß eine ältere Frau im Schneidersitz auf einem orangefarbenen Sdisser Kissen. Vor ihr schwebte ein dickleibiges Buch in der Luft. Die Schreitende war derart in ihre Lektüre vertieft, dass sie nicht auf die Neuankömmlinge achtete. Erst nachdem Griho an sie herangetreten war, riss sie sich von den Seiten los und hob den Blick. Mit einem offenen Lächeln griff sie nach Grihos Arm, um sich hochzustemmen, und ging auf ihre Gäste zu.

»Magister Giss, es freut mich, Euch bei guter Gesundheit zu sehen.«

»Die Freude ist ganz auf meiner Seite, Irla«, erwiderte Giss und verbeugte sich. »Dies sind die beiden Männer, von denen ich Euch berichtet habe.«

»Seid gegrüßt. Vielen Dank, dass Ihr die Zeit gefunden habt, meine Einladung anzunehmen. Unser Gespräch wird nicht lange dauern.«

»Wir werden so viel Zeit erübrigen wie nötig, Herrin«, presste Luk ehrfurchtsvoll heraus.

Ga-nor sah das zwar etwas anders, hielt es aber für geraten zu schweigen.

»Oh, eine alte Frau würde Euch nie über Gebühr beanspruchen«, entgegnete Irla. »Wer von Euch hat die Verdammte gesehen?«

»Das war ich«, antwortete Luk.

»Hervorragend. Wie ich bereits sagte, es wird nicht lange dauern. Kommt näher und setzt Euch.«

»Und?«, fragte Ga-nor Luk, sobald sie den gläsernen Raum wieder verlassen hatten. »Bist du nun zufrieden?«

Luk hielt das Geschenk der Schreitenden, einen schweren Goldring mit sechs kleineren Smaragden, fest in der Hand verschlossen, nickte und strahlte. Er hatte den letzten Willen der Schreitenden aus der Burg erfüllt und ihren Schwestern von der Verdammten Scharlach berichtet. Entgegen allen Erwartungen hatte ihm Irla nicht nur aufmerksam zugehört, sondern seinen Worten auch Glauben geschenkt und ihm großzügig gedankt. Dieser Ring war viel wert, aber Luk würde ihn für alle Soren Alsgaras nicht verkaufen. Dafür hatte er zu viel durchgemacht, um ihn sich zu verdienen.

»Wohin gehen wir jetzt, Giss?«

»Am besten zu mir. Irla hat versprochen, dass sie mit der Mutter sprechen wird, weshalb nicht auszuschließen ist, dass ihr noch einmal vorgeladen werdet. Ich an eurer Stelle würde die Stadt daher vorerst nicht verlassen.«

»Du bist aber nicht an meiner Stelle«, knurrte Ga-nor. »Und ich sehe keinen Grund, meine Zeit weiter in Alsgara zu vertrödeln, schließlich hat der Turm an mir kein Interesse. Im Norden und im Osten tobt dagegen der Krieg. Mein Platz ist also dort. Es ist für einen Krieger aus dem Irbisklan undenkbar, sich vor einem Kampf zu drücken. Deshalb verlasse ich morgen, spätestens jedoch übermorgen die Stadt. Ich bin diesem Krieg schon lange genug ferngeblieben.«

»Das ist dein gutes Recht, und ich werde dich nicht aufhalten. Was ist mit dir, Luk?«

»Mit mir?«, fragte dieser zurück. »Ich habe meinen Auftrag erfüllt und alles berichtet, was ich weiß. Im Übrigen habe ich nicht die Absicht, ständig die gleiche Geschichte zu wiederholen, als sei ich ein Vogel von jenseits des Meeres. Deshalb werde ich mich wohl Ga-nor anschließen. Es drängt mich zwar nicht unbedingt, mich in den Kampf zu stürzen, aber vielleicht gelingt es uns ja, die Katuger Berge zu überwinden. Ich bin noch nie im Norden gewesen … Da platzt doch die Kröte! Seht mal, da!«

Luks Verwunderung erklärte sich durch einige Gardisten, die gerade den Saal betraten. Ihnen folgten zwei Schreitende und drei Menschen, die weder Giss noch Luk oder Ga-nor hier zu sehen erwartet hatten.

Einer der drei war ein junger Mann mit blauen Augen und einem edlen, leicht hochmütigen Gesicht. Auf seiner schwarzen Samtjacke prangte eine Silberstickerei, die eine Flamme darstellte. Die beiden anderen, eine Frau und ein Mann, wurden von weiteren Soldaten eskortiert.

Der Mann war etwa mittelgroß, sehnig und geschmeidig und trug schmutzige Kleidung. Obwohl das rechte Hosenbein etliche Spuren verkrusteten Bluts aufwies, schien er beim Gehen nicht beeinträchtigt zu sein. Er hatte blondes Haar und graue

Augen und nahm sich inmitten der Gardisten wie eine flinke und gefährliche Manguste aus. Die Soldaten schielten auf jede seiner Bewegungen, als erwarteten sie Unannehmlichkeiten von seiner Seite. Die Frau neben ihm war ebenfalls blond. Der kurze Männerhaarschnitt umrahmte ein Gesicht mit blauen Augen, einer hohen Stirn, schmalen Lippen und hohlen Wangen, die die Stirn noch höher wirken ließen. Sie trug ein weißes Hemd mit einer feinen roten Stickerei und lederne Jagdhosen. Sie war es, die zusätzlich von den Schreitenden bewacht wurde.

»Lahen! Ness!«, begrüßte Luk die beiden erstaunt. »Shen!«

Ness deutete ein Nicken an, um ihn zu begrüßen, Lahen lächelte, auch wenn es sie offenbar große Mühe kostete. Shen murmelte einen Fluch.

»He, wohin bringt ihr die beiden?«, fragte Luk und baute sich vor der Gruppe auf. »Was haben sie getan?!«

Zwei Gardisten traten vor und griffen nach ihren Schwertern. »Aus dem Weg!«, befahl einer von ihnen. »Und sprecht nicht mit den Gefangenen!«

»Das sind meine Freunde!«, polterte Luk. »Was wird ihnen vorgeworfen, Shen?!«

»Misch dich nicht in die Angelegenheiten des Turms ein«, antwortete dieser bloß.

»Was soll das heißen?! Hast du vergessen, wie wir gemeinsam die Dabber Glatze überstanden haben? Was hat sich denn seitdem geändert?!«

»Vieles«, antwortete Ness anstelle von Shen. »Glaub mir, es ist besser für dich, wenn du dich aus dieser Sache raushältst. Sie geht wirklich nur uns etwas an.«

»Das werden wir ja noch sehen«, sagte Ga-nor und stellte sich dicht neben Luk. »Ich schwöre es bei Ug! Wir lassen euch nicht im Stich!«

»Aus dem Weg jetzt! Macht endlich Platz!«, verlangte der Gardist erneut. »Wir handeln auf Order des Statthalters! Also lasst uns durch, wenn ihr nicht hinter Gitter kommen wollt!«

»Er hat recht, Freunde«, bat nun auch Giss. »Dies ist weder der Ort noch die Zeit für ein Handgemenge. Das würde alles nur noch schlimmer machen. Sowohl für sie wie auch für uns. Aber ich verspreche euch, mich für Ness und Lahen zu verwenden.«

Ga-nor stieß ein paar missbilligende Laute aus, trat aber zur Seite. Luk seufzte schwer und folgte seinem Beispiel. Alle drei sahen dem Zug mit den Gefangenen nach, bis er durch eine Tür verschwunden war.

»Was wirft der Turm ihnen denn vor?!«, wollte Luk von Giss wissen.

»Ness und Lahen sind Gijane«, sagte Giss. »Glaubst du etwa, gedungene Mörder seien die reinsten Unschuldslämmer?«

»Das ist mir doch egal!«, empörte sich Luk. »Wir sind zusammen aus dem Schlamassel in der Dabber Glatze rausgekommen, und nur das zählt für mich! Und warum ist Shen hier? Hast du nicht gesagt, du und Ness, ihr hättet ihn verloren, als ihr vor den Untoten geflohen seid.«

»Das habe ich. Aber offenbar hatte auch er Glück. Ihr habt die Flamme an seiner Kleidung gesehen?«

»Wir sind schließlich nicht blind«, sagte Ga-nor. »Er ist ein Schreitender.«

»Seit wann sind Männer Schreitende?«, höhnte Luk.

»Auch das kommt vor«, sagte Giss. »Selbst wenn der Volksmund etwas anderes behauptet.«

»Ich glaub bestimmt nicht alles, was die Leute so reden«, versicherte Luk. »Aber … vielleicht hat er die Jacke nur von einer der Magierinnen geborgt.«

»Das war eine Männerjacke«, widersprach Ga-nor, um sich dann Giss zuzuwenden. »Hast du ihn früher schon mal im Turm gesehen?«

»Nein, aber ich bin hier ja auch nur ein seltener Gast. Und so riesig, wie der Turm ist …«

»Er könnte also tatsächlich ein Schreitender sein?«

»Ja. Wenn er über die Gabe des Heilers verfügt, dann schon.«

»Die Gabe des was? Was für ein Heiler?«, fragte Luk. »Wovon redest du jetzt schon wieder?«

»Das erklär ich euch später«, erwiderte Giss.

»Wenn Shen über den Funken verfügt, warum hat er uns dann damals nicht gegen die Untoten geholfen?«, ließ Luk nicht locker.

»Weil die Magie eines Heilers eine besondere, sehr eigenwillige Form der Gabe darstellt. Und jetzt würde ich euch bitten, mit Ashan in mein Haus zu gehen. Ich werde inzwischen versuchen, etwas über die ganze Geschichte in Erfahrung zu bringen.«

Ohne ein weiteres Wort zu sagen, wandte sich Giss daraufhin ab und eilte zu der Tür, durch die der Zug mit den Gefangenen verschwunden war.